玉兮玉兮

阎英明 著

河南文艺出版社
·郑州·

图书在版编目(CIP)数据

玉兮玉兮/阎英明著. —郑州:河南文艺出版社,
2019.4(2019.9 重印)

ISBN 978-7-5559-0810-4

Ⅰ.①玉… Ⅱ.①阎… Ⅲ.①长篇小说-中国-当
代 Ⅳ.①I247.5

中国版本图书馆 CIP 数据核字(2019)第 045774 号

出版发行　河南文艺出版社
本社地址　郑州市郑东新区祥盛街 27 号 C 座 5 楼
邮政编码　450018
承印单位　三河市兴国印务有限公司
经销单位　新华书店
纸张规格　700 毫米×1000 毫米　1/16
印　　张　29
字　　数　443 000
版　　次　2019 年 4 月第 1 版
印　　次　2019 年 9 月第 2 次印刷
定　　价　68.00 元

目　录

第一章

李大阳出生那天，县城的西门口正在行刑杀人。

大阳的母亲冯氏在李家是个忙得不得了的人物，每日除了洗洗浆浆、缝缝补补、锅前灶后烧水做吃喝之外，还得为家里的玉石货磨细抛光，还得及时照看门店的生意，及时跟上门客人讨价还价，还得……按她每日的忙乎样，应该是没工夫怀上孩娃，没时间躺在床上去生孩娃的。她忙，她男人李洪方也忙，并且，比她还要多忙出个三分四厘三，他忙着西去陕西蓝田镇、东去宛北独山街购石料，又忙着描描画画设计玉石货造型，再坐凳子上熬年月雕雕刻刻制作产品。俩人都忙得黑夜白天分不清，春夏秋冬难分辨，可她竟能忙中偷闲怀了身孕，竟能为玉石李家孕育出新一代。她不单单能在百忙中怀孕，而且还要在县城忙着杀人的时候，不分心，全力以赴地完成分娩任务。她不单单是个喜欢找忙的人，而且还是个事业心很强的人。不怀孕不说，一旦怀孕，就不能马虎；一旦要生，就必须认真对待。因此，她在这一日，绝对不会上城去看杀人景致，定然会躺床上为儿子的到来声嘶力竭地呐喊。

县城这日要斩的这个死囚犯，冯氏知道他叫张长有，住在镇街的皮条巷，距李家的玉石铺不太远，也算是近邻。她还知道，张长有犯案并被判斩，与自家的事儿多多少少有点儿牵连。是近邻，又有些牵连，那张长有被斩是应该赶到现场关注一下的。张长有这人,在涅阳的名声并不坏,算是个实在人,听说,这日很多人都早早赶到县城,都想见他最后一面。但她不去。不是她对张长有有啥怨恨,纯粹是因为这一日她要集中精力生孩娃。别的女人怀孩娃,超不过十个月,可她这回怀上的后来叫李大阳的儿子,竟然花费了十三个月另加二十三天。不容易,实在不容易。越是忙,越是感觉拖累,儿子越是沉得住气,越是跟玉石匠抄红砂磨玉石货一样斯斯文文。儿子沉得住气,她就等;儿子斯文,她也忍着急躁。她等待了一堆堆的日子,又忍去了一堆堆的火烧火燎。这一日,总算感到儿子要走出来的脚步了,她才从忙碌中扭回头,躺上床,专做生产孩娃的准备。

这是个秋天,具体说是大清光绪二十七年的秋天。季节是好季节,不冷不热,清爽纷至,四野呈碧,瓜果飘香,一派鲜活气象。再具体说,这日是大清光绪二十七年的七月八日。日子是个好日子,七七八八,一辈子大发;八八七七,皇榜第一。好季节,好日子,正是生孩子的好时候。这时候出生的孩子,将来不是大财主就是高官。不过这个季节,这个日子,古来也是皇家将死刑犯开刀问斩的定期。老戏文里的判案官们常有一句台词:将某某打入死牢,待秋后问斩。看来这个季节就是痛快,生和死,都朝这里奔。

就在冯氏躺在床上要尽职尽责生产的时候,县城那边也把张长有从死牢里押了出来,用一条涅阳盛产的黄麻绳捆了,在他后背插上亡命牌,装上囚车,沿镇平城的长春街直去西门。

镇平城原本是个热闹的地方,每日都有些外来客商、城镇居民、乡下农夫,或忙碌或闲散,成群结队出没在各条街路上,骑大马、牵毛驴、推独轮小车……有声有色很是有些看相。而这一日的热闹,这一日的看相,更是不同凡响。因为,这一日要杀人。镇平城很少处决死刑犯,尽管很多官员都是些腐败透顶的家伙,但他们总能把镇平治理得大体平安。因此,县衙的死牢里几年才住进一位客,县城的西门口几年才能等到一次斩决的风景。几年才能等来的稀有,能不看?重要的是,张长有的案子已传了一年多了。有人说他冤,有人说他不冤;有人骂他不该抢劫进贡给皇上的宝物,有人则叹息说他是遭了陷害充当了别人的替死鬼。他的女人为搭救他,从镇平县衙跪起,跪到南阳府、河南巡抚衙门,一直跪到帝京,最后还惊扰了慈禧老佛爷。更

— 2 —

重要的是,张长有是第二次被押上刑场,这次再上刑场,会不会有些新变故惹大家耳目兴奋?假如还有让人耳目兴奋的机会,大家自然不会随便错过。于是,这一日镇平城的热闹,大大不同于往日。

秋天的湛蓝一望无垠,秋阳如一颗老柿子,黄在湛蓝里,无声无息,默默晃荡。张长有刚被押出死牢的时候,还特地努力仰起了头。他蹲的死牢,里面是不分季节的,自然也不会有秋天。他这时候仰起头,虽是被突然的光明蜇疼了眼,但他还是朝那一片湛蓝和那一簇柿色,贪婪地看了一阵子。顷刻,他发觉这人间的秋季又到了。他大喊了一声"天哪"——看见了秋天,他很快就领悟到,是又要上刑场了,又要跟死亡打交道了。而且,他还迅速地明白,自己这次上刑场,是谁也救不回来了。天哪——连老佛爷亲自过问的案子,不能得到公断,到底还是被地方官给冤了下去。这世道,是彻底地强盗了。只喊过两句天哪,他就给黄麻绳捆了,就给插上亡命牌装进了囚车,余下的,就是一步一步走向鬼门关了。

载着张长有的囚车缓缓在长春街走着的时候,涅阳镇李家玉石铺的后院住房内,也响彻了一声脆叫,天哪——

这声脆叫,是躺在床上的冯氏喊的。既充满了疼痛的响色,又染透了欢快的音韵。她的这位后来叫大阳的儿子,这时候在她肚腹内已很是不安分。显然是被囚禁久了,他厌烦了;显然是暗无天日的日子很难熬,他要挣脱束缚走向光明。他的行为急躁,他的动作粗糙,他的活蹦乱跳,让冯氏实在难以承受。她既无奈着他的肆意践踏,又不得不为他的努力方向提供方便。天哪!

冯氏喊出的两个"天哪",与张长有喊出的两个"天哪",从情绪上判断,是差别很远的。冯氏喊得亢奋,前程辉煌;张长有喊得懦弱,凄凉而又昏沉。冯氏的喊声,如秋天擎起的晨阳,而张长有的喊声,似秋天飘零的落叶,悲哀而又惨败。

冯氏为儿子出生喊出的"天哪",与张长有为死亡喊出的"天哪",绝对不是带有机缘性质的前呼后应,绝对是一种偶然或巧合。

现在,载着张长有的囚车,接着缓行。

现在,后来叫作大阳的男子汉,接着在母亲的肚腹内制造动乱,制造一

— 3 —

场开天辟地的革命。

李洪方说:"我说你那个……那个别慌张。你得沉住气,忍着点儿。"

冯氏说:"这娃子比我还慌张,我……我咋……咋忍……哎哟……"

李洪方说:"我说你……你得有柔性,得跟磨玉石一样。"

冯氏说:"说的怪美,你、你……哎哟……你躺这儿生个娃子试试……哎哟……"

看着冯氏急出的一头一脑汗水,听着冯氏号罢"天哪"再号"哎哟",李洪方很想安慰安慰老婆,可惜就是口拙,说不出太油耳朵太油心的话。也很想替老婆努努力下下劲,就是身子笨,没那种法器,玩不转。平常,不论家里有啥事,他俩都会相互帮衬:他雕琢玉石,她抛光打磨;一批成器了,他西去蓝田镇,东去独山街购料,她守店铺卖货,然后……年来月去,日出日落,他俩都能合作得没缝没孔,可这时候,在这件事上,他只能干攥拳头干着急。

不只是李洪方和冯氏急,站在一旁的接生婆牛氏也急。见过成群的女人怀孕,没见过像冯氏这样的,怀了十三个月另加二十三天还是迟迟不出货;见过成群的娃子从各自的娘肚子里爬出来,没见过这样弄来弄去就是不露面儿的。这冯氏要生的孩娃捣蛋,这孩娃,日后不是个王八蛋土匪,就是个男盗女娼的官宦,要不,就是个红毛野人妖魔鬼怪。焦急中的接生婆牛氏虽是这么想,却没这么说。她把李洪方拉到院子里,说你去找把艾叶到街口烧了。李洪方没动身,仰起头朝天上看了看。

这时候,天上的湛蓝突然不见了,但见一汪阴沉自东向西森森而过。

李洪方问:"那个、那个烧艾叶干啥?"

牛氏说:"撵邪!"

李洪方又问:"哪有那个、那个邪?"

牛氏说:"没邪你女人咋生不出娃?"

李洪方遵嘱,就去找艾叶焚烧,而这时候,载着张长有的囚车,已行过城隍庙。行过就行过,比较平静。一街两厢的看客虽然密密麻麻地拥挤着,终归没啥大的动作。秩序大体符合官方的要求。

乱纷纷的表情,从张长有的眼前摇晃过去,乱哄哄的声音从张长有的耳边飘荡过去。他不再喊"天哪",也不再如同上一次走向刑场时那样一路喊冤。不喊！天跟贪官们勾结在了一起，不清白了，不明理了，喊了有啥用？连老佛爷都摆不平的案子，还喊啥冤？不喊！他现在唯一的企盼，就是看上妻子贺凤珍一眼，就是想听听儿女们喊他几声爹。只要能看妻子最后一眼，只要能再听到儿女们的喊爹声，此去黄泉路，也算有了点儿安慰。

上一次去刑场，张长有是沿着长春街一路喊冤的。

"我不是胡体安，我叫张长有！"

"我不是抢劫犯，我是受蒙骗的！"

"我冤哪！我冤呀！"

"老天爷呀，你睁睁眼吧！"

"城隍老爷呀，你明断明断吧！"

"城隍老爷呀，你搭救搭救我吧！"

…………

张长有的呼冤，声情并茂。凄惨、哀痛、撕心裂肺，如这个秋天突然蹿出的一阵阵雷雨打落在镇平城的上上下下，如这个秋天突然吹出的一阵阵凉风吹在长春街的里里外外。一时间，天空黑云滚滚；一时间，地上狂风翻卷。镇平城昏暗了，长春街昏暗了，一切都昏暗了。这昏暗，不仅让一街两厢的看客吃惊，连为行刑队伍开道的兵丁，后面的刀斧手和衙门官人，也吃惊了。甚至连拉囚车的骡子也吃惊了。这骡子一吃惊，与众不同。它不把囚车上的犯人和囚车前后的人当一回事了。它一撩开腿，是不会听任摆布的。它要随心所欲地奔走，它要拐个弯儿地走。

这骡子，早不拐弯儿，晚不拐弯儿，咋偏偏到了城隍爷的大门口拐弯了？咋偏偏拐到了城隍爷审案的大殿前又驻了蹄子纹丝不动了？稀奇！古怪！内中必有缘故。必是官府在办理这一抢劫案时，审查不清，错判了案，或者是某一个官人或某一些官人收受了真正罪犯的贿赂故意制造了冤案……

总的来说，张长有如被杀，极可能是场弥天大冤。可能，这一人间的案子已惊动阴间，弄到城隍老爷这里来了。这且不说，更稀奇古怪的是，囚车停立在城隍庙大殿前时，人们发现城隍爷往日一成不变的脸，竟轰隆一声动容了，脸上涌出大堆大堆的黑云。极是怕人，让人毛发扑楞楞地耸起。这且不说，更让人们惊恐万端的还在后面。骡子把囚车拖进了城隍庙，监斩官是不能不尾随进去的。他们不尾随进去就是失职,日后要挨查办的。他们一进去,人们又发现,城隍爷那两颗圆滚滚的眼珠子,竟滚出了两行彤彤的火红,乒乒乓乓燃烧着。监斩官们一看见城隍爷的凶相,全都尿了裤裆走了魂。无奈,这次行刑就此流产。

现在,载着张长有、第二次走向刑场的囚车,已经平安驰过了城隍庙。拖囚车的骡子没乱蹄子,没左顾右盼,很是一本正经地尽着职责,镇平城的看客们也没被引入城隍庙。也许是,张长有这一次没有呼冤,没惊动骡蹄子和城隍爷;也许是,张长有的案子原本就没有冤屈,上一次是骡蹄子多情和城隍爷多管闲事。

现在,张长有仍没看到妻子贺凤珍的身影,仍没听到儿女们的喊爹声。他长长地叹息了一声,这一声哀叹如无奈的风,刮走了满天的湛蓝,又吹来了满天的昏暗。

而这时候的涅阳镇玉石铺李家,已烧过了艾叶。艾叶的淡苦薄香,正缭缭绕绕在李家的整个宅院。好像这座宅院原来真的有邪气,是燃烧的艾叶撵走了邪气。躺在床上奋发着要让孩娃出来的冯氏,这时候真的是歇了疼痛;那位后来名叫李大阳的孩娃,这时候,真的不再过多地制造麻烦了。刚刚恢复平静的冯氏,并没有顾上去擦拭那一头一脑的汗,而是细细摸了摸自己那一堆高耸的肚腹,叹息了一声。这一声叹息,与囚车里的张长有在同一时间里发出的那一声叹息,相距不少的路程。张长有在囚车上无奈叹息,定然是充满了失望甚至是绝望,而冯氏的这声叹息,浸染了不少乐观,还憧憬着孩子的美妙前程和灿烂人生。

在街口燃烧艾叶的李洪方回来见老婆冯氏平安了,站在床边搓搓手。

李洪方说:"没事了?"

冯氏说:"这娃子不瞎折腾了。"

李洪方说:"那个那个没事就好,那个那个不折腾就好。"

冯氏说:"这娃子乖了,你别焦心,我慢慢生他吧。你上趟城吧,不是说今儿要——"

今儿要砍张长有的头,满涅阳镇的人都知道,都想赶到城里跟张长有会上最后一面,或者说去城里看一回别开生面的热闹。

站在一旁的接生婆牛氏，很快明白这对夫妻要说的事儿。

要生孩娃的关口，很不宜让"杀""死"等字眼抛头露面，牛氏要找些话题，把这对夫妻的思路岔开。

"我说李掌柜，这把艾叶一烧，你这要生出的孩娃，日后肯定不会干那种杂种事——我说妹子，叫我再给你顺顺胎。"

李洪方说："那……那个……那个……那我就放心了。"

冯氏说："我生出的孩娃，咋能去干那种王八蛋的事——好嫂子，你轻点儿。"

"我说李掌柜，这孩娃日后肯定有能耐。"

李洪方说："那好那好，那个顺好了胎位没有？"

冯氏说："好嫂子，你那手再放轻点儿。"

"够轻了，你这孩娃，这时候是坐着，不好整。我说李掌柜，我琢磨，这孩娃日后就是个巧手的玉石匠。"

李洪方说："承蒙祖上积德，李家子孙理应这样。但愿这样！"

冯氏说："讨嫂子吉言，讨嫂子吉言。当家的，快去给嫂子热碗老黄酒。"

"别忙热黄酒。我说李掌柜，你快去灶屋烧盆温水，等着，不喊你，你别进来。这娃子有动作了，这娃子出来是要先见妈后见爹的。"

李洪方说："那好，那好，听嫂子吩咐。先不热老黄酒，先去烧盆温水。"

冯氏说："那就先烧盆温水。等一会儿，嫂子给孩娃洗过了澡，再叫孩娃干干净净见你。"

…………

谈论间，那边的囚车，也把张长有拉到了西门口的刑场上。一路上，骡子很乖，囚车很乖，一街两厢的看客和押解囚车的官兵也很平静。这一日，稳坐在城隍庙的城隍老爷，也诸事不问。没出现滋扰，没出现动乱，没发现阴府对于阳府理事不公所表现出的极大愤怒。一切正常，就像庄稼人的春种秋收，赶的都是季节活儿，需得播种就播种，需得收割就收割。上一年，没杀成张长有，说是张长有蒙冤了；这一秋，没人呼冤，没骡子和城隍爷提供同情，也许张长有不冤。不冤何需同情？该当问斩。

张长有被拉出囚车，推上了断头台。监斩官验明正身，刀斧手一左一右站立在张长有身边，单等午时三刻。

风刮大了。

大清光绪二十七年七月八日这天的风，刮起来，与旧年旧月相比，有明显差别。古来所有的风，不是狂就是弱，不是大就是小。要不，就是不狂不弱不大不小中不溜。但这一日，张长有对于风的最后体会，倒不注重它的强弱，也不注重其寒暖。即将血洒刑场的人，还管它是啥样的风哩？要死的人了，还管人间是何种气象哩？他叹息之后，就无奈地闭上了眼睛。看不到妻子贺凤珍，看不到儿女们，不再等了，不再看了。单等着午时三刻到，把自己的命交给刀斧手，单等着午时三刻到，让人们好好地看一下自己被砍头。可是，自他叹息过又闭上双眼的那一刻起，镇平城就起风了，而且，越刮越大。不单单刮走了漫天的湛蓝，不单单刮走了湛蓝里那颗高悬的红日，还别有兴味地把他那双沉重的眼皮给刮开了。刮着刮着，还别出心裁地把他那两只绝望得僵硬的眼珠子，给刮活泛了，给刮得骨碌碌转了。唰！他的眼睛开始搜寻。

"凤珍——"

"长有——"

张长有居然看到妻子了，看到紧随妻子身旁的儿女们了。

"孩娃们——"

"爹——爹——爹——"

风中，张长有泪流纷纷，贺凤珍泪流纷纷，孩娃们泪流纷纷。不少看客，也都看得泪流纷纷。

"凤珍——叫娃们长大了给我申冤！"

"长有——他们把我看得紧——不让我见你呀！"

"孩娃们快长呀——给爹爹报仇呀！"

"记住了爹——记住了爹！"

…………

据镇平城的人们后来传说，自打张长有第二次被定案，贺凤珍就被看押起来了。因为，贺凤珍为此案跪过州府跪过朝廷，因此地方官府一直看押着她,看押到张长有即将被斩的时刻。据官家估计,此刻让他们一家相互看上一眼,相互说两句告别话,是不会发生意外的,更不会发生劫法场事件。让夫妻、父子短短地一见,就算是很仁义很公平了。

但是,他们一家人一见面,不是相互安慰,不是哭哭啼啼话离别,而是相互煽动反叛情绪。喊"申冤"呀,喊"报仇"呀,好像是县衙、州府、朝廷又一次制造了冤假错案,好像大清的所有官员都是腐败分子,不可靠,不可信,只有依靠他们自己的力量才能平反昭雪。这种行为实在可恶,很让镇平的监斩官深恶痛绝。听着这家人喊来喊去,监斩官的厚肉脸怒出了一大堆紫青滥红:给你们点儿自由,你们就想反天?爷们要把你们压石碑下当老鳖,你们又能怎的?

监斩官忽地站了起来,恶狠狠地说:"把贺凤珍赶出法场!刀斧手听令,举刀!"

官令如山。

旋即,贺凤珍和儿女们被兵丁们挟持走了。

旋即,立在张长有身旁的刀斧手举起了大刀片子。

轰隆!

就在这时,涅阳镇的上空,突然炸出一阵阵脆响,霎时撕裂了漫天的昏暗,急促的光亮得令人吃惊。

正在玉石铺李家为李洪方老婆接生的牛氏,慌慌张张地拉开门,对着灶房问:"我说李掌柜,是不是天打炸雷了?"

正在灶房烧水的李洪方慌手慌脚地奔出灶房,拧脖子朝天看看,应道"那个那个……"

李洪方一时难以回答,古来天上要打炸雷,是必得有黑云铺垫的,就跟磨翠玉货一样,要讲究个层次。可是,他这时候却在天上看到一马平川的蔚蓝,看到红太阳光闪闪地照耀。他有些纳闷:刚刚还是阴阴的天,怎一眨眼就响晴了?怪!太怪!

接生婆牛氏是个急性人,也是个很负责任的人,她容忍不了李洪方的温温吞吞。

牛氏说:"别那个那个了,你快来把门窗都堵上,别叫炸雷把孩娃的魂儿震走了。"

李洪方说:"是,这天怪得很。老天爷是咋回事?"

按照牛氏的吩咐,李洪方嘟嚷着抱了床被褥,遮到了窗子上。窗子一遮,房门一关,这间小小的产房便彻底排斥走了入侵的光线,大幅度地抵挡了外边袭来的声响。产房平静了,却也黑暗了。黑暗中,牛氏又嘱咐李洪方:"快把油灯点上。你们玉石李家向来都是明光人,从来都不做暗事。我说李掌柜,这生孩娃更不能黑灯瞎火地瞎编排吧?"李洪方赶快将油灯点了,然后又朝灯盏里添了油,拨大了灯芯。油灯大亮后,他一边搓手,一边朝躺在床上的冯氏看去。

冯氏安详得纹丝不动,好像熟睡已久,正在发生的晴天响炸雷并没有惊扰到她。李洪方略略俯下身,小心地问:"你肚子那个那个还疼不疼?"冯氏无语。淡淡的灯光下,冯氏黄着脸,脸上风平浪静。他又朝床边近了近,很想再关爱两句,可被接生婆牛氏给拉了过来。

牛氏说:"你再出去烧把艾叶。你没听说过?老天爷打炸雷是要抓妖魔鬼怪。别叫妖怪被撵急了,往咱这里钻。"

这话有道理,提醒得太及时。关于雷打妖魔龙抓鬼怪的故事,李洪方听得很多,是很吓人的。特别让他难忘的是有一年夏天的一个中午,镇街的上空突然间划过一连串的响雷闪电,也同时让他听到了一连串的悲凄嚎叫。一连串的雷鸣闪电,追逐着一连串的悲凄嚎叫。绕来绕去,追来追去,随着一声巨响,把佛寺内那棵千年老柏树给拦腰炸裂了。事后人们赶去一看,竟发现那炸裂的树洞里,还汪着一摊紫血,腥气扑鼻。人们都说是妖魔被老龙王撵急了,钻到柏树洞里躲避哩,最后还是叫抓走了。

李洪方说:"那我再去烧把艾叶。"

不管老天怎么多变,不管晴天打炸雷是否合理,也不管妖怪今天会不会被撵到这里,再出去烧把艾叶预防预防还是很有必要的。人间的事,不怕一万就怕万一。万一妖怪被撵到这里来了,万一老龙王要撵到这里捉拿;万一妖怪被撵到了老婆的床底下,万一老龙王要追进老婆的床底下捉拿,那……那可就大麻烦了。它们要是钻到老婆床底下战来斗去,那——那后果可不是当年拦腰炸裂千年老柏树那样简单明了。那——那后果至少会直接影响孩娃的出生……总的说,这把艾叶是一定要烧的。

李洪方赶紧出去烧艾叶,接生婆牛氏又紧紧急急把房门关上。

"玉石铺冯氏接旨:玉帝即将下界,速速接驾!"

"你,你是谁?你说啥?"

自打突然的霹雳响彻涅阳晴空的那一刻起,冯氏就睡过去了。也许是她肚里的孩娃累了,不折腾她了,她也被折腾累了。她这一睡,很熟,很沉,连雷声都听不见,连她男人和接生婆牛氏间的惊慌来去也毫无知觉。好像,天地间的一切,都不可能动摇她对于熟睡的执着。

"玉石铺冯氏听令:玉帝即将下界,如你接驾不周,必问重罪!"

"啥玉帝玉帝的,我弄不懂你的意思!"

沉在睡乡里的冯氏,是不愿让他人打搅的。她打算好好睡一觉,歇过来精力,再好好地把孩娃生出来。可是,事不遂心,没睡多大一会儿,就闯来个念圣旨的家伙。早不来,晚不来,偏偏等我睡的时候,这家伙要来给念圣旨。念你就念,我不管。念圣旨的事,压根儿就念不到我冯氏的头上。我冯氏是玉石匠的老婆,贱得很。要念,你去城上念。城上这时候正杀人,官们都在,快去念。

想是这想,牢骚是这么牢骚,冯氏还是朝念圣旨的那个方向,看了一眼。

念圣旨的声音,来自九霄。

九霄之上,站着一位白了长发、白了长胡子的白净老头。这老头儿的相貌倒是不讨厌人,冯氏本打算跟他多说几句话,可这老头儿念过圣旨就拂袖而去。

不给情面!你不跟我多说话,我也不跟你多说了。走你走吧,我还要睡。睡舒服了,我还要干我生娃的活儿。我才懒得接旨,我才懒得接驾……哎哟——就在冯氏为传旨老头儿拂袖而去愤愤不平的时候,她的肚腹又剧烈疼痛起来,睡梦被疼痛叫醒了。

轰隆!

就在此刻,县城那边的行刑大刀,闪着凛凛寒光断山断水地朝张长有的脖颈砍去。张长有的人头,随着监斩官的一声喝令,随着大刀片的落下,无奈与躯体分离。随即,鲜鲜亮亮一腔热血,从张长有断掉的脖颈处喷薄而出。

就在这时候,一位后来名叫李大阳的汉子,在接生婆牛氏的精心操作下,冲破了母亲冯氏肚腹的束缚,雄赳赳气昂昂地来到了尘世。随即,明晃晃的一道紫气自东而来,纠缠在玉石铺李家的上空,如太阳初升,吉祥荡漾。

准确时辰:大清光绪二十七年七月八日午时三刻。

张长有人头落地,怒气冲冲地跪在那里喷洒完自己的热血,才扑通一下栽倒。监斩官赶过来踢了踢张长有血糊糊的头和血糊糊的身子,阿嚏——鼻孔朝上打了个脆生生的喷嚏后,挥了挥手。确认张长有是准确无误地死了,官员、兵丁和刀斧手们,如庄稼人刚刚收割了一季肥实实的庄稼,心满意足地回衙门歇息去了。

"长有——我会给你报仇的!"

"爹——爹——娃们会给你申冤的!"

…………

看客们也都相继四散,一时间,一塌糊涂的刑场上唯有贺凤珍和儿女们在嚎叫,凄凄惨惨悲悲愤愤。

而在涅阳镇,后来名叫李大阳的汉子,出生到玉石铺李家床铺上时,并没弄出大的声响,就像深秋熟透了的一颗柿子,吧唧! 不显一点儿生动,不显一点儿志气。刚出生的孩娃都是要哭要闹的,都是要哇哇哇造势一番的,而他,却平静,却沉稳。好像他早已在尘世走过了几遭,蹚过了几个轮回,富有出生经验,熟知人间风情。

"这孩娃! 你看你看这孩娃!"接生婆牛氏一边包裹孩娃,一边嘟囔,"我说大妹子,你这孩娃古怪。"

"叫我看看,叫我看看。"冯氏一看她生的娃子两颗眼珠骨碌碌转,跟上了光的独山石一样,黑是黑,白是白,光泽鲜活,便说:"好嫂子,这娃不古怪,不古怪。"回罢牛氏的话,冯氏还逗了孩娃一句,"娃! 喊妈,我是你妈!"

"妈——"

轰隆!

竟然有一句喊妈声,从这个刚出生的孩娃口中叫出。

冯氏吃惊,接生婆牛氏更吃惊。接生婆牛氏赶快拉开房门对着门外喊:"李掌柜,快进来吧。你儿子……"

听到呼喊,李洪方跌跌撞撞赶到了冯氏的产床前。

"那个那个,那个那个……"李洪方一边搓手,一边看着孩娃的脸,"娃!儿子!我是你爹!"

"爹!"

轰隆!

喊爹的叫声,从这个刚出生的孩娃口中呼出。

轰隆!轰隆!轰隆隆!

此时,县城那边的贺凤珍,把男人张长有的血头血身衔接到一起后,庄庄严严地举起了自己的拳头:"长有,为妻杀不尽天下狗官誓不做人。"

张长有的儿女们也都举起了拳头:"爹!娃们要杀尽狗官。"

杀狗官!

杀狗官!

杀尽天下狗官!

太阳的光辉,光芒万丈着贺凤珍和儿女们举起的拳头,也光芒万丈着贺凤珍和儿女们的铮铮誓言。

而此刻,涅阳镇玉石铺李家产房内的玉石李、冯氏、接生婆牛氏,已不为这新出生孩娃的不哭不闹且又过早地喊爹喊妈吃惊了。虽看过了不寻常的事,却没见到发生不寻常的灾难,不寻常里包含着合理。

接生婆牛氏说:"我说李掌柜,你也该给孩娃起个名字了。"

孩娃落地就给孩娃取名字,属于本地风俗。

冯氏这时候突然想起来,她刚才在睡梦中听到过"玉帝下界"一类的话,觉得有点儿意思,便插言道,就叫玉帝吧。

"带玉的名字好,跟你们玉石铺李家合辙。"接生婆牛氏听了,立马露出一脸喜色,"我说李掌柜,就叫玉帝吧。这孩娃日后肯定跟你一样,也是个好玉石匠。"

"玉帝不成,玉帝就是玉皇大帝。那个那个,玉皇大帝就是老天爷。"李洪方听了,立马吃惊地露出满面惶恐,"那个那个,那是犯上。"

一听说玉帝就是老天爷,轰隆! 冯氏和牛氏,立马都目瞪口呆了。

轰隆!

就在这时候,县城刑场那边的贺凤珍,为了警示孩娃们此生不忘报仇雪恨,年年月月莫忘铲除不平、宰杀狗官,面对亡夫的尸体,她重新给孩娃们起了名字。

"老大,从今儿起,你就不叫张大麦了,你叫张大刀。"

"老二,从今儿起,你就不叫张二麦了,你叫张二刀。"

"闺女,从今儿起,你就不叫张麦花了,你叫张刀花。"

"都不许哭,擦干眼泪,送你们老爹回家。"

"是!"

秋天的太阳,从一马平川的湛蓝里照耀下来。照耀着一地仇恨,照耀着一地火焰。

也就在这时候,涅阳这边的李洪方,也对孩娃的取名问题大体考虑成熟了。原则是:一、不能叫玉帝,不能冒犯老天爷;二、参照外地取名习惯,当爹的见了孩娃后出门,遇到啥吉祥物就叫啥名字。

根据以上两条原则,李洪方特地隆隆重重地看了孩娃一眼,然后,低下头,默默走出院落,站立到青石板街路上。他缓缓地抬起头——街巷里没人影走动没车辆马匹往来——人们都上城看杀人去了。连飞鸟也没有! 一地空空荡荡,很难让他看见吉祥听见吉祥。

没吉祥物可让李洪方的眼睛碰遇,一时间还要给孩娃取名,可就让他犯难了,他在青石板街上不停地跺脚,不停地转圈子……轰隆! 就在他急不可耐的时候,出其不意的一阵雨,如淋在灼热的石块上,淋疼了他的脑瓜子和肩膀。抬头一看,没见风,没见雨,却见大群大群的日光从高空垂落而下。垂落得密密麻麻生动不凡,垂落得有气象有力度威威风风。好一颗大太阳啊!

"我的孩娃叫大阳。李大阳!"

轰隆! 轰隆隆隆……

揉着肩膀,对着大清光绪二十七年七月八日中午的太阳,李洪方刚确定给自己孩子取什么名字,朗朗晴空里又骤然大作霹雳。

轰轰隆隆的雷声里,产床上的冯氏听到的却是自己孩娃的哭声。这孩娃终于会哭了,哇哇、哇哇哇哇……

　　红太阳的光辉,照耀着涅阳镇,照耀着死的归去和生的走来。

　　五千年的涅阳镇,竟然在这一刻,别有风情地美丽起来了。

第二章

张长有蒙冤,多多少少与涅阳镇玉石铺李家有关。

进一步说,如不是玉石匠李洪方保举,张长有是不会走进一场官司,是不会因呼冤惊动到朝廷最后又挨了斩刑的。

再具体点儿说,张长有之所以落到这个下场,是与李洪方当初的努力分不开的。

那个冬季的一天,天上飘着雪花,雪花不稠,还轻。没有风吹,比较平静,更没多重的寒冷。时近下晚,镇北的寺院已响过暮鼓。芙蓉街的各家春楼上,都相继挂起了大红灯笼准备接客了。和顺街的烧酒馆、黄酒馆、烧鸡馆、烤鸭馆、牛肉馆、卤羊肉馆,这馆那馆的也都渐次热闹起来。绸缎街、丝线街、棉布市、青菜市、牲口行、柴草行、染坊巷、葛条巷、皮条巷,各店各铺先先后后打了烊。劳累了一天的涅阳镇,改换风情了。就在这个傍晚时分,就在这样一种气氛下,李洪方和张长有无意间走了个头对头。

"啊那个张兄,你才从口岸上回来呀!"

"才回来,才回来。你玉石李又上城了?"

"那个那个,去我家弄盅烧酒喝喝。"

"不了不了,你玉石李是个大忙人,都说你正给朝廷赶活哩。"

"去吧去吧,朝廷要的货,早弄完了。"

这时候,李洪方正从玉石街自东往西走,张长有正从玉石街自西向东走。李洪方背着条褡裢,刚刚从城上赶回来;张长有肩头搭条战带,刚刚从涅水的口岸上回来。

褡裢,是一种长条形的布袋子。涅阳阔绰人要上城,都要背上这种袋子。一是袋子里能装铜钱,能装干粮馍;二是能显身份,能打扮人。战带,是一种勒腰的宽长布带。涅阳人凡参与战事、干体力活儿,不能没有它。一是勒腰上,能让人攒上劲儿;二是热出汗,解下来能擦擦额头擦擦脸。

相互看一眼对方的佩戴,都明白了对方是在做啥营生。

李洪方说:"别看我这褡裢不重,那个那个,反正我是发了财了。今儿县上老爷对我说了,说只要这宗货能惹住万国会的眼,只要那个那个能惹出老佛爷的高兴,说朝廷肯定会赏我一车'光绪通宝'。张兄啊,一车'光绪通宝',啥时候才花得完哪?走吧走吧,去家喝两盅。"

张长有说:"乖乖,乖乖,给恁多呀!要叫我在口岸上挣,怕是八辈子都挣不到手,行啊,就去你家喝两盅。今儿给'福源'铺子卸货,也累狠了。"

张长有说的口岸,就是涅水边停靠货船的地方。每日里,涅阳南下汲滩、汉口的货,或汲滩、汉口来涅阳的货,都在镇西边这个叫口岸的地方上船或下船。他在这里挣钱不容易,每个铜圆都是靠膀子扛出来的。相比之下,外号玉石李的李洪方挣钱要少出些力、少流些汗。不过,也不是多轻松。

不管挣钱容易不容易,不管张长有今儿个扛活劳累不劳累,也不管玉石李说的一车"通宝"啥时间能拉回来,反正,这时候能喝上两盅,是很美的。

李家和张家,是几辈子的邻居,彼此处得和睦,相互间喝些往来酒,正常。俩人不再多言,就膀挨膀进了玉石铺。

进了屋,李洪方让老婆冯氏到和顺街打了一斤老烧酒、切回二斤熟牛肉,俩人就坐在方桌旁,边吃边喝边闲唠。

"今儿这酒喝得排场,是配着腱子肉喝。这种喝法,怕是福源赵家、绸缎庄王家才能铺排得了。"

"先别这么说,只要那车'光绪通宝'能照数给拉回来,我敢担保咱哥俩往后喝酒,那个那个都会跟赵家、王家一样切上两斤牛腱子肉。"

以往,李洪方和张长有你来我往的喝酒经历中,除了有大事或过节,一般情况下是没有菜肴的,大不了是一碗蒸榆钱儿蒸槐花儿,或炒南瓜炒萝卜炒豆角儿。今儿个让张长有心头不安,认为玉石李太破费了。但是,李洪方毫无异常。也许,他认为朝廷给的那车钱,已送到他家,正等着他费尽心思花销哩。

闲唠闲扯中,他们先唠的是老鸹窝村李进士如何如何清廉,后又唠的是镇北的广洋大枣这两年怎的怎的旺收,再又唠的是三潭的龙王爷咋的咋的能显灵,咋的咋的能给涅阳下及时雨。唠扯着唠扯着,坐不安生的张长有就提到了牛腱子肉配烧酒如何如何排场。提到了这种排场的喝法,那一车"光绪通宝"的话题又给引了出来。

"有这一车钱,你玉石李肯定要比福源赵家、绸缎庄王家富出好几回合。"

"话不能这么说。人家两家的富,埋得深,谁能掐得出人家有多少那个那个积存?实话说,就我这一回给朝廷做的这批货儿,还是借钱买的料子。你再吃块肉,这牛肉怪适口。"

"你玉石李总算是有个好手艺儿,又交上了好运气。唉!你张哥不行啊,一没田地种,二没学来个挣钱本事。单靠在口岸上,扛上扛下,背上背下,糊不住一家人的饿嘴呀!叫我再喝一盅。"

"糊不住一家人吃喝不行啊,要不中,那个那个,你再换个营生干干?"

"换啥营生干呀,我这个人生就一身穷骨头,干啥都干不出发财相。唉!前天,太极观里的道长还给我算了一卦,说我是……"

"别信那些胡扯,那个那个,过两天有个好差事,只要你愿意干,我给衙里举荐举荐。"

"啥差?能挣多少通宝?"

"好差!随县衙车帮上京,一来一回一个月,比你在口岸上干三年还要挣得多。"

"老天爷老天奶呀……"

李洪方所说的上京车帮,是指要把他这次给朝廷做的那一大堆玉石货,运往京城的车帮。这批玉石货,其实件数并不多,只有一套独山石挂屏、一套岫石观音佛像,还有一张涅阳汉白玉做的八仙桌、一双座椅镶面。要说,这堆东西,紧凑一下一马车就拉走了。可河南巡抚、南阳府、镇平县衙,是不会如此节俭的。他们都喜欢热闹,都希望能造大声势。好像,把事情整热闹了,整出浩大声势了,就显各级的政绩了,就能向上伸手讨升迁了。譬如说,一套石挂屏是四幅,那就得四辆马车拉。如此一来,势必能浩荡出一个大车帮,势必能风光出一路的大气派。如此一来,到了朝廷那里,就能显摆出体面了。不过,这样一来,肯定会增多上京人员。一个大县衙,包括县太爷、师爷、兵勇、捕快在内,总的编制不超过七十人。即便县衙全员出动,绝对是应付不了的。

这样一来,不足的上京人手,必得向民间招募。

"要不是这段时日我手上的玉石活儿多,我那个那个还想跑这趟差的。"

"你快去保荐保荐,叫我去吧,我急着挣钱啊。你那俩侄儿侄女,大的才八岁,小的不过四岁,天天都得给他们弄吃弄喝呀。事成了,我也割两斤熟牛肉,请你喝烧酒。"

保举张长有为镇平县的上京杂役,对于名扬镇平县的玉石李来说,并不是件难事。以前,凡县衙和南阳府的官老爷们要拿玉石货送礼,都会到涅阳镇玉石李这里。以前,凡上级官人来镇平巡视玉作坊,外国洋老爷来镇平探访玉制作,都会由县衙引领到涅阳镇玉石李这里。特别是这一次,朝廷要的这宗去万国会上给大清国挣脸面的货,也是由县衙受旨派到玉石李这里,才有了上下皆如意皆欢心的结果。别看李洪方在镇平只是个玉石匠,可他跟县上、府上交往多。他去县衙里说句话,让张长有充当这趟上京的杂役,基本上是能得到应允的。

"用不着你买牛肉请我喝烧酒。你想想,等你背一身钱回来,我那一车通宝也那个那个拉到家门口了。"

"即便你那车钱拉到了家门口,我还是要请你一场的。"

这晚的酒喝得很热火,充满了旺收的景象。酒毕饭毕,李洪方送张长有回家。出了玉石铺,一团一团雪花扑打着灯笼。没凉意,暖暖的。

张长有再次嘱咐:"你明早儿就上城啊,别迟误了。"

李洪方回话:"那是,那是。"

张长有又说:"这一回,我张长有就靠你给翻翻身了。"

李洪方又答:"那是,那是。"

次日,李洪方真的早早背着他的褡裢进了城,把张长有做上京杂役的事给保举妥当。又过了几日,张长有就成为上京车帮中的一员,雄赳赳气昂昂地上路了。车帮临出城,李洪方还和张长有的老婆贺凤珍赶过去,为张长有送行,也为整整一个车帮送行。记得那日的清晨,马车帮浩荡远去的时候,张长有还扭回头,专门对李洪方喊了一句:

"玉石李等我回来,一定去和顺街割两斤熟牛肉打一斤烧酒,好好跟你喝一回!"

李洪方也回了一句:

"我等着!"

这一天的清晨,仍是个冬天的清晨,仍跟前几天的清晨一样,风淡淡吹着,雪闲散地落着。这个清晨很平凡,然而,在这个清晨里,张长有与李洪方的告别,却成了一件非常珍贵的事。等到他俩再见面的时候,张长有就成了死囚。那场面,不是在张长有的家里喝张长有置买的酒,而是李洪方带着牛肉带着酒来到死牢,俩人隔着木栅栏喝的。说是喝,也没咋喝。心情都不好,咋喝?相互间都有说不尽的话,也没空喝。

原来,这次上京的车帮,还没走到鲁阳关,就出事了,碰上了抢劫的强盗了。经过双方激烈的争夺,虽说只损失了两尊尺半高的观音菩萨,事件的性质却大大严重。这是一批上贡给朝廷的货,这批货要坐洋轮到万国会上给大清挣面子。敢抢这种货的强盗,必是乱江山的强盗,必须追查到底,全部缉拿归案。车帮还没行到邯郸府,朝廷就已经知晓了鲁阳关遭劫的案情。待车帮入京,在朝廷卸过货验过货,所有来自镇平城的押车官兵和随车杂役,都作为嫌疑犯一律给监禁了起来。

"你吃点吧,这是咱那个和顺街卤锅上的卤牛肉。"

"……"

"你那个那个喝一盅吧,这是咱和顺街烧锅上的老烧酒。"

"……"

隔着死牢的木栅栏,看着戴铁链锁铁镣的张长有,李洪方的心头如钢锯割石璞一样滋滋拉拉疼叫连天,就跟钎碇钎玉石货一样沙沙沙地火烧火燎。从张长有随车帮上京,到被押解回镇平县,事过不足一年,可刚刚三十出头的张长有,竟然老出了丝丝缕缕的白发,竟然老出了深深浅浅的皱纹。胡子杂杂乱乱地长了,脸邋邋遢遢地黄了,瘦了。人不像人鬼不成鬼,走了形了。原本操着好心,是叫张长有随上京车帮劳累一个月,挣回一大堆钱,给他一家挣回个舒坦日子,万万没想到,此一去,就是十一个月;万万没想到,此一回来,倒是连家门都回不了。见到张长有这等处境,这等形象,李洪方禁不住流出了两眼热辣辣的泪,可他还是一抬衣袖,迅速把一切都给擦去了。

"你放心啊张兄,事情总归是要那个那个弄清楚的。谁都知道,你那个那个不是那种人。"

"我是上了官老爷们的当了,我冤枉啊。他们诓我说,只要我能顶替一下胡体安,哄哄上边人,让大家都安生了,事后给我十担'光绪通宝'。我当时不答应,我想我生下来就叫张长有,我不能为这十担钱更名改姓。后来……"

"后来,你就答应你叫胡体安了?"

"后来,他们就说把南阳府的'翡翠阁''久长久'两个玉货铺子添给我,还说要把镇平城长春街的恒记丝绸行也送给我……"

"这就那个那个把你买通了?"

"唉,一时半刻难说清楚呀!"

"你那个那个细说细说。"

…………

虽说,这场酒喝得太黯淡,喝得太没光彩,但是张长有倒把这次上京车队的中途遭劫、进京后全遭收审,以及张长有如何被迫冒充了抢劫犯胡体安,最终沦入死牢的经过,给细说清楚了。

"那个那个……这是吃官饭人合着膀子要冤你……"

"你给我奔走奔走啊洪方,我不能死呀,我死了,我那仨孩娃谁养活啊!"

"宽宽心吧张兄,我肯定会为你呼冤的。我肯定会把你这不白之冤,给申诉清楚的。"

原来,鲁阳关的强盗们,之所以敢冒大险抢劫镇平县衙的上京车队,是早与镇平的衙役头儿胡体安密谋好的。事实上,这次领人押车的胡体安,就是抢劫团伙的主犯。从犯有鲁阳人,也有南召人。案发不久,有三个从犯很快落网。经酷刑审问,仨从犯不约而同地供认出胡体安的犯罪事实。随即,当地官府就派快马,把镇平上京车帮有内奸的情况,上报到了朝廷。所以,这帮来自镇平县的官民刚刚跟朝廷办理过交割手续,便统统成了强盗嫌疑,被送进了监牢。很快,胡体安的罪行败露,他如实招认。出乎预料的是,就在上京车帮押着胡体安返回的途中,胡竟脱逃。主犯脱逃,上面肯定是会追究差官们的责任的。这责任不是小责任,要追究下去,说不定,就都又一次有了强盗嫌疑,就都又一次统统进监牢。说不定,最终的后果,还会都落个斩刑。事情又一次闹大了。越想越害怕,差官们抱着膀子,想出了一个确保自己平安的完美之策。于是,一个移花接木的骗局出台了,他们都集中精力瞄准了来自乡下的张长有。于是,张长有在大家伙的联合诱骗及痛打下,乖乖地冒名为胡体安,被塞进囚车送回了镇平的死牢。

"洪方兄弟,我给你跪下了,俺们一家大小的死活就指靠你了。"

"朝廷里不是还要给我一车钱嘛,我任凭那个那个全花进去,也要把你给救出来。"

张长有跪下了。

李洪方也跪下了。

顿然间,栅栏内外各自溢出了两行长长的悲凄。

探监之后,李洪方放下了他的玉石活儿,去镇平县衙、南阳府衙为张长有的事奔走。

奔来奔去,不见成效。本打算,要拿那车钱买回张长有的命,但那钱迟迟不到。怀内没"通宝",手中没银票,路子是很难奔走得通的。没办法,他只好硬着头皮去见县知事周自清。

李洪方问:"我那一车'通宝',咋还不见兑现?"

周自清反问:"你哪车'通宝'?"

李洪方说:"就是那个那个我给万国会上做的那些货钱。那些货,朝廷不是说要给我一车'光绪通宝'吗?"

周自清说:"你还在等着要那车钱哪?明给你言,那车钱没了。"

"那、那、那……"玉石匠李洪方的眼目和口舌轰隆一下,顿然僵了。为了给朝廷做这批上万国博览会的货,他多次东去独山西去蓝田挑选石料,又熬热熬冷熬了三年多的光景,熬了日子,费了工时,还欠了一大笔债。这且不说,重要的是,他现在实指望这车钱为张长有买回个不死,为张长有买回个公道呀!可,"……那个……那个那个……"

"你别'那个那个'了。明给你说吧,如不念你做的玉石货,能给咱镇平挣面子,能给咱大清国添光彩,这一回,我是会给你办个死罪的。你看看你看看,你看看你给我保举的是啥人?你保举的是强盗!是乱世贼子,是胆敢犯上的暴徒!他竟敢勾结胡体安,抢劫我上贡朝廷的货。如今,他还携带着两尊观音像潜逃,我们正在加紧追捕……什么?什么什么?你竟敢说张长有是好人?好人怎干这种事?好人为啥至今潜逃不归呢?什么?死牢里关的就是张长有?荒唐!狂妄!死牢里关的是胡体安,不叫张长有。你们涅阳镇上的那个张长有,还没归案哩。等到抓捕归案……你别多啰唆了,我也不愿跟你多言说了,赶快退下!"

"大人,张长有真的老实,真的不会干那个那个强盗事。说他抢劫潜逃是假,是冤他。现在,他是被人给那个那个调包了,让他顶替了案犯胡体安……"

"大胆,恶劣!你李洪方到底吃了几个豹子胆?你李洪方到底仰仗了哪方势力?你竟敢跑到我大堂上胡言乱语。我问你,这个案子,是本县作假了,还是南阳府、河南巡抚给搞冤了?我再问你,你怎判得清正在潜逃的不是张长有,而是胡体安?你怎判得准,正坐在死牢里的死囚,不是胡体安,而是张长有?哪是真哪是假,你能判断得比官府还要准?你是不是也是抢劫案的参与者?如果你真的跟他们是一伙儿,本知事就不得不依律对你审问了。来人——"

"死牢里那个那个是张长有,不是那个那个胡体安……"

"来人，把疯子李洪方监禁起来！"

没搭救出张长有，李洪方倒把自己给搭进了牢狱。

一车"光绪通宝"，县知事周自清说声没了，就挖根断苗地没了；县知事周自清说声不给，就掀山断水地不给了。是朝廷想借故赖了这笔钱，还是镇平县衙借机扣下了这笔钱？弄不懂，不明白。这一批货，可是我李洪方用三年多的心血、三年多的热和冷熬出来的啊，可是我李洪方东筹西借才买下的这些石材磨出来的呀！是谁在昧良心？是谁在借故坑害我这个靠手艺活命的玉石匠？是谁在借机会捞走我这个玉石匠靠手艺挣下的血汗钱？越是弄不懂，越是想不明白，关在监牢里的李洪方越是感到委屈，越是感到憋气。一肚子的委屈，一肚子的憋气，顷刻间就酿成了轰轰隆隆的愤怒和呐喊，喷薄而出。

"张兄啊！我也进来了！"

委屈得厉害，憋气得厉害，愤怒得不得了的玉石匠李洪方，喷薄而出的呐喊，就是这么简洁，就是这样光芒万丈。

就是这么一句愤怒的呐喊，却及时地轰隆到了张长有的那间死牢。张长有立马明白了李洪方的处境。

"玉石李，你别进来，你快出去搭救我呀！"

勃勃着雄心要给张长有呼冤，要搭救张长有的李洪方，结果被指认为疯子，给监禁了起来。直到当年秋后，第一次对张长有开刀问斩不成，李洪方才得以释放。

第一秋对张长有开刀问斩时，玉石匠李洪方站在牢笼里当疯子。又一秋，对张长有开刀问斩时，玉石匠李洪方守在要生孩子的老婆身旁。张长有两次走向刑场，玉石匠李洪方没有一次能够走近张长有，没有一次能够在刑场上替张长有呼喊一句："他不是胡体安，他是张长有。"

事实上，案子被歪曲到这个份儿上，就是千呼万喊，也是毫无意义的。

该走的，就走了。

该来的，就来了。

天下的日子，不能细究。

天下的日子，从来都是来来去去、生生死死、来了再去、去了再来、生了再死、死了再生。就是这么回事。

大清光绪二十七年七月八日的正午,一位来自涅阳镇皮条巷叫张长有的汉子,抛头颅洒热血于刑场;一位后来叫李大阳的汉子,万丈光芒地来到尘世,涅阳镇街上的风情便有了改观。一些旧的故事将相继告退,一些崭新的故事将粉墨登场。

第三章

李大阳走来了。

这是个春天的早晨。晴朗朗的天,小风拂面,一抹霞光自寨东墙的上面飘远。

寺院里的钟声清清脆脆地响过了,涅水口岸上的船只也响过了嘹亮的起航号子。镇街上的各家店铺,先先后后都打开了门窗,开始经营各自的生意,开始经营新的一天。街巷上的行人渐渐地稠了,有的自西往东,有的自东往西,有的自北往南,有的自南往北。或阔绰,或寒酸;或从外地来,或来自本镇;或陌生,或熟识。匆忙的,闲散的,背褡裢的,挑担子的,推小车的,赶马赶驴赶牛牵羊的,男的女的老的少的,漂亮的不漂亮的……渐渐增添着的人群,渐渐把涅阳镇给带热闹起来。

"胡辣汤——热的!"

"小白菜——小白菜!"

"老豆腐——瓷丁丁的老豆腐!"

"槲叶柴——槲叶柴——干蹦蹦的槲叶柴!"

"烧饼——曲屯老烧饼呀!"

"包子——羊肉包子来了!"

············

熙来攘往的街巷,响起各色叫卖声。

春天的美丽,铺展在涅阳镇。

这时候的李大阳,正行走在葛条巷里。葛条巷是条东西巷,不长。他现在是从西边往东边走,是迎着扑面而来的晨光走的。晨光,包裹着鲜活和水汽,染了他一脸的明媚和灵动。

巷的尽头,是一条南北街。沿这条南北街北上,能走到石佛寺;沿这条南北街南下,能走到太极观。石佛石、太极观是李大阳常去玩的地方。这两个地方有景致,有好看的高脊高柱的大瓦房,有各样姿势的神像,还有诵经布道的好听声音。重要的是,寺院里有个会画画的尼姑妙玉,道观里有个会吹箫又会打拳的老道士,天天都勾着他的心。尼姑妙玉的年岁,并不比他大多少。顶多,大他一两岁,他跟她言语合得来。老道士虽说老了,但和蔼可亲,很让他敬仰。他太喜欢与尼姑妙玉相处在一起,也喜欢听老道士悠悠地吹箫、看老道士文文地打拳。为了能跟尼姑妙玉多多相处,为了能多听老道士吹箫多看老道士打拳,这条街道他没少走,特别是这两年。北去寺院或南下道观,李大阳应该是从玉石街的玉石铺向东走,然后再上南北大街的。这个早晨,之所以是从玉石街南边的葛条巷向东走,是因为他在这天的黎明时分,就去葛条巷的一家私塾念书去了。

天不亮就去私塾点油灯念书,并不能说明李大阳念书念得勤奋,而是私塾的仵残荷老先生给学童们定下的规矩。一年之计在于春,一日之计在于晨。晨来之时,天地静寂,万物萌发,正是启动灵感的时辰,正是学童们记忆力最佳的时候。

其实,李大阳是十分讨厌去那里的,也十分讨厌摇头晃脑地念《百家姓》、《三字经》、上《论语》、下《论语》,因为背诵不出是要挨板子的。

其实,生下来就会喊爹喊妈的李大阳,在念文章背文章乃至后来做文章上,都很笨。他很会调皮捣蛋,很会编排些东西惹怒老先生。

譬如:

越钱孙李　先生变鸡

— 27 —

周吴郑王　先生尿床

人之初　性本善　越打老子越不念

性相近　习相远　越打老子越蛮缠

上《论语》　下《论语》　气得先生吹胡须

…………

　　诸如此类的顺口溜传到先生的耳朵里,先生当然要生气。先生生气了,自然要去玉石铺李家告状,自然要当着玉石李夫妇把这些骂人的话摇头晃脑地背诵一遍,直到把玉石李和冯氏也惹怒。他们怒了,自然要责令李大阳辍学,责令李大阳回家干玉石抛光的活儿。而每每李家夫妇怒到这个份儿上时,仵残荷倒急了:"不可!不可!万万不可!别看这孩娃眼下不成器,日后还是前程远大的,日后还会胜过老鸹窝村的李进士的。"李大阳捣蛋是捣蛋些,调皮是调皮些,可李大阳聪明,有才气。有经验的私塾先生,打心底喜爱这类孩娃,会把他们的期许押到这类孩娃身上。仵残荷老先生当然也是如此,当然也希望有朝一日能从李大阳的身上体现出自己教书的成效。而每每到这时候,玉石李却说:"那个那个手艺人家的孩娃念多了书也没用,东来西去能认识个人名,就行了。"冯氏说得更苛刻:"俺孩娃可不弄那前程,可不学李进士做那傻事。"每每听到玉石李家要让李大阳辍学,要断李大阳的远大前程,仵残荷就赶紧赔上一脸的笑:"这孩娃骂得好,我不介意!不介意!你们也别生气。告辞了,告辞了,明天还叫孩子去念书啊!"仵残荷老先生年轻时,曾赳赳着雄心要高中科考,结果屡屡失败,只好作罢,只好把状元梦做到私塾里的学童们身上。具体地说,他现在是把这个梦,做到了李大阳身上。

　　后来,仵残荷先生就很少打李大阳板子,也不再去玉石铺李家状告李大阳的调皮捣蛋。他总结了历朝历代成功学子们的成功经验,认为,日后能够一鸣惊人者,未必都是些"头悬梁锥刺股"的苦熬之徒,更多的是些不循规不蹈矩者。就是在此种意念的指导下,他开始偏爱调皮捣蛋的李大阳。

　　放松了对李大阳的管教,李大阳的活动空间就宽泛了,就不仅仅在玉石街的玉石铺和葛条巷的私塾之间了,就不仅仅是早间背书上午习字下午听解说文章了。他自由多了,松散多了。譬如说这个早晨,他背不会《论语》,就想溜。他捂着肚子,哎哎哟哟地对仵残荷说:"我肚子疼得厉害,我要回去叫我妈给我揉揉肚子。"仵先生连头都没抬,摆摆手放行了。

就这样,李大阳在这个早晨,从葛条巷的私塾,来到了十字街口。

离回家吃饭的时间尚早,去哪里玩呢?李大阳踯躅在铺洒晨光的街路旁。是去寺院呢,还是去道观?是去看妙玉画画,还是去看默默道人打拳呢?二者都很必要,李大阳犹豫着双脚,一时选不定去向。

"打山楂糕——"

"卖欢喜团——"

小商贩和小手艺人都早早地上了街。做小生意成本小赚钱也少,租不了门面房,不得不早早上街占位置。占住好位置了,这一天就有不错的收成。

打山楂糕、卖欢喜团的,看见十字街口来了一个男孩子,就不失时机地喊叫。

"山楂糕,黏牙甜了——"

"鼓腾腾的欢喜团——"

山楂糕是用山楂果熬出来的一种糕点,欢喜团是用糯米加糖水揉出来的一种圆团团,都是惹孩娃们流涎水的小食物。涅阳人要说谁的心底滋润,总是说:看你美的,跟吃了山楂糕一样。涅阳人要说谁的心头高兴,总是说:看你那样儿,像是吃过几个欢喜团。

李大阳经不住引诱,朝山楂糕挑子瞄了两眼,山楂糕富富态态,深红油亮。李大阳又朝欢喜团架子瞄了两眼,欢喜团肥胖肥胖,银白光亮。咕咚!他咽下一汪口水。咕咚!他又咽下一汪口水。他的两耳经不住引诱,他的两眼经不住引诱,就连他的肚腹和嘴巴,也抗不住引诱。

李大阳太想吃块山楂糕了。

哪怕是一小块。

李大阳太想吃个欢喜团了。

哪怕是一小团。

但是,李大阳很快决定要离开这个地方。他怀里没揣铜板,想买啥好吃的,都不能。他怀里从来没装过铜板。他在这些街巷里走动了几年,很少花钱买东西。爹说:家里日子不好过,能供你念书就不错了。妈说:打那年咱家给朝廷做罢那些货,又惹罢那场官司,咱家就穷得抬不起头、翻不开身了。听爹这么一说,听妈这么一说,他那细嫩的胸膛就很难在街巷里挺高了,他那细嫩的腰杆子就很难在吃喝摊前硬邦起来了。

"大阳,你吃山楂糕不吃?我给你买一块吧?"

"大阳,你是想吃欢喜团吧?我给你买一串?"

"大阳,你锦子姐有钱。你想吃啥,我给你买啥。"

就在李大阳启动脚步,要迅速离开十字街口的时候,绸缎庄的三小姐王锦子站到了他的身后。

绸缎庄王家,是镇街上的大户,户主叫王启胜。他不仅在涅阳镇的十字街口连开两个门面,镇平城的长春街、南阳府的王府街,也都有他的铺子。而更大的买卖,还不在这几个地方。到涅水涨洪季节,他那大堆大堆的丝绸,都装上大船南下汉口。他一年挣多少钱,谁也猜不透。反正,每到年终,他的绸缎庄可真的是用马车往回拉钱的。有关这一切,是李大阳听街与人们言传的。好多话,他听了还似懂非懂。总的说,他明白绸缎庄王家是镇上最有钱的人家。

大阳说:"山楂糕黏牙,不好吃。"

大阳说:"欢喜团塞牙,不能吃。"

大阳说:"我要去道观听箫,锦子,你去不去?"

给锦子回着话,李大阳还专门朝王锦子看了三眼。

锦子要给自己买好吃的,是好心,要领人家的情意,大阳想。

一片晨光,被风软软地刮了过去,朝锦子的脸上刮去了一抹桃李花。

王锦子是越长越好看了。

以前在大街上跟王锦子碰面,李大阳从来没把她当回事。这个早晨的一连三看之后,他意外地发现王锦子是一处看不烦的好风景。

"道观的老道士,吹竹箫吹得可美了,我带你去听听……"

"我不去,我想给你打块山楂糕,我还想给你买串欢喜团。"

"不了,我还是想带你去道观。那老道士不只是会吹箫,还会打拳。"

"俺家快吃早饭了,我不能去。大阳,我打两块山楂糕,你一块,姐一块。我买两串欢喜团,你一串,姐一串。"

"我不要。要不,我带你去石佛寺。那寺院里有个妙玉,画画可精了,画啥像啥。画个啥,比真东西还要像好多好多。"

"要不,我给你买个糖人吧。你看,那边有吹糖人的。"

糖人,是用特别熬制的糖稀做的。因有用嘴吹这一工序,因此这种手艺叫作吹糖人。说是叫吹糖人,其实吹得最多的还不是人形。吹制最多的是"老鼠偷油""大辣椒""仙葫芦""拜寿""老母猪拱地""牛腿南瓜"等等。"老鼠偷油"中,有大肚子油罐,有大肚子老鼠;"拜寿"中有大肚子仙桃;"老母猪拱地"中,有大肚子老母猪;"大辣椒""仙葫芦""牛腿南瓜",也都是大肚子。大肚子的东西,用吹法制作,既少用糖稀,又透亮、逼真。做人,不能吹。做蛇、蚂蚱、蝴蝶、蜻蜓之类,也不吹,都靠手捏。所以,不少人把吹糖人的唤作捏糖人的。

李大阳沿着王锦子手指的地方一看,果然在仲景堂大药房前,坐着一位吹糖人的老头儿。

老头儿的前面,摆着一张简单的桌子。桌的上方,是一个简单的木架。木架上插着一排他已制作好的玩意儿。

大阳说:"锦子,咱们去看看吧。"

锦子说:"看好了,姐给你买一个。"

李大阳兴趣广泛,耍大刀的、走钢丝的、舞钢叉的、说书的、唱小曲的、玩猴的、逗狗的、老绵羊抵架的……这种那种街头小戏,他都喜欢看。他当然也喜欢看街头吹糖人。

李大阳说:"你给我买个猴子枪吧!"

锦子说:"你要是喊我声锦子姐,要啥,给你买啥。"

锦子比大阳长四岁,大清宣统三年的春天,锦子芳龄十四,大阳刚刚十岁。锦子总想听大阳喊她声姐,大阳总是喊不出口。

在镇街上,很少有孩娃愿意跟锦子在一起玩。锦子是大户人家的小姐,长得干净,穿得干净,梳妆也干净,圆脸胖手总洗得白净白净。四季衣裳,单是单,棉是棉,裙是裙,袄是袄,绫罗绸缎,花红柳绿。那些灰头灰脑、灰窝里滚,总是满脸鼻涕擦不净的孩娃,是不敢与她近身的。加上她生性讨嫌邋遢人,很不愿与这样的孩娃相处,于是她便在镇街的孩童圈子里被孤立了起来。幸好,还有个玉石匠的儿子李大阳,还干净,还敢跟她打牙逗嘴,招她待见。当然,大阳也喜欢与她在一起玩。也许是,俩人都爱干净,才把他们俩之间的距离拉近了。

　　但是,大阳的个头比锦子高,大阳在七岁那年初结交锦子时,个头就比十一岁的锦子高。三年过去了,锦子的个头还是比大阳低。在细米白面里滚大的锦子,咋会只长漂亮容颜不长高身子哩?整年少见腥荤,靠玉米、豆子、红薯、瓜菜之类养成的大阳,咋总是越经年月越比锦子见长哩?糊涂,不明白。光绪三十四年的一天,锦子说:"大阳,我都十一岁了,你才七岁,你喊我声锦子姐。"大阳说:"你个头没我高,我咋喊你姐?等你高过我了,我再喊。"就等,从大清光绪三十四年,等到大清宣统三年。等得光绪爷死了,新万岁爷宣统坐朝三年了,锦子的个头还是高不过大阳。每过一年,锦子爹妈总要喜滋滋地说:"妞妞,你又长高了一截。"可是每每跟大阳一比,没有不令她失望的。不过,个头长不过大阳,岁数不论在哪一年都要比大阳大四岁。光绪当朝时大四岁,宣统登基了还是大四岁。年岁大,就当姐,年岁小,就当弟,各家各户好像都是这么个规矩。由此,锦子一直坚持让大阳喊姐。大阳越是不愿喊,她越是要求他喊。

　　"锦子——嗯啊——姐!"

　　为了能得一个糖人,男子汉李大阳屈从了王锦子。三年来的第一次屈从。那声锦子姐,喊得很是窝囊。

　　"走吧大阳,我把那一架子糖人都给你买下。"

　　盼星星盼月亮,总算盼到了大阳喊她一声姐。锦子高兴,满面桃李花开,更见鲜亮。她立马拉住大阳的手,蹦蹦跳跳地跑到了吹糖人的摊子面前。

　　"吹糖人的,你这一行糖人要多少钱?"

　　吹糖人的老头儿,正在干活儿,听一个女娃要买货,连头也没抬。他这时候正制作"猪八戒啃西瓜",靠的是吹。等把一个西瓜吹圆了,他才回问了一句:"一行?你说是哪一个?"

"不是哪一个,是买你这一行。"

"你说啥?全买呀!"

"全买。连你正吹的这一个,也买。"

"你不是哄我吧?"

老头儿的两眼瞪大了。想不到这小打小闹的小生意,竟能招来大买主。大清早啊,第一单买卖呀,这多吉利呀!

"不买你那一行。只买你这一个,这一个,还有这一个。就买这仨。"大阳说。

锦子说:"大阳,锦子姐一定要给你买下这一行。"

大阳说:"我不要恁多,我只要仨。"

锦子说:"锦子姐有钱,你锦子姐想给你买这一行。"

大阳说:"我就喜欢这仨。那一行,你想玩呢,买了你玩。"

锦子说:"你看你看,这不行。"

大阳说:"咋不行啊?我都喊过你一声姐了,以后,我说啥,你听啥。"

大阳这话,说得有点儿傲气。就喊了锦子一声姐,便在锦子面前成了男子汉大丈夫了!

"中,中中,就听你的,就只买仨。"

对于大阳的傲气话,锦子好像并不在意,反而显得很乖。

就这样,锦子掏钱,大阳拿到了"猴子耍枪""猴子爬杆""猴子骑驴"。

这三个玩意儿,大阳想玩玩它们,想了可不是三天两天了。就因为爹妈心拙脑子笨,不会做买卖,家穷,害得他手里从来没有攥过钱。手里没钱,想啥都是白想。这下好了,就对锦子喊了一声姐,一切都给成全了。

大阳高兴。高兴的情绪一时间在他的肚子里活蹦乱跳,在他的头脑里火光闪亮。他一手擎着一个糖人,还有一个糖人由锦子代他擎着。他和锦子,兴奋地走在晨光弥漫的街道上。

"锦子,咱们去哪儿玩?"

"叫姐!叫锦子姐。"

"锦子姐!"

"哎——小弟,你说去哪儿玩?"

高兴了的大阳,这时候很想和锦子多处一会儿。这时候,他很想约锦子一起去寺院,要不就跟锦子一起去道观。再就是,跟她一起去口岸看涅水放船。

锦子更高兴。锦子的高兴,在她的脸面上飞红流彩,在她的眉眼间奔腾张扬。她一高兴,就忘掉了她家临近吃早饭这件事,一手替大阳拿糖人,另一手牵着大阳的衣袖,痛痛快快跟随着大阳的脚步走。

"大阳,大人们都在言传,说你是个怪人。"

"我妈也说我生的怪。"

"你觉得自己怪不怪?"

"我看我不咋怪,我妈跟街坊们屈说我了。"

"都言传,说你刚生下来就先喊妈后喊爹,后来才会哭?"

"我记不起来了。"

"都言传,说你后来喊了声周自清,把镇平县知事给叫死了。"

"这,我也回想不起来了。"

高兴的李大阳和同样高兴的王锦子,一路走得无拘无束,没有明确的方向。拐到哪巷,是哪巷;走到哪儿,是哪儿,漫无目的。

"还有人说,是屈死鬼张长有投胎到了你们李家,要报应你们李家的。"

"都是瞎说。听我妈说,俺家穷就穷到张长有的官司上了。"

"还有人言传,说你是老天爷指派下来的混世魔王,日后要乱江山的。"

"那也是瞎说,我压根儿就没见过老天爷。老天爷是哪个家伙?我也不知道。"

俩人勃勃着兴致行走,勃勃着兴致谈说。没禁忌,想到哪儿,就说到哪儿。

锦子问:"大阳,你日后不乱江山你干啥?"

大阳说:"还没想好要干啥。"

锦子说:"那你就守你们李家的玉石铺吧。"

大阳说:"我才不当玉石匠哩!夏天沤得两手生痒疙瘩,冬天冻得两手崩裂口。"

锦子说："那你总得干个营生啊，总不能叫爹妈养你一辈子吧。"

大阳说："我日后干啥呢？考个功名吧，我讨厌念书。开铺子做买卖吧，又没本钱。种庄稼吧，俺家的地太少。唉！想来想去，我看，吹糖人这活儿，怪合我心，长大就学吹糖人吧！"

"啥？"锦子站住了，两眼朝大阳疑问地看过去。

"长大了，我就干个吹糖人的。"大阳回答得轻松而爽快，他很为自己这一远大抱负感到自豪。

"再说一遍！"锦子的声音显得有点儿硬。

"立志当个吹糖人的。"大阳并不重视锦子的脸色。

骤然，王锦子满面盛开的桃李花，乱纷纷地飘落了。

万万没想到，曾经给朝廷做过玉石货，在万国会上给大清国挣过面子的涅阳玉石铺李家，竟养出这样一个毫无志向的后代。

"大阳，好好念书考功名吧。都说你出生不凡，是天意，将来考个头名状元，不成问题……"

"你看你看，这猴子耍枪耍得多花哨。"

"大阳，听你锦子姐的劝。别光玩啊，别没志气啊，好好念书上进哪！你想想，你将来中了头名状元，当个大官，满天下的糖人，还不都是你的……"

"你看你看，这猴子爬杆多精神。"

"大阳，你要不想在葛条巷私塾念，就来俺们王家家塾念吧。俺们家塾里，也收邻家的孩娃。你要想到我家念私塾，我回去跟爹说一声就成。到时候，我还天天陪你念……"

"这猴子骑驴，骑得怪稳重。你看你看这驴，你看你看这猴……"

唰！

突然，李大阳手上的那个"猴子耍枪"，被夺走了。

唰！

突然，李大阳另只手上的那个"猴子爬杆"，被夺走了。

唰！唰！唰！

"猴子耍枪""猴子爬杆"和拿在锦子手上的"猴子骑驴"，一并被摔碎在青石板街路上。

"李大阳,我要回家吃早饭了。"

王锦子走了。

李大阳说:"摔,你摔。以后,我自己会做。"

第四章

　　贺凤珍把一碗酒高高捧起。

　　"弟兄们,今儿是大年三十,要过年了。这时候,在镇平城里,在涅阳镇上,我想啊,都已经挂起了红灯,都已经点了蜡烛,要祭祖宗,要欢欢喜喜迎新春了。咱们呢,也不能苦了自己。大家伙儿,跟着我贺凤珍风里雨里熬了这么多年,流过血,洒过汗,遭过不少罪。这一点,我终生不忘,我终生感谢。我想啊,在这大年之夜,我最先敬的一碗酒,不是天,不是地,是敬给众位弟兄的。弟兄们,天不给百姓做主,地不为百姓申冤,敬它何用?咱们敬咱们自己,咱们抬举咱们自己。喝!"

　　喝过了第一碗酒,贺凤珍又把第二碗高高捧起。

　　"这第二碗酒呢,咱们弟兄们还是不敬佛,不敬各路神仙。敬他们有啥用?天下的佛祖神仙,哪个不巴结当官的?哪个不巴结有钱的?看看现在这世道,越是当官越有钱,越是有钱越升官。这样下去,哪还有百姓的活路?敬佛敬神仙,都没有用。要敬,还是敬咱们各自的祖先吧,还是敬咱们爷,敬咱们奶,敬咱们的爹妈。"

　　说了话,贺凤珍先朝地上慢慢倒了半碗酒,余下的,捧到嘴边一饮而尽。

　　"这第三碗呢,我是要敬我的亡夫了。我的亡夫张长有,屈死在了官贼们的刀下，就是为了要报这个仇，我贺凤珍才三闯豹子滩，才走上现今这条道的。我发誓要杀尽镇平县的贪官污吏，杀尽南阳府、河南省，还有京城里所有妖魔鬼怪乌鳖杂鱼。做不到这一点，我贺凤珍是没脸去阴间见俺家长有的。现下，我做得还相差很远，对不住。不过，还是有希望的。在这大年之夜，我要和我的亡夫把盏共饮。大刀、二刀、刀花，朝涅阳镇方向，给你爹跪下。"

贺凤珍一手端一个酒碗，两碗叮当一碰。接着，一碗酒轻轻泼地，另一碗自己仰头灌下。

喝完这碗酒，方抬头，贺凤珍出乎预料地发现，山寨的全体弟兄都跪在地上。全都与她的儿女一样，朝着涅阳镇的方向，跪得如一大群落鸦，黑乎乎一大片。

"弟兄们，快请起，快请起。谁叫你们跪了？我是叫我的孩娃们跪的。快都坐了，快都坐了。"

众人没有起身。

有人说："当家的仇人，就是大家伙儿的仇人；当家的亲人，就是大家伙儿的亲人。"

众人一致说："当家的仇人，就是大家伙儿的仇人；当家的亲人，就是大家伙儿的亲人。"

贺凤珍说："弟兄们的情义，我领了。请大家快入座喝酒吧。今儿个，没给大家伙儿多备东西，只给每人配豹子肉一斤、老虎肉一斤、草鹿肉一斤，还有猪肉、牛肉、羊肉。给每人配老烧酒三坛，老黄酒三坛。大家尽着兴吃，尽着兴喝。跟当朝老儿们比着吃，比着喝。吃！喝！"

这么多好吃的肉，这么多好喝的酒，肥肥实实地摆放在各个桌案前，透透亮亮地泊在各自面前的酒碗里。大盆大碗，光泽闪闪，香气四散。

"大当家的，容小的提言一句。"

贺凤珍正准备再豪饮一碗，却被一个声音给惊扰了。

"说！"

要提言者，是豹子滩山寨的旧寨主，叫丁黑子。贺凤珍闯进山寨后，他甘拜下风，做了山寨的二当家的。

丁黑子原是镇平县城西铁匠营的铁匠，因面黑，人们称他黑子。落草豹子滩后，山寨弟兄们习惯喊他铁匠丁，或铁匠丁黑子。

丁黑子端了一碗酒，走到贺凤珍跟前，却面对众人说："咱们都清楚，咱们大当家的为铲除恶官污吏，为给天下百姓铲出一条路，也为咱们山寨的兴旺，又劳苦了一年。现在我提言，请大家伙儿都捧起酒碗。"

全体肃立，酒碗海海一片。

"在这大年之夜，让我们共同敬祝大当家的万寿无疆！万寿无疆！万万寿无疆！"

众兄弟异口同颂：

"万寿无疆！万寿无疆！万万寿无疆！"

贺凤珍用筷子敲了敲桌案，说："算了算了，别扯淡。喊啥万寿无疆？自打盘古开天地，谁万寿过？谁无疆过？只有浑蛋的皇帝老儿才喜好奸臣喊万岁！咱山寨不兴这个，咱山寨不玩那花样。二当家的，快招呼大家坐下吃，坐下喝。要吃，就吃个场光地净，要喝，就喝个沟满河平。"

铁匠丁黑子说："是！"

于是，在二当家丁黑子的煽动下，众人立马热烈起各自的嘴巴。

整个大厅，顿然间热闹一片。酒香，肉香，搅和着划拳声，把整个山寨编织得热火朝天。

看众兄弟大块大块吃肉，大碗大碗喝酒，大当家贺凤珍的心头渐渐暖和了，如此刻大厅里挂满的红灯笼，如春天到来时的红太阳。

不容易啊！心头暖和之余，贺凤珍不由暗暗长叹了一声。

贺凤珍能走到这一步，能把豹子滩山寨经营到这一规模，的确不容易。

大清光绪二十七年七月八日，贺凤珍带着儿女们，把挨了斩刑的男人张长有，从县城拉回涅阳安葬后，就直接北上，去寻找活跃在五垛山内的绿林好汉。

当时，这支绿林好汉不过二三十人，军械也很简单，就是梭镖和大刀。虽说队伍不大，兵器普通，可厉害得很，劫官车，抢官仓，陷寨扰城，杀恶除霸，所到之处无不像割韭菜砍稻谷一样轻松得手。一个时期里，南阳府西的邓州、内乡、淅川，包括镇平在内的四县官员，一听到这伙人下山了，无不是纷纷躲藏。

要想给男人报仇雪恨,要想跟贪官污吏们对抗到底,只能投靠这伙强人了。告状这条路是走不通的,靠爬堂跪府伸张正义,已证明是彻底不行。满朝的官们都是豺狼,上至皇帝下到地方官,没有不是狼的。去找老狼跟小狼打官司,咋能打得赢? 找到老狼,说你的狼娃子吃人了,你按国法处置处置吧,那咋能成? 那还不是往狼窝里钻,找着叫狼啃吗? 大清光绪二十七年七月八日的那个正午,贺凤珍亲眼看过男人张长有被砍头的血腥场面,她的头脑突然清醒了。她对着拥挤的看客们大喊:"父老乡亲们,别相信官府的话呀,别相信法典呀,那些都是勒死咱百姓的绳套啊! 千秋万代的后世子孙们哪,千万别上官府告状呀! 古来大小官府里养的都是刀客呀,养的都是强盗呀! 在刀客那里,在强盗那里,天下百姓咋能讨得公道呀!"头脑一清醒,她的眼前豁然明亮,反了吧! 官逼民反,民不得不反,反了吧!

不过,贺凤珍要走进豹子滩山寨,要举义造反,确也走得很不平坦。

第一次,贺凤珍带着两儿一女,刚刚走到棠梨崖,就被几条持枪大汉给挡了道。

"往哪儿去?"

"豹子滩山寨。"

"你是哪方官府探子?"

"不懂你的意思。"

"你去山寨做啥?"

"投奔寨主。"

"哈哈! 哈哈! 哈哈哈!"

众好汉一听说贺凤珍要入伙,都笑了起来。

豹子滩可不是个饭铺,不是卖蒸馍卖面条的。众好汉也不是闲急了,钻到这深山老林里养肥膘的。上了豹子滩的好汉,不只是敢从老虎豹子嘴里掏食吃,而且,还敢走衙串府揪下官老爷的头脑瓜子当球踢。入伙的好汉,不只是得学几样拳脚功夫,而且,还得练就一身能挨棒打枪刺刀砍的犟皮肉硬脖子。看看这娘几个的稀松样,真让他们上了豹子滩,能有个啥用处? 没用暂不说,更重要的,他们还是长了嘴巴的累赘。

一汉子说："你们是投奔山寨讨饭吃的吧？"

又一汉子说："你们咋能想着要跑到这儿讨饭吃？"

再一汉子说："你们几个是犯傻了，还是疯了？你们知道不知道这豹子滩是啥地方？"

几位大汉倒尿壶一样，哗哗啦啦一阵大笑之后，都用讥讽的眼神打量着贺凤珍和她的儿女们。

贺凤珍有点儿动气。

贺凤珍说："别小瞧了你们姑奶奶。你们姑奶奶，一不是官府探子，二不是讨吃要喝的叫花子，你们姑奶奶可是个见过大世面的人。你们姑奶奶，今儿个一定要进山寨。"

一汉子听了，嘿嘿！

又一汉子听了，嘿嘿！

再一汉子听了，嘿嘿！

一汉子嘿嘿罢，随即从路边割下几根葛条，另俩汉子上前帮忙，先把贺凤珍给捆绑了，再把她的三个孩们，一人拴了一条胳膊，串成了一串，跟柳条儿串蚂蚱一样。

"等姑奶奶见了你们主事，肯定先告你娃子一状。"

看着贺凤珍挨捆的难受样儿，众好汉都阴着脸，阴出了满面欢喜。

"告去吧，姑奶奶。"

一汉子欢天喜地地说着，从怀里掏出一条黑布袋子，唰地一下，黑洞洞地套住了贺凤珍的脑瓜子。接着，贺凤珍的仨儿女，也被黑布袋子蒙住了头。

"姑奶奶一定会告你们状的。"

"嘿嘿，这是陌生人上山的规矩。"一汉子说。

"嘿嘿，不论哪个生人进山寨，都是这种待遇。"又一汉子说。

"俺们会候着你告状的。"再一汉子说。

贺凤珍和儿女们被牵着上路了，就跟牵瞎眼驴一样拉拉扯扯地走了。走啊走啊，一会儿爬坡，一会儿蹚水。走啊走啊，走了差不多一大晌，才停了下来，不走了。停下来不走了，说明是走到自己要投奔的地方了。她挺挺身,很想喊一句发自内心的呼声——长有啊,咱翻身的日子就要到了!

捆绑胳膊的葛条被割断,蒙眼的黑布袋子被取掉,贺凤珍突然发现自己并没有被拉进豹子滩,而是走了回头路了,也就是说,再行五六里路,就回到涅阳镇了。

上当了,受了蒙骗了。贺凤珍迅即怒不可遏,破口大骂。

"龟孙,你们算啥豪杰?你们算啥好汉?等着吧,总有一天,你们会栽到姑奶奶手里……"

贺凤珍怒,汉子们不怒。贺凤珍骂,汉子们不骂。

汉子们嘻嘻哈哈扭头北去了。

此时,山秋的风凉开始在黄昏里纷纷扬扬。时间不允许贺凤珍再上豹子滩,只好忍气吞声暂回镇街。

第一次闯山寨失败,带给贺凤珍的不是伤感不是失望,反而增添了她上山为寇的信念。求神求佛,还要检验检验心诚不诚哩。唐僧西天取经经历了九九八十一难,才拜见到如来,何况咱这凡妇俗人?

第二次闯豹子滩山寨,贺凤珍有点儿经验了。再到棠梨崖,再碰上守关口的汉子,捆胳膊任你捆胳膊,套黑布袋任你套黑布袋,不怒,不骂,不当人家的姑奶奶。可有一点儿她把握得很清,不走回头路,一直向北走。这全凭思想把握,全凭理智判断。这次还好,总算见到了老大铁匠丁。

铁匠丁怒问:"大胆民妇,你不在家孝敬公婆侍奉丈夫,跑到我这儿干啥?"

贺凤珍禁不住泪流满面:"青天大老爷呀,民妇一家苦大仇深哪,民妇一家有冤无处申啊,民妇不得不投靠您老人家呀!"

铁匠丁说:"你跑错地方了。有冤你去县衙门击鼓,有屈你到知府跪大堂,我是不会管这些操蛋事的。"

贺凤珍说:"我跪过镇平县衙,跪过南阳知府,还跪过刑部、都察院、大理寺会审,都不管用啊我的好汉爷呀!现今的大清国上哄下、下哄上,连慈禧老婆子也被哄糊涂了,老百姓没指望了!"

铁匠丁说:"这么说,你就是前些日挨斩的那人的老婆?"

贺凤珍说:"正是。"

铁匠丁说:"听说你为给丈夫申冤,挨过夹棍,挨过竹签穿指,最后还在大理寺滚过钉床?"

贺凤珍说:"这些刑都经受过。"

铁匠丁说:"佩服,佩服! 你算是女中豪杰!"

弄明白贺凤珍的来历,豹子滩大当家铁匠丁的黑脸色转淡。

听着大当家的赞叹,看着大当家的黑脸渐转和悦,贺凤珍逐渐放松了。贺凤珍猜想,豹子滩肯定要收留他们母子四人了。

铁匠丁却从高椅上走了下来,他拍了拍张大刀的头,又拍了拍张二刀的肩,然后抱起了张刀花,在张刀花脏脏的小脸上亲了亲。

"娃们哪,跟着你们娘回镇上活平安吧!"铁匠丁这么说着,好像还掉下了一滴泪。

听他这么说,贺凤珍急出了满头汗。

"咋了咋了? 大当家的要撵俺们下山?"

铁匠丁没回答贺凤珍的问话,用拳头捶了捶自己的头,转过身说:

"黄瓜,你手上攒几个钱了,能不能先借我一用? 老羊角你哩? 还有你磨刀石,还有你老驴脸……我会很快还你们的。定还定还,一定一定! 你们都去拿来吧!"

铁匠丁忙着借钱,顾不上回贺凤珍的话。等借够一袋子钱了,他才走到贺凤珍跟前,说:

"不是撵你们下山,我咋会撵你们下山哩? 我是说——长有媳妇呀! 我这豹子滩,可不是留你们的地方啊! 这里,哪一天都得跟杀跟死打交道呀! 我铁匠丁的面相生得黑,生得不入人眼,可我的心是红的,我不能伤害你们,我……"

走过京,串过府,滚过大理寺钉床的贺凤珍,很快就理解了大当家的意图。贺凤珍不等铁匠丁把话说完,就扑通一声跪倒在地。

大刀、二刀和刀花,也都跪下了。

"是这样,长有媳妇,这一袋子钱我送给你们了。拿上这些钱回涅阳,少说能买上五亩好田。"铁匠丁并不把贺凤珍和孩娃们跪地当作一回事,他仍然一锤砸一钉地果断着,"回去吧,有这五亩好田,你领着孩娃们是能混

— 43 —

出个好光景的。"

"不！不不！俺们不回，俺们要报仇雪恨！我贺凤珍会烧水，会做饭，会给好汉爷们缝补衣衫，俺们不会给大家添麻烦的呀！"

贺凤珍说着哭着，神色悲凄。不只是贺凤珍哭，她的孩娃们也哭，四人围着铁匠丁哭。哭得铁匠丁心头直涌酸水。

"好汉爷呀，俺娘娃几个，宁死也不回去了！"

"杀了俺们吧好汉爷！报不了仇雪不了恨，俺活着还有啥用啊！"

"杀了吧！杀了俺，俺也算对得住张长有了。"

别看丁黑子原来是个打铁匠，能一锤一锤地把硬铁砸扁砸薄砸成利刃，可他最见不得别人掉泪，更见不得弱妇幼子哭天叫地。

此时此刻，他的理智已在贺凤珍和孩娃们的哭叫面前显得十分脆弱，他又捶了捶头，猛一挥手，斩钉截铁地说：

"黄瓜、老羊角你们听了，立马把这母子们押出山外。还有你老驴脸，你也跟随下山，用这钱给他们置办几亩好田地。不得有误，都快快动作。"

铁匠丁这一斩钉截铁，又一次让贺凤珍入伙的计划落了空。

但她并不罢休，到了冬天，她第三次勇闯豹子滩。

大当家铁匠丁仍然不收她。

"大当家的，我已把你给我置买的那五亩好田，给卖掉了。"

"大当家的，我已把祖传的房子院子，给卖掉了。"

"好汉爷，我现下是没有一步退路了。"

说着话，贺凤珍把背在肩头的一袋子钱，丢给了铁匠丁。

铁匠丁惊问："你这是啥意思？"

贺凤珍坦言："没别的意思。贺凤珍不要恩典，贺凤珍需要的是杀人。"

"哈哈！哈哈！"铁匠丁哈哈大笑，"叫我看看你贺凤珍的脖子能经得住几刀砍！叫我看看你贺凤珍的皮肉能经得住多少枪扎！"

这笑声很是寒凉，寒凉得整个山寨咔咔嚓嚓地结响冰，寒凉得贺凤珍的脊背如同挨着噼里啪啦的冷鞭子抽。

贺凤珍动气了，她容忍不了大当家的对她的小瞧。

做人真难哪！男人张长有本是个老实巴交的出力百姓，本是个连虱子

— 44 —

臭虫都不敢捻死的软性子人,可各级官府偏偏都下着劲儿把他编排成杀人越货的强盗。而现下,自己要一心一意做刀客当强盗,竟然不被接收。

"我不会成为你们的拖累,你也不要把我贺凤珍看得百无一用。男人敢上沙场,我也敢,你们能反天,我也能。来!你先砍我几刀,先试试我这身子骨硬不硬!"贺凤珍说着,就把头伸到了铁匠丁胸前,"砍吧,拿你们铁匠营锻造的最好的刀砍。要是你大当家的刀,被砍破豁了,你必须收留俺们,要是我贺凤珍的脖子被砍断了,我死就死了。砍吧!砍呀!"

这样一来,铁匠丁吃惊了,有些不知所措了。

"你、你、你!"

"大当家的,你要是不下手砍我,我贺凤珍就自己砍自己了。"

这么说罢,贺凤珍迅即从身旁一好汉那里夺过一把刀,朝自己的脖抢去。迅即得猝不及防。贺凤珍膀子旁的一块棉袄袖被削掉了,膀子上的一块肉也给削了下来。如不是她抢刀的经验欠缺,如不是刀柄太长抢刀砍自己力不从心,这一刀削掉的也许就是她的那颗人头了。如不是铁匠丁迅速做出了反应,果断飞出一脚,给她个沉重一击,也许她还会对着自己二次抢刀的。

"我说长有媳妇啊,你别这样玩了,你别这样吓唬我了。你要再这样玩,你要再这样吓唬我,还不如你直接朝我下刀算了。"

被削掉的那块膀子肉,厚实实地在地上抽动着,突如其来的血腥气在山寨的大厅里四散游走。贺凤珍却毫无疼痛状,好像这一刀不是砍在自己的膀子上。铁匠丁慌乱地向她求情时,她却嬉皮笑脸地弯下腰,捡起那块肉,放在手掌里掂了掂。

"大当家的,这块肉差不多有六两重吧?"

"没、没有……不对,是快、快一斤重了。"

"大当家的,要不我再砍下一块,今儿给大家伙儿做盆好菜?"

"我、我不是大当家的,你姑奶奶才是大、大当家的。"

"君子无戏言,你既然承认我贺凤珍是豹子滩山寨大当家的,那你就只能是二当家的了。"

…………

贺凤珍三闯豹子滩不容易,当了山寨大当家,精心经营到如今,也不容易。

豹子滩山寨正红彤彤着节日的灯火,正洋溢着木炭的热情和烧酒的热烈,贺凤珍却走出了热闹的厅堂,踏上一条冰凉的雪道,慢慢地走了一程,她停了下来。

"长有啊——"

想亲人,念亲人,年节之夜更思亲。走出乱哄哄的厅堂,离开喧哗的酒宴,豹子滩寨主贺凤珍,很想借一块清净之地,痛痛快快地呼唤一声自己过世的男人张长有,很想通过这一声呼唤,把旧年间的那些恩爱情意表述出来,很想把自己这十年中的艰难、困苦、憋闷、忧心,以及奋争、抗击、出生入死、流血流汗,都给倾诉出来。但是,言未出口却已泪双流。

"长有长有长有……"

无声胜有声。贺凤珍这一心灵的呼唤,让她听到了整个大山的共振,她听到了峰峰岭岭的回音。

"……长有长有长有……"

听到大山的长长应声,贺凤珍从辛酸中抬起了头。

贺凤珍的心情,顿然舒坦了一些。

她的眼前突然出现一片明亮,她好像看到了一轮红日,正一脚一脚地冉冉升起。

第五章

两匹军马疾驰而至涅阳镇。

这两匹来自南阳军政府的军马上，坐的是两位腰扎宽皮带、身背长火器的军爷。军爷坐在军马上，一下一下地抽鞭子，抽出些噼噼啪啪的声响。他们把军马抽得不停蹄，他们把军马抽得生急风。所到之处，鞭子的噼啪声、马蹄子的哒哒声，惊得鸡飞狗跳雀鸟乱窜，惊得道旁众人驻了足躲了身。

军马自东门入镇，过十字口，北拐，再西去。然后，一头扎向玉石铺李家。

一街两厢的看客看到背长火枪的军爷从面前疾驰过去，都相继松了一口气。接着，你一言我一语，就议论纷纷了。

"要逮人了。"

"是要逮人了。看见没有？军爷们都是背着火枪来的。"

"逮谁哩？咱镇上谁又犯案子了？"

"反正不是逮咱。反正，军爷们从这儿打马过去，瞭都不瞭咱们一眼。"

军马未到谁家门口，谁家紧张。军马走远了谁家，谁家安然谈说。

"是不是要去捉拿绸缎庄的王启胜？看看！看看！军爷的马，就要到绸缎庄了。"

"有可能。绸缎庄王掌柜死抠死抠,军政府来索要军饷,他敢一毛不拔。"

"不对不对,马到绸缎庄没停。你看你看,又跑过去了。他们来这儿,到底想抓啥人哩?"

"现今是革命党的天下,总不会到咱这儿抓大清皇帝吧?"

军马踏着青石板路,不停地奔走,人们的言言语语也不停地更新着。

"乖乖,准是李洪方又撞上事了。看见了吧?军马到玉石铺前停了。"

"保准是。保准是抓李洪方的。"

"是不是光绪年间那个抢劫案还没了结?"

"看你说的,现今是民国了,谁还管那些前朝烂事?"

闲人们追着军马屁股议论纷纷,谁也不敢走近军爷问个明白。其实,两位军爷快马加鞭到涅阳,就是为给李洪方送一封信。这么个简单的事情,就是因军马传递,竟一路地惹人猜测。

俩军爷从马上跳下,把后背上的长杆子火枪卸下,小心靠在玉石铺门店的墙根,然后,朝柜内坐着的冯氏抱了抱拳,一军爷说:"打搅你了大嫂。"

另一军爷说:"打问一下,这里是不是李洪方先生的家?"

冯氏一看,是两位穿洋装的兵,就没搭话,默下头又跟女儿羞玉、沉玉干玉石抛光活儿。她不喜欢官爷兵爷,男人为朝廷做玉器染上一场牢狱之灾后,她就更加恨官了,连官家养的兵丁走狗,她也十分讨厌。不论是大清年间穿马褂的兵,还是民国穿洋装的兵,她都讨厌。

一军爷又说:"打搅你了大嫂。"

另一军爷又说:"打问一下,这里是不是李洪方先生的家?"

这俩兵的脾气似乎不错,尽管冯氏晾了他们,他们还是斯斯文文的。

"你们找李洪方干啥?"冯氏问。

"是这样,南阳镇守吴桐庆吴大人给……"一军爷说。

"是不是容俺们见一见李洪方先生?"另一军爷急急插言。

冯氏坦然站起:"俺男人在坐月子生孩娃,没工夫见你们。有啥事给我说吧,我是李洪方的老婆。"

一军爷笑笑:"嫂子真会开玩笑。是这样,南阳镇守吴桐庆吴大人给李先生修书一封,让俺们当面交给李先生。"

另一军爷也笑笑:"只听说李先生会做玉石货,没听说还会坐月子生孩娃。人才、人才呀! 怪不得吴大人一出手,就叫俺们给他带来了两百大洋。"

一军爷说了,即从怀内掏出一个信封。

另一军爷说了,即从怀内掏出一张银票。

一看到银票,她就高兴了。多年的经验告诉她,凡是拿银票上门的,肯定不是敲诈勒索之徒,必然是买主,必能叫白家的玉石铺赚上一堆钱。

冯氏立马高兴地说:"我说俺男人洪方坐月子生孩娃,是指他正在做一件大玉石货。你们不知道呀,他每做出一件玉石货,比女人生娃子还难呀。后院去,后院去,后院去喝茶。"

冯氏说罢,即引两位军爷到后院,见到了李洪方。

李洪方从俩军爷手中接过信件和银票,往八仙桌上一放,问:"买啥货?"

一军爷说:"不买货,不买货。"

李洪方问:"不买货? 那个那个,那你们做啥?"

另一军爷说:"你先看看吴大人写给你的信,就明白了。"

李洪方朝桌上的信封瞟了一眼:"我不看信。有啥事,你们那个那个直说。"

李洪方识字不多,看文章念信不行。特别是那些信上的话,好多还都文绉绉的。弄不懂,理解错了,会误事的。

一军爷说:"是这样,俺们都是给镇守大人跑腿儿的。镇守大人要给你说的话,都在信上。俺只知道……"

另一军爷说:"吴大人只给俺们交代,叫先生一定把做玉货的器具带齐,最好是再带上几个帮手……"

一军爷说:"还交代俺们,一定要给你们雇辆好马车。"

另一军爷说:"还交代俺们,一路上要照看好你们。"

明白了,不用看信啥都明白了。不只是玉石李明白了,连老板娘冯氏也明白了。

又是叫做上贡货的。只不过,上回是在白家玉石铺做的,而这回要带着器具到南阳镇守府上做。上贡货做不得,是个圈套,是骗人栽跟头的,是骗人往黑龙潭里跳的。

冯氏说:"要买货,我家前面的铺上,放得不少,尽你们挑,尽你们拣。要叫俺当家的随你们去南阳府,那可不行。俺们不给官家做货……"

一明白这俩军爷带信带银票上门的真实意图,李洪方的肚子就咕咕噜噜地叫。自打光绪年间他蹲了次牢狱,就落下个肚子疼的毛病。每每遇上令他担惊的事,特别是遇上要跟官府打交道的事,肠肚都要咕噜。

李洪方说:"那个那个……"

发现李洪方夫妇情绪有变,一军爷说:"现在是民国了,不是有朝廷的时候了,你们别有顾虑。"

另一军爷说:"现在是共和了,民主自由了,天下都是同志了,官们都清正廉洁了……"

冯氏说:"你们走吧,别耽误俺们做活儿。"

李洪方说:"那个那哎哟……"

一军爷说:"你们不要拿旧眼光看新世道。你们想想,搁以往,哪有南阳镇守给乡间玉石匠写信的?还先拿二百大洋上门来请?"

冯氏说:"旧有旧的玩法,新有新的花样。老虎豹子披上袈裟,终归都是要吃人的。不管是哪一朝哪一山的老虎豹子,不论是念哪一经打哪一旗号的老虎豹子,能忍得住饿肚子不吃人?你们快走吧,快把你们的银票拿走吧。"

李洪方说:"疼,哎哟那、那个肚疼……"

冯氏从八仙桌上拿起银票往军爷的怀里塞。

一军爷说:"你、你,你要犯事的。"

另一军爷说:"俺们吴镇守,可是个抛头颅洒热血的革命元勋,是惹不起的。"

冯氏说:"啥犯事不犯事的,啥抛头洒血的,顾不了恁多了。你们看,你们看,看把俺男人疼得,一直冒汗哪!怕这回,是真的要生孩娃了。你们快回去给吴大人说,就说涅阳玉石李快要坐月子了。"

冯氏一边说着,一边把俩军爷往门外推。

俩军爷一边往门外退,一边嘟囔:

"你们这是对抗政府!"

"你们这是反对共和!"

"你们这是无法无天!"

…………

这是春夏之交的季节,又是临近中午的时辰,镇街正热闹,一街两厢的生意买卖都进入了紧张时刻。就在这时候,李大阳担着吹糖人挑子,回到了玉石铺,意想不到地撞上了从他家出来的两位军爷。

"你们干啥?"李大阳连挑子还没放下,就问,"你们为啥要来俺家?"

一军爷抖抖手上的银票,没好气地说:"给你们送银子来了,你们家不要,还把俺们往门外撵。"

另一军爷气得满脸紫青,嚷嚷道:"等着吧,等着吧,你们家等着坐共和政府的牢狱吧,等着挨共和政府的枪崩吧!"

家里惹事了!看样子不是件小事。

人家上门送银子,咋能不要哩?咋能把人家往外轰哩?再说了,对当兵的,咋敢随便得罪呢?大清国,共和国,还不都是一回事?只不过换换衣裳换换腔。大清国会吃人,共和了之后,就嫌人肉腥了?共和政府,也不是百姓们能随便得罪的。

"有话慢慢说,慢慢说。"李大阳赶紧放下吹糖人挑子。

把俩军爷又拉回到后院,安置坐下后,李大阳拆信一阅,问:"银票呢?"一军爷赶紧把银票递上。大阳看了看银票,塞到了冯氏手里。

"妈,咱家开的是玉石铺,上门的活儿咋能不接哩?人家拿钱买的是玉石货,咱咋能不给人家做哩?"

这儿子!这儿子!这儿子啥事不懂,净给家里添乱。冯氏有话要说,急着要说,儿子不给她机会。冯氏要阻止儿子,急着阻止,儿子同样不给机会。冯氏急得满头直掉疙瘩汗,冯氏急得直跺脚。

大阳不看她的疙瘩汗,不理她的跺脚,却问俩军爷:"晌午了,咱们是不是喝两盅?"

一军爷说:"先说事,先说事,俺们是来办公务的,不是来喝酒的。"

另一军爷说:"这银票,可不是白给你们的。你们收下银票了,玉石铺的李洪方,就必须照吴大人信上说的,带人到南阳府复命。"

大阳说:"那是那是。"

一军爷说:"你们可不能跟共和政府开玩笑。"

大阳说:"不开玩笑,咋能跟政府开玩笑哩?"

大阳又说:"晌午了,该吃饭了。你们大老远跑来,总不能叫你们饿肚子吧?给你们二位军爷说,俺们和顺街上的牛腱子肉,太好吃太好吃。我去割上几斤,再打上二斤老烧酒回来,咱们吃着,喝着,再细说着。"

一军爷说:"先说事。事说实了,吃着喝着也安生。"

另一军爷说:"你赶紧叫你爹你妈回个准话,要不,连你们家的一口凉水都不喝。"

李大阳简单地笑了笑。

李大阳说:"二位军爷想听个准话,我李大阳这就替我爹李洪方,对你们应承了。去!去南阳府把吴镇守要的这些货给做了,还一定要做好。"

听儿子这么说,冯氏顿然发了火。

"你!你你!你是还想叫你爹蹲监牢呀!你你你……"

大阳却显得很轻松,说:"妈!叫我去做,我照样拿得下。妈你想想,我连糖人都会吹,啥玉石货做不了?嘿嘿!"

李大阳这么说着,还似是而非地朝俩军爷笑了笑。

冯氏凄哀地叹了一声。然后,熄去了她那刚刚冲出的怒火,跌跌撞撞地跑进睡房,伤心痛哭。

李洪方躺在床上疼肚子,冯氏躺在床上哭响泪,而客堂上的李大阳,买回三斤牛腿子肉打回两斤老烧酒,跟二位军爷喝着吃着说着,一时间,把玉石街上的玉石铺李家染得别有风味。

待三斤牛腱子肉和二斤老烧酒将尽,关于李洪方奉命组班上南阳府给吴镇守做玉石货的事宜也大体谈妥。对方要求,三日后李洪方务必带玉工三人,工具若干,启程去南阳府。李大阳表态绝不迟误。李大阳提出,三名玉工和工具可随马车出行,而李洪方因有病,请求南阳军政府来轿子抬。俩军爷痛快地说,区区小事,何足挂齿？都慷慨,都利索。

皆大欢喜后,俩军爷就走了。

春夏之交的午后,镇街的青石板路上已经少有往来行人。日光,干巴巴地照下来,照出了一地燥热。

军爷的马蹄子,在青石板街路上弹出了一道一道的白烟。

送走军爷,李大阳擦拭着满脸汗珠子,急急回屋看望爹妈。

"爹!"

大阳喊声爹,爹不理他。

"妈!"

大阳喊声妈,妈不理他。

在这个春夏之交的日子里,李大阳爹妈这时候发现的,不单单是灾难的临近,还有自家儿子是那么无知和鲁莽。他们彻底失望了。

…………

三天之后,涅阳镇的三名玉工和工具之类,被分别装进两辆豪华马车。李洪方则被南阳军政府派来的一乘豪华大轿,给抬走了。

第六章

豹子滩山寨的春天来了。

春天,挂在山峰上。挂满了绿色,挂满了芬芳,挂满了潺潺声响,挂得人气畅心怡。春天,也闪烁在人们的精神上,闪烁在人们匆匆行走的脚步里。俗话说,一年之计在于春。一年的筹算,一定要从这个季节起步。

新的一年里,豹子滩山寨该怎样扩大行动,该怎样打击官府,大当家贺凤珍和二当家铁匠丁经过多日商量,大体上形成了一套方案。总的目标是:一、继续杀狗官,平民冤;二、继续截官银,增加山寨收入;三、加大投入,增强山寨军力;四、走出山寨,抢占地盘,扩充山寨疆界;五……方案制订完毕,贺凤珍把她的儿女们叫到了一起。

她说:"娃们,自光绪二十七年,娘带你们几个投靠到这里,算起来已是十多个年头了。如今呢,你们一个一个都长大了,都到了婚嫁的年岁。你们的娘呢,也早就白了鬓发,老了!可是,咱们家的仇恨账,还远远没有结算清楚。除了光绪二十九年秋天,我一人下山宰了县知事周自清老狗,那个胡体安至今下落不明。还有当年的南阳府、河南巡抚,至今没有向他们问罪。这样不行。听说,山下到处都共和了,都民国了,到处都换成新官了,而咱家的旧账还悬着。主要是,我这几年只顾着招兵买马,把惩治胡体安那伙官贼的事给放下了。不过，不把山寨做大做强，不弄出一支大队伍，是很难斗得过官府的。你们应该记得，光绪二十九年，我下山宰杀周自清，被官兵捉拿了，如不是你们的丁伯伯搬来内乡那几位好汉劫牢搭救，我肯定也会跟你们的爹一样，成了鬼了。现在呢，咱山寨已硬实了，山下呢正热闹哩！啥共和？啥民国？都是打着个好看的旗子夺江山争王位哩！我想啊，该趁山下这个鱼鳖混杂狗狼乱咬的时候，结算一下咱们家的欠债了。此事再拖下去，怕你们的老爹在阴曹地府是难能安生的。由此呢，我想今年就把这个活儿给做上。今年要是做不完，明年接着做。不过，还是今年能够一步做到位更好。不管那些贼子如今钻到了哪里，即便是钻到了共和里，钻到了民国里，钻到了老鳖窝里，都要把他们统统给捉拿了，都要叫他们尝尝涅阳镇张长有一家的刀。不过，这件事，是咱们的私事，不到万不得已，不必惊动山寨诸位好汉。妈现在只问你们一句，妈的这一筹想，是不是合适？"

当年，坐上山寨第一把交椅的贺凤珍，所干的第一件大事，就是拒绝了弟兄们的劝阻，单独下山杀进镇平县衙。虽说这一次割掉了县知事周自清的头，让她畅了一口气，可她也落进了官府之手。为了救她，豹子滩、内乡疯子山、太平镇、马山等山寨联合出动劫狱，一共战死了三十多人。

为杀掉一个腐败分子，倒叫三十多名英雄好汉丢掉性命，太不值得。于是，贺凤珍暂缓了复仇计划，集中精力扩军备战。经过十余年的发愤图强，她掂量掂量山寨的实力，觉得可以大展手脚了。再加上，她这时候忽然意识到，自己的年岁已是四十开外，一切都容不得从容了。就是在这种情势下，她又一次把当年对张长有的承诺，提到了行动上。

大刀说："妈，虽说你的娃们都大了，但句句还是都听你的。上得山寨以来，虽说咱一家都过得怪畅快，可是，替爹报仇的事，你的娃们还都是日日悬在心上的。妈，你吩咐吧，咱们哪一天下山？"

二刀说："那些狗官，早该吃咱们张家的乱刀子了。早该把他们的狗头都给剁下来，狼心狗肺都给剔出来，煎炸煎炸，爆炒爆炒，嚼巴嚼巴吞到肚子里。妈，咱就别消停了，你儿的手痒了，急着要去动刀。"

刀花说："俺爹挨冤杀的场面，我是记不得了，可我当时举着拳头对着我爹发的那句誓词，一直记得很清楚。一定要杀尽狗官，一定要给咱家报仇雪恨。妈,这次下山,千万要带上女儿。"

娃们不只是长大了年岁,长壮了身子,而且,还都长出了思想长出了志气,贺凤珍的心踏实了许多。

唉!

贺凤珍不由自主发出一声哀叹。

苦了孩娃们了!亏了孩娃们了!

初入山寨落草为寇时,大刀才八岁,二刀才六岁,刀花是虚岁四岁。在涅阳镇,同龄的孩娃们还都屁事不懂,她的娃们却跟着她背井离乡,早早挑上替父报仇的重担,走上了与朝廷作对与官家为敌的血腥路。在山寨刚刚站稳脚,她就把娃们的每日功课布置得满满当当。早上,天不亮就起床,跟着铁匠丁练刀术;上午,都腿缠沙袋,上山,再下山,练跑功,练轻功;下午,都拿了牛绳桑木弓箭,瞄百步外的铜钱,练拉力,练射技;晚间,还要跟识字并不多的黄瓜大叔念《百家姓》一遍,《三字经》一遍,写三页大字,写两页小字。娃们承受不住,都哭过好多次。无论是春夏还是秋冬,娃们天天都在流汗;无论是暴雨狂风,还是冰雪袭身,娃们都没逃脱过她的严管严教。后来,她专门从赊店镇的一家镖局,请来一位镖师叫鲁迗,专职做娃们的武术教练;专门把涅阳镇葛条巷的私塾先生仵残荷劫入山寨,专职教娃们念四书五经,教娃们写大字写小字。镖师鲁迗被请来时,她给他一根桑木棍子;私塾先生仵残荷被劫来时,她给他一根桑木戒尺。桑木棍子,桑木戒尺,都是硬货,谁挨谁烂皮肉。她多次听到孩娃们挨打时的皮开肉绽声,多次听到过娃们挨打时的哀号。她多次在这些声音里,心头一阵又一阵翻卷起酸楚和痛苦,一阵又一阵地承受着撕裂。不容易呀!

"娃子,你们这些年跟着妈,都吃尽了苦头,都受尽了委屈。这也是没办法呀!谁叫那年,咱家平白无故地惹上大祸哩?谁叫那年,你们爹不明不白地顶替别人挨了个死罪哩?记住,你们是涅阳镇皮条巷张家的后代,为了给张家争口气,为了让你们爹在阴间安生,我只能带你们蹚这条血腥路了。我给你们说过多次,你们爹被判斩刑后,我曾从县衙跪到南阳府,最后一直跪到朝廷,爬堂跪府呼喊了一年的冤屈,后来,还惊动了慈禧老佛爷。最后呢,还是把你们的爹给杀了。娃们哪,天下所有的官,都不可相信呀!走告状路申冤平屈,是根本行不通的。我带领你们走上的这条路,才是申冤报仇的正路呀!娃们,你们都下山开刀吧!你们都学了一身闯天下的功夫,妈相信你们,相信你们都比妈强。"

贺凤珍说着说着,满面悲情渐渐薄了,渐渐注满了自豪。

大刀说:"妈,娃们不委屈,娃们没委屈过。娃们都明白,你请人教俺们练功习武,教俺念书习字,都是为俺好,都是为了让俺们日后少受欺压,少受捉弄。想想俺爹为啥受了冤屈?还不是他一没武艺,二没学识,容易被勾引进圈套?"

贺凤珍点点头:"我儿吃透我的心思了。"

二刀说:"妈,历朝历代的官,少不了王八蛋。咱不光要杀谋害我爹的那些官,还要杀尽满天下的恶官坏官。"

贺凤珍点点头:"不枉我儿挨了十年的桑木棍子。"

刀花说:"妈,女儿自打四岁上得山来,一直没下去过。咱老家涅阳镇是个啥样,咱们住过的那个皮条巷是个啥样,我都没印象了。这一回,女儿先随大哥二哥下山,闯闯官府,验验身手。回头,再回咱老镇看看。只是这段日子里,不能伴随母亲生活了,女儿有些放心不下。"

贺凤珍点点头:"去显你的身手吧,别挂记我。"

贺凤珍召开的这次家庭会议,是在一个上午。这天,万紫千红,山花烂漫,弥透着清香,展现着季节的多姿多彩。会议进行到这时候,一家人的心情,都跟这个春天一样,充满了美好。白花花的日光越窗直泻而入,洒下一片和煦,已是中午了。贺凤珍搬出一坛酒,摆上五个黑泥碗,倒下满满五碗酒。

"孩娃们,都端了。"

大刀、二刀、刀花都顺从地捧起了酒碗。

贺凤珍也捧起了一碗酒。

"这一碗酒,先敬你们的爹吧。"说着,贺凤珍把一碗酒倒在了地上,说,"长有,咱们的娃们都要下山做事了。你在那边,也多操操心,帮衬帮衬娃们。别叫娃们吃亏,别叫娃们遭难。"

敬过了张长有,贺凤珍又端起了一碗。

"孩娃们,都把酒给喝了。这是你们的老妈,给你们的壮行酒。喝了这碗酒,你们就各自打点用品,自去吧。"

咕咚咚,孩娃们都把各自捧起的酒,喝下了肚子。

贺凤珍一仰头,把她端着的那碗酒也喝了。

喝罢,贺凤珍又对娃们做了些交代:"先说一条,你们这次下山,不能带银钱,不能带干粮。咋吃?咋住?你们各自生办法。还要记住,不能偷,不能乞讨,不能耍赖,不能抢夺。咱的规矩是:只能杀官,不能伤百姓,只能劫官家搜刮之财、暴敛之财、贪污受贿之财,莫动商家,莫动庄园农户。大小商户,大小庄园主,都别动。他们的家产,都挣得辛苦。第二条是,你们兄妹仨要相互照料,相互帮衬,三根筋拧成一股绳。老大,你呢,有时候想事过于仔细;老二,你呢,刚好跟你哥相反,做事太野,欠思量;刀花,你是个女孩家,行动多有不便,你要谨慎。第三条最重要,你们这次下山的首要任务是,找到胡体安,捉拿胡体安。他当年是镇平县衙的衙役头儿,就跟如今民国的保安局局长一样。据周自清后来招认,当年的内情,胡应该最清楚……"

光绪二十九年,贺凤珍下山独会镇平知事周自清那一幕幕,她已给儿女们讲述多次。为了能见到周自清,贺凤珍在县衙前的街道上守了三天半晌。县衙把守严,容不得常人出入。于是,她就在门外等。她猜想,官们出门定是要坐轿子。所以,她就怀揣利刃,聚拢了精神,等候着轿子行过自己的面前……可是,等了三天半,却不见一顶轿子从衙门内抬出来。她急了,坐树下专候兔子来撞死,不容易;烧好了一锅滚水,单等老鳖蹦进去挨煮,也很难。想了想,她改了主意。这三天半里,她看到守门兵丁对送柴的、送菜的盘查不严,能款款地进,缓缓地出。于是,她买了一筐豆芽,挎着要进县衙,结果被挡阻了。许是守门的兵丁们,认出了她是谁。这一招不行,她干脆在某夜从后院搭梯翻墙,跳进衙门大院。她曾跪过堂告过状,曾蹲过县衙牢房,对县衙内的布局略有所知。所以,她那一夜不怎么费周折,就掂着砍刀摸进了周自清的书房。

"知道不知道啊娃们,那个周自清,可真有点儿跟往树桩上撞的兔子一样,跟老鳖专往滚水锅里蹦一样,单等着我去收拾他。我轻轻地推开门,走到他的身后时,他还在摇头晃脑地念诗文。啥'大江东去',啥'千古'那个

'风流'的，念得还怪香哩！刀都搁到他脖子上了，他还是没一点儿发现。你们说说，他是不是在等死？城门楼上的更鼓早三响了，还不去睡，还念啥诗文哩？念诗文就念诗文，房门口也不站几个保镖的，你们说他蠢不蠢？"

二刀说："坏官可不该死嘛！"

"我没立马取下他的头，这深宅大院里怪清静，娘老子也审审他。你们不知道啊娃们，周自清审过你们爹几番几劫，也审过我几番几劫。每一次审，都得跪两个时辰石板。跪了，还得挨他的刑。挨五十杖，挨一百杖，就是他的一句话。重要的是，不趁机审问审问他，也不行。是谁放走了真正的罪犯胡体安？是谁提出让你们的爹去顶替胡体安的？胡体安后来又逍遥何处？为啥南阳府、河南巡抚要紧跟镇平县衙，一步一级制造冤案？为啥慈禧老佛爷干预的案子，到底没给个公平？为啥？如不把这一切审问清楚，那后来的杀官次序就会混乱。"

贺凤珍夜审周自清，自然不会有周自清坐大堂审她时的那种气派。没两厢站立的衙皂喊威武，没惊堂木拍桌案，也没个师爷坐一旁记供词。她审得比较简陋。她站着，周自清坐着。她仍端着她的砍刀，他仍没丢他的书本。她审问的声音不高，但严厉。周自清回答时的声音虽说颤抖，但认罪态度较好。

问："你为啥要放走真正的罪犯胡体安？"

答："不为啥，他是我的衙役头儿。"

问："你的衙役头儿抢劫了贡给朝廷的货，就不该服法？"

答："不是不该，而是应该严惩。"

问："那你为啥不严惩，反让无辜百姓张长有替他顶罪？"

答："胡体安知道官场的事太多，张长有则对官场内情一无所知。"

问："就为这？"

答："案犯虽说那时自京城押回，但是，事情远没结束。还要再审的，还要再经南阳府、河南巡抚过堂。再审再过堂时，万一，胡体安经不住刑审，招出些不该招的，就会捅出更大的乱子。"

问："为啥会捅出更大的乱子？"

答："我的衙役头儿成了刀客，成了强盗，那我的镇平县衙，不就成了强盗贼寇黑窝了吗？那我，不就成了黑窝里的大掌柜了吗？如果这样，我的头，是不是比胡体安的头掉得更早？你想想，如是这样，这乱子捅得大不大？"

问："就是为了这些，你才大胆违抗大清刑律放走了胡体安，才昧着良心叫善良百姓当了替死鬼？"

答："没办法。只能这样。皆因我不想死，那，只能让我的黎民代我去死了。"

…………

审讯还没结束，门外就有了响动。审讯时间太长，难免要被发觉。不过，想问清楚的事项，大体上都清楚了。贺凤珍端刀的胳膊，也显出了些劳累，周自清该到断头的时候了。听得门外有了响动，贺凤珍审案的兴致和痛快陡然跌落，她立马将砍刀举起，鼓足力量，瞄准了周自清的脖子……

"大江东去，浪淘尽……"

这强盗县官，还想充英雄好汉哩，还想玩风流哩。他发现贺凤珍的砍刀朝他举起的时候，又阴腔阴调地念起了诗文。

你周自清要不是饱读了诗书，咋会学恁多的阴损哩？咋会叫你的县府成为强盗黑窝哩？咋会叫我男人成了强盗们的替死鬼哩？听到周自清念诗文，贺凤珍胸间顿然怒出了万丈火焰，顿然涌出了千仇万恨。她的手腕子顿然间抖擞起精神来，砍！砍下去！先砍掉周自清的头，如果时间宽泛，再给他来个碎尸万段，把他剁成一堆肉泥。谁叫你周自清明里当着县太爷，暗地勾结强盗欺压老百姓哩？谁叫你们当官的一边享着大清俸银，一边贪赃枉法贪污受贿，还跟黑恶势力一起抢劫分肥哩？砍！砍下去！我贺凤珍代替天理，代替民心民愿，代替我屈死的男人张长有，宣判你周自清的死刑，要对你周自清开刀问斩！杀你周自清，如果我贺凤珍能活着出城，日后，我还要斩杀贪官污吏。斩杀罢镇平的贪官污吏，再斩杀南阳、河南、朝里的贪官污吏。如果年岁允许，我要把满天下的大小周自清，咔嚓咔嚓，咔嚓咔嚓，全都给斩杀了……坏了，一群的刀刀枪枪，挤进了门。一群的刀刀枪枪，都对准了贺凤珍。

咔嚓！

千钧一发之际，贺凤珍的砍刀非常聪明、非常有力，果断到了周自清的脖颈间。

周自清还没来得及把"千古风流"中的那个"流"字诵出来，贺凤珍就把他的那颗头给咔嚓掉了，一腔血喷薄而出。那群刚挤进门的官兵，还没来得及行动，就被迎面扑来的滚滚血水打击得傻了眼。

很快，她就披着满身血腥，被打入死牢。

据说，这夜更鼓五响时分，涅阳镇李洪方的儿子李大阳，突然在黑洞洞的睡房里大喊一声："周自清"。

据说，周自清挨贺凤珍大砍刀咔嚓时，正是更鼓五响。于是，镇平人都传说，周自清的死，源于不满两岁孩娃李大阳那夜突然发出的一声喊叫。

现在，贺凤珍指示她的孩娃们下山，具体实施她杀官复仇的第一步。

"我没见过胡体安，胡体安的生相啥样，我也不清楚。我想啊，咱镇街里的玉石李，应该认识胡体安。不过我总怀疑玉石李，跟周自清、胡体安，是杀害你们爹的同谋。当年，就是他举荐你们爹随车帮上京的。这只是怀疑，没拿住凭证，暂不计较。就这吧，你们下山吧。没有太大难处，不要回来找我。"

三个孩娃朝贺凤珍跪下。

大刀说："妈，儿子会记住你的嘱咐的。"

二刀说："妈，不捉住胡体安，儿子不回来见你！"

刀花说："妈，女儿走了，你要保重自己呀！"

简单收拾后，贺凤珍的两儿一女就要下山了。

时至正午，豹子滩山寨的太阳，正热热烈烈地四射。

"娃们！山寨要揭锅吃午饭了！"

"揭锅它揭锅，俺们不吃。"

"你们饿了肚子咋办？"

"俺们的前边，有的是饭锅。"

"好娃们，说得好，都比你们的爹强。"

山路窄，且长，弯弯曲曲，绕来绕去。看着孩娃们的身影消失在崖头的那边，贺凤珍仰起了头，把这个正午的天空，看了很久很久。

第七章

　　几年后的一个秋天黄昏,丝绸商王启胜的三女儿王锦子,无意间问李大阳:"大阳,你爹恁怕官,恁恨官,可,吴镇守的马车轿子来了后,咋还是乖乖地跟人家一起走了?你说你当初,是咋说通你爹的?"

　　"没咋说,没咋说。那天送走俩军爷后,我就暗暗地做准备,就暗暗地跟另外两家做玉石货的商量好了。第三天,也就是吴镇守派来的马车和轿子停俺家门前后,我才去对我爹说:爹,吴镇守的轿子来接你了,快坐上去南阳府吧。这么说了之后,他还是哼哼着他的肚子疼。我又说了一句:爹,去吧,这一回,我想跟着你一起去南阳学做玉石货,我爹的肚子立马不疼了,他就马站起身子,说娃咱们快上车。记得那时,我妈还拉了我爹一把,说那里是火坑是监牢是杀人场啊,不敢进哪!我爹当时一横膀子说:那个那个你别管。"

　　"你后边说的那句话,不厉害呀,咋一卜子就把你爹说通了?"

　　"听说在我出生前,俺爹为朝廷做了一套货,招惹了一场灾祸。咱镇街皮条巷的张长有含冤丢命,俺家赔了玉石料钱,还把我爹赔到了牢房里。自打那场事后,我爹一听到官,一听要给官家做玉货,就肚子疼。连我妈,也怕得要命。可是你不知道啊锦子——对对,叫锦子姐。你不知道啊锦子姐,那时候我爹我妈更害怕的是我不务正业。怕得比见官还怕，怕得比坐牢还怕。小时候，爹把我送到葛条巷私塾，叫仵残荷老先生教我念书。我不好好念，总捣蛋，先生管制不住我。后来，俺爹逼我学做玉石货，我坐不下来。一坐下，我就打盹儿。我心里整天装的是吹糖人，整天琢磨的是咋能把糖人吹得招眼。得个闲空儿，我还想去太极观听默默道人吹箫，去石佛寺看妙玉作画，还想跟你一起去涅水岸边看渔舟撒网，跟你一起说三道四，心不往做玉石货上用。即使做活儿了，也总是做坏。每做坏一次货，我爹就吵我一次。时间一长，我把货做坏的次数就多了，俺玉石铺赔钱的次数也多了。爹懒得对我发脾气了，也懒得在我面前气哼哼了。俺爹和俺妈，后来就对我不再指望了，都不理会我了。幸好这些年，我大妹羞玉、弟弟重阳、二妹沉玉，一个跟一个地长大了，也一个跟一个地顺从着爹妈铺前院后跟玉石打交道。爹妈不管我，我就放开手脚玩我的吹糖人，一心一意地挑着担子专做吹糖人手艺。哎，锦子姐，记得那时候，你也总是说我没志气，日后准没个前程。你想想，就在这样的情势下，我突然对我爹说，我要跟他一起去南阳学做玉石货，你说他听了高兴不高兴？高兴啊！浪子回头金不换哪！你想想，我爹要想把我从不务正业中拉回来，要想把我从游手好闲中引上正路，他不下点儿本钱行不行？哎，锦子姐，记得那天我爹临上轿子时，还跟我妈，跟我的弟妹们，流了好多好多的泪水。好像他这一走，不是去南阳府做玉石货，而是要进监牢一样，就跟要上刑场挨砍头一样。"

"你那时咋想着要当家做主，替你爹承揽下那宗活儿哩？"

"锦子姐，看见那银票，你也敢当家做主。二百大洋，要是在光绪年间，少说能兑换几挑'光绪通宝'哩！这几挑铜钱，要叫我拿吹糖人的生意去挣，怕得花我几生几世的工夫。这几挑铜钱，要是在宣统年间，能买上十几亩好水田，能买上好多山坡地。要是拿这些钱，买你们丝绸庄王家——锦子姐，那肯定……不说恁多了。总的说，古来谁不爱钱？满天下谁跟钱有仇？有钱能使鬼推磨，没钱寸步难行啊！想想，尘世里为啥恁多人要当土匪当刀客，去拉队伍争江山，争皇位夺官位？为啥恁多念书人，要头悬梁锥刺股高照明灯下苦心，胡子都白了还在科场搏命，说到底，还不都是为个钱？自打我懂事，我就知道俺家缺钱。缺钱的人家，到哪儿都直不起腰。记得咱们都还是孩娃的时候，你们有钱的孩娃，能上街买甘蔗吃，俺只能跟在后边拾甘蔗皮嚼；你们有钱的孩娃，能上街切西瓜吃，俺只能跟在后边拾瓜皮啃；你们有钱的孩娃，能上街买成串成串的欢喜团，俺只能跟在后边干馋眼。俺爹妈是叫官老爷给吓怕了，俺是叫穷给吓怕了。想想，刀客土匪皇帝官家们，为弄钱，都是昧着良心干，咱靠流汗做手艺活儿的老百姓，还顾虑个啥？还怕个啥？俺爹俺妈怕官是瞎怕，不动脑子想对策，只会叫官家揪住脖子挨马鞭。得学着斗官家，得学会跟官家玩把戏。再说了，人家吴镇守的信上说得很清楚，去南阳府做货是包吃包住月俸三十银圆，此二百银票是预付工薪。锦子姐你说，先给工钱后干活儿的事，咱手艺人家为啥不干？虽说历朝历代的朝廷官府，都喜欢把老百姓当死鳖捉，可他们有时候还要摆出个体贴民众服务民众的样子。我当时想，兴许这王八堆里还钻着个鲫鱼头，兴许这恶狗群里还混进只老绵羊。烧锅开水等兔子跳——碰时运吧！锦子姐，这时候我才明白，人间的好多事，都靠的是运气。运气顺，一顺百顺。运气恶，开开门就碰上冷雹子砸头。光绪年那一回，我爹做的货，明明是在万国会给大清国挣脸面了，临了，他倒搓了一手白沫沫，还挨了个坐监牢。这后来做吴镇守的活儿，就不一样了。先给工钱，后干活儿。天天吃白馍，吃肥肉，晌午饭、黑上饭，还叫喝两盅老烧酒。过一段日子，俺们想回来看看家，吴镇守就指派轿子抬我爹，指派马车送俺们这几位。锦子姐，你说，俺们活得风光不风光？你说，俺们是不是碰上好运气了？"

"大阳啊，打从这儿起，你和你爹就年年撞好运了。"

这个秋天的黄昏，天不太热，也不太寒。风缓缓。晚霞和着爽意，铺遍了涅水，也铺遍了水岸旁的条条归舟、垂垂老柳及飞来飞去的水鸟。这是个让大阳和锦子都十分愉快的时辰。踏着软沙，迎着过柳软风，他俩的话都很稠。好像是陌生男女间的初次相识，好像是久别恋人的突然重逢。

"主要还是我爹撞上好运气了。你想啊，俺要不是逼俺爹接下吴镇守那宗活儿，说不定，我现在还担着挑子走街串乡吹糖人哩。自打陪着我爹上了南阳府，我爹就看见我是浪子回头了，就看见我是懂得务正事了。我以前热心吹糖人，能回头，跟我爹走一条道儿了，跟我爹一起日里夜里琢磨玉石货了，你说是不是我爹碰上的第一好运？实话给你说，我当初能陪我爹上南阳府,看重的是那二百大洋。为那张银票,我才硬硬心,丢掉了吹糖人的挑子。刚到南阳府,做玉石活儿时我还是跟以前一样不专心,还是时时惦记着吹糖人的事儿。自打有一次,吴镇守把我叫到他的书房陪他喝了一晌茶,我的脑子就哗哗啦啦地活络了,就扑扑通通地多出些道道儿了。"

民国年间的好运气,说涌来就涌来了。不只是李洪方交上了好运气,连李大阳的好运气也来得势不可当。

有一天,吴镇守处理罢军政要务之后,掏出怀表看看,才刚刚八点三刻。时辰尚早,又无其他要事急办,于是就来到了做玉货的工坊里。

自打把涅阳镇的玉师玉工们安顿到南阳军政府大院投入生产后,吴桐庆经常走进这座临时作坊,走过来走过去察看察看。

这一日吴镇守走进作坊,察看到的第一眼,是大阳在发怔。

吴镇守合了折扇,朝大阳头顶敲了敲。

"你在想啥哩?"

李大阳猛然一惊。

挨这一敲之前,李大阳正在琢磨一件事。他想:为啥吹糖人"猪八戒偷西瓜"时,总是整得猪八戒的肚子比西瓜大?为啥不能来个西瓜比猪八戒的整个身子还大?要是把西瓜吹得比箩还大,把猪八戒做得比雀鸟还小,让猪八戒趴到绿皮西瓜上,那多好玩!要不……

李大阳正在高兴地假想着,啪!吴镇守的折扇不轻不重地打到他的头顶。

猛然一惊的李大阳,嘴巴仿佛也受惊了,他那平时比较活泼的嘴巴,一时间僵硬了。

吴桐庆又问:"你在想啥哩大阳?"

李大阳张张嘴巴:"……"

吴桐庆问话温和,很入耳。再看看他慈眉善目温和的脸,大阳就不再害怕了,大阳的嘴巴子肉和嘴巴子骨就解冻了。

吴桐庆再问:"大阳,看你刚才的样子,你是不是正在想一些很奇怪的东西?"

李大阳说:"不奇怪!不奇怪!瞎想。"

吴桐庆说："说说你的瞎想。"

这吴大人，真是多事，这吴大人，真是啰唆。你吴大人南里杀北里砍，好不容易才拼来个镇守，还不快快去贪污受贿搜刮百姓？还不快快去抢天下夺江山？你哪来的闲心，跟俺玉石匠磨闲言？

"你猜猜我瞎想的啥？"

"猜不了。"

别看吴桐庆是杀人出身，是从刀客堆里长成的革命军长官，可李大阳没见他凶恶过。不凶恶不说，还面善。人，一面善，就没有多可怕。

"我在想啊，这观音菩萨，咋总是不长胡子？咋总是一手托净瓶一手执柳枝儿？我见我爹做好多个菩萨，都是千篇一律长个娘娘脸，都是不改样地一种穿戴一种姿势。这要是叫我构思——"

"要是叫你构思，你便怎样？"

这吴大人今儿个闲得古怪。李大阳本是要编个故事，应付应付吴大人的问话。他刚才瞎想的是吹糖人的事，是要把西瓜吹得箩大把猪八戒做得绿头苍蝇一样小。但他不能把这种瞎想如实说出来。如果如实地说出来，肯定属于做工时思想不集中，肯定有磨工时混工薪之嫌。不能如实，只能编造。于是，他就借他这一日正在做着的一件观音菩萨借题发挥，没想到，这吴大人要刨根问底哩！

"我会叫观音菩萨长一嘴黑胡子，再一手举大刀，另一手牵条马缰绳。"李大阳说着，还把手上那件未完成的观音菩萨，往吴镇守眼前举了举，"你看你看，这里有块黑色，刚巧在观音的嘴前，要是不给剥掉，活生生的就是个草圈胡子。你再看，观音手上边的这一溜玉色多明，多亮，要是给打磨成一把刀，那多显威风！大人再看这儿……"

纯粹瞎蒙。不瞎蒙不行，谁叫他吴桐庆当着杀人司令，干着杀人镇守，学的是杀人手艺，练的是杀人本领，不好好出去杀人，偏偏要跟我这个小小玉石匠过不去。蒙他！李大阳想，反正，这所有的玉石货构思，都是老爹的事，自己蒙错了也无关大局。

"小师傅，你构思得有意思，你可不是在瞎想。我发现，你这娃子的脑瓜子里，装有不少的创见哩！"

吴大人从李大阳手上取过那尊半成品的观音菩萨,东一个端详,西一个端详,上一个端详,下一个端详,端详了一阵子后,他那张软乎乎的白净脸上竟乐出了弥勒佛般的笑。

说来也怪,老爹让大阳做的这尊观音菩萨,原本是块优质岫玉料,通体都是岫玉绿,是没有黑色的,也不曾出现过明亮白。凡懂岫玉的人,都会知道上乘的岫玉内,是不可能染进黑色和明亮白的。可是,自打大阳给吴大人瞎蒙过这里有黑那里有白后,这尊半成品的观音,就真的在嘴巴前出现一团黑,在一只手上方出现一道银色。

这种始料不及的变化,让李大阳感到的就是怪。

而镇守吴桐庆,并没从中看出事情的怪,也没看出李大阳对他的瞎蒙,他在夸赞李大阳构思得有意思后,认真地看着李大阳。

"李大阳,你是哪年哪月出生?"

"不吉。光绪二十七年七月八日,都说这一天是官家杀人的日子。"

"具体时辰?"

"更糟。午时三刻。正是人头落地的时辰。"

回答这些,不用编造,不用瞎蒙。李大阳如实相告。

"你出生的这年、这月、这日、这个时辰,你爹妈都记得很准?"

"可准! 准他妈哭半夜——准死了。"

"你怎知你爹你妈,就记得毫无差错?"

"因那一天,俺镇平城正要在西关杀俺涅阳镇街上的张长有。这么大的事,俺镇上人肯定都会到场看看的。都到场了,俺爹俺妈要是不到场,很是不够街邻情分的。重要的是,张长有挨冤杀,还跟俺爹有些牵扯。就是为了生我,俺爹俺妈这一天没顾得上去城里。直到如今,俺爹俺妈还对张长有一家愧疚着。"

听着这些话,吴桐庆端详着李大阳,就跟刚才认真地端详那尊半成品的观音菩萨一样。

"走吧大阳,不干了,今儿上午去陪我喝茶吧。"

虽说吴桐庆不凶,面善,李大阳不怎么害怕他,可要叫李大阳去陪他喝茶,李大阳还是长不起志气的。

李大阳迟疑着。

"走吧走吧,陪喝茶也给你工银。"

只能去。

不去不够意思。

这么跟随着吴桐庆到书房里喝了一次茶,才算真正开启了李大阳好运的大门。

"你们那次喝茶,是怎么喝的?咋就把你个吹糖人的脑子,给喝得活络了?"

现在,黄昏的嫩红,越铺越显出些老红了。

现在,踏着软沙,迎着软风,听着涅水流逝,李大阳和王锦子的谈兴越来越浓了。

现在,王锦子还要深入地探问下去。

大阳说:"俺们那次喝茶,他喝他的,我喝我的,谁也不搅缠谁。喝着喝着,吴大人就盯住我唇下的这颗痣不放,尽说玄乎话。他说,唇下一点红,日后骑青龙;唇下一点鲜,必定坐江山;唇下黑痣大,日后乱天下;唇下痣尖尖,杀人八千万……他说,大阳啊,实告你吧,本镇守不单单钻研过征战屠杀,还饱读诗书通经籍,略知相术。虽今日才得以推你八字,才得以细观你面相,经这一推算,我发现你这人不得了,再细观你面相,我又发现你这人了不得。他还说,大阳啊,你将来不是滥杀人众八千万夺江山,就是滥杀人众八千万灭天下……都是些玄乎透了的混账话。锦子姐,当时听过这些没边没沿的玄乎话,我直想回说,你吴大人发现的这个人不是我。可是,我没有这么说,我不能玩吴镇守的难堪。我只说,兴许我将来能用玉石,做出个又杀人又坐江山的王八蛋。嗨!不想,我这么随便一说,把吴镇守惹不痛快了。我看见他立马皱了皱眉,立马把他那胖胖的白净脸上的笑给皱没了。他说,休得乱语。他说得很冷,好像我刚才回说的话,撞上了啥禁忌一样。听他这么冷冷地一说,我真是不敢随便说了,专听他说。他咋说,我咋听。我不再乱语,不再惹他不痛快。锦子姐,你不知道,吴大人这人挺能说,挺会说,肚子里装了大堆大堆论说不完的学识。他先从如何做人说起。他说,不论贵为天子,还是沦为强盗,不管是先为强盗后为天子,还是先为天子后为强盗,总的说都得先从做人做起。做人是基础。做人做好了，即便杀人千万，也会被称作好君主。做人做不好，即便没杀人，也会被指控为杀人强盗。说了做人，接下去说做玉。说到做玉，他说，能做出件真正好的玉货，付出的不只是劳累，不只是汗水心血，还要投入灵魂。别看我不会做玉，我常常读玉，常常从一件精致的玉货上能读出许多好文章，读出许多美诗美词。读一遍，有一遍的所得，读十遍八遍三五十遍，会有更多的心得。常常会读醉，读得飘飘欲仙。做玉，做的是德；读玉，也是在读德。做玉，读玉，跟做人一样，要讲究个德行。为啥你爹做出的玉石货，上眼，耐品味，我觉得是你爹把他的心神给做进去了，把他的人格给做进去了。同样是济公，同样是观音菩萨，你爹做出的就是比别人的表达丰富，就是比别人的表达真切。为啥有的人做了一辈子的玉石货，一辈子都做不出一件感人的作品？为啥你爹出手的件件作品都能叫得响？这里边，就涉及做人的问题。请你们来府上做这批货前，我是先了解清了你爹这人道德品质好，才决定派人去涅阳请的。说到这里，吴大人起身走到我的跟前，拍了拍我的肩头说，大阳啊，不管你日后前程如何，你现在还是好好当个像你爹一样的玉石匠吧。也许，你先当好了一个玉石匠，将来才能成为大材呀！吴大人这么说着时，很认真，不像是儿戏，也不像在嘲弄。反而，我看见他的两眼，还很深很深地盯着我的脸，好像对我寄托厚厚的希望。锦子姐，你说这镇守大人扯淡不扯淡？他还真把我这日后坐天下之相，当作一回事哩！你知道我打小就没想过要杀人，没打算过日后要当强盗占江山，我打小想的是当个吹糖人的，我打小立志要干的行当是吹糖人。你想啊，就我这点成色，那王八蛋活儿，我咋能干得了？我咋能去干？不过，这镇守大人对于以德做玉、以玉做德、先做人后做玉之说，别看玄乎，细一琢磨，还是有些道理的。俺爹做了大半辈子玉石货没富过，可他还要接着做；做了恁多好货，没卖出过好价钱，可他还是坚持做好每一件货。他给天下做下恁多宝贵的东西，他做的货去万国会上给中国挣了面子，自己反而一直贫寒着，自己反而一直遭受着屈耻。贫寒着，屈耻着，他还是年年月月地坚持做。俺爹就是在先磨人后磨玉，先琢好他的灵魂，再去琢好他的货品呀！他是一边雕琢玉，又一边雕琢着他自己！锦子姐，就是镇守大人这些说道，把我的脑子给说开窍了，把我的脑筋给说活络了。不管我李大阳日后成器不成器,我还是先跟着俺爹,学着做人,学着做玉吧!"

锦子说:"大阳啊……"

王锦子还有许多事要问李大阳,李大阳也有许多事要说给他的锦子姐。不过,这个秋天的黄昏,是很难再支撑亮色了。由西山铺来的晚霞,嫩红后,变作老红,老红过了,便有暗影弥漫。王锦子新的问话刚刚要提起,突然,从水岸的柳林内,嘎嘎传出几声夜鸟的脆叫,梆梆梆地敲落在她的嘴巴上。她一怔。夜鸟把白日叼走了,把暗夜送回来了,也把她探问的兴趣给惊飞了。

"快快回家。大阳,再迟了,我爹要吵我的……"

王锦子匆匆地走了。

第八章

　　章玲说："实不相瞒,你们涅阳的丝绸,这些年没少让我的公司赚钱。上海那边说你们的丝绸是软黄金,美国那边说你们的丝绸是上帝赐给的宝贝。所以,你们的货一到上海码头,就任我随口喊价。特别是碰到美利坚的商客,眨眨眼,我就能把价码翻上几个来回。上海人和法兰西人,喜欢你们的花纹缎子,喜欢大红大绿,要不就是素白。做裙做袄做旗袍,做披风做被面,都是上等好料。美利坚人和加拿大人,喜欢你们的山绸,原质、原色,他们拿回去后,再漂染出各种图案,贴墙壁,给房间穿四季衣服。上海人和法兰西人,在穿戴上,花钱不吝惜;美利坚人和加拿大人,在打扮住室环境上,出手大方。因此说,你们的软缎和山绸,都能在我的公司里各领风骚,各显神通。"

　　章玲说："话再说回来,你从民间收购来的货,卖给了我,你总不会是白白出力吧? 你总要从中盘出一定的赢利吧? 做商,就是要赢利的。不会赢利的商人,就不是称职的商人。我的一位老师曾教导我,做商不计利者,失德、失义、失仁。启胜老兄,你诚实回答,在咱们这些年的合作中,你到底赚了多少? 不便说是吧? 你们这里的人行商就是不气派,就是不仗义,赚人家几个钱,就跟做了强盗一样,偷偷摸摸,羞羞答答。看看人家晋商,看看我们

— 71 —

沪商,你们就显得猥琐了。做庄稼,讨的是五谷丰登,做商,咋不该计较个财源茂盛达三江哩?庄稼人做旺了庄稼,是这人勤劳;做商的人做发了财,可不是只靠勤劳,这人还得有才干,有谋略,有胆量,有决断,有灵活。启胜兄,要做商,你就得挺起胸,昂起头,风风光光地做。你不赚钱,上帝是不允许的,同行们是瞧不起你的。"

章玲说:"好了,不管你赚不赚钱发不发财,咱就不说这些闲话了,说正事吧。章某这次专程来涅,要事有三。第一,自然是拜访您大名鼎鼎的绸缎庄王老板了。并顺便带来英格兰怀表一块,景德镇老瓷窑茶具一套,长白山老参两支,略报您多年对我公司的厚爱和支持。其二呢,具体考察涅阳丝绸业生产的实力,如有可能,我公司将会在贵地投资,将从国外引进一些先进机械,以利你我日后的扩大经营。其三呢,经过这些年的市场考察,本公司决定另开一条商路,就是要打你们涅阳玉器这张牌。玉器,在你们涅阳叫玉石货、玉货。自打光绪年间涅阳玉器亮相万国博览会之后,涅阳玉器越来越被众多国家关注,越来越被世界各地的鉴赏家、收藏家、投资家看好,值得开发。为了能打出这张新牌,打好这张新牌,你我之间,有必要沟通沟通,有必要坐一起研究研究。"

章玲,上海万宝路织业公司董事长兼总经理。其公司专营棉纺丝纺产品,生意做到东南亚、东北亚、欧洲、澳洲、拉丁美洲,在上海很有声望。(好多年后,镇平作家洪哥先生,在上海旧志里查到过对章玲的记载。曰:章,引洋织,寄家纺,成尔大业。章玲这个人物,不只是在上海有影响,他还在涅阳经济发展史上一度成为亮点。后人评说他为镇平丝绸业的改良和繁荣,起到了一定的作用。)

这是章玲首次光临涅阳,首次作为贵宾坐进王启胜的客堂。在两家以往的业务往来中,大多是王启胜亲自赴沪,有时候是章玲派员来涅。万宝路公司的大老板,这次能亲身到涅阳,实在出乎王启胜的预料。

这天晌午,王启胜正在口岸上招呼上货,铺子里的伙计突然来禀报,说是上海来人了,请他回去接待。他听了,并没速速起步。这是夏秋之交的季节,长天大蓝,高阳悬挂,远山呈碧,近水宽畅。河岸上撑起的老柳,一荫搭一荫,还有些风在绿荫里缓来缓去。这里的凉爽和舒坦,远比他坐铺子里摇竹扇好受得多。所以,他听到禀报后,还上了船,细看了一会儿所上的货,又对上货的搬运工做了些琐碎的交代,然后,才恋恋不舍地往家走。他没想到这次的上海来人,会是总经理章玲。

到家一看,是章玲千里迢迢而来,坐在他的客堂里,王启胜就有点儿不知所措了。敬过香茶,敬上水烟袋,宾主在八仙桌两边分坐了叙话。说是叙话,其实是章玲说,王启胜听。说了一些话,王启胜才缓过神来,才想起来该置办酒宴,但是,时近正午,再在家做菜已经来不及了。若带客人去酒坊喝酒去饭铺吃饭,又不合涅阳礼仪。于是赶紧指派伙计,去和顺街的卤牛肉店订牛腱子肉,去卤猪肉店里订红白猪肉蒸碗,去卤羊肉店里订卤羊腿卤羊肺卤羊肝,去卤山兽卤山禽店里订虎肉豹肉鹿肉山鹤肉……此一动作,先后惊扰了和顺街上的七家店铺,专门为他忙碌菜肴。安置罢菜肴,又赶紧让账房先生写请帖,请镇上的名士名流前来陪酒。如此重要的客人,镇长吴世忠一定得到场,他代表着中华民国的一级政府;福源大掌柜赵裕德一定得到场,他是名扬九州十八府的大商。还有大平安镖局里的镖头牛冲、曹家庄庄园主曹丰屯、黑头社的社长包黑子、山陕会馆总管阎锡贤,这些都是镇街里的上等明亮人物,都要一一请到。另外还得到芙蓉街的春楼上请几个弹唱曲子的女子,来给酒宴助兴……待一切大体安置就绪,待客人和陪客人一一入座,时辰已是午后很久了;宾主间酒来酒去的表达还没有结束,夏秋之交的滚滚红日,就已喘吁着软绵绵下落了。

"为了这次来涅考察,我章玲整整做了五个月的准备。先是请在燕京学府里的一位教授,专门研究了镇平的历史演变,经济、文化的变迁,再就是走访了不少的专家学者,探讨了涅阳丝绸和玉雕的发展走向。"章玲不喜喝老烧酒,也不喜喝黄酒,他喜喝的法国葡萄酒和香槟酒,在这地方又筹办不到。因此,在这场欢庆他到来的宴会上,他用酒很少。他乐于说话:"同时,我还阅读了不少有关你们这里的文章、文献。通过研究和走访,我发现,你们这个镇平啊,你们这个涅阳啊,内涵是很深很深的哩!你们知道不知道,楚氏族的老祖先曾在你们这地方居住过好多代哩,后来,迫于中原部落的追杀,集体迁徙到一个叫楚山楚水的山水间立国去了。"

"怪不得我们这里挖出过不少楚人风格的玉制物。像环、璜、璧、玦、玉龙啥的。"赵裕德插话道,"我家现在还收存有一环一璧。"

"你说的这些器物,不属楚人的早期作品,是他们第二次回来后制作的。"章玲说,"楚人在如今的陕西省丹凤县立国后,又去了淅川县的荆山、湖北的江陵,文王时杀回这里,灭了你们这里的西周吕国,一统为楚。秦灭六国前的四百年间,楚人把他们在荆湘制作青铜器和漆器的技艺,主要是隆起和纹饰,运用到玉器雕刻中。楚人对历史的伟大贡献,并不是他们敢与周王朝分庭抗礼、敢于问鼎中原,而在于他们让玉雕艺术产生了一次巨大的跨越,甚至是一次巨大的飞跃。"

镇长吴世忠说:"俺们镇平的几千年古旧,你都了解得这么清楚。可见,你真的是了不起!不像是商人,真的像个做学问的大人物。"

"优秀的商人,首先该是个文化人。要不,他根本胜任不了商人这一角色。"章玲看着吴世忠说,"包括你们做地方官的,如果弄不懂自己的文化,那也是很难把事情做巧做大的。"

客人喜于说话,不喜喝酒,很让镖头牛冲、庄园主曹丰屯、总管阎锡贤和社长包黑子失望。在他们的思想意识里,客人应该是喜欢喝酒的,陪酒宴的人应该是跟客人一起死打活拼一起烂醉的。这是大涅阳的旧规矩,千年习俗。客人没喝晕,陪客人失身份。可这王启胜的客人太不配合,竟说自己不习惯饮烈酒。喝酒喝辣的,睡女人睡开花的。你客人不喝,俺们咋喝?你客人不喝辣的,俺们陪客的咋能把活儿做圆?说话你说话,你别说恁多,你别说恁文气,别耽搁喝酒。几位壮士一坐入酒宴,本是个个摩拳擦掌,个个雄心旺盛,可是,谁也没想到这位来自大上海的老板,竟会如此稀松!

镖头牛冲小声对身边的社长包黑子说:"不听他们那些扯淡话,咱喝咱的。"

社长包黑子小声回应说:"你想听也听不懂。咱俩划拳吧,先敲个开场锣。"

庄园主曹丰屯掂着筷子对牛冲和包黑子说:"快整快整,这盘新上的豹子肉,卤得怪嫩。"

会馆老总阎锡贤对牛冲、包黑子、曹丰屯说:"咱们小着声玩酒,小着声动作。"

喜于言说的章玲,在这个酒场上所招引到的虔诚听众,只有福源赵裕德和镇长吴世忠。主人王启胜,时而全神贯注于章玲的滔滔不绝,时而扭头照顾一下另几位的情绪。听也没听多少,即便听到一些,也不怎么入心。自己是做丝绸生意的,啥楚人楚氏族的,啥隆起纹饰的,与自己没啥关联。再说了,玉石货这种买卖风险太大。一次走眼,能把家底输尽。这东西,不敢玩。玉石李家做了几辈子,也没做出富足来。到了李洪方这一辈,还为做玉差点儿犯了砍头罪。因此,他听章玲又说到了玉,连假装出的全神贯注也显得了了草草了。

这样一来,酒场出现了两极分化。

但是,各行各的,互不影响。

章玲对赵裕德和吴世忠说:"你们二位都很年轻啊,前程无量啊。"

赵裕德说:"过奖了,我只不过是继承了祖上家业,并没啥拓展。"

吴世忠说:"我这涅阳镇长,是我死爸的朋友,给我讨要的。我原本没啥能耐。"

章玲说:"虽说我的万宝路公司,与你们涅阳丝绸庄的王老板,交往了多年的业务,但我还是第一次拜访贵地。你们涅阳好呀,是上帝赐给的富饶之乡啊!你们涅阳人养的虫虫,吃的是树叶,吐出的是丝,却是白金呀!据史书记载,涅阳丝绸,在汉代就经大宛经波斯卖到了欧洲各地、世界各地,你们这里是丝绸之路的起点。不简单,很是不简单。从你们涅阳这个起点,所运出的,可不能单单认为是一车一车的丝绸,也不能单单认为是一车一车的黄金白银。它们代表着涅阳人的智慧,代表着涅阳人的勤劳,更重要的是,这集中体现了我们民族文化的伟大力量。上帝做证,这些年我的万宝路公司,之所以能够闯天下,主要的依靠,是你们涅阳的丝绸。因此说呀,我不赶来感谢感谢你们涅阳,实在是大理不通啊!"

赵裕德朝章玲抱抱拳:"你先生太过奖涅阳了。"

吴世忠也朝章玲抱抱拳:"就是,太过奖、太过奖了。"

章玲说:"以后,我章某还会多多来这里,还会多多给你们添麻烦的。"

说这句话的时候,章玲还站起了身,恭恭敬敬地捧起酒杯,朝赵裕德、吴世忠、王启胜举了举,又依次朝牛冲、包黑子、曹丰屯和阎锡贤举了举。

然后说:"请诸位高朋,日后多多关照,多多关照。"

章玲的这一举动,虽严肃,倒也随和。这是上海的一种礼节,是一种文明行为。但是,这并没引起正大马金刀地划拳大马金刀地喝酒吃肉的那几位的注意。他们依旧相互瞪着眼,相互抹胳膊挽袖子地大干他们的"事业"。

赵裕德和吴世忠随即站起了身,捧起了酒杯,朝章玲恭恭敬敬地举了举。

看章玲和赵裕德、吴世忠都相继起了身,都相互恭敬着,王启胜也跟着站了起来。

赵裕德和吴世忠说:"相互关照,相互关照。"

王启胜也说:"相互关照,相互关照。"

礼节毕,他们又开始了说话。

章玲说:"你们涅阳不只是能从树叶中、能从虫虫肚子里掏出软黄金,还能从石纹里,掏出超过黄金无数倍的无价之宝。这是个奇迹,这一奇迹,也许要比你们的桑蚕生黄金更具影响力。我章某有个预测:虽然你们的丝绸影响了中国文化和世界文化几千年,但随着西方工业革命的成功,你们的丝绸辉煌,顶多还能支撑一百年。一百年之后,你们的丝绸之路,也许将被玉雕之路所代替。因此说呀,我已决定在我的公司里设立部门,专门经营玉料、玉器,以支撑万宝路百年后的兴旺。当然,要做好这一生意,是离不开你们涅阳的,是离不开诸位先生的帮助的。"

此种论断,此种预测,在福源赵裕德和镇长吴世忠听来,挺新鲜挺有意思。他们俩,不单是一边认真着听,而且还能若有所悟地点头。

初到涅阳,初与涅阳人酒宴相逢,从大上海来的章玲,很快就在谈话间,对福源商号赵裕德和涅阳镇长吴世忠产生了较好的看法。他这时候,专门打量了他俩一会儿。

赵裕德清瘦,肤白,身材高大,年岁大约二十有余,光头,着丝绸长衫。举止文雅,谈吐爽快。

吴世忠微胖,高鼻梁,宽下颌,中等身材。年岁与赵裕德相仿。蓄东洋发,多些机灵,少几分地方官的威严。

要与王启胜相比较，他俩显然是嫩了好多。从年岁上说，王启胜差不多是他俩的总和。从处理事上说，王启胜的胸腑也要比他俩深。从穿戴打扮上看，大清退位几年了，民国好几年了，王启胜还是甩着长辫子，还是长袍马褂不离身。

虽说刚刚结识了赵吴二人，虽说已与王启胜打交道多年，虽说王启胜多次去过上海，可现在的章玲，突然发现他的老生意搭档王启胜，远比赵吴二人封闭、远比赵吴二人保守。果然，就在他当着众人面，又一次提说要做玉石货生意时，王启胜便说出了另一番见解。

"章先生，你我共事多年，可说得上是志同道合肝胆相照。虽说，我的绸缎庄远比不上你的万宝路，可咱们间的根本利益是一致的。正如咱们酒宴前所说，你从我这儿把丝绸拿国外发了洋财，我在涅阳镇街上当然也不会是闲帮忙，当然也要从周转中捞一把的。俺这一带有句俗话说得好，叫无利不起早。至于每一笔生意中我从中赚多少，我是不随便说出去的。我爹在世时，曾多次告诫我，生意人守不稳口，是会败的。话再说回来，你和我，上海和涅阳之间，只要都赢了，就不需念叨其他了。"说着，王启胜往章玲的酒杯中添酒，又说，"鄙人认为行商和交朋友是两回事。行商，是在做事；交朋友，交的是心。从朋友的角度讲，我王某就不得不掏心窝劝你一句话了，这玉货生意，是万万惹不得的。在俺镇街里上查八辈，凡是做绸缎生意的，一代一代都弄出些大宅院；做玉石货的，却是一代比一代穷。要不相信，你明天到玉石街走一遭看一回，就明白了。"

听到这里，章玲浅浅地凉了凉脸，好像是早来的秋霜，浅浅降落在秋叶上，说："你们涅阳的玉器，很出名嘛，上过万国会嘛，怎说这生意惹不得？"

既有此等见解，内中必有可探求之处。章玲简单地凉了凉脸，便迅即愉快起了脸色。

"请问王兄，丝绸玉雕一并为你们涅阳古来的优秀产品，为何，丝绸业会一直兴旺发达，而玉雕业如此难能振兴？你研究过内中的原因吗？"

"先说第一条，丝绸是人们的穿戴之物、装饰之物。不论是宫廷、达官贵人之家，还是市井平民、乡间村户，丝绸都是紧用的东西。用它做长衫短褂，夏天穿着风凉；用它做长袍短袄，冬天穿着又暖和又柔和；用它做床帏、做帐幔、做被褥,实用,还能多景致。如此用途,你说谁人不爱?可玉石货哩,就比不上了。你说,大热天叫你抱个玉石货,你说你凉快不凉快?大冷天叫你抱个玉石货,你说你暖和不暖和?不可能啊!玉石货,看着是怪好看,就是不遮凉,就是不挡寒。有它,能混日子,没它,照样能混日子。既然有它没它都能活得舒坦,谁还看重它?都不看重它,谁还把它当回事?谁还会往它那里花银子?再说第二条,俺涅阳的玉石匠,是很难做出好货的。好货,必须有好料。好料,又花钱太多。没办法,玉石匠们就靠磨烟袋嘴、帽花、镯子、耳坠儿这些小玩意儿赚个油盐酱醋。要是真的购了好料,做了好货,那自然会值大价钱的。俺们这里古来有句话叫,黄金有价玉无价。买家愿掏钱,卖家愿出手,那就是价。贵先生刚才说,涅阳的丝绸是黄金白银,那这上乘的玉石货就是无价宝。可你不知道呀,一旦谁家做出个好货,那祸端就紧跟着上门了。一是贼要偷,二是官家要谋算,三是强盗要抢。弄得不好,还会把性命搭进去。俺玉石街上的玉石李,就因替朝廷做了一批去万国会的货,后来他赔了银子不说,还被押进了大牢,差点儿挨了个刀砍头。再说第三条……"

应客人章珞讯问,主人王启胜就玉雕产业为何不能振兴,回答了三条原因,刚说完,客堂里的昏暗就轰隆一下降临了。酒宴,要向晚间延伸了。

"快看不见手指了,咋划拳?"黑头社社长包黑子喊。

"慢着划,慢着划,你们别急。"曹家庄庄主曹丰屯说。

"今儿这酒,看来是不叫喝痛快。没喝哩,天可黑了。"大平安镖局镖头牛冲,嚷嚷起来。

时辰走得太快,说话的没尽意,喝酒的也没尽兴。

"快快掌灯,快快掌灯!"

忽觉天色晚,主人王启胜忙传人点燃灯火。

…………

　　　　说话间痴郎久坐憨情动

　　　　嘻嘻地微笑眼眯缝

　　　　站起来连说带笑往前趋

把黛玉玉腕双携不放松

妹妹呀　外边菊花正开放

你看那紫配白来黄配红

…………

一个下午,说话者忙说话,喝酒者忙喝酒,都把堂内弹弦执牙板唱曲子的两位女子给忽略了。这时候,都停了说话,停了划拳,在等候着堂灯、桌灯点燃,这才有机会听优美的弹唱。

雅致的酒宴,是一边品酒,又一边品曲。而这一日涅阳丝绸庄的坐宴人,都无意在品字上下功夫。说话的,集中精力说话;划拳者,全力以赴划拳。品啥?有啥品?没办法品,顾不上品。

"这曲子好,这曲子水灵得透彻!"得空儿听了一阵弹唱,客人章玲便突然起了另一种兴趣,"这曲子,很有丝竹之音,很有江南水乡韵味。我说赵老板,我说吴镇长,你们涅阳的存货,还厚着哩!"

赵裕德笑笑,说,是有些存货,不多。

吴世忠笑笑,说,俺名扬九州的大涅阳,还能没几件好东西?

这时候,一直划拳喝酒的几位,也从醉眼蒙眬中,听出了曲调好听。女子也好看,一时看得钻心痒腹。

于是,就有些放荡,不管宴席上还坐着远方的客人,粗野起来了。

"玫瑰红,你放大点儿腔口行不行?"

"紫葡萄,你把弦子定高点儿。"

"玫瑰红,你别恁斯文,快来点儿真货听听。"

"紫葡萄,快来跟爷喝个交杯酒。"

嘻嘻……

哈哈……

桌灯挂灯一并点燃,整个客堂变得明亮。黄昏败了,初上的夜色退了,整个宴桌一清二楚。烟雾腾腾,杯盘狼藉。也就在这时候,社长包黑子和镖头牛冲,摇晃着脚步,来到玫瑰红和紫葡萄身边,嘻嘻哈哈地弄得不成体统。

章玲皱了皱眉。

赵裕德和吴世忠摇了摇头。

本来,有很多的话要说,还有很多的情况要了解。看来,已经不可能了。中午酒喝到现在,是早该结束了。

章玲对王启胜说:"上些饭吃吧。自从来到你们涅阳,连中午饭我还没吃上一口哪!"

酒宴是该结束了,再不结束,那几位醉徒,准要把涅阳的丑陋都给暴露出来。

换菜,上饭。

每人一碗绿豆汤、两个曲家屯的老烧饼。都吃得尽兴。万宝路大老板章玲一边嚼烧饼一边问:"这叫啥食品?"王启胜答:"曲屯烧饼。"章玲又一边嚼烧饼一边点头:"好,好!这饼有意思,内柔外焦,很见功夫。唉!恨我来涅阳晚了!没想到,涅阳这地方的好东西,不只是丝绸、玉雕,还有很多呢。"

第九章

　　大刀、二刀和刀花，是空着肚子下山的。下山心切，报仇心切，不觉得饿，不觉得渴。爬坡，翻岭，绕山，蹚水，一路紧走。不经意，太阳就下落不见了；不经意，就走到了广洋湖。一到广洋湖，山就浅了，天就大了。

　　多年没出过山寨，多年都在豹子滩，跟着鲁逄习刀练枪，跟着仵残荷念《论语》读《春秋》。突然一见宽天宽地，突然一见宽水，兄妹三人顿然间大开眼界。在他们的记忆里，从涅阳镇到豹子滩山寨这条路，他们跟着母亲，经历过三上两下的复杂历程。从那时候起，他们就对这条路的难行，充满了怨恨，充满了畏惧。而这一次，倒轻松，不怎么劳累。也许，十几年后的他们是长大了。

　　"大哥二哥，你们稍歇片刻，叫我洗洗这湖水。"刀花说。

　　看见一湖澄蓝，看见一波汪洋，怎不油然生起洗刷之意？这大片大片水津津的清凉，怎不惹人兴致？

　　大刀说："你洗，你洗。哥等着你。"

　　二刀说："刀花，你洗我也洗。我得洗洗脚。"

　　傍晚的霞光铺过来了，铺了一湖面的细绸软缎。有渔翁摇着小舟，缓缓地朝岸边漂来。似在碎金碎银上漂，似在细绸软缎上漂。小舟上站着渔翁，还站着三只鱼鹰。小舟披上了碎金碎银,披上了细绸软缎;小舟上站着的渔翁和鱼鹰,也披着碎金碎银、细绸软缎。连渔翁哼的曲子,连鱼鹰的叽叽嘎嘎,也挂满了碎金碎银、细绸软缎。风很轻,远比大山里的风温柔。近处,有两家农舍,正袅袅着炊烟,还袅袅着粥香。风和炊烟,还有粥香,好像也都染透了傍晚的色彩。

多美呀! 刀花圪蹴在水边,不愿起身,把脸洗了一遍又一遍,还想洗。

大刀催促道:"走吧,咱们得赶快出山找饭吃。"

二刀说:"想起来了,咱们连中午饭都没吃哩,一路紧走到现在。"

一说到饭,一说到吃,兄妹仁的肠肚不约而同地咕噜起来。

刀花恋恋不舍地站起身,说:"是呀! 那咱们快走吧。"

二刀朝飘着炊烟和粥香的地方瞟了一眼,说:"莫太急,那里有人家正在给咱烧着饭哩。"

大刀也朝飘着炊烟和粥香的地方看了一眼说:"不行,山里人家挣个粮米不容易,不能扰他们。"

二刀说:"好汉爷吃他们一顿,是给他们面子。"

大刀说:"上午妈交代过咱们,不偷,不乞讨,不耍赖,不抢夺。说是天下到处有咱们的饭锅,可咱们每吃一碗饭,每吃一粒米,都得取之有道。母亲的教导,咱们务必牢记。"

二刀说:"四门都叫咱妈给堵死了,咱们身上又没带半个铜圆,咱们今晚的饭锅在哪儿,今晚的饭碗又在哪儿?"

大刀说:"找官去。妈还说过,只杀官,莫动百姓。"

二刀说:"那咱们还不快去? 快到那些官家里,拿他们锅里的饭吃!"

走!

历来都是强盗在山里,官宦在城里。要想杀官,务必入城。按照母亲的既定方针,这顿晚餐,只能去县衙吃了。全县百姓都在为它挣钱,全县百姓的血汗都在县长手里攥着,县官们的粮米来得容易,县官们的银钱来得毫不费力。县衙里的粮米堆积如山,县衙里的银钱堆积如山。必须吃他们,必须喝他们。不吃他们不喝他们,对不住苍天,对不住全县老百姓。饱饱地吃他们一顿,饱饱地喝他们一顿,也算小小地报了一仇,也算小小地雪了一恨。

虽说现在的镇平县衙里，没了周自清，虽说新任的民国县长不是杀父亲的同谋和凶手，可他们一坐到这个位置，都会跟周自清和胡体安是一路货色，都在可杀之列。如果顺利的话，吃他们一顿，喝他们一顿，再顺便把他们的脑瓜子，跟摘梨一样给咔嚓了。

可是，从广洋湖到县城，还有多少里哩？还得走多少个时辰呢？

走着走着，张大刀的步子犹豫了。看着山峦间黄昏弥漫，他顿然觉得肩头上的沉重。带着弟和妹第一次出山，责任重大呀！父亲早不在世了，母亲这时候又不在身边，一切得依靠自己决断。长兄如父，事事必须考虑周全。

"我说二刀，我说刀花，我好像记得从咱涅阳镇往县城去，好远好远哩，还得走大半晌哩。可这时候天就要黑了，还远远没到涅阳镇哩！怕是咱们赶不到，县城城门就关了，咱们是进不去的。不如，另做打算吧。"

刀花说："怕是赶不到县城了，经刚刚那一小歇，腿肚子筋显疼了。还是先找个地方，住下吧。"

二刀说："就在涅阳镇里找官吧，那个镇长的官也不小啊。今晚，叫他给咱煮锅肉啃啃，再叫他给咱每人温两碗酒喝喝。反正，我这时候是饿很了。"

"那就到镇上吃饭吧。那里是咱的老家呀，咱们生下来，先看到的天是涅阳镇的天，先沾到的土是涅阳镇的土，咱们咋能不回去看看哩！"

刀花说："就是，我连咱家是啥模样都想不起来了。大哥二哥，咱们最好是在镇上住上几日。"

二刀说："刀花的想法很对，咱们应该在镇上住几日。不只是看风光，咱们还得扛着大刀，在镇街里显摆显摆。当年被官儿们逼到山寨的张家后代又杀回来了！显摆罢，给咱爹咱妈挣回光彩，咱们直上南阳府，直去鲁阳关，去杀它个血红。"

思路，大体一致；行动，大体统一。兄妹三人直奔涅阳镇后，并没去镇长家啃肉喝酒，却在沉沉黑暗里摸到了玉石李家。

听妈说过，当年，是玉石李把爹牵扯着上京送货的。也就是说，爹挨刑斩，肯定跟玉石李有瓜葛。至于玉石李会不会跟官家串通，故意谋害爹，还只是个怀疑。没有真凭实据，仅仅是个怀疑。不过，当年的张大麦也就是现在的张大刀,记忆里对玉石李的印象还是很不错的。他记得,玉石李常跟爹在一起喝酒。喝着酒,爹总要说在口岸上扛包挣钱的事,玉石李总要说买玉石做玉货的事。看起来彼此是知己,直到现在,他还回想不到爹和玉石李之间有啥处得不友好的地方。既然,妈对那件事只不过是个怀疑,孩娃们也就不必太苛求了。如果有一天,证实了玉石李跟周自清、胡体安是同案凶手,再回头整他个千刀万剐,再回头让他碎尸万段,并不迟。当年的张二麦也就是现在的张二刀,对玉石李并没多少记忆。玉石李是好人还是坏人?不知道。不知道就赖得过问。进了镇,他唯一的想法是赶快找吃的,赶快找喝的。想去镇长家吃,但一时半刻还找不到镇长家,还弄不明白镇长姓啥长啥模样。

当年的张麦花也就是现在的张刀花,是不会有复杂想法的。她的记忆里,没有涅阳镇的影像。因此,她对涅阳镇不会有太多眷恋,只不过是想看看老家看看自己的出生地。当年牵着妈的衣襟上豹子滩时,她还是个满脸鼻涕的女娃娃。而现在,自己成了大姑娘了,成了能拉弓射箭抢枪舞剑的绿林好汉了,成了能诗善文能写善画的学问人了。她很想把这一切,让整个涅阳镇的人都看看:皮条巷张长有的女儿飒爽威武。只要能满足这一点,晚饭在谁家吃都行。后来,经大刀提议,兄妹仨就一起去了玉石街。玉石李家是街邻,吃他家三两顿饭,一不算偷,二不算乞讨,三不算抢,四不算耍赖伤害百姓,符合母亲的四不要求。

听到叫门,冯氏从后院掌灯到店铺,拉开门一看,见是两位陌生的年轻汉子和一位陌生的年轻姑娘,心头一惊。

"你们找谁?你们叫错门了吧?"

夜进陌生客人,在涅阳镇历来都是大忌。况且,对方还是些英武之徒。冯氏害怕了,怕是要遭强盗了。

"俺们没找错门,俺们找的就是你。我叫大刀,婶。"张大刀说。

刀花说:"婶,我是刀花。"

二刀说:"我是二刀,俺们刚从山上下来,你老快给做顿吃的吧,我是饿很了。"

啥大刀、二刀、刀花的?这一刀一刀又一刀的,还不都是些强盗名字?

再加上他们说是从山上下来的,冯氏更确定自己的判断。

"这个这个,俺家穷很了……这个这个,俺家祖辈都、都是穷玉石匠,吃了上顿没下顿的……你们看,这里有啥、啥入眼的,你、你们拿、拿吧……"

看见冯氏哆嗦战抖,看见冯氏脸色蜡黄,兄妹三人很快明白冯氏是误会了。

大刀赶紧说:"婶,你忘了我?你认不出我了?我是皮条巷张长有的大儿呀!"

二刀说:"我是张家老二。"

刀花挤上前一站:"我妈叫贺凤珍,我是他们的闺女。"

冯氏掌灯往大刀脸上细细一照:"噢,你好像是长有家的大麦?"

"对呀对呀,这是二麦,这是妹妹麦花。"一见婶子认出了自己,大刀立马高兴了,"刚才是没说清楚。镇平城杀我爹那年,我妈在刑场上给俺兄妹仨改了名,改为大刀、二刀、刀花了。意思是让俺们一辈子都不能忘记报仇雪恨。"

虽说这兄妹仨当年离家远走时还都是娃娃,冯氏还是能从他们相貌里看出张长有和贺凤珍的影子。

张长有挨斩那天,冯氏忙于生大儿子,李家一家都没去城里送行。后来,贺凤珍带着孩娃们远走他乡,再也没见回来。有人说,贺凤珍等不到丈夫尸体寒凉,就带着孩娃们改嫁了。冯氏和男人李洪方一直觉着对不住长有,操心着这仨孩娃到了别家会不会遭屈耻。现在,认出了这仨娃,冯氏心头涌出许多辛酸,两眼禁不住涌出泪滴。

"娃们,我认出你们了!快,后院去,后院去。"

冯氏一手掌灯,一手撩衣襟不停地擦泪。到了后院,她喊醒已睡的重阳,到和顺街打酒买牛腱子肉,又喊羞玉、沉玉下厨烧水、炒菜、擀面条。

这一夜,李洪方和李大阳没在家。这几年,父子俩一直在南阳给吴镇守做玉石货,很少回来。这一夜,盛情接待大刀兄妹的,只有冯氏和她的长女羞玉、二子重阳、次女沉玉。这时候,大刀兄妹还不知道李家有位叫李大阳的长子。所以,他们只是询问些李洪方的情况,其余,便没多说。夜已深,快吃快喝之后,就赶紧歇息了。

第二日，兄妹仨本是要离开玉石铺李家的，可冯氏死活不让他们走。冯氏说："别走，再住几天。我估摸，你们的李叔跟你们的大阳弟，很快要从南阳回来了，你们得见一面。这些年，李叔一直念叨着你们。你们想，你们就这么走了，他回来肯定会伤心的。"冯氏说着这些话，还一手拉着刀花，另一手替刀花梳理头发，亲得很。刀花说："要走，你俩走，我要再住两天。"多年来，母亲给刀花的，多是严厉、苛刻、训教。而现在，冯氏给刀花的，则是温和、柔意，母女一样的情义。

不走就不走，再住几日也可。见李叔一面，是很有必要的。听母亲说，当年那场劫案，真正的知情者只有周自清和胡体安。周自清早被母亲给砍了，胡体安长相如何，有啥特征，兄弟仨一概不知。听母亲说，玉石李跟胡体安打过好多交道，能把这一切说清楚。大刀觉得，再住两日是有些好处的。二刀悄悄对大刀说："咱们也不会白吃他李家的饭，咱们迟早会截到官银，迟早会重重偿还的。即使截不到官银，这些也得叫镇长给承担了。虽说镇长官不大，可也属恶劣之徒。"

再住的几日间，兄妹三人主要就是走街串巷逛口岸。大刀先是带着二刀和刀花，找到了皮条巷，看了原来属于自家的房舍。后来，就去涅水岸边，看爹长年累月做工的地方。看完这些，自然还要去石佛寺、太极观、山陕会馆看看，自然还要……到处都是热闹，到处都是风景，到处都能让他们大开眼界。这些，都是在大山深处不可能见到的，都是在豹子滩山寨想象不到的。第三日，适逢涅阳镇的集日。这一日，刚吃过早饭，街街巷巷就人来人往了。有挑着担的，有扛着货的，有赶着毛驴的，有推着小车的，骑马的，坐轿子的；耍猴的，耍狗耍猫斗鸡的；玩老绵羊顶架的，玩钻火圈上刀山的，玩木偶玩洋片玩西洋景的；修脚、拔牙、剃头、锔缸、补锅、钉盘子钉碗的；穿绸、穿绵、穿长衫、穿旗袍、穿马褂、穿夹衣穿夹裤的；甩长辫、留光头、梳洋发、戴礼帽、提文明棍，漂亮女士、标致小伙……五花八门，五颜六色，忽忽闪闪。这就是涅阳镇呀！这就是老家呀！他们兴高采烈地走着，一时间，竟使他们忘掉了血泪斑斑的过去，忘掉了刑场上的千仇万恨。他们肩披灿烂的阳光，轻松快乐地享用着尘世里的美好。如果没有意外发生，这个涅阳镇，在他们的印象里，也算是没多少可指责的地方。

但是，人间的事，往往有些古怪，往往会在人们意想不到的时候无端制造些意外。就在大刀兄妹仁说说笑笑、欢欢快快游玩的时候，一个意外事件，正从县城一步一步地靠近涅阳镇。

"执行公务！执行公务！"

"让开路！让开路！"

他们都头戴大盖帽，腰扎宽皮带，肩扛长杆子火枪。一队十几个人，十几张凉冰冰的脸。

赶集的人们，纷纷朝青石板街路两厢躲闪。

大盖帽们雄赳赳地在十字街口停了脚步，又气昂昂地端起了长杆子火枪，分散站立在丝绸庄的左右。

"王启胜！王启胜！谁是王启胜？"一位短身子的大盖帽，朝着铺子厉言厉色，"谁是这家的掌柜？王启胜的丝绸庄是不是这一家？"短身子大盖帽一边厉言厉色，一边往内里闯，"王启胜！王启胜！快滚出来！别惹老子生气。"

看来势，非同一般。看来人，非同以往。看来人的凶样，必是这家的王启胜犯案了。犯的不会是小案，小案不会是这样的大动作。肯定是王启胜犯下反共和罪反民主罪了。都啥年光了，他还拖着长辫子不放松；革命党坐天下这么些年了，他还让他家的女眷们缠小脚。这不是跟共和对着干？这不是跟民主较死劲儿？兴许是王启胜偷税漏税了。革命党占江山，不就是图个征粮征款享富足吗？他王启胜做恁大的丝绸生意，不拿五成赚头儿孝敬国家孝敬革命政府，能成？从街人的种种猜测里，大刀兄妹听得出这家丝绸庄，这家丝绸庄的王启胜，是侵犯革命政府的威严了。

刀花小声问大刀："大哥你看，这家人是不是犯了杀头案？"

大刀仰头看天，天空蓝莹莹的，无边地铺展着。"噢嘛！"他的喉间，像是咕噜着一泡痰水。

刀花又小声问二刀："二哥说说，这家是不是犯了死罪？"

二刀用一只手的拇指和食指去捏自己的鼻子："官们弄事，咻——"他一边说着话，一边拧下一串不稠不稀的鼻涕，"难说。"

大刀、二刀都没给刀花个准确答复，刀花有点儿失望，她想要再问，叭！

— 87 —

一声摔瓷器的脆响,突然从铺内传到门外。

紧接着,门外端枪的大盖帽们全部冲进了丝绸庄。乒乒乓乓,扑扑通通,咔咔嚓嚓,哗哗啦啦,间有一两响火枪声。街人们不敢再伸头往铺子里看,街人们怕挨共和的火枪,怕惹民主的恼怒,纷纷往后退,找空隙躲藏。但是,大刀兄妹三人没退,仍站在空荡荡的十字街口的青石板上。他们听到了铺内传出的不祥之兆,大体明白了铺内发生的凶恶之事。三人的情绪,显然在临近正午的阳光下,发生了变故。

大刀喉间的痰消了,二刀不捏鼻子了,刀花涨出了满面的红。

大刀自言自语:"这共和民国,还不如个光绪朝。"

二刀接话说:"管他啥共和啥光绪的,只要官家欺负人,咱们就拼!哥,出手吧,我这手是痒急了。"

刀花插话:"就是。咱们趁这会儿,先显显身手。"

大刀说:"不可,不能莽干。"

二刀说:"为啥?你是怕他们那几杆烧火棍?"

刀花说:"大哥,别怕,他们那东西不管用。"

大刀这时候的心很乱,他看不惯这些大盖帽来涅阳镇胡作非为,更不忍这些大盖帽在王启胜的丝绸庄里无法无天。涅阳人怎容得了你们来压迫?怎容得了官家养的狗子们来猖狂?在他的记忆里,王启胜的丝绸庄,年年都给涅阳的丝绸纺织户办好事,年年都能让涅阳的庄稼人多挣银两。爹在口岸上,也常给王启胜的丝绸庄装船卸货,为一家人挣来油盐米面。王启胜有恩于涅阳,自己应该出面相帮。啥叫好汉?啥叫英雄?路见不平拔刀相助,才叫好汉!不怕天不怕地不怕凶恶,才叫英雄!可是,母亲交代这次下山的首要目的,是捉拿胡体安,替父报仇是张家的大计,母亲的指教不能更改。听母亲的话,杀官复仇是正事。不能左顾右盼,不能分心,不能为眼前狗腿子们的胡闹耽误正事。他摇了摇头。

二刀又说:"哥,你要是怕他们,你一边歇着。"

刀花又说:"哥,你回玉石铺叫婶烧水擀面条,等俺把这帮强盗收拾完了,就去吃饭。"

大刀低下头,看着自己的脚尖,软软地说:"都走吧,咱们都回玉石铺

"锦子姐,你还是暂且留在这儿,待我回去把咱俩的事,给爹妈挑明了,跟爹妈说通了,会很快抬花轿来娶你的。"

"还叫姐等啊大阳?"

"还等。"

看样子,王锦子从十六岁那年就开始等待的婚姻,是还得等下去的。

第十三章

　　上海万宝路公司董事长兼总经理章珨，又一次来到涅阳镇，但他并没能见到丝绸庄的王启胜。

　　嫁女没嫁成，捉李大阳没捉到，却引发了一场战争，王启胜关闭了门铺，携家室逃往外地。他不敢在涅阳镇再待下去，女儿逃婚，得罪了税警局局长余大愚；自己移祸玉石铺，得罪了李家，得罪了张家三兄妹和贺凤珍；引发争战，让保安局受损严重，让镇平城长期不得安宁，得罪了镇平城的各路官家各路商贾和市井平民。他里外都不是人了，上上下下都拿千仇万恨对他，还好，他的丝绸庄在西安、汉口、界首等设有分号，随便转到某一处，也就暂时平安了。

　　不远万里，风尘仆仆，章珨从大上海赶到涅阳镇的十字街口一看，只见闻名四方的王启胜丝绸庄关门闭户了。借邻家一打听，内情略有所知。

　　根据邻家所述的情况，章珨估计，一年半载是等不回老朋友王启胜了。等不回，就不等，还是临时改寻他人吧。他站在王启胜的店铺前，吸了三根飞马牌洋烟，先是到山陕会馆找到了总管阎锡贤。

　　山陕会馆是涅阳镇规模较大的建筑群，由照壁、旗杆、前门楼、东西廊房、钟楼、鼓楼、二门楼、戏楼、关爷殿、忠义厅、财神殿、祖师殿、后楼组成，内里还有会客房、客房、灶房、膳房、磨房、仓房、车马房、草料房等。五脊六兽，飞檐斗拱，所到之处皆青砖铺地。这里，原是晋商秦商留宿、聚会、奉祀关公、祭祀各路财神、洽谈生意、举办商事活动商事庆典的地方。这里，曾在大清近三百年间，为涅阳乃至镇平乃至宛西诸县的经济繁荣，策划并实施了许多方略。但如今，却是日渐荒凉了。

阎锡贤说："俺们山西人，跟你们上海人不一样。你们上海人是，富了，手里攥钱了，才去做生意赚更大的钱。俺山西人是，穷极了，没饭吃了，才拿一疙瘩头发去换几根针。再拿几根针，去换别的，再去赚钱。俺山西人的头脑瓜蛋蛋，至少比你们上海人要笨九百九十九道山梁梁。"

阎锡贤说："俺山西人讲义气，也吃苦耐劳。世世代代，四海奔走。可以说在大清的天下里，凡有大城大镇的地方，都有俺山西人的生意。祖祖辈辈，勤于经营。赚了钱，还不随意挥霍，都拿回去，孝顺父母，给家乡添体面，增荣光。还要为朝廷分忧愁，还要尽力报效朝廷。雍正年间，朝廷兴修水利，征用了晋商五十万两白银；咸丰年间，为防水患加修黄河大堤，晋商给朝廷筹措了一百二十万银两；道光年间，大清江山南遭水灾北遭旱灾，为了救活南北灾民，晋商主动给朝廷捐了八十八万两赈灾银。到了后来，为给大清买洋枪洋炮、买洋舰洋船，晋商又主动给朝廷拿出了三百万银两。晋商走到哪里，就能带动哪里富裕；晋商为大清朝的繁荣和强大，出过力，流过汗。但是啊，山丹丹花开，竟遇上了寒霜打。"

阎锡贤说："从咸丰十一年，到同治六年，捻军、太平军、太捻联军，十数次攻占镇平，十数次血洗涅阳镇。每一次攻占，每一次血洗，损失最惨重的要数商人们了。特别是俺们这些晋商和秦商，不是给整治死，就是给整治穷。后来，俺山西人都纷纷往回逃了。生意做不成了，天下大乱了，谁还坐在这儿等着挨刀？太平天国英雄啊！太平天国好汉啊！能把关公关二爷的家乡人攥得没办法生存，能把大清国库捣腾空，捣腾得内外欠债，还能不是一群英雄好汉？实话给你说呀章琀先生，自从晋商被打败，大清银库被打败，涅阳镇的这座山陕会馆，也成了冬天里的南瓜瓜秧，干了藤干了叶子。当年，接待万家客商又威风八面的山陕会馆，现在，已经找不见了。虽说，太平天国在大清朝亡之前就毁灭成灰了，但他们留给晋商的伤口太大太太深了，把元气割杀尽了,怕是永永久久直不起身了。这,你章玲先生今天到这儿一看,大体都明白了。你看,这么大的一个会馆,冷清得跟十八道山梁的深谷谷一样,要一百长杆子,都掏不出个人影影。"

在山陕会馆,阎锡贤很是热情地接待了章玲。他俩,以前从没有过私交,只是在王启胜承办的一次酒宴中,同桌共饮过。毕竟有过一面之交,俩人一相见,就很快营造出一种比较宽松比较欢悦的气氛。阎锡贤带着章玲,把山陕会馆的整个院落巡看了一遍。一边巡看,阎锡贤一边炫耀晋商昔日的光芒万丈,一边痛恨太平天国带给大清王朝的败落和晋商的摧毁。章玲也有插话,随时表达自己对晋商的钦佩和赞颂,他说晋商的功劳,千秋后世的炎黄子孙们都会铭记的。"要说嘛,你们山西是最穷的地方,但是你们造就了大清王朝一个时期的富裕,带动了一个时期广大民众的富裕。你们山西人,了不起啊!"他还说:"乱贼侵扰、社会动荡,带给商家的败,不能算真正的败。尽管一时败了,心头的意志不能败。跌倒了,爬起来;失败了,从头来。中国商人最伟大的美德,不单单是以自己的勤劳和善意,便利民众,惠及民众,而且,还有一种自强不息的崇高意志和不屈不挠的英雄气节……"巡视中,阎锡贤大段大段地炫耀和痛恨,章玲也相应地配以大段大段的赞扬和抨击。这不是章玲的着意迎合,而是肺腑之言。

"听说,启胜兄是被拖进官司了?"

"岂止是他被拖进官司了,整个镇平城都叫他给拉到战争里了。"

刚才,只顾说晋商,顾不上说其他。现在,俩人坐一起闲喝茶,章玲便有了机会关心关心王启胜的事。

"能有这么严重?"

"他呀,别看行商很懂套路。要让他理家,要让他跟官家人斗心计,那简直成了大唐和尚的二弟子,笨得像头猪娃娃。为个嫁闺女,他不只是惹恼了镇平城的税警局、保安局、县政府,还惹恼了这一带最强大的一支绿林好汉。后来,镇平城搬来了南阳镇守军帮忙,对方也从内乡、淅川、栾川、邓州请来兵马增援。双方打了个几进几出,打了快一年的血光冲天。最后,山里的强盗和官府里的强盗,握手言好,独把战争的灾难留给了镇平百姓。百姓们眼睁睁看着自家被战火摧毁的财产,只能一骂。骂着骂着,就直接骂到了涅阳丝绸庄王启胜的头上。骂着骂着，大家突然意识到，真正的强盗就是王启胜。王启胜要是不嫁闺女，哪会招来这么多强盗？章玲先生你看，你看你看他把这事整的？他把自己整成了猪八戒照镜子，里外不是人了。他简直跟过街老鼠一样，谁见谁脚踩谁见谁痛打。你看你看！"

"怪不得丝绸庄的邻居们，都说他没脸面再进涅阳镇了。"

"其实，启胜兄并不是坏人，对于涅阳镇来说，还是个很有功劳的人。主要是——不说他了，我问你，你这次来涅，要办啥事？我在这儿住好多年了，对当地比你熟识些。启胜兄不在家，我阎某还是能给你帮些忙的。"

章玲这次来涅阳，主要是为了玉石货买卖。上次从这里返沪后，他先后在辽阳、上海、汉口、贵阳、西安，设立了玉雕专柜或者专营店。这样一来，货品的供应就成了急需解决的问题。虽说，江浙一带，岫岩一带，也有不少玉作坊，但是，像涅阳能做出带有楚风格作品的，是没有的。他认为，要研究中华玉文化，不能不研究涅阳的玉雕；要经营玉器，不能不把涅阳人做的玉器摆在重要位置上。现在，玉器生意已扩展开了。这种扩展还不包括海外，如把海外市场也算进去，那货物的需求量无疑是极大的。就是为了满足这一需求，他才又一次风尘仆仆地赶到了涅阳镇。

听明白了章玲的目的，阎锡贤拍了一下自己的腿。

"山药蛋煮小米米，这锅饭好熬。章先生，你且放宽心，这事，我阎某能帮你办周全的。"

晚上，阎锡贤在山陕会馆置办了一场酒宴，请来了涅阳镇镇长吴世忠、福源大老板赵裕德、大平安镖局镖头牛冲、曹家庄庄主曹丰屯、黑头社社长包黑子。上一次章玲来，王启胜请客就是让这几位作陪的，大家也算是老相识老朋友了。重要的是，这几位都是涅阳镇街上大头大脸的人物。不是说他们能呼风唤雨，若碰上个小麻烦，他们还是能够遮遮风挡挡雨的。临请他们来之前，阎锡贤对章玲说："你老兄是上海人，我是山西来的圪垯垯，咱俩都是外来户。咱们要想在这儿站住脚，要想在这儿把事做圆，不把地头蛇、坐地炮们拉来，是不行的。"章玲连连回说："那是自然，那是自然。在家靠父母，出门靠朋友嘛！"

这场酒宴，远没有上次王启胜办的那场酒宴豪奢，没有豹子肉、老虎肉，但是有肥膘猪肉、牛腱子肉，有玫瑰红和紫葡萄在一旁弹唱曲子。菜肴是会馆灶房厨师做的，酒喝的是杏花村的汾酒，席间还专门点唱了《走西口》之类的曲子，都带有山西风味。

酒将半酣，阎锡贤端起酒杯站了起来："各位各位，今儿这场酒，大家一看都明白，主要是给咱们的老朋友，上海万宝路公司董事长兼总经理章玲先生的光临接风洗尘的。刚才，大家都一一给他敬过了酒，都表罢了心情。现在哩，我想代替咱们的老大哥启胜，给章先生敬一杯。启胜兄跟章玲兄交往多年，情分深得很。如他今儿在家，是不会不敬这杯酒的。照涅阳的酒俗，敬酒人是必得自己先喝上一杯的。刚才，大家都这么表示了，我也不能犯规矩。章兄，我这里就先喝为敬了。"

阎锡贤喝下了一杯，然后再敬章玲。刚才他已敬过一次了，是以自己的名义敬的。这次，是代替王启胜敬，当然，也得代替王启胜喝这个酒。

章玲仍是喝不惯烈酒，但还是跟刚才喝其他几位的敬酒一样，艰难困苦着喝了半杯。半杯就半杯，能喝半杯就不错，大家并不强求。因上次他来涅阳的那个酒宴上，王启胜已介绍过他只喝葡萄酒和香槟，而在这里，是从来没有这些东西的。

替王启胜敬过了酒，阎锡贤就另有话题了。

他说："章兄章先生这次来，还是为了他们万宝路公司经营玉石货的事宜。上一次章兄来，照章兄的说法是调查调查玉石货——哦，是叫调查调查玉器产业。照俺山西人的说法叫先摸摸路，照你们涅阳人的说法是先瞅瞅行市。这一次呢，章兄主要是来要货了。他公司那边已经是万事俱备，只等着诸葛孔明摇鹅扇祭来东风了。鄙人认为，这是件造福涅阳百姓涅阳玉工们的好事。他要货越多，带给涅阳的福气越大。谷秆秆甩出狼尾尾，结出米粒粒一长串。山药苗苗长出药蛋蛋，一结就结出一嘟噜。这就看你们涅阳人，会不会把握住这一商机了。"

阎锡贤刚说罢这些，章玲站了起来。

章玲拿起酒壶也照众人刚才的先喝为敬，又艰难困苦了半杯汾酒，然后向诸位一一敬酒。

"诸位朋友，在这里，我是借锡贤先生的酒，向大家表示我的一份心意。

这叫借花献佛。能借花献佛，也很美好啊。我章某千里迢迢而来，能借此宝地与大家共席叙话，是缘分，是上帝给予的撮合。但愿今生今世，年年月月都能与诸位和衷共济，时时刻刻都能与诸位肝胆相照。"

镇长吴世忠喝了章玲的敬酒，说："先生能看上涅阳的玉石货，是涅阳玉石户的幸运，更是我们涅阳镇的荣耀。记得上一回的酒宴上，我已给你说过，我这个镇长刚干不久，不懂政事，可是，不论我有没有从政的学识，也不管会不会干官，只要你章经理有用得着我吴某的地方，你尽管吩咐。我肯定会尽心尽力办的，肯定是要两肋插刀的。"

福源赵裕德说："经营玉石货，是件很有意思的事，做起来很能让人快活。买卖的过程，跟读诗文赏书画一样，跟听曲子赏花草一样，悦心悦目。再就是，玉工们都不图利，他们只是收个玉料钱和工时钱，而最值钱的那个艺术价值，他们都不予计较。恰恰这一块儿的钱，都让玉商们上百倍上千倍地赚去了。实话给你章先生说，我的福源也经营过玉石货，哦，就是你所说的玉器。皆因为我的本钱窄，后来就放弃了。我可以给你推荐个人，这人是涅阳玉工们的头牌——喂，我说阎总管，今儿的宴席，应该把玉石李请来……"

没等福源赵裕德把话说完，庄园主曹丰屯接上话了："赵老板没喝几盅酒，可就说上醉话了。你就不想想，这么铺排的席面，哪有他玉石李的座位？不管你们咋看他，反正我是瞧不上他。你们瞅瞅，玉石铺李家啥时候直起过腰？啥时候骡马成群粮囤冒尖过？他要是老老实实打庄稼的主意——不说他，不说他！我说章先生，你千万别沾惹玉石李。惹他背时运，沾他惹骚气。涅阳的事，你还得靠着俺兄弟几个办。"

大平安镖局镖头牛冲接上话说："说得极是，那个玉石李，一辈子都耽误了。早年间，他给朝廷做的那堆货，都说他能拉回一马车的'光绪通宝'。结果哩，一个钱都没捞到手，还差点儿落个挨斩刑。这后一回，他带几个人去南阳府干了几年的玉石活儿，吴大人给他两千银圆，他该是发了家了。谁知道会从他家又惹出一场战事。章先生你还不知道吧，他玉石李家惹出的这场战事，不只是叫他为平息事端，把那两千银圆全部赔了进去，又差点儿惹出一场杀头的官司。不说了，这人总归是一身晦气，沾惹不得。"

黑头社社长包黑子说:"你们都别把话说恁难听。他有啥沾惹不得?朝廷都惹得,镇守府都惹得,咱兄弟们咋就惹不得他?咋就不敢惹他?他晦气,那是他的事,这跟章先生买他的玉石货有啥干系?章先生,涅阳是咱的天下,在涅阳地界里,你想咋干就咋干,谁也不敢拦咱的路。"

话都说得有情分,不管是贬玉石李的,还是客观评价玉石李的,总之,让章玲听了,内心都很舒服。

——敬罢酒,章玲放下酒壶,向诸位一一抱拳致谢。

"诸位朋友,我一位远道而来的客人,能得到大家如此厚爱和支持,十分荣幸,本人也很感动。愿我们的友谊,如日月一样永恒,如天地一样久长。"

致谢毕,章玲提议,大家都站起,为永恒和久长,共同举杯。

山丹丹那个开花哟红艳艳

想念哥的妹子哟来到了山梁梁边

秋风啊吹来了小米米的香

妹妹的心上啊,刮来了红枣枣的甜

…………

玫瑰红欢快唱起的山西小调儿,灵灵地绕梁;紫葡萄飒爽出的琴弦声,脆崩崩地飘飞。

接下来,阎锡贤提议划拳喝酒,并且第一个出手打关。一开始猜枚划拳,酒场气氛顿然从斯文中解放出来,顿然有声有色地热闹起来。

章玲已是第二次来涅阳,已对涅阳宴会的风情,大体上有些了解。他不习烈酒,不会划拳,自己可以不打关不应关不介入枚局,但一定要支持同席朋友们的情绪。他说:"你们玩,你们玩,我是无力奉陪了。"

阎锡贤打了一个通关,之后是牛冲、曹丰屯、包黑子打关。镇长吴世忠和福源赵裕德也没打关,他俩各有托词,只是应了应关。

酒到三更方散,阎锡贤和章玲送诸位出了山陕会馆的大门。这时候,镇街里早已熄了灯火,除了偶然一两声狗叫或孩娃的啼哭,便是一片寂静。夜空的薄云里毛茸茸地藏着一团月白,像一疙瘩刚从坛子里取出的捂豆腐,闲闲地搁着。巷里有些风,小小地刮着,不怎么凉。

"不远送啊!"

"不送不送,都是自家朋友。"

"都慢走啊!"

"你们也回去歇吧!"

喝多了酒的镖头牛冲、庄园主曹丰屯和黑头社社长包黑子,踉跄着醉步分头走了,福源赵裕德和镇长吴世忠却留了下来。

赵裕德说:"章先生,我赵裕德年轻,学识欠缺,也没做商的经验。不过,我还是早看到了涅阳玉石货生意的长远景象。只是,从眼下看,俺们涅阳还走不出一位既懂玉,又喜欢玉,又有雄厚银两做经营的大玉商。现在,你来了,要把涅阳的玉石货变卖出去,这肯定是涅阳玉石货的福分,是涅阳玉工们的福分。"

吴世忠说:"涅阳人太实在,只知做玉货,弄不懂咋卖。就因为不会卖,俺涅阳的玉石匠们是不轻易做大件货的,只做些烟袋嘴、帽花、戒指、荷包坠子一类。再大一点儿的,就是手镯了,香炉了,笔筒笔架了,就这。听说玉石李有时候还做些摆件,可总也没见他发过财。其实,玉石匠们要想富,要想赚大钱,还是得做大货,做上乘料子的货。我想啊章先生,日后有你的帮衬,俺涅阳的玉石货生意,肯定会做得更好些。"

赵裕德说:"我给你章先生提个醒,你的万宝路公司要想把玉石货——就是你说的玉器生意,做遍九州十八府,做到洋人国里,得以摆货、赏货、把玩货为主,得把缅玉、和田玉、独山玉这些硬料精料作为基本料。可是,在俺们涅阳,能做出此等货又敢动用此等硬料精料的匠人不是太多。刚才在酒场上,我特意提到的那个玉石铺的李洪方,其实是个很有天分的玉石匠。别看他家几代人都做玉石货,别看他做过大清朝廷的货、做过南阳镇守的大批量玉石货,他还一直穷着。但你不知道啊,那人的手艺可是天下难得呀!怕是邱祖再世、陆子冈再回,也未必抵得上啊!再就是,那个李洪方在涅阳玉石货这一行当里,还是个人物哩,匠人们都高看他哩!这么一说呀,你可真得去拜访他哩!"

吴世忠说:"赵掌柜所言极是。那个李洪方,在涅阳这一带的确是出了名的玉石货高手。不只是手艺高,人品还好,他在玉石匠中说句话,比我这当镇长的灵验多了。听说他的大公子李大阳现在也做玉货了,听说手艺跟他不差上下。李大阳这人呢,长得标致,聪明得不得了,还神得厉害。都说他刚生下时不会哭,已会喊爹喊妈。不满一岁时,他莫名其妙地喊了一声周自清,镇平县知事周自清当下就死了——扯远了扯远了章先生!不再多啰唆了,这么吧,我明日晌午摆宴,把李洪方请到我家,你们俩坐一起切磋切磋,交谈交谈。这样,对你的玉石生意,是有很大益处的。"

都是些肺腑言,都是些真情意。章玲一边听着赵裕德和吴世忠的话,一边感动不已!

涅阳人真好!

涅阳人真实在!

涅阳人可交!

上帝呀!我章玲是找准地方了!

章玲拉住赵裕德的手紧紧抖动:"谢谢!谢谢!太感谢了!"又拉住吴世忠的手紧紧相握:"谢谢!谢谢!太感谢了!"

夜已深,话却不尽。这时候,突然从不远处传来了一声鸡叫,把他们的谈兴惊扰了。阎锡贤说:"赵老板吴镇长,给明天留些说的吧!章先生旅途劳累,是该早早安歇了。"阎锡贤这么一说,赵裕德和吴世忠急抱拳告辞:"实在对不起,实在对不起。"说完,各自分头离去。

看着在毛茸茸的月光下远去的赵裕德和吴世忠,章玲内心的感慨仍然在翻涌着。

上帝呀!涅阳镇真的能成为玉的天府之国呀!

第十四章

五垛山是五座山峰的组合,一曰圣垛,二曰禅云垛,三曰摩玉垛,四曰娇女垛,五曰压弓垛。五垛山的主峰圣垛,险嶂奇峭,高耸入云。其峰顶,建一庙堂曰祖师庙。庙内,供一圣主曰祖师爷。有人说,这位被供奉的祖师爷,是几千年前写《道德经》的老子李耳;也有人说,不是李耳,而是春秋时的函谷关令李耳弟子尹喜;还有人说不是老子不是尹喜,而是唐代著名道士吴筠,或者是大明王朝的流亡皇帝朱允炆,还有人说……不管这位祖师爷是谁,也不管这位祖师爷坐这里正统不正统,反正他在民间享有名声,都认为他有求必应,都认为他和蔼可亲。关于五垛山和祖师爷的传说,李大阳小的时候就听老人们说过。说是很久很久以前,涅阳一带连年大旱,庄田颗粒不收,处处塘干井枯,被渴死饿死的人不计其数。涅阳镇北二十多里处的一个小山村里,一位叫水仙的姑娘,看着奄奄一息的老母禁不住大放悲声。恰这时,天宫御厨张二刚刚烧好一锅麦仁饭出门小歇,无意间听到一声接一声的啼哭,低头一看,原来是一位很漂亮的女子,在哭她即将饿死的母亲。再细察看,原来人间已是三年无雨水,民不聊生,饿殍遍布山野。抢救百姓是当务之急,抢救女子的老妈刻不容缓。但是,播风降雨不是他的职责,自己只是一个烧饭伙夫,想面见玉皇大帝为民说情,是很难很难的。咋办?事情不容犹豫、不容拖延。他生急了,他生怒了,索性飞起一脚,踢翻他刚刚烧好的那锅麦仁饭。那锅麦仁饭流落到人间,就成了香喷喷的五垛麦仁山峰。饥饿的人们闻到麦仁香,看到堆积成山的麦仁饭,就不顾一切地扑过去,大把大把地往嘴里填。谁知麦仁饭太干,噎得人们直伸脖子。这哪成?只有吃的没有喝的不行。既然救人,就要救到底。他干脆提上烧火棍,跑去将天河捣了三个洞。天河水从三个洞口流到人间,在五垛山下形成了三个潭,曰大潭、二潭、三潭。潭水清凌甘甜,解除了人们的干渴之危。正因五垛山和三潭水来自天庭,所以,这儿的山水就沾染了仙气,沾染了灵气,就比其他地方的山水秀美。传说,三千年前的老子李耳来这里歇过脚,老子的弟子尹喜在圣垛峰上修成正果后才去武当山;吴筠,唐代著名道士在长安跟玄宗跟李白们玩了些年后,跑到这里习练养生之术;大明皇帝朱允炆放弃了皇权到这里修行了一辈子。李大阳还记得在葛条巷念私塾时,仵残荷老先生说在老古老古以前,就是在老子李耳以前,猗帝在五垛山下建都,治世五万六千年。之后,楚氏族的祖先们为避中原部落的追杀,也在这里生活了几百年。再后来,姜子牙的祖上伯夷因辅佐大禹治水有功,被分封到这里建立了古吕国。再再后来……总的说,正因为这里的山水充满了仙气,充满了灵气,才很容易招惹道人、名人、贤士、贵族、望族来这里各显神通、各自发展。

打小李大阳就喜欢看五垛山。他总在天气晴和的时候,爬到城北门上,由近而远,由低到高,由浅向深,一层一层往北看去。看春天里的山花烂漫,看夏日里的漫山青碧,看秋叶里的万山红遍,看冬雪里的山舞银蛇。他还特别喜欢在每年的三月祖师庙庙会期间,看五垛山上香火入天的壮美景观。他不但自己看,有时候还把王锦子拉到自己的喜欢里,跟她一起看。有时候看了,还要到太极观给默默道人细说细说,还要到石佛寺给妙玉说道说道。往北山看看,他高兴,给默默道人细说细说、给妙玉说道说道,他更高兴。只是,他从不曾在这带有仙气和灵气的山水间走一走,不曾登卜丰峰给祖师爷焚过一炷香。人们都说,这些年五垛山豹子滩住有大队刀客,他不敢去。不敢走进去,也只有远望了。

现在,李大阳在看山,仍是站在北门上远远地看。

远看有远看的味儿。也许,远看的模糊比近看的清晰,更多些味儿。

这是个下午。

这个下午,李大阳原是坐在家中,仔仔细细地看他面前的一块独山石,他没打算走出玉石铺,也没打算到北门上看五垛山。后来,是他看那块独山石看迷了,看得神魂似乎要出窍了,才不由自主走出了他的琢玉房,爬到了北门上痴痴呆呆地朝北看去。初看,五垛山诸峰和二龙山诸峰,都在夏秋之交的光彩照耀下,蔚蓝澄澄,青青翠翠,如一块独山玉石,在那里深厚着浓绿,在那里闪烁着晶莹。在一大堆的浓绿晶莹里,还有条条银白时隐时现,时强时弱,如宫廷仕女们披挂的飘带,随风飘动。他知道,那是从险嶂峻峰上垂落下的水流。仵残荷老先生告诉过他,五垛山和二龙山的诸多飞泉流瀑中,有的如从天际一泻而倾,有的如从半空一头栽下。在这些大起大落的瀑布群中,最为壮观,又最能喧哗造势的,当数大潭飞瀑。二潭飞瀑次之。三潭飞瀑再次之。每每谈说起这三个潭的飞瀑,仵残荷先生总还要吟些诗文,如"大江东去浪淘尽千古风流人物""黄河之水天上来奔流到海不复还""飞流直下三千尺疑是银河落九天"。仵残荷从五垛山的飞瀑中,重新理解了那些千古传诵的诗文。或者说,从五垛山的飞瀑里去寻找那些诗文的意境。除了三个潭上的瀑布,另有其他瀑布,也一条条一线线地秀丽在峰巅之间,如织机上的银丝,如百岁老人的白发。仵残荷老先生还对他说:"别小视这些小瀑。没有小瀑,则无大瀑。就是这些无数的小瀑,才给大瀑增添了力量,才聚成了咱们涅水的宽宽敞敞。这么说吧,大瀑有大瀑的美,小瀑有小瀑的神韵。就是这些大大小小的流瀑,才完好地组合成一把梳子,完好地梳理着五垛山二龙山,完好地梳理着涅阳的世世代代春春秋秋。"仵残荷曾被绿林好汉劫到豹子滩,给张大刀兄妹教了几年书,李大阳在南阳府做完那批玉货后,两人一前一后回到了镇上。因仵残荷对五垛山二龙山了解得太多,理解得太深,所以喜欢跟人谈说这些。

现在,李大阳继续看山。

山谷有淡烟升起。

山谷升起的淡烟,起初比较文雅。不张扬,不气势,轻轻缭绕,如闺房娇娘缓缓拉开的一幔薄纱。洁肤玉肌,桃李粉面,千般柔姿,万端风情,皆隐在含蓄之中。含蓄之美,更有意思,更添人兴趣。

渐渐,烟就大了,就浓了,就成雾成云了。雾大了,云浓了,一时间把五垛山二龙山混为了一体。便显不出山,显不出峰,显不出岭了。便显不出涧,显不出沟,显不出峡了。这时候的山,在李大阳的观赏里,便退隐了旧年旧日的巍峨挺拔和婀娜多姿,便退隐了许多神秘许多传说。一切,成了一堆黛色的凝固。

应该说,李大阳一下子从春光明媚跌进秋冬的寒凉,一下子从明快透亮掉入黯淡的昏沉,是很让人不痛快的。

但是,混为一体的山,凝为黛色的山,还是能够接着看的。不必用眼睛看,而是要用心去看。

老远老远的风刮来了,老古老古的风刮来了。从莽莽昆仑刮来,从夏商周刮来,从四书五经和老人们讲述的故事里刮来……风里刮出些生命的呻吟、远古的篝火,和战车飞奔、刀光剑影、王朝争夺、春阳秋月、耕牛小憩、渔舟晚归、村野炊烟、闺房红烛……

就有声响了。用心听出的声响。声响里说:"夫物芸芸,各复其根。归根曰静,是谓复命。复合曰常,知常曰明。不知常,凶;知常,容。容乃公,公乃王,王乃天,天乃道,道乃久……"

声响里说:"凡人之行,君王之治也。人最善者,莫若常欲乐生,汲汲若汤,遒后可也。其次莫若善于东成,常悒悒欲成之,比若自忧身,遒可也。其次莫若善于仁施,与见人贫乏,为其愁心,比若自忧饥寒,遒可也……"声响里说得很多,李大阳听得似懂非懂,可觉得很有深意。他慢慢体会着内中深意,他仿佛看到了……

……变形了。混为一体的黛色凝固松动了,密密的白色从上部爬了下来。爬得有张有弛,有急有缓,爬得坚定不移没有一丝一毫的犹豫。一直爬到底部,一直爬遍整个大涅阳整个大镇平……如擎天大树的根须,深入得老深老深……爬出了潺潺声爬出了奔放和喧哗声,也爬出了细细的滋润和养育……李大阳用心再仔细地看下去,就仿佛看到了山花烂漫万紫千红、禾苗苗壮五谷丰登,就仿佛看到了欣欣向荣和冉冉升起的太阳……他顿然明白,那些密密的白纹路,原来是五垛山上的万千泉流。

这就行了,如此纹路,李大阳已在他的那块独山玉上看到过。昨日,他和老爹刚把这块玉石打开，老爹一看立马灰了脸。"那个那个，那个那个……"老爹面对新买的这块玉石料，彻底失望了，"咱李家玉石铺，咋总是背、背运呀！"玉石李在打开这玉料之前，照旧向邱祖隆重地祭拜了一番，没想到邱祖仍然没给他个顺心如意。买这块石料时，玉石李对剖璞面上的两点乳白和一点翠绿很感兴趣，满以为这是一块超过上等缅玉的东西，谁知道却是一块黑乎乎的老石根。"你看你看，这算个啥东西！"看着老爹的气急败坏，李大阳安慰道："花银子买下的货，终归是要派上用场的，叫我琢磨琢磨。"于是，他就把这块石头抱到了他的案头，细细地看。左看右看，上看下看，远看近看，不歇地看。从昨日看到了今天，看着，思想着。看不透了，想不透了，就登上北门看山。看山，是为了看那块石料。思想山，是为了思想那块石料。

石料图纹如山，那就做成一座山吧。层峦叠嶂，瀑布飞流，涧石流泉；老林森森，古树绕藤；樵夫伐薪，山姑采桑；莺歌燕舞，蜂蝶恋花；山道弯弯，石阶层层，直上圣垛主峰，直登祖师庙堂。祖师庙，飞檐斗拱，金碧辉煌，有道人和凡尘俗子随意进出，焚烧香裱的烟雾在庙前扶摇……人在山上，道在山上，神仙在山上，齐天共度。天合山水，人合本源。人法地，地法天，天法道，道法自然……给这件货取个名字，叫"道圣五垛山"吧。就这么做。

这时候的街街巷巷，已经落满了黄昏。走进家门，李大阳见老爹坐在院内的石桌前吸烟。吧嗒出的烟雾，在黄昏的暗影里显得沉重而焦躁。知是老爹还在为这块独山石而心情不好，他便拉把椅子，在老爹的身旁坐下。

"爹，我看这块料子还有点儿意思，你叫我来做。我想……"

"别提这块料子的事。我是说你的年岁，实在是不算小了。往后，做啥，想啥，都稳点儿……"

"咋不稳？我琢磨两天了。我想啊，照这块石头的纹路做……"

"别再说了。买石料买瞎了，看走眼了，是玉石匠们的常事。我是说，他们丝绸庄是打不得交道的……"

"没买瞎。不走眼。我觉着，这块料子要是做出色了，要是……我说爹，这会儿你提丝绸庄干啥？他家现在够惨——不说了——我说爹，我打算用这块料子做成一座山。跟五垛山一样……"

"净瞎扯！用石头做成山，不是……不说这。我是说，丝绸庄王启胜的闺女，那个那个叫王锦子的丫头，给咱家也拉进了祸害……"

"咋这时候还在埋怨锦子？锦子姐没啥不好，她应该逃婚。她要不逃婚——爹，咱们还是说这块料。这块石料是独山玉，我要把它做成五垛山。说是以山石做山，可做出的是山的底气，做出的是山的神味儿……"

"不叫你提这块石料，你还要提。你就没看看，它那个石纹，比那个太极观道长的胡子还乱，咋能整出个好东西？不说了。还有那个王锦子的事，也不说了。我是说，咱玉石李家跟皮条巷张长有家，几辈子都有缘分，这你都知道。我是说，你觉得张家的那个刀花……"

"你说啥？那石纹比默默道人的胡子——对了，就是胡子，就是乱糟糟的胡子。爹，我琢磨了一天多，又站在北门朝北山看了一后晌，我还——你提张家刀花做啥？"

"跟胡子一样乱的石纹，咋能理它？我是说……刀花那闺女你见过，长得怪俊，还会点儿武功。只是比你大些。大也不咋大。她跟王锦子同年生，大你三四岁吧？我是说……"

"我今儿后晌看五垛山时，还把这块玉石料想象成一棵老树的根。老古老古的树根，爬了千万年、爬遍五湖四海的树根。这树根哪——爹你别打岔，叫我把话说完。要深一步想啊，这棵树就是老祖宗，这些树根啊，就是老祖宗的胡子。胡子越白越长，子孙越是多，人间越是兴旺。爹你别打岔，叫我……"

"够了！不叫你说这些，你偏偏要说这些。你别说了，叫我说，我要跟你说说刀花。刀花那闺女，要长相有长相，要武艺有武艺。主要是，她也看上了你——你坐下，慌啥慌？咱今儿，不说玉石，专心说你跟刀花……"

"叫我说胡子。胡子，胡子，胡子……"

哪哪哪！

玉石李见李大阳只顾说那块石料，有点儿生气。他敲敲旱烟锅，气火上蹿了。哪哪哪！他把烟袋锅敲了一遍又一遍。儿子大了，不听爹的话了，爹只好针对自己的烟袋锅。

李大阳进屋，点亮了麻油灯，继续看那块石头。

这时,冯氏已把一家人的晚饭烧好了,走出灶房见男人李洪方一个人坐着连敲烟袋锅,便知是男人和儿子大阳又把话说到别扭处了。便解下腰间的围裙,一边拍打着身上的灰尘,一边喊道:"沉玉,你快点个灯端出来!羞玉,你去灶房盛饭!大阳,吃饭了!当家的,你也别磕你的烟袋锅了。"一家人,几乎喊了一遍。要不是二儿子重阳在南阳府的玲珑阁回不来,肯定也要喊一喊的。冯氏这时候,是不会过问男人和大阳为啥事说别扭了,也不打算解劝几句。冯氏知道,男人和大阳这几年一逢说事就别扭。他俩别扭多了,别扭习以为常了,她也不把他俩的别扭当作别扭对待了。

油灯很快端出来了,冯氏煮的红薯稀饭在石桌上摆出了五碗。一盘豆芽,放在五碗饭的正中央。李洪方往桌上瞭了一眼,哪了一声早已空洞的烟袋锅,端起摆在他面前的那碗饭,拿起摆在他面前的那双筷子。嗞溜——先喝了一口汤。气是气的大阳,怒是怒的大阳,对别人不气,对别人不怒。喝过了一口汤,用筷子捞起一块红薯干,咬了一口。

见老爹端碗吃饭了,羞玉和沉玉,也端起了碗,拿起了筷子。见男人开始吃饭了,见大女儿和二女儿也开始吃饭了,冯氏也端起碗拿起筷,嗞溜了一口汤。

唯独大阳的那碗饭,那双筷子,还在石桌上闲着。

一家人吃了一会儿,仍不见大阳出来。

羞玉喊:"大哥,饭都盛出来了。"

沉玉喊:"大哥,饭都快凉了。"

李大阳好像是不知道该吃晚上饭了,也好像是根本没听到家人的喊叫,迟迟走不出那间房。

这时候的李大阳,正全神贯注在那块石料上。

山水——树根——胡子。

胡子——树根——山水。

山水是根,根是大地胡子。胡子又是什么?是古老?是年月?是千秋万代?是精灵?是神魂?是智慧?是众生?是……人有胡子,默默道人有胡子,五垛主峰上的道教祖师爷有胡子……"物芸芸,各复归其根。归根曰静,是谓复命。复命曰常,知常曰明。"谁的话?《道德经》上说的。啥意思?

默默道人解释过，说"根"是事物原始的发生形态；"静"是无，消失之意；"复命"指新生；"常"是说生命轮回是常有的，是常态的，这是规律。大致意思是，万事万物虽然千变万化，可最终都要回到原始生长的形态，等待新生。这就是道，这就是——就是胡子！谁的胡子最长？默默道人的胡子不够长，祖师爷的胡子也不够长，明二世朱允炆、唐代著名道士吴筠和老子的亲授弟子尹喜的胡子也都不够长。老子的胡子最长，《道德经》的胡子最长。老子的胡子和《道德经》的胡子，从老古老古到现在，从老祖宗的心头扎到这一代人的心头，从这里扎到十万八千里的深处，扎到比十万八千里还要远还要远的远处，扎到……

胡子——老子——《道德经》。

《道德经》——老子——胡子。

咔嚓嚓嚓……

轰隆隆隆……

突然，一道闪电划破了长空，一串雷鸣震撼了大地。沉在胡子思考里的李大阳，意想不到地被突然的雷鸣电闪的力量惊醒了。猛一抬眼，只见一位银白着长发长须的老人，踩着万丈光芒，行走在普天的明亮里，一步一步朝着涅阳走来。

"师父——"

老人，肯定不是一般的老人；老人，肯定是很了不得的老人。扑通！李大阳跪地了。

"师祖——"

老人的银白头发，在普天的明亮里飘荡；老人的银白胡须，在普天的明亮里飘荡。飘得无边无际，飘来紫气飞扬。

"老子——"

默默道人曾给李大阳讲过老子出关的故事，说是三千年前的函谷关令尹喜，在函谷关等候道家宗师老子好多好多年，最终在一个紫气东来的早晨，等到了一位骑青牛的老人。难道……大阳顿有所悟，连连磕头。

…………

"大阳，饭快凉了，你吃呀倒是不吃？"

这是大阳妈喊的。

这时候，围坐在一起吃饭的一家人，大体上都快吃罢了，唯盛给大阳的那一碗，仍在石桌上摆着。

李大阳没有应答妈的喊叫，也没有走出来。他没有听到妈的喊叫。他顾不上听妈的喊叫。听不到喊叫，自然他不会应答。自然，他也没有走出来。他这时候，正虔诚在对老子的等候里。等待老子骑着青牛，给他传道，也给他写一本五千言的《道德经》。这是神圣的等待，这是美得不得了的等待。这一等待，是雷打不动的，是水泼不进的。

"大阳，你不吃算了，我要刷锅了。"大阳妈又喊。

见大阳仍没应声，冯氏以为，这父子俩定是刚才闹别扭闹很了，大阳定是赌气不吃饭了。

啥事能别扭到这个样子？啥别扭，能别扭得大阳连饭都不吃？定是男人摆爹老子架势，摆得太厉害了，定是男人说的话，太伤儿子的心了。冯氏也有点儿生气。

冯氏说："羞玉，给你哥的饭碗端去。饭上边，夹两筷豆芽菜。"

冯氏说："沉玉，跟你姐一块儿去劝劝你大哥。叫他的心，宽泛宽泛。"

这时候，羞玉和沉玉都已吃罢饭了。遵老妈之嘱，羞玉朝那碗饭里夹了豆芽菜，朝大阳做玉石货的房里走去。沉玉也紧紧随后。

见羞玉和沉玉去了，冯氏也放下了她那尚未吃尽的饭碗。

"我说当家的，你咋动不动就对着大阳发脾气？遇事咋不好好说？"

李洪方吃罢饭，刚放下碗，就听到了女人的埋怨。他一边把烟袋锅插入袋子挖烟，一边别了别脖子。

"我咋能跟他发脾气？我还没有对他张张嘴，他就往别处胡扯。我要跟他商量个事，他那个屁股就是坐不住。你说说，我有啥能耐对他发脾气，我有啥本领对他发脾气？我那个那个，只对我自己发脾气吧。"

"唉！咱这大阳啊，自打一生下来，就跟别的娃不一样。"

"你说说，他年岁都二十大几了，至今连个老婆还决定不住。今晚吃饭前，我是想借这个空儿，给他提说提说他跟刀花的婚事。不想，他一点儿都不跟我往一处凑，尽迷迷糊糊瞎说乱道。你说说，张家那个刀花，哪一点儿不如那个王锦子？王锦子不就是脸白些衣裳穿得干净些,不就是她家银子多些？除了这,她王锦子还有啥？咱大阳为啥就拽住不丢手哩？再说了,自打王锦子闹罢逃婚,她一家跑外地一直不敢回来,她王锦子又钻到南阳玲珑阁里一直不敢露面,这咋能跟她明娶明婚呢？你说说,你说说,大阳的婚事要办不了,重阳的婚事办不办？羞玉的出嫁事办不办？这后边,还有个沉玉哩。俗话说,大麦不收,二麦不黄。这前边的事要不办,这后边的事,就没法办。哼！你说说这急人不急人？"

是急人,咋不急人？为大阳的婚事,冯氏早就比男人李洪方更急。几年前,她听说丝绸庄王掌柜家的小姐王锦子,跟自己的儿子大阳偷来偷去地相会,她高兴,她不认为这是伤风败俗。别的男女要这么做,可说是伤风败俗,自己的儿子大阳跟王锦子这么做,就另说了。她巴不得大阳能跟锦子早早成亲。这不是她有意要巴结人家丝绸庄,主要是盼儿媳盼得急。后来看王锦子的事难办,她和男人李洪方又都看上了刀花。刀花也长得不错,虽没王锦子文气,虽没王锦子秀气,可是能杀能砍能给玉石李家立门户长威风。刀花呢,也看上了大阳,对玉石铺李家也有好感。

"这事叫我说。现在就说,大阳——"

冯氏是个性急人,想说啥就说啥。她连石桌上的碗筷都来不及收拾,连饭锅都不打算洗刷,就急喊大阳。

"大阳大阳,你给我出来。"

这一喊,还是没把大阳喊出来,倒是羞玉和沉玉,神神秘秘地,轻着脚步走出来了。

沉玉小声说："爹,妈,我看大哥是疯了,趴在地上一直磕头,一句话都不跟我说。"

羞玉小声说："不只是不歇气地磕头,还不歇气地嘟囔些胡话。我给他饭碗,他不接,我喊了好些声哥,他不理,跟不认识我一样。我看他至少是得了神经病,还是厉害得很的神经病……"

"瞎说个啥呀,刚才他还在跟我说那块玉石料的事,咋一时半刻就疯了？"李洪方一边吧嗒着烟袋,一边说,"这俩妮子,又是来玩你们爹妈好看的吧？"

"我说你们俩放正经点儿,妈今黑儿有事要跟大阳说,别胡闹。"冯氏根本不会把"疯子"和"神经病"这些字眼,跟自己的大儿子李大阳扯到一起的,她说,"你们俩快收拾收拾去刷锅洗碗,这儿,没你们的事。"

羞玉认真地说:"爹妈,你们不要不信,我看我哥真的是疯了。不信,你们进去看看。"

沉玉也认真地说:"爹呀妈呀,俺姐说的是真的呀。"

经羞玉和沉玉再这么一说,再看看羞玉和沉玉这么说时的严肃样,顿然间,李洪方和冯氏都不谋而合地惊慌了。

咋?

真的?

这可不得了。

"大阳——"

"大阳啊——"

李洪方和冯氏急急慌慌地朝大阳的房内跑去。

"娃,你咋会那个那个疯了?"

"娃,你咋会犯神经病了?"

"娃呀!你要喜欢王锦子,你就喜欢吧,你可别疯啊!"

"娃呀!你要不喜欢张刀花就算了,你可别犯神经病啊!"

李洪方和冯氏急急慌慌,把石桌上的灯火吓得忽忽闪闪地惶恐不安。

"爹,谁疯了?妈,谁犯神经病了?"

李洪方和冯氏万万没想到,就在他俩刚刚奔到房门口的时候,撞上了一头奔出的大阳。

"爹,妈,我知道这块玉石该咋做了。我刚才见到老子了,做成一座五垛山,取名《道德经的胡子》。"

娃没疯。

大阳没犯神经病。

黄黄的麻油灯光里,李洪方和冯氏看见大阳手中捧着那块独山玉石。

第十五章

章玲找了三趟玉石铺老板李洪方,都没见着面。

这三趟,都是跟福源大掌柜赵裕德一起去的。这三次,见到的都是李洪方的老婆冯氏。冯氏还总是说着同样一句话:俺当家的出远门了。再没下文,冰凉冰凉。三次之后,章玲有点儿心慌了。

"李洪方这人是不是太高傲,是不是太难接近?"章玲对赵裕德说,"当年的刘皇叔茅庐三顾,请出了诸葛孔明先生,但是,咱们诚心诚意三次登门,到现在还没见上他个人影。"

赵裕德说:"在我的印象里,李洪方这人老实巴交,不摆一点儿谱。"

章玲说:"李洪方给朝廷做的玉器上了万国会,是中国的玉雕界名人。照理说,他应该是要小瞧一般人物的。但是——好了,不多说了,明日再来。我这就回山陕会馆做一夜祷告,祈求上帝保佑。"

赵裕德笑笑:"祈求你那上帝不一定奏效,主要是你还不了解李洪方。我想啊,李洪方不愿露面见咱们,不是高傲,不是难接近。我想啊,可能有其他缘由。"

章玲急问:"啥原因? 是不是看见咱们没带礼品,是不是觉得我不像个朝廷里的人?"

章玲又说:"如果是他计较礼品,这好说,马上把我的金壳怀表送到他家,连我这钻石戒指也一并送去。如果他计较我不是个官府人,那我就没办法了。"

赵裕德又笑笑:"你这么一说,我倒想起来了。李洪方不见咱们,根本不是他高傲不是他难接近,也不是他等礼品、等你这块怀表等你这枚戒指。我给你说过几次了,李洪方这人忠厚,一辈子不图钱财,一辈子不耍奸。"

赵裕德又说:"细想想,李洪方一家人是怕你。为啥怕你?你看看你穿这一身东洋装,谁见了不把你当成官老爷?不把你看成从朝廷下来的人?自从光绪年间李洪方被拖进那起抢劫案,他就得下个恐官症。一听说上边来人找他,一看见官家人上门,他就肚子疼。他那肚子一疼起来,照他老婆冯氏的说法,跟婆娘生孩娃一样。"

听赵裕德这么一说,章玲快活地笑了:"原来是这样!哎呀,在我们上海,如今各界人士大多穿的是东洋装,很少见到长袍马褂了。要是把穿东洋装的人,都看作是做官的,那当官的可就跟茅厕蛹虫一样多了。"三顾玉石铺未果的答案找到了,章玲的眉头不皱了,章玲的心情好了,说话也风趣了,"既然李洪方大师害怕官,怕得比讨厌茅厕里的蛹虫还严重,那我就把我穿的这身衣服换掉。换一身挑粪工的衣裳,去他家淘大粪灭蝇蛹。"

听章玲这么说,赵裕德笑了。

"你要这样上门,李洪方见了,恐怕不只是一般的肚子疼,弄不好他还真能疼掉下一个孩娃哩!你别笑,我可不是说玩笑话。你想啊,就你那细皮嫩肉的白胖样,再加上你说话的口音,你担两个尿罐去他家起茅缸,他还能不怀疑你?怀疑小了,说你是县衙州府下来探案的,怀疑大了,会以为你是朝廷大员下来微服私访的。"笑过了,赵裕德认真地说,"叫我说呀,你应该戴礼帽穿大衫,打扮成个外地来的玉石货商人。最好是,打扮成个收购古玉的商人。你要是个新货买卖人,去他铺上买货,那他老婆就把你打发走了,是惊动不了他的。这样吧,我给你出个主意。"

三顾李家玉石铺之后的几天里,章玲每天除了跟阎锡贤坐山陕会馆喝茶闲聊,就是随着赵裕德四处观光。涅阳镇的石佛寺、太极观,镇平城的城隍庙、关爷庙,他都走进去,以基督徒的眼光一一打量。玩了几天,他脱去那身东洋装,换上了阎锡贤提供的老蓝布长衫和羊毛毡礼帽,第四次去拜访李洪方。这回他不让他人陪同,不用他人引见。当年的刘皇叔,如不是带着关云长和张翼德,也许在第一顾里,就能与诸葛孔明相会。有些事,人多了会添不顺。

"请问大嫂,你的铺子里可有古玉出手?"

这是个集日的上午,玉石街上人来人往,玉石李家的铺子里,不时有买烟袋嘴、烟袋坠子、帽花、戒指、手镯、项链之类的顾客与冯氏谈质论价。冯氏听得有人问话,说:

"俺这铺子只卖新货,不捣腾古货。你要是要新货,俺这铺子里有现成的。摆件、挂件、佩件,都有。"

显然,冯氏并没认出这位几天前曾三次登门的客人。

章玲窃喜。

章玲说:"新货也成,请取出些摆件来,容我看看你们的做工。"

冯氏取出些观音菩萨、济公、罗汉、花鸟、熏炉之类的玉货,摆到柜台上。

"做得好,很逼真!活灵活现。"章玲一边欣赏,一边由衷地赞叹,"呀呀,这一件更绝!哇——一件比一件妙!"欣赏着,赞叹着,及时确定了购货意向:"这一件,要价多少?一个袁大头?行!定下了!这一件,你再压点儿价,我也要了。这件……"冯氏高兴得脸上发光,说:"要货,你尽管拿吧,俺们手艺人,是没多大想望的。只要亏不了俺们的血汗,亏不了俺们的饭碗,这生意不会做不成的。"章玲确定下一些货品后,看李洪方还未露面,于是说:"你能不能叫你当家的给我写个清单,我明日好来取货付钱。"谁知冯氏却回答:"不列清单,俺当家的正忙。这样吧,我把你挑的货,放在一个货架上,是不会有差错的。"

按照赵裕德的设计,章玲这日拜访李洪方,不只是穿上阎锡贤提供的老蓝布长衫,而且还揣着赵裕德给的一件古玉璧。

章玲说:"是这样,我昨日在乡下买到一块古货,断不准真假,希望能见见你们当家的,请他帮我鉴定鉴定。"

冯氏说:"我给你先生说过,俺家不捣腾古货,咋帮你断出个真假?听口音,你先生像是外地人,你大老远跑到俺涅阳地界,挺不容易。你不能吃亏,也不能受骗上当。我想啊,我一定得给你指条道。你从十字口往东走,那里有个福源商号,老板叫赵裕德,他会玩古货;再往东不远处是镇长大院,镇长吴世忠祖上几辈都在金銮殿里干事,他对古货也精通得不得了。你去找他们,让他俩帮你琢磨琢磨。我给你先生说的,可都是实话,你快去吧。"

冯氏说话实在,又热心助人。可是,经她这么一实在,这么一热心,倒让章玲陷入了被动。

章玲想了想,说:"大嫂,你的好心帮助我领情了。问题是我信不过你说的那个赵什么那个吴什么。你说的那个赵老板,生意人对生意人,他能给我说实话?还有你说的那个吴什么镇长,我更不愿意见他。你不知道,我这人生来就讨厌当官的。"

冯氏说:"你先生别忌讳,我指给你的赵裕德和吴世忠可都是好人。给你先生说,别处的商号你可能信不过,涅阳的赵裕德,你不能不信得过;天下的当官人,有不少坏东西,可俺涅阳的吴镇长就不一样。你先生,还是去找他们吧。"

"大嫂啊,鉴定玉石靠的是眼力,您说的这两位,我真信不过他们。大嫂呀,在全中国的玉器行当里,甚至是全世界的玉器行当里,你知道我最信服谁?你猜猜。"不等冯氏回话,章玲自问自答,"我最相信和佩服的,就是你们玉石铺李家的李洪方大师。听说,李大师做出的玉器上过万国博览会,给咱大中华挣过面子;听说,李大师曾带弟子去南阳镇守府,做了几年的玉器。"章玲说到这里,掏出一块怀表,虔心诚意地捧给冯氏,"请你把这块怀表,转交给李大师。这是英吉利国生产的,金壳,我赠给他了,希望李大师给我十五分钟谈话时间。"

"你这是啥话?收起你这东西来!你把俺们玉石匠看走眼了,你不就是想叫俺男人看看你那个古货嘛,何必这样,何必玩这种把戏?"冯氏顿时恼了,"你这不是要作践俺们?给你说,玉石匠是靠力气、靠手艺挣吃喝的。不义之财,一点儿都不会沾惹,没来路的好处决不会接受。不是我有意教训你,是我肚子里有话藏不住,得罪你先生了。"说到这里,冯氏突然意识到自己说话太生硬,便不好意思地朝章玲笑了笑,然后扭转身,朝着后院喊,"当家的！听见没有？有客人要见你——出来吧！"

虽说是挨了几句教训，但是马上就能见到李洪方了，章玲很是高兴。

"大嫂，不必动李大师的大驾，容我去拜见他老先生吧？"

"那哪成？你先生是客人，俺们不能不讲究礼节。"

"是这样，我也口渴了，想借机会进去讨杯茶水喝，这总可以吧？"

"那，那，那可中。应该，应该。"

冯氏说罢，亲自带领章玲往后院走。到了后院，冯氏先把章玲敬到客房的八仙桌旁坐下，然后才喊李洪方过来。

在章玲的猜想里，玉石李必定是位富富态态白白胖胖高高大大的威风人，没想到，出现在他面前的，却是个撅着一撮山羊胡子的老头儿。不单老，且瘦，且黑，且身材偏矮。此种形象，有点儿让他失望。

"李大师好！"章玲还是热情地起了身微笑着抱拳施礼。

"那个那个……"李洪方也很想热情，可是一时间热情不出好听的言辞来，仅仅抱了抱拳，以示还礼。这位客人，倒像个买卖人，倒像个好人。再说了，如果不是好人，老婆冯氏肯定要给挡阻到铺子外。是好人，是买卖人，就得敬重，就必须热情相待。

"大师，你坐你坐。"

李洪方搓搓手："那个那个……"

"耽误了你大师做玉，很对不住。没办法，我是慕你大名，从远地来涅阳镇的……"

李洪方在八仙桌的另一侧坐下："你先生贵姓？"

"免贵姓章，立早章。实告你先生，本人是上海万宝路公司的，之所以远道而来，是希望得到你大师的帮助。"

李洪方装了一锅旱烟，呈给了章玲。

"你那个是从上海来的？贵客呀，稀客呀，你吸袋烟。这是俺涅阳老兰花烟，很那个那个好吸。你先生吸。你说啥？你说叫我帮你先生哪个助？"

帮哪个助？当然是给组织货源了，不过，已经说是求李洪方给鉴别一件古玉，还是先说说古玉吧。

"是这样，这里有块玉璧。我看不准确。章某希望你大师能给个判断。

你大师先看看。"

章琀说着话,放下他刚接到手的旱烟袋,掏出了个红绸缎包包。

"说句实在话,我对老货不咋懂,只是爱瞅老货上的纹饰。"李洪方说着接过了红绸缎包包,"这个这个……叫我瞅瞅……纹花怪有看相,只是……"李洪方先是把玉璧拿到鼻尖前看,又推到远处看,再拉到不近不远处看。左看看,右看看,"只是,叫我来定它是哪个朝哪个代的,怕我——你瞅,这花边使用的倒是卷云纹,像有年头了,可这中间,咋会弄个一龙一凤。要是这样一弄,就那个那个……"

李洪方说话,是纯正的涅阳口音,但章琀能听得出他的意思。

"我明白了李大师,不必再细讲下去了。"

这块从赵裕德手中借来的古璧,不过是谈话的由头。现在,已经跟大师坐到一起了,就该抓紧时间说出自己的要事了。

"其实,求你鉴别这块古玉璧,并不太重要。还有一件更重要的事,是必须要跟你商量的。是这样……"

冯氏一手端着两个茶碗,一手提着瓷茶壶进来了。她一边摆放茶碗,一边对李洪方说:"我说当家的,今儿晌午留这位贵客在咱家吃饭吧,我这就到和顺街、青菜市买些菜回来,你陪客人喝几盅。"李洪方头也不抬,说:"行行!和顺街老烧酒二斤,牛腱子肉二斤。"冯氏看看自家男人,又对章琀笑笑:"俺这乡下小镇,没啥好东西吃,你先生将就一顿吧。不管吃好吃坏,也算表表俺们玉石匠的心意。"看她这么一笑,听她这么一说,章琀的心头突然轰隆出一长串温暖来。

"也好,也好!"章琀站起身,恭恭敬敬地朝冯氏点点头。

冯氏自去筹办酒菜,章琀和李洪方谈说了一阵玉器市场行情,章琀慢慢把话题引到万宝路公司的玉器经营上。通过一阵子的谈说,章琀发现,李洪方不只是老实、忠厚,而且有点口吃,不善言谈。两人间的谈说,章琀总能把握主动,总能以自己的思维引导李洪方的思想。

"说到我公司的玉器经营,我章琀不得不请求你大师给我提供一些帮助。"

"帮啥助?我一个玉石匠,一辈子尽走背运……"

"上帝启示,我万宝路的玉器经营,要想发达,要想做强,必须投靠你们涅阳镇,必须依靠你大师的支持。你们涅阳镇的玉雕名扬天下,你大师的玉雕艺术,在万国会上给咱中华挣过面子。你说说,我不来涅阳镇求你帮助还能求谁?"

"你先生别夸得太那个了,俺们这里是乡间小镇,俺们这里的那个那个玉石匠,都是靠那个那个手艺养家过日子。俺们做下的货,谁要愿意买走,就是对俺们的那个那个恩典。"

"话不能这么说,如果没有你们手艺人供货,那我们经商的,用什么赚钱?没有货就赚不来钱,我们就没饭吃,就做不了别的事业。"

"别夸了,你先生直说是啥事吧?"

"是这样,我公司的玉器经营,主要是面向各大城市,也正尽力打进国外市场。经过我的反复考察,在这些玉器市场上,高品位货最好销,厅堂摆货最走俏。在选料上,和田玉、缅玉备受关注,你们南阳的独山玉,还有辽宁的岫岩玉,也多被重视。为啥用和田玉跟缅玉,主要是当年的乾隆爷太喜欢和田玉,慈禧老佛爷太喜欢缅玉。乾隆爷一喜欢,慈禧老佛爷一喜欢……"

唧唧唧……

正说得兴奋,正兴奋到口似悬河处,章玲被突然出现的磕烟袋锅的脆响所打断。他突然发现,李洪方的脸色不太好看。章玲伸手摸了摸自己的嘴巴,惶惶地停了话。

"你那个那个别说老佛爷,别说官。一说,我就疼肚子。"

章玲忙抱愧道:"离题了。"抱愧罢,端起茶碗喝了口茶,才把自己的打算和想法——讲了出来。

章玲的打算和想法,归纳起来有六个方面:一是上海万宝路公司请李洪方在涅阳组织一批玉雕师傅,专门为其磨制高、精玉器,初步签约供货期为十年;二是所有供货户的玉料用款,万宝路公司可预付,但必须由两户邻居担保领取;三是一切预付款,全部汇兑给李家玉石铺,由李洪方全权办理;四是玉料成器后,上海万宝路公司交付余款;五是特别优秀的作品,另外作价;六是每在涅阳提走一件玉器,上海万宝路公司给李洪方的玉石铺提两成的劳务费用。

章珌在谈说他的打算和想法时,李洪方一直抱头吸烟,一直没有插话。

"你大师意下如何?"说完,章珌询问李洪方。

"吃饭。"

李洪方又哪哪起烟袋锅。

"如有考虑不周之处,请大师指教。"

"吃饭!"

"吃饭"二字刚落地,冯氏果真端着一盘牛肉一盘小葱拌豆腐到了桌前。很巧。

两盘菜看摆上,再提来一罐酒,再摆上三个酒盅三双筷子,然后,冯氏转身走到门口,对着厢房喊:"大阳,别干了,过来陪客人喝酒。"喊了大阳,冯氏又回到桌前,一边撩起围裙擦手,一边对着章珌笑笑,"你们先喝着,我再炒两个热菜。酒薄菜少,亏了你先生了,你先生可要包涵着呀!"章珌忙站起身:"哪里哪里! 麻烦你大嫂了,别再劳累了,你坐下,咱们共同吃酒吧!"冯氏回说:"不了不了,炒了菜,我还得擀面条哩! 你们喝你们喝!"

很快,李大阳就过来了。李大阳给章珌抱拳施礼,章珌抱拳回礼。相互问安寒暄之后,各自彬彬落座;之后,各自彬彬举盅彬彬用菜;之后,是主人敬酒客人道谢、客人回敬主人回谢;再之后……吃着,喝着,说着。吃着喝着,说着心情话吉庆话,或者说些两地风习国事安危民间苦乐等话题,暂不提玉雕经营,不提双方合作。一进入喝酒程序,李洪方的气色便慢慢回暖,渐渐精神抖擞了,章珌的脸上也渐渐染满了欢乐。李洪方和大阳,都在喝酒上大气、豪放,如龙饮水。章珌不行,喝不惯涅阳烈酒,艰难困苦地喝过几盅,满面欢乐便落英遍地了,便显得无能为力了。李洪方和大阳见客人酒量不支,也不再多劝,父子俩自斟自饮。

"你们喝,你们喝,叫我吸袋烟。"章珌不敢多喝酒,但不能闲着,他拿过李洪方的旱烟袋,"其实,旱烟比水烟好吸。"

李洪方说:"你吸你吸,烟袋子里装的是老兰花烟。那个那个,好吸得很。"

李大阳说:"俺涅阳酒烈,你先生喝不习惯,就不强求你了。"

章珌就吸烟,李家父子就继续喝酒。

吸烟的章玲,倒有了工夫仔细地看一看李大阳了。自李大阳到客厅,章玲始终都忙在应酬里,没时间仔细打量李家的新一代做玉人。

　　据福源赵裕德介绍,李大阳是个充满神秘色彩的人物,年龄不大,故事不少,名气不小。

　　章玲经过分析和研究,倒对他人之评断不以为然,但他竟也对李大阳唇下的那颗痣有好感。

　　"大阳,你唇下的那颗痣,长得很有意思,我给你评点评点吧?"

　　听得客人这么说,李大阳一边端酒盅一边回话:"啥意思? 不就是'唇下一点红日后骑青龙、唇下一点鲜必定坐江山、唇下黑痣大日后乱天下、唇下痣尖尖杀人八千万'嘛! 这蠢话,你先生也相信? 老叔,咱们还是说点儿实际的吧。你要是来买石头的,咱们就说石头;你要是来买成货的,咱们就说成货。"

　　这李大阳倒是个挺有性格的人,倒是个能联手做商的爽快人。章玲暂放下那颗痣不说,改口道:

　　"刚才,我跟李大师谈过了我这次来涅的意图。是这样……"

　　章玲把他那六个方面的想法和打算重复了一遍。

　　"我说,你那前几条,还都怪在理。就你那最后一条,哼!"酒前,章玲说过这六条,李洪方只是用烟袋锅哪哪哪地磕出自己的不满情绪,没具体的言语。这时候,李洪方喝了酒,有了胆气,要说想说的话了,"为啥在涅阳买走了一件货,都要给俺玉石铺李家提两成钱? 是俺穷啊? 还是要引俺们倒卖啊? 给你先生说清楚,自古以来的玉石匠都清白,都是只讨个工钱,额外的一分不要。"

　　喝过酒的李洪方说话利索多了,不怎么口吃了,而且,口气还斩钉截铁了。

　　"对不起,是我讲得不仔细,让你大师误会了。是这样……"

　　章玲听出李洪方话里带有几分火,赶忙站起抱拳施礼,说:"你们做玉有做玉的道德,俺们做商的,也有俺们的规矩。严格地说,我的公司,现在是要与你们李家玉石铺合作做生意。如果说是合作,"章玲缓口气,坐回椅子上,"那就不是提成的事了。"

"这就对了。"李洪方见客人赔礼道歉做检讨，很快便宽宏大量了，"玉石匠都是骨头肉长成的，最忌被人小瞧，最忌叫别人当成叫花子。算了，我看你先生也不是小瞧人的人，是个可交人。你的事，俺玉石铺会当作自己的事做的，别的，不提。"

"我说的意思，不是提成不提成的事。合理地说，应该是……"

"不说了，你先生能帮忙把俺们涅阳玉石匠的货，都给卖出去，俺们都隔河作揖——承情不过了。"

李大阳想，别说是两方合作做事了，即使下乡帮大户割一天麦子，除了管吃管喝，还得给个出力钱；可这老爹，就知道说玉石匠的本分，就知道说玉石匠的刚强。不行！老爹的死脑筋得扭转扭转。想着想着，李大阳忍不住插话了。

大阳说："爹，你的这种说法，不合规矩。既然咱玉石铺要配合万宝路公司的玉石货买卖，要按期生产、组织供货，章先生如不给咱玉石铺一定的利益，这种合作关系肯定是不长久的。爹，跟别人合作做事，不能拿积福行善来对待，不能把主顾多给玉石匠钱当成是小瞧……"

"你说得美，你说的是规矩？"不等大阳把话说完，李洪方气呼呼地将酒杯重重地往桌上一蹾，"想毁咱玉石匠的名声啊！你会说，你跟章先生说去，老子不管了。"

李大阳说："行，这事我跟章先生商量。"

啪！李洪方又把酒盅狠狠地蹾了一下。

章玲看见李洪方的那撮山羊胡子在一撅一撅地发怒。

"你喝酒，你喝酒。来来来，我章某，借贵宝地，为你敬茶；再借花献佛，好好地敬你三盅。"章玲赶快掬起一大堆笑容，提壶倒茶斟酒，"来来来，大师，我希望能与你碰酒一盅。来来来，大阳，咱叔侄也碰酒一盅。"为了缓解气氛，章玲把话题引回到喝酒上，"这烧酒，不错不错。我，舍命陪君子。喝，喝，我掌壶。"

不说事，只喝酒。

酒毕饭毕，章玲说要回山陕会馆歇息，说合作之事日后再谈。李洪方和李大阳都没多言，只热情着送章玲到了街口。

午后的日光,纷纷扬扬,很是丰富,又很热烈。很是丰富又很是热烈的日光下,章玲无意间朝李大阳看了一眼。"哎呀!"看了李大阳一眼后,他随即发出一声惊叫。

朝李大阳看了一眼的章玲,突然发现李大阳的那颗唇下痣,晶晶地闪烁着亮光。晶晶得像天国女神的眼睛,明亮得像天国永世不灭的明灯。

章玲用右手食指在胸口画了个十字。

章玲说:"上帝呀!"

章玲又说:"上帝呀!"

章玲的惊叫,立马引起了李洪方和李大阳的吃惊。

李洪方急问:"先生你……你咋了?"

李大阳急问:"俺涅阳老烧酒是不是太烈了?"

李洪方和李大阳,都不约而同地认为,客人章玲是醉了。

章玲盯着李大阳的唇下痣:"你是撒母耳。"

李大阳说:"我是李大阳。"

章玲的眼神定在李大阳的唇下痣上:"你是上帝给予的儿子。"

李洪方说:"他是我的儿子,他叫李大阳。"

这时候的李洪方和李大阳,还不懂上帝是谁,也不知道撒母耳是谁,他俩一致认为,醉了酒的章玲,太古怪了。

关于上帝,没过多少年月,李氏父子相继都理解了,至于"撒母耳"是啥意思,父子到老还是没弄清楚。

但是,就在中华民国十四年夏末的这一日,基督的忠实信徒章玲,把这个伟大、圣洁的名字,很是庄重地送给了李大阳。

"不,他叫撒母耳,他是上帝给予的儿子。"

第十六章

李大阳代替老爹,与章珲签署了一份玉器经营互助条约。签署仪式在
山陕会馆举办,阎锡贤、赵裕德和镇长吴世忠在场见证,双方当事人章珲和
李大阳各自在自己的名下按了手印。阎锡贤、赵裕德、吴世忠也都在各自的
名下按了手印。一切齐备,皆大欢喜,皆抱拳施礼以表祝贺。当天中午,章
珲在和顺街烧酒馆摆了一桌酒席,同时还请了镖头牛冲、庄园主曹丰屯、社
长包黑子,算是表达他对诸位热情相助的答谢。酒是涅阳烧酒,菜以腱子牛
肉、野味为主。玫瑰红和紫葡萄也到场及时伺候。这场酒宴,大体上办得不
错。需大吃的大吃,需大喝的大喝;需一边吃一边喝一边听曲子的,就边吃
边喝边听;需大刀阔斧着猜枚划拳的,就大刀阔斧着猜枚划拳。尽兴,尽意。
唯一的遗憾,是章珲尽了最大努力,终没把玉石李请到自己由衷的答谢宴
上。遗憾就暂且遗憾吧,来日方长,终归有一天会把遗憾填补完整的。

总的说,章珲这一次来涅,是收获满满、可心可意的。他不单单是签了
与涅阳镇玉石李家的合作协定,还购买了李洪方玉石铺里的不少好货。更
重要的是,他结识了大名鼎鼎的玉雕名匠李洪方,还结识了很有撒母耳气质
的李大阳。很是成功,很有意义。

章珲要回上海了,临行,他特地邀请李大阳一起到南阳。目的有二:一

是能和李大阳多相处两天,二是去看放在玲珑阁的"葫芦仙"。

其实,李大阳也很想去一趟南阳。有一段时间没去南阳了,他很是思念他的锦子姐,也有点儿思念玲珑阁的掌柜吴非翠。

到了南阳,章珍自然是迫不及待地首先拜访"葫芦仙"。也巧,那件"葫芦仙"还没出手。不过,如果晚来一步,就看不到了。因为,南阳靳岗教堂的牧师前几日来,说是要回去筹钱,很快就要来提货。这位外国牧师为了"葫芦仙",往玲珑阁跑了十七八趟。不知这位西方的基督徒,是看上了东方的神仙形象,还是看上了李大阳的玉雕艺术。上帝最终却让另一位基督徒给拦道抢购了。

来得早,不如来得巧。

章珍简单一看,就迅速掏出一张千元银票。

"这件货我要了,暂押一千银洋定金。货价你们决定,余款提货时全部补齐。"

不问价,就交定金一千大洋,乖乖,这上海佬出手可真不同凡响。假如卖家要价一万大洋呢? 十万大洋呢? 或者更多呢? 要多少就给多少,要个天价就给个天价。比那洋牧师阔绰多了,比那洋牧师厉害多了,乖乖!

章珍交出一千大洋银票后,就一头栽进了"葫芦仙"的故事里。"喂! 小子,快来扶我一把!""小子呀,我是醉了!"他一边看"葫芦仙",一边叨叨有声。李大阳听得懂,这是在模拟"葫芦仙"中醉翁的呼叫。"先生! 先生! 你把酒坛子翻倒了,酒洒了。""先生,你别动,我来搀你。"李大阳听得懂,这是在模拟"葫芦仙"中童子的回应……一头栽进故事里的章珍,玩得非常投入,非常开心,一时间竟忘掉了他是在南阳的玲珑阁里,忘掉了手中捧着的是件玉器作品,一个激动,竟让"葫芦仙"脱手而出跌落地上。啪! 在场的人都大吃一惊。章珍更吃惊,这次捧掉的不只是大堆大堆的银洋,更是一件惊世珍宝。忙捡起一看,我的上帝呀!"葫芦仙"依然如故,毫无伤损。醉翁仍在呼,童子仍在叫,酒坛洒酒不歇;鹊鸟飞,蜂蝶舞,叶翠花黄,葫芦瓜垂挂……唯一的遗憾是,葫芦仙的一头撞地,把铺地的一块大青砖给撞碎了。从惶恐中醒来的章珍,很不好意思地对吴非翠和李大阳笑笑:"对不起,对不起,我失态了。"

为了弥补愧疚,章玲决定请大家吃顿饭。待"葫芦仙"平安放回货柜,又闲喝了一会儿茶,闲说了一会儿琐碎,他问玲珑阁的大掌柜:"吴小姐,我对南阳城很陌生。请问,南阳城里哪家酒店豪华些,哪家酒店的酒菜名气大?"吴非翠想了想:"吃喝场面上的事,我很少介入,因此,叫我说南阳城哪家酒店豪华、名气大,一时半刻真说不清。我只是听说过,大十字口那边有个仲景药膳阁,魏公桥那边有个卧龙液馆,都是挺招人的。"章玲说:"今天有幸认识大家,也有幸看到大阳的大作'葫芦仙',章某很高兴。因此呢,我今晚做东,诚恳邀请大家在一起吃顿饭。"吴非翠说:"这怎么成?你先生是远道客人,怎能让你反宾为主?再说了,我也是多日没见到我的大阳兄了,今日一见,不叫他喝上几杯,他会骂我这做小妹的不讲情分。这样吧,今晚去大十字口的药膳阁吃,我做东。"且不管这顿晚餐由谁解囊付资,总的说,这顿饭吃得很愉快。

　　吃了这顿饭,彼此的了解就增进了许多。第二天,章玲说要去卧龙岗游玩,他对吴非翠说,希望能带上王锦子,这算是代王锦子向吴非翠请假。吴非翠自然同意。昨晚吃饭时,吴非翠才知道这位从上海来的客人是王锦子老爹的老朋友。同时,章玲也对王锦子遭遇到的不幸,了解得更详细了。

　　章玲叫了两辆黄包车,他和王锦子每人坐一辆,风风光光地行驰在繁华街道上。他没邀请吴非翠、李大阳同往,他有些话想单独对王锦子说。

　　"停停!"

　　到了一家洋布行门口,章玲叫停了黄包车,进去给王锦子扯了三套布料。一套春秋装料子,一套夏装料子,一套冬装料子。

　　"停停!"

　　到了一家丝绸行门口,章玲又一次叫停了黄包车,进去给王锦子扯了三套绸缎料。一套春秋夹衣面料,一套夏装单衣面料,一套冬装面料。

　　"停停!"

　　到了一家裁缝铺……

　　王锦子很不愿意让这位章玲叔叔破费,她一再推辞,但挡不住章玲叔叔的固执。

　　"锦子,你还需要啥?需要啥,你就说,我不能叫你受委屈。现在,你暂时见不到你爹,我就是你爹。你有啥想法,就给我说。"

章玲带王锦子走进裁缝铺量了尺寸,连裁缝钱都给交了。然后在一家金货铺内,给王锦子买了一枚金戒指、一对金镯子、一条金项链。能想到的,都一应俱全了,章玲仍觉不尽心意。游过卧龙岗,两人坐黄包车回到城内,他又把王锦子带到仲景药膳阁吃饭。吃饭时,王锦子禁不住又将自家的灾难和自己的灾难再诉一番,自然又引出章玲的阵阵心酸。

"锦子,多年来,你爹的丝绸庄对我的公司帮助太大了。你爹的丝绸庄,帮助我赚了许多钱,帮助我把生意做遍了全国,做到了国外。上帝告诉我,得恩莫忘,得恩必报。锦子呀,只要你有要求,我会尽力成全的。你说说,你还需要啥?"

"章叔叔啊——"王锦子大放悲声。

章玲说:"不哭不哭,有啥委屈,说给你老叔听。"

章玲说:"你爹现在不在这里,我会代替你爹,给你撑腰做主的。"

章玲说:"不怕不怕,我会祈祷上帝保佑你,我会祈祷上帝赐福给你的。"

一番劝解,王锦子才掏出手绢儿,擦了擦满面泪水。

"章叔叔,我遭遇的不幸,俺家遭遇的灾难,都是由我的婚姻引起的。实不相瞒,打我十四岁那年,我就看上了玉石铺李家的李大阳……章叔叔呀!我等着嫁大阳,已经等成个老姑娘了,可如今,仍是落个瞎等。章叔叔呀!你说我还咋活呀!"

"这么说,除了李大阳,你就没看上别的男人?"

"打小时候,我的心里就装着个李大阳,还看其他男人干啥?"

"这么说,别的男人你就没一个喜欢的?"

"我喜欢别的男人干啥?"

"这么说,你是只能嫁给李大阳了。"

"除了李大阳不嫁。"

"问你一句,李大阳是不是喜欢你?"

"喜欢。"

"再问你一句,李大阳是不是愿意娶你?"

"愿意娶我。"

"你从哪里断定他愿意娶你?"

"我和李大阳,是共同对天发过誓的。他非我不娶,我非他不嫁。"

"这么说,这件事就好办了。现在,到处都在提倡女性解放,提倡婚姻自由。只要你真的爱大阳,大阳又真的爱你,你们的婚姻应该是水到渠成的。"

"可是,大阳他爹死活不答应俺俩的婚事,你说这咋办哪章叔叔?"

"这事,我给你们做主。你们的婚嫁,就在这南阳办。办过了再回去,给大阳他爹来个先斩后奏。"

"这样能行?"

"咋能不行? 吃吧吃吧,饭菜早凉了。"

只顾说话,饭菜真是早凉了。章玲呼唤掌柜的,重做些饭菜端上。章玲掏出怀表看看,这时已是下午三点一刻。

"已是三点一刻了,咱们吃饭吧。"

也是在这时候,坐在卧龙玉液馆里的吴非翠和李大阳,也没吃完这一日的午餐。这天上午,吴非翠约了李大阳闲游白河岸,闲游得太久,吃饭的时间自然迟了些。俩人也是多日不见,一旦相聚,要说的话题当然很多。吴非翠要了几个菜,一罐卧龙玉液白酒,一罐果酒。白酒是给李大阳的,果酒是自己喝的。喝着酒,自然要接续着他们不尽的话题说下去。这一喝,这一说,不知不觉就是两个小时。吴非翠取出怀表一看,已是下午三点一刻。说是三点一刻了,说是要吃饭,其实,两人都无意吃饭。其实,两人都很想把这顿午餐推延下去。

这一次李大阳来南阳,吴非翠表示出的亲近明显非同以往。上午在白河岸边游玩时,吴非翠总想拉住他的手行走,坐下歇息时总要挨着他坐。对于手拉手,对于挨身坐,他很不习惯。像偷摘了别人家的瓜果偷掰了别人家的玉米穗一样,提心吊胆,左顾右盼,总怕被别人看见。再就是,她在他面前,自称自己是小妹,总一口一个小妹怎么怎么、小妹如何如何,甜嫩甜嫩,老香老香,传递给他的感受总是热烘烘的。吴非翠这天陪他游白河,好像还

— 157 —

专心打扮了一番,而且打扮得别有风姿。她不浓施粉黛,不艳裙艳饰。她梳的是东洋男发型,戴一顶黑色鸭舌帽,穿一身黑色东洋男装,上衣口袋上还吊了一串金光闪闪的怀表链子。精干,利索。唯见脸蛋桃红李白,唯见眉眼山花烂漫。很是生动,很能让他动些思想……总的说,吴非翠所表现出的这一切,有意思,值得大阳动脑筋……不过,人家是镇守的女儿,是在东洋见过世面的洋学生……

"大阳哥,跟小妹喝个交杯酒吧?"

"咋算是喝交杯酒?"

"就是你端杯酒,我端杯酒,咱俩胳膊套胳膊,各喝各的酒。"

就胳膊套胳膊,就喝交杯酒。李大阳喝白酒,吴非翠喝果酒。怪好玩,都喝得很痛快。

李大阳问:"这算啥把戏,有啥名堂?"

吴非翠问:"你想知道?"

李大阳说:"想知道想知道。"

吴非翠说:"你要想知道,那小妹就如实相告了。在大都市里,喝交杯酒是很纯洁、很神圣的。男女二人,只要喝了交杯酒,就表示这对男女……要白头偕老恩爱百年了。"

李大阳一怔:"这、这……"

吴非翠轻轻一笑:"大阳哥,你别紧张,别害怕。你不愿跟小妹白头偕老恩爱百年,小妹并不强求。小妹这时候,只是想跟你玩玩高兴。"

城里的姑娘说话就是随便,镇守府上的千金开玩笑就是放得开。不只是说话随便,不只是开玩笑放得开,她这么说笑时还把两眼的火花,热辣辣地迸溅到李大阳那惊慌失措的眼珠子上,迸溅得李大阳顿然间魂不守舍,顿然间浑身热火。这种眼光,李大阳在锦子姐那里从来没发现过,在其他的姑娘小姐那里从来没有享用过。这种眼光,太能勾引人了,能勾引得男人不顾一切。但是,李大阳却咬了咬牙,突然闭上了眼,不敢再看她,不敢对她有别的念头。

李大阳低下头:"就是……玩玩高兴……"

吴非翠又笑笑:"你看你,怎变得跟小媳妇一样!是小妹欺压你了,还是小妹强迫你啥了？不就是喝个交杯酒吗？你这人真没肚量，真不像男子汉大丈夫。我爹还说你生个帝王相哩，说你能杀人八千万日后坐江山哩，我看，稀松。喝酒，喝酒，不跟你玩了。"

不玩就不玩，喝酒就喝酒。他喝一杯烈酒，她喝一杯果酒，一杯赶一杯。喝着喝着，李大阳的酒罐和吴非翠的酒罐，似乎都余酒不多了。李大阳的脸就烧得跟刚出炉的烙铁一样，吴非翠的脸就红得跟顶了红盖头一样。都有些醉意上身了。

李大阳说："小妹，你醉了。"

带了醉意的李大阳，竟主动称吴非翠为小妹了。这很让吴非翠高兴。吴非翠还是第一次听到李大阳喊自己小妹，吴非翠那红通通的脸，即刻欢天喜地了。

"大阳哥，我把这块怀表送给你吧。这是我在东洋留学时买的，金壳。"

"不、不……别、别！"

"送给你，就是送给你，你不能推辞。大阳哥，小妹今天，不单是要给你送块怀表，还打算送给你一件更大的礼物。你猜猜，小妹会送给你一个啥样的惊喜？"

"不、不……别、别！"

"告诉你吧，小妹打算把玲珑阁送给你。"

"你、你，小妹你醉很了。"

"我没醉。这件事，我是跟我老爹商量过的。我老爹，很看重你，这你知道。我呢，在东洋学的是东方美术，自然跟你合得来，也很能跟你产生情分。因此呀，小妹把玲珑阁交给大阳哥，是非常合适的。"

乖乖！这可不得了。李大阳回想回想，自小时候到如今，只是接受过王锦子送给的烟布袋、荷包之类的小东小西。现在的吴非翠，为何出手如此大方？是喝醉了信口开河哩，还是另有目的？那个目的，会不会跟婚嫁有关？如果是……不敢这么想，不能是这么回事。

"我、我、我跟王锦子，已对天发、发过誓了。"李大阳结结巴巴地说，"很快，就、就要成、成婚了。"

"这与我送给你礼物无关。"吴非翠爽爽朗朗，"再说了，王锦子跟你不

— 159 —

般配,她比你大四岁。再就是,王锦子除了善良,百无一用。你与她成婚,要误你前程,你不能跟她成婚。"

"这、这,你不、不懂。"

"小妹不傻,啥都懂。"

…………

就在李大阳和吴非翠说话不停歇的时候,仲景药膳阁那边的章玲和王锦子,就如何办理王锦子、李大阳的婚事,已策划得比较完备了。

章玲决定,在南阳把王锦子和李大阳的婚事办毕,自己再回上海。照涅阳的嫁女习俗,他打算给锦子,购置一套红衣红裙、花冠佩饰;购置棉被十床、一箱一柜一桌两椅;购置铜脸盆一只,红木脸盆架一个;镜子木梳篦子簪子胭脂粉黛之类,应有尽有。嫁前,给锦子和李大阳各租一家客店居住。吉日,锦子在这家客店出嫁,大阳在那家客店迎娶。备迎新花轿一顶、旗杆八支、三眼铳六根、铜锣两面、喇叭一对、笙管两对,扯旗放炮,吹吹打打,热闹他半个南阳城。

"章叔叔,这太铺张了。像我这落难之女,胡乱打发一下就行了,你不能为我花销得太多。"

听得章玲如此铺排,王锦子坐不住了。

"婚嫁是你一辈子的大事,不能吝啬,不能苦了自己。别的女孩子出嫁时有的,你的章叔叔,绝对不会叫你缺一点一滴。孩子,你不要顾虑得太多,章叔叔有的是银圆。"

听章玲这么一说,王锦子骤然流出两行长泪。

"章叔叔,你的银圆再多,也不该为我花销呀!我的亲爹,自从把我塞进税警局局长的迎亲花轿,就把我给扔了。他不管我是死还是活,也不打听打听我现今还在不在人世,也不想办法寻找我。叔呀,你能为我做主,把我打发出去,我就心满意足了。"

"怎不该为你花销?多年来,你爹的丝绸庄让我赚了好多钱,上帝启示我要及时报答。现在,你家遭难了,你爹不在你身边,那我就是你爹。我既然是你爹,我不该为你花钱?"

再听章玲这么一说，王锦子脸上的那两行泪就更加奔放滚烫了。这章叔叔真好，这章叔叔不是一般的叔叔，这章叔叔比亲爹还要亲。

"爹呀！女儿给你跪下了……"

王锦子悲悲凄凄又激动不已地呼叫着，跪在了章玲面前，又热热烈烈地抱紧了章玲的一条腿。

"爹，你是我亲爹。"

"爹，女儿王锦子生生世世是不会忘恩的！"

"爹，女儿锦子会一辈子孝顺你老的！"

章玲赶紧俯身拉她。

"起来起来，不必如此不必如此。傻孩子，我怎能是你亲爹呢？我没生你没养你，充其量，只能做你的干爹。你亲爹是王启胜，只要你能孝顺他一辈子，我这做干爹的，就够高兴的了。"

"干爹——"

"女儿请起，女儿请起。"

…………

就在这边的王锦子跪地认干爹的时候，那边的吴非翠，大体上已把她想说的事，都说给了李大阳。

吴非翠的老爹吴桐庆，因战争和杀人的需要，要被上级调到另一个地方去做军政长官。也就是说，她将要随同老爹，随同家人，到另一个地方去了。此一回去外地，不知哪一天才能回来，不知还能不能再回到南阳城。干战争干杀人的营生，常常面临着被杀的可能，前程变幻莫测。关于这一点，东洋留过学的她是能够认识到的。此一回要去外地，让她难舍难分的，一是她料理过几年的玲珑阁玉器店，二是来自涅阳镇的李大阳。她在玲珑阁料理的是艺术，她所结识的涅阳李大阳，是玉雕艺术高手。她爱艺术，爱搞艺术的人。这些爱，让她的脚步在难舍难分中很难迈出。前几天，一家人都已随老爹迁徙了，而她迟迟未动。她打算让重阳专程回一趟涅阳，把李大阳请来，没想到李大阳倒及时赶来了。这就是缘分。现在，她已把想表示的心意，该表达的情分，都恰到好处地流露出来了。虽然流露得若明若暗，但是很有味

— 161 —

道。有些话不直说、不挑明,反而更美。

"大阳哥,小妹的一切,都交给你了。如没有意外,我就去我爹妈那里了。也许,后日,我就离开南阳了。以后的事,以后再说。"

"小妹,这块怀表怪好玩,我就接住了。这个玲珑阁呢,我暂、暂照看着。"

"很快就要分手了,你就没想着给小妹送件啥礼物?"

"是是,是应该送。送啥哩?俺、俺个小小玉石匠,哪有个像、像样的东西?"

"随便吧,礼轻情意重,表的是心情。"

"我来时,只背一杆旱烟袋……要不,我把玲珑阁里那个'葫芦仙'送给你。"

"不必送得那么贵重,大小有点表示就成。再说了,'葫芦仙'已归人家章先生所有了。"

"那、那,那咋办哩?"

"就把你那个烟袋坠子送给我吧!"

"不行不行,这烟袋坠子,是用俺北山的汉白玉做的,滥贱。一个大洋,能买一筐子。"

"不滥贱。只要你能把它送给小妹,它就成了宝贝。"

说话间,二人相互赠物之事,也就办妥了。这顿长达半日的午餐,也就正式结束了。

随着卧龙玉液馆这边午餐的结束,仲景药膳阁这顿长长的午餐也不约而同地结束了。随着午餐的各自结束,各方就开始思考下一步了。章玲想的是,如何替老朋友王启胜把嫁女之事办光彩;李大阳想的是,如何接受玲珑阁,把吴非翠托付之事做完美;王锦子想得最多的是,婚床上该对大阳弟说啥话;吴非翠则憧憬着未来,向往着和李大阳未来的艺术人生。

现在,南阳古城的黄昏,已开始有愉快弥漫了。

现在,章玲和王锦子、李大阳和吴非翠,都愉快着各自的脚步,行走在南阳城的黄昏里。

南阳城很美。

南阳城的黄昏更美。

美丽的南阳城,美丽的南阳城黄昏,还有他们的愉快心情,美得大放光明。

但是涅阳镇那边的黄昏,就不大相同了,就显得昏暗了,就显得令人烦心了。

也就在这时候,涅阳镇的玉石匠李洪方,又把他的烟袋锅磕得乒乒响。

但是,不管这时候的李洪方怎么烦恼,不管李洪方的烟袋锅磕得怎么震天,根本不会影响到南阳城,影响不了众人愉快的心情。

第十七章

又一次上了花轿。

王锦子上一次上花轿,是在涅阳镇王家丝绸庄的门前,这一次上花轿是在南阳城的河街客店。上一次上花轿,是被迫的,哭哭啼啼地放悲声,这一次上花轿就不同了。照涅阳习俗,大姑娘上花轿时,是必须要哭的。哭是表达离娘的伤情,上轿的大姑娘要是不哭,就说明她对生她养她的老娘不关心,忘恩负义。可是,这一次临上轿的王锦子,却笑了:"干爹,女儿走了,女儿明天就回来看你。"章玲也盈盈着喜色,道:"去吧锦子,我会祈祷上帝保佑你们幸福的。"听了干爹的话,她本是要对干爹笑一笑的,不料,突然而起的三眼铳响声,轰轰隆隆刮来,就跟秋风扫落叶一样,立马把堆在她脸上的桃红李白和兴奋,给震得飘逝纷纷了。紧接着,就起轿了。紧接着,鞭炮点起,铜锣敲起,喇叭响起……噼噼啪啪、咣咣咣咣、呜呜哇哇……该哭的事没哭,想笑一笑又没笑成,就把自己交给忽忽闪闪的花轿了,很觉得有些委屈。不过,仅仅是一个简单的委屈。她知道,这忽忽闪闪的轿子,是要把她往大阳弟的身边忽闪的,是要把她往幸福那边忽闪的。前路辉煌,想哭,想笑,有的是机会。等见到了大阳弟,等坐到了婚床上,想哭就哭,想笑就笑。抱住大阳弟畅畅地哭,抱住大阳弟畅畅地笑。那将是多么美妙的哭呀,那将是多

— 164 —

么痛快的笑呀,等着吧!

> 大花轿　忽闪闪
> 里面坐的那个新媳妇可不一般
> 头戴花冠　红鲜鲜
> 脚穿绣鞋　溜溜尖
> 哪个男人见了眼都馋
> 伙计们哪　咱们扛紧轿杆给她颠
> 咱们东给她一个颠
> 咱们西给她一个颠
> 颠得她热乎乎的奶头分两边
> 颠得她圆嘟嘟的屁股分两半
> …………

容不得王锦子多想,轿夫们的高兴就活蹦乱跳了,轿夫们抬起的花轿就欢欣若狂了。他们把肩头的轿杆东一甩西一甩,东一抛罢再西一抛,把坐在轿子里的王锦子忽闪得跟打秋千一样,忽一飞,忽一栽,忽一左倒忽一右歪。他们把王锦子颠得眼睛乒乓冒金星,五脏六腑乱翻腾,直想呕吐。

上一回上花轿,王锦子不情愿,是被强塞进去的,事情办得跟抢亲一样,所以轿夫们也没心情跟她闹着玩。这一回,南阳城的轿夫们看她是嬉皮笑脸地上花轿,就认为她是个想男人想疯了的女人,是个好玩的角色。好玩的,咋不玩玩?

> 大花轿　忽闪闪
> 里面坐的那个新媳妇可不一般
> 樱桃小口　眉弯弯
> 杨柳细腰　飘飘软
> 哪个男人见了不眼馋
> 伙计们哪　咱们扛紧轿杆给她颠

— 165 —

咱们东给她一个颠

咱们西给她一个颠

…………

　　轿夫们越唱越野越耍越狂,被百般折磨的王锦子,心情并不十分败坏。虽是承受着搅肚翻肠一样的苦难,可她眼前总是闪动着红太阳一样的明亮。她好像看到了她的大阳弟,正披红挂花,站在洞房前笑嘻嘻地迎候她。

　　但是,王府山客店那边的李大阳,这时候倒不是王锦子想象的那样明媚。他紧锁着眉头,好像是连阴雨又赶上了黑瞎天。

　　喜事临头,李大阳咋会突然不痛快了?想娶锦子姐,想多年今日才得逞,为啥又不高兴了?

　　其实,章玲提出要在南阳府为他俩举办婚事时,李大阳接受得还是很痛快的,接受得还是很高兴的。他和王锦子谋划了多年,终于要如愿了,他咋能不痛快?他咋能不高兴?况且,那边嫁女,这边婚娶,花费都由章玲出。丝绸庄王家不花一个铜钱,玉石铺李家不花一个铜钱,这样的好事,咋不叫人高兴得了不得?不过……

　　男婚女嫁,是光明正大的事。这样的事,怎不在涅阳镇同着街邻街亲们办?为什么要来人生地不熟的南阳城办,还办得偷偷摸摸似的?这,搭眼一看,怪光彩,细一琢磨,太窝囊。再说了,男大之婚女大之嫁,必得由爹妈做主,这是千年老规矩,是不可违的。可是,直到如今,老爹还是一直拒绝王锦子,瞒着老爹跑到南阳城里娶锦子,实为不孝。还有一点更重要,那就是婚礼中的拜高堂,拜给谁哩?老爹老妈现在还在涅阳镇,不来坐高堂,拜不成。等拜过了天地,不拜高堂,就接着来个夫妻对拜,这算啥体统?

　　此等重大的事,前两天在跟章先生筹划嫁娶时,李大阳没有仔细想,而章玲也不懂此地婚俗,就这么给忽略过去了。到现在才想起来,那简直是正月十五贴春联,太晚了。这咋办?

　　就在李大阳紧锁眉头不知所措的时候,迎亲队伍吹吹打打越来越近了。

　　花轿越近,李大阳越是心头上慌。

　　而这时候坐在花轿里的王锦子,却是越来越宽了心。河街客店,与王府

山客店,相距不是太远。不管轿夫们咋摆弄,不管轿夫们咋整治,反正是就
要到了。

犁铧本是金
称它为老君
烧红妖魔不敢侵
犁铧本是铁
烧红用手不敢捏
花轿到门前
请俺打醋坛
俺说俺不会
叫俺胡编编
大门前　落了轿
又放鞭　又放炮
街坊邻居都知道
众人都来看热闹
男女老少都喜欢
这家又把新人添
婆递杯　吉人搀
亲戚邻居转红毡
跨桎子　过桥鞍
拜罢天地入洞房
同甘共苦过百年
姜太公到此　诸神退位
大吉大利。

　　轿到王府山客店前,抬轿人更长了精神,还要再耍一阵。耍过了,是
"打醋坛"。有人手端一碗醋绕着轿子转,一边往犁铧上浇,一边唱这长长
的"打醋坛"歌子。烦人! 摔打了一路,折腾了一路,这时候又来这一手。

烦人透顶！王锦子急着要见到她的大阳弟,对这些没完没了的旧习俗,甚是痛恨。

总算等到了新郎李大阳对着轿子三鞠躬,总算要下轿子了,还得过"骑鞍过栲"这一关,还得淋一回麸子草料。骑鞍过栲好做,只是走一走,只是跨一跨脚步。淋麸子草料时,有人阻挡,意在让新人多淋些麸子草料。撒麸子草料的执客,一边撒,一边唱:

一撒金

二撒银

三撒富贵满家门

四撒夫妻拉手好

五撒新娘生贵人

头上撒把草

新娘手艺巧

头上撒把料

新娘吉星照

做的都是吉庆事,唱的都是吉庆话,可在王锦子这时候看来,实在是乱扯。

总算是熬过了一道道程序,总算是拜罢天地,王锦子进了洞房,李大阳还得忙着招待客人。照涅阳的婚俗,新婚当午,要大办宴席广待亲朋。现在是在南阳城办婚事,涅阳镇的街邻故交七大姑八大姨,没人知道,没人赶来上礼祝贺。照涅阳的婚俗,这一日的娘家送客,必须是爷、叔、兄弟三个辈分。三个辈分,理应摆三桌。爷辈们一桌,叔辈们一桌,兄弟们一桌。王锦子这回出嫁,没娘家人来送。老爹老妈不知道去了何方,自然不知道她今日出嫁,自然不会组织亲友来给她送嫁。

章珌是王锦子的干爹,他要替代王锦子的老爹替代王锦子的家族,来给王锦子送嫁。有了娘家人,有了送客,自然得丰盛出一桌酒宴。除了给章先生摆的这一桌宴,另外还有好几桌也是不摆不行的:贴喜字的扛三眼铳的放鞭炮的打旗杆的打铜锣的吹喇叭吹笙的抬花轿的……这一大帮子,都是章玲在街上临花钱请的。除了给每人封一个红包,还得叫人家痛痛快快喝一场。酒宴是在卧龙玉液馆摆的,等酒毕人去,李大阳回到设在王府山客店的洞房时,南阳城的夜晚已经降临了。

"大阳,你把我的红盖头掀了吧?"

"大阳,掀了红盖头,我就不是你锦子姐了。"

"大阳,掀了红盖头,我从此就是你老婆了。"

新婚夜,应该是有人来闹洞房的。在涅阳镇,新婚夜如果没人来闹洞房,说明这家人不受抬举。婚事是大事,越闹越好。如果不闹,说法是"人不闹鬼闹"。民间有"五鬼闹婚"的传说,听起来怪吓人的。但,李大阳的洞房,这一夜没人闹。在南阳城的熟人圈子里,吴镇守一家人走了,连吴非翠也走了,咋能来闹?还有位上海来的章玲先生,现在成了王锦子的干爹成了娘家人,他闹不成。还有一位,就是自己的胞弟李重阳,可是重阳昨日被自己指派回涅阳了,去为自己不告而婚的行为,代自己向老爹老妈请罪去了。没人闹,就算了。没人闹,倒清静。李大阳忙了一天,李大阳累了,他想歇歇。他不怕"鬼来闹",也不相信"五鬼闹婚"之说。

"大阳,我从十四岁那年,就等着这一天。"

"大阳,我从十四岁那年,就盼着你长大,就盼着你能成为我的男人。"

"大阳,你怎么还不动手呢?"

"锦子姐,我可要掀盖头了。"

"掀了盖头,我就不叫你锦子姐了。"

"以后,你就是俺李大阳的女人了。"

"锦子姐,你要嫁的大阳,到现在还是个玉石匠,别嫌俺贫贱。"

"锦子姐,只要我掀了盖头,你这一辈子,就得跟着你的大阳弟,辛辛苦苦磨玉石了,你别后悔。"

锦子说:"锦子图的是嫁你,别的,啥都不顾。还记得咱俩在涅水岸边发的誓吗?"

大阳说:"记得,那咋能忘了?"

锦子说:"那天我的发誓是,苍天在上,厚土在下,四方列神做证。丝绸庄王锦子,此生定嫁玉石铺李家李大阳的。不图富贵,不怕贫寒,只求与李大阳恩爱相守,白头到老。即便五垛山崩,涅河水枯,此心也永远不会改变。你听听,我记得准不准?"

大阳说:"我那天的誓言是,苍天在上,厚土在下,四方列神做证。玉石铺李家的李大阳,这一辈子非丝绸庄的王锦子不娶。不图富贵,不怕贫寒,只求与王锦子恩爱相守,白头到老。即便五垛山崩,涅河水枯,此心永远不会改变。你听听,你说我记得错不错?"

锦子说:"既然记得这样清楚,还不快快给我掀盖头?"

大阳说:"这就掀,这就掀。"

那个黄昏的誓言,是李大阳和王锦子一同跪地,一同对着上天,对着四方列神做出的保证。都发自内心,都自愿接受天地诸神的监督和审查。此种行为,远比大中华民国的条律更具威力、更具实效,是违不得的。再说了,锦子已进了洞房,生水就要烧滚了,生米就要做成熟饭了,这红盖头不掀也不行了。不再多想了,不再犹豫了,掀!"锦子姐,让我最后再喊你一声姐吧!姐——"

轰隆!红盖头跌落了,如花似玉粉嘟嘟的新娘子大放光明。

轰隆!王锦子抱紧了李大阳,李大阳抱紧了王锦子。

"大阳,我是你的妻。"

"锦子,我是你男人。"

"你长得真好看,叫为妻好好看看你。"

"你生得真漂亮,大阳一辈子都看不够。"

李大阳看着王锦子,王锦子看着李大阳。四目相对,轰轰隆隆。他看见了她眼里的欢笑,她看见了他眼内的愉快。他看见了她脸上的山花烂漫,她看见了他脸上的激情奔放。他俩相互抱了很久很久,他俩相互看了很久很久。愈抱愈紧,百看不厌。好像是,千年的失散,一朝相逢。好像是,陌生了千年,相识恨晚。

轰隆!夜就深了。

"大阳,咱们睡吧?"

"睡吧。"

"来吧,让妻给你脱衣。"

"我自己脱。"

"妻子是应该侍奉丈夫的。"

"吹灭灯吧?"

"吹灭吧。"

不相互看了,要睡觉了。新婚里,新郎新娘是必须钻一个被窝里睡觉的。不睡,就是没动婚,预示着他们的婚姻日后不会牢固。睡吧,反正是谁看谁都看不够,那就以后慢慢看吧,细细看吧。日子长着哩,拿一辈子的光阴去看吧。脱了衣服,吹灭蜡烛,李大阳的赤身裸体就和王锦子的赤身裸体,精诚合作着,团结一致着,钻进了被窝。

"大阳,你的身子真热火。"

"锦子,你的身子真软和。"

"早知你身子这么热火,我十四岁那年就跟你睡一个床上了。"

"早知道你身子这样软和,我早就离不开你了。"

"咱们热火着睡下去。"

"咱们软和着睡下去。"

"要睡就睡个没日没夜。"

"要睡就睡个没天没地。"

夜深了,整个南阳城都沉入了黑洞洞的寂静,沉入了毫无色彩的安详,唯有李大阳和王锦子的洞房内,还在喃喃着细语,还在窸窣些行动,如风抚花丛,如月照秋波。仿佛是琴弦流韵,仿佛是涅阳古老曲子的咿咿呀呀。他感受着她,她感受着他。她鼓舞着他的情绪,他鼓舞着她的情绪。好像一对艰难的行路人,终于找到了可歇脚的客栈;好像一对历经风浪的泅渡人,终于游到了白沙柔柔的海滩。历经曲折终有成,来吧,我是你的妻!来吧,我是你的夫!来吧!来吧!皇天在上,厚土在下,四方列神做证。我王锦子没负李大阳,我王锦子终是嫁给了李大阳。我李大阳没负王锦子,我李大阳终是娶了王锦子。来吧!来吧!大火已经熊熊燃烧,千军万马也难扑灭!大河已经奔腾,千山万岭也难阻挡!

天将倾,地将升,天地即将吻合。

他的雄心勃勃走得急切,她的兴高采烈恭候得紧迫。很快,他的雄心勃勃,就要走进她的兴高采烈里了。这是一个苦苦追求了多年的时刻,这是一个神圣得不容侵犯的时刻。这一时刻,是不应该有任何意外发生的。

"王锦子,你滚出来!"

偏偏就有了意外。偏偏就在这关键时刻,李大阳的洞房门突然被撞开了。黑洞洞的屋子里,突然发出一声喝叫,把李大阳的雄心勃勃和王锦子的兴高采烈,一并给击落了。美妙的天作地合之举,一瞬间迸裂了。

王锦子蒙了。

李大阳也蒙了。

第十八章

贺凤珍说:"丁兄,是我害了咱山寨,是我把你挣下的家业给整毁了。对不住你,对不住咱绿林众位好汉。没办法,天已经叫我给戳塌了,一时三刻是补不起来的。这,只能成为我的一大亏欠,只能是对不住你,对不住众位好汉了。你带上大家走吧,去跟着官军打战争吧,我要留下来把山寨再兴旺起来。丁兄,要是有一日你在那里混不下去了,官军那些大强盗要是挤对咱山寨小强盗了,你就回来,你就把弟兄们拉回来。咱们另打旗帜,咱们拉起个大队伍,跟姓官的刀客们对着干。咱们,也夺天下,也争江山。咱们要争赢了,咱们就不是刀客了,就不是强盗土匪了,咱们就成了救国救民的大救星了,那些争输了的,咱把他定罪为真刀客真强盗真土匪,叫他们统统挨斩,还叫写书人骂他们个遗臭万年。仵残荷老先生说过,德和恶,只差一步。胜者为德,败者为恶;胜者为王,败者为寇;胜者英明伟大,败者十恶不赦。丁兄,咱们都朝前走吧。"

贺凤珍说:"丁兄,我把大刀、二刀交给你了,你要像对待自己的亲娃子一样,带好他们。我的孩娃们生下来就受穷,打小就没了爹,跟着我吃尽了苦头。现下呢,大刀、二刀要跟随山寨被收编,去给争江山夺天下的人卖命。此一去,不知何日才能回来!母子不知何时才能相见!丁兄啊,你看看,我

— 173 —

的鬓发已白了好多了，老了。像咱们这把岁数，是该守儿孙了，是该安安生生过日子了。可是，这人间的不平事，这人间的仇恨事，总是叫人闲不下心。好的是，不管他吴镇守这次咋收编，咱的班底还在，你是团长，他俩要跟着你。他俩，只要一直跟着你不解捆儿，我就放宽心了。不过，我还得告明一句，大刀、二刀早就到婚娶的时候了。这一点，你是早就看得到的，我是早就悬着心的。现下，只能托付给你了。望你日后找个战事空闲，给他俩都整房女人。叫他俩都生儿育女，叫他们的儿女们……"

贺凤珍说："刀花呢，就留在我身边了。刀花的武艺，并不比大刀、二刀差，论起读书写文章，兴许还比大刀、二刀强一些。只不过，大姑娘家的，是从不得军的。再就是，大刀、二刀都走了，都跟着你收编到人家的队伍里去了，身不由己了。捉拿胡体安的事，清算当年那个冤案的事，咋办？恐怕大刀、二刀在这几年是腾不出手了。他俩腾不出手，我就跟刀花先干。等你们走了，我除了重整山寨，除了带着刀花寻找胡体安捉拿胡体安，还得给刀花寻个如意郎君，寻个好婆家。"

贺凤珍说："丁兄，对于被收编，不只是你和众家兄弟想不通，我也深恶痛绝。没办法呀，不屈从不行啊！为救大刀，咱们三打镇平城，扰得一个县城一年不安生。鲁逵战死了，老驴脸战死了，还有好多兄弟死的死伤的伤。鲁逵是大刀兄妹三人的武术教师啊，身手不凡得很呀！老驴脸号称咱山寨的铁将军呀，能打能挨战不败呀！还有……总的说，咱们的火炮、火枪，抗不过人家呀！不论咱们的兄弟怎样敢杀敢拼，怎样能征能战，到底都不是人家吴桐庆的对手。如不是涅阳镇的李洪方从中奔走，咱们的下场会更惨的。算了，不说这些了。咱已经答应叫收编了，咱不能反悔，不能食言。咱们是英雄好汉哪，跟当官做老爷的人不一样啊。咱，不玩阴的，不玩装腔作势。胜，胜得光明；败，败得光明。再说了，假如咱食言反悔，不接受收编，那就把李洪方逼到死路上了，当初他是提着头做担保的。就这样吧丁兄，咱们暂且委屈委屈，等待来日吧。"

这是一个寒冷的季节。在这个季节的末尾，豹子滩绿林好汉与官家打了将近一年的战争，终于熄火了。现在，按照谈妥的条件，南阳镇守吴桐庆增援镇平城的大军撤走了，打入死牢的张大刀被释放了。下面，该是绿林好汉执行被南阳镇守改编的程序了,众家兄弟在二当家丁黑子的统领下,就要起步下山了。

季节是到了末尾,冬冷却无稍减。大山矗立着冰冷,林木萧瑟着冰冷,当空飞着的老鸹也冰冷着声声哀号。下山的众家兄弟,好像是早被冬冷给吹败了,都缩着头,都夹着膀子,走在曲折冰冷的山道上。他们的脚步,都行走得没一点儿志气,都行走得迷茫和无力。他们不时仰头看天,以惶惑和疑虑打量着漫漫冰冷,问讯着他们的前程。他们不时地回头看,企图透过乱纷纷的冰冷看到豹子滩山寨轰轰烈烈的旧往,看到豹子滩山寨曾经的美好岁月。他们猜不明白,明天的太阳还能不能升起,他们猜不清楚以后的日子将是啥个样子……不尽的惆怅,不尽的哀伤,好像也被冰冷给冻结了,沉在他们的心头。他们知道大当家贺凤珍不随同接受改编,他们顿然间好似失去了依靠,顿然间好似一群找不着方向的飞雁。别离山寨,别离贺凤珍,别离的悲壮同这个季节的冬冷一样,让人很是无奈。

"丁兄,队伍已走远了。"

"知道。"

下山的众家兄弟,已经拐过了两座山包,这时候的寨门外,还站着贺凤珍、铁匠丁、大刀、二刀和刀花。贺凤珍说:"别忘了豹子滩,记住咱们的根据地。"

打铁出身的铁匠营丁黑子,面对即将分手的贺凤珍,滴下了两滴硬硬的泪。

铁匠丁说:"我会把大刀、二刀当作亲儿子对待的。"

铁匠丁说:"不管走到哪里,不管日后是成是败,我铁匠丁都不会忘根本的。"

铁匠丁说:"豹子滩绿林好汉,不管怎么被收编,不管给我封啥官号,遇到要紧事,都还是听你的。"

说了这些话,铁匠丁一倔身子,一扭头,就要起步上路。啪!啪!挂在他腮帮子上的两滴泪,被摔下了山崖。

"丁兄,叫刀花给你磕个头吧?"

铁匠丁扭转了身。

刀花跪下了："丁伯!"

铁匠丁说："闺女,好好伺候你妈。"

拉起刀花,铁匠丁对大刀、二刀说："你们弟兄俩,还不给你妈磕个头!"

大刀和二刀跪下了："妈你保重!"

豹子滩起风了。一群群的风,刮着一群群的冬冷,吹打着出行人和送行人的依依难舍。天,灰灰的。灰灰的天空中隐隐吊着一颗太阳,很小,有气无力,颜色很薄,像个半生不熟的山杏,像片飘飘摇摇的枯叶。太阳,好像也被豹子滩的风吹冷了,嗦嗦抖动。山山岭岭呜呜,林林木木呼呼。

就这么上路了,冷风吹动着铁匠丁和大刀二刀的背影。风萧萧兮山林寒,壮士一去兮何日还!

从这一天起,铁匠丁和贺凤珍经营了多年的豹子滩山寨,冷了门庭;威风了多年的豹子滩绿林好汉,就此卷旗更为他军番号。看着出行人的背影在山包拐角处消失,贺凤珍突然觉得脚底没了着落,突然觉得身子很软。她摇晃摇晃身子,差点儿栽倒。

"妈——"刀花赶快扶住了她,"你咋了?"

"没啥。"贺凤珍对女儿勉强露了个笑脸,"我是想咱娘儿俩,也该着手做事了。"

留守在山寨的贺凤珍,真的要急于做事了。自打发誓要为男人报仇雪恨,十几年过去了,不能再拖延了。自己已是鬓发苍白老去了很多,可报仇雪恨的计划几乎没啥进展啊!仅仅只杀掉了一个周自清,还有千千万万个周自清至今仍然逍遥法外,仍然在作威作福滥杀无辜呀!而最关键的是,那个胡体安如果捉拿不到,讯问不清那些参与制造张长友冤案的州府、省府、朝廷里大大小小的贪腐黑恶之徒,下一步的雪恨行动就将无法出手。

寻找胡体安,捉拿胡体安,不容推迟。在冷冬季节即将结束,春暖花开万紫千红即将到来之际,贺凤珍带上女儿刀花下山了。

下山去鲁阳关寻找胡体安,自然是要先见玉石铺的李洪方。当年夜审周自清时,贺凤珍只顾审问周自清的罪恶,没来得及问胡体安的情况。胡体安是胖是瘦,是高是低?啥样脸型,有啥习惯?任镇平县衙役头时,与哪些人有勾搭,是如何勾搭上鲁阳关毛贼的?鲁阳关贼窝在哪儿,掌班人是谁?

这些如不事先打探个明白，即使捯刀钻入鲁阳关，也是两眼一抹黑。即便与胡体安窄路相逢，即便与胡体安在同一桌上吃喝，也不一定能识破其真面目。要查问胡体安的基本情况，能帮上忙的，唯有李洪方了。涅阳人都知道，当年的李洪方是常背着褡裢上城的，与县衙内的大小官爷都会碰面的。

"自打我贺凤珍嫁到张家，从没享过啥福。长年长月，总是稀汤淡水混不圆个肚子，总是缺单少棉混不圆个冷暖。这样可怜巴巴的日子不到十年，长有又挨了个冤斩头撒手走了，把三个孩娃留给了我，把为他伸冤平屈的沉重担子交给了我。弱苗苗遭上了雹子打呀，嫩秧秧又遇雪加霜啊！洪方兄弟，那年在刑场上，我一看见长有的血头落地，我是真想一头撞死随他去了算了。可是我不能这样啊洪方兄弟，一头撞死我安生了，孩娃们咋活？长有的冤屈，谁来弄个水落石出？我不能死，我一定要活。当年，我连跪南阳府、跪朝廷大堂都不怕，连死都不怕，我还能怕个活？不怕活！为了孩娃，为了报仇雪恨，一定要活下去！洪方兄弟，就是为了这，我才上了豹子滩做了刀客。"

见到李洪方，贺凤珍免不了要诉诉苦哀。在镇街上，张家和李家原是很有情分的，相处得很亲近很友好。张长有蒙冤后，贺凤珍曾对李洪方产生过怀疑，怀疑他参与了对张长有的陷害。所以，以后再不与玉石铺李家来往了，后来变卖家产上山为寇时也没给李洪方打声招呼。再后，再细想想，特别是发生了与军官的漫长战争之后，贺凤珍才彻底推翻对李洪方的怀疑，才又把李家看成了知己。

李洪方说："张嫂，这好多年，可真是苦了你了。我玉石李对不住你呀，对不住张家呀！那一年，我要是不保举长有兄随车帮上京，咋会弄出这样的凶事呀……"

冯氏说："张兄走的那一天，我正生大阳，顾不上进城送张兄最后一程。就为这一点，我和你的洪方弟，一直悔恨着。后来哩，听说你带孩娃们出走了。走前也没给说一声，走了多年也没传来个音信，我就猜想，你是生俺们气了。不管你生不生俺们气，俺们都一直惦记着你们。每到过年过节，俺们都要念叨念叨你们。这次来，你娘儿俩就不要走了……"

贺凤珍说："这次来，见个面，我马上还得走……"

冯氏说:"走啥走? 往哪儿去? 这兵荒马乱的,哪儿都去不成。"

李洪方说:"就是不能走。现下,比那些年乱多了。革命党跟革命党对着放枪放炮,那个那个红黑蓝白不分,乱打旗子乱争地盘,到处那个那个跟疯狗咬仗一样。"

贺凤珍说:"长有挨斩那天,我对着长有的断头断身发过誓。我贺凤珍这辈子,要是捉拿不住胡体安,杀不了那群陷害俺长有的狗官,是绝对对不住长有的在天之灵的。年月不等人哪,一晃十几年过去了,眼看我就鬓发斑白了,可这报仇雪恨的事还八字没一撇哩。洪方啊,弟妹呀,事到如今,你们的张嫂是懒不得身了、松不得心了,是得立马行动了。要是再不行动,俺长有在那边会骂我的。"

听贺凤珍这么一说,李洪方夫妇不再多说挽留话了。

"要是这样,我就不强留了。那个那个我家里还有十几块大洋,你带上。"李洪方说着取出了钱匣子,把内里的银圆全倒在桌子上,"张嫂啊,我李洪方一辈子总是走背运,总弄不住大钱,总是窝窝囊囊。不过,往后会好些的。大阳如今能做货了,重阳在南阳玲珑阁做事,都能挣光景了。"十七块大洋,一块一块摞好,再用麻纸卷了封好,要递给贺凤珍,"钱用完了,急用钱了,你就回来,我会有办法的。在家千般好,出门步步难,没钱那个那个走不动路啊!"

"这钱我是不能接受的,张家过去已是很拖累你们了。"贺凤珍把银圆推了回去,"现下,我并不缺钱。我当了多年山大王,手头还能缺钱? 现下,最需要你洪方兄弟帮忙的,是另一件事。"

"啥事? 你说,只要我能帮得上。"

"这事你肯定能帮上忙,现在也只能靠你帮这个忙了。"贺凤珍请他提供胡体安的基本情况,越详细越好。

李洪方吧嗒了好几锅老旱烟,吭哧了好多"那个那个",终于给贺凤珍说明白了,胡体安面相跟张长有相似,年岁也不差上下,唯有的一点特别,是胡体安的右腮帮上有一块疤,不大,像是他多长了一张小嘴巴。

冯氏说:"张嫂,你去找那个姓胡的报仇,是件正经事,不拦你,可你不要带走刀花。大姑娘家的,在人堆里钻多了不好。就让刀花住这儿吧,我会像亲闺女一样待她的。"

贺凤珍说:"弟妹说的意思,我也想到过。不过,刀花的武艺不错,带上她,随时都能给我个帮衬。胡体安肯定是个不容易对付的家伙,肯定不会像杀周自清那样轻便。这一次去鲁阳关,说不定得闯闯虎狼窝,得刀刀枪枪杀上一些来回的。"

冯氏说:"老天爷呀,都是些吓死人的事呀,咋能是女人们干的呀!我说张嫂啊,问你句不该问的话,刀花今年多大岁数了,该不该嫁人了?男大当婚女大当嫁呀,你千万不要为个报仇,把刀花的婚事给耽误了!"

冯氏这么一说,贺凤珍怔了怔,然后流出了两行泪。但是很快,她一挥衣袖就把那些泪一扫而光。

"你问得对,当问。当了妈的女人,都该想到这一点。刀花是早该出嫁了,大刀、二刀也早该婚娶了。皆因要兑现当年的那个誓言,皆因要报仇雪恨,我只能把他们的婚事暂放一放。"

说到这里,贺凤珍往冯氏身边坐坐,亲切地拉住冯氏的手,说:"我说弟妹,给刀花寻婆家的事,得靠你多操操心。我多年外出当响马,早跟亲戚乡邻们断了来往。到了这般光景,刀花寻婆家只能劳你给奔走奔走了。可是这一回呢,我还是得把刀花带走。不过,时日不会太久,说不定,十天半个月俺们就能把事做完转回来了。"

冯氏说:"要说十天半月就能转回来,那我也不再拦挡了。张嫂,你坐着,我去给你们烙几张油璇馍,明日带上做干粮。"

第二天,贺凤珍就带着刀花上路了,冯氏把她们娘俩送到了寨东门。

冯氏说:"张嫂,你们快去快回呀!"

贺凤珍说:"放心吧,说不定三五日就能提早赶回来。"

冯氏说:"昨夜,我跟俺当家的商量好了,就叫刀花跟俺们的大阳成亲吧。要是你不嫌弃俺们穷,等你们转回来,就叫他们圆房吧。"

贺凤珍说:"那好那好,两家相好结亲,亲上加亲。不过,这可有点亏了大阳了。俺家的刀花,比你家的大阳,大了四岁呀!"

冯氏说:"不碍事,不碍事。女大三,抱金砖;女大四,抱皇子。说不定,我的孙子,日后要登基做皇帝爷哩!"

这番话,是非常愉快的。这时候,贺凤珍和冯氏、刀花,突然觉得春天的热闹已经提早降临了,涅阳镇提早地山花烂漫万紫千红了。

　　但是,这时候的李大阳,还不知道爹妈已把他的终身大事确定下来了,已把他和刀花给确定到了一起。他这时候正和王锦子一起,行走在南阳城的热闹里。他和王锦子的心情,同样是愉快得叫喳喳的,同样觉得这个春天的山花烂漫万紫千红提早降临了。

第十九章

豹子滩绿林好汉们被吴桐庆的队伍收编后,都换上了统一的军衣,都扛起了洋枪,都成了革命军的军人了。成了革命军的革命人,就光彩了,就不再披土匪强盗之类的灰皮了,就好像拥有了好名声,就好像成了大慈大悲的活菩萨、成了拯救百姓造福黎民的大救星。刚刚穿上军衣扛上洋枪,刚刚被戴上"革命"二字的高帽子,他们都很有些自豪,都认为以前的杀官济贫是邪门歪道,随了革命军才是走上了阳关道。虽说这帮绿林好汉人马不多,可也被编制成一个团,铁匠丁黑子被封为团长,大刀和二刀也被封成了营长。后来,就是日日行军,日日打仗。指挥叫行军,就行军;命令叫打仗,就打仗。指挥叫打谁,就打谁;命令朝哪里放枪,就朝哪里放枪。这一回在河南打,下一回去河北打;这一回去山东打,下一回去山西打。仗越打越多,来自豹子滩山寨的绿林军人,也越来越对革命军的本质产生怀疑。他们是明光闪闪的革命军,但每一回的枪口所向,对方也是某某革命军。革命军和革命军之间,为啥还要打仗,为啥还要枪枪炮炮干个你死我活哩?"革命"到底是个啥玩意儿,"革命"这玩意儿咋会弄得如此残酷无情又毫无道理呢?本是同根生,相煎何太急?革命军与革命军对垒,革命军与革命军开战,打的都是革命旗帜,念的都是同一本革命经,都指责对方是人民公敌,骂对方是反动派,都在号召人民去打倒对方。仗,越打越叫人迷糊,越打越叫人两眼昏花。到底谁是反革命?到底谁是反动派?到底谁是人民公敌?分不清,辨不明。好像都是反革命,好像都是反动派,好像都是人民的敌人。好像,又不全是。这样下来,来自豹子滩的革命军人,就守不住革命心了,开始怀念那些杀官济贫的绿林好汉日子了,开始怀念那个没有革命纲领、没有说教、没有相互欺骗的豹子滩山寨了。他们纷纷想家,他们都想回家。

带着对革命军与革命军之间莫名其妙打战争的疑惑,张大刀和张二刀专门去司令部讨教了吴桐庆。

别看吴司令慈眉善眼生了一脸的佛爷笑容,可他答出的话,字字句句都是血淋淋的。大刀和二刀兄弟俩,曾听玉石铺李家人说过,南阳吴镇守饱读诗书通经籍,爱艺术懂相术,根本就不像个干杀人搞战争的人。被编到他的军队,打了好多仗之后,兄弟俩倒发现,这吴司令是个很有杀人耐心很有打仗毅力的人,是个很有杀人经验很有打仗经验的人。

走出吴桐庆的司令部,见到黑丁子,大刀首先表达出无比的痛悔:

"看起来,咱们是走错路了。咱山寨当初为了救我,屈从了革命,屈从了革命军,结果呢,把咱们的前程给断送了。早知会落得这一下场,当初,还不如叫镇平城砍了我的头……"

二刀主要是愤恨难耐,他不等大刀说完,就急插言:

"杀人,抢天下,把天下当成肥肉啃,能叫革命?队伍开到哪儿,毁到哪儿,战争打到哪儿,灭到哪儿,这能叫革命军?强盗!革命是强盗!革命军是强盗!都是大强盗!"

大刀接过话说:"原本我还觉得,咱们这些草莽英雄,杀官济贫,终是不会落个好评说的,终是要把咱们评说成'毛贼''刀客''土匪''强盗'的。经过这些日子的南征北战八方杀戮,我才看明白,咱们不配称土匪称强盗。那些一队伍一队伍的革命军,这一颜色那一颜色的革命军,才配得上叫土匪强盗哩。"

二刀悄声说:"丁伯,咱们反水了吧,把咱们的队伍拉回豹子滩吧!再跟着他们乱打仗、乱杀人,再这样混下去,要毁祖宗名声啊!"

大刀说:"二刀的想法对。丁伯,咱明知是走了黑路,不能给强盗们当帮凶,当替死鬼呀!"

二刀说:"快些反了吧丁伯。反晚了,怕是来不及了,怕是不好办了。这些军队不只是手狠,还心窟窿眼儿稠,总拿着革命经教化人。咱可不能叫兄弟们都被他们弄迷糊了。"

其实,从离开豹子滩踏上被收编之路,铁匠丁的心一直很沉,眼前一直是黑蒙蒙一片。他一直觉得,他和他的绿林战友,是一块好钢被打到了刀背上,是一把好刀被卖给了刀斧手。到了革命军里,特别是经历过了看不见结尾的战争,他害怕了。一日甚一日的害怕。他认为,他是把他的绿林战友带进了杀人的屠场,也带进了被他人屠杀的刑场。他曾设想逃脱,也曾设想过拉众家兄弟重回豹子滩,但是……

铁匠丁黑子说:"事情难办哪娃们!"

大刀问:"有多大难处?"

二刀问:"有啥难? 朝他们屁股上踹一脚,咱扭头就走。"

铁匠丁黑子说:"娃们哪,咱们上了人家的贼船,能轻易下得去吗? 咱们入了人家的贼帮,能随便走得脱吗? 自打被收编,咱们的一举一动,都被革命军给监视起来了。好汉胳膊好汉腿叫革命给绳捆索绑了,想动作动作,不易了。"

大刀说:"咱得想想法子呀丁伯,咱们不能窝囊死呀丁伯!"

二刀说:"我就不信这革命绳索有多结实! 丁伯,快给个主心骨吧,咱们快快反了吧!"

瘫坐在椅子上的铁匠丁,又一次长叹一声。

"娃们哪,你们的丁伯,一遇上事就慌神哪,就拿不出个好决断呀! 在豹子滩时,凡山寨的事,都是你们的老妈给拿主意,给拿章程拿主见。你们的老妈有心胸、有谋划,聪明得厉害。自打咱们离开山寨,离开了大当家的,我的心空空的,没着没落的。不论干啥,总像是少了个依靠,长不了志气。现如今,要是你们的老妈在,我还能有个讨教,找个方向啊! 偏偏……"

黑子铁匠丁的话里,充满了自责,充满了对贺凤珍的无限敬仰和热爱,又流露着许多无奈和伤感。

这时候的贺凤珍,正奔走在鲁阳关的山山水水间,正奔走在寻找胡体安的崎岖小路上。

原来,贺凤珍是把鲁阳关这地方看小了,把捉胡体安的事情看简单了。光绪年间,她上朝廷为丈夫呼冤经过这里,因上京心切并没特别留意这里,只记得是官道旁的一座小城镇。小城镇里,有饭铺,有车马店,有酒馆,有过往行人,有游散的兵丁,跟涅阳没啥大差别。这次深入进来,才知道这里并不小,有翻不尽的崇山峻岭,有攀不完的层峦叠嶂。当年的胡体安勾结了这里的强盗抢了镇平城的贡品,后来又在这里移罪张长有,然后又潜在这里全心全意从匪。此案已过去了十多年,这里的人们很少有谁知道曾经的抢劫案,不知道这里曾经流窜来个胡体安。所以,要在这里搜寻出胡体安,真比大海捞针还要难。

不论多么难寻,不论多么累体力累心力,贺凤珍替夫报仇的意志,总是蓬蓬勃勃蒸蒸向上。她和刀花,上摩天岭,闯饿虎峡,钻过山林,下过煤窑,出入村寨,逢人就问,逢人就打听:

"听说没听说这一带有个胡体安?"

"光绪年间,这一带是不是来过一个叫胡体安的?"

"见没见过一个操宛西口音的人?"

"见没见过一个右腮帮上长疤的人?"

"过去,这鲁阳关有多少股刀客?"

"知道不知道鲁阳关的刀客里,哪一股跟镇平城的官府有勾连?"

…………

春去秋来,花开叶落,贺凤珍和刀花经历了这一年的雨雪风霜,又经历了下一年的春夏秋冬,付出一堆堆的汗水和辛酸,付出一堆堆的劳苦和煎熬,却毫无收获。

也许,胡体安随了外地的大盗了。

也许,胡体安从这里向外地流窜了。

也许,胡体安哪里都没去,仍在这里黑来黑去地作恶万端。

查!接着查!只要针在,即便真是在大海里,即便下尽一辈子的功夫,也要把它给捞出来。在鲁阳关查不出胡体安,就向鲁阳关以外的地方查。即便他胡体安钻到了螃蟹洞里,即便他胡体安钻到了万国会的茅房屎缸里,也要把他捉拿到断头台上。

有一天,贺凤珍突然发现刀花的眼角生出了鱼尾纹。此一突然发现,竟让她的心头涌满了酸水。

女儿的年岁,是大了。

为报仇,把女儿的春光给耽误了。

不能再把女儿耽误下去了。

这是一个万紫千红山花烂漫的日子。这一天的贺凤珍和刀花,刚刚爬上一座峰顶,刚刚喘着汗水和劳累要坐下歇息。就在这一刻,贺凤珍从日光的晃动里看见了女儿眼角的鱼尾纹。

"刀花,你该立马嫁人了。"

"刀花,你快快出山回涅阳吧。"

"刀花,你赶紧去跟李大阳完婚吧。"

刀花偎依在母亲的怀里,说:"不!"

刀花说:"我不出山回涅阳。逮不住胡体安,杀不尽陷害我爹的狗官,我是不会嫁人的。"

贺凤珍抚摸着刀花的眼角。

刀花的鱼尾纹,虽说很浅,可是很坚硬!贺凤珍禁不住流下了眼泪。这些鱼尾纹,好像不是长在刀花的眼角,而是深深地刻在贺凤珍的心头。而且,刻得酸酸的,刻得血淋淋的。

娃呀! 是妈害了你。

娃呀! 就为一个报仇雪恨,妈把你拖累成了这般模样。

娃呀,妈对不住你呀!

贺凤珍愧疚,贺凤珍伤感。

贺凤珍的泪,滴到了刀花的脸上。

刀花翻身坐起。

"妈,你咋哭了?"

"妈,女儿哪句话惹你不痛快了?"

"妈,你别哭呀!"

贺凤珍紧紧地抱住了刀花。

不能再拖累女儿了,不能再耽误女儿的春光了。

刀花刚才说的话,一字一句都是硬邦邦的,不愧是我的女儿呀,不愧在豹子滩摔打了十多年啊。贺凤珍不心酸不伤感了,贺凤珍的心头顿然间风和日丽了,顿然间刮遍了欣慰和愉快。

"娃呀,妈不是要断你的雄心大志,妈也不会有意要伤害你。你是妈的心肝,你是妈的宝贝,你是妈的依靠。妈当年带着你们兄妹仨走上豹子滩,就是要教你们学会报仇雪恨的。可是,妈现在要让你快快嫁人,快快跟玉石李家的大阳成婚。你应该知道,咱家不只是跟胡体安、周自清这些强盗狗官有千仇万恨,咱们还欠着玉石铺李家的情义债呀!你爹当年能随车上京,就是你们的李叔给保举的。咱家那时候穷得厉害,一家五张嘴,全靠你爹在口岸装船卸船,给咱家挣个半饥不饱的。也是你们李叔疼咱,想叫你爹趁上京这趟给咱家挣回个富足,他背着褡裢几去县衙,才给说通的。没想到的是,你爹平白无故地遭了陷害。为了搭救你爹,你们的李叔得罪了县知事周自清,他最后不只是赔去了那一车应该到手的'光绪通宝',还被县衙打入了监牢。"

说到这里,贺凤珍叹了一口气。稍稍停顿,她把刀花的手拉到自己怀里,轻轻地揉着。

"刀花呀,妈叫你去嫁大阳,一呢,算是对李家的报恩;二呢,李家也确实需要你去做媳妇。报恩还债的话,就不多说了,重要的是,你练就的一身武艺,对他们李家太有用处了。别看李家不富,可从他家进手出手的东西,都是比金子还贵重的东西呀!他们买进一块石头,说不值钱就是一文不值;说声值钱,就能买下个涅阳镇。他们做下的一件玉石货,说不值钱,连问价人都没有;说声值钱,就能漂洋过海去万国会赚洋人的钱。就因为这样,他们的进进出出,他们的举举动动,容易叫小偷、强盗盯上哩,容易遭小偷、强盗的算计哩!回想光绪年间那次被劫,就实实在在地说明了这一点。娃呀,只要你嫁过去,李家的这些凶险就不必担心害怕。大阳走蓝田、去独山买玉料,你随着;大阳去南阳,往别的地方卖玉石货,你随着。遇上小偷了,碰上强盗了,你的那把刀就能派上用场了。不外出,你就在家帮个下手。再就是,好好伺候伺候公婆,好好侍奉侍奉大阳。如是这样,即使你没亲手杀掉胡体安,没能亲手杀掉那些狗官,你那九泉下的爹也会满意的,也会高兴的。"

话,贺凤珍说得很在理。张长有被冤斩,留给家人的遗产,如今清算起来就是两笔:一是报仇;二是报恩。仇,不报不行。恩,不报也不行。知仇方知恩,懂恩方懂仇。人间的事,就是这么有意思。现在的情况是,能报仇的人,除了刀花,还有大刀二刀,还有贺凤珍。要报恩李家,最称职、最能胜任的,只能是刀花。

听母亲这么一解劝,刀花那坚硬得如钢似铁的心,渐渐软化,渐有春风春雨春色荡漾胸腑。

见女儿不再说倔强话,贺凤珍又说:"我知道我的闺女乖,是个听老妈话的孩娃。这样吧,咱们明儿一早就出鲁阳关,就回咱涅阳镇。咱们跟李家坐在一起吃顿饭,把你和大阳的婚事先定下来。随后呢,就择个日子,把你嫁过去。剩下呢,我暗暗到队伍上,把你大哥二哥偷偷叫回来,继续查找胡体安。如果事整大了,我会让你们的丁伯,带兵带火器杀回来帮衬的。往后,刀花你啥都不要多想,一心一意嫁大阳,一心一意在李家过日子。"

"妈叫女儿嫁大阳,女儿是没啥埋怨的。只是,捉拿到胡体安是不能不叫女儿去砍一刀的。"

贺凤珍说:"那是那是。"

回到涅阳镇,李家和张家喝了一场酒,就算把李大阳和张刀花的婚事给正式确定了,单等择吉日完成嫁娶了。

所谓订婚,其实是双方的老人坐一起说道说道,至于婚姻当事人之一的李大阳认同不认同,就另说了。订婚这一日,李大阳没在家。照习俗,给儿女们订婚,儿女们未必要到场,未必先去征求其意见。

订过婚,李张两家自然都要做些准备的。贺凤珍和刀花暂在葛条巷借一处房舍住下,置办嫁衣嫁妆。就在这段日子里,贺凤珍抽空到队伍上找到大刀、二刀和铁匠丁。

大刀说:"这革命军干不得,整年整月弄战争,弄杀人,惨无人性。"

二刀说:"血腥军!绑人军!还是小心眼儿。"

黑子铁匠丁说:"你不知道呀大当家的,到这革命军里看看,才彻底明白,还是咱山寨好呀!"

大刀说:"妈,俺们想反。再不反,跟着他们惹一身又一身的百姓血,百年后是没脸去那边见我爹的。"

二刀说:"妈,不反不行啊! 这些革命军,本就是群强盗,是群大强盗! 他们还偏偏把咱被收编过来的绿林好汉当成强盗防着,日日夜夜都叫人监视咱。"

黑子铁匠丁说:"自打从豹子滩下来,自打离开你大当家的,我丁黑子就没有一点儿依靠了。遇了事,连个主心骨都没有。这下可好,你来了,你快快给个指点吧。"

贺凤珍发现自己的人马落入了魔掌,受革命军胁迫当了炮灰,她悔恨当初不该为搭救大刀,把众位兄弟的前程给毁了。这些打着革命旗的革命军,不只是阴险、霸道,还可恶得难以容忍。让众位兄弟就这么随他们下去,简直丧尽天良,简直辱没祖宗。可从眼下的情势看,如果要拉大家重上豹子滩,条件还不成熟:一是大家心理上准备不足;二是对付各级监视者的经验缺乏;三是……

第三条原因,贺凤珍没有对黑子铁匠丁直讲。现在,仇人胡体安的踪迹还没查到,隐在胡体安背后的那些狗官,更是一无所知。大清换民国这么久了,大清时的强盗和官员好多好多都换了革命装,钻到民主共和里、钻到革命队伍里拿印把子去了。如果胡体安变脸成了某某革命军司令,如果当年参与制造张长有冤案的那些狗官也都变脸成了某某地的主政人,那就麻烦了,就得大动干戈了。要是大动干戈,被逼到战争里去,就不是三两把刀能搞定的,得有一支大队伍,还得有坚枪利炮,才能去捉拿胡体安之徒。而这支大队伍的基础,自然是豹子滩的原班人马了。所以,眼下不能盲目妄动。暂把绿林兄弟寄养在革命军里,发粗长长,等待需求,是上上策。

贺凤珍说:"这里终究不是养爷的地方,还是早做打算为好。不论这路军,还是那路军,都是从强盗堆里滚出来的,都不可靠。不过呢,现在还得利用他们。他们不是叫咱们团自己找兵员嘛,那咱就把握住机会,多抓败兵,多策反些过来。以前是不足一个营的兵,硬叫整成一个团。这往后呢,咱明叫一个团,咱暗中整成一个旅,整成一个师。单等机会到,咱就再举旗帜,轰轰隆隆大闹他个百年不煞尾。"

说过了这些,贺凤珍又对如何多搞火枪火炮,如何对付和摆脱监视,谈了自己的看法和设想。大刀、二刀和黑子铁匠丁的心头,顿然间舒坦多了。

大刀说:"妈,你这一说,我就懂得咋做了。"

二刀说:"妈,听了你的这一说,你娃子就知道,这下一刀该咋砍了。"

黑子铁匠丁说:"大当家的,听你这一说,我丁黑子就看明白章程了,就看清楚下一步棋的走法了。"

这是一次偷偷相会,时间不能长。

贺凤珍离开队伍驻地的时候,本是黄昏时分,但是,铁匠丁黑子和大刀、二刀,却从贺凤珍的背影里,却从黄昏的尽头,看到了希望的光芒。

黑子铁匠丁说:"看见了没有?你们的老妈英明得不得了啊!"

大刀说:"看见了。"

二刀说:"看见了。"

第二十章

"王锦子,你滚出来!"

一声断喝,地动山摇。

王锦子蒙了。

李大阳也蒙了。

来人要干啥?

"王锦子,你磨蹭个啥?"

"王锦子,你装啥死狗?"

"王锦子,还不快滚出门外!"

李大阳萎缩在黑暗里,尽力辨别着那一声声黑洞洞的喝叫。经辨别,他发现,这不像是个男人的声音。

这位入侵的女人,是谁呢?王锦子首先想到了吴非翠。

吴非翠这女人,在王锦子看来,好像跟李大阳很有情分。她在大阳面前总是自称小妹,总是表示些亲切行为,她还把她的玲珑阁白白送给了大阳。这些年,她和大阳多有机会在一起,是不是做过啥事?是不是也山盟海誓过终身事?如是这样,她绝对不会容忍我王锦子和李大阳入洞房的。她是啥人哪?镇守府的千金呀!是不可冒犯的呀!

这时候,李大阳也想到了吴非翠。不过他觉得,如果来人是吴非翠,其后果也许不会太恶劣。毕竟,吴非翠是个读书人,是个高雅人,不会把事情做得很野蛮的。毕竟,和吴非翠相处的这些年,都处得很和顺,很美满。有这些缘分基础,即便我李大阳犯了滔天大罪,也会在她吴非翠那里找来个宽大处理的。

"小妹,你听我给你解释。"李大阳一边穿衣,一边说。

黑洞洞里站着的那个人,一时没话。

"是这样小妹,你走的这几天里,锦子姐的干爹插手了这件事。"

来人仍然没话,也没再喝叫王锦子快滚。

"这件事,是办得荒唐。不过,小妹你不能埋怨锦子姐。"

潦潦草草穿了衣,李大阳又摸索着找火点蜡烛。吴非翠来了,必须尊重,必须有礼有节。自打认识吴非翠,李大阳一直是很高看她。

来人呼哧呼哧喘着粗气。李大阳听得出,呼哧呼哧的是愤怒,喘的是愤恨。是把吴非翠得罪很了,是惹得吴非翠容忍不下了。

"小妹,大阳兄向你请罪了。要打,便打。要骂,便骂。"听着粗粗的喘息,李大阳更多的感受,不是恐慌,而是愧疚。他一边颤抖着手点亮了烛火,一边说:"大阳兄向你跪下了,小妹! 你随意打,你随意骂。"

说到这里时,灯火轰地一下亮了。

点亮灯火,李大阳就紧紧迫迫朝来人跪下了。

"使不得,使不得! 别! 别别!"

来人的声音有点儿惊慌。显然,不怒了,不恨了。

"大阳,我的夫呀,为妻也给你跪下了。"来人说着,也扑通一声跪下了。俩人相向跪着,跪得很近,跪得头抵着头,跟新婚拜天地时的夫妻对拜一样。

"你!"就在这一刻,李大阳发现来人不是吴非翠。李大阳不再跪地了。他站起身,坐到了床上。

这时候,王锦子也穿好了衣服,偎在李大阳的身边。

"大阳啊,咱两家可是喝过订婚酒的呀!"来人没有起身,还在跪地。她没有了刚才的傲慢,说出的话充满了悲切。

"你! 你是张刀花?"王锦子一听来人对大阳说喝过订婚酒,立马就明白眼前的女人是谁了。她没见过张刀花,可有关张刀花的传说,她听到的倒不少。大阳爹妈要大阳娶张刀花为妻,她也知道。确定来人是张刀花,王锦子发火了。

王锦子:"你滚,你才死不要脸!"

张刀花:"你乱钻男人被窝,你不要脸!"

王锦子:"我王锦子是李大阳抬花轿娶来的,你算啥东西钻人家婚房?"

张刀花:"李大阳是我的男人,我不许你勾引。快滚!再不滚,我可不客气了。"

王锦子:"你滚!"

张刀花:"你滚!"

俩女人,手指对手指,冷眼对冷眼,都不甘示弱。

看这事弄的!看这事弄的!一个女人,是和自己山盟海誓过的。一个女人,是爹妈决定的婚配。这俩女人,在这个时候相遇,在这个时候争吵、互骂,实在让李大阳难以料理。

王锦子:"你张家是刀客窝,你张刀花是强盗土匪。"

张刀花:"你家勾结官匪,谋害过李家,杀害过绿林好汉。"

王锦子:"你张刀花根本配不上李大阳。"

张刀花:"你王锦子咋有脸嫁李大阳?"

王锦子:"你再不滚,我可要报官了。"

张刀花:"你再不滚,我可要出手了。"

就在李大阳无所适从的时候,俩女人可就撕扯上了。

"你们你们咋这样啊?"

"你们你们都放开手吧!"

"你们你们叫我咋办哪!"

李大阳急得直跺脚,急得直转圈子,急得直喊叫。

李大阳会吹糖人,会做玉石货,就是不会解决女人与女人之间的纠纷。

现在,李大阳只剩无奈。

看来,一个男人,要同时应酬两个女人的爱,是很不容易的。

不过,传说里的李大阳新婚之夜,远比这热闹有趣。

传说里的新婚之夜,是这么接续着发展下去的:

说是,吴非翠离开南阳,到另一个城市后,一直心神不宁,好像要有事情发生。当夜,她就做了一个噩梦。梦里,她的大阳兄正在一条山道上行走时,突然从林子里蹿出一只白虎向他扑去,他吓得大叫了一声,哇呀——然后夺路奔逃。他在前面拼命跑,白虎在后面紧紧追。跑着跑着,前面的林子里又跳出一只白虎。一只白虎在后追,一只白虎在前堵截。很快,两只白虎的血盆大口都逼近了他,他绝望地大喊:"小妹,快来救我呀!"此梦犯凶,定是大阳兄遭大难了。不行,天一亮,她就打点行装,雇辆马车直奔南阳。

到达南阳城,时辰早已入夜,吴非翠急急叫开玲珑阁,却找不见李大阳。询问铺内人,方知她的大阳兄和王锦子,去王府山下的王府客店进洞房成亲去了。

吴非翠不停歇地找到了李大阳的洞房。

洞房不大,仅放一床一桌一盏烛火,还有一男两女。男人,自然是李大阳。一个女人是王锦子,另一个女人是谁?一夜娶俩新娘,这李大阳真是不得了。初一看到大阳与两个女人同居一室,吴非翠的心头立马怨恨起来。你李大阳忘恩负义,你不该在我刚刚离开南阳,就一次性把两个女人拉上婚床。她还恨这俩女人。恨这俩女人,不该趁空子拉大阳走邪路。她还恨……但,再一细看,她发现这俩女人正厮打得不可开交,而大阳在一边忙于劝解。再细一想,原来是俩白虎为争吃大阳,发生了搏斗,李大阳却毫无损伤。甚好,只要大阳还没被吃掉,还是快快采取行动,快快抢走大阳。

两个女人就把李大阳惹得头疼万分了,而现在,他突然发现,小小的婚房里又来个吴非翠。天啊,这可咋办呀!

看到吴非翠闯进门来,李大阳的第一反应是暗暗叫苦。俩女人打架,都劝解不了,仨女人混战就更让他束手无策了。

"这可咋办哪!"李大阳不由自主地喊出了口。

不管你喊天,也不管你喊地,正在厮打中的俩女人,依旧在厮打,依旧在对骂。没工夫计较大阳的叫苦连天,也没工夫去发现另一个女人的到来。

"快跟我走!"吴非翠拉住了李大阳,"再不走,白虎就要吃了你。"

李大阳被吴非翠拖到了门外。

吴非翠也不理会李大阳的"天哪""咋办",她的唯一目的是迅速搭救她的大阳兄逃离虎口。吴非翠不愿参与到这俩女人的战争中,一个镇守府的千金小姐,一个留学过东洋的高贵人,怎会失着身份去跟她们论高低、争输赢哩?战争,叫她俩打下去吧!愚蠢的家伙就是打战争的家伙,野蛮的家伙就是发动战争的家伙。自己不愚蠢,自己不野蛮,跟她俩掺和个啥?

　　李大阳说:"不!"

　　李大阳说:"我没看见白虎。"

　　李大阳还有点儿犹豫,可他没能摆脱吴非翠的用力一拽。

　　很快,李大阳就被吴非翠拖进了黑洞洞的街道上,就被吴非翠拉走了。

　　洞房的男主角走了,余下的俩女人还在争斗。她们俩之间打斗,王锦子是绝对敌不过张刀花的。张刀花武功超群,她真想要王锦子的小命,简直易如反掌。不过,张刀花是不会随便这么做的。因此,她们俩之间的战争局限于撕撕扯扯小打小闹,基本就不咋残酷了。

　　"张刀花,放开我!"

　　"不放,我张刀花要调教调教你。"

　　"放开吧,大阳叫人劫走了。"

　　"你王锦子勾引我男人,还想再骗我?"

　　"哎哟——你、你、你要不相信,请回头一看。"

　　放开王锦子,张刀花回头一看,果然不见了李大阳。

　　张刀花赶紧问:"是啥人劫的,你看清了没有?"

　　王锦子回答:"好像不是土匪绑票,好像是皇宫娘娘抢亲。"

　　张刀花对着王锦子大叫:"还不快追!"

　　王锦子不紧不慢:"不急,叫我把灯笼点上。"

　　张刀花又对着王锦子大叫:"人都叫弄走了,咋还不急?"

　　王锦子仍不紧不慢:"这抢亲的皇宫娘娘,是吴非翠。她跑不了多远,大不了把大阳抢到她的玲珑阁。"

　　点上灯笼,俩人一起赶到玲珑阁,却没找到李大阳和吴非翠。

　　"不能扔下锦子和刀花不管。"

"你就忍心扔下小妹不管？"

"锦子和刀花正打架哩。"

"他们想怎么打就怎么打，她俩都是吃你的老虎。"

"张刀花练过武功，她把锦子打死咋办？"

"她们相互咬死才好哩。"

这时候的李大阳和吴非翠，已经钻到了王府山。

王府山，不是山，是座塔。

关于王府山还有一段传说。

说是明末时一皇子受封在南阳为王，这人贪婪女色，又霸道成性，其管区之内所有新婚女，都必须先跟他同房后再嫁丈夫。为了能及时发现民间婚嫁，能及时抢来新娘，他就在他王府的后花园建了一座假山，在高高的假山上建了一座塔，他日日登塔，发现迎娶队伍即派人把新娘抢到这假山下，他先饱艳福，为新郎"开婚"。正因此原因，南阳城在明清这几百年间，一度形成新婚夜娶的习俗。此一习俗，到民国初才渐渐废止。

王府和王府山的主人，早在四百多年前便寿终正寝了，他留下来的，只有这座塔和有关这座塔的传说。

现在，钻在王府山下的李大阳和吴非翠，没心思观赏王府山、谈说王府山的故事。李大阳主要的挂念是那俩女人。那俩女人正在干仗，万一谁伤了谁，谁要了谁的命，都是补不住的大疤瘌。吴非翠这时候想要说的话比较复杂，一是想埋怨李大阳，埋怨他不该趁她离开南阳，突击娶妻；二是说说她离开南阳后，对他的难舍难分无比依恋；三是说说她做的那个噩梦，劝说他要躲开那两只母老虎；四是……

"刀花，咱们去王府山下看看。"

"那里不是客房，没床没被褥，他们咋能往哪儿钻？"

现在，王锦子和张刀花已从玲珑阁走了出来。玲珑阁里没有李大阳和吴非翠，她俩还守在那里干啥？她俩怀疑，兴许，李大阳和吴非翠并没走出王府山；兴许，李大阳被吴非翠拉到王府山客店的另一间客房了。万一，吴非翠趁混乱把李大阳拉到另一张床上，三下五除二把事情做了，那可就乱了大纲了。

必须抓紧寻找，万万不可轻慢。

现在，王锦子和张刀花已经志同道合团结一致了，结成了联盟要共同对付吴非翠。王锦子打着灯笼急急前行，张刀花攥着双拳紧紧随后。

"刀花，我觉得他俩这时候会钻在这里。"

"何以见得？"

"听说，王府山是专为抢亲修的。抢婚人钻到这儿做事吉利。"

"嗯，有道理。"

王府山石塔一共六层，沿塔内的环绕石阶上到最高处，北能看到独山的丛林密茂，南能看到白河水的漫漫奔泻，西能望见镇平城内的魁星楼，东能望见方城县的古堡。南阳一带的人们，曾有一种说法，说：邓州有座塔，离天一丈八；南阳有座王府山，紧紧巴巴挨住天；赊店有座春秋楼，半截儿还在天里头。这些说法，虽然夸张，属于闲人酒后茶余的逗乐、瞎吹，但也说明了这些建筑物在人们心目中的高度。

且不管王府山有多高，且不管王府山挨住天没挨住天，现在的主要问题是，新郎官李大阳已被吴非翠拉到了这里，另有俩女人也在匆匆忙忙地往这里赶。虽说，这座山下的宫殿不算小，虽说当年的王爷在这里与抢来的新娘子作欢，但这里绝不是摆战场的地方。

李大阳说："你不能仇恨锦子姐。"

吴非翠说："我为什么不能仇恨王锦子？"

李大阳说："你也不要仇恨张刀花。"

吴非翠说："我为什么不能仇恨张刀花？"

李大阳说："千错万错都是我的错。"

吴非翠说："你不能维护她俩。她俩是吃你的老虎。"

李大阳说："不能这样说呀小妹！"

吴非翠说："她俩就是老虎。王锦子是老虎，张刀花是老虎。"

李大阳说："她俩怎会是老虎呀小妹！"

吴非翠说："就是老虎，就是老虎。王锦子就是老虎，张刀花就是老虎。"

"你说谁是老虎?""你敢骂我是老虎?"就在吴非翠坚定不移地指控王锦子和张刀花是老虎的时候,随着一盏灯笼的到来,王锦子和张刀花轰隆一下出现在李大阳和吴非翠的面前。

吴非翠没被来势吓倒,她英姿飒爽地挺胸一站,说:"我说你们俩是老虎,我说你们俩是抢吃大阳的老虎。"

吴非翠是何种人物呀,吴非翠是镇守的女儿呀!高贵得厉害呀,厉害得不得了呀!吴非翠怎会把丝绸商的女儿和山匪的女儿,放在眼里呢?

但是,这时候的王锦子和张刀花,并不因自己的身份而怯懦在吴非翠的面前。

张刀花说:"锦子,你把灯笼放下。"

张刀花说:"咱把吴非翠扔到白河喂鱼虾吧!"

张刀花说:"吴非翠,就算俺们是老虎,俺们吃你还嫌腥哩!"

张刀花说:"锦子,出手。"

随着张刀花的一声令下,三个女人之间的战争全面爆发了。这场爆发在王府山下的战争,大约从午夜开始,一直打到东方既白才罢休。

后来,涅阳一带流传着这样一首童谣:

李大阳　命真强

跑到南阳娶新娘

一娶　跑来仨

争着上婚床

王福山下排开战

一打到天亮

关于吴非翠也染进李大阳的新婚纠纷这一传说,作家洪哥先生认为不太真实。他以文学艺术的眼光,打量过吴非翠,打量过这一事件。他认为,按照吴非翠的人物性格推理,按照时间的可能性推理,吴非翠是不可能赶来凑热闹的,也没工夫赶来凑热闹。他认为,三个女人争大阳,三个女人大战王府山的故事,经过了民间的再编排、再制作。

真正的情况是这样的:李大阳带着章珞去南阳的那天,贺凤珍带着张刀花恰恰赶到了玉石铺李家,两家人坐在一起商量大阳和刀花的婚事。多天过去,重阳返家报告了大阳和王锦子要在南阳成亲的消息,李洪方和冯氏急了。他俩经和贺凤珍商议,决定让张刀花立即奔赴南阳看个究竟。结果,就发生了张刀花大闹洞房的事儿。

第二十一章

　　章玲回到上海，一下子就给玉石铺李家汇来一万大洋。

　　一万大洋可不是个小数目，李洪方对老婆冯氏说："我看这蛮子不算很坏。"

　　李洪方夫妇原本对章玲的看法很好，自从得知章玲在南阳操办了王锦子嫁大阳的婚事之后，就开始对章玲深恶痛绝了。他俩愤愤地想：你章玲来涅阳，做的是生意，贩卖的是玉石货，你咋连俺的家事也给包办了？不懂规矩！野蛮！俺儿子的婚事，当由当爹妈的包办，咋能容得你这个下江蛮子来包办？你这下整得可好，一下子给弄来仨媳妇，叫俺们咋办？现在的革命政府，现在的民主共和，整天反对一夫多妻，你这不是明明白白要逼俺们犯王法吗？这不是明明白白要给俺们添灾祸吗？三个女人都进过了新婚洞房，三个女人都被民间习俗认同为新娘子了，都合理了，你说，该开除谁哩？你说，该撵走谁哩？谁都开除不了，谁都撵不走，俺还有哪条道可走哩？好在是，革命政府和民主共和经常说话不算话，并不把自己的宣传当真，并不将自己提出的主张和口号认真实施，所以李大阳的一男多女婚姻并未遭到官方的追究。再就是，那个叫吴非翠的女人，也没真掺和到家庭里来，闹腾一场仍随爹去了外地。李洪方夫妇对章玲的愤意，维持得比较短暂。既然生

— 199 —

米做成了熟饭,那就顺口吃吧。反正,玉石匠家总是缺人手,多几个女人都能派上用场的。

现在,一万大洋汇过来了,且不管章玲这下江蛮子是坏还是不坏,是很坏还是很不坏,立下的契约是务必得兑现的。

冯氏说:"这一堆银圆给咱,可不是叫咱玩的,咱一定得把这事做好。"

李洪方说:"谁说不是?拿了人家这么多钱,就得给人家出这么多的货。"

冯氏说:"这么大的一摊子事,单靠你自己咋能拿得下?往后可得把大阳看严点儿,别叫他有事没事总往南阳跑。"

李洪方说:"那是那是,这样大的一宗货,可不是咱一家能了结的。咱得找一帮子玉石匠,跟咱合伙儿干。咱得出去买料,咱得给画样,麻烦大着哩!我说,你抽空儿,那个那个把大阳给指教指教,叫他收收心,叫他那个那个待刀花也好一点儿。"

冯氏说:"你看你看,你咋把这事又推过来了?"

李洪方说:"不是推给你,这样的事,还是当妈的说好些。"

冯氏说:"其实,大阳最听你的。你那烟袋锅哪哪一敲,他就害怕。"

本是商量给章玲做货的事,说着说着,又说到了大阳。

大阳的事,的确让李洪方夫妇头疼。

王锦子嫁李大阳之后,从没回过涅阳镇,从没拜见过公婆,一直住在南阳的玲珑阁里。王锦子的亲爹亲妈,都没脸面回涅阳镇,她王锦子还有啥脸面回来?没脸面回来,就不回来。好的是,南阳的玲珑阁交给李大阳经营了,她王锦子就成了玲珑阁的掌柜婆了,有了稳定的安身地。回不回涅阳镇,早回涅阳镇或晚回涅阳镇,并不是件紧迫的事情,每日里指派着小叔子重阳和店员们做事,她的心情很好。最最重要的是,每隔十天半个月,大阳就要赶来恩爱一次。没恩爱上几次,她就为玉石铺李家怀上了下一代。

王锦子熬出了体面,熬出了舒坦,张刀花却钻进了窝囊里。当年,张刀花在豹子滩以长得漂亮和武艺高强而令众家好汉叹服和尊敬。当年,张刀花在三打镇平城的征战中以出刀快、敢杀敢拼,让官兵吃惊和害怕。张刀花是女中豪杰呀,能叫成群成群的人头落地,能叫成片成片的血浆迸溅,她怎能屈从在玉石铺李家活窝囊哩？照她的脾气性格，照她的身手，她应该活得比王锦子还要随心所欲，还要充实和愉快。但是，她的日子过得偏偏不是这样。自从进了李家门，自从做了大阳的老婆，大阳从没正眼看过她，从没和颜悦色跟她说过一句话。夜里睡觉，要么不同床，要么同床不钻一个被窝，要么同钻一个被窝也不挨她的身。这咋能算是夫妻？这简直是一对冤家，这简直是互不相识的陌路相逢人。她暗暗流泪，暗暗伤心自己命苦，从没流露过抱怨之词，从没表示过不满情绪。她从早到晚，细着心侍奉公婆，尽着意伺候大阳。为了能在李家熬下去，她啥都能接受，一切不计较。

李大阳如此对待刀花，很不公平，很让他的老爹老妈生气生怒。老爹老妈都是过来人，啥事看不明白，啥事不是心明如镜？不过，啥都看得明白，啥都心明如镜，就是说不出口。有话说不出口，气也是干气，怒也是干怒。大不了，老两口夜里睡不着觉了，相对着牢骚牢骚儿子不成器，相对着骂几句王锦子是小妖精，再疼怜几句刀花，别无他法。

现在，上海的预付款已汇来，事情就大了，全家人务必得齐心合力抱膀子干了。要想齐心合力，要想个个不背包袱，该透说的话一定要透说，该破解的事一定要破解，房檐不是避雨处，遮遮掩掩挡不了风。

一日，李洪方和李大阳都外出了，冯氏把刀花拉到自己身边坐下。

"刀花呀，咱两家是相好才结的亲啊，是相帮相衬才联的姻啊，不容易呀！这中间的事事故故，你早就知道了，我就不多嘴多舌了。这时候呢，妈想给你说道说道大阳。"

这一天，玉石铺李家的后院很清静，很适合婆媳俩唠唠叨叨诉说衷情。

"大阳这娃，一生下来就怪，怪得不得了。好多时候，他想的啥，你咋猜也猜不到；好多好多时候，他做的事，你咋想也不明白他为啥要那样做。打他小时候到如今，我是没少吵他，他也没少挨我的巴掌。你的公爹呢，也没少拿烟袋锅敲他，没少哪哪着烟袋锅训他个天昏地暗。可是，他到底都没个正形。你说说，你说说，这娃呀！"

"刀花呀，大阳这娃，看着古怪，可他的心肠好。别看他长日里对你不多言多语，可他，会在心里装着你。他的这一点儿，跟你公爹年轻时一样，嘴笨。那些年，跟我在一块儿，他总是'那个那个'的囫囵不了一句挠心挠痒的话,总是痴痴木木地不往我身边靠一靠。可我知道,他总是体贴着我的,总是疼惜着我的。"

"刀花呀,呱呱叫的是老鸹,油嘴滑舌的是骗子,柿子甜不甜,看的不是皮子红。大阳待你是凉些,叫人看着不顺眼。大阳心好,他是表面上凉,心里热你。只要他心里热着你,别的,就别当回事了。咱们做女人的,过的是个日子,图的是个安生,只要身边有个男人靠着,就踏实多了。"

刀花没说话。这么说着时,还一如旧往的把刀花拉到自己的怀里,并一如旧往的亲昵着。

"话再说回来,刀花呀,你也别太苦自己,也别太委屈自己。要是大阳做事出规矩了,太伤你了,你想咋治他就咋治他。你是练过武的,你要是想收拾收拾他,还不跟踢鸡毛毽子一样?刀花呀,你是俺李家名正言顺的儿媳。我说,你指教大阳,是正理哩!"

一直是冯氏说,一直是刀花听。冯氏说过了一段话,总要停一下,想听听刀花的回应,想看看刀花的反应。但是,说了一板又一板,停了一次又一次,她没听见一句回应,也没看见一个反应。

"刀花,你倒是说句话呀!"

"你叫我说句啥呀妈?"

咋能没话说哩?明明是刀花在大阳面前受了委屈,明明常发现刀花偷偷落泪,现在,婆婆给刀花撑腰杆子,她倒说她没话说,啥意思?

不行,得叫刀花痛快说出来。

"刀花,大阳太对不住你。"

"……"

"大阳太不亲热你。"

"……"

"大阳待王锦子太好。"

"……"

"你就不气大阳?"

"……"

"你就不恨大阳?"

"……"

"气了你就骂。"

"……"

"恨了你就吵。"

"……"

"你这人,你这人,你看你这人!"

"……"

还是听不到刀花吭一声,冯氏急了,猛推刀花一把,说:

"你算是窝囊透了,你算是窝囊极了!你要是这样窝囊下去,你张刀花一辈子都抬不起头。自己的男人,该管时就得管。你管不住,就叫别的女人给拉扯走了。我说,你别窝囊。我说,你得声张声张,你得刚强刚强。"

啪!啪!刀花连连滚响了两颗泪珠子。

"我不气大阳,更不恨大阳。大阳是我男人,不管他咋对待我,我都不能生怨言。我是女人,女人在家从父母,出嫁从丈夫,这是女人的本分。我如今嫁到了李家,嫁给了大阳,李家所做的,大阳所说的,我都不能说个不对,我都不能不听从。还有一点更重要,就是当初让我跟大阳成婚配时,我妈就明告我,说让我来李家是报恩的,说俺们张家欠你们李家太多了。想想我妈的苦难,想想我妈的艰险,我算是掉到福窝里了,我还有啥不知足哩?"

刀花这么一说,冯氏反而心酸了。

轰隆!冯氏两眼泪水。

"刀花,你真是我的好儿媳呀!"

当天夜里,冯氏对着男人李洪方,把刀花夸赞了一番。夸赞罢,又说:"大阳的事,我就不再管了,该咋指教,该咋磕你的烟袋锅,就由你去办了。反正,我能保稳刀花不胡闹。"

李洪方从床上披衣坐起,点了一锅烟,吧嗒吧嗒!黄黄的麻油灯光里,吧嗒过一阵烟雾后,才开口说话:

"不指教,不指教。不指教他。"

"不指教咋中?南阳那女人天天勾引着他哩!"

"勾引她勾引,我有法子对付。"

"你有啥法子?"

李洪方磕磕烟袋锅,吹灭了灯,说:"睡吧。"

第二日晨起,李洪方站在院子里,咳了几声痰响后,喊:"大阳,你今儿去趟大仵营,去跟那个那个仵永志、仵家秀商谈商谈,把上海玉石活儿的事,给定下来。"

第三日晨起,李洪方又站在院子里,又咳了几声痰,喊:"大阳,小仵营的仵天明、仵天宝,还有仵大清、仵清月,都是做玉石的高手,你今儿,去把他们也拉到咱家的这宗活儿里。"

第四日晨起,李洪方又站在院子里,又咳几声痰,再喊⋯⋯

李洪方对付儿子大阳的法子,很简单。不再跟大阳发脾气,不再怒冲冲地磕烟袋锅,只是每日晨起都给大阳交代活儿干。不是让他在家做玉,而是把所有跑外的事都一件一件派给他。让他日日早出晚归,让他日日跑来跑去。如此这般,就把与上海万宝路公司合作的重担,不言不语地压到了他的肩头。只要把这一重担压到他的肩头,他就闲不下心惦记王锦子吴非翠了,他就闲不下工夫,去南阳找王锦子,或去外地寻吴非翠了。

其实,李大阳也乐意往外跑。在外跑着,能少听老妈的唠叨,少听老爹的敲烟袋锅声,更能少看张刀花在他面前晃。虽说,那次她去南阳大闹洞房,是老爹老妈给指派去的,但他始终都把这一怒恨记到张刀花的头上。原本就跟张刀花没啥情意,原本他的心头只藏着王锦子和吴非翠,再经过这一次折腾,就更对张刀花没啥好感了。虽说,张刀花被父母确认为儿媳妇,可是,他整天想的是王锦子和吴非翠,夜里梦到的是王锦子吴非翠。正因为想的梦的都是王锦子吴非翠,张刀花在他的思想里自然就成了最多余的人。再想想,要不是你张刀花插了这一腿,兴许老爹老妈早把王锦子承认下了。想想再想想,她张刀花不只是多余,而且还十分讨厌。他一讨厌起张刀花,就不愿近张刀花一步,就不愿跟张刀花多说一句话,更不愿与张刀花同床共枕共享恩爱了。

总的说,李大阳对于爹每日清晨的指派,还是能够接受的,并且接受得很愉快。再过几日,他不等老爹喊叫,就勤着步上路了。跟玉工们谈生意,断不了会喝醉的。喝醉之后,就躺在他人家里睡。晚不归,睡他人家里,他会觉得舒坦。不回家,不见刀花心不烦。不跟刀花同床,睡起来不会生别扭。

跟各家玉石匠谈妥契约,下面就该置买石料了。

去外地置买石料,自然也得由李大阳亲自奔走。

"爹,我明天就去买料子吧?"李大阳问老爹。

"去哪儿买?"李洪方反问李大阳。

为了置买石料,这一日,老爹李洪方和儿子李大阳,又坐在了一起。父子俩,一人噙一杆旱烟袋,边吸边说话。

儿子:"独山石硬,色鲜,色样多。比起缅玉,不差啥。我想,咱第一回跟上海共事,当首选独山玉。爹,我打算先去趟独山。"

老爹:"多用独山料,是好,可,它那个那个价贵,差不多快赶上和田石了。我说,你还是先去蓝田吧。蓝田料类宽,想买啥料就能买到啥料。"

儿子:"我是想,独山近,赶紧买回来些,先开工。"

老爹:"到底,不去蓝田是不行的。给人家上海做恁多货,只用一种料子,能行? 能中?"

儿子:"蓝田是得去。我是想,去过独山后,回头再去蓝田。"

老爹:"那太误工夫。你去蓝田吧,去那个那个独山的事,我去。反正,咱这儿,与独山路程近,我跑得了。"

老爹说得在理。

古来,涅阳玉石匠买石料,走的是两条路:一是东去南阳独山;二是西去陕西蓝田。南阳独山不远,抄近路,离涅阳不过百里。去陕西蓝田,就非同一般了。跋山涉水好几百里,路上虎狼出没,人烟稀少。特别是那座叫作十八盘的秦岭高处,积雪终年不化。十八道绕来绕去的盘山路上,截路抢劫的刀客比虎狼出现的机会多。去南阳独山,路程近,路好走,极少碰上虎狼刀客,只是南阳的独山玉石街能买到的只有独山石。去陕西蓝田,路程远,路途艰险,却能在蓝田买到好多种玉石料,缅甸翡翠、和田石、岫山石、绿松石……这的那的玉石料,大都能买得到。由此玉石匠们都说,去独山,买个单;去蓝田,买一串。

儿子:"那我就先去蓝田,回来后再去独山。爹,这样远路的事,咋能叫你跑腿呢!"

老爹:"不碍事,独山的事,你不要操心了。"

老爹之所以要挺身前往南阳独山,不完全是要替儿子分担重任。这内中,还是另有些意思的。

从独山街往南走,就到了南阳城。进了南阳城,拐不过几道街巷,就到了玲珑阁。玲珑阁里有个王锦子。事情到了这一地步,更容不得儿子分心,更容不得王锦子拖儿子的后腿。

老爹和儿子,经过这么一商定,各自马上行动,各自马上打点出行的所用物品。

老爹的准备是:一、去葛条巷买黄草鞋四双,以备来回途中更换;二、老兰花烟丝一袋,以备旅途所需;三、褡裢一条,用于装钱、干粮和其他零散东西。

儿子的准备是:一、去葛条巷买黄麻鞋四双;二、烤老兰花烟丝半斤;三、褡裢一条断不可缺。

去南阳独山多走平路,老爹就穿草鞋。草鞋,是龙须草编织的,便宜。往陕西蓝田,走的多是石头路,硌脚,鞋底经不得磨,儿子不得不选用黄麻鞋。黄麻鞋,是黄麻绳编织的,耐穿些,花钱多。

家人们也开始忙了。羞玉抱柴,沉玉烧灶锅。刀花勒上围裙揉面,冯氏站在锅灶旁烙油璇。

油璇馍,跟蒸出的发酵馍不一样,是用油、用盐揉成一璇一璇的饼。这种饼,俗称死面馍,踏实,装进褡裢,占地方小,能多带;吃进肚子里,比发酵馍挡饥。古来的行路人,都把这种油璇馍当作途中的干粮。

干粮备足了,老爹李洪方、儿子李大阳就要分头上路了。

临出行的前夜,李大阳要早睡,要储备精力和体力。刀花说:

"当家的,我给你洗洗脚吧?"

"……"

"洗洗脚轻,明天好走路。"

"……"

"水都端来了,热着洗吧?"

"……"

李大阳一上床,就用被子蒙住了头。他不理会张刀花对他的伺候,他不理会张刀花对他的体贴。

呼噜呼噜……

李大阳也不给张刀花个回敬,一心一意地酣睡。

"当家的,我在你褡裢里装了件短衫。跑热了,跑出汗了,你换穿换穿。"

呼噜呼噜……

"当家的,我在你褡裢里装了把短刀。碰上截路的,你手上有个家伙,能给你壮壮胆。"

呼噜呼噜……

丈夫就要远行了,这一夜,张刀花一直坐在李大阳的身边,油灯点到了天亮。她,一直看着李大阳呼噜呼噜,一直听着李大阳的呼噜呼噜。她从来没有这样依恋过丈夫,仿佛,丈夫的这次远行是一次永久的远行,是一次不可能走回来的远行。愈是临近黎明,她的心头愈是慌乱。往常,她总是嫌夜长,而这一夜她总是害怕夜短。很快,鸡子就叫了;很快,鸡子又叫二遍三遍了。声声鸡子叫,如蘸了水的马鞭子,一鞭一鞭抽打着她。抽打得她鼻头一酸一酸的,一直酸到她的眼窝。

天露白了,老妈在外喊叫:"大阳,起来吃饭吧。"

老妈一喊叫,李大阳那很认真的鼾声就停了。

吃过饭,老爹李洪方和儿子李大阳就分头上路了。一个向东走,要出东寨门;一个向西走,要出西寨门。

到了这个时候,张刀花仍然没听到李大阳对她说上一句话。看着丈夫的背影,她终于没控制住自己,紧紧急急地赶到他面前。

"当家的,叫我跟上你去吧?"

李大阳凉凉地瞟了张刀花一眼。

"听说,秦岭的十八盘凶事多呀!"

李大阳一摆手,接着行步。

"大阳,我的夫呀——"

轰隆！轰隆！张刀花的两眼泪,在这一刻奔流而出。

"大阳,我的夫呀——"

第二十二章

跑遍了鲁阳关的山山水水村村落落,寻遍了鲁阳关周边的乡乡野野城城寨寨,贺凤珍熬去了不少日月,也熬去了不少心血和汗水,到底,连胡体安一点一滴的消息都没有打捞到。

胡体安钻到哪儿去了? 胡体安到底还在不在尘世?

胡体安当过衙役头儿,定然是勾结县官老爷,整出过不少屈死鬼。屈死鬼们定然不会饶恕他,定然会索他的命。胡体安明干官府,又和县知事周自清暗勾强盗,干伤天害理的事,定然会遭人报复,定然要被老天爷阎王爷记着的。说不定,胡体安早被牛头马面给拉走了。如是这样,能从哪里再逮住个胡体安呢? 如果逮不住胡体安,想追查当年制造冤案的那些官们可就无计可施了。追查不出那些制造冤案的官老爷,贺凤珍打磨多年的快刀利剑定然是派不上用场了。

贺凤珍的脚步疲软了,她来到丈夫张长有的坟前,流出了长长的辛酸泪。

"长有啊,我怕是捉拿不到胡体安了。"

"长有啊,我是打错算盘了,荒废日子了。"

"长有啊,为妻对不住你了。"

世上的事,有时候非常蹊跷,蹊跷得让人不敢信。

"敢问长官尊姓大名?"

"鄙人不贵,姓胡,名体安。"

出人意料的是,就在贺凤珍的复仇意志即将崩溃时,竟在距离涅阳镇十来里的地方,碰上了胡体安。

行走万里找不见,原来仇人在身边。

这一日,贺凤珍从外地回来,路经镇平城北的菩提寺时,不由自主地走了进去。

自打男人张长有含冤被斩之后,贺凤珍不只恨官,也怨恨天地诸神。她认为,天地诸神也是势利眼,只会巴结当官的。眼睁睁地看着自上而下的官们都在欺压良善,都在制造冤屈,天地诸神非但不明断是非,反倒助凶助恶,实在叫人失望,实在不该叫人尊崇。只是这几年,她带着刀花奔走江湖,浪迹天涯,风餐露宿,神庙能给她提供遮风挡寒之便,寺院能给她提供素食。由此,她慢慢对道庙寺院又有了好感,慢慢学会了祈神拜佛烧香磕头。

在寺院一听到"姓胡名体安"几个字,轰隆!贺凤珍的双目睁圆了。

"请问长官来寒寺,有何指教?"问话的是菩提寺方丈觉惠和尚。

"不敢指教。"回话的是个戴大盖帽的军人。

"胡体安!"贺凤珍大喝一声,挺身扑到了觉惠和胡体安中间。

这声大喝,如天崩,如地裂,雷雷霆霆霹霹雳雳。

这声大喝,充满千仇万恨,充满被压迫后的爆发,火火光光愤愤怒怒。

贺凤珍眨眼间就要拔出短刀,就要开始复仇。

"你要干啥?"胡体安的眼皮眨了一下。

"我……"贺凤珍话未说完,身边的几条大汉已把枪口对准了她。

"你不会是行刺的吧?"

"我……我是看着你怪面熟。"

一看几只枪口黑洞洞地瞪着自己,贺凤珍拔刀的手停住了。本是要恶恶地说一句"我要找你算账",只说了一个"我"字,就改口了。这倒不是她害怕那几条大汉,害怕那几只黑洞洞的枪口。她不怕死,不怕乱枪穿胸。只是替夫报仇的事还没做，死了，咋有脸去阴间见长有？不行，不能死！绝对不能死！该要滑时就要耍滑，不能拼命。留着短刀在，不怕宰不了狼。

"这就奇了，你怎能跟我面熟呢？"胡体安朝那几条大汉一挥手，让大汉们收回了枪，然后用怀疑的目光打量着贺凤珍。

"我看着，你好像是俺娘家表姑大公子的二妻弟。"看胡体安不怎么凶，贺凤珍也就坦然了。

胡体安问："你娘家住哪里？你表姑家住哪里？你表姑大公子的二妻弟又住哪里？"

贺凤珍答："镇平有座杏花山，我的娘家住山北，我的婆家住山南，表姑嫁到了山西，表姑的大公子娶个妻房是山东人。"

胡体安说："扯淡！编啥曲子唱？"

贺凤珍说："不编曲子唱，你是不是山东人氏？"

胡体安说："我是山东人，是太行山东边的那个山东，不是镇平杏花山的那个山东。"

贺凤珍说："咋样，你是山东人吧？是山东人，就是俺娘家表姑大公子的二妻弟。"

胡体安大怒："你他妈的，还不快快给我滚出山门！"

贺凤珍说："俺不滚，俺找你胡体安好多年了，你还欠俺娘家两瓢麦麸子没还哩。"

胡体安大吼："快把这疯子打出山门！"

几条大汉立马扭住了贺凤珍。

贺凤珍一边挣扎，一边大叫："胡体安，快还俺娘家的两瓢麦麸子！"

为了糊弄胡体安，为了麻痹胡体安，贺凤珍装得疯疯傻傻的。这样一来，那几条大汉真就把贺凤珍当成了疯子傻子，打打骂骂地拖上贺凤珍往外走。

"阿弥陀佛！"

看这群当兵的打打骂骂地拖住了贺凤珍，站在一旁的觉惠和尚平静不下去了，他合十念了句"阿弥陀佛"。

觉惠说："长官息怒。这位女施主，亦为我寺常来香客，贫僧在这里代

—— 211 ——

为求情,请放她自己下山吧。"

胡体安说:"大胆泼妇,有意当众羞辱我。如不是在佛门净地,早就开枪毙了她。既然大师慈悲为怀,那就权且宽容了她吧。"

觉惠朝胡体安施了一礼。

胡体安还礼毕,即命令大汉们放开贺凤珍。

看胡体安的服装,应该是位少将师长。民国的军官,是靠杀人晋级的。能杀多少人,就能当多大官。杀人越多,官职越大。也就是说,少将师长胡体安,必定是个杀人老手,想在镇平地界杀个乡民农妇,真比捏死一只臭虫还轻便。

为啥胡体安这一日,不对贺凤珍动杀刀?

这,大约与少将师长胡体安这一日的心情有关。

这一日,胡体安登临菩提寺,不单单是要焚香拜佛,而且还有要事向觉惠讨教。

杏花山菩提山,在整个大中原都久负盛名。据说唐朝初期,一位叫朱智勤的高僧云游至此,忽闻清香扑鼻,忽觉仙气袭身。放眼,能近观百多里外的丹霞寺,能远望千里外的五台山。顿觉这里非同一般,于是立马盘坐诵经,潜心修炼。随后,依山造三进大院,廊房三百多间,容僧侣数百,供八方香客祀奉佛祖。从此,这座千年古刹经年香火不息,信徒来来往往。这里,因地灵而佛灵;这里,因佛灵而寺灵。这里因地灵、佛灵、寺灵,招引了湖北、安徽、陕西几省的善男信女前来顶礼膜拜。当代住持觉惠和尚,通经籍,博史书,料事如神,曾为好多失落之人指点迷津,也曾为好多得意之人指点锦绣。名地添名人,圣寺加圣僧,这里的名气更名,这里的神圣更圣。

觉惠说:"长官,如无禁忌,请到茶房叙话。"

胡体安说:"那好那好,感谢大师赐座。"

这一日,胡体安特地赶来菩提寺,是有大事要问。现在的中华民国山头林立,多派各家各有革命旗帜、各有革命理论,又互争互斗相互征杀。他看不清哪只虎哪只狼,能吞吃一切,看不透哪一山头哪一派系日后能赢天下做霸主。看不清看不透,走错了路,随错了帮,将来肯定下场悲惨。怎么办?参谋长献策:去菩提寺,找觉惠大师!参谋长是他的心腹,其进言焉能不纳。

— 212 —

觉惠说:"请!"

胡体安说:"请!"

胡体安刚才能听取劝告,及时放开贺凤珍,让觉惠对胡体安留下了不错的印象,于是觉惠便邀胡体安到茶房细论古今。

时至浓秋,寺院内的两株千年九枝桂正盛放着金灿灿的桂花香。两人依窗而坐,品着桂花茶的芬芳,欣赏着桂花的点点飘零。

"贫僧终年身居寒寺,足不出户,专事佛祖,不问尘世,断不知外面的风风雨雨是是非非,加之本人学识浅陋,多年疏于读书,断不能如当年的诸葛孔明,论出个成败,论出个三分天下。再说,如今的世界,已不是汉末的那个时代了。现代的世界,有洋枪洋炮,有洋人书、洋人理论。虽说现在的中华,正重复汉末那种盗贼蜂起诸侯争雄的局面,可有所不同的是,现在的诸侯们,都没有自己的思想,都没有自己的主见。最终,他们都是失败者。真正的赢家是洋人,洋人借中华的疆土,借中国人的互相残杀,为他们的利益打了一场又一场战争。而这一场又一场的战争,对于中华历史来说,是极不光荣的,甚至是耻辱的。因此,所有参与这些战争的王侯,定然走不出孙仲谋、刘玄德、曹孟德这样的大人物。"

胡体安要急于知道的,是他和他那支队伍的前途和命运。他具体问的是:自己的队伍,打出什么"主义"的旗帜,投靠到哪一支革命军里,日后才平安,日后才能大发展?

觉惠和尚没有正面回答胡体安的询问,不过,这个傍晚,觉惠和尚所说的一切,让胡体安觉得十分新鲜,实在是不同凡响,让胡体安不能不大吃一惊。

"最后的胜利,都归了洋人。那洋人国和洋人国之间,这'主义'跟那'主义'之间,就不争个高下了?就不打出个胜败了?癞皮狗跟癞皮狗咬架,哪一条都不甘心夹着尾巴败走。大师,你决断决断,哪条狗才是最后的赢家?"

洋人国,都在吹嘘自己强大,战无不胜,无坚不摧;都在吹嘘自己的主张是真理,颠扑不破,放诸四海而皆准。都吹得五彩泡子满天飞,都喷得唾沫星子崩塌地。相信谁?听谁的话?跟着哪一家的令旗转?胡体安想讨问清楚。

"赢者为赢,输者为输。输者为赢,赢者为输,输赢为输赢。世事无输赢,输赢无世事,输赢皆为空。阿弥陀佛!"

这一日,觉惠和尚和胡体安,喝着桂花茶,说了很久的话。喝了茶,说了话,又一起吃了斋饭。吃了斋饭,再秉灯叙谈,直至夜深。直到深夜,觉惠才为胡体安回答了这几句话。这几句话,回答得有点儿深奥,有点儿神秘,胡体安听得糊糊涂涂的,一时间悟不出其中的含意。

行伍的人,杀人的人,大都喜欢直来直去,且大都没喝过多少墨水,一遇上绕弯子的话,特别是谒语,他们大体上都听不懂。

胡体安听了觉惠和尚的"绕口令",心头暗暗叫苦。

不过,胡体安明白,越是隐晦的,往往越是大智的。

"弟子不才,请大师进一步指点。"胡体安想,猜,不如问。

觉慧合十:"阿弥陀佛。"

一声"阿弥陀佛"之后,胡体安认为觉慧大师要给他细说分明了。他虔诚着目光,朝觉慧大师望去。

觉惠眼睛微闭。

禅房里,传来了敲击木鱼的缓缓声响。

其余,就是杏花山无边的寂静。

觉慧突然说:"进来吧!"

什么意思?

觉慧又说:"明人不做暗事。"

怎么了?

觉慧大师咋这样说话?

胡体安虔诚的目光,渐渐生疑了,但他并没有从觉慧大师的脸上发现特别。觉慧仍然坐得安详,仍旧一脸的无动于衷。

也就在这时候,屋子里突然刮起了摇摇摆摆忽忽闪闪的大风。

无风之夜,突有风,情势突变。

胡体安大叫一声"有刺客",就要从腰间拔枪。

"别动!"

手枪没来得及拔出,钢刀的冰凉就到了胡体安的咽喉处。

胡体安不敢动弹了。他知道,自己稍稍一动,利刃就会把自己的性命切断。

"我问你一句,你老实答一句!光绪二十五年,是谁主谋放掉你胡体安的?"

"……"

"是谁主谋让张长有代你胡体安当死刑犯的?"

"……"

"慈禧老佛爷过问的案子,你们是咋给摆平的?"

"……"

"从南阳府到朝廷,你们都买通了哪些官老爷?"

"……"

"老实交代!"

"……"

"如有违抗,刀不容情!"

"……"

老实交代啥?胡体安翻翻眼皮,发现刺客是个女人。发现刺客是个苍苍着白发的老女人。发现苍苍着白发的刺客,就是下午那个疯女人。

胡体安的惶恐稍有减弱。

胡体安说:"有话好好说,好汉不必如此。"

贺凤珍说:"告诉你,镇平县知事,就是我杀的。你胡体安要是不老实,跟他的下场一样。"

胡体安说:"你,真英雄。你,真乃女中豪杰。佩服,佩服!"

贺凤珍说:"别耍花腔。我问你,光绪二十五年,你跟周自清,是怎么抢劫那批货的?"

胡体安说:"周自清?抢劫那批货?没听懂。"

贺凤珍说:"镇平车队自京城返回,路上你是怎么把死囚车上的你,换成了随车帮工张长有的?"

胡体安说:"什么?我上过死囚车?张长有是谁?你说的是啥事?"

贺凤珍说："想在老娘面前装糊涂是吧？"

胡体安说："不装糊涂，我敢对灯发誓。"

当过官的人，就是狡猾。当过官的人说起瞎话，就跟拉稀屎一样，顺着屁股眼子流。胡体安哪胡体安，你编圈套，造假案，冤枉了我男人，这时候还不承认，你是龟孙，你是王八蛋！你该千刀万剐剥皮抽筋点天灯，你该叫千枪崩万炮轰，叫千枪万炮炸出个骨成灰肉成泥，一百辈子不得超生。贺凤珍越想怒越大，恨不得一刀把胡体安的脖子砍出个碗口大的血洞洞。

"胡体安！"贺凤珍怒吼一声。

怒吼一声"胡体安"，贺凤珍并没动刀。她忍忍胸中的恨，又忍了忍激动的手腕和激动的刀把子，开始了对胡体安的审问。

当年，贺凤珍夜闯县衙夜审周自清，正因她仇恨得太厉害，怒得太厉害，也因搭救周自清的人来得太早，使她的审问半途而废，使该要了解到的冤案内情都未了解到。就因这半途而废，她和儿女们多花费了十多年的光景。

总结上次教训，这夜闯入菩提寺的贺凤珍，首先一刀一刀地砍了胡体安带来的卫士，然后才把钢刀逼到了胡体安的喉头。

钢刀逼喉头，还不能快杀，还得压压火气。要审，要细细地审，要从胡体安的嘴里拉出一大群一大群贪赃枉法的狗官，拉出一大队一大队冤屈百姓的无赖。

"快说！"

"我真不知从何说起。"

"先说光绪二十五年，你是怎么和县知事周自清，勾结鲁阳关强盗抢劫上京玉石货的；再说上京车辆回程中，身为死囚的你，是怎的把老实巴交的涅阳张长有装进囚车充当你胡体安的；再说……"

"阿弥陀佛！"一直在一旁无动于衷的觉慧和尚，出其不意地念了一句佛号。

这一句"阿弥陀佛"，对审问人，对被问人，也许都是个提醒。

贺凤珍立马终止了她的"再说"。

胡体安朝贺凤珍翻了翻眼皮。

"这位好汉，这位女中豪杰。我胡体安与你素不相识，你怎从下午到现在一直纠缠我？我是山东沂蒙人，执行军务第一次路过这里，我怎知道你们镇平县的是是非非哩？我怎知道县知事周什么清、涅阳张什么有？我是个带兵人，是个征战沙场的军人，我哪有心思，哪有闲工夫，来你们这里，来跟你们这里的什么人合伙，做那些鸡毛蒜皮的事哩？"

"你瞎编。你是邓州人，你来镇平当了五年的衙役头儿，跟县知事周自清老狗一起，坑害镇平老百姓整整五年。光绪二十五年，你和周自清，内外勾结抢劫上京玉石货，弄出了个惊天大案；光绪二十七年，为保你们一伙的狗命，你又串通了上下狗官，冤斩了涅阳张长有。你……"

"打住打住！我说这位豪杰，要杀便杀，要剐便剐，别尽拿些摸不着边际的事，往我胡体安的头上加。光绪二十五年，我还不足五岁，我哪有那么大的本领，来到你们镇平做了五年的衙役头儿？光绪二十七年，我不足七岁，正在沂蒙山的一个小村里，白日放羊，夜晚尿炕。一位小童，咋能巴结上县老爷？咋能跟强盗们串通？"

"你狡辩！你抵赖！你是不见棺材不掉泪，你是血不染头不知死。你！你！你要想尝尝老娘刀刃的厉害，你要想试试老娘的手脖子硬不硬，那，这就成全你。"

贺凤珍把钢刀，在胡体安喉间来回拉动拉动。

胡体安说："慢！我胡体安敢对佛祖保证，如我今夜说上半句假话，在人间愿挨万炮轰五雷击，入地狱愿遭剥皮抽筋滚油炸。"

贺凤珍说："别污佛祖！历来，官人的发誓赌咒，都是闲放屁，鬼都不信。"

胡体安说："我有军官证在此，请豪杰验证我的出生年月，请豪杰验证我的籍贯。"

贺凤珍说："老娘不看，老娘不认得字。"

胡体安长长叹了一口气。

胡体安在为自己的命运叹息。自己从军多年，征战无数，杀人无数，似乎从来没有败过。一步一步踩着大堆大堆的死尸，登上了少将师长的宝座。一个山村放羊娃，能走到这一步，出类拔萃呀。但是，现在却落在一个老女人之手，时刻都有可能成为断头鬼。

唉!

长叹之后,胡体安又是一声仰天长啸。

贺凤珍大怒:"胡体安,死到临头了,你还玩啥花样?"

贺凤珍的刀,已在胡体安的脖间划出了一道热热的血口子。

欺人太甚! 胡体安已被贺凤珍的钢刀逼到了最后关头。

胡体安要反抗了。

反抗不成是个死,不反抗也是个死。左右是个死,何不再英雄一次,何不最后好汉一次?

胡体安暗暗攥紧了拳头,他要对着贺凤珍持刀的手腕,来个出其不意的一击。

"阿弥陀佛。"觉慧和尚又一次念了一句"阿弥陀佛"。

这声"阿弥陀佛",又一次打乱了胡体安和贺凤珍的思想。

胡体安暂缓了出拳。

贺凤珍的大怒稍有减缓。

贺凤珍从胡体安身侧,移到了胡体安的正面。

从下午到现在,贺凤珍一直处于千仇万恨的紧张状态中,始终没认真地看一眼对方。

"光绪二十五年,你真的才五岁?"

"不足五岁。"

"你真的是山东沂蒙人?"

"世代居住。"

"你真的没在镇平做过衙役头儿?"

"十五岁从军,一直在队伍里扛枪吃粮。"

认真一看,贺凤珍吓了一跳。

她听李洪方说,胡体安的年岁和长相,跟自己的男人张长有差不多,而眼前的这位军官,看年岁还没有儿子大刀大;论长相,远比自己的男人漂亮,两人没有一点儿相似之处。更重要的是,当年那个胡体安,右腮帮子上长了一块疤,玉石李说像是多长了一张小嘴巴。而这时候的贺凤珍,不论咋找咋看,也不能从这位军官的白净脸上寻查出疤来。

这,绝对不是光绪年间横行镇平城的胡体安,天哪——想到这里,贺凤珍仰天长啸了一声"天哪"!

"长官,贺凤珍报仇心切,愧对了你,也误杀了你的卫兵。贺凤珍甘愿受你治罪。"

长啸之后,贺凤珍丢掉钢刀,扑通跪地。

"阿弥陀佛!"

寻找了好多年,总算碰上了胡体安,临了却是一场误会。

第二十三章

　　南阳城的冬天,跟涅阳镇的冬天,似乎没啥两样。冬天了,涅阳镇必须要冷,必须雪飘纷纷冰凌处处。冬天的南阳城,也这样。几天的东北风一刮,人们就穿上棉袍夹着膀子行走了。再一刮,就把雪刮进了街巷,人们就戴上棉帽,抄着手往来了。某一天晨起,人们突然发现家门被积雪和寒冷堵塞了,于是就缩了缩头,退到自家的火盆旁,消磨着冬天的日子。于是,街道萧条了,一街两巷的店铺寂落了,旧日的热闹好像已被古城遗忘了。

　　冬天的雪,一旦飘起来,有时候还挺有能耐,日以继夜,日复一日。雪后的寒冷,还是挺威风挺有力的。一旦到了这样的时候,玲珑阁的生意几乎是断了。

　　没有生意的日子,让做生意的人活得很是没劲儿。

　　"嫂子,我出去跟朋友们玩玩。"

　　"去吧去吧。"

　　玲珑阁的冬闲,更让李重阳难以打发。

　　在玲珑阁里,李重阳日日接触的,不是店员伙计,就是他的嫂子王锦子。很单调。跟店员伙计,不适于多言多语找麻烦,跟嫂子王锦子,更不能多嘴多舌地找话说。都不能多言多语,都不能多嘴多舌,这样的日子,咋熬下去?

没法子熬。没法子熬，就不熬，就自己去找痛快去处。

"嫂子，晌午饭我就不回来吃了。"

"行啊行啊。"

南城门内有条街，叫春红街，一年四季都热闹，一年四季都春意盎然红红火火。这里离口岸近，南上北下、东来西往的官商，大都在这里短暂留宿，或者租房长期留住。住这里，能接触四方，谈生意，做买卖，比较方便。再就是，上了码头的各家船掌柜，都会上岸到这里寻些酒饭，以解水路途中的饥渴困顿。这条街上，有烧酒馆、黄酒馆、糯米酒馆；有饭铺、烧饼铺、蒸馍铺；有猪肉店、羊肉店、牛肉店、鸡鸭鱼肉店……想吃啥喝啥，都有。再就是，那些常年在口岸码头上，靠扛包挣力气钱的脚夫，也都会及时来喝茶水啃馍馍稍歇稍歇……再就是……人往高处走，鸟往旺处飞，随之，在这条街道上，就相继拥来了卖丝线的、卖布头的、耍猴的、拉洋片的、玩西洋景的……特别是这条街的几座春楼里，日日都有些青楼女子在那里娇娇艳艳地招惹着人们的兴趣……因此，即便到了大雪封城的冬季，别的街道都荒凉了，而这条街道仍不减色，仍然有熙熙攘攘的脚步。

"嫂子，晚上就别给我留门了，我不一定回得来。"

"中啊中啊。"

刚来南阳玲珑阁帮吴非翠照看生意时，李重阳一不沾烟二不沾酒，也不随便跟人打交道，规矩得很，体面得很。日子一长，店左店右的人家，都混得认识了，街这边街那边的门铺，都混得脸熟了。慢慢，便都有些交情了；慢慢，便都有些可托办的事，相互搭手协助了。如此一来，相互之间自然会生出些酒宴来酒宴去的应酬，能沾染到的就都一来二去地沾染上了，能学得会的就都一来二去地运用熟练了。

王锦子埋怨道："重阳，你咋又醉了？"

李重阳嘟囔道："不醉，能、能叫男、男子汉？"

玲珑阁的斜对面，有家皮货铺，掌柜的叫皮蛋。他这人，喜欢喝酒，喜欢吃肉，短粗短粗的身子早早挂满了厚墩墩的肥膘肉，长得很像个皮蛋。因此，街邻们习惯唤他为皮货商皮蛋。

皮蛋不只是喜欢喝酒喜欢吃肉，而且，还喜欢有人陪吃陪喝。而且，还喜欢醉,喜欢陪酒人与他同醉。他不喜欢的是,喝了酒还得掏银子。他最不喜欢的是,酒馆肉店拿着账本上门讨要欠款。

自打把李重阳引上吃肉喝酒之路,皮蛋就逐渐感觉到自己的吃喝债务,比起以前大有所减。李重阳实在,不喜欢沾别人的油水,跟别人一起坐馆子吃喝总喜欢自己掏钱。即便记账,也喜欢记到自己的名下。他的这种实在,挺招皮蛋的喜欢。因此,皮蛋每有酒兴,每当酒瘾上身,总喜欢拉上李重阳,总喜欢跟李重阳同醉。

王锦子小心地问:"重阳,你看你昨夜又睡到哪里了?"

李重阳不厌烦地答:"问啥问,还是睡澡堂子去了。"

李重阳喝醉的次数多了,免不了要遭王锦子的埋怨。在外面留宿次数多了,免不了要受王锦子的盘查。大阳不在南阳城,当嫂子的关心关心小兄弟,说道说道小兄弟,也在情理之中。理是这么个理,但是,李重阳并不这么想,并不领这个情。相反,越来越对王锦子产生怨气了。

"重阳啊,不是我当嫂子的话多数落你,是你这些日子太不像个样子了。你看你,今儿醉罢明儿醉,尽跟着皮蛋瞎混。那皮蛋是啥人?放着自己的生意不好好做,放着自己的居家日子不好好过,吃喝嫖赌倒干得样样畅快。我说,往后你离他远着点儿,别叫他把你勾引到黑洞洞里,别叫他给咱们玉石匠人家染出个坏名声。"

"你说的是啥意思?你说说,我像个啥样子?你说清楚,我跟皮蛋瞎混啥了?不就是相互应应场面,吃点儿喝点儿吗?用得着你把事看得这样厉害?用得着你把话说得这样苛刻?男人不喝酒,枉在世上走,男人不吸烟,枉在世上蹿。男人们的事,女人们最好是别管。"

原本,李重阳对王锦子的看法很好,很赞成王锦子嫁兄长李大阳,做自己的嫂子。身为涅阳大富商的儿女,能看上穷家子弟李大阳,为真爱而甘遭磨难,很受李重阳的敬重。所以,当玉石铺李家要从张刀花、王锦子和吴非翠中选择儿媳妇的时候,李重阳支持了哥哥娶王锦子。

自打王锦子坐着花轿嫁给大阳之后,慢慢地,李重阳就对王锦子另有看法了。在这之前,从镇平城逃难而来的王锦子,不但在李大阳和吴非翠面前乖得很,而且,在未来的小叔子面前也总是低声低气小心翼翼。后来就慢慢发生了变化，就慢慢在玲珑阁指手画脚了，甚至对李重阳说话也硬声硬气评头论尾了。玲珑阁移交到李大阳名下后，名义上是李重阳坐镇当掌柜，可事实上，店铺里的大小事宜都由王锦子说了算，这样咋不让李重阳心头生怨呢？

这且不说，李重阳还发现嫂子王锦子总是对他的所作所为不放心，总是在查找他的往来细节。为啥这样？王锦子在怀疑自己什么？是怀疑自己挥霍了玲珑阁的银钱，还是怀疑自己勾搭外人倒卖了玲珑阁的玉石货？不管怀疑的是啥，他认为，都是王锦子在看贱自己，都是王锦子在歧视自己。这不行，这咋能容忍得下去？

这天上午，他正要出门，恰恰跟王锦子走了个碰头。

"重阳啊，今儿你就不要出去了。你看，这溜冰子路，咋走得成？咋能不摔跟头？"

"走成走不成，是我的事，摔跟头不摔跟头也是我的事，你操啥闲心？"

李重阳的脾气越来越坏，跟嫂子王锦子说话，无不是铁蛋蛋掉到铜锣上——撞得叮当响。

"你咋这样说话，我是你嫂子。"

"你叫我咋说话？你是我嫂子你就不得了啦？"

这几天，南阳城里没下雪，尽下雨。雨不大，淅淅沥沥。一边从天上淅沥着雨，一边在地上结着冰，南阳人把这种雨叫作溜冰雨。下了溜冰雨，道路滑得厉害，人们抬脚行走，稍稍不慎，就会摔个手脚朝天。

眼看着街上的行人，一跟头一跟头地摔着，王锦子劝李重阳不要出门，纯属关爱。

而李重阳不这样认为。

叮当了几句，李重阳气呼呼地一拧脖子，然后拧着脚跟去了春红街。

路上摔跟头，倒不是大事。重要的是，李重阳一到春红街上的万福酒楼，就很快找来了好心情。

"幸会幸会！久闻李先生大名。"

"李先生盛安！"

"不愧是玲珑阁的大掌柜，果然，不同一般；果然，一表人才。"

"你咋这时候才来?"

"你是不是忙着睡嫂子哩?"

…………

酒楼上早有人等候。有相识的,有不相识的,有文雅的,有粗野的,闹哄哄的共有七八位。李重阳先是与陌生朋友一一寒暄,后跟几位酒场旧友逗乐。礼毕,分别入座,等候酒宴开局。

这次酒宴,仍由皮货商皮蛋纠合。纠合这场酒宴的理由是,要让李重阳结交一位能磨动天的人物。照皮蛋纠合时的说法,如果能巴结上这一人物,日后,定能叫玲珑阁的玉石货在九州十八府都能卖出高价钱;还能叫玲珑阁去北平王府井、汉口汉正街、上海城隍庙,去好多大都市的好多地方安营扎寨;还说这人的老爸,神通得很,过去是清廷的要臣,如今又在共和政府里弄大权,满天下没有他弄不成的事;还说……这是很诱人的,是很能动李重阳的思想的。涅阳的玉石货,只在玲珑阁卖,是展不开身的;玲珑阁的生意,只做在南阳城里,到底是成不了大器的。虽说,上海万宝路公司的路子也怪宽,也能把涅阳的玉石货倒腾到四面八方,可那毕竟是上海人在做买卖,毕竟是章琦先生在赚钱。李重阳多次想过,为啥涅阳人只会做玉石货,而不会卖玉石货呢?为啥只会流汗水,而不会用自己做出的货赚回更大的收入呢?为啥更大的收入都让商人们赚了去呢? 基于这种心理,李重阳对这次要结识的磨动天的人物,是很有兴趣的。

"诸葛先生,能认识你,实在是晚辈的福分。今儿在这里,容我敬你三杯酒,请你以后能及时给我以指教。"

"指教不敢,遇事在一起商量商量,谋划个计策,还是可以的。古人云:三人行,必有我师。择其善者而从之,对不善者而改之。这酒,我喝。"

李重阳所称的这位诸葛先生,听皮蛋介绍说,姓诸葛名通字永行,祖籍开封黄河边。自幼喜远游,喜结交朋友。他,身材不高,也算不得低。脸型微胖,留短胡子,戴皮帽,穿花丝葛长袍,很是富态,很显气象。

李重阳说:"先生学问深啊,晚辈只恨相见太晚。"

诸葛先生说:"半罐子酱油半罐子醋,没啥深的。"

李重阳说:"晚辈来自乡下,出身寒酸,在南阳又无根基。场面上的事,以后,就靠长辈多多关照多多帮衬了。"

诸葛先生说:"听皮蛋讲,你李先生的根基并不浅。令尊给光绪帝做过玉石货,做过万国会的货,是国之能臣。古人云,益社稷者,功也,当赐封。由此看来,你们玉石铺李家,当属旧臣新贵,家底自然殷实,前路自然宽广。"

李重阳说:"如不介意,晚辈与你碰酒三杯吧?"

诸葛先生说:"那好那好。"

一进入酒局,气氛就热烈,宾主之间的喝酒心情,就相当地畅快。李重阳一一敬过酒,皮蛋当然也要一一敬酒,其他局中人当然也要一一回敬。互敬罢酒,又相互划拳猜枚,不知不觉中就都有了醉意。有了醉意,话就稠了。

诸葛先生说:"其实,要叫你们涅阳玉石铺李家的玉石货,再出一次国,再上一次万国会,算不得大事。直接给你说吧重阳,鄙人的家父,旧年在宫里,现今在总统府里,干的都是万国差,都是在跟万国打交道。你想想,就咱这优势——不往下细说了。古人云——古人云的话,也就不说了。重阳贤弟——以后,不要长辈晚辈的,称我老兄就行了。重阳贤弟,不多说了,咱们喝酒吧。"

喝!

痛快!

再喝!

再痛快!

怪不得皮蛋说诸葛先生是个磨动天的人物,不假,可信。李重阳这时候,已有充分的理由认为,诸葛先生真是个大人物。想想,人家的老爸跟万国打交道,天还不是在他的肩头上扛着?想叫天动弹动弹,还不是个举手之劳?能攀扯上这样一位人物,涅阳玉石货从此碰上了好年景,涅阳玉石铺李家还不是从此交上了好运气?

喝!

痛快!

再喝!

再痛快!

心情好了,是要喝酒的。心情痛快,更是要喝酒的。

心情一好,李重阳的醉意就深了。醉意一深,再讲出来的话,就大了腔调了。

"给你长辈说清楚,光绪时,俺玉石铺李家做的那些上万国会的货,不只是赔了银子,还差点儿,把我老爹的人头,也给赔进去。那一回,主要是叫上上下下的狗官们给捉弄了。这一回,你长辈——哦哦,不叫长辈,叫贤兄。贤兄,这一回,你去朝里保奏,叫俺涅阳玉石铺李家的货,再去万国会上风光风光,好给俺们捞捞面子。事成之后,我至少要送你一对翡翠玉如意。你要是不满意,我玲珑阁里的货,你去尽情挑,你去放开拣。贤兄,总体给你说一句,涅阳玉石铺李家,是会对得住你的。来!你我再碰三杯表表心情。"

"你我的心情,早表过几次了,不必多表了。我想说的意思是,要帮你们涅阳玉石铺李家的货,重出江湖,再登万国会,也是我诸葛家族应该做的,更是咱们整个民族的职责。上万国会,不只是要给你们玉石铺李家捞面子,更是给我们中华民族捞面子。古人云,为国而争,何计个人利益。既然你们玉石铺李家在为国争光,我们诸葛家族,有何脸面去计较其他?若再登万国会,不是你拿玉如意来谢我的事,而是,我们整个国家,整个民族,拿出盛意,拿出奖赏,重重酬谢你们玉石铺李家。"

这诸葛先生说出的话,就是好听,就是不一般,就是很有深意。不愧为大清要臣的后代,不愧是民国政府要员的子弟。愈是听诸葛先生的讲说,李重阳的内心愈是激动蓬勃。

李重阳又连连喝了几杯酒。

李重阳说:"贤兄,事成,事不成,我都会送给你一对玉如意的。绝对是缅甸翡翠,嫩翠嫩翠。还有,玲珑阁里的货,你要是看上啥,就直接去拿啥。"

诸葛先生说:"好了好了,这些话,就不必再说了。"

诸葛先生端起了一杯酒。

就在这时候,皮蛋摇摇晃晃地朝诸葛先生举起了酒杯。

皮蛋说:"诸葛兄别把李重阳的话当作人话听。他们李家,他们玲珑阁里,都是他嫂子一人当家做主。在玲珑阁里,他李重阳说句话,还不如他嫂子放个屁。"

李重阳有点儿生气。皮蛋当着诸葛先生的面,说出这样的话,很让他的脸皮发烧。

李重阳对诸葛先生笑笑:"皮蛋醉很了,开玩笑也不讲个分寸。"

诸葛先生也笑笑,没说话。

皮蛋倒很固执。

皮蛋说:"诸葛兄,我说这话,可不是开玩笑。他李重阳要出来喝场酒,没他嫂子的恩准,就迈不开腿。要是出来喝酒喝醉了,回去还得挨他嫂子整治。你说说,你说说,他们李家咋弄来这么个女人?"

面对皮蛋的固执,李重阳无奈,只好也对皮蛋强强笑脸。

李重阳说:"皮蛋,我看你是欠酒。咱俩,碗碰碗可着劲儿喝吧。"

皮蛋说:"喝就喝,碰碗就碰碗。"

就碰碗,就对着喝。

原本带有几分醉意,加上李重阳这时候又生了气,顿时把他对嫂子的火给点燃了。火一点燃,喝下去的酒,无异于助燃的油。愈喝愈醉,愈醉愈想喝。不一会儿,他的两眼就喝得血红了,就喝得看不清人头人脑了。再不一会儿,他的胳膊腿儿就松软了,就轰隆一下不省人事了。

在座众人,一看李重阳出溜到酒桌底下,酒兴顿然走低。

诸葛先生指责皮蛋:"你太残酷,你把事搞乱了。"

诸葛先生急急号召诸位:"快快搀扶李先生,快快搀扶李先生。"

诸葛先生又急急召唤店家:"店家! 店家! 快快熬些醒酒汤来! 快快熬些醒酒汤来!"

大家都围了过来,都在为李重阳忙乱。

皮蛋却端起一碗酒,说:"慌啥慌?"

说着,皮蛋一咕咚,把酒给咕咚到肚子里了。

这时候,有人从灶房端来一碗醋,要往李重阳嘴里灌。

李重阳紧闭牙关。

皮蛋说:"把他送到樱花楼,叫花娘们伺候伺候,就没事了。"

这一提议,好像不错,有人表示赞成。

樱花楼就在万福酒楼隔壁,多年来,在万福酒楼醉了酒的酒徒,都喜欢到这里消解消解。这里的一群女子,善于服侍男人,善于为男人们排忧除难。

诸葛先生问:"樱花楼卖的有啥醒酒汤?"

皮蛋说:"这你别管,反正能叫他李重阳醒透彻。"

很快,李重阳就被送到了樱花楼。

待李重阳醒过脑,发觉自己躺在一个女人的怀里。

轰隆!李重阳立马满面惊慌:这是在哪里?我是误进了哪家女子的闺房?一种犯罪感和耻辱感,立马轰轰隆隆地上了他心头。

"大姐大姐,我不知道啥时辰到了你这儿,我不是故意的。"

"大姐大姐,我没有伤害你吧?我、我,还没学会伤害女人的本领。"

李重阳不敢看女人的脸,他想逃,他想快快离开这间屋子。

玉石铺李家的后人,咋能随便钻人家女人的房哩?咋能干这种伤天理的事哩?

女人说:"小哥,你喝醉酒是真,不过,你没有走错门。"

女人说:"知道你小哥早早就看上我杏杏了,只不过是借你这回酒醉,才把咱俩的缘分撮合撮合。"

女人说:"看得出来,你小哥还真是个童鸡子孩娃身,跟我杏杏一样嫩哩。"

李重阳挣挣身,没挣脱。

女人的胳膊腿儿,如葛藤,如麻绳,把李重阳捆绑得密密麻麻,密不透风。

李重阳求饶:"放开我吧大姐……"

女人问:"你要往哪儿去?"

李重阳说:"我是涅阳玉石铺李家的李重阳,我这会儿要回南阳城的玲珑阁。"

女人说:"这深更半夜的,到处都是冰溜子,你是想冻死啊?"

李重阳说:"不行不行,我不能在你大姐这里。"

女人说:"为啥不能?你从后晌,就在我这床上睡到了现在。"

李重阳说:"快快松手,快快松手,这是犯规矩的呀!"

女人说:"不犯规矩,不犯规矩,我杏杏挺喜欢你小哥哥的。"

女人不松手,女人的胳膊腿儿把李重阳缠得愈来愈紧。

李重阳动弹不得。

起风了,南阳城的冬夜,刮遍了裂冰的咔嚓声。

屋子里的烛火在摇晃,充满了劳累和寒凉。

除了惶恐,李重阳的余下体会,就是暖和。

难得的暖和。

第二日的上午,李重阳才走回玲珑阁。

王锦子问:"重阳,你昨夜又去睡澡堂子了?"

李重阳答:"是啊是啊,洗过澡,就在那儿睡下了。"

第二十四章

对于酒醉后落入女人怀的事,李重阳一直认为是极不体面的,是有辱族规祖训的。此后的日子,他不愿出门,皮蛋再约他上酒场,他总以有病为由谢绝,好像这场酒,离犯罪很近。再跟王锦子说话,他总不敢抬眼看王锦子。好像那夜他错上的床,不是杏杏的床,而是亲嫂嫂王锦子的床。总的说,他是无颜面对一切了。

接着,雪稀了,溜冰雨息了,冬天的威力慢慢就在南阳城残弱了。于是,南阳城的人们就振振身离了火盆,就熙攘着来来往往,让沉寂了数月的街巷渐渐热闹了。

临近春节的一天,斜在南天的太阳暖暖晒进了李重阳住房的南窗。这一气象,很令人舒服,很能召唤人的好心情。李重阳依窗吸了几锅烟,突然想到,该出去走走了。

"重阳,有位先生要见你。"

也就在这时候,门店里传来王锦子的喊叫。

"知道了嫂子。"李重阳从后院到前边一看,见是诸葛先生,忙抱拳:"贤兄好,贤兄好!"

诸葛永行先生,也抱拳:"贤弟好,贤弟好!"

自从万福酒楼相识，这老兄少弟俩人是第二次相见。

李重阳说："里边请，里边请。"

诸葛永行说："随便随便。"

虽说，那次喝酒，李重阳早早醉了，诸葛先生留给他的印象却很是不错。

到了后院客房，诸葛永行朝茶桌上放下了两盒糖果。

李重阳有些不安："这不合适，这不合适。哪有长辈给晚辈——哪有老兄给小弟行此等礼节的？"

诸葛永行坦然说："有啥不合适？路过四时行糖果铺时，顺手买的。上边那盒是鸡骨寸筋，下边那盒是芝麻交切，说是你们镇平酱菜园的货，做得不错，我想你一定喜欢吃。"

李重阳说："'四时行'的货，自然是好货，应该是我买些送你，可不是你买了送我。你这样做，是把事弄颠倒了，咋叫我接受得了？"

诸葛永行说："不能这么说。今日，是愚兄初登贤弟贵府，岂能空空两手？古人云：悠悠万事，礼当为先。这里，我谨借薄礼，略表情意。"

这人不简单，不只学识深，还礼节细，令人佩服，令人敬仰。李重阳赶紧让座，赶紧递上水烟袋，然后端出瓜子核桃红枣泡上香茶。

诸葛永行说："不必忙碌了，坐下说说话吧。"

李重阳搓搓手："没忙碌。"

诸葛永行说："年节说到就马上到了，我马上要动身回我老爸老妈那里团圆了。临行呢，我不能不到此，说上一句告别的话。"

李重阳说："谢谢贤兄高看。"

诸葛永行又说："再一呢，我想特意来告诉你，那一天咱们在万福酒楼，我给你的那个承诺，是肯定能够兑现的。说叫你们玉石铺李家的玉器，再上回万国会，是很容易的。"

李重阳说："这我相信，以前，皮蛋也是这么对我说的。现今，有幸能结交上你，真的是俺涅阳镇的福分，真的是俺玲珑阁的福分。以后的事，全都仰仗着贤兄你了。如能大功告成，俺玉石铺李家定会重重恩谢你的。"

诸葛永行说："恩谢倒不必。作为中华民族的子孙，我和我的老爸，有职责为我们国家的玉雕艺术振兴，做出努力。古人云，国家者，我们的国家；

社稷者,我们的社稷。如今是共和了,我们该把我们的诸事,都给办理办理了。由此说呢,你和我,还有我老爸,还有别的好多同仁,都在为同一个目的,担当着同一个任务,这内里,有啥恩谢之说呢?"

这话说得多好呀!听了,多叫人心里暖和呀!李重阳略略一想,胸膛前顿然挺起了大堆大堆志气,挺起了大堆大堆豪迈。他的眼前,顿然显现出亮闪闪的广阔前程,顿然显现出响当当的富贵景象。他想,在将来的日子里,涅阳镇的玉石货就不愁卖了,到时候,老爹和大阳带着一家人、带着全镇的匠人专心做货,自己专意雇车雇船雇洋轮,往全国各个大都市送货,还往旧金山的万国会送货。千古涅阳玉匠,不疼惜的是自己的累汗,最忧愁的是自己熬日子熬心血琢磨出的好东西却找不到买主。这一下,就把涅阳玉匠的千古忧愁给解除了,这余下的,他就该抽空子想想自己的婚事了。到时候,是必得娶一个老婆的。没老婆不行。没老婆,日里夜里,没个照应。必须要娶。娶谁做老婆呢?娶啥样子的女人做老婆呢?娶个王锦子?娶个吴非翠?娶个张刀花?还是……这时候的李重阳,竟突然想到了樱花楼的杏杏。日子顺意了,前程光明了,他自然要想到女人的,自然要想到杏杏的。毕竟,有生以来,他唯一经历的女人,就是杏杏了。

想到杏杏,李重阳又立马咚咚心跳了,又立马不自然起来。

诸葛永行好像发现了李重阳的神色有变,便问:"怎了?你以为我说的这些不实在?"

"不不!不是不是。"李重阳的精神紧张了,"我、我,我是说我那次酒醉后,落入那、那个地方,太、太不光彩了。贤兄,你别太在意。"说到这里,李重阳强了强干巴巴的笑,"我是很正派的,是从不沾女人身的。这一点,皮蛋知道。"

听了李重阳的回话,诸葛永行哈哈大笑。

"正说着玉器哩,你小贤弟倒说上了女人。有意思,有意思。古人云,女人也,美玉也;美玉也,女人也。其实,女人和美玉,应该是同一个话题。一边说着女人,再一边说着美玉;或,一边赏着美玉,再一边赏着女人,那会更多些味道的。"

李重阳说:"小弟听不懂这些,小弟只记着要守规矩。"

"哈哈哈,如今提倡新风尚了,提倡个性解放了,你还说这样老古董的话。喜欢女人,喜欢和女人抱膀子睡觉,那才是个男人。当然,喜欢男人,喜欢和男人抱膀子睡觉,那才是个女人。喜欢啥,就大胆地喜欢,喜欢做啥,就大胆地做啥,那才叫个人。古人云——就不'古人云'了,说了你也听不懂,直接说就是,女人为男人而生,男人为女人而活。这么一说,你那次酒醉后落入女人怀里,算不得荒唐。贤弟呀,你的年岁也不小了,想怎么做就怎么做吧。不必犹豫,不必害羞,不要叫乡下的老传统给捆绑住。"

李重阳说:"诸葛先生,你应该是我的长辈了,怎能给我说这些?"

"怎不能说这些?实给你说吧,上次你酒醉,虽说是皮蛋提议叫你到樱花楼醒酒的,可是,我没认真反对。男人嘛,走上这趟路,是迟早的事。"

李重阳垂下了头:"这叫我一辈子,都清白不了呀我的诸葛贤兄。"

"有啥大惊小怪的?大可不必。知道不知道?自从那一夜你和杏杏做了一件事后,杏杏一直惦记着你哩!她后来托我给你捎信,叫你一定再去找她。她说她,日日夜夜都在想你。"

咚!咚咚咚……听到这里,李重阳骤然觉着心头嘹亮起跳动。骤然间,杏杏那桃红李白脸,杏杏的身子,还有杏杏伺候他时的那种温柔和甜蜜,闪烁到了他的脑际。他赶紧用双手抱住了头,害怕诸葛先生看到他脸上燃烧起的红热。

看着李重阳发窘的样子,诸葛永行又哈哈大笑。

"哈哈,哈哈,一说杏杏想念你,你倒害羞得跟大姑娘上花轿一样。算了,不多说了,最后听你贤兄一劝,这两天,你一定要去会会杏杏。"

李重阳无语,仍然抱着低垂的头。

余下,不再说女人了,不再说杏杏了,随便说几句天冷天暖新春临近之类的无关紧要话,诸葛永行起身要告辞了。

一看诸葛永行要走,李重阳慌忙站起,拉住了他的手,说:"咋说走就立马要走哩?请坐下。今儿晌午,你一定在我这儿吃饭。一会儿,我去把皮蛋叫过来,咱们温上几壶涅阳老黄酒,喝一场。"诸葛永行不同意,坚持要走。他说他正忙着打点回家的物品哩,说:"你的涅阳老黄酒,是一定要喝的,等过了年节,我一定到你这玲珑阁喝。"

眼见拉不住诸葛永行,为了表心情,李重阳到前面铺子的货架上,取来一对手镯,说,这对手镯,是南阳独山石做的,成色不错,请带回去给嫂夫人吧。

诸葛永行接过去细细一看,连连咋舌,说:"果然好货,果然好货!这一对,怕要卖十多块大洋的吧?"

李重阳笑笑:"这你别问。这对镯子,是小弟特意送给嫂夫人的。"

"送归送,但是,我应该问清楚它到底值多少钱。"

李重阳又笑笑:"你又不做玉石货生意,你问这干啥?"

"难说。也许,有一天我的其他生意做不成了,也会做做玉器买卖的。"

李重阳又笑笑:"真的?你真的想问个价?那我就实给你说了吧。像这样成色的一对独山石手镯,喊价顶多五块,最后成交,可能是三个大洋。"

啊!如此成色的手镯,还不值上十几个袁大头?怎只喊价五块?怎会只卖三块?诸葛永行暗暗吃惊。

诸葛永行从怀中摸出五块大洋,在茶桌上排成一行。

"做玉不容易,你这做玉器生意的也不容易。这对手镯,我带走了,但是,钱我是一定要付的。"

"这钱咋能要?送人的礼物,还能接钱?玉石匠穷是穷,身子骨不贱。不会是瞎子见钱就睁眼。"李重阳一定要把五块大洋退给诸葛永行,诸葛永行坚决不接。推来推去,推了好多个回合。

诸葛永行说:"我和你贤弟交朋友,交的是心。心是不能用钱、不能用物兑换的。"

诸葛永行说:"明白告诉你,我们家,如今花的是清宫留给的,还有民国总统府新孝敬的,总的说花的是新旧两朝钱,是一百年都花不败的。"

诸葛永行说:"假如你不把这五块大洋收下,你就把我诸葛永行给看轻了。假如你把我诸葛永行看轻了,那,这对手镯,我是绝对不会收的。"

事做到这份儿上,话说到这个程度上,李重阳还有啥办法?没办法,只好留下五块大洋,让诸葛永行带走了那对手镯。

这件事虽然就这样过去了,但,诸葛永行在李重阳心目中的位置是越来越显著了,是越来越崇高了。从此以后,李重阳天天都在盼望这位诸葛先生,盼望他早早来到南阳。

春暖花开的一天,诸葛永行终于在李重阳的翘首以待中,肩披着嫩嫩的日光,出现在玲珑阁前。

诸葛永行这次回来,远比他在去年那个冰雪铺成的季节里精神得多了,干练得多了。他头戴黑色礼帽,着一身黑色东洋装,穿一双黑得发亮的牛皮鞋。鼻梁上架着金框眼镜,胸前吊着金制表链,手指上还戴着镶宝石的大戒指。其气象,远比去年要隆重得多,要生动得多。若不是他主动上前跟李重阳说话,李重阳简直有些认不清楚了。

"重阳贤弟,我是你的诸葛兄啊!"

"哦!诸葛兄啊,我可是想死你了!"

这次来,诸葛永行给李重阳带来一只瑞士产的铜制座钟。尺半高,一秒一秒地走字,一秒一秒地响着。另外,还带了两副金耳环。一副金耳环,说是送给锦子的。并且,诸葛永行还亲自交到了王锦子的手上。再一副金耳环,说是送给杏杏的,但,诸葛永行有个要求,必须是以李重阳的名义送,必须由李重阳亲自戴到杏杏的两耳上。

看到诸葛永行,李重阳的高兴跟春暖花开时的太阳一样,活蹦乱跳万丈光芒。他愉快地接受了那只座钟,愉快地看着嫂子戴上那副金耳环,又诚恳地答允,将另一副亲手戴到杏杏耳朵上。

"诸葛兄,照你行下的规矩,你带给我的这些礼物,贤弟我当然也要依价付银的。"高兴归高兴,不能坏了规矩。

诸葛永行哈哈一笑:"算了,算了算了,你怎能跟我比呢?我给你说过,我们诸葛家的钱是花不尽的。不过,我不会白白送你礼物,你必须请我痛痛快快喝一场。"

不仅李重阳愿请这场痛快酒,就连一直痛恨喝酒的王锦子,也痛快着对李重阳交代:"重阳啊,别在咱这儿窝囊着喝,你多拿些钱,跟诸葛先生一起去卧龙玉液馆痛快着喝吧。"

两人出了门,没去酒馆,诸葛永行拉着李重阳去了樱花楼。

"杏杏,你看老夫把哪一位带来了?"一走进杏杏的房,诸葛永行就把李重阳推到了杏杏面前。

"你,你你你,你好狠心哪李重阳。"

突然看到李重阳,杏杏先是一怔,紧接着就有两行泪水沿着她那粉红粉红的脸滚落。

"去年冬天你那回酒醉,要不是俺杏杏帮你解酒,你李重阳早就活不成了。可你李重阳一去,就不回头了,你说说你是啥、啥人哪?"

杏杏那粉粉红红的脸,被伤情渲染得凄凄惨惨一塌糊涂。

"对、对不住……"李重阳说。

其实,自打与杏杏有了那一夜情后,李重阳最初是被罪恶感和耻辱感压抑着,随后就慢慢对杏杏产生些了思念,特别是年节前诸葛永行传过来话后,他对杏杏的思念夜以继日地强烈起来。皆因脸皮薄,皆因胆子小,他没敢再会杏杏。而现在,突然面对杏杏的这般表达,他无言以对。

诸葛永行说:"好了好了杏杏,不要再哭伤心泪了,重阳不是看你来了吗?还给你买了一副金耳环呢!重阳贤弟,还不快把耳环拿出来,给杏杏戴上?古人云,男女相敬,方能恩爱百年。"

诸葛永行这么一掺和,杏杏那凄凄惨惨的伤感便和暖了。李重阳看到杏杏渐露笑颜,便从紧张和拘谨中长了长身腰,找到了志气。

"杏杏,是我李重阳忘恩负义,是我李重阳辜负了你。"

李重阳说着,从怀中掏出了一只小盒子。

"叫我把这对耳环,给你戴上吧,叫我李重阳表表对你杏杏的亏欠吧。"

杏杏彻底笑了,小拳跳珠蹦玉一般捶到了李重阳的胸脯上。然后,一头歪进了李重阳怀里。

李重阳傻傻一笑。

后来,诸葛永行和李重阳就去了万福楼。

再后来,诸葛永行又让人把醉醺醺的李重阳,送回到了杏杏房里。

天空一马平川,一览无边。悠悠的太阳温柔着,平易近人、和蔼可亲。有风细细,轻轻地吹送着春天的绿意和万紫千红的芳香。远山肥了,街树茂盛了,街上的行人薄了衣装,显然是长精神了。白河水奔放着哗哗的响动,口岸上的货船嘹亮起远航的号子。有些狗在草地上追逐,有些猫在柴房前嗷嗷地纠缠……春天的日子丰富而又美丽,春天的故事绵绵而又多情。春天的日子里，以诸葛永行为主要人物的酒宴，也愈见频繁了。如此一来，李重阳与杏杏的相会也日见稠密。南阳城的这个春天，实在是太漂亮了。

一次酒后，李重阳和杏杏亲热后，杏杏长长地叹口气，说："重阳，相处这么久了，你也不问问我的身世？"

李重阳说："不问，我不爱听悲惨事。"

杏杏凄凉着脸："你咋知道俺的身世悲惨哪？"

李重阳说："能落到这般处境，你的世家肯定不会富贵。"

杏杏又叹了一口气："你不知情啊重阳，俺祖上好多代，是没有富贵过，可也没有贫贱过。可谁也没有想到，到了俺爹这一辈……"

说到这里，杏杏那桃红李白的脸面上，又流出长长的泪来。

杏杏姑娘，竟是大名鼎鼎的独山玉石王曹德玉的后代。

曹德玉祖上几代，都靠在独山上挖玉石为生，到了他这一代，不只是能钻洞，找石纹，挖石头，而且还在独山街上摆摊子卖石料，日子自此慢慢红火起来。那时候，很多人看不起挖山找玉料的，称他们是地老鼠。挖玉人不容易，十天半月都不一定能掏得一块。如果挖不出来，举家都得忍饥寒。再就是，他们万一碰上好运，找到了一窝好石料，流血流汗劳劳苦苦挖了出来，这后边，不是要遭强盗抢，就是要遭官家讹。弄得不好，最后还会落个挨刀砍，还会被关进牢狱当囚犯。这算啥世道？这叫挖玉人咋活？曹德玉的脾气暴，不吃强盗、官府这一套。他把挖玉人家组织起来，打出了"独山护军"的旗帜，专跟强盗和官府作对。此一举动，很使强盗和官府们恐慌。此一举措，曾一度创造了独山一带的平和与安定，曾一度让独山的玉料都找到了好去处，都赢得了较好的价钱。曹德玉的功德，让整个南阳的挖玉人和做玉人崇敬。由此，大家都尊他为"独山玉石王"。

"到了我爹这一辈，俺们曹家开始走败了。我爷离开人世，把家产和独山护军交到我爹手里时，大清江山垮台了，共和军政府就领着大队伍的洋枪洋炮围住了独山镇，说是要铲除旧势力，保卫国民革命成果，经过几仗恶战，血洗了独山，毁灭了镇街，最后在一条挖玉的深洞里抓住了我爹，用乱枪把我爹崩、崩成了一摊烂泥……"

原来杏杏是独山玉女啊，是独山的精灵啊！没有听完杏杏的血泪诉说，李重阳胸中的愤怒就轰轰烈烈地燃烧了。

"杏杏,别哭!你们曹家祖祖辈辈挖玉石,俺们李家世世代代做玉石货,咱们活的是一条路,咱们原本就是连筋连肺人。杏杏,我会搭救你的。等我赚了大钱,等俺们的玉石货上了万国会,我李重阳定要抬花轿,把你娶到涅阳玉石铺李家做媳妇。"

李重阳这么说着,紧紧把杏杏抱到了怀里。

了解了杏杏的身世,李重阳做大玉货生意的念头更加强烈了。也就在这时候,诸葛永行到玲珑阁告诉李重阳,说他马上要回南京,或者还要回一趟北平。南京是新家,北平是旧家,两个地方都有些事要及时料理。他说:"既然要回去,就顺便带些玉货,到珠宝玉器行里试探试探行情。"又说:"如果行市可观,玲珑阁就先在这两个地方各开一个铺子,随后再往别的都市拓展,随后再考虑上万国会的事。"

"那好那好!"李重阳高兴得直搓手。

"你先生真会想事。你说,先带些啥货合适?"王锦子也高兴得满面刮春风。

挂件、配件、饰件、摆件各类,随便一挑,就装了几大箱,并把成本钱一一注明。卖价多少,由诸葛先生酌情而定。装了箱,结算了总的成本价,诸葛永行往玲珑阁送来了五十三个大洋的汇票。

诸葛永行说:"暂将本钱交柜,日后,如果货在那边赢了利,再如数给付。"

"这不成,这不成。这事咋这样弄,这算啥体统?"李重阳拒不接受。

"你给俺玲珑阁办事,还叫你拿本钱哪?不行不行。"王锦子推让得更固执。

"要不,这些玉货,我就不带走了。"诸葛永行正色道,"你们做生意太嫩了,太不懂规矩了。假如我诸葛是骗子,一去不回头了咋办?"

李重阳笑笑:"你贤兄说的是啥话?你怎把自己假如成骗子哩?"

王锦子爽快地说:"骗你就骗吧,玲珑阁不在意。货你拿走吧,汇票你也拿走吧。"

不行,李重阳和王锦子是犟不过诸葛永行的。诸葛永行说你们不接汇票,货我就不带了,那边的事我也不给你们办了。

没办法,只有依着诸葛永行。

很快就春老了。

老春的一天,诸葛永行风尘仆仆地赶回了南阳城。这次回来,他没给重阳没给杏杏带礼物,倒是给王锦子带了一架留声机,还有十多张唱片。留声机是个稀罕货,也是个古怪货,片子一转,就从歪脖子大喇叭那里转出一连串好听的曲子。王锦子一看一听,高兴得不得了,忙给李重阳交代,说重阳你拿些钱,去卧龙玉液馆陪诸葛先生喝他个三天三夜。

如今的王锦子,不再讨厌李重阳喝酒了,不再讨厌李重阳酒醉了。甚至,她还认为,能陪诸葛先生喝酒,也算是个光彩事。

但是,这一天的诸葛永行,却不接受玲珑阁的宴请。

诸葛永行说:"这一次,我是不会讨吃你们的酒的。古人云:君子不取不义之财,君子不用无功之赏。要吃酒,应该是愚兄付资请你们。"

王锦子和李重阳,都以为诸葛永行说的是玩笑话。

喜欢喝酒的人,怎能随随便便拒绝酒宴呢?

王锦子笑笑。

李重阳也笑笑。

都没有说话。

诸葛永行却很认真地说:"实话告诉你王掌柜,诸葛我这次带给你的留声机,是用你们玲珑阁的钱买的。"

王锦子仍笑着朝诸葛永行眨巴眨巴眼。

李重阳也笑着朝诸葛永行眨巴眨巴眼。

王锦子和李重阳的眼里,都眨出许多的莫名其妙。

诸葛永行又认真地说:"这次带去的玉货,一到南京就出手了。不过,赚的不多。总共赚了六十七个大洋,我用十三个大洋,买了这架留声机,余下的五十四个大洋在这里。王掌柜,这就给你……"

"真的?"

"啊!"

这个春天真好,这个季节真叫人痛快。不管请不请诸葛先生喝酒,不管要请诸葛先生喝几天的酒,反正,李重阳这时候的痛快,已经比这个春天还要大,已经比这个春天还要光芒万丈。

当日,李重阳就去樱花楼对杏杏说:"你守着点儿,我很快就能拿出大堆的钱,把你赎出来。"

杏杏说:"实话告诉你,在不认识你重阳之前,我从没沾染过任何一个男人,好像是在等待你。这以后——放心吧,咱们的缘分,是解不开捆儿的。"

听杏杏这么一说,李重阳禁不住又抱住杏杏的头,狠狠地亲了个热火朝天。

第二十五章

穿烂两双黄麻草鞋了,李大阳才走到一个叫丹凤的小小山城。

李大阳问一老者:"这里离十八盘还有多远?"

老者回答:"你是棒小伙子,差不多三天就到。"

好家伙,翻山蹚水好几天了,离十八盘还有三天的路程。这,这西行蓝田的路,可真是不容易走啊!

听老者这么一说,李大阳的心力突然就疲软了。怪不得镇平人都说:去蓝田,去长安,难似攀上九重天;爬上十八盘,头能顶住天,过了十八盘,身瘦一大半。今儿不再走了,歇吧。

这次西去蓝田,是李大阳的第一次远行,也是他第一次尝到行路的艰难困苦。没走够一天,脚就起水泡了;再走一天,水泡烂了,变成伤口了,痛得厉害,一步一刀割着疼。痛,还得走,西行蓝田的路必须走完。要是胆怯,要是没耐心走完,就不像个玉石匠。玉石匠,夏磨热冬磨寒,磨透了日子,就是没把自己磨败。连磨透日子都不怕,还能怕磨烂麻鞋磨烂脚?还能怕前头的山路走不尽?不怕!不能怕!坚决不能怕!祖上好多辈的做玉人,都曾在这条路上走过。爷爷是在这道上走老的,老爹在这条道上走过了好多来回,现在轮到他行走了,自己咋能不如先人?咋能不如老前辈?就是在此种

— 241 —

精神鼓舞下,才让他的脚步坚定不懈地到达这座山城的。

可是现在,李大阳已是十分低落了。

李大阳问老者:"大伯,前边可有客店?"

老者回话:"有。往前没多远,往南一拐,街边有好几家。"

按照老者的指点,李大阳找到了那条街,到那几家客店看了一遍。客店都怪干净,房里摆有茶桌茶具,床上铺竹席、挂帐子,花格格棉被叠得整整齐齐的。很可心,很如意,条件比自己家里还要强些。跑了一天的路,精疲力竭,能在这样的地方酣酣睡一夜,简直是福气透了。

"掌柜的,在这客店住一宿,要多少钱?"

"喝不喝酒,吃不吃饭?"

"酒是要喝的,饭是要吃的。"

"要不要陪铺的?"

"陪铺?"

"就是说,你睡女人不睡?"

正跟掌柜的询价钱,就凑过来两位嬉皮笑脸的红衣女子,朝李大阳挤眉弄眼。

乖乖,这小小的山城,还会弄出此等客店?此等客店,跟春楼妓女馆有啥两样?此等穷酸之处,咋比南阳城还乱呢?

不住!

此等客店,不能住。拿女人拉客人的客店,万万不能住。堂堂涅阳镇人,堂堂玉石匠,咋能叫这样的地方染出个不清白不光彩呢?

李大阳去了第二家。

"掌柜的,在这客店住一宿,要多少钱?"

"喝不喝酒,吃不吃饭?"

"酒是要喝的,饭是要吃的。"

"要不要陪铺的?"

…………

几家客店一一问过,几家客店都如此这般。

这等客店,都不能住,都不敢住。

李大阳决定继续往前走,沿路找破庙住,找农户家住。前两夜,住的就是村户人家,住得很安稳。看看天色,李大阳赶到一家饭铺内,吃了两碗稠面条,喝了两碗面汤,又买了十几个烧饼,把褡裢装得满满的,然后匆匆地出城了。

不饿了,不渴了,脚痛脚累也消减了。所以,李大阳这时候的行走并没感受出太多沉重,在不知不觉中远离了山城。不过,也就在这时候,大山里的夜晚黑森森地全面临近了。好的是有月光,脚下的山路一清二楚,并不影响行走。

夜行,不会左顾右盼,不会因车马的惊扰分心。夜行的效果,往往会超出白昼。

再往前走,就看见路边有灯火。赶过去一看,是户人家。灯火,是从这户人家窗口传出的,李大阳上前敲了敲门。

"哪条沟的? 这么晚,下来有事吗?"

"我是行路的,想在你这里讨个方便。"

这家当家的,端着油灯,拉开了门。

"噢! 过路的呀!"

这家当家的,把灯盏往李大阳脸前举了举。

"大叔,晚辈只顾行路,没找到客店。事到如今,请你老,容留晚辈一宿吧。"

"进来吧! 俺家贫寒,房窄,你别嫌弃。"

这家当家的,长得精瘦,不魁梧,话也不多,倒是个细心人。好像他的家人都睡下了,他亲自点了灶火,烧了一盆热水,端到李大阳的面前,说:"你洗吧!"

李大阳泡脚的时候,他在地上铺了张竹席,往竹席上扔条长袍,说:"你就睡这儿。"说完,他躺在席边的床上先睡了。李大阳遵嘱,好好泡了泡脚,然后把褡裢枕到头下准备睡觉。

"往哪儿去?"

"蓝田。"

"做啥事?"

"大叔,我是去蓝田买玉石料的。"

"噢,把油灯吹灭。"

"是。"

"睡吧。"

"嗯。"

油灯吹灭了,就都睡下了。很快,这家当家的就呼噜起了鼾声。李大阳的睡意,也随之变重。连着累了几天的人,一沾床铺还能不急急入梦?

睡梦里,李大阳不是在大山里睡觉,不是躺在竹席上睡觉,而是安稳睡一个铺绫罗盖绸缎,又红烛明亮的高雅居室里。正睡间,一位红衣女子进来了。

红衣女子说:"你累很了,我得伺候伺候你。"

红衣女子一掀被褥,就要往被窝里钻。

"滚!"

红衣女子说:"这是咱俩的睡床,你叫我往哪儿滚?"

说着,红衣女子就脱去了红衣红裤,光溜溜地抱住了李大阳。

"咱俩的睡床?"

女子说:"傻瓜!这你还不知道?"

"我不认识你,你是哪家客店的妓女?"

女子听李大阳这么一说,凶凶地推了他一把,说:"大阳啊大阳,你这回西去蓝田,是叫妓女们给玩晕了,给玩糊涂了,你连我都认不出来了?"

"哦?你啊——锦子姐!我的好老婆呀,咱们这是在哪里呀?"

王锦子说:"这是咱们的新家呀!"

"咱们的新家?这么大的宅院,这样华贵的睡房,能是咱们自己的?"

王锦子说:"大阳啊,你脑子是不是生毛病了?给你说,我干爹的万宝路公司,帮咱们赚来大钱,咱们把吴桐庆当年的南阳镇守府给买下来了。如今,这里的一切,都是咱们的了。这,你都没记住,可见你的脑瓜子病得厉害。"

"哦?是没记住。我只记得,你是怀上咱们的孩娃了。你叫我摸摸你肚子,看着俺玉石铺李家的下一辈,现在是啥样。"

王锦子说:"摸不得。咱俩造出的孩娃,肯定是不一般。"

"我不管他日后干啥,现下,你得先叫我摸摸。"

王锦子说:"不能摸,不能摸。"

王锦子抱住肚子不让摸,李大阳一定要摸。俩人在床上扯来扯去、滚来滚去,疯作一团,闹作一团。正疯着,正闹着,李大阳万万没想到,王锦子会突然如水中鲇鱼一样,刺啦一声,滑溜溜地从他怀中溜走了,穿了红衣红裤远去了。

"你往何处跑? 你要把我的儿子往哪里带?"李大阳赶紧穿了衣服,跳下床,急急去撵。

王锦子一身鲜艳,在前面奔走,李大阳鼓足了一身的力量,在后面紧紧追赶。王锦子翻山,李大阳跟着翻山,王锦子涉水,李大阳跟着涉水。撵着撵着,李大阳一身的筋骨就痛得难受。而这时候的王锦子,仍然快步如飞,仍然不停歇地往远处飘。李大阳大声喊:"锦子姐——锦子姐!"

王锦子回头一笑,站住了。

"喊的谁? 你看看我是谁!"

"我喊我锦——哦? 你——咋是你?"

"你只记得你的锦子姐,你就是记不住我。"

"小妹,你是啥时候回来的?"

李大阳忍着浑身筋骨痛,赶到回头一笑的王锦子身边时,听到的却是另一个女人的声音。站在他面前的,是一身黑色东洋装的吴非翠。

"说假话! 你整天想的是你锦子姐,你压根儿就没想过你的吴小妹。"吴非翠这么说时,还流出两行眼泪,"大阳兄,我吴非翠把我的一切,都送给你了,到底,还是没有买住你的心。"吴非翠掏出手绢儿擦擦眼睛,"难道,我一位镇守的女儿,一位留学过东洋的洋学生,还不如那个丝绸商的女儿王锦子?"

李大阳说:"小妹,你别哭。你的大阳兄,真的黑天白日都在想着你。你要不相信,我敢对天赌咒。"

"别赌咒哄人了,你刚才明明是看着我吴非翠,喊的却是你锦子姐。"吴非翠不哭了,朝大阳瞪了一眼,"这是啥意思? 这是啥原因?"

啥意思？啥原因？没意思，没原因。李大阳回想回想，刚才明明是跟王锦子在一起，明明搂的是王锦子。没想到，一眨眼，红衣的王锦子变成了黑衣的吴非翠。

李大阳捶了捶自己的头，说："刚才是在做梦。"

"明白了，你做梦都梦的是王锦子，可见，小妹在大阳兄这里是没一点儿位置了。算了！"吴非翠头一摆，就要走，"我这就回我老爹老妈那里，我这就回山东济南府。"

看把这事整的！咋能把事整成这样？自己在这个有头无尾的梦中，应景应情喊了一声锦子姐，倒让吴小妹恰恰巧巧碰遇上了，让人浑身是嘴都解释不清楚。

李大阳拉住吴非翠的衣袖："小妹，你别走，你听大阳兄给你说。"

"说啥说？不听你说，我今天一定要走。"

一个坚持要走，一个坚持不让走，拉拉扯扯中，李大阳突然一个趔趄，后脑勺悬空……

正在舒舒服服做美梦的李大阳突然发觉，他枕在头下的褡裢被人抽走了。美梦破碎，李大阳忽地坐起，拽住了褡裢的一端。

李大阳立马明白，这是遇上盗贼了。

不行！这里边装的是我李大阳西去蓝田买石料的一切，这条褡裢被盗走、被抢走，拿啥把玉石料买回去？

行盗者并没因李大阳的发现而退缩，反而，死死地拽住褡裢的另一端。

"放开！"

"你要再不放开，我可就不客气了。"

行盗者不说话，只是呼哧呼哧喘气。听着行盗者的喘气声，李大阳很快判断出，这人为盗他的这条褡裢，累了心，也累了力。

大山里的夜月，越升越高，也越升越明亮。

借着浅浅的明亮，李大阳看得清楚，这位行盗者，就是这家的主人。一看行盗者是这家的主人，李大阳说话的声音放缓了。

"大叔，这褡裢里装的是干粮。没钱。"

呼哧呼哧……

246

"放开手吧大叔,没这些干粮,我翻不过这十八盘。"

呼哧呼哧呼哧……

"只当是你大叔积福行善了。"

呼哧呼哧呼哧呼哧……

行盗者还是不说话,还是不放开褡裢。只是他的呼哧声,越来越紧越来越粗。

"大叔啊大叔……"

李大阳显然是掩藏不住自己的悲哀了。

看上去,是多么忠厚的一个山里人呀!忠厚得连话都不会多说一句的人,怎干起了此等勾当?在山城的各家客店里,他害怕女人陪睡,害怕掌柜的利用女人宰客,不住。想找清净的地方住,找不宰客不烦人的地方住,可是咋也没想到,走进深山野沟了,还是逃脱不了这一劫。这山里,咋比山外还乱?咋比山外还野蛮?是自己的命太坏,还是这西行路上恶人太多?

"杀、杀……"

李大阳终是听到这家主人说话了。同时,李大阳也借着透进来的月光,看清楚对方朝他举起了一把菜刀。

"杀、杀你……"

行盗不成,对方要持刀硬抢了。

"大叔!大叔!大叔你别弄这。"

看到菜刀迎头高悬,李大阳想再悲哀悲哀,也容不得悲哀了。余下的,就是惶恐就是要保命。

"杀……"

"大叔、大叔饶了俺!"

李大阳记得,离家时,张刀花往他的褡裢里装了一把短刀。但这一路上,他几乎忘掉了这件兵器。假如,昨夜睡时把短刀取出放在自己枕下,现在取出,至少能给自己壮壮胆。而这时候才想起这件事,实在是太晚了。

呼哧呼哧!呼哧呼哧!

主人的菜刀,高悬着。

李大阳的胳膊肘,高悬着。

高悬的切菜刀,高悬的胳膊肘,相持了很久。

切菜刀和胳膊肘,似乎都在对峙中耗累了精力。切菜刀,哆哆嗦嗦;胳膊肘,颤颤抖抖。

随着双方的相持,大山里的夜结束了。很快,就有晨鸟喳喳乱叫;很快,就有马蹄声和铃铛声从远处隐隐传来。天,要亮了。

一听到这些清晨到来的声音,李大阳探探头,好像看到了生存的希望,好像增添了生存力量。

这家主人也听到了黎明的声响,也感觉留给自己的时间已经不多了,他已经被逼到必须快刀斩乱麻的时候了。他丢开褡裢,两只手合力在切菜刀的刀把上,把切菜刀奋力地朝上扬了扬。

"天哪!"

面对着就要砍下的切菜刀,李大阳禁不住发出绝望的哀叫。

李大阳啊李大阳,你的命,咋这样浅啊?

李大阳啊李大阳,你这一死,对得住谁呀!

切菜刀就要落下了……

我的亲人们哪!

李大阳也放弃了褡裢,两条胳膊肘都擎在头顶……

这是唯一的抵御。

这是无奈的抗争。

然而,那把菜刀最终没有落下。

就在菜刀要了断李大阳生命的关键时刻,这家门口突然走来一位行人,拍拍门说:

"这家的住客,你该赶路了。"

这一句提醒,让抢劫者慌乱了。

吧唧! 这家的主人瘫倒了。

那把菜刀,有气无力地掉落在地上。

呼哧呼哧,呼哧呼哧,李大阳款款背上褡裢离开这家的房门时,那人还在紧张地呼哧着。

不管这些了。

晨光里,李大阳背起了褡裢,挺起了胸膛。

西行路上的这一劫,说声结,就结了。

第二十六章

都说去蓝田的路上凶险多，都说去蓝田的路上强盗恶，这说法不一定可信。回想昨夜那个强盗的熊样，这时候的李大阳觉得很可笑。还没动手哩，就呼哧得跟老母猪挨过刀捅一样，一举起切菜刀就掉魂了，就迷瞪得跟断了头的老公鸡一样。这有啥凶？这有啥恶？这算啥强盗？这算啥土匪？昨夜，我李大阳要是把裤裆里的那把短刀取出来，放在身边，这个窝囊蛋必是要向我求饶了。

现在，李大阳已把短刀从裤裆里取了出来，斜插在自己的腰带上。只要有这把短刀在手边，就等于胆气在手边了，就等于杀力在手边了。手边有了胆气，有了杀力，还有啥可怕的？还有啥应对不了的？赳赳着走吧，昂昂着走吧，雄赳赳气昂昂地去翻十八盘吧。

"兄弟，去长安，还是去蓝田？"

"翻过十八盘再说。"

临近晌午，李大阳走到一座山包的拐弯处时，见路边有家卖糯米甜酒的，便停下了。跑路跑了大半天，口渴了，也饿了，该歇歇脚了。他让主人烧了一碗甜米酒，掏出干粮，坐在木凳上，慢着吃，慢着喝。正吃着喝着歇着，坐在另一个木凳上的一位中年汉子，往他身边靠拢过来。

"你是去做啥生意？"

"不做生意，走亲戚。"

这一回跟陌生人打交道，李大阳比昨晚成熟多了。他想，不敢再老实了，不能说实话的时候，断不能说实话。该拿瞎话哄的，必须说瞎话。

中年汉子说："咱俩搭伴吧，我是去蓝田的。"

李大阳问："去蓝田做生意？"

中年汉子说："十八盘上刀客多，专欺单行人。"

李大阳又问："你去蓝田做啥生意？"

中年汉子说："结成帮翻十八盘，少出事端。"

李大阳说："兵荒马乱的，做啥生意都难。"

中年汉子也没说出他去蓝田做啥，可他说的结帮翻十八盘倒是个好主意。人多，壮人胆，虎多，添虎威。主意是好，很不错，可跟谁结帮搭伴呢？半路上碰遇的人，都是陌生人。陌生人和陌生人之间，谁信得过谁？这个伴，还得提防着搭。

"小兄弟，上路吧。"

"你先走吧老兄，我还想歇歇腿。"

"不敢歇了。再歇，天晚了，就赶不到前边那个客店了。赶不上，是找不来睡的地方的。"

"那行，我就不歇了。"

朝着同一个地方去，走的是同一条路。想不搭伴，想不结帮，也不可能。一个在前面走，能管得住后面跟上来的？一个在后面行，能不叫前面有人走？

就搭伴走，就结帮行。

"小兄弟，听口音，你是……？"

"镇平涅阳人。你是……？"

"乖乖。咱们是挨膀子老乡啊！我是内乡马山口人。"

"从俺涅阳镇，走近路去你们马山口，也就一大晌的工夫。"

"你们涅阳富得流油啊，俺那里有顺口溜说得好，说：涅阳人，疙瘩球，不分冬夏穿丝绸；涅阳人疙瘩蛋，穿个裤衩是绸缎。"

"你们马山口,给俺们涅阳人帮忙大呀!听老人们说,俺涅阳古来往嵩县、卢氏、栾川、洛阳府一带去的货,都是通过你们那里转送出去的。"

"马山口,是关口。往北去的货,不走马山,是过不去的。"

"早就听说你们马山口热闹得很,跟大都市一样。俺涅阳的驴贩们,总是要唱这样的顺口溜,说:月亮走,我也走,我给月亮赶牲口,一赶赶到马山口;吃烧饼,喝清酒,再抱抱嫂子的花枕头。"

"你们涅阳不只是丝绸名气大,听说你们那里的玉石货,还漂洋过海去过万国会。"

"你们马山口的铁锅才叫名气大哩,听说大半个中国,都靠你们的铁锅做吃做喝哩。"

一知道是挨膀子老乡,两人的言谈很快就亲切起来,两人的交往很快就愉快起来。彼此间没了提防,心情又好,说说笑笑中赶路,不怎么觉得累。两天过后,他们就顺利翻过了十八盘。

还是搭伴好。身边有伴,遇事不慌,腰杆子硬,能挺起胸。重要的是,翻十八盘的险山峻岭时,他们真的没碰上强盗,真的没遇上刀客找麻烦。下了十八盘,他俩直接去了蓝田城。

按道理,他俩该分手了。

"老兄,你啥时间回去?"

"小兄弟,你啥时间回去?"

这时候的李大阳,已体会到搭伴行路的益处了,很想跟这位马山口的挨膀子老乡,搭伴一起回去。而这位马山口的挨膀子老乡,也十分留恋李大阳。李大阳是大个子,人前一站能压倒一切。打不死人,也能吓死人。

马山口老乡说:"我来蓝田是买西北药材的,两天办完,然后就雇辆驴车往咱那边拉。你哩?"

李大阳说:"老实说,我不是来走亲戚的,我是来买玉石料的。我买玉石料,顶多要两天。"

都来买货,行程又相同,于是俩人就在同一间客房住下。到了这时候,李大阳才知道,这位马山口老乡,是来买甘草、冬虫夏草、藏红花等药材的。买了这些药材,再贩往南阳东的禹州。这位中年汉子也才明白,这位叫李大阳的小老弟,原来就是曾给万国会做过玉石货的李家后代,要来买缅玉、和田玉、岫岩玉之类的玉料。当晚,俩人到饭馆喝了场酒,回房醺醺睡了一宿,第二日晨起便各自去忙各自的事。忙了两天,各自事毕,俩人合伙雇了一辆驴车,药材、玉石料一并装上。第三日,俩人又一起到街市里,各自买了些回程的草鞋、干粮,和带给家人的稀罕物,也算歇了一天。第四日,即早早起身,踏上归程。

"实给你小老弟说吧,往蓝田这条路我可是没少走啊。我啥苦都吃过,啥凶啥难都经见过。也是我的命好,到底都能活着回去。"

李大阳说:"有了这一趟,我算是啥都领教了。路难走不说,日晒雨淋不说,弄不好,还会落到刀客窝里,挨一场烂头烂脑的乱刀砍。"

这俩膀子老乡,通过这几天的交往,好像都把对方看清楚了,都从内心把对方看成是患难的朋友。到了这般时候,就到了实话实说无话不说的时候了。先是马山口老乡,说他来往蓝田路上的众多故事,说了自己在妓院的风流,说了被骗入赌馆后的可怜下场,说了碰上强盗时的惊惊险险。马山口老乡说罢这些,李大阳也把那夜遭遇菜刀临头的过程细说了一遍。马山口老乡从这条路上摔打出来了,他说自己的那些故事时,跟说戏文一样,嘻嘻哈哈,谈笑风生。李大阳就不同了,李大阳是第一次出远门,也是第一次赶上这要命的事。说到最后,他竟流出了两行辛酸泪。

"老兄啊,那一夜,我要是真的被砍死了,我咋对得住生我养我的老爹老妈呀?咋对得住黑夜白天都牵挂我的锦子姐吴小妹呀?咋对得住……哎!多亏那个过路人的搭救呀!"

李大阳说到这里,突然抬起衣袖抹去脸上的泪,问马山口老乡:"那天早上,是不是你在那人家门口喊的我?"

李大阳这几天始终没细想那个早上是何人在门口喊的那一声,人家是有意喊的,还是无意喊的?现在,李大阳说罢这件事,突然觉得那一声喊叫有点儿古怪,有点儿莫名其妙。

马山口老乡说:"看你说的,那时候我还不认识你,凭啥喊你?"

李大阳说:"走这一路,我从没跟任何人搭过帮。那一夜后,就遇上了你。从时辰上说,那个搭救我的恩人,应该是老兄你。"

马山口老乡笑笑："我不当你的恩人。我凭啥当你的恩人？那一夜,我在你西边十几里处歇哩,我凭啥回过头去喊你?"

李大阳自语："那一声喊,是谁哩？咋知道我在那户人家住?"

马山口老乡笑笑："吉人遇难天不容。你这一回,肯定是叫玉皇大帝看见了,指派个神仙女子下凡救你。嘿! 小兄弟,说不定那仙女,正在前面等着嫁你哩。"

这一说,也把李大阳逗乐了。

这时候,在前边赶着驴车的老汉,一边拿鞭子抽毛驴,一边唱起了曲子:

一听说哥哥你走十八盘

小妹妹我心里直发颤

十八盘路上虎狼多

抢劫的毛贼连成串

天不大亮你莫动身

老阳不落你早住店

自打出了蓝田城,马山口老乡和李大阳一直跟在毛驴车后面,说说笑笑,隔一阵子,还能听一段赶车老汉唱的曲子。这一路,走得很热闹。要说,俩人一起走路只能算是搭伴,三人加一驴车走路才能算是结帮。结了帮赶路,更让人脚步高兴,更让人脚步轻便。很快,他们的回程路,就走过了两天,快要爬上十八盘高处了。

登上十八盘,差不多就是登上了秦岭山脉的顶峰。从东坡登上这座山峰,并不那么复杂。虽说也盘来盘去地盘了不少山梁梁,终归要比攀西坡容易些。

现在,三人加一驴车的行帮,已行到峰顶处。这时候的天,好像距离行人更近了,日光也好像是更暴烈了。爬坡的累、热,再加上哗哗啦啦的临头日晒,很快就把他们整治得气喘吁吁挥汗如雨。就连那头拉车的老驴,也被整治得吭哧吭哧直放屁。

李大阳喘着汗气对马山口老乡说:"咱们找个背阴处,歇会儿吧,要热死人了。"

马山口老乡一边擦汗一边说:"不能歇。快走,在这山顶待久了,麻烦就多。"

李大阳说:"有啥麻烦?顶多是来个掂切菜刀的毛贼拦路抢劫。没事,咱仨出手,还打不过他一两个毛贼?"

马山口老乡说:"我说的麻烦,不只是——走吧走吧,再晚,就赶不上住处了。"

不歇凉就不歇凉吧,就接着走。玉石匠没啥本事,就是有磨不烂的脾性。接着没走多远,李大阳突然觉得头顶挨了一击,好像是从天上掉下来个啥东西,咋回事?正猜测间,他的肩头又接连挨了好几下击打,他仰起头一看,刚才还是响晴的天,此刻突然昏暗了。哗哗啦啦,扑扑通通,成群成群的东西朝他迎头而下,在他的头顶和肩头砸出成群成群的疼痛。

"快来快来!快到这儿躲一躲!"

就在李大阳挨砸挨得莫名其妙的时候,赶车老汉很快刹住了毛驴车,很快把他拉到了驴车车厢底下。

李大阳这才看到马山口老乡,已早他一步躲到了这个地方。

马山口老乡说:"你别不在意,这地方的冷子,下厉害了,敢比鸡蛋大。"

冷子,就是冰雹,有些地方叫雹子。马山口和涅阳一带,叫它冷子。

下冷子了,就把寒冷给带下了。刚才还是汗热烤红日,这一下,可就掉进了隆冬里。

李大阳冷得抱紧了肩膀:"大秋天的会下冷子?"

马山口老乡说:"不只下冷子,还会下雪,你看看那山谷谷里,还都厚着堆雪哩!在这山顶上,赶巧了,一天就能过个春夏秋冬四季哩!"

李大阳吃惊道:"好家伙,照你老兄这么说,这大热天的走十八盘,还得弄条棉袍子备着呀?"

马山口老乡笑笑:"那倒用不上。这地方说变脸就变脸,你看你看,你看这冷子,这冷子说不下可就不下了。你看你看那太阳,说露头可就露头了。"

李大阳从车厢下探探头。

果然是一轮红日，和煦在天。和煦下，一地的和暖，一地的山花烂漫。

一时三刻，夏天去了，秋天去了，冬天也去了。

天气很好，不冷不热，正是赶路的好时光。

天气一好，行路人的心情就注满了春天，行路人的脚步就春风得意了，就连那头拉车的老驴，也神气多了。赶车的老汉又唱起曲子，李大阳和马山口老乡又都找出些趣话、荤话、逗高兴的话，一边走，一边说说笑笑。

"我说小兄弟，那一夜，切菜刀搁头上都没砍死你。你的命可真大得很哪，是不是真的叫玉皇大帝的神仙女，给搭救的?"

李大阳嘿嘿一笑："兴许是的吧。"

"那神仙女要是看上你了，你敢不敢睡她?"

李大阳嘿嘿一笑："不敢不敢。"

"别假装，就你这大高个子，睡她一回，她美死了，你也美到天上了。"

李大阳嘿嘿一笑："看你老兄说的啥话……"

"啥话? 实话。玉皇大帝得知你睡了他闺女，还不把你拉天上做女婿? 到那时候，你天上有夫人，地上有老婆，那才叫福气哩!"

扑哧! 李大阳忍不住笑大了。

> 小哥哥小哥哥你且莫慌走
>
> 小妹妹小妹妹我有话你记心头
>
> 不管他外面的水儿有多少
>
> 都不如咱家的井水不断流
>
> 不管他外面的花儿开多大
>
> 都不如咱庄稼地里的花花四季有
>
> …………

说笑人高兴，唱曲人高兴，就连出力拉车的驴也高兴着。

都在高兴。

都高兴得不得了。

轰隆!

就在大家都高兴得不得了时,突然的一个轰隆,就把不测风云,全面降临到这座春光明媚的山顶了。

"站住!"

"交出买路钱!"

声音听起来,好像比雷电还厉害。李大阳吃惊着两眼一看,只见车前站着几条赤胸裸臂的大汉。三条大汉端着铡刀,两条大汉端着盒子炮,气势汹汹地拦住了道。

"要人头的交出银子钱,要银子钱的留下人头!"

完了,这一劫,可不是那一劫。那一劫,应对的是一个人,应对的是一把切菜刀。而这一劫,要应对的是几条大汉,要应对的是三口铡刀和两把盒子炮。轰隆,李大阳的腿软了,整个身子骨都软了,他摇摇晃晃地扶住了驴车。

"乡党爷们乡党爷们,咱们都是陕西乡党,跟他们不一样。我是为他们赶驴车的,我要是有钱,怎会给他们出苦力?"赶车老汉一边说着,一边对几条大汉点头哈腰。

"好汉爷好汉爷,咱们都见过面,你爷们把小人忘了?我没钱了,我把钱花完了。不信,你们掏掏我口袋,翻翻我褡裢。"马山口老乡满脸堆着笑,给汉子们一一作揖。

一大汉厉言厉声道:"车上装的啥?"

赶车老汉哈哈腰:"乡党只管赶车,不问装的啥。"

马山口老乡朝大汉们堆堆笑:"好汉爷好汉爷,都是滥贱东西都是滥贱东西。"

又一大汉厉言厉声道:"把车上东西都卸下来!"

赶车老汉往路边一蹲:"卸你们卸,我不管。"

马山口老乡一边点头哈腰又一边满脸堆笑:"都是药材,都是药材,我知道好汉爷们是从来不要药材的。"

一汉子硬了腔口:"卸下!"

又一汉子腔口更硬:"谁敢不从!"

两条汉子吼罢,三口铡刀明闪闪地举起,两把盒子炮黑洞洞地瞪大了凶狠。

好家伙！谁的头，能经得住铡刀砍？谁的头，能经得住盒子炮崩？

赶车老汉不敢再蹲一边，马山口老乡不再啰唆闲话。他俩解了绑车绳，一袋子一袋子往下卸货。每卸下一袋子，汉子们都要打开仔细查找。好像那药材袋子里，埋有银圆，埋有金砖。

很快，装药材的袋子就要卸完了。

很快，就要卸装玉石的袋子了。

"别！"

这时候，软了筋骨走了魂的李大阳很快意识到，他那装在药材下面的玉石袋子就要暴露了。

"别、别，剩下的都是……"

李大阳听说过，十八盘路上的毛贼们，最看重的是涅阳丝绸、涅阳玉石货，其次就是玉石料。再其次，才是银子、金砖、珠宝。最讨厌的，是过路棺材和过路药材。

汉子们一看李大阳不让卸余下的袋子，都把手中的铡刀和盒子炮朝他举了举。

"嘿嘿！想挨刀呀？"

"嘿嘿！想挨盒子炮呀？"

汉子们阴阴脸，嘿嘿的声音，和手中的家伙，也都森森的。跟这时候的天空一样。

"别！不能……"

章玲先生汇兑给涅阳玉石匠们做玉货的钱，一大部分兑换成了这几袋子玉料。这几袋子玉料被抢走，等于是杀了涅阳玉石铺李家，等于是截了涅阳玉石匠们富裕的路子。

不行！

绝对不行！

为了兑现对章玲先生的承诺，为了兑现对涅阳各位玉石匠的承诺，李大阳不能再软筋骨了，必须挺身而出了。

跟他们拼！

拼！一个"拼"字，砰地一下在李大阳的头脑中酝酿成熟，砰地一下在李大阳的思想里发展壮大,李大阳就胆气十足了。李大阳的筋骨就不软了,胸膛就挺高了,就雄赳赳气昂昂地无所畏惧了。

"嘿嘿!这小子是要钱不要命啊!"

"嘻嘻!这几天,山里豹子可是没肉吃了!"

"哈哈!来,把这小子扔到山涧里吧!"

铡刀们和盒子炮们,朝李大阳围了过来。

噼——啪——

突然而至的闪电,闪闪亮亮地照射着对准李大阳头顶的铡刀,闪闪亮亮地照射着抵在李大阳胸前的盒子炮。

李大阳的短刀也不示弱。突然的闪电下,李大阳的短刀,与汉子们的铡刀和盒子炮,发生了短暂的对峙。

不怕他们。

不能怕他们。

但是,李大阳和短刀的无所畏惧,并未阻挡住毛贼们的野蛮和疯狂。高悬在李大阳头顶的三口铡刀,正在急速落下!噼啪啪……轰隆隆……电闪紧急!雷震紧急!憋不住的大雨终于瓢泼碗倒了……雷电暴雨仍没挡得住强盗们的贪婪和恶毒,铡刀就要砍在李大阳的脑瓜子上了……

"混蛋!"

就在这时候,从雷鸣闪电中,突然怒出一声霹雳般的吼叫。随着吼叫,跃出一个头戴竹笠的小伙子,一阵咣咣当当,把即将砍入李大阳脑瓜子的铡刀,还有没来得及扣扳机的盒子炮,统统打掉了。

没想到的节外生枝,让强盗们始料不及。他们短暂地傻了傻眼,赶紧找回各自的刀枪,似乎又找回了威风。

哪个山头的,哪个寨子的?哪方人士胆敢到这十八盘上逞能?不义气,不朋友,务必清除。自不量力,不知天高地厚,必须消灭。一朝难容二君,一山容不得两虎。杀!

雷在震,电在闪,雨在倾盆!

呀呀呀!

哇哇哇!

噢噢噢!

雷雨中,拦道行劫的汉子们重新找回了力量,铡刀再次举起,盒子炮再次举起,狂叫着朝戴竹笠的小伙子围来。

五个大汉膀大腰圆,戴竹笠的小伙子身子却十分单薄。五个大汉都高大,戴竹笠的小伙子显得很是低矮。且是五对一的相斗,人数相距太大。

不过,戴竹笠的小伙子丝毫不显胆怯。相反,更比那五条大汉神勇,更比那五条大汉出刀有力。

雷鸣,电闪,雨哗哗,杀声连天。

连天杀声中,被吓蒙的李大阳渐渐地苏醒了。他哆嗦在一旁,屹蹴在一旁。他很想举起短刀,给突然而来的救命恩人助助力量,帮帮手……不行,腿太软了,站不起来;不行,胳膊太弱了,举不起短刀。

面对情势剧变,马山口老乡和赶车老汉,都在一旁木木地呆着。连拉车的老驴,也莫名其妙地呆着。他们呆呆地观看着雷雨中的刀来刀去杀来杀去,他们呆呆地看着征杀中的伤来伤去血来血去。

渐渐,雷电累了,倾盆雨累了,五条大汉也累了。

大汉们力不能支,节节败退。很快,他们就被戴竹笠的小伙子逼到了山道边缘。他们的身后是万丈深渊,是险嶂立峭……退不得了。一位汉子的腿颤抖了,身子摇晃了,他好像明白了他的恶劣处境,立马被吓软了筋骨,立马被吓昏了头吓走了魂……吧唧! 他直朝着悬崖跳了下去……

一看同伙跌进了死亡深谷,余下的四条汉子纷纷朝戴竹笠的小伙子跪下。

"好汉爷饶命!"

"好汉爷饶命!"

戴竹笠的小伙子收了刀,走到道边,朝万丈深涧看了一眼,长长叹了一口气,然后转过身,说:

"滚吧!"

这四条汉子听到发落,纷纷丢下兵器,逃命去了。

很快,云开雾散,太阳和明媚春光一并回来了。十八盘山顶上,一时间,就又林木青翠飞鸟鸣叫鲜花烂漫了。

毛贼们逃了,雷雨去了,一切的害怕也随之终结。这时候,马山口老乡朝戴竹笠的小伙子跪下了。他一边对着戴竹笠小伙子磕头,一边唠叨些感谢的话,同时,还悄悄拉了拉身边的李大阳,小声切切相告:"快跪下,快快跪下,快快给恩人磕头。"

磕头是应该的,也是必须的。李大阳很清楚,这一日的拦道抢劫毛贼,真正要抢的不是马山口老乡的药材,而是他的那些玉石料。

跪下吧,磕头吧! 得恩咋能不报? 获救咋能不谢?

"谢谢兄弟搭救之恩,涅阳李大阳给你磕头了。"

李大阳说着就要跪地,不料却被戴竹笠的小伙子拦住了。

"使不得使不得!"

李大阳坚持要跪,坚持要给小伙子磕头。这一跪,这一磕头,表达的不仅仅是他李大阳的心情,还替代着玉石铺李家、替代着涅阳的玉石匠们、替代着上海万宝路公司,对这位小伙子表达感谢。

"我是一定要跪的。不跪,天地不容!"

李大阳一定要跪,一定要磕头致谢;戴竹笠的小伙子,坚决劝阻,坚决不让李大阳的双膝落地。

就在要跪和不让跪拉扯得不可开交的时候,戴竹笠的小伙子,突然卸去了头上的竹笠。

一看对方卸去竹笠,露出一头长长的秀发,露出一脸的女人秀色,马山口老乡迅即磕起了响头。他认为,这位从天而降的英雄好汉,这位一刀打败众匪的女中大侠,就是玉皇大帝派下来搭救李大阳的神仙女。嘿! 别说,这次搭李大阳的福分,有缘见上神仙了。

"神仙姑姑……"

"神仙姑奶奶……"

"神仙老祖姑奶奶……"

马山口老乡,虔诚地在山石上磕出一串串响亮。

李大阳见了来人的真面目,却站直了身子。他不再坚持跪地磕头了,不再说"不跪天地不容"的话了。

"快跪呀,快给神仙姑姑磕头呀!"马山口老乡悄悄拉了拉李大阳的裤脚，"真是神仙女下凡了，别傻站呀！"

"你咋来了？"李大阳不理会马山口老乡，他简单地朝女人看一眼，"你咋跑到这儿了？"

女人说："……我、我……"

女人说："……跟随你一路了！"

女人说："……我放心不下。"

女人说着时，拉低了眼皮，好像一个做错了事的孩子。

李大阳踢踢身旁的马山口老乡，说："快快起来，装货赶路。"

跪地的马山口老乡，仰起头说，你还没给女神仙磕头哩！

李大阳笑了笑："不用了。"

不用跪，你就不跪。跪不跪，磕不磕头，是你小老弟的事。我不管，我管不着。马山口老乡想，反正，我是跪过了，我是磕过好多头了，我是不会惹女神仙不高兴了。他从地上爬起来时，顺便捡起了那两把盒子炮。

"小老弟你看你看，这盒子炮都是树根做的。怪不得，他们连一枪都没放响过。"

李大阳接过"盒子炮"看了看，顺手扔到了山涧下。

第二十七章

从十八盘下来，一路很顺，再没碰上菜刀临头高悬，再没碰上盒子炮和铡刀们的拦道相逼。没想到，一到内乡城，事情就啰唆了，赶上了啰唆雨，啰啰唆唆地下了一天一夜。这一下，城东边的湍河水就长了气势，就汪汪洋洋地奔腾叫嚣了。

湍河水来自伏牛山深处，行过千峰万巅，凝聚千涧万溪，才到达这里。因此，它这一暴涨还是挺有雄心挺有耐心的。再看看天，这啰唆雨怕是三两日内停不下来。

马山口老乡说："咱们这挨膀子老乡，就从这儿分开吧。"

李大阳说："分吧。反正，过了湍河，你是往北走，我是往东走，走不到一块了。"

俩人在骡马店卸了各自的货，给赶驴车的山西老汉付了脚力钱，老汉戴上雨帽，披上蓑衣，赶起毛驴车就要上路了。

"一听说哥哥你走十八盘，小妹妹我心里直发颤……"哗哗雨里，老汉甩了一鞭子，"十八盘路上虎狼多，抢劫的毛贼连成串……"

"等等，陕西乡党！"马山口老乡站在骡马店门口，对哗哗雨中行走的老汉喊，"我给你说，过十八盘可要多留点儿心哪！"

李大阳说:"大伯,咱们也算患难一场,你莫慌走,我这就去给你置买些干粮,省得路上肚子饥。"

毛驴车就站下了,李大阳从店家那里借了把雨伞,去街上买回三斤锅盔馍十个烧饼,用油纸包了,交给老汉。老汉接了,千恩万谢,说:"你是好人,菩萨会保佑你的。"又说:"你先生下回再去蓝田买料,我还给你跑脚。"

李大阳说:"咱们都是忙赶路的人,碰上面了,是要相互照应照应的。"李大阳又说:"老伯,你还记得山城城西十几里的那户人家吧? 那家人的那个小姐姐怪可怜的,长恁大了,连条囹圄裤子都穿不上。你把这六尺洋布捎给她爸,叫她缝身衣裳穿穿。老伯,你可一定递到她手上啊!"老汉连连点头应允,再一次撩起了鞭梢——

一听说哥哥你走十八盘

小妹妹我心里直发颤

十八盘路上虎狼多

抢劫的毛贼连成串

天不大亮你莫动身

老阳不落你早住店

…………

哗哗雨里,陕西老汉的老驴车,载着他和他哼的小曲,缓缓远去了。

看着老驴车走远了,站在屋檐下的马山口老乡扯了扯李大阳的衣袖:"回房吧!"李大阳似是而非地"噢"了一声,没动身。马山口老乡嘻嘻笑:"那一丁点儿个小姐姐,还能动大钱给她买洋布啊?"李大阳仍伫在哗哗雨里,没注意听身边的唠叨。李大阳心不在焉地问:"你说的啥?"马山口老乡笑笑,改了口:"我说你老婆是神仙女。"

从十八盘下来,马山口老乡就已经猜到,那位侠女是李大阳的老婆。因为,她每每跟李大阳说话,总是低声下气的,跟做错了事的童养媳一样,还能从两人对话中听到些"为妻"之类的话。马山口老乡悄悄问李大阳这女人的身份,李大阳支吾道:"邻居。"又问:"你这邻居姓啥叫啥?"李大阳支支吾吾:"姓……叫……她叫张刀花。"马山口老乡笑道:"这张刀花怕是你花枕头上的邻居吧?"李大阳伸头往前走,再不作答。

从十八盘一路下来,李大阳很少跟张刀花说话,张刀花也少了那日只身战群匪的凛然威风,很少在李大阳面前多言多语。李大阳只顾跟马山口老乡逗笑取乐,张刀花一直孤寂着,如一片秋叶,孤单单飘零。

走到李大阳遭遇菜刀临头的那户人家门前时,他突然站住了,扭头问张刀花:"那天早上,是不是你喊的我?"

自跟随丈夫从十八盘下来,张刀花只讲究一个"跟",紧跟丈夫,保护丈夫,不留意走了多少路程,不留意走到了何处。现在,突然听到丈夫的扭头一问,她一时不明其意。

张刀花站住,看着自己的脚尖。

张刀花说:"一路上,为妻喊叫你好多次,不知你说的是哪个早上?"

李大阳仰起头,看着天上的一块轻云。

李大阳说:"就在这家住的那个早上,我听得最清楚了。那个早上,是你喊的'这家住客该赶路了'?"

张刀花认真地看了看这户人家的房舍,点了点头。

张刀花说:"每天早上,我都会在你住处附近,照这么个意思喊上一句。只不过,那一天的早上,我是在门外喊的。"

张刀花这么一说,李大阳的心头轰然酸了。

"那夜你在哪儿睡?"

"就在这家的屋后。"

"没人欺负你吧?"

"蚊虫太厉害。"

"那夜,你没听到屋子里的动静?"

"蚊虫跟刮大风一样,咬得为妻抬不起头,啥都听不真切。那夜,你咋了?"

"没给你说。那一夜,我碰上坐匪了——就是在这家,我差一丁点儿挨了菜刀——要不是你那一声喊,要是那一喊稍晚一会儿,我这脑袋瓜就要烂八瓣了。"

"啊!"

猛听男人遭此凶险,张刀花大吃一惊,随后即有一串悔恨泪流了出来。

"是为妻没想周全,让你受惊了。你、你责怪我吧,你、你处置我吧!"

没经男人同意,擅自一路跟来,就是要保护好他的,可没想到,竟让自己的男人在这一个不起眼的地方差点儿生出丢命的事。还是自己粗心哪,那夜过多注重了蚊虫,疏忽了对这家人的防备。

看见刀花哭了,李大阳的心也很不好受。

"不哭。刀花,我是不会责怪你的。我为啥要责怪你?"李大阳伸出手,把张刀花戴得原本就比较周正的竹笠又端正端正,"不管那一夜俺们咋周折,到底,还是你把那人的菜刀给打败了。"

"为妻做下不周全事了,你咋能不责怪? 你要不责怪,为妻是没脸面再陪伴你的。"

"算了,你别多想了。刀花,我不能白白从这家门口就这么过去。我想再见见这家的当家的。"

"见! 为妻随行保驾!"

张刀花"唰"地抽出了柳叶细刀。

李大阳说:"你别随便杀人。"

这时候,毛驴车已经走过了这户人家的门前。李大阳朝赶车老汉喊了一声:"老叔,你停那儿歇歇脚,等我一会儿。"

喊过话,李大阳和张刀花就朝这户人家走去。

走在前面的马山口老乡,扭回头,想了想,好奇地跟了上去。

"谁在家,谁在家?"

这户人家门开着,却不见人影,张刀花喊了两声。

"谁在家,谁在家?"

张刀花又连喊了两声。

仍不见有人出来。

李大阳说:"这户人家,俺是过路的,想在这里讨个方便,行不行?"

"行啊行啊,有啥事,你说吧!"

许是李大阳的声音亲切,屋子内有了回应,一个小姑娘出现在了门口。

张刀花说:"叫你们家的当家人出来!"

小姑娘说:"姑姑!要俺帮你们啥忙哩?就给我说吧!"

李大阳拉了张刀花一把,自己走到了小姑娘的身边。

李大阳:"你爹哩?"

小姑娘:"得下重病了,卧床不起了。"

李大阳:"听说,你爹几天前还好好的。"

小姑娘:"几天前是好好的。"

李大阳:"那,咋就得下病了?"

小姑娘:"几天前的夜里,一位过路人要在我家借宿。我爹陪着他迎门睡了。就是这一睡……"

李大阳:"这一睡咋了?"

小姑娘:"直到第二日后晌,还一直在睡,不能动弹了。"

李大阳:"咋不快寻个医先生看看?"

小姑娘:"找了,我妈请来个神汉一看,说我爹犯住玉皇大帝了。请来个神婆,又说是我爹犯住玉皇大帝的后宫娘娘了。越是找先生看,我爹的病越是加重。"

李大阳:"能不能叫我见你爹一面?"

小姑娘:"神汉神婆都说我爹病大,半年内不能见外人。"

李大阳:"我不是外人。我就是那夜住在你家的那个过路人。"

小姑娘:"那你更不能见,我爹就是为你才得下病的。"

小姑娘迎门站着,没有让李大阳和张刀花进去的意思。张刀花有点动气,她很是想会会那个举菜刀要杀李大阳的坐匪。

张刀花:"你这小姑娘怪会编瞎话,怪会骗人。"

小姑娘:"姑姑,俺听不懂你说的是啥……"

张刀花:"你爹怕是做下了伤天害理事,不敢出来见人。"

小姑娘:"我爹是行善,才得下病的。姑姑,你不要说我爹的坏话。"

张刀花:"你爹怕是为谋财害命,才落下这个下场的。"

小姑娘:"姑姑姑姑,我爹都到了这、这个份儿上了,你怎还这样说他?"

说着说着,小姑娘就哭了。

李大阳推了张刀花一把，并温和着手，拍了拍小姑娘的肩头。

"不哭了，不哭了。这是姑姑逗你玩的，别往心里去。"

小姑娘抬起泪眼，看着李大阳，点了点头。

"小姑娘，你妈哩?"

小姑娘说:"去八里沟借面去了。"

"你家没面吃了?"

小姑娘说:"俺家只有苞谷面，没麦面。"

"你家怎么连麦面都没有哩?"

小姑娘说:"俺家地少，庄稼总是没收成。从年头到年尾，很少能吃上麦面馍麦面汤。"

"这一回，你妈怎舍得去借麦面吃哩?"

小姑娘说:"舍不得不行。我爹病倒了，不拿麦面养养能行?"

"今天，你妈要是借不来咋整?"

小姑娘说:"借不来，就还叫我爹喝苞谷糊糊。昨天，我妈跑到野猪峡，跑了一天，来回二三十里路，天黑才回来，也没见拿回来一星星麦面。"

"唉!"李大阳长长叹了一口气。

随着这声长叹，李大阳的鼻子酸了。小姑娘这时候不哭了，李大阳倒被泪水湿了脸膛。

"叔叔，你哭了?"

李大阳一时无语。

"叔叔不哭，我妈会借到麦面的。"

小姑娘这么一说，李大阳的鼻头更酸了，流出的泪更丰富了。

李大阳掏出两块银圆:"小姑娘，别叫你妈出去借了。拿上这银圆，明天去麦子，顺便请个医病先生，给你爹治治病。"

小姑娘怯怯地望着李大阳，不敢接银圆。

李大阳硬把银圆塞到小姑娘的手里。

小姑娘说:"这钱太多，怕俺家这辈子都还不上。"

李大阳说:"这钱不叫你家还。"

小姑娘疑惑着眼神看李大阳:"真的叔叔?"

李大阳点点头,扭头就走。

李大阳把两块银圆塞出去,好像是把一切事情都办圆了。他要赶路了。他轻松了脚步,往前方走去。

张刀花看男人就这么不疼不痒地走了,觉得很失意,很无聊。就连她的那把柳叶细刀,也显得十分低沉,很不光彩。

李大阳走了,张刀花紧跟着也走了。

小姑娘见一行人都走了,先是木木地站着。后来,她的两脚突然间来了机灵,急急地追了几步。

"叔叔,你叫啥名字?你家在哪里?"

李大阳没回头,也没停步,边走边说:"我叫玉石匠,家住涅阳大河边。"

小姑娘的眼睛紧紧盯着不停行走的李大阳,大声说:

"玉石匠叔叔,等我长大了,肯定会去找你谢恩的。"

李大阳一直走着,再没回话。小姑娘也不再追了。

现在,陕西老汉赶着毛驴车,消失在了哗哗雨声中。现在,马山口老乡的唠叨兴趣,也哗哗地高涨了。他在屋檐下扯了一把李大阳,把他拉进了客房。

马山口老乡说:"那小妞妞真的长得不咋好看。"

李大阳问:"哪个小妞妞?"

马山口老乡说:"就是你塞给她两块银圆,又捎给她六尺洋布的那个妞妞。"

李大阳问:"你管人家长得好看不好看做啥?"

马山口老乡:"你看你看,看你说的。咱们是抱膀子老乡啊,我能不帮你操操心?"

李大阳问:"你帮我操哪门子心?"

马山口老乡说:"我怕你看走了眼,瞎往那妞妞身上多花钱。"

这有啥看走眼?这咋能会看走眼?这家穷得连养病的麦面都借不到,这家的小姑娘可怜得连条囫囵裤子都穿不上,这都是明晃晃的事实,有啥可疑?

李大阳说:"你放心,我不会看走眼,我也不会瞎花钱。"

这涅阳小老弟哪儿都好，就是眼不真，马山口老乡想，跟这位老乡一起翻了一回十八盘，惊惊险险地患过难，应该是知己了。既然都是知己了，该说的话，该劝解的事，就不能再藏着掖着了。

马山口老乡说："我说小老弟，你经世浅哪……不说这了！咱俩这抱膀子老乡，说不定明日湍水一消，就各回各的家各寻各的妈了。我叫店家给打斤马山口老烧来，咱俩好好喝一回。"

喝酒是好事，马山口老烧又是出了名的好酒，咋能不喝？一进内乡城，就算到了家门口。心平了，气平了，李大阳想，是该消停着喝一回了。

李大阳说："喝！到了内乡城，不喝一回马山口老烧，太亏了。"

很快，店家就把酒打来了，李大阳叫刀花出去买了一斤焦花生。酒有了，菜有了，这对抱膀子老乡，就在哗哗着的雨声里，响响亮亮地喝了起来。

"我说小老弟，你女人可不简单啊！要俊，有俊；要身段，有身段；要武艺——咦！那可是沿陵河的鸭子——呱呱叫；那可是邓县的羯子羊——没对手啊；那可是……"

"别瞎捧。癞蛤蟆趴到树梢上——算不得腾云驾雾，癞蛤蟆屁股上扎翎毛——充不了凤凰鸟。"

喝酒，不能一头扎进酒碗里干喝，还得说话。说话，也是一种下酒菜，就跟剥焦花生一样，同样能添人酒兴。

"这能是瞎捧？你女人，一人打败五个强盗，我可是亲眼所见。"

"不要只说女人。我问你，你东去禹州贩卖药材，可在镇平界的曲家屯歇过脚？吃没吃过曲家屯的老烧饼，喝没喝过曲家屯的老黄酒？"

"说曲家屯烧饼干啥？咱这时候又不在曲家屯。我是说你女人，她咋总是怕你？咋总在你面前低声下气？你是不是常欺负她？我说涅阳小老弟呀，你可千万别亏待她呀！你想想，你这一趟去蓝田，要不是她护着，你至少死两回了。"

"我听私塾先生仵残荷说，大汉朝时一个姓曲的皇宫厨子，后来沿大秦古道，流落到黑河岸旁，结茅庐而居。他一边打烧饼，一边造黄酒，为过客们提供吃喝。再后来，黑河岸边就形成了村落曲家屯。曲家屯的烧饼和黄酒，到了大唐时……"

"说恁远的事干啥？啥大汉、大唐的？不说那。我跟你说，像张刀花这样的女人，可是难找得很呀。我就是想不明白，你咋就对张刀花凉恁很哩？你咋就对那个山里妞妞……"

"仵残荷还说，唐玄宗皇爷，杨玉环娘娘，都喜欢吃曲家屯烧饼，都喜欢喝曲家屯老黄酒。还有那个风流诗人李白，写了不少诗文夸赞，说，一边吃曲家屯烧饼，一边喝曲家屯黄酒，是神仙过的日子。皇爷皇娘，还有大诗仙都喜欢……"

"算了算了，说起你们那曲家屯，你就歇不住嘴。我说小老弟，咱们能不能好好地说说正经事？来，我敬你一盅。喝！还行，你喝酒怪气派，跟俺马山口人喝酒的脾气差不多。可是啊，你这小老弟的毛病也不小呀。你想想，你老婆为护你一路安生，从你们涅阳偷偷跟到了蓝田。又从蓝田，偷偷跟到了十八盘——这可都是这两天中，你亲口说给我的。我记得清，却看不明白，你为啥要对她恁薄情？"

"……后来，曲家屯的名气就大了。有皇爷皇娘，还有诗仙，都给曲家屯添名气，名气还能不大？后来的曲家屯老街，称作是'一里三孔桥，三步两座庙，一百一十一眼井；上七里，下八里，金子香炉外加漆'。景致传得很美，其实，就是在一条一里长的小街上，修了三个小石桥；奶奶庙旁边，又立了个小土地庙；那一百一十一眼井，是一眼井边有棵老柏树，老柏树下边有块大石头。"

"我从曲家屯来回走过几十趟了，我还不知道曲家屯？我还不知道那个地方有多少景致？你这小老弟，就是毛病大。一跟你正经说事，你就乱喊野腔口。给你说实话，我年轻时也花过心，也啃过别家的麦苗。可我，有一点儿拿得牢，就是不忘亲近老婆。俗话说得好：外边的女人连成串，没一个胜过家妻贤。涅阳小老弟呀，你好好待刀花吧。至少说，你得跟对那个山里小姐一样。"

"我说抱膀子老乡，你那嘴上，咋总是绑着女人哩？"

"我说涅阳小老弟，你那嘴上，咋总挂着个曲家屯哩？"

门外，雨仍在哗哗着。

房内的两位喝酒人，总也统一不到一个话题上。

说着说着,马山口老乡首先生气了。

马山口老乡硬硬声:"不跟你说了,喝酒!谁不喝醉,谁是龟孙。"

说着说着,李大阳也有点儿生烦了。

李大阳说:"刀花,你叫店家再打斤马山口老烧来。喝!谁不醉,谁是王八。"

很快,内乡城就入夜了。

这一夜,雨一直在哗哗着。

这一夜,湍河水一直在喧嚣着。

这一夜,马山口老乡和李大阳都醉了。

第二日晨起,李大阳发现自己醉卧在张刀花怀里。

而这时候的陕西赶车老汉,已行走在西去路上的山山水水间。

　　　　一听说哥哥你走十八盘

　　　　小妹妹我心里直发颤

　　　　十八盘路上虎狼多

　　　　抢劫的毛贼连成串

　　　　天不大亮你莫动身

　　　　老阳不落你早住店

　　　　…………

第二十八章

秋天,到了末尾了,南阳城的行人们都穿上了夹衣。

一日近午,皮货铺掌柜皮蛋,歪歪扭扭地从街对面走到了玲珑阁。

"掌柜的掌柜的,出来出来! 生意来了,生意来了!"

守柜台的伙计,一见皮蛋嚷嚷着过来,赶紧去后院叫王锦子。

伙计们都知道皮蛋是个经常酒醉的家伙,一醉就不安分,喜欢在街邻里找事。

王锦子出来了:"我说皮蛋老兄,你今儿是不是醉早了? 还不到晌午哩,你就喝成这个样子了?"

满街人都知道皮蛋好酒,天不亮就想喝二两;天不到中午,天不到傍晚,还想喝二两。喝了,晕乎了,还想再找个酒场晕下去,醉下去。越晕越喝,越醉越喝。

皮蛋:"男人不喝酒,枉在世上走。男人不醉,死了后悔。我说你把重阳叫出来,叫他老老实实请我喝一场。"

王锦子:"不能再喝了皮蛋老兄,回你铺子里歇吧。等你歇过酒了,我会叫重阳请你过来的。"

皮蛋:"不行! 我用不上歇酒,我得接着喝。今儿这酒,我喝死醉死,都高兴。你叫李重阳出来！你叫李重阳出来！"

王锦子："死了还高兴个啥？你是醉很了。皮蛋老兄，你快回去吧！"

皮蛋："不行，我不回。我把你们玲珑阁的事办圆了，就撵我走？"

王锦子："你错怪我的意思了，我是为你好，我是怕你喝坏了身子。"

皮蛋："这一回，我真的是喝死都高兴。给你说，你们涅阳玉石铺的货，你们玲珑阁的货，立马要去万国会赚大钱了——不说了不说了，我皮蛋连盅酒都混不到嘴里，还高兴个啥？"

王锦子："瞎说，你咋知道俺们的玉石货，要上万国会了，你皮蛋是不是醉昏脑了？"

皮蛋："拿酒来吧！我皮蛋一喝，就不昏脑了。"

王锦子："你看你，玲珑阁啥时候亏过你的酒？你说，这玉石货上万国会的事，是从哪儿传出来的？"

皮蛋："说了吓死你。给你说，这可是从总统府传出来的，不走样，不拐弯儿。诸葛永行说，这事，是他老爸具体操办的。诸葛永行还说，他从他老爸那里，亲眼看到了万国会下的洋字文书。"

王锦子："早就看出来了，这诸葛先生，有本领，根子深。涅阳玉石货再上万国会的事儿，还真儿叫他给跑成了，不得了呀！"

皮蛋："你就只记住个诸葛先生？你就记不住是谁给你们引见的诸葛先生？"

王锦子："当然，首先得感恩你皮蛋老兄的引见。"

皮蛋："咋感谢？"

王锦子："请你去卧龙玉液馆，吃三天三夜，喝三天三夜。"

皮蛋："这你就不怕我喝醉了？这你就不怕我喝坏身子了？不中！"

王锦子："你还有啥说的？"

皮蛋："除了请喝酒，你们玲珑阁，还得买我两张皮子。"

王锦子："买！买！你现下就把那两张皮子拿来，我现下就给你数钱。"

皮蛋："那两张皮，可贵可贵。一张是伏牛山红眼圈儿老虎皮，再一张是蓝鼻子的豹子皮。"

王锦子："不管多贵，俺玲珑阁都能承受。"

皮货商皮蛋，坏毛病贱毛病是不少，可，能让玲珑阁攀扯上磨动天的大人物诸葛先生的人，还真是他皮蛋。

不管皮蛋德行咋样，能叫玲珑阁攀扯上诸葛先生，能叫涅阳玉石货再一次漂洋过海去万国会上挣洋人的钱，这当然是皮蛋的功劳，的确不能忘记。

别看皮蛋不到正午就酒醉，可他心里不醉，聪明着哩。昨日，诸葛永行就到南阳城了，昨晚他跟诸葛永行一起吃饭。吃饭喝酒间，他就得知了两条消息。一是在南京和北平的热闹地段，已为玲珑阁开办了两个分店，急等供货，急等放鞭炮开张；二是经中华民国总统府外交部与万国会谈判，中国涅阳的八十八件玉品，已列入一等展区。这两条消息，都厉害，都不得了。这两条消息，都是叫白花花的银圆化成水，往玲珑阁滚滚流的消息。皮蛋寻思：不行，不能干看着玲珑阁发大财，不能干看着玲珑阁发不断头的财。不行，我得顺手捞个一小把。不行，我得顺着大坑逮个小老鳖。

皮蛋："一张老虎皮二十大洋。"

王锦子："二十就二十。"

皮蛋："一张豹子皮十块大洋。"

王锦子："十块就十块。"

一听说涅阳玉石货再上万国会的事定下了，王锦子一肚子高兴。往日，她是很讨厌皮蛋的。可今天一看，皮蛋好像是顺眼多了，跟毛茸茸的刺猬球一样。一高兴，就不管皮蛋提出啥要求，她都满口答应。一张虎皮要二十洋，一张豹皮要十洋，不管值不值，也不管玲珑阁有用没用，都应承买下。想想涅阳玉石铺李家的前程，想想玲珑阁的前程，这点儿钱算个啥？

虎皮豹皮还没拿来，成色啥样，王锦子还没看上一眼，她就叫柜上给皮蛋支去了三十洋。

皮蛋："还没酒钱哩，你是答应叫我去玲珑阁喝三天三夜的。"

王锦子："再给你三个大洋，咋样？够不够喝个三天三夜？"

人一高兴，处事就比平日大方。给过了皮蛋钱，王锦子赶紧指示店伙计出去寻找重阳。这么大的一件事，重阳还不知道哩！昨日，重阳就去独山街了。说有要紧事，到这时候还不见回来。她急急慌慌地对店伙计说："就别腿跑了，雇辆马车，快快去把重阳接回来。"

其实昨日，李重阳就已经见到诸葛永行先生了，就已经知道涅阳玉石货要上万国会了，就已经知道玲珑阁要去北平和南京设分号了。这样的天大好事，说声来，就一并来了。这样的好消息，说声到，就手拉手肩并肩地到了。痛快！李重阳一痛快，首先就想到了杏杏。

"杏杏，我看见咱们的前程了。"

"这样的话，听你说过多次了。"

"这一回，我可是真的看见了。我给你说，俺玉石李家的八十八件玉石货，要上万国会了。俺玲珑阁还要在北平、南京立分号了。到时，俺玉石李家的银子钱，可得用马车拉了。"

"这一下，我杏杏可真看到前程了。等你那整马车的银子钱拿回来，我就能跳出火坑了。"

"那是那是，到时候我最紧要办的事，就是把你赎出去。再放炮抬花轿，一路热闹着，把你迎娶到俺涅阳玉石铺。"

"别这样张狂。只要能赎我出去，一辈子做你们李家的奴才，杏杏就算烧了高香，得了高福了。"

"不能那样说。你们曹家在独山挖玉，俺们李家在涅阳做玉，咱们本就是一个等级的人，本就是一家子人，有啥奴才、主子的？"

"皆因俺们挖玉的曹家败了，沦为奴了。"

话都说得很见情分。杏杏眼中，流出了不少眼泪。

为了安慰杏杏，这一夜，李重阳就在樱花楼睡了。这一睡，就睡得福分无边；这一睡，就睡出了许许多多好梦。

梦里，李重阳看见中华民国大总统，亲自赶马车到他们涅阳玉石铺李家，把老爹接走了，说是要接他去总统府吃宴席；北平王府井街上的玲珑阁开张了，锣锣鼓鼓里，市长大人镇守大人，都带着礼品来祝贺；玉石李家的八十八件玉石货，在万国会上被洋人争抢购买。玉石货价，天天都要翻出十几番……然后，又梦见大花轿在玉石铺门前停下，头顶红盖头的杏杏款款下轿，他牵着红绸缎的一端，杏杏牵着红绸缎的另一端……银子钱，分好多辆马车拉回到涅阳镇街了，喜得老爹的山羊胡子抖了起来。

好梦，是越做越想做。这一梦醒了，还想做下一梦。这一觉睡醒了，还想睡下一觉。李重阳和杏杏,抱着膀子做梦,抱着膀子睡觉,抱着膀子做恩爱事。第二日临近中午,李重阳想想,有事要去做,于是才无奈地与他的好梦、与永远恩爱不烦的杏杏分手。按约,这一日晌午,他是要为诸葛先生摆酒宴接风的。

急急慌慌从樱花楼赶到万福酒楼,磨动天的大人物诸葛先生,已经跟皮蛋在那里等候了。

诸葛永行说:"看你贤弟此时面相,昨晚你定是劳累了。"

李重阳笑笑:"不是昨夜劳累,是今日事多。"

诸葛永行说:"今儿上午,我本要去玲珑阁,把这次所办事宜,亲自给你嫂嫂说一说。但是,总统府下达给南阳政府的文书,我必须及时送达。"

李重阳说:"这事不急。随后,我给她说。"

诸葛永行问:"怎么? 这件大事,你还没给你嫂嫂说?"

李重阳:"……"

皮蛋插言:"他就是没给他嫂子说。这一点儿,我可知道。今儿晌午,我去玲珑阁卖皮子……"

诸葛永行说:"没说也可,还是随后我亲自去说吧。重阳贤弟,你嫂嫂可是个很有城府的人物,也是个很值得尊重的人物,不能轻待。昨日,我把这事给你说得太简单。我必须对你和你嫂子,详细着说,一条一款具体着说。再就是,我这次还给她带一件礼物,应亲手交给她。"

李重阳说:"你看你看,又叫你破费了。"

皮蛋说:"你嫂子王锦子,是你们李家的当家人,帮你们李家办事,还得先讨她高兴。扯淡!"

诸葛永行捃捃短胡子:"不闲说了。重阳,我这次来宛,还肩负着国府要务,不敢懈怠。因此说呢,这中午之宴,你去柜上随便交代两个菜,再拿上一壶酒,就行了。"

这一次午宴,本是大宴。李重阳本该请些名人前来助威风的;本该借此宴请,把玲珑阁去北平南京设分号、把玉石铺李家八十八件玉货上万国会的事,告知天下的。就因为,他和他的杏杏只顾着抱膀子睡,只顾着抱膀子做好梦,把这一切给忘掉了。

— 277 —

到了这般时分,还去哪儿请那些有名气有声望的人哩?

很快就上了菜,上了酒,皮蛋先自猛喝了几盅,好像才定住了心。他对李重阳说:"请诸葛先生的酒宴,就这样摆?要龙没龙,要虎没虎,要威风没威风。这不能算是一场酒宴。"

李重阳笑笑,很干,很涩,说:"这不算是一场酒宴。真正请诸葛先生的酒宴,正在加紧筹办。"

皮蛋笑笑:"那就行,那就中。喝过了这宴,再喝王锦子应承请我的那三天三夜的酒……"

"好了好了,别说酒了。"诸葛永行说,"你皮蛋,日后只要跟着玲珑阁,有的是坐不尽的酒宴喝不尽的酒。"

就都不多说了,就正式进入酒宴的程序。

"喝!"

"喝!"

"敬祝敬祝!"

"恭贺恭贺!"

万福酒楼上的酒宴,虽然摆得简单,但三人情绪高涨,倒也能弄得热火朝天。

而这时候,王锦子派往独山街寻找李重阳的店伙计,正坐在马车上奔走着。

"车老板,你能不能多抽几鞭?"

"你先生就没看见,我这车还能算慢?"

"你老板不知内情,俺急呀!俺老板娘有交代,吃晌午饭前,一定要把要找的人给拉回去。"

"就你急?我也急。我还急着拐回去,给牲口喂草料哩!"

奔往独山街寻找李重阳的马车,虽然快马加鞭了,虽然马不停蹄了,但效果远不能达到预期。

很快,天就过午了。

很快,天就过午很久了。

这时候,万福酒楼的三人酒宴,也快要结束了。

诸葛永行说:"皮蛋,回你的皮货铺睡吧,你太醉了。"

皮蛋说:"不、不醉。晚上喝酒,一、一定叫上我。"

诸葛永行又说:"重阳贤弟,我想趁着今天下午不太忙,去玲珑阁看望一下你嫂嫂。这样的大事,还是我亲口给她讲,才能讲得清楚。"

李重阳说:"就是,你说得细。再说了,我嫂嫂很是敬重你,你说啥,她都听。"

秋末的太阳,晕晕乎乎地飘在天上。街巷里有风在刮,忽然来,忽然去。不大。

三人离开万福酒楼,说话间,就到了玲珑阁门口。皮蛋醉着步,自去他的皮货铺了,李重阳引诸葛先生进入玲珑阁。

"嫂子嫂子,诸葛先生看你来了。"

王锦子正在对寻人未果的伙计发火,李重阳和诸葛先生站到了她面前。

诸葛永行说:"我这次来宛,要先办理总统府的要务,因此呢,过来看望你迟了一步。你别生气。"

突然见到诸葛先生,王锦子很为刚才的失态发窘。她不好意思地对诸葛先生笑笑:"感谢先生厚爱!锦子刚才是因一直找不到重阳,才……"

诸葛永行说:"哈哈,是为这呀? 那你更该朝我生气了。今天上午,重阳忙着为我摆宴接风。酒罢,饭罢,这不是急急地来到了玲珑阁?"

李重阳说:"嫂子,外边的好多事情都得应酬。为办事,回来晚了,一夜半宿回不来,都是常有的。我说,你以后得换换脾气,尽量别生气动怒伤身子。"

诸葛永行这么一说,李重阳这么一应,有关李重阳醉卧樱花楼的细节,就给遮掩走了。因了这一遮掩,昨日李重阳是不是去了独山街,就无须细究了。

王锦子笑了:"别扯闲言了重阳,快快给先生沏茶。"

李重阳和王锦子引诸葛先生到客房坐下。

诸葛永行和王锦子,相互寒暄些冷暖、平安之类的礼节话,诸葛先生就进入了正题。

"经过这一阵子的奔走,我承诺玲珑阁的事宜,大体都有了眉目。当然,这些奔走,主要靠我老爸。古人云,不在其位,不谋其政。我不是总统府官员,有些事,我想插手,也插不进去。人家不买我的账啊,是不是?好在是,我老爸在位呀,别看他七十多岁了,这料理万国的事,总统府都依靠他哩。这一回,为叫涅阳玉器能上万国会,他老人家坐洋轮去了美利坚,去了英格兰和法兰西……当然了,他老人家做的这一切,主要还是为民族负责,为民国负责。古人云……咱就不古人云了,总的说,这一回,万国会已准许上八十八件涅阳玉器。上八十八件,少不少?不少了,就这,还是我老爸硬着脖子给争取到的。为这事,总统府专门召开了国务会议,专门听取了我老爸对这事的奏述。会后,总统府专门下达了文书。锦子你看——"

说着,诸葛先生从公文包里掏出一纸文书,交给王锦子。文书是石印的,文字方方正正,下边的落款处方方正正印着一方鲜红大印。王锦子一看,两眼高兴得喳喳叫。

"从这文书里,可看清楚,总统府对这事是相当重视,要求也相当严格。要求所有上会玉器,务必精湛,务必震惊万国;宁可少缺,不可滥竽充数。这些话的意思是,我们宁可上不够八十八件,也不能叫劣品混入,也不能暴露一点点的瑕疵。古人云,宁可少吃一口膘肥肉,也不能嚼到半根猪毛毛。这就是说——"

说到这里,诸葛先生又从公文包里拿出几张报纸,王锦子略略一看,是《申报》《大公报》之类。这样的报纸,在南阳城偶然也能见到,只是王锦子从来不感兴趣。

"器不厌精,越精越好。锦子你看看,重阳贤弟你也看看,这报纸上说的这几件货,都出自你们涅阳玉石李家。你们看看,这篇文章说的是'葫芦仙',这两张报上说的是'道德经的胡子'。听说,有些外国报纸,都转登了这类文章。所以说,总统府有个特别要求,这八十八件中,'葫芦仙'和'道德经的胡子',是不上不行的。我想啊,总统府的这一要求,是很有道理的。古人云,好粉搽脸上,好骡子好马套辕上。涅阳人有这样大的本领,玉石李家有这样绝妙的手艺,还不好好向万国人展示展示?因此说呀——"

原本对报纸不感兴趣,一听说这些报上登的是自己男人李大阳做的玉石货,王锦子的两眼又立马亮闪闪起来。她赶忙接过报纸,兴奋地在上面寻找李大阳的名字。兴奋着兴奋着,她的脸色渐渐平淡了。

王锦子说:"诸葛先生,别的货都好准备,只是那件'葫芦仙',怕玲珑阁是当不了家做不了主了。"

诸葛永行问:"为什么?"

李重阳说:"这件货,早就卖出去了。"

王锦子说:"卖给上海万宝路公司了。"

诸葛永行一怔:"卖了? 卖多少钱?"

李重阳说:"好像给你说过,上海的章玲拿了一千银票,斗败了那个挪威牧师,夺走了这件货。"

王锦子说:"最初拿一千银票,只算个定金。随后,人家还要再加钱,我没叫再加。好像,我给你说过,章玲是我干爹。"

诸葛永行大惊失色:"一千? 只一千银票? 那是国宝啊,你们怎能如此贱卖哪? 快快讨回! 快快讨回!"

李重阳难难脸:"怕是讨不回来了。即便人家是拿一个大洋买走的,现下,人家就当家做主了。"

王锦子委屈道:"才给你先生说过,章玲是我干爹呀,我咋好意思张这个口?"

诸葛永行几乎嚷嚷起来:"给他加钱哪! 他买时是一千,现在给他五千哪! 知道不知道? 这件货,上到万国会上,能给你们挣回来一马车银圆!"

一听说能挣回一马车银圆,王锦子和李重阳叔嫂俩的四只眼珠子,顿然木成了四颗干枣核。天哪! 这一马车银洋,有多重? 它能叫涅阳玉石铺李家富足几辈子呀! 它能叫李家的后世子孙都有饭吃呀! 叔嫂俩短短木了一阵后,李重阳抱怨起王锦子来:"不知从哪儿冒出来个你干爹,你一千大洋就……这下可好,一马车银洋算是送到别人家里了。"

王锦子一听,急了:"这能怪我? 答应卖给我干爹时,你哥没在场啊还是你没在场? 再说了,挪威牧师来谈价时,只给几百大洋,你就嚷嚷着要出手。这些,你都忘了?"

李重阳又嘟囔:"横竖都是你说了算。"王锦子又急……一看叔嫂俩节外生枝,诸葛先生皱皱眉:"你们别争吵了,别扯闲了,说正事。"诸葛先生这时候是顾不上听叔嫂俩吵嘴的。一听说"葫芦仙"走了,他也有点儿心烦意乱。

李重阳和王锦子就不争吵了。

稍静片刻,诸葛永行说:"'葫芦仙'你们要不惜金钱,尽全力弄回来,保证顺利进入万国会。我知道'道德经的胡子'如今可是安然无恙,你们务必细心保护。还有其他货品,你们要在十日内备好,决不能有点滴差错。"

诸葛永行强调:"表面上看,涅阳玉器再登万国会,是给你们玉石李家长面子,是给你们玉石李家挣大钱,其实,这也是国家行为,也是给国家给民族挣面子的。因此说,从现在开始,咱们都是在为国家效力为民族效力。咱们宁可自己受点儿委屈,也不能愧对国家愧对民族呀。"

诸葛永行特别指出:"一切货品在宛期间,所有安全问题,皆由你们承担责任。一旦装车启运,总统府将派卫队押送,并通电沿途各守军重点保护,直到顺利出境。"

乖乖,事整厉害了。原只想着,让玉石李家的玉石货再上万国会,无非是,为光绪年间的那回冤屈事争口气;无非是,借此机会给玉石李家扬扬名,多挣些银子。没想到,就跟国家连到一起了,就跟民族连到一起了。届时,还有总统府派卫队押送,还通电沿途守军重点保护。不得了!了不得!听着听着,李重阳和王锦子都有些惶恐了。

李重阳:"是的。"

王锦子:"那是。"

李重阳:"为国家效力。"

王锦子:"为民族效力。"

李重阳:"感谢总统府。"

王锦子:"听总统府的。"

这时候的诸葛先生,在李重阳和王锦子眼里,好像不再是他们的朋友了,好像不再是他们的贤兄了,而是朝廷命官宣读圣旨来了。

这一日的诸葛先生,在跟李重阳和王锦子的谈话中,的确比旧日少了些和蔼可亲,多了些严肃和居高临下,摆出了钦差大臣的架势。

"至于玲珑阁在北平王府井和南京城隍庙设分号的事,稍后再办。古人云,社稷为重,家事次之。近几天,你我要全心全力,精诚团结,把上万国会的事宜,做得万无一失,做得尽善尽美。"

李重阳诚惶诚恐着:"听你的。"

王锦子诚惶诚恐着:"你咋说俺咋做。"

"好了好了,要说的要紧事,就说到这儿了。下边呢——锦子,快沏茶。你看你看,壶里没水了。"

紧要事说完了,随着诸葛先生要水喝,李重阳和王锦子的诚惶诚恐便渐渐软了。

王锦子赶忙沏茶。

李重阳赶忙递烟。

茶沏上,烟点上,客房里就又春暖花开风和日丽了。

"哇呀,只顾说大事了!"诸葛永行突然发出一声惊呼,"倒把这个东西忘了。"惊呼罢,他便从公文包里掏出一个玻璃瓶,"锦子,这瓶法兰西香水,是我老爸从巴黎带回来的。很贵重,我把它送给你了。"

王锦子接过来,简单一瞄,两眼顿然欢快起来了:"这多好看!这多好玩!重阳,你也看看,这货做得要多精致就多精致。"且不说内里的香水,这瓶子就能把人给惹花眼。

王锦子又有些诚惶诚恐,又有些万分激动。

王锦子说:"你先生这礼品,太叫锦子难以承受了。"

王锦子说:"重阳,快去卧龙玉液馆,给恩人摆宴,摆个三天三夜。"

诸葛先生悠悠地喝了一口茶,却款款站起,说:"不必了,今晚,我还有个应酬。"

王锦子说:"啥应酬,能比得上俺玲珑阁对你先生的答谢宴?"

李重阳说:"就是。你贤兄有多大的应酬,能比得过咱这里?"

诸葛永行说:"按情分,是比不过玲珑阁。但是,今晚这宴,是南阳军政府专门给我摆的,我不去能成?"

送诸葛先生到大街上,看着诸葛先生夹着肥大的公文包远去,王锦子禁不住尖叫了一声。

随着王锦子的一声尖叫,整个南阳城顿然间明媚起来,顿然间洋溢着法兰西香水的芬芳。

第二十九章

隔了一天，一辆军用卡车在玲珑阁门前停下，诸葛先生从汽车的驾驶室跳了下来，让店伙计叫出王锦子。

诸葛永行说："事情紧急，我即刻要赶往南京。很快，我就会回来的。备货的事你们要加紧。"

说完，就返身钻进了驾驶室。

王锦子说："诸葛兄，我还没给你摆宴哩！"

诸葛先生从车窗口伸出手，朝王锦子摆了摆："没那闲工夫。"

车就启动了。

秋末的日光，在车身上晃出活蹦乱跳的明亮。

王锦子朝诸葛先生举了举手："等你回来，再摆宴。"

这时候的街道上聚拢了许多人。人们都用热辣辣的目光，朝王锦子羡慕地望过来。王锦子觉得很荣耀，觉得很风光。

汽车进入南阳城，是没几年的事情，也来得稀少。起初，人们一看到这种马不拉人不推的东西，轰轰隆隆地来到青石板街放屁，都被惊吓得木眼睛呆嘴巴。后来，才听说这种怪物叫汽车，是坐人的，是拉货物的。在南阳城，只有队伍上有。再后来，说是城东边的骡马场里停有这东西，一天一趟跑开

— 284 —

封府,来回拉客拉物。但这种"骡马"毕竟很稀少,城里人一见总感到稀罕。王锦子也很少见,一见也当然为之惊奇。更重要的是,这一日的这辆汽车,很添这条街的热闹气象,很增玲珑阁的光彩。

诸葛永行从车窗口丢下一句:"马上就回来吃你的宴席。"

汽车就远去了,车轮下颠动着淡淡的风尘。

"咦!咦咦!这是哪儿来的洋骡子车呀!"

"总统府的。"

"啧啧!啧啧!你们咋能攀得上总统府的洋骡车呀!"

"不攀,是它自己找上门的。"

汽车走远了,人们对王锦子的羡慕仍然在眼中炽热,王锦子的豪迈仍然棒打不散;她刚才朝诸葛先生举起的那只手,仍没放下,仍然在那里欣欣向荣。人们都想往王锦子身边靠拢,都想跟王锦子搭话。好像,跟王锦子拉扯几句,就沾上了福气,就沾上了荣耀。王锦子呢,也喜于人们对她的围而不去,喜于人们在身边唠唠叨叨问长问短。仿佛,刚才是自己从那辆汽车上下来的;仿佛,已远去了的那辆汽车,是经自家养肥的一头骡子。

"你们跟总统府是亲戚?"

"不是亲戚。"

"你们跟总统府邻居过?"

"没邻居过。"

"你们到底是咋攀扯上总统府的?"

"攀啥攀?总统府用得上俺们。"

乖乖!这不得了,这了不得。往日,这玲珑阁不咋起眼哪!往日,这老板娘不咋张狂啊!这,咋还能叫总统府赶来巴结?

人们议论纷纷说说道道。人们突然发现,玲珑阁在这一刻,就金碧辉煌了;人们突然看见,王锦子在这一刻,就光芒万丈了。再议论议论,再说说道道,王锦子突然觉得自己的身子飘飞了,飞出了南阳城,飞过了大洋,飞到了万国会上……

丝绸商的女儿,为啥就不能嫁到玉石铺?大富户的闺女,为啥就不能到玉石匠家做儿媳?人活一世,有败,也有旺。当然,有旺,也有败。我王锦子当初看上李大阳时,他家正败得可怜,俺丝绸庄旺得银子哗哗流。如今呢,铁锅上烙油璇——翻了几翻。上海万宝路公司找上门来,要跟玉石铺李家合伙做玉货生意,诸葛先生要给玲珑阁在南京北平开分号,总统府下文书要让涅阳玉石货上万国会,总统府的洋骡子车来到玲珑阁门口摆阔气……家无三代富,人无三世穷。富了几代的涅阳王家丝绸庄,如今是转过去了;穷了几世的涅阳玉石李家,如今是转过来了。我王锦子命好啊,我王锦子命贵啊,我王锦子一脚踏一个福气呀!

嗖!嗖!
从城西
到城东
这家铺子就是中
金砖垒墙
银水弥缝
满屋珠宝放光明
檀木床
雕龙凤
绸缎帐子耀眼红
八仙桌
摆茶盅
景德镇瓷器蓝莹莹
这边站丫环
那边站仆女
端上来的蒸肉热腾腾
…………

王锦子正在飞,正在想,玲珑阁门前又挤进来一群人。他们个个乱着头发脏着脸,还烂衣烂裤,身边还臭烘烘的苍蝇纷飞。他们乒乒嚓嚓敲打着牛腿骨板,唱着莲花落调。吧唧!王锦子就从飘飞中跌落了。

嗨！嗨！

快来看

快来看

这家夫人不一般

头戴金花

插银簪

乌黑头发梳一盘

柳叶眉

水灵眼

红扑扑脸蛋儿比桃鲜

紧身衣

绣花边

百褶裙子平展展

声音脆

说话甜

抿嘴一笑醉翻了天

…………

　

唱得好，夸得妙。叫花子们虽说头脸肮脏，衣烂，肚子穷，可脑筋花哨，嘴巴花哨。他们随见随编的莲花落唱词，还是挺赢人的，把王锦子奉承得心神激荡。

王锦子朝铺内喊："柜上的拿钱来！"

王锦子又朝铺内喊："柜上的，拿三块大洋来！"

王锦子的激荡心情，此刻已经一往无前。该奔放，就奔放。该气派，就气派。她让柜上伙计拿出三块大洋，交给了为首的叫花子。

"小子们，快给圣母奶奶磕头呀！"随着叫花子头儿的一声呼喊，叫花子们全都跪下了，用脑门在青石板街上乒乒乓乓地磕出一片血色。

"快快请起，快快请起！快去买肉买酒饱吃饱喝吧！"

往日里，王锦子是讨厌叫花子的。她不是不同情叫花子，而是嫌弃叫花子的浑身污垢浑身腥臭。可今日就不同了，今日她高兴，她痛快，她心境如佛，在她眼里一切都显得可爱。

这世间，真美！

这南阳城，真美！

而这时候，涅阳镇玉石铺李家，却是另一种气氛。这种气氛，远不同于南阳城的玲珑阁。李洪方听完儿子重阳的汇报，冷冷地问：

"那个那个你说啥？"

"咱们家的玉石货，又要上万国会了。"

"你那个那个听谁说的？"

"诸葛先生说的。"

"诸葛先生是谁？"

"诸葛先生，姓诸葛，名通，大号永行，是位磨动天的人物。"

"诸葛是做啥手艺的？他咋知道咱的玉石货又要上万国会？"

"诸葛先生不做手艺，他主要是能磨动天。"

"诸葛那个那个身子高，还是胳膊长？"

"不是他身子高胳膊长，主要是他能跟老天爷们说上话。"

"这么说，诸葛是神仙？"

"不是神仙。说他能磨动天，说他能跟老天爷说上话，是夸张。主要是他手眼宽，门路广，有根基，有能力，满天下没有他办不成的事。"

"明白了，诸葛是个经纪人。跟那个那个牛行羊行骡马行的中人一样，凭嘴巴活，从中赚俩铜钱花花。"

"爹，你这就太贬诸葛先生了。你不知道，诸葛先生可是……"

一确定自家的玉石货要再上万国会，李重阳昨日就赶回了涅阳镇。因到家已是下半夜，太困，一觉睡到日上三竿才起床。现在，他跟老爹、老妈，还有大阳，坐在后院，把这一消息慢慢道出来。他原以为，老爹老妈听到这一消息，定然会高兴得不得了。没想到，他们听过了没有一点儿异常，老爹一边吧嗒着旱烟袋，一边不疼不痒地回应。好像，是坐在茶馆里与街邻们闲说天凉天暖闲说四季收成。

哪哪哪!

"可是啥!"老爹磕响了烟袋锅。

老爹拒绝了"可是",说明老爹对这一话题不感兴趣。

老妈打了个哈欠,懒洋洋的,似乎是刚刚睡醒。

玉石铺李家玉石货上万国会,老爹老妈已经历过一次了。除了赔银子,除了赔个坐冤狱,别无所得。没意思。不只是没意思,甚至,还叫人深恶痛绝。

"诸葛先生的老爸,以前是大清重臣,革命后,又在总统府里管万国……"

哪哪哪!

"……为咱们这事,他老爸去了美利坚、法兰西。回来后,总统府还专门开了个国务会议。"

哪哪!

"爹你不要不相信,别再磕你那烟袋锅了。给你说,总统府专门为这事,下达有公文,盖着方印……"

李重阳企图说明玉石货再上万国会的真实性和可靠性,企图说明这绝不是牛经纪骡经纪们玩的经纪事。因此,他不顾老爹的烟袋锅敲出的拒绝和牢骚,加紧把诸葛先生的背景和总统府的作为,给简单地讲述了出来。不想,李重阳却把他老爹的疼肚子病给催了出来。

"哎哟——"

李洪方要疼肚子了,他的烟袋锅敲不出声响了。他脸色蜡黄,身子在抽动。

李大阳一看,急说:"重阳,别说了,快给爹倒碗茶。"

冯氏也慌了神,急说:"不行,我得去熬盐水。"

李重阳马上明白,老爹的恐官病又发了。

李重阳报喜心切,让全家高兴心切,倒把老爹的老病症给忽略了。

李洪方的肚子一疼,玉石铺后院就不怎么安详了。老妈急去灶房点火煮盐水,大阳、重阳急搀老爹回屋到床上躺下。刀花、羞玉、沉玉闻知急从门铺里赶来一口一口地喊爹,躺在床上的李洪方则一声哎哟接一声哎哟地叫疼。

事是没办法再谈下去了。

没办法谈下去,也不影响这是件大事。上万国会的货,只给十天准备时间,还必须把"葫芦仙"追回来一并上会。诸葛先生说得明白,上万国会的八十八件货,可以缺少三几件,但是,"道德经的胡子"和"葫芦仙"必须得上。现在呢,"道德经的胡子"在自家手上,不需多虑,而"葫芦仙"早已易主,早已经到了大上海。这咋办?即便花重金能追得回来,这奔上海的一去一回,十天日子够不够用?这样大的事,不好好地坐一起说说能行?

"哥,你说这事咋整?火都烧到眉毛上了,紧得很哪!"

"还得消停着来。"

老爹躺床上一声一声哎哟的时候,李重阳迅速把李大阳拉出铺门,拉到了大街上。

"哥呀,这咋敢消停?我嫂子已答承诸葛先生了,十日后,这些货都要启程了。"

"我是说,咱跟老爹商量这种事时,要慢着点儿,尽量别提官家人。你看你,没说几句,大清要臣、总统府啥的都给抬了出来,咋不叫爹疼肚子?"

"我要不把真情实情说出来,咱爹不信,以为是牛经纪骡经纪们在玩赚钱游戏哩,他还不把烟袋锅敲碎成十八瓣?"

"这样吧,这件事还是暂且不跟咱老爹商量。这个月里,咱家正加紧给上海万宝路公司做货,咱联合大仵营小仵营的仵永志仵家秀仵天明仵天宝仵大清仵清月,反正有十多号人家都在没日没夜地干。这事,也不是小事,是跟人家写过契约的。虽说,给上海做货事不小,可跟上万国会相比就不太大了。我想,家里的事,就叫咱爹费心。咱弟兄俩,快奔南阳,把上万国会的事当成紧要事。重阳啊,光绪那年上万国会,把咱玉石铺给整垮了,给整败了。这一回哩,咱一定还得上,还一定要上个光彩,把咱玉石铺丢掉的面子,把咱老爹丢掉的面子,都给找回来。"

"这么大的事,不跟咱爹商量好,咱们私下去干,叫他知道了,那还不把他老人家气死?"

"不碍事。就是因事大,才不跟他商量哩。跟他一商量,准做不成。等咱们把事做妥善了,再细细告诉他。咱爹的脾气,我摸得准。凡与官家沾边的事,你拉他上,他不上。可只要转转脸办过了,再逼他上,他也没说不拉套。像给南阳镇守府做货,还有这回跟上海合作,我都是给他来的先斩后奏。"

秋天的太阳,已经上到了中天,不冷不热地闲散在平坦的蔚蓝里。一街两厢的烟囱,渐次轻袅出青烟。肚饥和饭香,开始向人们招手了。

李重阳说:"哥,那我可就听你的了。"

李大阳说:"走!咱弟兄俩也别干站着说了。去和顺街,切斤牛腱子肉,打斤烧酒,吃着,喝着,说着,慢慢来。"

到了和顺街牛肉馆坐下,李重阳先把诸葛先生的背景,以及与诸葛先生交往中的琐琐碎碎,详详细细说了一遍,然后把"道德经的胡子"和"葫芦仙"的问题给摆了出来。说"道德经的胡子"和"葫芦仙",早叫报界吵翻了天,已经吵到国外吵到万国会去了;说总统府下令了,这两件货如不上万国会就有失国体,务必得上。这么一说,事就乱了。"葫芦仙"卖出去了,卖到上海了,想收回是难了。看来事情不小,得赶快去南阳城,去见诸葛先生。诸葛先生是总统府来的钦差,他能帮忙,他能给出主意。他老爸,能说通总统府,能说通万国会,也能说通少去一个"葫芦仙"。事不宜迟,说去南阳城,说去找诸葛先生,就得赶紧。李重阳说:"去晚了,诸葛先生要是走了,咱可就没法子了。"李大阳说:"那就快走。"兄弟俩早早吃了饭,回玉石铺简单交代了一些事,就出了寨东门直奔南阳。

秋末的风,刮得很顺意,不猛烈,也不太淡。午后的阳光,被风吹着,不疼不痒地从背后顺上来,不热不凉地温存着行人的脚步。尽管李大阳和李重阳奔赴南阳城的心情急切,但不沉重,还愉快些美丽的筹划和美丽的想象。

而这时候,玲珑阁里的王锦子,倒突然不轻松了,倒突然心慌了。

整整一个上午,王锦子心头的高兴一直是上蹿下跳,脸上的愉快一直是风推细浪哗啦啦叫,她的心情飘飘飞飞激激荡荡。她很想让这一场景长长久久维持下去,她很想让这种气氛热热闹闹延续下去。但是,好梦总是做不长,好戏总要有个煞尾。很快,天就临近晌午了。很快,人们就轰轰隆隆地饥肚子了。单靠吹捧和巴结，单靠羡慕和眼热，是打发不了吃和喝的。叫花子们拿了银圆走了，看热闹的，还得各回各家，点燃自家的灶锅务实生活。

人们渐次走了。正午的阳光下，王锦子突然觉得门前这条日日行走的街道，有点儿太宽了，有点儿太长了。站在这宽宽长长的街道上，她感到茫然，感到不知所措。街巷里的风，挂着季节末尾的日光，忽然来，忽然去，忽然凉得麻麻的。汽车走了，诸葛先生走了，街人和叫花子们走了。男人李大阳在涅阳镇，弟弟李重阳昨日回老家去了。玲珑阁里除了店铺伙计，再没其他人了。这么大的一件喜事，这么大的一件要务，得立马运作了，玉石铺的李姓人倒无一人可见。没李姓人也行啊，要是吴非翠在，要是张刀花在，也能坐一起说道说道呀，坐一起计议计议呀。偏偏，吴非翠和张刀花都不在。吴非翠和张刀花，好像从没把如今的玲珑阁当回事，从来没个惦记。这，就没法子了。这，就只能靠我多费心了。

"大掌、掌柜……"

正孤单得严重，正寂寞得不可开交，王锦子突然听到一声呼唤。声音不大，且有点儿口吃，听起来却美，听起来入耳。因为，呼唤里称她是掌柜。掌柜，就是商铺的当家人，管钱管物管人，还要决断大事。这个称呼的意思很明显，明显地把她尊为玲珑阁的当家人了。当然，以前也有人这么称呼她，但那时她听起来总觉得不实在，总觉得有点儿模糊。尽管她实际上为玲珑阁操了劳、费了心，把玲珑阁给严严实实把持了起来，但到底，自己仍是李家的一个女人。女人再有本事，也是不能篡权越位显山露水的。而现在，再听见有人这么一喊，不别扭，似乎理所当然。玲珑阁的事，实实在在是自己在当家做主。李家玉石货上万国会，玲珑阁要去北平、南京设分号，都是自己一锤定音的。这么一想，别人呼唤自己大掌柜，不仅合理，也合情。这么一想，她的愉快又回来了，她的兴奋又蓬勃发展了。

"大、大掌柜，打、打发打发吧！"

原来是个乞丐。

要饭的人，也是人，不能不打发。

"柜上的，快去后院，端盘热蒸馍，再端碗老黄酒。"

往日打发上门要饭吃的人，玲珑阁通常是给饭一碗，或者馍一个。饭，算不得好饭；馍，算不得好馍。饭，多是残汤剩饭；馍，多是卷了红薯面的花卷馍。今日就不同了，今日一知晓来了个要饭的，王锦子连瞧都不瞧一眼，就叫伙计去后院端盘热蒸馍，再端碗老黄酒。给馍不是给一个，是一盘，还是热的。一盘几个？至少五个。热蒸馍，是啥意思？就是"老白虚"，就是纯麦面馍。还有一碗黄酒，还是一碗老黄酒。黄酒的前面添个"老"字，说明这黄酒不是一般的黄酒，至少是窖藏三五年的黄酒。一盘热蒸馍，一碗老黄酒，富足呀！大户人家的享用啊！此刻的王锦子，胸襟大开举止大度。

"掌、掌柜的，你给叫花子们都、都是三块大洋，只、只给我这一点儿？"

要饭的，也要出气派了，也要出富贵牙口了，一盘热蒸馍一碗老黄酒还嫌少。

"嫌少，你另寻人家……哦！是你呀！这时候你可就醉上了？"

王锦子转身一看，这哪是个要饭的？这人，短胖短胖，肥粗肥粗，厚皮厚肉，分明是皮货铺的皮蛋大掌柜。

"你、你管我醉不醉！我、我想醉，你、你咋的？你能管住李重阳，你能管住李大阳，你、你、你管不住我皮蛋。大、大掌柜的，打发三、三块酒钱吧……"

这皮货商，别看总是醉，别看天天醉，只有一点，凡是遇到说银钱的事，凡是遇到从别人怀里掏银钱的事，他比谁都清醒。

"皮蛋老兄，别喝酒了，你醉很了。"

"不行，叫、叫花子们你、你都打发三块，你、你不给我打、打发三块？"

"看你皮蛋老兄说的，你跟叫花子们比呀？你跟要饭的比呀？你是要损俺玲珑阁呀！你是要损我王锦子呀！"

"不、不听你瞎说，你今儿不叫我喝、喝酒，不、不给我酒钱，我、我不走了。"

说着，皮蛋一屁股坐到了玲珑阁的石阶上，不动了。

"还讨要啥酒钱皮蛋兄？我给你说过了，你去卧龙玉液馆喝吧，喝他个三天三夜。可是，你不能醉呀！"

"你、你管我醉、醉不醉？我、我想、想醉。"

皮蛋和王锦子纠缠不休时,李大阳和李重阳正紧着脚步,奔走在前往南阳城的途中。

李重阳:"哥,这一回,咱玉石铺李家可就翻身了。"

李大阳:"那是。咱的货,只要一上万国会,那可是成车成车的银洋啊!"

李重阳:"哥,以后咱玉石铺可就有发不到头儿的财了。"

李大阳:"还有咱跟上海签的常年供货契约,以后,咱全涅阳镇的玉石货,就不愁卖不出去了,就不愁不赚钱了。"

李重阳:"哥,诸葛先生还要在北平王府井、南京城隍庙,给咱玲珑阁设分号哩。在大城市的热闹街里设分号,咱的玉石货,那才能叫上高价哩。"

李大阳:"就是。等这一切都办成了,咱玉石铺李家可真要名扬天下了。"

弟兄俩出涅阳镇东门,过镇平城,过柳泉铺,过遮阳山,一路忙脚。

弟兄俩逢大路时,并着膀子说话。逢小路时,一前一后走,一前一后相互回应着话。

"哥,等咱们发大财了,成车成车的银圆拉回来了,你想做的第一件事是啥?"

"没咋想,没顾上想。不过,我想啊,最紧要的是给你娶个媳妇。你说,你想做的第一件事是啥?"

"我想——哥,我想做的第一件事,是救个人。"

"救谁? 动不动官府? 动不动刀枪?"

"我要搭救的是独山玉女杏杏,不动官府,不动刀枪,只需要银圆。"

"独山玉女? 从哪儿冒出个独山玉女?"

有了话题,行走起来不觉累;有了感兴趣的话题,脚步更显轻快。

李重阳说:"说起独山玉女,知道的人很少,可要说起独山护军,说起护军头目曹德玉,怕是好多人都会知道。"

李大阳说:"曹德玉这人,我听说过,咱老爹说,曹德玉是好汉,曹德玉的儿子也是好汉。都是真好汉。"

李重阳说:"独山玉女,就是曹德玉的孙女,叫杏杏。"

李大阳问："咋,她落难了？"

李重阳答了个"嗯",接着,就从曹德玉组建独山护军说起,讲了独山挖玉人的艰辛和屈辱,讲了曹德玉和护军曾经的荣耀和威风。又讲了杏杏老爹率护军与官军惨烈交战,护军兵败,老爹战死,杏杏沦落樱花楼为妓的悲惨故事。这些都是李重阳从杏杏那里听来的。初听时他并不十分动情,现在对哥哥大阳一讲,他明显大动情绪,有快活,有喜悦,有怒,有恨,有火火爆爆,有凄凄哀哀。好像他就是挖玉人家,好像他就是独山玉女,很快就把李大阳引到他的思路里,他喜,李大阳也喜；他怒火万丈,李大阳也火光冲天；他抹泪,李大阳也水湿眼睫。故事还没讲完,李大阳就忍不住自己的冲动了。

"搭救杏杏！一定要搭救杏杏！重阳,咱做玉人家,跟挖玉人家,是抱膀子亲人。现下,挖玉人家有难了,咱不能抄着袖子只顾自家手暖和。这样吧,等这一回上万国会的货银回来,咱气气派派拉一车银圆,去樱花楼把杏杏大大方方地赎出来。"

"哥,你真好,真像个玉石铺的男子汉。哥,等咱把杏杏赎出来,就叫她住咱家,叫她伺候咱爹咱妈。"

弟兄俩走着路说着话,说着话走着路,说完了独山玉女,又说别的,有他们对前程的筹想,有他们对以后做玉货和卖玉货的新打算。说说聊聊的行走里,他们就把一个秋末的下午时辰给打发尽了。

而这一日,南阳城玲珑阁里的王锦子,始终没有片刻的心绪安闲。自从午饭后打发走了皮蛋,她总觉得自己的肩头在吱吱哇哇,总觉得自己的身腰骨头在咔咔嚓嚓,仿佛重压着一个家族的千秋兴旺,仿佛重压着一个玉雕老镇的万代发达。她坐也坐不住,躺也躺不下。饭不进,茶不饮。不知饥,不觉渴。思想里好像是堆满了事,堆了一山又一山,堆了一岭又一岭,层层峦峦,叠叠嶂嶂,无边无际。她想把一些事理一理,顺一顺,好好思一思想一想,可是思想太乱,乱得跟乱丝线一样,找不着丝头,找不到线尾。

她正焦急间,外边传来了叫门声。王锦子一跃而起,她听见是男人李大阳、弟弟李重阳来玲珑阁了。

伙计掌灯开门,把李大阳和李重阳引到了王锦子房内。

"别睡了,赶快忙事吧!"李大阳说。

"睡啥睡?事紧得很哪!"李重阳说。

一见李大阳、李重阳回来,王锦子如释重负。她高兴,她激动,她……轰隆!就在他们要坐下细商量事的时候,轰隆一下,她坐在椅子上睡着了。睡出些轻轻的鼻息,睡出些厚厚的香甜。

高兴了一天,激动了一天的王锦子,高兴得太累了,激动得太累了。

第三十章

  吴桐庆说:"这年光,到处都是土匪,到处都是打革命旗帜的队伍。难说谁好,难说谁坏,红蓝黑白难分辨,还是少出门为上。"

  吴非翠说:"这我知道,可我不怕。女儿我能走出国门,走进东瀛,还能顺顺畅畅走回来,说明女儿我还是有些机智和能耐的。"

  吴桐庆说:"这你就不懂形势了。你去东瀛念书那几年,哪有现在这么乱?哪有如今这么血腥?现在,都说自己是救世主,打的都是为民众旗,结果遭殃的是天下百姓。"

  吴非翠说:"你说的这形势,女儿不是没有看到。他们杀他们的,我走我的路。"

  吴桐庆说:"听爹的话,还是不去的好。"

  吴非翠说:"这些日子,我总做些不吉祥的梦。我猜想,大阳又要出事了,所以我是一定要去趟南阳城的。"

  吴桐庆说:"都做些啥不吉祥梦?说给我,我给你破解破解。"

  吴非翠说:"爹,你那一套解梦术,女儿实在不能再领教了。前年,我说我梦到李大阳遭遇两只白虎追,你硬解成他是紫气东来要官升三级了。结果呢——不说结果了。爹,就连你那套相面学问,女儿也早就生出怀疑了。"

父亲："不说那些事。说说你最近又做了啥不吉祥梦？叫老父再给你破解一回。你老爹的解梦术,可是从周公那里学来的——老爹我熟读《周公解梦》,如果解不准,那肯定是你记梦记错了。"

吴非翠："就说昨夜做的那一梦吧。梦里,我在白河边碰到了大阳。我喊了他一声,他不理我。我再喊,他还是不理。我急了,连连喊,大阳大阳,我是非翠呀！谁知,就在我连连喊叫时,他竟一翻白眼,变成了一只羊,还是长了白胡子的羊。我吓哭了,我抱着他的脖子哭得死不死活不活,可他一点儿情分都不领,弹了几蹄,晃了晃脑,低下头安详地啃草去了。我发现,我在他眼里一丁点儿位置都没有,他好像是从来就、就不认识我、我一样……"

吴桐庆："看你这傻丫头,真的哭起来了。不要哭,你这是在说梦。往下说。"

吴非翠："不认识我事小,主要的在后边。后来,从林子里蹿来几条大汉,说他偷吃了人家的麦苗,拿鞭子抽、抽打他。他一边挨抽打,还一边不顾一切地啃草……"

吴桐庆："不说了,我明白了。"

吴非翠："我的梦做到了这时候,也被鞭子给吓醒了。梦结束了。"

吴桐庆："恭喜你了丫头,此梦大吉。"

吴非翠："怎个大吉？"

吴桐庆："李大阳要发大财了。"

吴非翠："怎个说法？"

吴桐庆："羊者,银洋也。是现大洋,是白花花的银圆。古来梦中的牛、羊、鱼,都是好运的征兆。在梦里梦到这些东西,想做官的官运到,想发家的财运到。即便没这些想法,好运气也会滚滚而来。不想接受也不行,是抵挡不住的。详析你的梦境,老父认为,这一佳运属于你的不多。因为,你梦中的羊是李大阳变的。李大阳是主体,你能沾点儿小油水,没大好处可图。我猜想啊非翠——"

吴非翠："女儿啥都不图,只求大阳平安。爹你猜想啥,你说！"

吴桐庆："观李大阳的面相,他日后定是厉害主儿。但是,我猜想他这人对弄阴谋弄战争不感兴趣。他迷上了做玉,迷上了手艺行当。想成大业者,必须专一。不能一心两用。当他做玉做出名堂了,他还真的不会昧着良心,去干伤天害理灭绝人性之事!特别是,李大阳做玉发了大财,定会把做玉的前程看得光芒万丈。"

吴非翠:"爹你猜想得很有意思,女儿希望大阳只在玉中夺魁,最害怕他误入歧途。"

济南城的冬天到了。济南城的冬天,要比南阳城来得早。南阳城的人们还没扫尽街道上飘零的落叶,济南城里就刮来了成群结队的寒冷,就刮来了成方成阵的飞雪。南阳城的人们还没来得及穿上夹衣夹裤,济南城的各家各户就挂上了棉门帘,不少人走街串巷都抱着烘手炉。就是这样季节的一天傍晚,守军司令吴桐庆和他的二女儿吴非翠,坐在书房里说着话。吴桐庆的书房不算太大,布置紧凑,书架上尽是明清线装书。墙壁上装的玉挂屏,是独山石山水画。窗口下摆着一张宽大桌案,能泼墨绘画,能挥笔狂草。桌案一旁的墙壁上,挂一长剑,威风凛凛。桌案另一旁的墙壁上,挂一条幅,是他仿写的《兰亭序》片段,古色熠熠,古香袅袅。吴桐庆不论镇守哪座城,不论移居哪片宅,都十分重视书房的布局,让书房为他的心境打造美好的气氛。现在,他的心境就很不错。平日里,他喜欢和二女儿吴非翠坐一起说南道北,说文化说时局,说古旧说沧海桑田。他爱好广泛,喜于钻研相术钻研战争,喜于钻研书画、玉器,喜于钻研杀人。吴非翠钻研的比较简单,只是东方艺术。如此,这父女俩谈说挺投机,也许,他的相面、战争、书画、玉器,皆在艺术门类之中,皆能和吴非翠相互切磋。也许,他太偏爱这个二女儿。

这天傍晚,吴非翠来父亲书房,本是告知他自己次日要赶往南阳城。事情并不复杂,没想到,倒引发了这么多议论。

吴非翠:"爹,你给大阳的最后一句交代,具体是啥?"

吴桐庆:"他后来没告诉你?"

就在济南将军府里的吴桐庆和吴非翠热烈探讨李大阳前程的时候,南阳城的玲珑阁,已将上万国会事宜计议得比较周全了。自打那个五更天李大阳、李重阳匆匆赶到南阳城,他们立即进入了紧张之中。一是,如何保证上万国会的八十八件货一件不缺？二是，总统府指定的那件"葫芦仙"，拿多少钱去赎回，是拿银圆还是相应价值的玉货？三是，缺了货咋办？四是……虽说诸葛先生有宁缺毋滥的说法，李大阳却要力争不缺不滥，力争八十八件全部到位。听说，诸葛先生七十多岁的老爸为帮玲珑阁上这八十八件货坐洋轮游说了好几个国家，玲珑阁如凑不齐八十八件精湛货，实在对不住他老人家的良苦用心，也实在对不住总统府对涅阳玉石匠的厚爱和信赖。再就是，这八十八的数字，要多吉利有多吉利，这八十八件货务必得上够。一件都不能少，包括"葫芦仙"，也得设法赎回。最难办的，还是那件"葫芦仙"。李大阳看明白了章玲这人，爱钱，更爱玉。"葫芦仙"既然被他以高价买了去，那就成了他的宝贝。宝贝的价格，是没法定的，是没法用银圆打动他的心的。这咋办？李大阳寻思之后，还是采用了以宝贝换宝贝的办法征服章玲先生。第二日，李大阳不顾困顿劳累，赶紧返回涅阳镇，从福源赵裕德那里借了一件楚时期的玉琮，一件楚时期的玉蟾，签字画押立字据答承日后定以同类同质古玉偿还。赵裕德本是深明大义之人，愿意成全涅阳玉石货再上万国会。李大阳千恩万谢，连夜返回南阳城，让重阳携带这两件宝贝急往上海。安妥好去上海的事，李大阳又让王锦子和伙计们，将所有的上会货再检验一遍，再打一遍蜡油。他自己呢，一是找货，二是给货装箱。包装箱用料，必须上等，至少是柏木框、楸木板。打蜡上光后的货，李大阳还要细细审视，然后亲手打包装箱，亲自监看木匠钉木楔。忙了六天，除了"葫芦仙"没有回来，其余皆已齐备。到了诸葛先生要求的期限，总统府接货的队伍和车辆却迟迟不见。这就让李大阳和王锦子紧紧绷着的心稍稍有点儿缓和。之后就是等待，首先是等待"葫芦仙"，再是等待总统府的启运命令。

这天傍晚，南阳城的街巷里刮满了秋末冬初的风。忽忽过来，忽忽过去，忽忽出不少凉意。

李大阳对锦子说："你去叫灶房做两个菜，今儿晚上我想好好喝一顿。"

王锦子问李大阳："你说做啥菜？"

说是做两个菜，王锦子去交代了四个，还叫伙计到大十字街口买了一只烧鸡。酒是南阳卧龙玉液和镇平五垛山老黄酒，一样打了一斤。夫妻俩，相聚的机会少，在一起热闹的机会也少。现在，总算是有了难得时辰，是万万不能虚度的。

王锦子说:"大阳,喝吧!为妻今晚上很想陪你醉一回。"

李大阳说:"那就喝吧,我也想好好地醉一回。"

王锦子说:"那……我就敬你一盅吧。"

李大阳说:"都满上。同饮同饮。"

王锦子说:"你是我男人,你是玉石铺李家的梁柱子,我是一定要先敬你的。"

李大阳说:"那行那行。说我是梁柱子不真,说我是你男人不假,那我就先喝了。"

王锦子说:"喝一,单腿不能走路;喝二,好事都要成双;喝三,财达三江;喝四,四季发财……"

李大阳说:"好了好了,那下边,肯定是喝五夺魁、喝六大顺、喝七妻妾成群、喝八八抬高坐、九九归一、十全十美。你直接倒够十一盅吧,玉石匠做事想事,应该破破俗,应该走出陈规再加一盅。"

王锦子找词句敬,李大阳照词句喝。王锦子没打算往多里敬,李大阳却要一次性喝个十全十美,而且还叫多倒一盅。这主要是,李大阳这时候太想喝酒了。

"锦子,我喝够十一盅了,我也敬你十一盅吧。"

"大阳,为妻不敢领受。"

"看你说的,夫妻间,举案齐眉,相敬如宾,才为大德。"

"书上说的话,怎可当真?"

"再说了,你为玉石铺李家,你为玲珑阁,劳劳苦苦,当受一敬。"

喝了酒,吃菜。吃一阵子菜,再互相敬酒。边吃菜,边说话;边说话,边喝酒。吃着,喝着,说着。吃吃喝喝,痛痛快快。李大阳喝老白干,王锦子喝老黄酒,菜是各随所好。说话内容无主题,想到哪儿说哪儿。吃着喝着说着,很快,各自酒罐中的酒就喝去了很多,就都有了些醉意。锦子以前不大沾酒,今晚这一沾,就快把一斤老黄酒给沾完了。老黄酒,喝着顺口,可后力大。这时候,她可就是额头飞汗满面飞彩了。大阳是有些酒量的,不过,再大的酒量也难经得住猛灌。

"锦子,咱家不久就要赚大钱了嘛！就要有成车成车的银圆拉回来了！你说说,等咱家大富大贵了,你有啥想法?"

"大阳,等赚来大钱了,咱还接着赚,不能满足,一直赚下去。"

逐渐走进酒醉的人,最早的表现是,话稠,嗓门大,气势盛。

"我是说,你对你自己,有啥想法?"

"我？我自己?"

"啊,就是你自己有啥不如意的,有啥牵挂的？你有啥要求,尽管说,我都答应你,我都成全你。"

"真的?"

"真的!"

"大阳啊——"

欲语泪先出,王锦子突然伤情了。古怪!

就在这时候,济南城将军府里的吴桐庆,忍不住哈哈大笑起来。

"老父是啥都看清楚了,哈哈哈哈！非翠,你是太想念大阳了,是不是？想得稳不住心了是不是？啥梦不梦的,啥羊吃草、鞭子抽羊、凶不凶吉不吉的？我看,你是在编故事,你是在哄你老爹。哈哈！反正,你是一门心思要去南阳城。我想阻挡,也是挡不住的。"

"看爹你说的,咱们在南阳城住了那么久,你就没个依恋？再说了,玉石铺李家给咱做过那么多玉器,这情分咋能忘得了?"

"知道。哈哈,爹心里啥都清楚,爹不拦你。前些日子,上海的几家报馆,都在吵吵大阳的'葫芦仙'和'道德经的胡子',吵得海天云地的。看来这两件货定是做出神韵了,看来大阳定是大有长进了。这回去南阳,你不能只看大阳,也好好饱看饱看他的这两件佳作。"

"好像,我给你说过,'葫芦仙'曾在我的玲珑阁里寄卖过,后来被上海人买走了。那件玉器非常特殊,摆脱了传统,不讲究纹饰,不哗众取宠,直接看彩说事。人和石头好像是弟兄俩出行,一边走,一边说;看见啥,评说啥。石头和人,好像是两位哲人看风景,一边看,一边深理深论;理论到哪儿,就在哪儿写下一大篇好文章。总的说,我认为这个'葫芦仙',是……"

"是啥？"

"是一个天国里的故事，是一首基督徒们唱的赞美诗。故事里，诗唱里，既含箴言，又潜藏着佛的教诲、道的要义。味儿很深，怎么读也读不厌，怎么读也读不透。"

"这么好的一件货——咦！咱家应该买下来，怎会叫上海人给拿走了？你看你看，你看你这闺女。"

"我给你说过，你那时只顾忙着打仗，好像……"

"那次战争？叫我想想，叫我想想……噢，有点印象。那个'葫芦仙'，还是我给起的名字。"

"你见过了？是你给起的名字？"

"大阳把这件货拿到南阳后，是先叫我看的。唉！问题是，我看到'葫芦仙'时，正要出门上战场，心神不专注，因此读得不够深。唉！一场战争啊，一场毫无意义的征杀呀！倒让我与'葫芦仙'，永远失去了结交的机会，千古遗憾哪！"

"爹你不必太伤感，也许有一天，你会和'葫芦仙'再相逢的。"

初冬的傍晚风，在济南城刮起来，远比在南阳城刮得厉害，远比在南阳城刮得有力量。很快，就把寒凉和昏暗刮得满天飞。很快，寒凉和昏暗就把将军府塞得严严实实。

已到吃晚饭的时候，吴桐庆仍没有离开书房的意思。吴桐庆伤感得严重，丝毫没有进食的兴趣。

吴非翠站起身，说："爹，如果你不改主意的话，女儿明日一早就上路了。兴许这一去，还能打听到'葫芦仙'的下落。"

听吴非翠这么说，吴桐庆又长叹了一声。然后，他缓缓站了起来，低垂着头，脸色灰灰的，似乎刚从伤感中苏醒，精神仍不能振作。

"去吧，多带些钱。如果'道德经的胡子'还没有卖出，你一定听爹的话——我说的是一定，你一定要把它买下来，不惜代价。"

"'道德经的胡子'可能是我离开南阳城后，大阳才做出的，这一回去南阳，如见大阳没有卖出，我是一定能带回来的。"

"这就好，这就好。如果有一天，你能把'葫芦仙'和'道德经的胡子'都带回来,那比你老爹打赢一回战争,都意义重大呀!"

"女儿会尽力的。"

书房内的烛火,突然撑起了腰身,突然大放光明了。飘零的季节里,吴桐庆好像突然看见了光芒万丈一地锦绣,无比美好。

"当然,你能把李大阳也一并带回来,那才叫喜奶奶抱个喜娃娃——喜上加喜哩!"

"爹你等着吧!"

"好女儿,走,吃饭去,今晚上陪我喝几杯。"

到了客堂,很快菜就上桌了。吴桐庆叫用人打开两瓶酒,一瓶是法国葡萄酒,一瓶是英国威士忌。斟上酒,一家人围坐了,吴桐庆端起酒杯说:"非翠明日一早,就要去南阳城了。她答应,这一回她要带个人物回来。带个啥人? 带的谁? 我想啊,咱们一家人没有不明白的。咱一家,今晚就为她表示点儿祝贺。来,都喝一杯吧! 喝!"

"锦子,你怎哭了?"就在济南城将军府内的杯杯盘盘,欢快得热气腾腾的时候,南阳城玲珑阁内的李大阳,却放下了他那只空洞而失意的酒盅,"是你太高兴了? 还是我惹住你的哪个伤心处了?"

"哇……"

王锦子放大了悲切,趴在桌案上呜呜连天。

桌案上的蜡烛,流下了一长串红泪。

"锦子姐,你是醉很了。"

"大阳弟,你的锦子姐,也许有点儿醉。不过,醉得不很。你不知道啊大阳……"

李大阳的一声"锦子姐",把王锦子从悲切中唤了回来。她从泪汪汪里抬起头,好久好久,都没听到一句"锦子姐"的呼唤。她这一抬头,用泪眼看看李大阳,瞬间有 股特别的激情热烘烘地上身,热烘烘地在骨血里四散奔腾。

"你不知道啊大阳,我这时候,是想我爹想我妈了,想俺王家的绸缎庄了。不知咋的,我这猛地一想起,就想得解不开捆了。很想很想,很想马上就找到我爹我妈,很想马上就回到俺王家的绸缎庄。咱玉石铺、玲珑阁,马上就要有大车大车的银子钱,就要名扬天下了,这样肥实实的大富大贵摆在咱家面前,你说我还有啥不满足的?还有啥不顺意的?日子活到了这份儿上,美得不得了啦,还乞求个啥?只是……"

"你别说了,我懂你的心了。人到难处时最先想到的是爹妈,人到得意时,也不能忘掉父母啊!"

"大阳啊,俺王家绸缎庄,当年在涅阳镇可是最大的商铺呀,生意做遍九州十八府呀!俺老爹在十字街口跺跺脚,城四角都摇晃啊!后来,咋败了?还不是因为我?是我毁了俺家绸缎庄,是我逼得俺一家人从此奔走他乡,有家难归。我的老爹老妈,如今是死是活?兄弟姐妹一大家子人,如今安生了没有?流落何处?我全然不知呀!人,都有个生身父母;不论哪个女人,都有个娘家门。可你如今的锦子姐,你的夫人,你的老婆,是啥都找不见了。找不见老爹老妈,找不见娘家门,我想行行孝心,去哪儿行啊?"

"锦子姐,你别哭。大阳知道,你是为了嫁我李大阳,才惹下如今这一后果的。我不会忘,一辈子都不会忘。等咱们这一回上万国会的货银回来了,我啥事都不去忙。北平王府井、南京城隍庙设分号的事,暂不办;即便给我皇帝爷总统爷的宝座,我也不去坐。我跟你一起出去,去寻找你爹你妈,寻找我的岳父岳母。走到天涯海角,也要把二老请回来。在咱玲珑阁的隔壁租个铺子,再拿出一马车银圆做底,叫他们把绸缎庄的生意再做起来。到时候,我专门奔走在涅阳和南阳之间,专门筹玉石货和丝绸货。你哩,就守在二老身边,早早晚晚都能孝敬着……"

哗啦!

王锦子笑了。

王锦子没等李大阳把心迹表白完,就禁不住兴高采烈了。

"大阳,我的好男人,你很会想事。为妻没想到的,你都想到了。为妻原本只是想着能见一见老爹老妈,就心满意足了。没想到,你把事想得这样细。来,为妻再敬你一杯!"

"别,别敬我。要敬,咱一同敬你远在外地的爹妈吧。"

李大阳给王锦子倒了一盅老黄酒,给自己倒了盅老白干,俩人各自双手捧盅,并肩跪地。

李大阳说:"爹,妈,锦子是为嫁我李大阳,才给你们招来大祸的。我李大阳不才,一直没本事帮扶你们。这往后就好了。往后,俺玉石铺李家有钱了,有好名声了,涅阳镇、镇平城,再没人敢冒犯咱们两家了。往后,咱两家都有奔不完的好日子。爹,妈,愚婿今晚和锦子一起,谨告慰二老这些,并祝二老健康长寿,笑口常开。"

王锦子说:"爹,妈,你们的二女儿锦子,先给二老说个好事。玉石铺李家的玉石货,又上万国会了,上了八十八件。万国会和总统府指名要的两件,都是大阳做的。再给二老说一句,女儿嫁大阳是嫁对了。二老放心,你们的女儿会给你们带来大堆大堆富贵的。"

李大阳把捧着的酒盅往头顶上举了举,说:"愚婿大阳给二老敬酒了。"

王锦子把捧着的酒盅往头顶上举了举,说:"女儿锦子给二老敬酒了。"

说完,各自仰头喝尽,以喝代敬。

然后,连磕了三个头。

李大阳和王锦子为王启胜夫妇跪地敬酒并切切呼唤的时候,济南城将军府里的饭局提前结束了。一家人酒足饭饱,欣喜着各自的心情,一并走出了客堂。

吴桐庆说:"你要早去早回。"

吴非翠说:"女儿记住了。"

吴桐庆说:"把'葫芦仙'和'道德经的胡子'带回来。"

吴非翠说:"爹你已交代过一次了。"

吴桐庆说:"一定要把李大阳带回来。"

吴非翠说:"爹,你不必多啰唆了。"

父女俩的对话还没结束,济南城的雪就飘大了。

第三十一章

三辆汽车,自大十字街口一路威风过来,停在玲珑阁门前。

这天上午,南阳城的街巷里,没风,没多少寒凉。天空一马平川,蔚蓝里暖着一颗黄黄的太阳。人们看着三辆汽车缓缓而过,脸上都挂满惊叹和欢快。王锦子的心情原本与街人们的心情不同。她焦躁,她不安,自前一日一直焦躁不安到现在。从前一日到现在,她的心头一直是火烧火燎,一直是如炙如烤。现在,忽一听说汽车又来到了家门口,她哇地大叫一声,差一点儿昏过去。

"诸葛先生!"

事情重大,是不能随随便便昏过去的。王锦子很快就醒了脑,急急奔出门外。

"李夫人你好!"

门外,不是停一辆汽车,而是三辆。前一辆车厢里和后一辆车厢里,站的是背洋枪的兵。中间的那辆车厢是空的,开车人的旁边,坐的是王锦子盼了两天的诸葛永行先生。

王锦子迎上去,诸葛先生跳下车,两人相互打了招呼。

打着招呼,王锦子有点儿热泪盈盈。

"叫弟兄们都到后院喝茶。"

"不了,咱们忙事吧。"

上次说好了的,上万国会的货是十日的准备时间。也就是说,到第十日,总统府就要来押解启运了。总统府下条文,跟皇帝爷说话一样,跟皇帝爷下了圣旨一样,是板子上钉钉——纹丝不动的。可是到了第十日,眼巴巴等了一天,终没等见汽车开过来,终没等见诸葛永行照面。又眼巴巴等了一天,仍等不见汽车,仍等不见诸葛永行。王锦子害怕了。她害怕总统府改主意,害怕总统府废了前言,不再让玲珑阁的玉石货再上万国会。她甚至怀疑,是自己没把诸葛永行打点如意,没拿出一笔大款项去买诸葛永行和他老爸的心。她听说,官场人看重的不是日后报恩,而是现吃现拿和事前兑现。细想想,自打玲珑阁与诸葛永行结识,总是接受诸葛永行的馈送和慷慨相助,玲珑阁对人家的表达总是马马虎虎,大不了就是请人家喝场酒。这,很不够礼数。昨天晚上,她还湿着两眼地伤心,对大阳说:"是我办事不周,把这件事弄荒了。"李大阳劝解道:"先不要这样说,兴许总统府的来人正在路上走哩。再说了,重阳也没赶回来,还不知道能不能把总统府的要求兑现。你别沉不住气,大不了,上万国会的事咱不做了。"今早起来,她一边照镜子,一边哀叹,说:"大阳啊,我的头发又白了好多根。"李大阳笑笑:"白了好,白发三千丈,白银三重山哪!好好!"吃过早饭,她仍有些神不守舍。她说:"大阳,啥都不盼了。连重阳去上海的事,也不盼了。我头疼,我还想睡。"李大阳说:"就是,睡吧,啥都不盼了。趁今儿空闲,我想去独山街看看,看能不能捞几块好石头。"想睡就睡,想去买石头就去买石头。一切无望了,啥都不想了,啥都一平如水了。李大阳轻轻快快奔独山街去了,她倒头躺下了。说是说,劝是劝,但都没入她的心。虽说是躺床上了,可她睡不下;虽说不再想事了,可不想又不行。她还在生气,还在发恨。她气自己,恨自己。又是气,又是恨,咋能不焦躁?没想到,她正为着悔恨而焦躁不安,忽就听到汽车停在铺门前的消息。

"很对不住你先生,很对不住总统府!"

"怎么了?"

"是这样,自打那天你离去,俺兄弟重阳就去上海了。照你给的圣旨,去赎'葫芦仙'了,可到现在还没回来。"

"你看你看,你看你们把这事办的!"

王锦子很是抱愧,又十分紧张。她害怕玲珑阁的这一失误,会惹怒总统府和诸葛先生。

"兴许,俺、俺兄弟重、重阳,就快走到南、南阳城了,'葫芦仙'就、就快到家了。"

王锦子说这话的时候,黄黄的太阳正继续在南阳城上空滚动,滚动得平平安安和和暖暖。而这时候的李重阳,才刚刚赶到淅沥着雨的上海街头。他打着一把油纸伞,匆匆在人来人往里。

从南阳到上海,路不顺,李重阳转乘五六回汽车,还坐了两次洋轮,风尘仆仆花去了九天时间。明知是不能按期限把"葫芦仙"带回去了,是不能照期限把"葫芦仙"交给总统府了,明知是明知,可还是一定要见到章玲的。

上海城比南阳城大,大多少?李重阳测不出来。他打着雨伞,在淅沥雨中,跑了几条街道,一打听,距万宝路公司所在的那条街还远得很。干脆坐马车,快赶。

紧赶慢赶,李重阳赶到万宝路公司时,章玲就要与家人共进午餐了。

一听说是涅阳镇来人了,章玲立即起身迎出门外。他猜得清楚,来人定是玉石铺李家的人。

"重阳啊,是上帝的启示,我们又相见了。您堂上二老可好?你哥哥大阳可好?你嫂嫂锦子可好?"

"都好都好,是这样……"

"快快请进,快快请进!咱们得好好叙谈叙谈。"

"是这样……"

"走吧,到客厅喝杯茶,歇息歇息。然后,我带你到外滩吃西餐。然后……"

"是这样,我着急得很哪!咱们就站这儿把话说了吧!说清了,我就得快快往回赶。回晚了,说不好……"

"怎么?到了家门口,就不进去看看?这不是太瞧不起老夫了嘛!进去进去。"

李重阳的想法是，不论能不能买得章玲的欢心，不论能否顺利抱回"葫芦仙"，都得早早赶回去，省得哥嫂多挂记。

一看章玲太热情，李重阳的固执就发生了动摇。再说了，街巷也不是谈这类生意的地方，更不是互换宝物的地方。于是就顺从了章玲的意思，两人一并到了客厅。待李重阳简单漱洗之后，茶点就已在茶桌上摆放齐备了。

"涅阳镇的社会秩序如今咋样？各家玉器作坊生产情况现在咋样？玲珑阁每个月能卖出……"

"是这样章先生……"

一见到涅阳镇来人，章玲就急于了解涅阳镇的情况。李重阳却不然，李重阳受不住章玲的啰唆，急于直奔主题。

"章先生，你看看这件玉货，你看你是不是喜欢？这是我嫂子……"

李重阳说着从褡裢内取出一只玉琮、一只玉蟾，送到章玲面前。

章玲一看玉琮和玉蟾，大吃一惊："上帝呀！这是楚时期的遗物呀！"

一看章玲的神色，一听章玲的赞叹，李重阳的全身便风吹杨柳哗哗啦啦地轻松了。

好兆头啊！

"这是我嫂嫂送给你老的。"

"这怎么可能？这么贵重的东西，怎可随便送人呢？"

"不管它贵重不贵重，只要你老喜欢，下边的事，我就好出口说了。"

李重阳喝了一口茶，沉了沉气，开始细细说事了。

吴非翠先是冒雪搭火车到郑州，再改坐汽车，历经几日的辛劳，总算是到了南阳城。南阳的天气很好，虽冬了，但从白河边吹来的清爽和湿润，依旧和蔼可亲。还是南阳城好呀！下了车，她没有急于往玲珑阁走，在路边的一家茶棚坐了。渴很了，累很了，权且小歇一会儿。"掌柜的，快来一碗茶！"咕咚！她喝了一口。"啊！又喝上南阳的水了！"咕咚咕咚，咕咚咚咚！她一口气把一碗茶喝干了。不出去走走，是看不懂南阳的美的。不到外地住一阵子，是体会不到南阳水的甜南阳水的迷人之处的。"掌柜的，再来一碗呀！"咕咚咚咚……

两碗不烫不凉的茶水下肚,吴非翠不渴了,一身振奋又回来了。她攥了攥拳头,伸了伸胳膊,踢了踢腿脚,把上上下下左左右右的筋骨都振作出咯咯吱吱的清脆来。日光在她的肩头活蹦乱跳,水浸浸的风在她周围拂来拂去。好舒展,好痛快呀!

痛快间,吴非翠不经意地朝自己走来的那个方向看了一眼。不看还好,一看,轰隆一下,眼前顿然生出一团混乱和昏黑,顿然把美好心情打落了。

这一路,走得很是不容易呀!

从济南到郑州,她先坐老爹派的军车,又改乘火车。途中,火车在一个荒凉的小站停下,说是临时安全检查。

执行检查任务的是几位军人,为首的一位服装笔挺,腰带上佩着手枪;其余的几位背长枪,脸相绷得紧又凶。

"你,站起来!"

"你让我站起来?"吴非翠抬起了头。

"就是叫你站起来。"

"请你们讲究点儿言辞。"吴非翠坐着没动。

"还嘴硬呀! 想挨枪啊!"

几位军人像是被吴非翠的沉着冷静激怒了,哗哗啦啦拉开了枪栓。

"你们是哪一部分的? 你们是不是太粗鲁了?"

说着,吴非翠缓缓掀去了头上的貂皮风帽。

这位女子定有来头,几位大兵细一看对方相貌,就怯懦了,纷纷退到那位军官的身后。

佩手枪的军官朝吴非翠笑笑:"小姐不必问我们是哪一部分的,不过,我可以告诉你,我们是国民革命军。"说着,他打了两个响指,"今天,我们是奉命来缉拿鸦片走私犯的。如果你懂规矩的话,请乖乖跟我们下车,请接受我们的审查。"听军官这么一说,那几位大兵立马哇哇起哄。起着哄,吴非翠就被拉拉扯扯地带下了车。

吴非翠被带进一间房内,咔嚓一锁门,军人都走了。这一下,是再也沉着不下去了,她大叫:"你们是土匪! 你们放开我,我爸是吴桐庆,我爸会发兵讨伐你们的。"没人听她的大叫,没人理会她的大叫,她在那间房内煎熬到第二日上午,那位军官才对她进行审讯。

问:"你走私过多少鸦片烟?"

答:"我爸是军团司令,我们是不会干那种事的。"

问:"你贩运的鸦片来自哪里,又运往何处?"

答:"我给你说过了,我爸是军团司令,我们一家只干革命。"

问:"你的同伙有多少? 都是谁?"

答:"你往济南发个电报问一下,看吴桐庆是何等人物,就知道一切了。"

问:"你是想从宽,还是想从严?"

答:"快快放我,我要去郑州。"

"嘿嘿,嘿嘿!"军官不再问话了,对着门外大喊:

"来人,把她拉出去就地正法。"

吴非翠大叫:"你们凭什么滥杀无辜? 你们无法无天!"

军官说:"嚷嚷个啥? 干革命就是要无法无天。"

吴非翠大叫:"我老爸绝不会放过你们的。"

军官说:"扯淡! 还不快拉出去。"

吴非翠被几条大汉推出了门外。

事情来得突然,突然得容不得思想。吴非翠的胳膊被捆了,几条长枪黑洞洞地朝她瞪大了眼睛。到了这时候,她才明白,她是要死了,她是要挨枪杀了。这天上午,这座小站的天空一改昨日的灰暗,变晴朗了。没风,不怎么冷。天空干净,太阳也干净。天气,真好;人间,还是值得留恋的。

"大阳兄,小妹见不到你了……"

乓乓乓,枪杆子们好像听不惯吴非翠的呼唤,即刻全都射出了红光。吴非翠倒了下去。

待吴非翠醒过来,她已经莫名其妙地躺在开往郑州的火车上。她摸摸自己的头,头没烂。她摸摸自己的前胸后背,前胸后背都没烂,只是自己随身带的那只皮箱没了,装在皮箱内的三百块银洋及其他物品都没了。干革命干到这个程度,真是莫名其妙!

现在,正行走在南阳城的吴非翠,摆了摆头,苦苦地笑了一笑。

就在这时候,站在玲珑阁前门的王锦子也笑了。不是苦笑,她的笑容活蹦乱跳,熠熠生辉。她不是朝着正要朝玲珑阁走来的吴非翠笑的,她还不知道这时候吴非翠已经进了南阳城。她是朝着诸葛先生笑的。诸葛先生坐在汽车里,透过车窗口也朝她笑。

诸葛先生摆摆手:"后会有期!"

王锦子招招手:"后会有期。"

天突然分外明亮,太阳突然又肥又胖,三辆汽车欢天喜地地动身走了。

真是痛快呀!

总统府来押运上万国会的货,偏偏少了一件重点货,很让诸葛先生动怒。诸葛先生一动怒,王锦子就害怕。她暗暗乞求苍天,乞求苍天保佑重阳即刻就抱着"葫芦仙"赶回来,以兑现对总统府对诸葛先生的承诺。结果,苍天没有成全她,没让重阳及时抱着"葫芦仙"赶回来。她担心诸葛先生一动怒,会拒绝玉石铺李家的玉石货再上万国会,会代天子行令惩罚玉石铺李家。结果,诸葛先生简单动怒之后,又和颜悦色了。他问:"其余的都备齐了?"她连说:"齐了齐了,一共八十七件。"他又问:"'道德经的胡子'在不在其中?"她又连连说:"在,在。"他说:"那就好,装车吧。"一看见诸葛先生和颜悦色,她顿然安生了。很快,八十七件玉货,全都装到了停在中间的那辆车上,包括"道德经的胡子"。

事情总算是圆满了,焦躁和悬心了几日的王锦子,现在,终于轻松了。

三辆汽车走了,八十七件玉石货包括"道德经的胡子"都走了。虽说"葫芦仙"没赶回来,没跟着去万国会,但事情总算是办成功了。事情成功了,成车银洋拉回玲珑阁的日子就指日可待了。丝绸庄王家的女儿不简单呀,也能办成大事呀!看看,看看!这么大一件事办好了,可见我王锦子能耐得很呀,是有本领的女人呀!王锦子高兴,王锦子振奋,王锦子激动的心情如大河涨水一样,奔奔腾腾。

这时候,吴非翠正一步一步走近王锦子。

吴非翠问王锦子:"你在干啥?"

王锦子一冷惊,收回了她那举起的胳膊。

王锦子笑笑:"啊!是小妹呀!我在送总统府的来人。你没看见刚刚过去的三辆汽车?"

吴非翠问王锦子:"那三辆汽车来做啥事情?"

王锦子朗朗道:"大事情,天大的事情。"

上海那边,章珞把李重阳送出大门外。

章珞说:"赶车当紧,我章某就不强留了。日后你再到上海,定陪你吃西餐。"

李重阳说:"吃饭事小,玲珑阁的成败事大。"

章珞说:"我会祈祷上帝,保佑李家、保佑玲珑阁的。"

李重阳说:"章先生保重,晚辈告辞了。"

淅淅沥沥雨中,李重阳坐上马车,直接去车站。而南阳城的初冬日光,这时候洒下了一片和煦。李大阳回来了,他肩披和煦,怀抱一块上好的独山石料,正匆匆着脚步。

第三十二章

现在,王启胜站在一个叫界首的古镇里。他的前面人来人往,是条青石板街;他的背后是一座商铺,招牌上写着"久长久丝绸庄"。他的身旁,站着一位尖顶头汉子,正对着他比比画画眉飞色舞地说些令他感兴趣的话题。天比较蓝,阳光很好,王启胜脸面上洒满了成堆成堆的愉快。

王启胜说:"走吧,进屋细说。"

尖顶头汉子说:"也行,顺便再喝上两盅。"

王启胜说:"不是顺便喝两盅,是大喝一场庆贺庆贺。"

尖顶头汉子说:"是该庆贺庆贺。"

现在的王启胜,跟当年涅阳镇街上的那个王启胜大有不同。他那条顽固了好多年不剪的长辫子,不见了,头顶的瓜皮帽换成了黑色毛毡礼帽,鼻梁上架起了"二饼子"。"二饼子"的洋名叫眼镜,好像只有富贵人才配得上。他已不穿长袍马褂,不穿丝绸软缎,而是改穿东洋制服,穿黑洋布黑呢子。现在,他站在日光下,跟尖顶头汉子说着高兴话,还叼着一支纸卷洋烟,不呼噜水烟袋了,不嘬着长杆老旱烟了。他的胸前灿灿着一条怀表链,一只手里提着一根油漆明亮的手杖。搭眼一看,很是绅士,很是气派。

王启胜说:"请!"

尖顶头汉子说:"不客气。"

两人说说笑笑进了"久长久"的后院。

王启胜说:"俺老家有句俗言说得好,狗走天下总吃屎,虎走天下尽吃肉。天生的鳖孙,怎么也坐不到爷位上。就说那个玉石李吧,要富态没个富态样,要气派没个气派相。到哪儿,都像个跑堂的店小二。就是这么一个人,还怪倔哩,还不把我王启胜放眼角夹哩。早年,我劝过他,叫他弄架织机织绸子,挣点钱混个好光景。他不听,非要黑天不黑天白日不白日地磨他的玉石货。三伏老热天,俩手在臭水中沤烂一层层皮;三九大寒天,俩手在冷水里折腾,冻裂的血口子一道连一道。结果呢,从来没见他发过财,从来都是穷得跟河卵石一样,四面净,光溜溜的,连苍蝇都爬不上去。俺老家还有句俗话,叫,命里只有八合米,走遍天下不满升。天生的穷命,他玉石李越是想富,越是会遭灾;越是蹦跶,摔得越惨。别的不说,就说光绪年间那次吧——嘿,我给你说呀昆祥老弟,那才叫有意思哩!"

尖顶头汉子说:"光绪年间那回事,我听你说过几次。他玉石李赔了银子不说,还差点儿挨个刀咔嚓。我见过那人,也去过他的玉石铺。哼,个子怪高,胡子怪旺,就是精瘦,根本不像个翻水浪的东西。还有他那个大儿子李大阳,我也见过两次,也不是个稳重家伙。毛还没长几年,就南南北北地炝蹶子了。他们玉石铺李家,这回是栽深坑栽定了。这一回——来来来,得先喝酒!连喝几盅再说话。"

王启胜速速叫厨子备酒备菜。很快,一切上齐。酒是镇平产的三潭牌老白干,菜是八个,四热四凉,桌上还摆了盒"哈德门"洋烟。

"昆祥老弟,来来来,我敬你三杯!"

"这怎么成,哪有主子给下人敬酒的?"

"看你说的,咱俩之间,哪分主子、下人啥的?咱们是朋友,是兄弟。跟水泊梁山里的众家好汉一样,没辈分,没上下,平起平坐。"

"水泊梁山里还排个座次呢。要敬,还是我先敬你。"

"话不能这么说。咱们现下不是喝的庆贺酒吗?要庆贺,首先就得敬你。你是我王启胜东山再起的功臣啊,是我王启胜报仇雪恨的好帮手呀!你说说,我不先敬你,合不合理?"

"那……喝！你倒几盅，我喝几盅，我不会摇头放闲屁。"

因二女儿锦子逃婚，王启胜不仅得罪了税警局局长余大愚，还引发了将近一年的战争，使涅阳镇和镇平城的人们都对他产生了愤怒。有人骂他，有人扬言要杀他全家。涅阳镇不容他，镇平城不容他，他只好关了兴盛了许多年的丝绸庄，携家小远走他乡。被迫别离故乡之恨，被迫断了财源之仇，始终伴随着他逃亡的脚步。

"给你说呀老弟，那年我领着一家人偷偷走出东门寨的时候，我哭了。不过，我的家人们没有看到。我只是流眼泪，我只是用袖子暗暗擦泪。我的丝绸庄，在涅阳老镇的十字街，是别人争不到的好地段呀！我王启胜站到门前跺跺脚，能叫涅阳水哗哗流，能叫寨墙四角酥酥掉土呀！可是，我王启胜到底是败了，我王启胜在故乡存不住身了。家难舍呀！故土难离呀！是谁把我王启胜逼到了这一步，是谁？其实，我早就清楚，是谁给我王启胜一家招来这么个大祸的，是谁把我整治得这么凄惨的，可是，我还要问，一千次一万次地问。问多了，我就有千仇万恨，一刀一刀刻到骨子里，一刀一刀刻到心头了。仇恨，可是个好东西呀，比成车成车的银子钱贵重得多，比我丢掉的家产、丢掉的丝绸大生意，贵重得、多得多呀。自打开始了仇恨，我就不再伤心了，就不再偷偷擦眼泪了。我不会就此罢休的，我会一笔一笔清算好这些账目的。"

"喝呀东家，庆贺是要喝酒的，是要喝痛快的。你看你老，只顾说，不顾喝。来来来，我敬你三盅。你老是诸葛孔明，你脑子里装的都是聪明，你肚子里揣的都是计谋。就你的这般本领，眨眨眼，能叫涅阳镇翻腾几个来回，能叫涅阳镇的鳖孙们动弹不开腿。想想咱们这几年做过的事……"

"这样说，我就要打岔你的话了，你把话说离谱了。一呢，我王启胜绝没有你说的那样神；二呢，涅阳是个好地方，是生养我王家的地方，你不能小看；三呢，涅阳的能耐人多得很，我的富足全靠他们织丝纺绸给纺织出来的。这一点，我不能忘。不过，涅阳这样好的地方，也会出些杂七杂八的赖种。这些人在平常，都会跟乌龟老鳖一样，把头缩得老深老深。一旦瞅准机会，就都伸出獠牙了，就都连啃带撕地杀人吃人了。就说玉石铺李家吧，平常不论咋看，都像是个老实得透亮的人，可他李洪方穷急了，看我二闺女长大了，就叫他的大儿子李大阳想方设法勾引,想霸我王启胜的家产哪!结果,害得我嫁女嫁不成,害得我一家差点儿都挨洋枪挨黑刀。还有皮条巷张家,也是一窝狼。张长有活着时,在涅水口岸上装船卸船,我给他的工银比别家给得多得多,过年过节还给他家送膘肥猪肉,送汗银。没想到,他后来随了李洪方,犯案挨了斩。他的老婆领着儿女们上山当了刀客,要报仇雪恨。奇怪的是,他的老婆和儿女们不去仇恨李洪方,不去烧杀玉石铺李家,偏偏跟我过不去,偏偏把我家的事搅得没法收拾……不说了,喝!一说起这些,我就气。咱俩都连喝几盅,压压火,再慢着说道。"

"气啥气?想想咱们这几年做的事,要生气的,要气死的,必是涅阳镇上那些杂七杂八的赖人。喝!人逢喜事精神爽,一口气能喝几大缸。我说东家,事到如今,你还有啥不顺心的?还有啥值得你跟那些闲人生闲气哩?事到如今,只剩喝酒了。喝吧喝吧东家,我已连喝三盅了,你也连喝三盅吧,你不喝可不行。喝!喝罢了这三盅,咱们再各自喝三盅,再再各自喝三盅。喝它个三三得九,九九归一,一醉方休。"

当年离乡王启胜带着家室,先是西去长安,后来又去了汉口、开封,跑了几个地方,都觉得不安全,最后才选择了安徽界首。长安、汉口、开封,原来都有他的丝绸庄分号,是他有根基的地方,也是熟悉的地方。可是,越是有根基越是熟悉的地方,也越容易暴露,越容易被家乡的"仇人"盯上。细斟酌斟酌,他就来到了界首。界首,是豫、皖、鄂三省交界,是三省人聚一起做生意的地方,也是三省军政三不管的地方。

祖祖辈辈都经营丝绸,打小就学着做丝绸交易,到了界首,王启胜在一条不十分繁闹又不过分偏僻的街上租下一套前有门铺后带小院的房舍,把"久长久丝绸庄"的招牌悬挂起来,就算立了新家,开张了新铺。

要说做丝绸生意,店铺当然是设在涅阳镇最能图大利。涅阳人手巧,脑瓜子灵便,满涅阳镇、满镇平界,到处都产生丝,都产绸,都等着丝绸商们来给变银钱。如此一来,涅阳镇的丝绸收购价,当然是满天下最低的地方了。涅阳人做丝绸,跟涅阳的玉石匠一样,靠的是手艺,赚粮米,赚温饱。只要工钱给够,别无他争。这些货品被商人买到手,就会发粗长长,就会走一步挂肥添膘一圈儿。王启胜不缺钱,但界首的铺子生意明显不如在涅阳,这更让他痛恨李家。

"喝！我给你说呀老弟，我这一辈子极少喝醉酒。皆因今儿太高兴了，今儿太痛快了，我想我是要醉一回的。陪着你醉。来！咱俩这就喝个三三得九、九九归一、一醉方休！"

"喝吧喝吧东家，我是喝酒喝惯了。一回不醉，我就觉得对不住我自己。今天，你陪我醉，你不陪我醉，都不算一回事。反正，我特别想醉。想想我这几年跟着你老，长的见识，学的本领，这一次能醉他个十天半个月，也算是个福分。"

说话间，两人喝得脸面增色，喝得情绪振奋。

"请夫人过来敬酒。"

对于喝酒人来说，将醉又不醉之际，正是酒兴高涨之时。喝着喝着，王启胜突然觉得，两个人说话，两个人喝酒，有点儿单调。该招几个人掺和进来，逗逗乐。转念一想，不妥。今儿的酒，喝得不同往日，喝得特别有意思。要是喝多了，话多了，会把一些不该露的事说露了。对其他人信不过，儿女都不在身边，那只有让夫人上场了。于是，就喊人去楼上请来了锦子她妈。

王夫人说："我不会喝酒，你们是知道的。你们喝吧，我给你们倒酒倒茶。"

尖顶头汉子说："倒酒倒茶的活儿，都是俺这个下人干的，哪敢让你忙！"

王启胜说："我说，你今儿，改制改制，咬着牙也得喝两盅。你不知道，今儿这场酒，跟咱家这几十年里喝的所有酒都不一样。"

王夫人说："我看没啥不一样，我看你俩喝的还是那种辣嗓子酒。"

尖顶头汉子说："老东家老掌柜说得对，今日这场酒喝得就是跟往日不一样。今日喝的还是你们镇平三潭老白干，味道却比往日美多了，香甜多了。"

王启胜说："自打咱们偷偷跑出涅阳镇，直到今儿，王家丝绸庄要做的事，差不多就算都做圆了。剩下的日子，咱就一边数钱，一边等着好音信吧。咱今儿这场酒，喝的是成功酒，喝的是庆贺酒。喝这样的酒，你咋能不破破规矩，陪俺们师徒俩醉一回哩？"

王启胜来到界首，经过几年的精心运作，"久长久"的经营打开了，开始红火于九州十八府。不过，能走到这一步，的确走得非同一般。

　　首先，王启胜在界首做丝绸生意，仍然离不开千里之外的涅阳镇。满天下的丝绸经营行家都离不开涅阳镇。涅阳镇是中华丝绸的发源地，也是中华丝绸的主要产地。若想把丝绸生意做大做强，做遍五湖四海做到洋人国，任谁都得巴结涅阳镇。这一点儿，王启胜当然比任何人都懂。但是，王启胜在涅阳镇坏了名声，不敢在故土现身了。怎么办？立庄子、开店铺，没有货源咋成？虽说接二手货也能盈利，但毕竟薄。也许是王启胜又要转好运了，就在这时候他遇到了尖顶头汉子。

　　两人相识，是在离"久长久"不远的小酒馆里。这家小酒馆，没啥好下酒菜，主要是清静，主要是这里常卖三潭老白干。累了，烦心了，王启胜就到这家酒馆要两个小菜、一壶三潭老白干，清静地坐着喝。不过，王启胜的累和烦心，并不是日不错影天天如此。也许三五日，也许十天半个月，他才来这里一次。皆因后来发生的一件烦心事，烦心得太厉害，烦心得怎么也排解不开，一连好几日，他在黄昏时分都来这里独斟独饮。这件烦心事，说大也不大，说小也不算小。啥事？锦子妈想锦子了。锦子妈一动心想念锦子，就想得棒打不散铺天盖地，就想得泪流不已哭天嚎地。自打锦子被花轿抬走，至今再没见到锦子一面。锦子现在在哪里？是死是活？活得咋样？有饭吃有衣裳穿没？全然不知，听不到一点儿消息。起初，一家人忙着逃亡，顾不上惦记其他事。一旦立住脚了，一旦安生了，对锦子的惦记就上了娘的心头。一旦把锦子摆上心头，就自然要万般凄楚，自然会肝肠寸断悲悲惨惨。当妈的想闺女，人之本性，不为错。不管锦子妈咋闹，咋折腾，都怨不得，都指责不得。况且，当妈的思念女儿伤心到这般模样，当爹的也不会无动于衷，也不会钢钢铁铁地冷血冷情。王启胜虽恨锦子，给他丢了面子，使他四面难为人八方难为鬼，不过，经历了这么多日子，他对锦子的恨也慢慢消淡了。如此一来，王启胜只能是生闷气、暗伤心，烦透顶了。烦心了咋办？就来小酒馆喝三潭老白干。

　　这一天黄昏，王启胜刚刚要了酒菜，还没来得及吃喝，突然从旁边传来一声长叹。这声长叹，昏暗而沉重，充满了失落，充满了无奈。抬眼一看，只见另一张桌前坐着一位年轻汉子。汉子大膀,高胸,挺壮;宽腮,窄额,头顶细,不太美观。他面前摆着一碟煮黄豆,一大泥碗白干酒。一声长叹之后,他端起泥碗,在唇下静了一时。然后,就一仰头,立马从喉咙间响出一个清清脆脆的咕咚来。响了咕咚,泥碗不立即放下,仍在无所适从地空悬着。

这人的心事很重。王启胜想,这人肯定跟我一样,碰上七猫八鼠钻肚子里抓烂心了。想到这里,王启胜就把自己的酒和菜端到了汉子的那一桌上,说:"小老弟,咱来搭个帮吧? 我看,咱俩今儿得的都是一个病,都是烦心病。坐一处,相互热火热火,相互治治,有好处。同病相怜啊,是不是?"一见王启胜,一听王启胜这么说,尖顶头汉子放下了泥碗,又长长叹了一声。

从小酒馆的一次相遇,一次长长的叙说开始,两人就有了交情。尖顶头汉子说自己叫程昆祥,原在一家大商号跑货运,主跑两湖两广。老掌柜看他有才干,为了笼络他,就让他的新婚妻子到商号的磨房里专干赶驴磨面的活儿。活儿不重,工钱不低,两口子都很感激老掌柜。万万没想到,妻子干了不到半年,就叫少掌柜给勾引到被窝里了。再过半年,少掌柜干脆就带着她远走他乡过恩爱日子去了。知悉此事,他在商号大闹一场后出走,发誓要报仇。王启胜听了,愤愤地说:"夺妻之恨哪,不能忘啊!"听王启胜这一愤愤,程昆祥没再多言,捧起泥碗又清清脆脆地咕咚了两个咕咚。

第二天,两个烦心人再在小酒馆相逢,气氛就大有改观。一开始,两人还相互敬酒,互送吉庆话。王启胜称程昆祥为小老弟,程昆祥尊王启胜为老叔。话来话去中,渐渐少了哀叹,多了笑声。酒至半酣,王启胜说:"别给他们干了,你年纪轻轻的,哪儿找不来碗稀饭喝?"程昆祥说:"不放火烧了他们的房子,不宰了他们一家,就算是便宜他们了。"王启胜说:"好,是条汉子。"程昆祥说:"啥汉子? 连自己的婆娘都保不住,窝囊死了。"程昆祥说着这话,脸面上随之蒙上了一层灰灰的羞愧。

第三次,两个烦心人再在小酒馆喝酒,气氛就更多些喜相了。程昆祥提来一只德州扒鸡,王启胜掏出两盒"哈德门",都往桌上一摆,又叫来几碟小菜和几壶酒,然后是又吃又喝,又说又笑,把"哈德门"吸得烟雾缭绕,远比前两次喝酒美多了。又至半酣,王启胜说:"小老弟,我想送你五百大洋,你去娶个更漂亮的老婆。"程昆祥说:"不必。我自己会挣个更漂亮的老婆。"

王启胜说:"我打算把我汉口的那座丝绸庄送给你。"程昆祥说:"礼物太重,我承受不起。"王启胜说:"不白送你,你得给我做事。"程昆祥说:"做啥事你说!"王启胜说:"给我的'久长久'跑货运,专去涅阳收购丝绸,一年工钱一千大洋。"程昆祥说:"成!我正愁着找门路哩!"王启胜说:"再就是帮我了却一个心愿。"程昆祥问:"啥心愿?"王启胜说:"事不大,随后再给你细说。"程昆祥说:"我应下了。"三次小酒馆相聚之后,程昆祥就到了"久长久",当上了货运经理。

现在,正在"久长久"后院喝着庆贺酒的王启胜和程昆祥,要劝王夫人喝酒。王夫人经不住劝,只好端起酒盅。

"咦!怪了,今儿这酒,真的不咋辣。"王夫人先是战战兢兢小心翼翼地抿了一点,然后一仰头,"能喝。我说昆祥,你这回去南阳,见没见到锦子?"

"见了见了,只是没跟她搭话。"程昆祥说着拿起了酒壶,"来来来,借今日的庆贺,容我敬你老人家三盅。"

"别敬。你说说你去南阳几趟了,十几趟了吧!你见到锦子几回了?七八回了吧!咋——"王夫人用手挡住了程昆祥敬上的酒,"你咋还没跟锦子搭上话?咋还不把她娘的下落说给她?不喝!这不算是成功酒,不值得庆贺。"

"我说夫人哪,这事可不能埋怨他。是我不让他去跟锦子搭话的,是我不让他把咱们在这儿的事说出去的。"王启胜接过程昆祥捧着的酒盅,亲自端给夫人,"这是我谋划的整盘计策中的重要一点。包括这几年,他去涅阳收购丝绸,都把咱们的事封得死死的,掩得实实的。喝吧夫人,昆祥是很会做事的。说不定,他下一趟去南阳,就会把锦子带回来。"

"真的?你没说瞎话吧?不会是诓我的吧?"王夫人仍没接酒盅,却流出了两眼晶晶的泪花,"我是想锦子了,再也熬不下去了。"

"老掌柜没说瞎话,不是瞎诓你。下一回,我要不把锦子带给你——我程昆祥就挨雷轰。"程昆祥说着,又从王启胜手里接过酒盅,敬给了王夫人,"这是我敬给你老的酒。喝吧!喝了这盅酒,你老再指教我。"

"下一回就会把锦子带回来",这是多难得的一句话呀!这是多动听的一句话呀!就为这一句话,也该喜庆喜庆啊!

王夫人接过程昆祥第二次捧来的酒盅，笑了笑："不指教你。俺'久长久'能有今天，真是靠你给跑出来的。你是有功人，我们一家人首先应该谢谢你。"说了，她一仰头——不再战战兢兢，不再小心翼翼——一饮而尽。"咦！今儿这酒，就是不辣，就是喝着香。来来，叫老婶给你敬三盅……不啥不？要想好，老敬小。你是'久长久'的有功之臣哪！"王夫人给程昆祥连倒三盅，喝得他的头顶光溜溜地亮光芒。

说程昆祥是"久长久"、是王启胜一家的功臣，不算过分。他去涅阳打天下，不敢打王家丝绸庄的牌子，不敢露出王家的一丝一毫一点一滴，全靠他灵活的脑瓜子，全靠他机智的一言一行。包括去镇平城南阳城打听锦子的踪迹，寻找锦子的下落，他都做得天衣无缝，做得不动声色。

夫人敬的三盅酒，程昆祥喝了，王启胜也要再敬三盅。虽说刚才已经敬过了，再敬一次也是在礼数的。敬酒没恶意，喝的是心情。喝！喝过了，程昆祥当然也要再来一遍回敬。老白干哗哗着从壶内倒进盅内，再从盅内一咕咚一咕咚地进到各自的肚里。哗哗得很是热闹，咕咚得很显气势。

"喝！"王启胜说。

"喝！"王夫人说。

"喝喝！"程昆祥说。

初冬的太阳暖暖地照耀着界首，照耀着"久长久"后院痛快的喝酒声响。当然，也暖暖地照耀着千里外的南阳城，照耀着玲珑阁后院的阵阵欢笑。吴非翠从济南府回来了，李大阳从独山街回来了，王锦子也把上万国会的玉石货割完毕了。界首"久长久"后院热闹，南阳玲珑阁后院也热闹。那里热闹，这里热闹，两地都热闹，热闹得初冬的太阳都醉醺醺地美丽着。

第三十三章

吴非翠问:"什么? 万国博览会?"

王锦子说:"是啊是啊,就是万国会。"

吴非翠问:"那三辆车带走的是咱玲珑阁的玉器? 是去上万国博览会的?"

王锦子说:"是啊是啊,八十七件,上会去了。"

吴非翠问:"拉走货的,是哪里人? 是通过哪一级官府,找到咱玲珑阁的?"

王锦子说:"都给你说过了,都是从总统府来的,都是总统府的人。总统府做事,是用不上地方官府插手的。人家来,一念圣旨,就直接成事了。这样好,省得一府一官的都设卡子敲诈勒索,一级一级地盘剥咱。非翠呀,地方官府没个好东西,要相信朝廷,要相信总统府。光绪年间那一回,玉石铺李家败就败在了县衙里。"

吴非翠问:"你怎知道那些人是从总统府来的? 他们念的圣旨呢?"

王锦子说:"总统府来的那个办差人,我跟重阳都熟识,他老爸是清廷老臣,现时在总统府专管万国事。他念的圣旨——你问这些是啥意思? 你是坐大堂审犯人哪!"

送走了三辆汽车，又迎回了吴非翠和李大阳，王锦子心中的高兴上蹿下跳、奔奔放放。耐不住，受不下。她不跟吴非翠讲礼仪、问寒暖，一个劲儿地讲她一个上午的风光，讲她一个上午的功劳。刚开始，吴非翠还能浓厚着兴趣听。听着听着，就忍不住问话了。问着问着，就把王锦子的兴高采烈问跌落了，就把王锦子的欢天喜地问淡薄了。再问，王锦子就对吴非翠反感了。

吴非翠说："锦子姐，你不要误会。这事是大事，必须谨慎。我问你，他们不经地方官府，直接拉走那么多珍贵的玉器，就没给个字据？能不能叫我看看字据？"

王锦子说："没字据。总统府干事，还给写字据？想得美。我问你，你吴非翠到底要干啥？专门从济南府跑来查问我？是不是看我给玲珑阁办成了一件大事，你就忌恨上了？"

天有点儿显暗。光灿了一个上午的初冬太阳，这时候突然有气无力了。王锦子的脸色，时而冰凉，时而涨红。她一会儿万般委屈，一会儿又激动气恼。劳心了这么久，总算是把事做圆了，该是要庆贺了，可是自己没听来一句夸奖，没讨来一句美言，倒是等来了吴非翠的无端挑剔和质疑。她接受不了，她难以容忍。她扭转身子，给了吴非翠一个后背，不再搭理吴非翠。

吴非翠说："锦子姐，别这么说。你为玲珑阁操心了，出大力了，这我知道。但是，如今年月复杂得很，遇事不能不多个心眼。"

王锦子不理吴非翠，含了两眼泪看着李大阳。

王锦子说："大阳啊，你看看，你看看！她吴非翠一回来，就跟我过不去，就磨道圈圈里查驴蹄，找我错处。你说说，这是为啥？"

李大阳低着头吸烟，不回王锦子的话。吧——嗒！吧——嗒！吧——嗒……吧嗒出的烟雾，浓浓的，沉甸甸的。吸透了一锅，磕磕烟灰，再装一锅。

哪哪哪！哪哪哪……李大阳连磕好多响烟锅。

"他们真的就没写个字据？"

"他们为啥不给写个字据？"

"你怎不向他们要个字据？"

磕过烟袋锅，李大阳忽地站起来，连连朝王锦子问了三问。

自打得知自家的玉石货要上万国会，李大阳一直处于兴奋之中，一直没对这件事提出过半点可疑的地方。说是要货人是从总统府来的，说是来人拿的公文上盖有总统府大印，他就没多想。大清国不是东西，借上万国会给玉石铺李家来个冤狱，可如今共和了，革命了。共和该是个东西吧，革命该不是个王八蛋吧！所以，他对这一次再上万国会，总是看得光光明明辉辉煌煌。现在，突然听得吴非翠对这件事的质疑，他的心头也开始犯毛了，也开始疯长草了。

"咋？你也来挑毛病啊？"

"你李大阳也会卸磨杀驴呀！"

"你要跟吴非翠合穿一条裤子啊！"

听了李大阳的三问，王锦子那张桃红李白的脸顿然间风卷残云，雨雾腾动。她从椅子上跳起来，迎着李大阳连回了三句，然后又坐回椅子上，哇哇呀呀哭了起来。

"朝廷来人我敢要字据呀！我个、我个妇道人家，敢跟总统府多嘴多舌呀！你、你李大阳说恁美，你，你咋不在家呀！你、你吴非翠……"

王锦子一边哭，一边嚎叫，还不停地跺脚。

看王锦子这么一闹，李大阳也瘫坐到了椅子上。他的脸色苍白，他唇下的那颗痣，紫青滥肿，一片败相。

"大阳兄，据我初步推断，我们这次是上当了，赶快生办法补救。"吴非翠转向李大阳说。

"先别这么说。兴许，共和政府，做事是不要恁多规矩的。兴许，人家拿老百姓的东西，是不给写字据的。"

李大阳说这话的时候，似乎比刚才坦然多了。

"大阳兄，你是糊涂了还是咋的？据我所知，今年和明年，全世界都不举办万国博览会。既然不举办，总统府为何来这么一招？再说了，真要举办博览会，真要为博览会办货，总统府会下达文书，一级一级告知，责令一级一级严格办理的。大阳兄啊，这可不是上街买菜的事呀！再说了，今儿上午的押货人，真给写了收货字据，也未必是真。大阳兄，别坐这儿犯糊涂了。快！咱们快去电报局，给我老爹拍个电报，叫他证实证实。"

就是,拍电报找吴非翠的老爹,请他向总统府打听打听,不就明白了?

丢下王锦子的哭哭闹闹,李大阳和吴非翠急奔电报局。

晌午饭不吃了。原本是交代厨房做了几个菜,三人要坐一起喝喝酒,庆贺庆贺的。现在,都没这个心思了。

拍过电报,从电报局回来,已是半下午了。王锦子不哭不闹了,躺床上生闷气。李大阳遵吴非翠的授意,坐床边哄王锦子。哄得王锦子不伤心了,不落泪了,然后拐弯抹角地打听清楚,她和重阳结识诸葛永行的全过程。弄清楚这些,又同吴非翠一起,急急赶到皮货铺,见到了皮蛋。

问皮蛋:"你是如何认识诸葛先生的?"

皮蛋答:"喝、喝酒认识的,咋? 他要请、请我喝酒?"

问皮蛋:"知道不知道他是哪里人?"

皮蛋答:"不知道。他说他是、是北平人,还、还说他是南京人。他不会请、请我喝酒了,我见他坐、坐洋骡子汽车走、走了。"

问皮蛋:"他是不是总统府的人?"

皮蛋答:"后、后来,他说他是、是总统府——咋? 你们叫我喝、喝酒?"

问皮蛋:"现在要找他,去哪里能找得到?"

皮蛋答:"鬼、鬼才知道他会钻哪、哪个洞洞里了! 帮你们办事,办、办成了,你们得请、请我喝、喝十天吧?"

问皮蛋:"当初,你为啥要让他结识重阳?"

皮蛋答:"当初? 当初我在万福楼认、认识他后,他就让、让我约你们玲珑阁的人喝、喝酒。说,约一回,买我一张皮、皮货。反正,我皮蛋是、是你们的功臣,你们得、得请我喝酒。"

问皮蛋:"知道不知道,他为啥要结识玲珑阁?"

皮蛋答:"知道那个干啥? 只要有酒、酒喝,能、能卖出皮子,我——你们是不是叫我去喝酒的? 要喝,就、就喝。别多话。"

皮蛋这一日,又是早早醉了。醉是醉,问啥,他都能答话,且答得不显编造。醉了酒的人,一般情况下是编不了假话的。

从皮蛋的答话里,至少可看透两点:一、贯穿这一事件全过程的神秘人物诸葛先生,是主角;二、诸葛先生的背后,肯定还有个操纵者,肯定是个很熟悉玉石铺李家和玲珑阁内情的人物。这位诸葛先生和那位躲在背后的人物,联手制造了一个大陷阱,诱着玲珑阁跳了进去。

从皮货铺回到玲珑阁,天近黄昏,济南府那边的回电已经送达。电文的意思是,经查问:一、近年,中国没有参加万国会之说;二、近日,总统府不曾派人到南阳提取参会玉器。有了回电,这件事的性质就看得十分清楚了。

李大阳说:"要追回咱的货,是不可能了。我想,我得回去给涅阳的玉石匠们有个交代。被骗走的八十七件里,有一部分是他们做的。他们都等着上了万国会,挣回来几年的温饱。不管咱咋赔,是不能叫乡亲们受亏的。我得给他们表明,我李大阳是一定要还清这些账的。"

吴非翠说:"这倒不必太急。我们还是尽力追。虽说,咱们追不上他们的汽车轮子,但要摸清他们的去向。他们的目标大,显眼,去处也许能打听清的。只要能打听到他们的踪迹,咱就去夺。他们有汽车,有枪炮,咱们也有。我老爹手下有几十万军队,能把半个中国翻个底朝天。"

吴非翠的话,说得有道理。这一大堆玉石货,不能眼睁睁叫人家骗走就算了。最重要的是,在这一大堆被骗走的玉石货里,还有那件被报界炒为国宝的"道德经的胡子"。家宝丢失了,家兴许能忍受;国宝丢失了,国是否能忍受?

李大阳问:"你说咋办?"

吴非翠说:"我想啊,咱们现在首先是要沉住气,别紧张,别叫人看出来咱玲珑阁被人家骗了。咱们该卖货还卖货,该高兴还高兴。或者,你和锦子请皮蛋到万福酒楼喝场酒。说是庆贺酒,说是感谢酒。庆贺玲珑阁上万国会成功,感谢皮蛋的帮忙。我担心,他们那一伙在南阳城安插有卧底。之后呢?咱们暗暗打听清,那伙骗子的汽车是出南阳城的哪个城门,是往哪个方向去了。弄清楚之后,电告我爹。让我爹,电告友军沿途堵截。如果……"

李大阳说:"其实,在没弄准咱们是否遭了骗时,我的心的确慌得咚咚跳。彻底明白了结果后,我反倒觉着平气了。不管这些玉石货有多宝贵,毕竟是人用石头做出来的。只要人间还有好石料,还有人在,还能做得出来。只是,只是,你想啊,光绪年间俺玉石铺李家就为个上万国会,叫官家骗了一回。这一回,共和了,革命了,我李大阳却为上万国会再上一当。你说,这丢人不丢人?"

吴非翠说:"我知道大阳兄是条汉子,心胸宽,看得远,任何不测事都不能打倒你。这被骗走的八十七件货,小妹认为,还是要下决心夺回来。不是为了钱,是为了保卫艺术。你知道,我在东洋;读的是东方艺术专业,我把艺术看得比生命还重要。为了夺回这些艺术品,特别是为了夺回'道德经的胡子',即便打一次战争也是值得的。自古至今的所有战争,都是为了夺天下坐皇位,十分卑鄙,十分可恶。我们为了夺回艺术品,去打一场战争,那是十分道德、十分正义的。"

李大阳说:"现在的事情很多。我跟上海那边的合作紧得很,不能松懈。我跟人家签有契约,违背不得。因此,还得为这事操心,分不开身去追查这事。再就是,我还得挣钱呀,还得做货呀!咱拿乡亲们的那些货,还得照时给人家钱呀!谁知道,咱们能不能把被骗走的货给追回来?"

吴非翠没有接话。

初冬的南阳城,很快就黑了天。李大阳叫起了躺在床上的王锦子,说:"已经打听清楚了,总统府真的是授权诸葛先生来押运玉石货。整个事,他都办得很稳妥。电文称,总统府很满意。锦子,你别生气了,今儿后响,我和非翠说的那些怀疑,也都没恶意。一家人嘛,遇事多思想思想,多问几个为啥,也是应该的。"

王锦子听得李大阳这么一说,哗啦一下,无限荣光就又回升到了她脸上:"我说哩,我比你多吃四年饭,比非翠多吃七年盐,我咋能办错事呢?"

李大阳说:"那是。"李大阳又说:"吃水不忘挖井人,过河莫忘架桥人,我说,你最好是明晚置办个酒场,把皮蛋叫过来,叫他喝几盅,感谢感谢他。"

王锦子说:"其实,为这事,已无端地买过他好几张上好的皮子了,也请他喝过多次酒了——不过,再请他喝一回,也行。谁叫咱玲珑阁,发这样大的财哩!"

李大阳说:"那是。最好是把街邻们,都请来聚一聚,庆贺庆贺。"

这样安置王锦子,是吴非翠拿的主意。女人心小,一旦王锦子知道玲珑阁真的是被骗了,一定接受不了。再就是,现在的目标是捉拿骗子,夺回玉货。为了不走漏风声,玲珑阁必须沉住气,摆出一副没受骗的样子。如是这样,最担心王锦子装扮不出来,最担心要从王锦子身上坏事,因此绝不能让王锦子知道实情。王锦子兴高采烈筹办庆贺宴时,李大阳要动身回涅阳镇了。临走,他特地对王锦子说:"我得回咱镇上了,跟你干爹合作的玉货生意,也忙得很哩。明儿的酒宴,我就不上桌了,你跟非翠商量着办好。"王锦子听了,立马无限荣光着回应说:"回吧,回吧,你回吧,我干爹的事也是大事。这里的事,不用你管。"

一夜不停,李大阳走进涅阳镇叫开家门时,已是五更天。

李大阳让刀花烧盆热水,他打算泡泡脚,先睡上一觉。

刚泡上脚,刀花就为李大阳做了一碗鸡蛋面,端了过来。原来太困,想睡,一见油花花的鸡蛋面,李大阳的肚饥顿然间响亮了,接过碗大口吃起来。他吃他喝,她为他洗脚。脚还没洗好,那碗鸡蛋面就底儿朝天了。她赶快站起来,接过空碗说:"我再去做一碗吧,看你是饿很了。"他抹抹嘴说:"算了,你也别忙乎了,咱们坐这儿说说事吧。"

李大阳说:"我去南阳城这些天,家里的事叫你多操心了。"

"家里的事,都是爹和妈操的心,爹和妈做得多。"

大阳说:"以后,家里的事,你可要多担当点儿。爹妈年岁大了,我跟重阳,也是外出得多。"

刀花说:"放心吧,为妻会谨记的,会好好为家操劳的。"

既然困顿去了,睡意散了,那就跟刀花说说话吧,那就跟刀花亲热亲热吧。去南阳城这些天,日日跟锦子说说笑笑,夜夜跟锦子恩恩爱爱,现在也不能凉了刀花。

大阳说:"你也躺床上吧,别干站着。"

刀花说:"我把洗脚水倒了就来。"

李大阳原对张刀花,简直是瞎子捡个大元宝——没眼一看,连跟张刀花说句话的兴趣都没有。自打那次翻十八盘回来之后,她在他心目中的地位就大大提升了。

"刀花,往后,咱家的事离不开你,你要多多担当。"

"听你的。你是俺男人,你叫俺咋的,就咋的。"

"这一两天内，我还得外出。出去个十天半个月，年儿半载，兴许是两年三年，都说不准。我走后，最让我挂念的，是跟上海合作的事。这件事……"

"容为妻问上一句——做啥要外出这样久？"

"是一件很大很大的事。"

"多大的事？凶险不凶险？翻不翻跟十八盘一样的大山？"

"凶险不凶险，有多大凶险，现下不好估计。反正，事情很大。"

"能不能把事情说给为妻听听？省得为妻惦记。"

"事情太大，暂时不能说给你。"

俩人说着这番话时，张刀花在床帮上坐着，并没来得及脱衣上床。当她听到李大阳的这句话，轰隆！她的心头立马震颤出一串烈烈的声响来。她旁边的那盏麻油灯，也嘭嘭地跳了两跳。

"我知道，我的出身不好。俺爹是清廷的死刑犯，俺妈是革命国里的强盗，俺不配做你的女人；我还知道，你的心里，整天都装着你的锦子姐，整天都装着你的非翠小妹，是从来没有我这个多余之人的。"

黄黄的麻油灯下，李大阳看见了张刀花身子的抖动，看见了张刀花的伤感。

"刀花，你别胡想。啥意思都没有。不是我心里只有锦子和非翠，不是我心里没有你。是因为这件事太大了，大得只能由我李大阳一人去肩扛。要是李家塌天了，我李大阳不去顶住，叫女人们去顶？叫你去顶？我说不能把这事说给你，是怕你知道了多有牵挂。还有一点儿很重要，就是这事不能让爹妈知道。叫他们知道了，他们会吓掉命的。"

看来，事情真的不小。

越是知道事大，张刀花才越是上心。

张刀花往李大阳的身边坐坐，说：

"我想，这件大事，你还是给为妻说清的好，省得俺日日提心吊胆。俺，是你女人，是你老婆，必须跟你同福同祸，必须和你一起挑起咱家的担子。大阳，自打我妈要我嫁给你，最先告诉我的一句话是，去吧，去李家代你爹妈还账吧。说实话，当俺准备着要嫁给你时，就知道你心里早装着两个女人了。还知道,一个是富商的闺女,一个是将军的闺女,都比我强。可是,我还是要往你的婚事里挤。为啥?为了报恩,别无他求。现下,你面临大事了,需要为妻两肋插刀共赴苦难,你倒把为妻给推出去了,这让为妻怎么忍受?"

"刀花……"

张刀花说得很是委屈,李大阳一时间无言以对。

张刀花嫁过来,说是来还账的报恩的,其实,这时候的李大阳倒认为,是自己欠着张刀花的。如不是张刀花,也许,在那次西去蓝田的路上自己就死过两回了。

"我知道,你心里到现在还是没有我。"张刀花哭了,"你真的不愿把这事说给我,那就算了。"

"刀花,"大阳拉了一把刀花,让刀花躺在自己身旁,"这是一件玉石铺李家的无能事、耻辱事,是一件很难启齿的事。"

油灯熄了,李大阳和张刀花相互抱着,钻进了被窝。

李大阳对张刀花说了自家被骗的事,又紧紧抱住刀花,说:"这回,主要的不是赔钱多少。主要的是,玉石铺李家再也赔不起这一名声了。"大阳亲了亲刀花的嘴,又说,"光绪年间,俺玉石铺李家为上万国会的事,把你爹的命赔了进去,也把我爹赔进了牢狱。这一回,虽说是没搭进人命,没摊上官司,但搭进的货多,搭进去的名声太大。"说到这里,大阳叹了一口气,"俺玉石铺李家,怎么两辈子都碰上这样的事哩?怎么两辈子都跳不过这么个坎坎哩?唉——"起初给刀花讲这件事时,大阳还着意做出些坦然,着意以跟刀花的亲昵来淡化沉重,但终是掩饰不了悲切,终是叹出了一个带泪的凄哀。

"你哭了大阳?"

"别哭呀大阳。"

"为妻会为你了断这事的。"

刀花忽地坐了起来。

刀花说:"捉拿诸葛的事,我去干。即使捉拿到总统府,我也干。"

刀花说:"反正,当年的那个胡体安还没捉到,光绪年间那一案还没个终结。"

刀花说:"反正,逮胡体安得跑路,逮诸葛一样得跑路;宰这个龟孙得沾一手腥,宰那个龟孙也得沾一手腥。那,就凑一堆吧,就一锅熬吧!大阳,为妻已经看透我自己了。我看明白,我生是为你李大阳生的,我上山十几年练了这一身武艺,也是为嫁你做的准备。大阳,我不能亏了我这一嫁,我不能亏了一身武艺。这次,就叫我代夫出征吧!"

李大阳没回话。好像,李大阳早就累了。轰隆——就睡过去了。

涅阳镇的五更黑暗和黎明前的寒凉,就一并而去了。

一抹早霞,响响亮亮地染遍了古镇。

镇街上,响动着人来人往的脚步。

呼噜噜……

李大阳酣睡得有声有色。

沙沙沙……

张刀花的柳叶细刀,在石头上磨得坚定有力。

第三十四章

　　张刀花上路了。

　　张刀花先去找自己的母亲。告诉母亲,张家的复仇路,要由她往下走。母亲老了,征战沙场,怕是不大灵便了。光绪年间那笔旧账是张家的账,而革命共和时期这笔新账是李家的账。为张家讨账,母亲亲自挂帅,在理。为李家讨账,如果也让母亲出征,那就不太合适了。她既是张家的女儿,又是李家的媳妇,她完全应该接过张家的讨账重担,再肩负起李家的讨账重托,把一切债务清点明白。

　　贺凤珍听了女儿的话,说:"我明白了,你是说叫我歇了,你一人去捉拿官家强盗? 不行! 官家强盗多得厉害,专跟百姓结仇的官家贼寇多得不得了,单指望你一人肯定不行。你看看你看看,光绪年间那一案还没找出个眉目,你婆家的新仇新恨又来了。这,咋能叫人平得了心气?"

　　嫁出女儿之后,贺凤珍一直在奔走,近日刚刚探得一个消息,说是当年的胡体安,逃离刑罚后竟到朝里又谋得了一个官位,而且是比县衙衙役头儿更大的官位。后来,革命这东西时髦,发红发紫,他就拉拢一群朝野流氓,举革命旗帜起义,进入了革命阵营,成了革命军中的一个团长。探得这一消息,她动心动魄地激奋。二十多年的惊惊险险,二十多年的风风雨雨,总算是看到了希望。正当她筹划下一步的行动时，不想刀花倒急急慌慌找来了。找来就找来，还带给她一个令她生怒的消息。已是让她生了怒，女儿还劝她退下来找个地方养老。不行！张家的仇是自己的仇，李家的恨也不能不是自己的恨。她这时候，甚至对女儿也产生了些怨气。哼！嫌我老了，佘太君百岁还挂帅出征哩！

刀花说："妈你还是平了心气的好，我看这复仇的路长着哩！当年在豹子滩，你就指教俺兄妹仨不忘血泪仇，牢记张家恨。报仇雪恨，是咱张家的千秋大业。要子子孙孙打下去，要子子孙孙杀下去，逮不尽那些乌鳖杂鱼决不下战场。如今呢，俺兄妹仨早长成英雄好汉了，是俺们显身手的时候了。再说了，我这次出征，主要还是起因于大阳，起因于玉石铺李家的事。这样一说呀妈，这一次就更不能动劳你了。"

贺凤珍说："你个女孩子家，一人出门多有不便，容易惹事，我不放心。虽说你有些武功，能杀能砍，可你毕竟年轻，谋事不行。光绪朝冤斩你爹时，官家拿的家伙多是刀矛棍棒。现下，打仗都是洋枪洋炮，咱那弓箭射不到的地方，洋枪洋炮们都能打到。刀花呀，你在豹子滩学的那一套，小打小闹行。要是排开战场，已是拼不过人家了。这，你心里得有数。再一说呢，这些年我在豹子滩，养了十几个练洋枪洋炮的兵勇。遇事吃紧时，我能及时招来助阵。这，你不行。还有，咱山寨寄养在吴桐庆军中的那一团人马，我随时都能传令他们反水，拉出来为咱征杀。这，你也不行。不管咋说，咱母女俩还是抱着膀子干才好。"

母女俩又一次一起上路了。张刀花扮作卖花线的，贺凤珍扮作卖雪花膏的。除了刀，她们各自的腰间都暗藏了一把盒子炮。上路之前，母女俩特地拐回涅阳镇，在张长有的坟头烧了纸祭了酒。贺凤珍对着坟头说："长有，先说给你一条，我已找到胡体安的驴蹄子印印了。有人说他到革命党里弄了个不小的职位干革命去了。不论他钻到哪儿，不论他弄多大职位，不论干啥革命，我都能领着咱的孩娃们，捉到他个驴日的。这是喜事一条。再一条是玉石铺李家的事。玉石铺李家这一回，又是为着上万国会，掉进革命党的圈套里了。这一回，虽说是没人进监牢，没人挨冤斩，可赔掉的银子钱怕是几辈子都还不清，这又是一个深仇大恨。这个深仇大恨，也得立马清算。

清算得顺,兴许还能把被骗走的货夺回来。张家的仇,张家报;李家的仇,咱张家也给担着。反正,咱总归是要上山打野兽的,野狼野猪,捎带上都打。长有,你在那边安下心,看俺们怎样野狼野猪给弄到案子上宰,给弄到锅里熬!"贺凤珍说罢,张刀花说:"爹,这一次出征,本不该再连累我妈。可妈对我一个人外出放心不下。不过,这样也好,让我有机会孝顺她。爹,这是我说的第一条。第二条,说说我跟大阳的事。才嫁给大阳时,他讨嫌我,不搭理我。现下好多了,家里的事情他都跟我商量了。这就中,这就行。当初,叫我嫁大阳时,妈说是叫我去李家报恩的,没说是叫我去当皇奶奶的。由此一说呀爹,女儿就满心满意了。由此一说呀爹,现下李家赶上的这件事,女儿咋能不管?女儿怎不去替他们担忧愁担祸难?光绪朝有胡体安,革命朝里的胡体安更多,都是咱老百姓的仇敌,都是咱张家的仇敌。等着吧爹,等俺们杀尽了满天下的豺狼,再回来向你报战功。"

贺凤珍和张刀花刚刚说过这些话,西北风就刮进了涅阳镇的冬天。涅水哗哗击岸,林木呜呜响叫。两三只水鸟,在寒冷里展翅;十数杆船桅,在烈风里急急挂帆。贺凤珍对女儿说:"走吧。"张刀花点点头,跟随母亲前行两步,又忽地回过头,扑到坟头上说:"爹——女儿会回来的!肯定会回来的,等着女儿吧爹——"西北风烈烈,寒冷烈烈,张刀花向爹喊罢话,就随着母亲起步了。

这是个热闹的冬天。就在贺凤珍母女沿着那三辆汽车奔去的方向,一路寻查骗子踪迹的时候,省府开封一家叫《大黄河》的报馆,在大雪节这一天,刊登出一则引人注目的消息。消息的题目是《上万国会宝器被劫 嵩山八军团难逃指控》,大致意思是,为彰显中华文明,总统府经各省各地区推荐,最后确定涅阳镇玉器去本届万国会应展,不料,押运车辆途经鲁山关时遭到武力拦截。双方交战一个多时辰,押运方兵败,押运官被洋枪断臂,珍贵玉器去向不明。据目击者称,此系某一军方所为。有关人士推断,鲁山关乃嵩山八军团防区,任何他军都难能于此随便行动。由此可看,此一大盗大窃行动,非该军团无以成功。众多证据证实,该军团疑点居多,难逃国法。

大雪节后的第二天,北平的《京报》《晨报》、开封的《豫言报》、上海的《铁报》等报馆,纷纷发表文章,强烈谴责抢劫上万国会玉器的强盗行径,并呼吁各级军、政、法、警,密切关注此案,立即侦破此案,立即追回被劫物品。

大雪节后的第四天,上海《时报》发表了一篇名为《玉雕大师李大阳惊世之作丢失》的文章。作者是南章子。同日,上海的《新夜报》,发表了《"道德经的胡子"哪里去了》。作者是于涵。两篇文章,不约而同地引用了上海各报曾对李大阳各类玉作及"道德经胡子"的高度评价,同时,又对涅阳玉器上万国会之说提出了质疑。其疑点是,万国会"无会",何来上万国会之说?无疑,这内中必有案情,必然有诈。

大雪节后的第七天,山东军政府发表通电,要求嵩山八军团务必向南阳玲珑阁退还所劫玉器,否则炮火不容。此后,湘军、淮军也相继发出通电,支持山东军政府的大义之举。紧接着,陕军发出了观点相反的通电,言:区区石玩,何累众家弟兄反目?中原军的通电则言:人不犯我,我不犯人。谁若借玉器车辆被劫,发难嵩山军团,我军将倾尽火力,不惜一战。中原军通电罢,吕梁军立马通电全国表示坚决支持中原军的自卫行动。吕梁军通电罢,苏军和徽军迅速配合,声言要与中原军并肩携手同壕作战……各军都通电得刀光剑影炮声隆隆,通电来通电去,很快就把一场战争酿制成熟了……战争的导火索,正在等待一个时机来点燃。就在军界各方吵闹得不可开交时,上海的《新夜报》发表了署名于涵的文章,说,据李大阳之弟李重阳证实,前往南阳玲珑阁督办上万国会玉器的,自称是总统府的特派员,并持有总统府公文,公文上加盖着总统府印鉴。文章还说,笔者是见过李重阳的,上文的说法是当事人李重阳亲口所言。于文最后指出,此案背景复杂,很有可能与总统府有染。于文刚一面世,济南的《民报》就立即发文回应,题目是《谁在制造骗局》,作者是本铭。文中,作者首先称自己为玲珑阁玉器上万国会一案做过认真调查。其调查结果,与《新夜报》上于涵文章所述相同。这一南一北的一呼一应,全国报界的忙碌好像比军界的备战更甚。更重要的是,报界这一轮的炮轰指向总统府了。

现在,已是冬至。

冬至的雪,在南阳城的街街巷巷铺了厚厚一层。

鲁山关无雪,却有厚厚的寒凉,吹动着道边枯草和山间林梢,吹得簌簌叫，鲁山关就在簌簌叫的寒凉里一如往日地站着。

现在，贺凤珍和张刀花又一次来到了这里。

这一次，母女俩是照着总统府洋骡子汽车的蹄印子，追查到这里的。据南阳城目睹者证实，初冬时节的那个中午，那三辆汽车是出北城门远去的。出北门北去，古来只有一条路，那就是：过独山，过南召，再进鲁山。鲁山有个关口，是个险要的门户。北阻中原，南抵江汉。一夫当关，万夫莫开。因此，这里古来就是兵家和强盗们投机取巧的地方。光绪年间的镇平县进京货遭抢，就发生在这里。听说，这一次那三辆洋骡子汽车，也是在这里遭到拦截的。

当地山民回忆，说是在一个太阳还没落山的时分，有三辆汽车蹿头蹿脑地从南边蹿了过来。蹿得尘土滚滚，蹿得跟撵疯了的野猪一样，哼哼叫。怪好看，怪好听。没想到刚蹿到鲁山那个卡脖子关口，前面那辆车猛地扑哧了一下，又扑哧了一下，就气呼呼地停下了蹄子了。前一辆停了蹄子，后两辆想疯也疯不成了。前一辆的押车人跳下了车，看了看他的洋骡子蹄子，顿然大怒——两只前轮被一盘耕地的铁耙齿给扎瘪了，他朝四下展了展目光，张了张嘴，似是要大骂。叭！不想就在这时候，一声脆响脆响的洋枪就把他崩倒了。随着他被崩倒，事就做得更大了。接着，就有成群成群的洋枪洋炮声，轰轰隆隆、乒乒乓乓地从山上响了下来。即刻间，汽车上的站兵更多地被崩倒了。知是遇上强盗伏击了。明白是遇上伏击了，车上的人纷纷跳下车，找个避身的地方，哗哗啦啦朝两边的山上拉枪栓扣扳机。山上，往下打洋枪炮；山下，往上打洋枪炮。山上和山下的洋枪洋炮，乱七八糟地对打了一阵子，山下的就败了。山下的兵们死的死、伤的伤，不死不伤的丢下洋枪洋炮逃命去了。太阳刚要落山时，战火已全面熄灭，战斗已全面结束。山上的洋枪洋炮们下来，先把前一辆汽车和后一辆汽车掀倒路旁，点火焚烧。又搬开横在路上的铁耙，打扫了战场，单把中间那辆丝毫未受损的汽车呼呼地开走了。

在山民的指引下，贺凤珍母女专门到三辆汽车遭袭的现场，看到了两辆被焚汽车的铁骨架，还能闻到些火烧火燎的焦煳味儿。隔些天再来，铁骨架不见了，焦煳味儿也没有了，只有两大片被烤焦的山地在冬天的风寒里黑乎乎着。

问当地山民:"那两堆铁疙瘩哩?"

当地山民问:"哪两堆铁疙瘩?"

"就是那一回打仗,叫两辆洋骡子汽车烧下的那两堆铁疙瘩。"

"叫人弄走了。"

"是啥人弄走的?"

"难说。那些铁疙瘩能卖钱,铁匠铺里好使,谁都想往家里拉,可是不敢。"

"咋不敢?"

"你们傻呀,当今能开洋骡子汽车的,都不是小来头儿;敢杀洋骡子汽车的,也不会是小来头儿。这样的东西,谁敢沾? 找死呀?"

明白了,敢拉走这些东西的,肯定不是平头百姓,肯定跟大强盗们有牵连。这大强盗,不是开汽车那一伙的,就是炸毁烧毁汽车这一伙的。贺凤珍点点头。公鸡头母鸡头,不是这头就是那头。

贺凤珍对山民说:"我猜想,这拦道抢劫的,还有这拉走铁疙瘩的,兴许都是你们这儿的嵩山八军团干的。你说,是不是?"

山民对贺凤珍摇摇头:"啥'松'山'紧'山、八团九团的?"

上一次来到鲁山关,来到双方强盗交火的现场,贺凤珍一看就疑心,这伙拦道的强盗,很可能是嵩山八军团。嵩山八军团被中原军指派到这里,要务就是把守鲁山关。专职把守鲁山关的一个军团,能守不住像鸡脖子一样的一个关口? 一个军团的守防地,能容得了别的军团别的强盗来这里胡作非为? 能容得了别的军团别的强盗,大白日在这里枪枪炮炮干大动作? 贺凤珍母女经多次探访,最后确认,玲珑阁被骗走的玉石货,被嵩山八军团截走了。

找回玉石货要紧。为了能从嵩山八军团手里夺回玉石货,贺凤珍母女专门回了一趟豹子滩,跟留在豹子滩的弟兄们商讨如何打下嵩山八军团,如何叫嵩山八军团老老实实地交出那些玉石货。打嵩山八军团,可不比当年攻打镇平城。嵩山八军团,坐在老深老高的大山里,兵多,枪多,洋家伙多。据说,它的爹老子是中原军。这龟孙,不好整,得认真对待。豹子滩当年被南阳镇守收编后,又招募了十几个泼皮胆大的守寨人,兵器也都换成了洋家伙,单靠这些人马肯定不行。贺凤珍让刀花修书一封,派人急赶济南,送达黑子铁匠丁,命他立即带旧部反水,准备攻打嵩山八军团。这些筹算,贺凤珍特让女儿去涅阳镇告知了李大阳。一切打点停当,母女俩再次来到鲁山关,主要目的是摸清嵩山八军团的虚实。

贺凤珍问山民:"听说你们这儿住了一大窝子队伍?"

山民说:"是住了好几大窝子。"

"他们的老窝在哪儿?也就是说,他们的头子住在哪儿?"

"鬼知道。咱老百姓见了人家就赶紧往暗处藏,谁还敢问问他们在哪个洞里住王八?"

山民们不知道,就不再问。张刀花对母亲说:"咱们自己找吧。哪有掮枪的,哪就有兵。有兵,就有队伍。顺着队伍摸窝,还能逮不住大王八?"

贺凤珍对女儿说:"山民们怕当兵的,咱偏往当兵的那儿撞,偏往队伍上撞,还能不把大王八给逗出来?"

母女俩的主意拿定,朝着自己的思路走去。

冬至的鲁山关虽无雪,却有寒凉在风里响动。

而这时候的济南城,倒是又厚上了几层雪白,但其寒冷并不太甚。

这一天,济南军政府大院里的吴非翠,终于等到一封来自李大阳的信件。

上次回南阳城,发现玲珑阁遭骗之后,吴非翠很快返回济南。济南有老爹。老爹是将军,人脉广,阅历深,手里攥着大队伍,能给李大阳帮忙。

李大阳在信上说,经张刀花和其母亲追踪探查,那三辆押送玉货的汽车,的确是在鲁山关被劫,劫匪极可能是嵩山八军团。信上还说,张刀花和其母亲,已招募十几条汉子,将再赴鲁山,极可能要跟嵩山八军团动火器。信上又说,张刀花的这一决定太可怕,自己却阻止不了。信的最后切切嘱吴非翠,快将此情况告诉吴伯吴将军,快快向吴伯吴将军讨个主意。

事怎能这样做?你十几个人去跟一个军团动火器,不是白白送死吗?吴非翠看罢信,顿觉着手脚冰凉,顿觉浑身冷得要命。刀花呀,你怎这样没头脑?大阳啊,你怎不阻止她呀?

赶快给老爹打电话。

说:"爹你快发兵鲁山关。"

说:"爹你快发兵十万,消灭嵩山八军团。"

说:"爹你发兵晚了,张刀花就没命了。那八十七件玉器,还有那个'道德经的胡子'就找不回来了。"

吴非翠虽是手脚冰凉浑身冷,可跟老爹打电话时,她还是跟热锅炒豆子一样蹦蹦跳。

且不管济南军政府大院里的吴桐庆,怎么回答女儿吴非翠的话,也不管他怎么调兵遣将直逼鲁山关,此时涅阳镇上的李大阳,无论怎样都坐不住了,他也要奔走奔走。

李大阳手下没兵马,李大阳联络最多的是玉石匠。玉石匠们都跟李大阳一样,只会做玉石兵马。他们做出的这些兵马,要雄气有雄气,要武威有武威,就是上不得战场。

一大群玉石匠都使唤不上,那就找镇长吴世忠。镇长吴世忠虽说也不是打仗的料,可他手下养有寨勇。养寨勇,就是为打仗。最主要的还不是这,主要的是,吴世忠跟大平安镖局镖头牛冲、黑头社社长包黑子、庄园主曹丰屯有来往。这些人,手下都有玩刀枪的汉子。

这一天,李大阳托福源商号的赵裕德和山陕会馆的阎锡贤,请诸位到和顺街喝了一场酒。酒中,李大阳说自己给上海章玲做的玉石货,在鲁山关叫人给抢了,自己想把它们再夺回来。李大阳没说这些货是在南阳玲珑阁叫人骗了,也没透露拦路抢劫的强盗是嵩山八军团。他说得比较平淡,好像这并非是件捅塌天的事。说罢这些,他给大家一一敬了酒,一一抱拳施了礼,又说:"晚辈才拙力薄,请诸位前辈给搭搭手,别叫咱再吃亏。"李大阳说罢这些,赵裕德和阎锡贤也先后给大家一一敬酒,说些为李大阳捧场、助阵的话。经赵裕德和阎锡贤先后敬酒和助威,大家的情绪相继高涨了,相继热血沸腾了。

镇长吴世忠首先表态:"大阳被欺,是我涅阳镇人被欺,乃我镇长之辱。诸位,大家都出出力吧。你们有人,有枪,这一回就都拉上去吧。所用的火药钱,都由我镇政府拿,都别怕。"

大平安镖局镖头牛冲紧跟着说:"打得起仗,就买得起火药,你镇长别在这儿显摆!李大阳,到时候,我的人马全上。给你说,鲁山强盗好整得很。"

黑头社社长包黑子说:"不信他鲁山强盗有多大胆量,大睁两眼跟咱涅阳镇作对!收拾他!大阳,给我倒三盅酒,我给你起个保证。这一回,我领着我那全社人都上!"

庄园主曹丰屯说:"你们玉石铺李家,就是不中!叫你们安分守己做庄稼,你们就是不听……算了,不说这了。这一回,你们又遇难了,我姓曹的不能闲看着不管,我给你添五个泼皮货。"

听了几位长者的言说,李大阳很有些感激不尽,不停地抱拳施礼。

涅阳镇又落雪了。

冬至的雪,不仅落得白,还落得轰轰隆隆大有气势。

酒席散,李大阳虔虔敬敬地送走诸位,独自站在和顺街的落雪里。

雪势,越落越大,越落越威风。李大阳顿然觉得,这冬至的落雪,响动太大。似雷震,似炮声……

这雷震,这炮声,自南向北。这雷震,这炮声,也自北向南……雷雷炮炮,炮炮雷雷,好像是一场大战争的开场锣。

第三十五章

　　李重阳紧紧急急从上海赶回南阳城,一切都晚了。那三辆汽车,早就拉着玲珑阁的八十七件玉石货走远了,"道德经的胡子"也被拉走了。玲珑阁的货架上没多少货了,玲珑阁的生意冷落了。但是,玲珑阁前店后院的高兴,仍然健壮,仍然花红柳绿嘎嘎叫。

　　"唉!"李重阳不由自主地叹了一口气,"晚了晚了!"

　　"是晚了,晚很了,人家总统府的汽车,早走好几天了。"一看到李重阳疲惫着身子回来,一听到李重阳的叹息,王锦子立马热情地迎了上去,"不过,总统府的来人,并没为少了件'葫芦仙'太动怒。别怕,总统府的人,都好着哩!"

　　"嫂子,你不知道,章珞先生……"

　　"我知道我干爹,是舍不得叫咱赎回'葫芦仙'的。这,我早就猜准了。没事,没这件'葫芦仙',诸葛先生还是能在总统府那里,还是能在万国会上,把事做圆的。"

　　"不是……"

　　"不是啥不是?不说了重阳。有话,随后说。"

　　看见王锦子满面的欢天喜地,满面的青枝绿叶欣欣向荣,李重阳就立马忍了忍口舌。刚刚到家,不能太刺伤嫂子的高兴,不能太打击嫂子的盼望,只好说:"嫂子,我想喝酒。"

"喝吧喝吧,家兴道旺的,咋能不喝酒?想在家喝,想去酒馆喝都行。"

李重阳没有再说话,扭身上了街。

在上海,章玲明明白白地告诉李重阳,让玲珑阁玉器上万国会一事,纯属骗局,嘱他快快赶回阻止。章玲这人说话,可信,不能怀疑。李重阳明知自己赶回南阳城也来不及拦下骗局,可他还是要急急地赶。他的心头,始终寄托着一种侥幸,始终期盼着"万一"。结果,没有"万一"。

诸葛永行这家伙能走进玲珑阁,李重阳绝不否认是自己的过错。如不是自己好酒,如不是自己在万福酒楼上结识了诸葛永行,如不是自己后来与诸葛永行往来多多,咋能落到这个下场?

李重阳出了玲珑阁,并没往酒馆里钻,他在一家卖零酒的杂货铺柜台前站定。

"打一碗酒。"

"大碗小碗?"

"大碗。"

"再打一碗酒。"

"大碗小碗?"

"大碗。"

两大碗酒喝得狂躁而热烈,喝得卖酒人的两眼也在乒乒乓乓地吃惊。喝过酒,给过酒钱,李重阳一路小跑出了西城门。

本是想着要去南门里樱桃楼的,本是想着要去杏杏那里诉诉伤情哭哭酸心的,却是不由自主走偏了方向。

实指望这一回的玉石货上万国会,赚回大车大车银圆,搭救出杏杏的。可现在睁眼一看,玲珑阁上当了,玲珑阁的老本儿叫人给骗走完了。玲珑阁穷了,玉石铺李家栽倒了。这一穷,还不是小穷,这一栽,还不是小栽。这一穷,这一栽,拿啥去搭救杏杏哩?有啥脸面去见杏杏哩?自己答承过要救杏杏出煎熬、出苦难,答承过迎娶杏杏、跟杏杏恩爱百年。现今一切都完了,一切都没指望了。咋补救?没办法补救。喝过两大碗酒的李重阳,直出西城门,直奔家乡涅阳镇而去。

这件事,当然不能跟老爹说,也不能对老妈说。当初,老爹极力抵制上万国会。当初,是李重阳同哥哥李大阳瞒着老爹老妈,私下做的决断。这一下,让老爹老妈知道了,还不把老爹老妈气死?

不能叫老爹老妈知道。

李重阳回到家,到老爹老妈房里闲说了几句话,就和李大阳去了和顺街的一家茶馆。

刚到茶馆坐下,茶碗还没摆上,李重阳就紧紧急急地说话了。

"哥,弟对不住咱爹妈,对不住你。"

"哥,我是玉石铺李家的败家货,你处置我吧!"

"哥呀!咱们是叫那个诸葛圈进去了。"

李大阳说:"啥意思?"

李大阳说:"为啥处置你?"

李大阳说:"那个诸葛先生,咋把咱圈进去了?"

一看到李重阳惊慌失措地回来,一听到重阳惊慌失措的言说,李大阳就明白重阳已经了解事情的真相和后果了。

但是,李大阳却表现得很是坦然。

李重阳说:"哥你还叫人家给蒙着哩!章先生说,没听说要举办万国会,这几年好多国家都在忙着战争,是举办不了万国博览会的。即便举办了,也不会有几个国家参加,是办不成的。章先生说他没听到过中国要参展啥会的消息。说中国的黑红蓝白各家乱军,都在操心占江山,没人顾得上玩那闲玩意儿。章先生说咱们要上当受骗,要我快快回来阻止。可是,我紧跑紧赶没日没夜地回到咱玲珑阁一看——哥呀,那八十七件货全叫人家给弄走了。哥呀,咱玉石铺李家,咱玲珑阁,这一回,算叫我跟我嫂子给毁了。"

李大阳说:"看你大惊小怪的样子,跟塌了天似的。原来,就为这个小事?"

李重阳说:"哥你没听懂我说的意思吧?咱那八十七件玉石货,叫那个诸葛老儿给骗走了,咱家就要塌天了。"

李大阳说:"我说重阳,放宽心吧。章珞先生给你说的那些话,不一定确实,你不要相信。你想啊,你这一回去上海,是要赎回那件'葫芦仙'的。他不愿意叫你赎回,又不好意思明着回绝,还不给你编排个故事,打发你快走?"

李重阳说:"哥,你咋这样说?"

李大阳说:"事就这样明摆着,我咋不这样说?"

吧嗒! 李重阳朝着李大阳,眨了一下沉甸甸的眼皮。

吧嗒吧嗒! 李重阳又朝着李大阳,眨了两下响亮亮的眼皮。

"哥,你真这样认为?"

"真这样认为。"

"哥,你是说咱玉石铺李家塌不了天?"

"塌不了。"

"哥,你是说咱玲珑阁,还会在万国会上赚成车成车的银圆?"

"会。"

"真的?"

"真的。"

轰隆!

一听说玉石铺李家塌不了天,一听说玲珑阁并没受骗,照旧能在万国会上拉回成车成车的银圆,李重阳突然觉得自己的肚腹空荡得一无所有,成群结队的饥饿轰轰隆隆响叫起来。

"哥! 我饿了。"

李重阳彻底饿了。从昨日到现在,李重阳除了喝下两大碗酒,再没进一点东西,该饿了。

"重阳,哥去给你买个曲屯老烧饼。"

一听到说饿,李大阳这才发现,十多天没见的弟弟重阳,竟瘦下去大半。瘦且不说,还黑。黑瘦黑瘦。

李大阳的心酸了。

"重阳,哥再给你切一斤牛肉,打两斤老黄酒。"

细想想,这一次被骗,该怪罪谁? 是重阳的错? 是锦子的错? 还是……李大阳想来想去,归根结底还是自己的错。重阳想叫玉石铺李家的玉石货

— 346 —

再上万国会,把光绪年间那场耻辱给清洗清洗,这有啥错?锦子想叫玲珑阁的玉石货到万国会上闯荡闯荡,赚几车银钱,这哪里有错?重阳和锦子,都是在为玉石铺李家和玲珑阁尽心尽力,这能叫错?这次最终拍板做出决断的,是自己。是自己决断错了。自己错了,自己就该把一切都担起来,不能叫重阳和锦子多受委屈。

“哥,我是饿很了。你给买四个曲屯老烧饼吧!别弄老黄酒,弄两大碗老烧酒吧!”

李大阳出去转了一圈儿,提来四个曲屯老烧饼、二斤牛腱子肉、一罐老烧酒。

说是饿很了,李重阳没顾上吃烧饼吃牛肉,倒是先倒了一大碗老烧酒。一仰头,咕咕咚咚喝了下去。喝罢,朝李大阳嘿嘿笑了两声。嘿嘿罢,又要倒酒,又要喝。

李大阳说:“你慢着喝。”

李重阳说:“哥你不知道,我这时候不只是饿,还想酒想得很,叫我再喝一碗。”

李大阳说:“饿肚子,别忙喝酒。”

李重阳说:“哥,到这时候,我才敢大胆给你说一句强壮话。咱们这一回,总算把光绪年间咱老爹丢的面子给找回来了。”

李大阳说:“嗯。”

李重阳说:“哥,要不了多久,就有大马车大马车的银子钱,往咱家里拉了。”

李大阳说:“嗯。”

李重阳说:“银子钱要是回来得快,过了年,就能把杏杏赎出来,就能娶她来家做我老婆了。”

李大阳说:“嗯。”

李重阳说:“等娶了杏杏,南阳玲珑阁就交给我嫂子一人招呼。我跟杏杏去独山街住,俺俩天天一起钻洞子挖玉石。挖出来的好石头,都拉回来,叫咱镇上人做。到时候,咱玉石铺李家,有人挖玉,有人做货,有人卖货——嗨,到时候……”

李大阳说:"别说了重阳。"

听着弟弟的美好向往,看着弟弟的兴高采烈,李大阳再难控制悲切。他心头的酸水骤然间升大,骤然间就酸到了鼻头。他本想拧一下鼻子,拧去悲切,却不料,一长串的泪珠子滚滚而下。

李重阳惊问:"哥你咋了?"

李大阳用衣袖抹了一下双眼:"我也想喝酒,给我倒一碗。"

李重阳嘿嘿一笑:"嘿嘿,想喝就喝,我嫂子又没在眼前,怕啥怕?用得上掉眼泪?窝囊!"

听到"窝囊"二字,李大阳又忍不住自己的酸泪。为掩饰,他迅即抱住酒罐子,咕咕咚咚喝了一阵子。

"哥就是窝囊。"

"我嫂子那人,就是太爱管事。"

"就是。"

"哥,我在家陪你喝上几天,祝贺祝贺咱的大事告成。"

"就是。"

兄弟俩喝过这场酒,李重阳真的就不去南阳城了。呼噜呼噜睡了一天两夜,把他这好多天里的不安和劳累都睡忘了,起身就跟老爹和李大阳喝酒。喝醉了,再睡。睡醒了,再喝。

而这些天南阳城玲珑阁里的王锦子,倒突然觉得有些百无聊赖了。拉玉货上万国会的汽车走了很久,店铺前的热闹再也没回来,就连那些叫花子,也不来讨要银钱了。铺子的货架上没货了,没客人上门了,守柜台的伙计都在打瞌睡。大阳不来,重阳一回来就不见了,太清冷。好的是,王锦子此时已怀孕七个月。如果感到日子过得没意思,就躺在床上拍拍肚子,逗逗孩娃。孩娃呢,也会弹弹腿,给她一个疼痛的欢喜。

这一日,王锦子正躺在床上,跟肚中的孩娃玩哩,伙计告诉她:"掌柜的,门外有人求见。"

有人求见就好,王锦子很高兴,忙出去迎接。

来人头戴皮帽,身穿古铜色缎面棉袍,手提蛇皮色的皮箱,很体面。来人嘴甜,第一次相见,就直接对她喊了声"锦子妹",很见亲切。

迎进客厅,嘱伙计摆茶上烟。

随便说了几句冷暖和雪大冰小之类的话,王锦子谨慎地问了一句:"先生你需要啥玉石货?"

来人埋头喝了一口茶,又呼噜呼噜地吸了一阵水烟袋。吸罢,不说自己要买啥玉石货,却问:"大阳呢?"

来人还认识自己男人,王锦子的兴奋又上升了,忙回答:"在老家涅阳镇。"

来人又问:"重阳呢?"

来人还认识重阳,说明早就跟玉石铺李家有交往。王锦子忙回答:"也回老家涅阳镇了。"

来人放下水烟袋,痛快地喝了一口茶。然后,从长袍的口袋里掏出一盒洋烟,取出一支叼嘴上。再然后,划了一根洋火,点了吸。

来人有气势,不同一般。

王锦子给来人添了茶水。

来人说:"这就好,这就好!"

王锦子莫名其妙。为啥大阳和重阳都回老家了,都不在店铺里了,来人就连连说好?事不一般,须当心。

"先生,听口音,你不是本地人。你跟李大阳、李重阳有啥瓜葛?"王锦子静了静心,坦坦地说,"大阳和重阳说是今儿就来南阳城。"王锦子又想,反正,万国会的钱还没拉回来,你鳖孙打啥邪主意都白搭。王锦子对来人笑笑:"你要啥货?现今,玲珑阁只剩些汉白玉小件了。你到门店里看看,看是不是有你如意的……"

"锦子妹,你说对了,我不是本地人。我跟李大阳、李重阳屁点儿来往都没有。也许,我认识他们弟兄俩,他们弟兄俩不一定认识我。我是早就认识你锦子妹的,可你锦子妹也肯定不会认识我。"来人说着话,雅雅地吸洋烟,雅雅地弹烟灰,"不过,你们不认识我,倒不是重要的事。重要的是,有人要我一定认识你们。"

"有人叫认识?啥意思?"吧嗒!王锦子的眼皮重重地眨了一个莫名其妙,"这人是谁?这人要做啥?"

来人站起身,在客厅里愉快地踱步,然后,踱到王锦子面前,停了。

"先别问叫我认识你们的人是谁,也先别问认识你们要做啥。锦子妹,我会观相,容我先观清你的前事吧?"

王锦子没应声。

"从大相上看,你锦子妹必是个大福之人。你们家,家大业大,威风一方;令尊商经四海,纬织八方。你是在福窝窝里出生的,又是在福窝窝里长大的。你本该活得大富大贵,可是你太任性,错走一步。结果,让你们家大破财运,让你们一家至今流散各地,不能相聚……"

"容妹子说一句,你的相术还行,观得怪准。只是,我不认为我走错了一步。"

"你面相里,是要做官太太的,可你后来中了邪,被一个穷匠人给迷了心。别看你现在还过得去。很快,你妹子就成了叫花子了……"

"嘿嘿!"

话没听完,王锦子忍不住嘿嘿笑了。王锦子心说:哼!你这人是看走眼了。说不定明天早上,我这玲珑阁就会拉进来几车银钱。我咋能穷?我想穷也穷不了。即便我想当叫花子,可我捧着一个大大的金饭碗,咋能去当叫花子讨饭吃?

"别笑!"

一见王锦子发笑,来人退到座位上坐了。

王锦子笑笑说:"这你是相走样了。实话给你先生说吧,你跟别的算命先生一样,都是算前边事带点影影,算日后事,就成了老母猪进白菜地——乱啃了。"

来人也笑笑说:"话别说恁难听。我这相面,跟别的相面人不一样。"

王锦子又笑笑说:"有啥不一样?"

"我让你先看一样东西。"

说着,来人打开皮箱,从中取出一个红绸子包包。打开包包,把包在内里的一块银牌子交给了王锦子。

王锦子细细看了看银牌子:"从哪来的这东西?"

来人说:"你看看,是不是你的银牌子?"

这块银牌子上,铸了一只兔子,拴在一棵树上。

王锦子诚恳地点点头:"是我的。"

王锦子属兔,父亲当年叫银匠铸一棵树和一根绳子,意思是保平安,三疾六病夺不走她,妖魔鬼怪狼虫虎豹夺不走她。

看见银牌子,似见到了爹娘,往昔顿然涌上心头,她答承过"是我的"之后,眼泪就滑了出来。

"不要伤心。直给你说吧,这个银牌子,是你爹你妈专门让我来送交你的。锦子妹,你爹你妈想你快想疯了,特地让我来接你去他们那里的。"

"我爹我妈如今在哪儿?"

"你爹你妈如今在哪儿,暂不告诉你。反正,他们又把生意做大了!现在,必须让你知道的是,李大阳已经栽跟头了,栽到没底深潭里,永世翻不了身了。说不了,他还得进牢狱。说不了,还会把你锦子妹也连累到牢狱里……"

"这位大哥,别再给我观相了,我是想我爹妈想很了。给我说一下,二老如今在哪儿?"

"我今日给你说的,其实,不是观相,是知根知底。就连我后来说的这些,也知根知底。"

王锦子抿抿嘴,暗暗掩去了对来人的嘲笑。

王锦子说:"我说大哥,我老爹老妈如今在哪儿?"

来人说:"不要急问你爹妈如今在哪儿。今天,必须对你说清楚的是,你们玲珑阁上万国会的事,其实是有人暗中设的局,你们被骗了,你们那八十七件货已经找不到下落了。"

王锦子说:"这你可没说对。总统府的人来玲珑阁时,拿着总统府的公文,公文上盖着总统府大印。拉货时,总统府来了三辆洋骡子汽车,车上装满了背洋枪的兵。这事,都是我亲眼见的,也都是我亲自办的。没错,这你放宽心好了。我说大哥,我老爹老妈如今在哪儿?"

来人说:"锦子妹,我说这话,你不要不信。直给你说,跟你们打交道的那个自称叫诸葛永行的短胡子,真名叫牛奂章。是你老爹,用重金从开封军政府那里请出来的高人。此一蒙骗戏,全由他一人出场唱——你先别插话,听我说。不过,戏唱到这里,还不会煞尾。李大阳为凑齐上万国会的货,欠下了涅阳多家玉石匠的玉器,还挪用了上海万宝路的款项。李大阳一家,都得下大牢——你别嚷嚷,连你也得下大牢。"

王锦子大叫:"这不是真的!这不是真的!我爹不是这样的人!我爹不会害大阳……"

来人一见王锦子的冲动和恐惧,简单一笑,突地寒下了脸,上前一把攥住王锦子的手腕。

"别吵吵,如果叫外人听出来内情,会坏你老爹的名声的。"来人厉声厉色,低沉着说,"是玉石铺李家,先害了你们丝绸庄王家。是李大阳,害得你们丝绸庄王家有家难回。玉石铺李家,都得挨千刀万剐……"

王锦子身子一软,瘫倒在地上。她挣扎着说:"你、你,你是谁?"

"不要问我是谁。事情一给你说明白,我就能顺顺畅畅带你去见你的爹妈了。锦子妹,快收拾收拾跟我走吧。"

"你、你是谁?"

"不要问。等见到你爹你妈,就知道我是谁了。"

"你、你、你,你滚!"

…………

突然间王锦子觉得,天在她头上转,地在她身下转。转得风急浪紧,日光失色,黑暗无边。如同有一条凶恶的长蛇,在对人世进行惨无人道的吞噬。

王锦子昏了过去。

不知来人是何时离开玲珑阁的,自己又是何时被店铺伙计抬到床上歇下的,王锦子醒来时,冬天阳光早已晒着雪色,落在她的窗前。

一看到窗前的明亮日光,王锦子忽地坐起来,好像看到了李大阳一步一步朝她走来。

王锦子大喊:"大阳,是为妻害了你呀!"

却没有听到李大阳的回应。

就在这时候,李重阳踩着染了雪色的日光,从涅阳镇赶到了南阳城。一进玲珑阁后院,他就兴高采烈起声调。

说:"嫂子,我去杏杏那里商量婚事了。"

　　说:"随后,我还要找皮蛋喝酒,表表谢意。"

　　说:"吃饭,就不要等我了。"

　　不听重阳的这些话,还稍好些。一听到这些话,无情的打击就又劈头盖脸地压了下来。天塌了,地陷了,王锦子又一次昏了过去。

第三十六章

南阳城冷很了。

一夜的西北风,就把南阳城的天给刮变脸了。日光没了,黑云弥漫了。很快,雪和冰就一并降临了。雪花一落地,就结成了冰。整个南阳城的街道,似乎结成了一块打不碎的冰板,结成了一大块硬邦邦的酷寒。

街道上的行人少了,一出行就摔跟斗的人多了。店铺的生意清淡了,富实人家都烧红了炭火,围坐一起吸烟、喝茶,闲说古旧和新鲜。贫些的人家,干脆关了门,上床抱被褥以图温暖。

玲珑阁虽说好久没啥进项了,不能称为富户了,可是仍然不穷。自从冰雪铺盖了南阳城,玲珑阁的前店后院,也旺着炭火。

只是,王锦子房内的火盆,总是气息奄奄。

每日,王锦子总是坐卧不安。茶不思,饭不进,头发散乱,懒得梳理。躺不下,睡不着,眼前总晃动些可怕的景象。她,时而狂躁。狂躁起来,如跳进烧红了的铁锅内,能听得到炙烤皮肉的嗞嗞声。她,时而悲凄。悲凄起来,如掉进了千年冰窖,能听得到自己心头在咔咔嚓嚓掉冰碴子。她也发怒,怒起来直想她头撞墙,直想用脚踩烂铺地大青砖。也哭,也长长地流泪,如倾天大雨哗哗啦啦,如大河奔流浩浩荡荡。

日子，在折磨王锦子，王锦子也在折磨自己，她一次又一次想到了死。王锦子找不来理由不相信那个陌生人传来的消息，王锦子相信她的老爹会为报复玉石铺李家而不惜一切代价。王锦子不得不认为，是自己害了大阳弟，是自己害了玉石铺李家。

死吧，王锦子把一条白绫子挂到了房梁上。她要以死表明悔恨，表明对大阳弟和玉石铺一家人的赎罪。她知道她的这种表明，太浅薄，太无力，太无济于事，但也只有如此了。骗子们的洋骡子汽车早走远了，再也追不上了。老爹对玉石铺李家的报复，灭绝般的打击已经兑现了，再也无法挽回了。事情既然到了这一地步，自己就只有一死了。

王锦子站到小凳子上，提起了脚后跟，要让头钻进那个死亡的圈套。

年月活得顺畅时，很多人对于人间的一切好像并不是特别看重。现在的王锦子，却是有些挂恋了，挂恋得水泼不进、棒打不散了。

为啥急着要死？为啥不见见大阳弟再死？王锦子想，这样塌天的大事，是一定要给大阳讲清楚的，不能让大阳继续蒙在鼓里。玲珑阁的祸，是自己闯下的；玉石铺李家的大灾大难，是自己的老爹给鼓捣出来的。这罪恶，自己必须承担。这笔账，糊涂不得，必须由自己亲口对李大阳说明白。

暂不死。

活人不容易，活个好人更不容易。活着的人要想去死，倒最容易。最容易的事，何必急着去做？

这个雪冰一并降临的南阳城，不单单是脆崩崩的冷，而且它的夜还黑洞洞地漫长。漫长冬夜里，不单单到处塞满了密不透风的寒凉，还到处充斥着沉重的压抑和惶恐。白天，王锦子似乎还能应付，而一到夜的黑暗铺天盖地，她对于世间一切事物的承受能力就非常软弱。没了太阳，没了月亮和星星，一点一滴的光明都没有了。余下的，就是成群结队的惧怕，水涌一般朝她奔来。她，逃离不得，抗拒不得。

……玉石铺李家破败了。因支付不了涅阳玉工们的货款，玉工们怒冲冲地围了玉石铺李家，叫嚷着要讨回血汗钱。讨不到欠款，就纷纷抢玉石铺李家的东西，就纷纷上房揭瓦要扒玉石铺李家的房屋。上海万宝路公司把李大阳告到了县衙，县衙抓走了李大阳，判了李大阳终身监禁。张刀花和吴非翠,一得知这些情况,也远走了。李大阳的爹妈,一瞪白眼气死了……

王锦子在黑洞洞的惧怕里,完全控制不了自己,眼前总是反复浮现可怕情景。她惊惧,她害怕,她又无力遮掩、无力抵抗。

有何脸面再见大阳?王锦子的心每时每刻都在疼。疼得上蹿下跳,疼得天崩地裂。死吧!既然是自己毁了玉石铺李家,断送了李大阳的前程,自己没脸再面对李大阳,还是早早死了好……

重新站到凳子上,重新伸出了头,王锦子把生命再次伸进那条白绫子圈套……大阳弟,我的好男人呀!你的锦子姐,对不住你,对不住玉石铺李家。你的锦子姐,该挨千刀万剐,该挨炮崩……姐要去了,再有来世,姐还要跟你结缘做你的妻子……

王锦子突然觉得肚腹轰轰隆隆地翻腾起来。

"娃呀!我的孩娃呀!"

王锦子哭了。

王锦子听到孩娃说:"妈呀,不能走那条路呀!"

王锦子听到孩娃说:"妈呀,妈呀,你死了,也就把孩娃杀了!"

王锦子听到孩娃说:"妈呀妈呀妈呀,孩娃还没见过爹呀,还没见过妈呀,容孩娃见上你们二老一面吧!"

孩娃哭声如雨,哗哗啦啦,如煎油沸腾,煮熬着王锦子的心。

王锦子推开了那条白绫子,小心翼翼地从凳子上下来。

不死,要活。

为了孩娃,自己不能死;为了让孩娃活下来,自己务必要活。

把孩娃生下来,也算是对李大阳、对玉石铺李家的一点偿还,王锦子想,把孩娃养大成人,才算对大家没了亏欠。

走下凳子,王锦子的心情显然好多了。就在这时候,漫长的夜也在南阳城消退了,清晨的明亮和着冰雪的寒意,一并朝她结队而来。

火盆里的炭火,不知何时已经熄灭。王锦子觉得满身爬遍了万万千千的冷凉,爬得盘根错节,茂盛不已,一直爬进了她的骨头缝儿里。同时,她还突然觉得饥了,肚饥的响叫突然轰轰烈烈连天彻地了。背着沉重包袱,全心全意筹谋死亡时,她是顾不上思想这些琐碎事情的。现在,她把包袱放下了,不打算死了,于是就把"保重"二字及时提交给了她,就把饥和寒的侵袭及时提醒给了她。于是,她拉开房门,对着灶房喊:"快给我做两碗面叶汤,饿死我了。"于是,她叫来了店铺伙计,说:"快把炭火烧红,冻死我了。"

炭火烧红,两碗面叶汤吃过,王锦子的旺盛精神就又回来了。她坐在火盆旁,用双手来回抚摸着肚腹,一边抚摸一边跟孩娃会话。她对孩娃说,她不打算死了,她打算好好活下去。她说,只有好好活下去,才能对得住玉石铺李家,才能偿还她带给玉石铺李家的损失……每说一句话,她就立马感受到孩娃在动作,在挥手舞足地欢跃。她仿佛听到了孩娃的笑声,看到了孩娃的笑脸。

而这一日,远在几百里外的那座叫作界首的老镇里,仍然不停歇地飘着漫天大雪。大雪,白着天,白着地,白着房舍和树林,连飞来飞去的雀鸟也都沉甸甸着白色的羽翅。漫天飘白的日子里,这座老镇的人们,也跟南阳城的人们一样,只有守着炭火盆子打发时光了。

这一日,久长久丝绸庄的客厅内,炭火烧得格外旺。火盆旁,放着一只筛酒壶,黄酒的浓香从壶口轻摇四散。王启胜和程昆祥分坐茶桌两侧,品着茶,喝着滚烫的老黄酒,闲说些无关紧要的话题。王夫人没事做,一会儿侍奉侍奉炭火,一会儿给两人倒倒茶添添酒,来来回回地走动。气氛很好,王启胜时而妙语连珠,时而喜笑颜开。冬冷时节,出行不便,行商困难,"久长久"和其他商号一样,不得不这么消磨时辰,不得不这么打发光阴。

气氛很好,三人的心情暖暖如春,如红太阳当空高照一样,光芒万丈,活蹦乱跳。

闲说中,说到了酒。说到酒,又说到了涅阳镇的老白干和牛腱子肉。说到涅阳镇的老白干和牛腱子肉,又说到李大阳已经临头的大灾大难。说到李大阳已经临头的大灾大难,程昆祥心中的高兴就止不住地扑扑棱棱成长起来,就止不住肥肥实实地壮大起来。

"你们涅阳镇的人啊,说聪明,也真聪明,聪明得厉害。要说蠢嘛,那简直蠢得不得了。凭良心说,涅阳镇李家玉石铺做出的货,就是惹眼,就是能赚大钱。特别是那个李大阳,他那两只手就是巧。可是呀,人只要一蠢,再巧的手也会把自己的一辈子给做败的。你们想啊,他这一回要进监牢,他那两只手不论多么巧,还有啥用?"

说到李大阳的大灾大难,说到李大阳要进牢狱,王夫人禁不住悲叹了一声。

这声悲叹显然十分冷凉,一下子就把气氛打击得支离破碎。

程昆祥问王夫人:"咋了?有啥不痛快?"

王夫人悲伤:"事都到这个份儿上了,锦子还没给叫回来。你答应过我,说这一次定能让俺母女相聚。可是——"

程昆祥说:"还是为这事不痛快?那天,我从南阳回来,就对你们二老说过了,锦子妹的脾气太拗,我劝说不了她。"

程昆祥那天在南阳玲珑阁,是很有信心要带走王锦子的。制服女人的手段,无非三招:一是恐吓,二是引诱。此两招,已具备。如果此两招效果不佳,那就剩强迫了。强迫王锦子跟随他来界首镇,并不是太困难的。不料,还没来得及进入第三招,王锦子一头栽地,昏了过去,他害怕了,仓仓皇皇逃离了。回到界首镇,他没敢说王锦子昏死过去的细节,只说王锦子脾气太拗。现在,王夫人再一次提起女儿,他仍然不改口。

王夫人揉揉眼,自语道:"锦子命苦呀!不知道这大雪天里,她烤没烤上炭火,能不能喝上热汤……"

王启胜说:"你贱哪!想恁多干啥?她是不见棺材不掉泪,走不到悬崖不回头。为她操恁多心干啥?当初,要不是她犟,要不是她胡闹,她咋能落到这个下场?咱一家,咋能落个有家不能回?别心疼她。"

王夫人哭了:"你这话,说多少回了,早知道了,再多说也没用了。现今,锦子家又遭难了,咱不能眼看着锦子挨冻挨饿坐视不理呀!"

王启胜说:"这怨不得咱们当老子的。昆祥去见过她了,又给她说了咱要接她的话。可她,不来呀!脾气暴,脾气拗,不认爹娘啊!她不认爹娘,咱有啥法子?"

工夫人抬起泪眼,汪汪地看着王启胜。

"不管她认不认爹娘,爹妈是不能不认她的,咱不能看着她挨饥挨冻受活罪呀!当家的,明儿雇辆车,我跟昆祥去叫她,你说行不行?"

王夫人不只是眼内汪着泪水,连说话的声音也悲切得冰凉冰凉的。好

— 358 —

像，整个界首镇的飞雪和冷冻，全都在一刻间挤进了"久长久"。好像，一个季节的凄惨和无奈，全都在一刻间挤进了她的心房。

王启胜没回话，也叹了一声。叹息声如寒夜里的雨雪飘零。

没听到王启胜回话，王夫人急了，催问："你说话呀！"

"这冰天雪地的，咋能走得动路啊！"不等王启胜回话，程昆祥倒抢先说，"去不得，去不得。"

一听程昆祥说去不得，王夫人两眼的泪珠子也生急了，满面滴答。

"你不论做啥事，都没胆怯过呀！现下，咋还怕个走雪路呀？"王夫人擦着泪，往程昆祥酒碗里添了酒，说，"去吧，陪婶子走一趟吧！你不知道啊，我这时候想锦子，是想得很了，恨不得这时候就到了南阳城。"

程昆祥喝了一口老黄酒，放下酒碗，又掂起桌上的水烟袋，准备吸烟。他雅雅地往烟仓里加了烟丝，点了火，雅雅地吸了一口，雅雅地一吹，吹走了烟灰。很是冷静，也很见轻松。

程昆祥沉稳了一阵，说："今年的雪，下得多，还下得比往年大。你老婶出去看看，哪家商铺不是关门闭户抱着火炉子？天冻得死硬死硬，谁还敢冒死外出做生意？不敢！不敢！再说了，从界首去南阳，不只是翻山，还得过好几道河，万一……"

听程昆祥坚持不去南阳，王夫人有些动气。她用衣袖一抹脸上的泪水，说："算了算了，你不去，我一个人去。从南阳到界首的路，我走过，你别蒙我。"

看到王夫人动气，程昆祥忙把手中的水烟袋递给王启胜，说："掌柜的你吸。"王启胜刚装了烟丝，他赶紧从火盆中夹了块炭火，给王启胜点上。忙过了这些，他才开始说话。他好像是对着王启胜说，又好像要让王夫人听。

"掌柜的，自打我进了'久长久'，啥难事啥险事，都经历过。你们见我啥时候软过膀子？没有吧？我程昆祥是条汉子呀！是条天不怕地不怕的汉子呀！可是，我程昆祥是很怕陪夫人走这趟南阳城的。给二位长辈实说了吧，那次，我还没来得及离开南阳城，官府就开始逮人了。凡是玲珑阁的人，一个也不放过；凡是跟玲珑阁有牵连的，见一个逮一个，见两个捉一双。要不是我溜得快——算了算了，往下就不说了。"

乒乓！乒乓！乒乓乓乓！突然间，硬邦邦的寒冷劈头盖脸地砸了下来。大堆大堆地砸，顷刻间，就把暖暖的客厅砸成了千年冰窖。

王启胜和夫人，一听得官府已抓捕了玲珑阁的人，轰隆！两人的眼珠子不约而同地僵了，不约而同地僵硬在圆睁的眼眶里。

"嘿！咋了咋了？"程昆祥一看王启胜夫妇傻了，拍了拍自己的头，"看我这张嘴，看我这张嘴！这件事，忍了这么多的日子没往外露。今儿，怎给说出来了！"

王启胜夫妇的眼珠还在僵着。

又僵了一会儿。

程昆祥："掌柜的，掌柜的，别这样，怪吓人的。"

程昆祥摇了摇王启胜的肩膀，又轻轻捶了捶王夫人的肩头。

王启胜把僵在手中的水烟袋放到桌子上。

吧嗒！吧嗒！王夫人那两眼结成了冰的泪珠子，滚落到了地板上。

王启胜："其实说呀，事情就该如此。我说昆祥，当初，我设想着要报复玉石铺李家时，就预料到这一结局了。"

王夫人："昆祥啊，这样大的事，你咋才说啊？你、你、你——"

程昆祥笑了，细细密密又哗哗啦啦地笑了。

程昆祥笑罢，给王启胜和王夫人各倒了一碗热黄酒。

程昆祥："喝酒喝酒，有一句话忘了告诉你们了。"

王夫人："还有啥话？"

王启胜："有话就说！"

轰隆！王启胜夫妇的脸面上立马回升出亮晶晶的希望。

程昆祥："我只是看到官兵去玲珑阁封门逮人，可是，抓没抓住锦子妹，我不知道。"

轰隆！王启胜夫妇刚刚回升的满面希望，迅即又失落了。

王夫人："天哪！我想听到的，不是这一句呀！"

王启胜："你的这句话，说或不说，都是一个样。"

失望的黯淡，笼罩了整个屋子。

这时,远在南阳城玲珑阁的王锦子,走出了玲珑阁,站在白冰大放光芒的道上,伸开双臂,大喊:

"儿子——我的太阳啊!"

这声呼唤还没落下,满街冰板咔咔嚓嚓地四分五裂,满城积雪咔咔嚓嚓地消融。天空一片干净,一轮红日在缓缓滚动……

王锦子用拥抱的姿势,朝向天空。

第三十七章

　　惊蛰这天,济南城的瓦屋上尚有斑斑积雪,斑斑闪光,尚有些冰凉。北国,毕竟也是春天了。围绕着南阳玲珑阁被抢玉货,酝酿了长长一个冬季的战争,跨越到新的一年新的季节。在这新的一年新的季节里,是否能够大规模打响战争,就看吴桐庆了。惊蛰这天上午,吴桐庆正在赏玩一件楚玉,赏玩得如醉如痴。他从这件古玉里,仿佛看到了牧童横笛、渔舟唱归、杨柳依依;仿佛听到了古老的传说、闺房的倾诉、春江花月夜的琴音。他细心地读,兴致勃勃地读。读玉的心境,显然跟弄战争、弄刀光剑影、弄血淋淋的厮杀,相距甚远。恰恰就在此时,战争的硝烟味儿,正启动弥漫,正朝着济南的将军府推进。

　　"爹呀! 事情大了,中原军插手围剿张刀花母女的联军队伍了!"

　　吴非翠闯进老爹的办公室,把李大阳发来的电文放到爹面前。

　　"别嚷嚷! 从古玉上看,楚人彰显的并不只是敢杀敢死的英雄主义气质。他们还酷爱艺术……"

　　吴桐庆似乎并没把女儿嚷嚷的话当作一回事,仍沉浸在古玉欣赏里,自得其乐。

　　吴非翠大声道:"你再不发兵中原,女儿就只身前往了。女儿这一去,就战死在那里了。"

吴桐庆吟诵道:"读玉时,读书时,愈读愈知读来迟……"

吴非翠一把夺过吴桐庆手中的古玉,把那张电文塞到了他手上。

吴桐庆简单看看电文,哈哈笑了一声。

吴非翠嚷嚷:"你倒是发兵不发兵?你要不发兵,女儿只能独自去征战了。"

吴桐庆又哈哈着笑了笑。

吴桐庆说:"灶下火烧不圆,灶锅上的馍就蒸不熟。你去年冬天就嚷嚷着,叫我去为你那个玲珑阁打战争,我为啥不发呢?师出无名啊!这一下好了,这一次是中原军以强欺弱挑起了战火。"

吴非翠欢欣地问:"爹,你答应出兵了?"

吴桐庆说:"出兵有道理有依据,怎不出兵?再说了,我猛然想起,今日是惊蛰,是龙腾龙飞的日子,吉祥,是该做点事了。"

吴非翠激动地说:"你快快发兵十万,直捣中原。"

吴桐庆说:"那倒不必,派出一个团足矣!"

吴非翠失望地说:"爹,这一场战争主要牵连着大阳,你别跟应付公差一样。"

吴桐庆说:"不应付,爹怎能在这件事上应付呢?实给你说吧非翠,在老父看来,为争夺'道德经的胡子'、为争夺玲珑阁的八十七件玉器,比跟无赖们争夺疆土重要得多,比跟无赖们争权夺位美好得多。"

吴非翠说:"你这还不是应付啊?你拿一个团对付一个中原军,还不跟点罢卯就送死是一个样?"

吴桐庆说:"非翠啊,爹现在是要用兵,不是跟你谈玉,你最好不要干预。"

吴桐庆很了解中原军。中原军是个死骆驼,架子大,没实力。说是一个军的编制,实际兵力不足一个师,而且,还是军官多,扛枪打仗的少。各级军官,都是掏钱买的。掏钱买了官,扭回头就赶紧捞钱。钱捞多了,再买更大的官,再去捞更多的钱。因此,该军上下贪污腐败成风,行贿受贿成风,吃喝嫖赌成风,娶小妾成风。士兵们除了打仗卖命,就是挨饥受冻。一日吃不了三顿饭,就只让吃两顿;吃不了稠,就只让喝稀。二尺半的大裤衩,一年要穿六个月。冬天的棉衣,扒了棉套春天再穿。饿了,冷了,首长就教导他们想想明天展望展望未来。吴桐庆认为,这个中原军,靠的是麻醉和蒙骗,注定是要被灭的。

中原军本不愿意打这一仗,因玲珑阁玉器被骗被抢一案,激起了全国报界和军界对他们的问责,如不打一打,似乎是自己默认了。如果自己默认了,他军会找借口兼并自己的。再就是,他们发现攻打嵩山八军团的那个联合军,背景都不好,都具备土匪性质。官是官匪,军是军匪,这是满社会都明明白白的事情。不过,官们坐天下了,军队做大了,就都不承认自己是匪了,就把那些小打小闹不成气候的小杆子指控为匪了。所以,中原军一发现贺凤珍联军具备土匪性质,且规模不大,他们就理直气壮了,就可以打着剿匪的旗帜出兵了。我中原军是在为国平叛灭匪,你们别的军队有何理由插手?

贺凤珍的联军,有如下几部组成:

豹子滩好汉。带兵人:贺凤珍、张刀花。

涅阳镇新立自卫队。带兵人:牛冲、包黑子。

内乡义勇军。带兵人:吴凤山、别廷芳。

邓州志愿军。带兵人:丁大牙、陈重华。

再有,就是吴桐庆军的丁黑子团。战争打响之前,他们驻守在山东、河南交界的一个小镇上。丁黑子接到贺凤珍要他拉队伍攻打嵩山的指令,便不向吴桐庆请示,立即带兵南下,及时参与到了战争之中。

攻打嵩山八军团这一战,打得有些盲目。盲目的原因是,贺凤珍把自己的力量估算得很是乐观,很是雄厚,而且轻视了对方。她的联军,豹子滩好汉十七人,涅阳新立自卫队五十八人,内乡义勇军七十人,邓州志愿军八十人,加上黑子铁匠丁的一个团。各路兵马汇集在鲁山关的一个平川里,竟也会集得声势浩大,人山人海,刀枪闪光,旗帜招展,豪气冲天。她一看到此种威风,顿然有一股子英雄气在浑身冲腾,贺凤珍怎不激动?怎不热血昂扬?此种气氛中,贺凤珍怎还会把嵩山八军团看在眼里?怎还会看得到嵩山八军团背后的那个中原军?

检阅各路人马这一天,张大刀、张二刀、张刀花,还有黑子铁匠丁,簇拥着贺凤珍登上了高台。贺凤珍身穿老蓝布紧身小袄,腰扎牛皮带。腰间,一左一右各插一把盒子枪。飒飒爽爽,精精干干。她身边的大刀、二刀、刀花,还有黑子铁匠丁,也都腰插盒子枪,身背大刀或柳叶细刀,同样豪迈利索。天空平蓝,阳光活蹦乱跳弥弥漫漫,一片浩大声势。

"各路好汉,各路英雄,我贺凤珍给大家施礼了。"

掌声雷动,经久不息。

"光绪二十六年,镇平官匪勾结土匪,在这里抢劫涅阳玉石铺参展万国会的玉石货,如今,总统府国匪勾结军匪,又在这里抢了涅阳玉石铺参展万国会的玉石货。这,旧朝的恨,还没来得及清算;这,新朝的仇,又紧头急脑地赶来了。我们是大义之师,我们能不能容忍下这些?我们会不会坐视不管?"

"打倒官匪!"

"打倒军匪!"

"打倒国匪!"

声声口号,山呼海啸。

"看透了,总统跟皇帝一个样儿,革命党跟旧党一个样儿。换换旗子,换换衣装,再换换腔口说话,狼心狗肺不变。该咋吃人,还咋吃人。不图吃人,他们争天下干啥?不图统治老百姓,他们夺江山干啥?这么一说呀,咱们的事,还得咱们自己办。亲帮亲,邻帮邻,咱们抱着膀子合着力,自己救自己。咱们只相信自己,咱们只依靠自己。众家兄弟,各路英雄好汉,让咱们举起大刀,砍国家大强盗的头……"

"紧跟贺司令,砍杀国匪!"

"紧跟贺司令,歼灭国家大强盗!"

"流血断头,志气不丢!"

"夺回玉石货,还我生存权!"

喊声成阵,山摇地动。

天空蓝蓝地平展着。此时的贺凤珍,看过了白花花的一片刀枪,听过了热烈的掌声和呼喊声,她挺了挺胸,朝着涅阳镇方向望去。

"长有啊,为妻又带兵出征了,长有啊!看看为妻出征的阵势吧!"贺凤珍用心在呼唤,"看看吧,为妻的身后,站着你的两个儿子和女儿刀花。为妻的前面,站得海海一片的,是跟随为妻的联军众将士。都英俊吧?都威武吧?"鲁山关这地方,是你当年走过的地方,也是进京货被抢的地方。这地方,躲藏过官匪胡体安,如今,又躲着国匪加军匪'胡体安'。两朝的胡体安,为妻这一次定要斩尽;两朝中的骗子和强盗,为妻这一次定要杀绝⋯⋯"

正在用心对张长有说话,贺凤珍突然看到涅阳方向摇摇摆摆升起一条金光四射的云体,像一堆堆一串串的太阳在那里组合,组合得硬亮而又柔美。是条龙,太阳龙⋯⋯

贺凤珍扑通跪地。

张大刀、张二刀、张刀花,见母亲跪地,也紧跟跪地。

丁黑子也跪下了。

联军众将士全都跪下了。

跪地的声音,轰轰隆隆。

太阳龙从平蓝的空中摇摆而去。

贺凤珍连连磕头:"天神照吉,天助我威,玉皇万岁!万岁!万万岁!"

张大刀、张二刀、张刀花、丁黑子连连磕头:"玉皇万岁万岁万万岁!"

联军众将士连连磕头:"玉皇万岁万岁万万岁!"

紫气东升,祥瑞普照。天象,鼓舞着贺凤珍,鼓舞着丁黑子、张大刀、张二刀、张刀花,鼓舞着联军众将士。鼓舞着他们的雄心,鼓舞得他们人人血性昂扬。

贺凤珍一挥手,联军队伍出发了。

这时候,涅阳镇的人们也都站在街巷里仰头看天。仰得劳劳苦苦,看得一丝不苟。他们也看到一条龙在晴空中英姿勃发。

哇!

呀!

啊!

人们张圆嘴巴,发出阵阵惊讶的感叹!

李洪方夫妇俩和女儿羞玉、沉玉，都站在玉石铺门前。

他们好像发现这条太阳龙是从自家玉石铺的上空首先出现的，因此他们的惊讶和兴趣比别人更加高涨。

此种现象，持续的时辰并不算短。观看这一现象的人群里，始终没有李大阳。

羞玉问："大哥哩?"

沉玉喊："大哥! 大哥!"

李洪方："羞玉，快喊你大哥出来!"

冯氏："沉玉，快去把你大哥拉出来!"

尊爹妈之命，羞玉和沉玉急回屋喊叫李大阳。

"大哥大哥!"

"大哥大哥!"

羞玉和沉玉紧紧迫迫赶到李大阳房内时，李大阳在蒙头酣睡。

羞玉说："大哥，天上飞龙了!"

沉玉说："大哥，快出去看呀!"

李大阳酣睡不醒。

羞玉拉了拉李大阳的胳膊。

沉玉推了推李大阳的身子。

李大阳毫无反应。

李大阳好像是死了。

李洪方和冯氏突然听说大儿子不省人事，赶忙来到李大阳的床前。

李洪方急喊："大阳大阳!"

冯氏急喊："大阳我的娃呀!"

一阵叫喊之后，李大阳长长地伸了个懒腰，忽地坐起，然后朝李洪方和冯氏莫名其妙地看了几眼。

李洪方急急搓手："那个那个，娃那个那个……"

冯氏拍着儿子的肩头："你、你醒了? 你、你这个娃呀!"

李大阳拍了拍自己的头："爹、妈，我刚才做了个梦，梦里……"

冯氏知道儿子没死，大惊猛然消失，对看天上飞龙的兴趣则骤然提升，她忙打断了李大阳的话，"别说你那个梦了，快点儿出去看景致。"

李大阳："妈，梦里我……"

冯氏："走吧走吧，别耽误俺们去看飞龙。"

羞玉、沉玉借机嚷嚷："别晚了，不敢磨蹭了。"

李洪方："就是，那个那个……"

一家人就都走出去，都仰起头看天。

天空一马平川，纯蓝无垠。

刚才的那条龙，不见了。

李大阳打了个哈欠，说："没意思，还没我做的梦有意思。"

顿时，大家都很失望。

李洪方和冯氏懒懒地回了屋。

羞玉笑了笑："大哥，你梦到啥了？是不是又梦到吴非翠了？"

李大阳憨憨一笑："不是不是，我梦见我飞到天上去了。"

沉玉也笑笑："明白了，你是到天上会七仙女去了。"

李大阳又憨憨一笑："净瞎想，我没会七仙女。梦里，我到了天上，到了天宫里。我刚刚拜见罢玉皇大帝，你们就把我喊醒了。"

羞玉说："你瞎说。"

沉玉说："你编假。"

李大阳说："没瞎说，没编假。哥真的没见到七仙女，真的是跟玉皇大帝说了一些话。"

李大阳的确在天上出现飞龙时，做了一个梦。梦里，他因欠下上海万宝路公司和涅阳玉工们的重债，官府要缉拿，他拼命地逃。这一逃就逃到了天上，就钻到了玉皇大帝的公堂里。玉皇大帝问："缘何如此慌张？"他答："人间的官府正捉拿我。"玉皇大帝问："为何？"他就把人间总统府勾结强盗，骗走他八十七件玉石货的事说了一遍。玉皇大帝听罢，捋捋胡须笑笑，说："人间的历史，从来都是强盗夺国家强盗夺财富的历史。照此一说，总统府夺走你的那些玉石货，不值一提。"李大阳大叫："这八十七件货，牵扯俺涅阳镇好多家庭的死活呀！"玉皇大帝微微一笑："一个涅阳镇死活算个啥？古来争江山，哪回不死上千万？"他瞪大了两眼："那，那俺们只能这样挨宰?"

李大阳对玉皇大帝的看法很好,很慈祥,很是和蔼可亲。特别是玉皇大帝捋胡子的时候,很像他的老爹李洪方。再就是,他发现玉皇大帝这老人不摆身架,于是他就暗自把玉皇大帝当成了自家人。于是,他就很随和地走近了玉皇大帝的桌案。玉皇大帝用宽厚的手掌,温和地拍了拍他的手背。

玉皇大帝说:"要想不挨宰,那就去学杀人。杀人八千万,定能坐江山。"

李大阳说:"不行不行,我是做玉石货的玉石匠,学不了杀人。"

玉皇大帝说:"以人间的相术看,你这文面书生气的背后,掩藏着宰国宰民的暴君相。你快回人间玩战争玩杀人吧,那,比你当玉石匠赚利多得多。"

李大阳说:"你这老头儿不正派,你怎叫我当魔鬼当杀人魔王哩?!"

玉皇大帝刚刚在李大阳面前树立起的好形象,吧唧一下就灰灭烟尽了。他这时候很有点儿瞧不起玉皇大帝了。

玉皇大帝并未对李大阳的指责产生反感和恼怒,反而拉李大阳坐到了自己身边。

玉皇大帝苦口婆心地说:"是这样,如今人间的魔鬼都正在忙着打战争,都在打着共和的旗帜争皇位。不论他们中的哪一家成功,所祸害的百姓都不会只有万万;所祸害的江山,都将是千秋之远。由此一说呀,我劝你为人间行点儿善心,快下界争皇位吧。你如果夺得了皇位,也许要比那些杀人魔王仁慈些。李大阳啊,本玉帝是害怕那些魔鬼断送万古中华啊……"

苦口婆心教导李大阳的玉皇大帝,突然落泪了。这让李大阳很觉奇怪。嘿嘿,这老头儿怪有意思,这老头儿怪好玩。

李大阳想安慰安慰玉皇大帝,他不忍看玉皇大帝落泪。他说:"老人家,你别伤心,你别害怕,我这就下界杀败各路魔王,我不会让那些打着各种旗的魔鬼得手的,我……"

没安慰几句,李大阳突然听到爹妈的喊叫声。爹妈的喊叫声刺心透肺,他不得不停止对玉皇大帝的安慰,不得不快步赶回家。

就在李大阳跟羞玉、沉玉说自己的梦境时,鲁山关那边的贺凤珍联军,朝着嵩山八军团进发了。

惊蛰这天,济南将军府里的吴桐庆签下了进军令。

"发兵十万,直捣中原。"

签罢进军令,吴桐庆的心情就山花烂漫万紫千红了。他愉快着脚步,在将军府院内的甬道上一边漫步,一边看着蓝天。

女儿吴非翠悄悄走近了他。

吴非翠问:"爹,你在看啥?"

吴桐庆答:"我在看天。"

吴非翠问:"天有啥看的?"

吴桐庆答:"我看看天,今日是不是惊蛰……"

第三十八章

　　战争打响的最初阶段,中原军没有大规模介入。中原军总司令刘致,很了解自己嵩山八军团的实力。虽说兵马不足两千,枪械也不怎么强硬,但是,其团长江二毛很有才干。江二毛除了好色、爱钱、好大喜功之外,心狠手毒,还富有征杀经验。在刘致看来,后面这两大特点非常可贵。正因为他具备这些性格和特点,所以特命他镇守鲁山关。鲁山关是遏制荆湘北上中原的要塞,庸人不可担此重任。

　　嵩山八军团团部,驻扎在茅坪镇里。该镇北、东、南三面立山起峰,西去一路平坦,直达鲁山关。因这里距南北古道较近,所以虽属深山,却也有街市气象。每月逢十,这里有货物交易会,方圆几十里的山民都要到这里买货卖货。由于此种原因,这里的商铺商号也就一街两行地林立了。嵩山八军团进驻之后,这里不单单多了些酒馆、赌馆、酱醋坊、糕点坊,还添了些洋线洋布、绸缎细软、京广杂货等新买卖。更显眼的是,这里新增了两家大烟馆和一家烟花院。至此,茅坪镇的热闹,也就不仅限于每月的初十了。除了每月逢十那天,这里的每个夜晚都很热闹。这时候的热闹,这时候的茅坪镇,都在逢迎八军团的官兵。这时候热闹于酒馆、烟馆、赌馆和烟花院里的,多是换了便装的八军团要员们。

联军进军到茅坪镇时,已是中午时分。他们包围了茅坪镇之后,发现路上少有人行走,各铺各馆各店少有人出入。就连嵩山八军团团部门口,也只有两名背长枪的兵凉凉地站在那里。满镇风平浪静,满镇和谐沉稳。好像,整个茅坪镇都在这个午间醉生梦死,都在这个午间尽享安详。

贺凤珍看到茅坪镇这般景象,脸上立马升起了笑意,转身对身旁的黑子铁匠丁说:

"丁兄,这国家军烂得连防守都没精神了,连山林强盗都不如了,咋还敢拦路抢劫总统府的玉石货哩?"

黑子铁匠丁揉了揉眼,朝整个镇街又细看了一遍,说:

"大当家的,嵩山八军团在玩空城计。这内里,兴许有诈。"

贺凤珍瞪大了眼,看着黑子铁匠丁,说:

"你是说,他们早料到咱们今日要出兵,就给咱先施一计?"

黑子铁匠丁点了点头。

黑子铁匠丁最早聚众盘踞豹子滩时,没啥政治方向,也没筹想要夺天下,他走出去的机会很少,也没研究过兵书、学过征战套路。自从被吴桐庆收编,才有机会走进广阔的战争,才有机会领悟阴谋与厮杀之间密切的关系。跟着吴桐庆的队伍,让他学到不少对付敌人、战胜敌人的方略。

贺凤珍说:"王八蛋们长的是猪头猪脑,他们哪会有这心计?"

贺凤珍是因为替丈夫报仇,才走上豹子滩的,并不了解现代战争,眼下求胜心切,加上刚才看到了飞龙,看到了吉兆,所以并不把对方放在眼里。

黑子铁匠丁说:"大当家的,咱们快把队伍拉回鲁山关吧,拉回去再商议。"

贺凤珍对着黑子铁匠丁笑了笑,说:

"丁兄啊,我发现你如今的胆量不如以前了,血气也没以前旺了。"

"大当家的,这不是胆量的事,也不是血气的事。大当家的,快撤兵吧!"

现在,贺凤珍决战的心情非常迫切,决战的意志非常坚定。仿佛,捉拿到旧日的胡体安和新生的胡体安,就在今日。仿佛,彻底打败嵩山八军团夺回八十七件玉石货,即在这一仗。仿佛,今日这一仗会为她这几十年间的苦心经营做出如意的交代。

贺凤珍高高举起了右手。

日光,明丽在贺凤珍高高举起的手掌上。

群山安详,茅坪安详。

联军众将士,沉静地等待着。

旗帜和刀枪,沉静地期盼着。

轰隆!

贺凤珍的手掌,终于气势磅礴地劈落下去……

这时候,站在涅阳镇玉石铺门口的李大阳,打了个哈欠伸了个懒腰。

日光在镇街上凉凉地晒着,没一点儿色彩,没一点儿精神。

羞玉嘻嘻:"沉玉,看样子,咱大哥真的没在梦里会七仙女。"

沉玉嘻嘻:"我看也是。姐,叫咱大哥回去做梦吧。兴许,再做一梦,就能跟七仙女相会了。"

羞玉说:"大哥,你回去睡吧。"

沉玉说:"晌午饭做好了,再喊你起来吃饭。"

李大阳站在凉凉的日光下,沉默了一阵,然后猛地一惊。

"想起来了,天上那老头儿,还托我办件事哩,我得赶紧走。"

羞玉笑笑:"天上哪个老头儿,会托你办事?"

沉玉也笑笑:"大哥,你是不是还没有醒过来?"

李大阳往前走了几步,显得有些焦急,说:

"真的,天上那个玉皇大帝老头儿,真的把一件难办的事,摊到了我的头上。"

羞玉笑笑:"大哥你太厉害了,连玉皇大帝都亲自给你派差了。"

沉玉嘻嘻:"啥难办的事,玉皇大帝会摊到你头上?天上是不是没有会办事的神仙了?"

李大阳认真地看着羞玉和沉玉,说:

"玉帝那老头儿,叫我弄战争学杀人,叫我跟那些魔王争天下,叫我杀人八千万日后坐江山……"

吧嗒！羞玉的嬉笑僵了。

吧嗒！沉玉的嬉笑也僵了。

羞玉和沉玉，原本在跟大哥开玩笑。逗着逗着，笑着笑着，大哥的话愈说愈古怪，她们害怕了。

羞玉小心地问："大哥，你受啥刺激了？"

沉玉小心地问："大哥，你犯神经病了？"

李大阳并不重视羞玉和沉玉的情绪变化，说：

"我要去弄战争夺天下，我不能叫那些打着洋旗的魔王，霸占江山，世世代代杀害老百姓……"

李大阳的话，越来越让羞玉和沉玉感到离谱，感到迷糊。她俩一左一右，上前搀住了李大阳的胳膊。

羞玉说："大哥，咱回家吃饭吧！"

沉玉说："大哥，别瞎想了，吃饭当紧。"

李大阳一挺身，甩开了羞玉和沉玉。

"不行，我这就去弄战争。我去找张刀花，我去找吴非翠，我去……"

李大阳的这一举动，更让羞玉和沉玉惊慌。

羞玉大喊："爹，妈，快出来呀！"

沉玉大喊："爹，妈，我大哥要出走了！"

李洪方正坐在院内的小桌旁吸老旱烟，烟雾很悠闲。冯氏正在灶案上擀面条。面皮擀得很大，很透亮。老两口有生以来第一次看到天上的飞龙，他们这时候的心情仍然在风吹杨柳哗啦啦地爽。

突然听到羞玉和沉玉的喊叫，李洪方站起了身，冯氏停下了擀面杖。羞玉和沉玉的叫喊声有点儿不大寻常，老两口赶紧走出了院门。

冯氏嚷嚷："大阳，你要去哪儿？天快晌午了，咱家该吃饭了。"

李洪方朝李大阳瞅了一眼，然后，噙着烟袋嘴狠吸一口。然后，猛吐出一股白烟。

李大阳没来得及回应母亲的问话，羞玉和沉玉紧跟着嚷嚷起来。

羞玉说："我大哥说他要去找张刀花、吴非翠，要去弄战争学杀人。"

沉玉说："我大哥还说他要夺天下坐江山。"

李洪方想,大阳疯了。净说疯话的人,还能不是疯子?早上还好好的,咋睡了一觉就睡疯了?肯定是睡觉时中了邪,肯定是睡觉时魔鬼乘机上他身了。魔鬼上身,必得撵走。要想撵鬼,必得用桃木棍子打。李洪方这么简单一想,就朝儿子举起了烟袋杆。他的烟袋杆是老桃木做的,应该很有神道。

李洪方说:"你、你,那个那个……妖魔鬼……"

刚举起烟袋杆时,李洪方的驱鬼信心十足,举烟袋杆的胳膊坚挺强壮,两眼内还燃烧着愤恨,愤恨魔鬼跑到大阳身上作怪。但是,李洪方的烟袋杆,举着举着就显得力不从心了,虽然还是朝着李大阳落下了,但是落得很轻,轻得像正午飘动的日光。效果不显著,没看到魔鬼逃,没听到魔鬼凄惨哀叫。

吧嗒!吧嗒!

李大阳朝老爹眨了眨眼。

李洪方说:"镇上帮咱做玉石货的,那个那个都来讨要工钱了。荒春上,都那个那个要买粮……"

吧嗒!吧嗒!李大阳又朝老爹眨了眨眼。

李洪方说:"跟上海合伙做的下一批货,还没钱去买玉石料……"

李大阳不眨眼了,他的两眼轰隆隆瞪大了。

当务之急,是弄钱,不是弄战争、弄杀人。李大阳想。

自己的事都没弄好,还夺啥江山?还拯救啥天下百姓?李大阳想。

玉帝那老头儿不公平,只想天下百姓,不想我李大阳如今的艰难困苦。偏心眼儿,不听他的。李大阳想。

正午的阳光下,李大阳想了又想。

李大阳说:"爹,妈,我不去弄战争夺天下了。"

李大阳抬手,摸了摸唇下那颗黑痣。

李大阳说:"都是这颗黑痣惹来的祸。爹,妈,快拿刀切下我这颗黑痣吧。切下这颗痣,我就能安下心做好人了。"

冯氏说:"娃呀,黑痣也是从娘身上掉下来的肉呀!切不得,切不得。"

话题转到李大阳唇下那颗黑痣上,气氛平和多了。一家人回屋,羞玉、沉玉帮冯氏烧水做饭,李大阳和老爹坐在院内小桌旁吸烟。吸着烟,李大阳把自己新的想法,说给了老爹。一是让爹去安抚各家玉石匠,二是自己立马去南阳城筹措一笔钱来。筹钱,不去南阳城不行。涅阳镇的几户大人物,都已经为他组队伍上战场去了,没办法再求人家了,只有去南阳城筹措了。至于如何到南阳城筹措钱,李大阳没细说。说着这些时,老爹的气色好多了,吐出的烟雾也能平心静气地慢慢升腾了。看见李大阳不犯魔征了,李洪方的心情自然就和暖了。李洪方答应,下午就去各玉石匠家走一走。吃过晌午饭,李大阳就动身去了南阳城。

到南阳,去哪家弄钱?玲珑阁肯定是没钱,别的商号有钱,可跟人家没啥深交,肯定是借不到手的。咋办?生啥法子?没办法办,也得办。没法子,也得生法子。一路走,李大阳一路想。一直走到南阳城,一直不停地想,到底也没想出个究竟来。到了玲珑阁,已经入夜很久,他啥话不说,随便吃点东西就睡觉了。这一夜,他睡得很沉,一睡不醒。不醒的沉睡里,李大阳没梦,再没有玉皇大帝的唠唠叨叨。

"大阳大阳,为妻在守着你呀!"

"大阳大阳,你的锦子姐在你身边呀!"

"大阳大阳,你怎不理我呀?"

这一夜灯火不熄,王锦子流着眼泪,守护李大阳到日出东方满天红亮。

见李大阳醒来,王锦子赶快擦去泪水,强挤出了笑脸,说:

"大阳,是为妻对不住你呀!"

八十七件玉石货,是在王锦子手下被骗走的,还是在亲爹王启胜的计谋下被骗走的。说明白了,是自己无意中与亲爹合作,毁了玉石铺李家和玲珑阁;是自己在毫不知情中,参与了对李大阳的陷害。现在,玉石铺李家所面临的不只是穷,李大阳还得坐监牢。

李大阳说:"看你说的,你有啥对不住我?倒是我总是忙事,总是奔走,顾不上照料你,是我对不住你。"

王锦子不说话,不顾一切地抱住了李大阳的头,不顾一切地亲吻着李大阳。李大阳也抱紧王锦子,也不顾一切地亲吻着她。

"锦子姐,我今天还有紧要事要办,我该起身了。等我把事办圆了,咱再好好在一起。"

一听说李大阳要起床,王锦子急忙帮李大阳穿衣,又拖着不方便的身子为李大阳端洗脸水。以前,王锦子没有这样过。看到王锦子这样,李大阳心头顿然涌出一股酸辣辣的苦水,很是疼怜地拉住了她。

大阳说:"等咱们上万国会的货款回来,我一定跟你一起走天下,一定找到你的亲爹亲妈。一定……"

"你别说了大阳!"

"不说了,不说了,我这些话放到随后再说。"

"大阳,为妻有话要对你说。"

"你也不说了,也放到随后再说。"

"大阳啊,我不能再瞒你了,咱们家完了!是为妻害了你,害了李家,也害了咱们就要出生的孩娃!大阳啊,你听我说呀——"

李大阳听到这里,猛然一惊。锦子肯定知道了玉石货被骗的事,要不她今日的举动和言谈怎会跟从前大不相同呢?

"锦子姐,你怎害了我?怎害了咱们就要出生的孩子?咱们正家兴财旺,你怎能说完了?"李大阳坚持要把他欺骗的话说下去,并且,还必须编得比真实更显真实,"吴非翠从诸葛先生那里得知,咱们的五马车银圆,已从万国会装上洋轮往咱这儿走……"

大阳还被蒙在鼓里呀,还蹲在圈套里拔不出腿呀!不行,必须对大阳说清真相。

"大阳,听为妻给你说个实情。那个诸葛先生不是总统府的人,是我爹在开封收买的一个军界骗子……你别打岔,听我把话说完。那个骗子是专门朝着……"王锦子这时候没泪了,不哭了,"那个骗子一来到南阳……大阳啊,能不能叫为妻把话说完……"

不能叫王锦子把话说完,至少现在不能让王锦子把话再说下去。李大阳听得出,王锦子好像对这件事有另一方面的了解。不行,不能叫她再说。

"你别听外人闲言,别上了外人的当。非翠上过东洋学堂,她老爹去总统府办公务,跟咱们串门户走亲戚一样随便。她说出的话,肯定都有依据……别说了,你整天大门不出二门不迈的,你懂个啥?好了好了,该是男人操心的事,女人最好别去想。想了也没用。我有事要急办,我得赶快出去。噢,顾不上见重阳了,你告他一声,就说我来了。"

李大阳说罢这些,立马扭头出门,不给王锦子再说话的机会。

现在,找钱比安慰王锦子更迫切。安慰王锦子可缓着办,可涅阳玉石匠们买粮米度春荒的事,缓不得。

现在,李大阳走在了大街上,晨光洒亮了他的肩头,洒亮了他行走的脚步。一街两厢的商号相继打开了铺板,来来去去的人众相继忙碌起来。李大阳,在纷纷找钱的南阳城中,倒也显得勤劳和执着。只是,他的眼神有些迷乱,举止有点犹疑。他走过几条繁华热闹的大街,又穿过几条萧条简陋的小巷,都没找见能借给他钱的地方。

现在,李大阳已把南阳城的街巷走遍了,时辰已从上午移到了傍晚。李大阳疲惫了,两条腿已被黄昏浸染出许多沉重和失落。他在一家门前的石阶上坐了,想歇息一下。他刚从腰间抽出旱烟袋,还没来得及点上火,就见一个拿破碗的叫花子在他旁边坐下。叫花子满脸泥灰,满身腥臭,坐下后就脱了衣衫捉虱子。李大阳的鼻子酸了。

叫花子是找饭找累了,自己是找钱找累了,两人现在坐在同一个台阶上。李大阳突然发现,自己原来也是乞讨人哪!虽说如今还能穿上件干净的衣裳,也许日后还不如这个叫花子哩!李大阳酸了酸鼻子,把口袋里仅有的几个钱,掏出来给了叫花子。

这一天,就这样结束了。李大阳回到玲珑阁,听说重阳还没回来,随便吃点儿东西倒头便睡。这时候,李大阳还不知道丈母娘贺凤珍,为夺回那八十七件玉石货,已同中原军的八军团开战了,更不知道非翠小妹将策动她的将军老爹发兵十万直逼中原。不知道便不牵挂。这一夜,他只牵挂找钱。赶快找来钱,让涅阳的玉石匠们快快买粮度荒。皆因有了这一牵挂,他虽是睡下了,却难睡得着。睡不着,也没梦可做。王锦子这一夜也乖,她看李大阳心情颓废,也没有再哭着再检讨自己的罪债。除了牵挂,除了睡不着觉,倒也算得上安生。万万没想到的是,这一可怜的安生,只维持到夜半三更。

三更时分,突然有人叫门。

"开门开门!"

叫门的声音,陌生而古怪。

这,肯定不是重阳在喊叫。

"大阳,官府抓你来了。"一听到陌生而古怪的叫门声,王锦子紧紧急急发出了一声惊叫。

第三十九章

最近,王锦子一直害怕男人李大阳被官府拉去吃官司,一直在为李大阳提心吊胆,一直害怕夜半三更有人敲门。

果然。

"大阳,你快翻后墙走吧,逃远点儿。"

"大阳,去济南找非翠小妹吧,躲到将军府里别出来。"

"大阳,我这儿还有几个私房钱。还有这对金耳环这枚金戒指,你快带着走吧。"

现在,王锦子断定,定是李大阳昨日在南阳城办事,被官府发现了,特地等到夜半三更来捉拿。

李大阳说:"古怪,为啥叫我逃?"

李大阳说:"我没干过恶毒事,我没仇家,我还怕有人上门清算?"

李大阳说:"哪一家都会遇上夜半来客,你慌啥慌?"

李大阳很坦然,躺在床上不动身。

"是官府来捉拿你的,你快翻墙逃走吧!"

"捉拿我? 我怎么了? 他们是不是闲疯了?"

"一时半刻说不清。为了我,为了咱将出生的孩娃,大阳啊,你就听我

— 380 —

一句话吧！"

李大阳慢慢坐起了身："你还是说清了好，别把事弄得神神鬼鬼的。"

"没时间了大阳，你快走吧！等我把孩娃生下来，会带着去找你的。快！快些呀！"

李大阳拧拧脖子："你得让我略略知晓，我不能就这么糊糊涂涂地走。"

王锦子急得满头汗，拉住李大阳就往床下拖。李大阳却不积极配合王锦子的焦急。

"大阳啊，你的锦子姐给你跪下了。"

李大阳看王锦子挺着大肚子跪在自己面前，心头顿然一疼。他清楚王锦子的良苦用心，也猜得出王锦子让他出逃的根由。大不了，就是自己违了约欠了债，又被人借机暗算，官府要捉拿自己去坐监牢。如果真的如此，自己更不能随意逃走，把麻烦留给家里。

"锦子姐，当心肚里的孩娃，快快起来！"李大阳迅即跳下床，挽住了王锦子的胳膊。

王锦子汪汪着两眼泪水，两眼满是乞求，朝李大阳望过去。

"打小至今，你的锦子姐，还是第一次这样求你呀我的大阳弟，你就听姐一回吧？"

李大阳不敢直视王锦子两眼内汪着的凄哀。

李大阳说："锦子姐，身子要紧，孩娃要紧，你快快起来吧！"

王锦子说："你要不走，我和孩娃就跪死在这里。"

王锦子口气刚硬，李大阳觉得自己不出逃是不行了。不能伤了锦子，不能伤了孩娃。如果伤了锦子、伤了孩娃，最后自己再被官府捉拿，岂不糟糕？想到这里，李大阳背起王锦子备下的小包袱，扭头就走。

李大阳刚刚跳到院外，王锦子就听到伙计在房门外喊叫她：

"掌柜的，外面有人要见你。"

"不见！上死门闩，是人是狗，都不叫进来。"

伙计说："来人是个女的，她说她是你亲妈。"

王锦子一愣："你说啥？"

伙计说:"来人说你是她闺女,听口音像是镇平一带人氏。"

虚惊一场。

但是,李大阳已经逃走了,已唤不回来了。

唤不回来李大阳,就不唤。王锦子现在最当紧的是去见母亲。

"妈……"

王锦子喊了一声"妈",就要随伙计往前院赶。轰隆!轰隆!不料,就在这一时刻,她的肚腹疼痛起来。她迈不开腿、走不动脚步了,轰轰隆隆的疼痛把她打翻了。

"快叫我妈进来呀……"

夜半来人,不是一位,而是两位。王锦子的老妈来了,王锦子的老爹也来了。

"闺女……"

"锦子……"

"妈总算找到我的娃了呀!"

王锦子没有回应老妈的连连呼叫,她躺在床上痛得直冒疙瘩汗。

没听到女儿的应声,王夫人夺过店伙计手里的灯笼,照了下女儿的脸。

"锦子呀,你咋了?"

"锦子呀,你都病成这个样子了,咋没个人照看呀!"

"锦子呀,这些年叫你受苦了!"

王夫人禁不住哭叫起来。

王夫人的哭叫,嘹亮着玲珑阁的静夜,嘹亮着南阳城的三更天。

王启胜一听到夫人的哭叫,很是焦急,冷冷地训了夫人一句:"嚎啥嚎?想招鬼呀!"训过夫人,他问伙计:"俺闺女啥时辰得的病?"伙计回话:"没听说得病呀,好像昨晚睡觉前,她还跟李大掌柜在这屋里说话哩。"王启胜说:"你去吧,不麻烦你了。"

伙计看了一眼躺在床上的王锦子,说:"我去仲景堂请个看病先生过来。"

王启胜也朝王锦子看了一眼,说:"我看病不太重,你先歇着吧!要是病厉害了,俺们会送她去医药堂的。"

伙计打个呵欠,提上灯笼走了。

看伙计的灯笼消失了,王启胜才压低声音对夫人说:"别大腔小调的。这里离镇平城不远,要是有人发现了我在这儿,说不了,不等到天亮,余大愚就会带人马来找我了。"听王启胜这么一说,王夫人赶忙捂住嘴巴,堵住了她那难以抑制的悲切。

为找到王锦子,王夫人自去年冬天一直在苦苦筹算。现在,严寒的冬天过去了,大雪封路的季节远去了,她必须看个实在才心里有底儿。如果锦子真被李大阳牵连进了牢狱,得赶快花银子搭救出来;如果锦子没遭牵连,得把她赶快拉到界首来。她不再依靠程昆祥了,不再拉扯程昆祥一同去了。每每邀程昆祥走南阳,他总找理由推辞。算了,王夫人决定,要和男人王启胜亲自来。王启胜原本不愿意同来:一是他害怕余大愚仍在仇恨着他,二是他极不愿看到李大阳。后来是架不住夫人哭闹,王启胜才同意走上这么一趟。为了万无一失,他们等到夜半三更才赶到玲珑阁敲门。

王启胜看了看屋子,明白李大阳没在这里,就暗自决定迅速行动。太巧了,机不可失,时不再来,必须抓紧。

王启胜低了声说:"得快把锦子弄走,天不亮就出城。"

王夫人不哭了:"玲珑阁锁着院门呀,咱们咋走出去?"

王启胜淡淡一笑:"这还不容易! 就说要送锦子去医药堂,伙计敢不开门?"

听王启胜这么一说,王夫人顿有所悟,忙帮女儿穿外衣。

"妈!"

王启胜和王夫人见锦子醒了,都急急凑到女儿面前,瞪大眼珠子看着她。

王锦子满面汗水。

王夫人说:"锦子,你醒过来了?"

王锦子紧闭着双唇。

王启胜轻轻喊了声:"锦子!"

王夫人也轻轻喊了声:"锦子!"

吧嗒! 吧嗒! 王锦子朝爹娘眨了两下眼。

王启胜说:"锦子,我和你妈看你来了。"

王夫人说:"锦子,我和你爹看你来了。"

王锦子耷拉着眼皮。

王启胜说:"锦子,我和你妈,为了能见到你,为了能把你的前程安置好,花费了好多心血,还花费了整马车整马车的银圆。当爹当妈的,都盼儿女能过上好日子。一个混不成样,爹妈都日夜挂念。锦子,你是不是在听爹跟你说话?"

王夫人说:"锦子呀,妈想你都快想死了,难道,你一点儿都不想你爹妈? 去年,我叫咱家管货运的昆祥接你去界首,你不去,还对人家发脾气。这一回,我和你爹亲自来接你了。接你去界首镇,把咱家在那里的丝绸庄交给你,咱好好做丝绸生意……"

王锦子默默坐着。

王启胜说:"锦子,咱得马上离开这里。你已经知道,玉石铺李家犯案了。凡涅阳玉石铺李家的人,都要逮进监牢问罪的。玉石铺李家是灾星,你不能随他们去受苦。走吧,快快离开这里,趁夜深人静趁李大阳不在。"

王夫人说:"锦子呀,走也不白走。你和大阳相处这么些年了,咱也应该讲点情分。来时,你爹给备下了两千大洋的银票,算是给他们一家的帮补吧。他们家祖祖辈辈都穷,从没见过这么多的钱。"

王锦子仍在轻轻抚摸着肚腹。

王启胜显出些焦急:"这里不敢多待,得快点儿走。"

王夫人也显出些慌张:"锦子,我把这张银票放茶桌上,他们李家人回来会看得到的。咱们这就走吧,别迟了,赶上了官府来抓人。"

阿嚏——王锦子打了个喷嚏。

王启胜急急地说:"去年冬天就听咱家的昆祥回去说,官府要捉拿李家人,别叫咱今夜正好赶上。"

王夫人也急急地说:"走吧走吧,只要跟玉石铺李家染上,交的尽是厄运。快快离开这里吧,别叫咱们正好碰上官府……"

不管爹娘怎么焦急,不管爹娘怎么苦苦劝说,王锦子就是没有动容,就是没有一句回应。

锦子是咋了？锦子分明醒过来了，分明能说话能坐起身了，怎对老爹老妈的到来没显出一点点的亲切？怎对老爹老妈的苦口婆心没一点点动情？锦子是不是还在记怨当年？王启胜很快想到了这些。

王启胜说："过去的事，就叫它过去，不能再多纠缠。能忘记就忘记，宽下心，另起锅灶，另找好日子过。"

王夫人顺着王启胜的话："是呀闺女，计较过去是心眼窄。能忘，就忘。自你小时候起，妈就看出来你是个大心胸的孩娃。"

王夫人自从嫁到绸缎庄王家，自从做了王启胜的老婆，从来都是急着给王启胜帮腔，从来都是配合王启胜说话的。妇道的规矩，她遵守得从不松懈。在她一辈子万万千千次帮腔帮话中，这一次帮出了一个不寻常的局面——王锦子竟转过了脸，竟对着老爹老妈笑了笑。王启胜和王夫人一看到锦子对着他们笑，心头的高兴骤然间轰轰隆隆四散开来。

"真的叫我忘记过去？"王锦子问。

王启胜欢欢喜喜地说："真的，过去的事记着没用，咱家往后的好日子稠着哩！"

王夫人也欢欢喜喜地说："妈知道你心宽，不会挂及陈芝麻烂账。"

王锦子问话、王启胜夫妇回话的时候，屋子里气氛一直很好。如春天里的万紫千红，如秋天里的果实飘香。失散了几年的亲情一旦相聚，不能不如此。

"嘿嘿！"不料，王锦子却在美好气氛中让人意外地嘿嘿了一声。这声嘿嘿，冷凉，生硬，昏暗，很像是一条长鞭子的狠狠抽打。

"你……"

王锦子的嘿嘿声，立马噼噼啪啪着抽打到王启胜夫妇的欢喜上。两人脸上的欢喜立马僵了。

"过去的事，我没忘记，我不会忘记，一辈子不打算忘记。给二老说实话，你们的女儿不是个大心胸的人，实是个窄心眼的人。不过，我从没打算去算旧账，也从没为算旧账去报复人，去设圈套陷害人，更不会连自己的亲骨肉也不放过——爹你不要插话，我要把话说完——我打十三岁那年，就想长大了要嫁给李大阳，这不是李大阳的过错，更不是玉石铺李家的过错。后来，你逼我嫁余大愚当姨太太，我不从，我逃婚，这更与玉石铺李家不相干。而你，把这一切都记到了李大阳的头上。你为了报复，不惜重金，收买开封军政府的败类，计谋了一个骗局，要把李大阳送上刑场。你明明知道，我已经跟李大阳成了一家人——你别嚷嚷，别把官府人给招来——你还知道是我在南阳城替李大阳掌管玲珑阁，你那一伙人一步一步挖陷坑，一步一步把我们拖了进去，你害玉石铺李家害李大阳的计谋顺顺当当做成了。妈，你也不要急着说，我爹的好多事你不一定知情。现在必须说明白的是，我爹不只是要杀李大阳，还要害我。妈，你的女儿被害了，还宽啥心胸，还有啥好日子过？"

说完这番话，王锦子又平了心气去抚摸肚腹了。

王夫人结结巴巴："这、这、这是咋回事？这、这、这……"

王启胜红着脸色："你你、你这闺女，怎这样编排你爹？叫你妈说说，我为找到你，啥心都操尽了，哪还有闲工夫做别的事？"

王锦子扭头对着王启胜："这一内情，可是你说的那个货运经理说的。"

王启胜脸色更红，气急败坏地说："他是胡说八道，你不能相信。不论玉石铺李家怎么可恶，怎么叫人仇恨，毕竟跟咱丝绸庄王家是街邻，同住涅阳镇同喝涅阳水，我咋能像你说的那样去对待李大阳哩！锦子，我是你亲爹，你要相信爹说的话。"

王锦子嘿嘿笑了笑。

王启胜也嘿嘿笑了笑。

王夫人莫名其妙着两只眼珠，来回观察王锦子和王启胜。

"爹你说得真好听。"

"爹说话压根儿就这样。"

"爹你说的话，没有你的货运经理实在。细把我经过的事回想回想，的确与他讲的一样，一步连一步，一环套一环，一点儿不差。你找的那个开封军政府的牛兔章，用参展万国会当诱饵，把我拉进了陷阱……"

"好了好了，我知道是咋回事了。这个昆祥，为了能把你带走，能把你带到界首镇让咱一家人团聚，肯定会编造些虚假事吓吓你。这，你别当真。他那次临来南阳时，跟你妈承诺过，说他要是带不回你，就不再回'久长久'

干货运经理。我说这话,你如不信,现在就问你妈。"

王启胜朝王夫人看了一眼,王夫人心领神会。

王夫人说:"是这样,你爹说得一点儿没错。那个昆祥是多次说过,他来南阳见到你了;还多次说过,下一次定能把你带到我面前。他次次这么说,次次没兑现,次次都惹我生气。"

王启胜说:"锦子,听听你妈是咋说的!那个昆祥,次次都没兑现,他后来急了才在你面前编瞎话,主要是想把你带到界首。锦子,听爹给你说个清楚。玲珑阁的八十七件玉石货被骗是真的,李大阳要进监牢也是真的,至于,昆祥上次给你说的那些话,你只能当作耳旁风,吹来跟吹走都是一个样。妈是你亲妈,爹是你亲爹,那个昆祥算个啥?锦子,听爹的话,听妈的话,赶快离开这个惹祸事的地方吧!"

王夫人说:"是啊是啊锦子,我和你爹是专门来接你去界首的。这里麻烦多、祸事多,听爹妈的话,快快走吧,天亮之前咱们得离开南阳界。"

不论老爹老妈如何解释和劝说,王锦子仍然木呆着。灯火惨淡地摇晃,在她脸上摇晃出一片薄薄的黄昏和灰暗。她的两唇如两扇门,冰凉地虚掩。她的嘴角微微下垂,有两嘟噜讥讽和无动于衷在那里有意无意地悬挂。她坐得比较平静,她坐得很是安稳。似乎,尘世里的一切都不会引她动心,都不会引她动容。

"闺女,这就走吧!"王夫人挽住了王锦子的胳膊,"咱家的马车就在大门口。"

不知为何,这时候的王锦子再没一点动作,再不表示一点异议,也许,这时候的王锦子被爹妈的好听话说迷糊了;也许,这时候的王锦子真的相信老爹并没有陷害李大阳和玲珑阁;也许……总的说,这时候的王锦子的确没有任何动作,的确没有表示出点滴异议或者抗争。她表现得出乎预料地随和,出乎预料地顺从。很快,她就被老爹老妈扶出了房门。

"喔——喔喔——"南阳城的鸡子们在此时高高亢亢团结一致地响叫起来。响叫得气势浩大,很快就把漫长的黑夜叫败了,把春天的黎明叫回来了。

听到雄鸡的响叫,王启胜夫妇不约而同地猛然吃了一惊。啊——不知

不觉中,这个夜就尽了。时辰走得太快了,一切都必须抓紧了。王启胜急急地催伙计开门:

"快快!锦子病厉害了,俺们送她去医药堂!"

"不敢耽搁,俺们得快去。"

伙计一见不言不语的王锦子,自然也生急,嘟囔道:"你看你看,重阳掌柜多日不见回来,大阳掌柜昨夜临黑还在,怎这时候也不见了?你看你看,这……这咋能叫俩老人家费心哩!"伙计嘟囔罢,要陪他们去找医生,王启胜忙说:"不了不了,你招呼好店里,我们去更方便些。"王夫人嚷嚷:"别啰唆了,别误时辰了,快些走吧!"伙计不敢再多啰唆,很是愧疚地站到了一旁,默默看着他们离开了玲珑阁。

上了马车,远离了玲珑阁,王启胜夫妇的心顿然如这明净的春晨一样,清清澈澈地宽敞了。

"锦子——"

这是李大阳的一声呼唤。

"我的孩娃——"

这是李大阳的又一声呼唤。

就在王锦子被爹娘架上马车的时候,在城西门外一片林子里苦苦煎熬了半夜的李大阳,似乎突然间挨了一记棒击。疼痛之余,细细辨认,原来这都像是来自王锦子和他的孩娃。他立马意识到,他的锦子姐遭灾遭难了。他不顾一切地冲出林子,冲进了南阳城……

"锦子——"

"我的孩娃——"

轰隆!一轮红日叫喳喳地升起……

第四十章

李大阳一头扎进城西门,直奔玲珑阁。

玲珑阁内没有王锦子,也没有王锦子和孩娃的叫声。房间里,仍是昨晚看到的那些摆设。还是到官府里找吧,定是官府逮走了王锦子。

李大阳正打算外出寻找王锦子,却无意间发现了放在桌上的银票。两千大洋,不是小数目。

哪来的银票?

民国政府捕人还给银票?

内中必然有弯弯。为啥锦子昨夜逼我出逃?为啥一大早赶回来就不见了锦子?锦子真的被官府逮走了?

李大阳来到门铺,问伙计:

"锦子哩?"

"大掌柜,你还不知道啊,她得急病了,送医药堂找先生去了。"

"送哪个医药堂了?"

"大掌柜,不是俺们送的,不知道送到哪一家医药堂了。"

"重阳送的?"

"不是重阳掌柜,重阳掌柜有些天没回来了。"

"到底是谁送的?"

"你还不知道啊掌柜? 忘了说了,锦子掌柜的亲爹亲妈,昨个儿后半夜来咱玲珑阁了。一来,就见锦子掌柜生病。当时,我要送医药堂,两位老人家说病不重。谁知,今儿早上我刚开院门,俩老人可就扶着她出来了。我说跟着去,他们嫌俺碍手,俺想……"

"不要啰唆了,到底送哪个医药堂了?"

"不知道,他们一去就没回来。"

还算好,锦子不是叫官府逮走了,不会遭受牢狱之灾皮肉之苦了。可锦子生病了,也不是小事。离孩娃出生的日子不远了,锦子这时候生病定会伤孩娃的。李大阳快步上街,去寻锦子。

然而,李大阳走遍了南阳城的条条街道,寻遍了南阳城的大小药铺药堂,都没找见王锦子。

锦子在哪儿呢?

李大阳速速回到玲珑阁,让店铺关门,让伙计分头去城外寻找。傍晚,众人相继回来,都称没有找到锦子的去向。

事情,更古怪了。

事情,更叫人难以接受了。

李大阳想了想,派人到樱花楼找回重阳,说:

"重阳,近段日子你不要尽在外边浪荡,要好好守铺子。你跟杏杏的事,哥会惦记在心。等咱们有了钱,一定给你们操办。"

"有我嫂子守着就行了。现下店里没啥货,也没啥生意。再就是,我为杏杏已花下了好多钱,这些钱都是出高利借皮蛋的,前几天就到期了。还有,我欠万福酒楼、樱花楼的钱,也都攥着我的屁股要……要是我整天圪蹴在玲珑阁里,他们天天来这里找我要账,还不失咱家的面子? 哥,我想这店铺还是叫我嫂子守着稳妥。"

"你嫂子近些日子另有事。"

"我嫂子是不是去总统府结算咱们的货款去了? 哥,货款回来,你千万别叫我嫂子攥手里。我嫂子那人鬼精鬼精的。"

"你嫂子得病了,外出治病去了。"

"啊?!病得厉害不厉害?"

"我还没见到,也许不太重。兄弟,哥这些日子太忙,你要听哥的话,别随便离开玲珑阁。"

"哥,你先给我几个钱,叫我喘喘气。"

"你先借着花吧,哥这一段也急用钱。"

"欠钱多了,借是借不到手了。现在,最焦心的是欠万福酒楼那些账。人家昨日限我三天时间。三天内如不还钱,人家声言先取下我一只耳朵。哥呀,只当你是救我耳朵了,你就给我一百大洋吧……"

"你呀你呀!你呀你呀!"

又是要钱。欠玉石匠们的钱还没筹措到,锦子治病还不知道要花多少,李大阳自己已经摆不开身子了,已经难应酬一切了,哪还有能耐给李重阳拿出一百大洋?

"要不,你去皮蛋那里再借一百高利钱,日后,连本带利由我还。"

"皮蛋是不会再借给我钱了,前一宗还不上,他不会再借给我的。"

"你们不是朋友吗?借钱还给他出高利,他咋能不讲情义?"

"皮蛋那人看着整日醉酒,心里可聪明着哩。他看咱上万国会的货款至今迟迟不见回来,他就看不起玲珑阁看不起我了……"

"不说了重阳,你等上两天,哥一定给你拿来一百大洋。哥的事紧,现在必须去找你嫂子。"

李大阳不愿再跟李重阳说下去,这句话一说完就转身出了玲珑阁上了大街上。一走出玲珑阁,一走到大街上,哗啦一声,泪水就哗哗啦啦流到了他的脸上、胸襟上。

李大阳流着泪水,淌着委屈,困苦着脚步,行走在春天的清洁里,行走在南阳城的灿烂里。街人来来往往,一街两行的叫卖声,高高扬扬。没人在意他,没人关注他泪流不止的悲伤。就连平时讨要吃喝的叫花子,也不留心他,也不把他的失魂落魄当回事。他憋闷,他不知道怎么才能排解自己。唯有的就是行走,就是快快行走。走是一种发泄,走是某种安慰。走!不停歇地走,不畏劳累地走。也许,前方就是王锦子,就是一大堆能借到的银洋。走着走着,春天的太阳就正南了;走着走着,春天的太阳就滚滚下沉了。他走过好多时辰,走过好多里程,几乎把一个春天的白日走尽了,也没找见王锦子,也没找见能借一大堆银洋的地方。他走到了一座古镇里,这古镇好面熟,青石板街地,商铺林立,酒旗高挂……啊! 原来是走回涅阳镇了。

人到悲凄难耐的时候,人到痛苦难拒的时候,最易想到的,大约只有家乡了,只有家了。

"锦子!"

"锦子!"

"锦子!"

走回涅阳镇寻找王锦子,细想比较在理。王启胜夫妇外逃多年,镇平人涅阳人对他的仇恨也渐渐平淡,他想回家也是人之常情。兴许,他就是回乡路过南阳时,顺便接走了病中的锦子,家乡也有医病先生,家乡也有草药。

"锦子!"

"锦子!"

"锦子!"

还没走到王家绸缎庄,李大阳就大声喊叫锦子。

但是,十字街口的王家绸缎庄,依然是锈锁悬挂。

王启胜夫妇没有回来,也没有把王锦子带回来。

轰隆! 李大阳顿觉天旋地转。

轰隆! 李大阳顿觉天昏地暗。

李大阳的心力在崩毁,体力在崩塌……他要栽倒了……

锦子出啥意外了? 是不是病得太凶,老爹老妈把她送省城开封医治去了? 是不是……

李大阳就要倒下去了,就要不可抗拒地倒下去了……

"叔叔!"

不料,就在李大阳即将落地之际,竟被一声脆嫩脆嫩的"叔叔"给彻底喊醒了。

"叔叔,你家在哪儿? 我送你回家吧!"

"叔叔,来,叫我背着你。"

"叔叔,别看你身高个子大,俺山里的孩娃子能背得动。"

是个女孩子的声音。

李大阳迅即挺起身，朝女孩子看去。

暮色柔和在女孩子的脸上。

是锦子？是锦子！是童年时代给他买糖人的锦子姐，是同他在涅水岸边山盟海誓要白头到老的锦子姐。

"锦子姐，可找到你了！"李大阳惊叫一声，猛地抱住了女孩子，"锦子姐，你乱头脑了，咋改唤你大阳弟是叔叔呢？"李大阳一边惊叫，一边紧紧抱住了女孩子。

"叔叔，你认错人了。我不是锦子，我叫山里红。"

"叔叔，我看清你了，你叫玉石匠。"

"叔叔，我在涅水岸边找了好多好多地方，今天总算找到你了。"

坚定不移又坚持不懈的"叔叔"声，让李大阳对自己的判断产生了怀疑。

"你——你不是王锦子？你叫山里红？"

"你咋知道我是玉石匠？"

"听口音，你是外地人，你找我干啥？"

刚才，太荒唐了，太昏头了，怎会把一个陌生女子抱怀里哩？怎会抱住这个陌生女子乱亲嘴哩？李大阳悔恨，李大阳愧羞。悔恨和愧羞，如噼里啪啦的耳刮子掴到了他脸上，如扑扑通通的乱棍子打到了他身上。他满面火烧，暂且淡忘了王锦子。

"叔叔，俺家在去蓝田的大路旁，你在俺家借宿过。"

"借宿？哦！想起来了，是在你家住过一夜。你找我有啥事？不是来讨账的吧？我好像没欠你们的住店钱。"

"叔叔，俺是来还账的。"

"还账？"

"叔叔，你给了俺两块大洋，让俺家给俺爹买白面养病。"

"那是送给你家的，叔叔不让你家还。"

"要还的。记得那年，我问恩人家住哪里叫啥名字，你说是叫玉石匠家住涅水岸。谁知，照这个地址照这个名字找你，难找死了，幸亏今天碰上了。"

"唉！就为这两块大洋……"

李大阳回想起来了那次去陕西蓝田买玉石的种种细节，自己曾为这家的穷苦和不幸悲伤出许多辛酸，送上两块大洋，本是小事一桩，没想到……

"后来，俺爹还是死了，俺家还不了你那两块大洋，俺妈说叫我来顶账。"

"就为两块大洋，叫你个姑娘家来顶账？笑话！俺们做玉石货的人，从不趁火打劫。你回吧！我说过，那两块大洋是送给你家的，不让你家还。"

"俺妈说，俺爹是想捞不义之财，犯了天条，才得病死的。俺们不敢再犯天条了，俺妈叫俺嫁给你，还清那个账。"

"你妈是不是疯了？叫一个女娃娃为两块大洋嫁人还债，她肯定是疯了。给你说吧小姑娘，我李大阳就要奔三十岁了。"

"叔叔，你不要生气，我山里红今年快十五岁了。"

"我有老婆，我的孩娃就要出生了。"

"再添一个老婆，也不算多。"

"我看，你也疯了，快滚！"

"叔叔——"

山里红一看李大阳恼怒了，扑通一声跪倒在地，发出一声带泪的呼叫。跪地的扑通声，震颤着涅阳镇的青石板街路，带泪的呼叫声使涅阳镇的黄昏变脸失色。这些声响虽不算太大，却能传得很远。似乎如涅水春涨时的波浪，一波一波，一浪一浪，涌到几百里之外的另一座古镇。另一个古镇的街路也在震颤；另一个古镇的黄昏也在声响里变脸失色。

"回家——我要回家——"

"闺女，这里就是家！"

"闺女，爹妈在哪里，哪里就是你的家。"

荒凉日光里，王锦子跪在久长久丝绸庄的门前。她的面前，是她的爹妈；她的背后，是一辆劳累了两日两夜的马车。

从南阳城就昏迷着的王锦子，到了界首镇，到了老爹的商铺前，苏醒了。

一路上都没醒,一路上没挣扎,一路上再没有一声凄叫,直到要在一个陌生的地方下车时,她醒了。不提前,不延迟。人间的事,有时候就是古怪。

"女儿早已出嫁,玉石铺李家才是女儿的家。爹,妈,放我回家呀——"

"爹呀爹呀,妈呀妈呀! 女儿怀的孩娃就要出生了,快送女儿回家呀——"

由不得王锦子。

王启胜说:"这里是安徽省的界首镇,不是河南省的南阳城。"

王启胜说着这句话的时候,并没看王锦子,而是仰头看着他那块"久长久丝绸庄"的横匾。声音很冷,全不见前几天在南阳城时的惶恐和慌乱。

"爹呀——"王锦子抱住了王启胜的腿,流着眼泪。清楚自己早已远离家乡,这时候的王锦子,只有全力乞求了。

"昆祥,你傻站着干啥?"王启胜用衣袖拍打着长衫上的灰尘,"叫两个伙计,快把小姐抬进去。"

虽说,这时候王锦子的哭叫和乞求,与涅阳镇街上山里红这时候的哭叫和乞求,遥遥呼应,但是,产生的后果却不尽然。

"唉! 山里红啊,叔叔今儿心太烦了,脾气太暴了。快起来吧,别叫外人以为我在欺负一个外来的小姑娘。"李大阳俯身挽起了山里红,"天就要黑了,暂去俺家住一宿吧。别哭,叔叔会给你们母女俩生个好法子的。"

山里红听李大阳这么一说,她的泪眼和双膝顿时都活泼了,立马从青石板街爬起来,说:"叔叔,你真好。俺自从那一回看到你,就看出你是个好人。走,俺这就跟你去家。叔叔,俺山里人手笨脚笨,你别嫌弃,也别叫俺公婆嫌弃……"

李大阳带着山里红,走进了玉石铺李家的后小院。黄昏刚刚降临,白日的明亮还在这座小院内发挥余温。李洪方夫妇见李大阳带个漂亮女孩回来,两人脸上不约而同地爬上了纵纵横横的愉悦来。

冯氏说:"咦! 咦! 这闺女长得真好看。"

李洪方捋着胡子说:"就是。"

山里红怯怯地站着。

李大阳对爹妈介绍过山里红的来历,扭头就要进自己屋。这些天,事太多了,事太乱了,丝丝线线葛葛麻麻搅缠在一起,心累和身累如两条冷冰冰的绳索把他捆绑得难以喘息,这时候他要找个地方歇一歇。

"这就是公爹公婆吧?"

不料,没走出两步的李大阳突然听到了山里红的问话。这等问话,很不在礼数。谁是你的公婆?谁承认你是玉石铺李家的媳妇?他扭回头狠狠盯了山里红一眼。

"瞎扯个啥?"李大阳盯了山里红一眼,又训了山里红一句,就走开了。

冯氏朝着李大阳的后背也盯了一眼,说:"没一点家教,瞎长五尺多高。"

盯过李大阳,训过李大阳,冯氏就热热火火地把山里红拉到自己身边,急问:"姑娘,你说啥?你说你是俺儿媳?刚才俺听见你尊俺老两口为公婆……"

山里红怯怯地说:"是的。"

"我的乖乖呀!"冯氏一听山里红的回答,便一把拉过她,把她搂在了怀里,说,"当家的,听见没有?这俊姑娘是咱的儿媳妇。"

玉石铺李家的这个黄昏的后院里,突然热闹起来。

冯氏嚷嚷:"当家的,你还不快去和顺街买些肉菜回来!"

冯氏嚷嚷:"羞玉,还不快端盆水,招呼你嫂子洗洗!"

冯氏嚷嚷:"沉玉,和面擀面条吧!擀纯白面的!"

一家人忙碌着,黄昏的气数就尽了,天就黑了下来。

不论一家人怎么忙碌,李大阳都一个人躲在房里不露头。他想安静安静,他想厘厘头绪。涅阳的玉石匠们要吃饭,要度荒春,自己拖欠玉石匠们的钱必须马上还,这边借款借不到,偏偏又出新事:生病的锦子找不到了;弟弟重阳急需一百大洋,三天之内交不出就要被人家割掉一只耳朵;还有这个山里红……事情太多,安静不下来。事情又太乱,不知道该从哪件事去思想。他这时候极需安静,谁知他还没有从乱麻团中探出头,还没来得及进入安静,老妈就欢喜着脚步进了门。

"大阳啊,你知道重阳爱见俊俏的姑娘,你就给重阳带回这样一个俊俏姑娘做老婆。好！好好！重阳是得赶紧娶亲了。你知道吧，你的两个妹妹也都挨着要出嫁了。羞玉的婚事，早定下了，只等着你拿钱回来置办嫁妆了……羞玉出嫁前，照规矩得先把重阳和山里红的事给办了。办你弟弟妹妹的事，得花好多钱——想起来了，我问你，总统府拿走咱镇上玉石匠们的玉货，总该给钱了吧！这几天，天天都有人来要账。你今儿带回来多少钱？咱得立马给人家支些！"

老妈一进门，就有欢喜不完的话题。这些话题，归结起来，都跟"钱"字连筋。钱呀钱呀！最怕说"钱"的李大阳，偏偏处处被"钱"缠身。而现在除了"钱"之外，还得挂念王锦子和她肚腹中的孩娃。如此，怎能安静得下来？

"妈！"

李大阳忍不住自己的焦躁和不安，喊了一声"妈"，意在制止她那有头没尾的唠叨。

冯氏说："咋？嫌我话稠了？"

李大阳说："不不，不是。我是说你快去做饭。"

冯氏说："羞玉、沉玉在做，还有那个山里红也在帮着忙乎，我插不上手。"

李大阳说："那……那我出去打些酒回来。"

李大阳借口打酒，出了家门。

夜色弥漫的镇街里，除了大的商铺，或酒馆、肉馆、饭馆，挂着淡淡灯笼外，几乎处处昏暗。此种环境，比较适合李大阳想事情。

劳累了几日的李大阳，不得不接着游走。还没游走多远，他就被一声惨叫给吓倒了。

其实，这一声惨叫来自一个很远的地方。这地方，叫界首镇。

界首镇"久长久"的后院里，这时候突然乱作一团。

"我的娃呀！"王夫人在哭喊。

"老掌柜，小姐撞墙了！"程昆祥在呼喊。

"快！快！快抬她去大药堂！"王启胜急得直跺脚。

第四十一章

贺凤珍举起的手掌,茁茁壮壮又蓬蓬勃勃,贺凤珍劈下去的手掌携雷电、卷风云,既光芒万丈又惊天动地。

战争就打响了。

随着贺凤珍手掌的一举一劈,联军众将士的枪口炮口团结一致地爆发出怒吼。

长枪的子弹,朝八军团团部大院射去。

短枪的子弹,朝八军团团部大院射去。

土炮的炮火,朝八军团团部大院射去。

硝烟飞腾。

硝烟滚滚。

硝烟淹没了嵩山八军团团部,淹没了整个茅坪镇。

呐喊声,如激浪,如波涛,汹涌澎湃。

联军的枪炮和呐喊,很快就攻陷了茅坪镇,攻陷了八军团团部。

茅坪镇在燃烧。

八军团团部在崩塌。

联军的枪炮横冲直撞。

联军的大砍刀所向无敌。

贺凤珍手持双枪冲在最前边,第一个冲进了八军团团部大院,第一个冲进了团部的军务大堂。

军务大堂的桌案旁,坐着一位不惊不慌正提笔批阅案卷的人物。此人,似乎早已知道将有战争在此打响,似乎早已断定将有一位复仇人朝他走来,他表现得相当沉着,他表现得很见谋略。可恶!老鳖爬到旗杆上——为出风头不怕死!贺凤珍暗骂:"王八蛋坐到官椅上,也会摆斯文。啥叫军官?啥叫团长?不就是拦路抢劫杀人放火的刀客嘛!不就是个小小的土匪头子嘛!还不如当年那个镇平县知事周自清哩!周自清临挨我贺凤珍的砍刀时,还会念"大江东去""千古风流人物"啥的,还能看出些雅气。眼前的这个只会装腔作势,只会用笔画圈圈太拙,太俗,太没意思。杀!

贺凤珍大叫一声"胡体安",两只手中的枪同时发射。

"叭叭叭!"

"叭叭叭!"

不论这人是大清时的胡体安,还是共和时的胡体安;不论这人是谋杀自己男人张长有的罪恶之徒,还是正在谋害自己女婿李大阳的罪恶之徒,反正这时候的贺凤珍把面前这个玩斯文的人完完全全看成了胡体安,她喊叫着众人上来报仇雪恨。

这次联军出兵茅坪镇,主要目的是夺宝,是要夺回被抢劫走的八十七件玉石货,其次才是捉拿胡体安。没想到,一攻破八军团,一认清八军团团长就是胡体安,贺凤珍就顾不上思想其他了,就集中全力枪崩胡体安刀砍胡体安了。虽说,枪崩胡体安千万次砍杀胡体安千万次,怪痛快,怪解气,但是却忽略了夺宝,忽略了那八十七件玉石货。玉石货是嵩山八军团抢走的,抢走后放在哪里团长最清楚。如果不从团长那里弄明白这一点,即便联军把八军团全部枪崩了全都咔嚓了,还是一无所获。

但是,贺凤珍猛省得太晚了。

贺凤珍叫停了对团长胡体安的枪崩和刀砍,仔细寻找胡体安时却没找到一点一滴人血一丝一缕人肉,这张办理军务的桌案旁竟然空空荡荡。奇了,刚刚打进来时,明明看到一位提笔人坐在团长座椅上,明明看清了这人的右腮上有一块人嘴样的伤疤,明明断定这人就是当年的胡体安,这时候咋连个小小的影子都没有了?这咋可能?难道是在枪崩和刀砍里灰飞烟灭了?难道是自己复仇心切,儿女和众将士复仇心切,都看花了眼?难道桌案前根本就没坐着那个原本叫胡体安的江二毛?

贺凤珍生疑了。

贺凤珍问黑子铁匠丁:"丁兄,难道——"

铁匠丁早就不能容忍贺凤珍的行为,只是自己无力阻止。联军明明是中了八军团的圈套,钻进了江二毛的计谋里,贺凤珍硬是不相信,硬要发出进攻命令。冲进军务大堂后,明明是内里空无一人,贺凤珍偏说桌案旁坐着个团长江二毛;偏说坐着的江二毛就是当年的胡体安。面前明明没有江二毛也没有胡体安,贺凤珍偏要联军全体将士都朝那个空荡荡的地方动枪动刀。铁匠丁多次要求撤离,贺凤珍均置之不理。铁匠丁这时候才发现,曾被自己和众家兄弟无比热爱无比崇拜的贺凤珍,已经成为极度疯狂失性的人。

铁匠丁叹了口气:"唉!大当家的,你是玩美了,可,咱们这支队伍也该被灭了。"

铁匠丁的叹气,低沉而凄凉,像是从堆满冰雪的山沟沟里刮来的风,听了让人颤抖。

贺凤珍心头一冷:"不可能!丁兄,这不可能!"

这不是可能不可能的事。干战争,干征杀,贺凤珍如今绝对不如铁匠丁。铁匠丁这些年,跟着干战争干征杀的行家吴桐庆,从战争中学会战争,从征杀中学会杀人,增长出不少战争才干。而贺凤珍这些年一直游走在山野小道上,压根儿看不到千军万马杀千军万马的场面,压根儿就不懂所谓的谋略。

不管贺凤珍相信不相信,现实已容不得铁匠丁黑子去耐心劝导她了。

铁匠丁转身朝着众将士唰地一下竖直了双眉。

铁匠丁:"黄瓜!"

黄瓜:"到!"

铁匠丁:"老羊角!"

老羊角:"到!"

铁匠丁:"今日必有一场血战,你们二人务必跟着我杀在最前头。宁可前进一步死,不可后退半步生。"

黄瓜、老羊角:"紧跟大哥,宁可前进一步死,不可后退半步生。"

黄瓜和老羊角的双眉,也都唰地一下竖直了。

铁匠丁:"张大刀!"

张大刀:"到!"

铁匠丁:"张二刀!"

张二刀:"到!"

铁匠丁:"你们兄弟俩紧随黄瓜、老羊角之后,咱们五人组成敢死队,冒着枪炮,为联军杀出一条血路!"

张大刀:"服从团长命令! 拼死杀敌!"

张二刀:"服从团长命令! 拼死杀敌!"

张大刀和张二刀的双眉,也唰地竖直了。

铁匠丁:"张刀花!"

张刀花:"丁伯你说!"

铁匠丁:"你从血战开始,只做好一件事——保护好你妈,保护好咱们的司令。"

张刀花:"是,听从丁伯的!"

张刀花走近贺凤珍,挽住了她的胳膊。

黑子铁匠丁交代罢这些,就举起大刀,从众将士面前走了过去。他的身后,紧跟着黄瓜和老羊角。黄瓜和老羊角的身后,紧跟着张大刀和张二刀。黄瓜、老羊角、张大刀、张二刀,也都举着大刀。再后面,是联军众将士。大家都无言,竖着眉挺进……

贺凤珍朝着铁匠丁走去。

"这不可能! 丁兄,这不可……"

贺凤珍认为铁匠丁是在弄玄虚,是在瞎咋呼。自己所带领的联军仅是一时入了迷阵,绝不是陷入了被灭的境地。

轰——

就在贺凤珍对着黑子铁匠丁喊话的时候,茅坪南山上突然发出了炮声,首先把她的口舌打蒙了。

轰——

紧接,茅坪的东山上,又传出炮声。

轰——

再紧接,茅坪的北山上,也有炮声。

每一声炮响,都在山山岭岭间回荡。一时间,茅坪镇被震得嗦嗦发抖。

贺凤珍两眼一黑,差一点儿栽倒。

果然不出铁匠丁所料,联军真的跳进了陷阱里。

随着南山、东山、北山炮声之后,进军号声、呐喊声、枪声,一并奔泻而出。

铁匠丁大喊:"弟兄们,杀出茅坪镇,杀向鲁山关!"

联军众将士在铁匠丁的带领下,拼命朝着茅坪镇西边的茅坪关口冲去。

此时的茅坪口,已不再是联军刚开进时的那种宽松气氛了,早摆上了重兵,早摆上了重火器,正等待着打一场堵截战。

枪炮声,响起来了。

喊杀声,响起来了。

满世界都是枪炮声。

满世界都是喊杀声。

枪炮声和喊杀声,响得很远很远……

枪炮声和喊杀声,好像是响到了开封城一家大酒店的一张酒宴桌上。坐在宴席前的江二毛,这时候正在嚼一块牛鞭肉,正为嚼不烂而苦恼的他突然兴奋了。他用兴奋的手指,急不可待地从口中拉出那块与牙齿难舍难分的牛鞭肉,忽地站起身,碰响了脚后跟,隆重地行了一个很有力量的军礼。

"报告总司令,我听到了杀人声。"

被江二毛尊为总司令的刘致,这时候正在细品一道叫作"人之初"的羹汤。因这汤味太鲜太美,太能惹人孜孜以求,所以他顾不上去关注江二毛的报告。

"报告总司令,我听到我的八军团在茅坪开刀了。"

刘致把一勺汤送到自己嘴边,却没有喝,拿眼皮朝江二毛翻了翻,说:

"大惊小怪！拉杆子整队伍,不去杀人,还有何用?"

江二毛又碰响了脚跟,隆重地行了一个军礼。

江二毛说:"报告总司令,我的八军团杀的是宛西联军,杀的是……"

刘致"嗞"的一声喝下了这勺汤。

刘致说:"坐下,坐下。这里是大酒店,不是军帐,不是白虎堂。你把事儿弄轻松点儿。"

江二毛立马放下了挺直的腰身,堆满了一脸蛤蟆笑。

江二毛说:"那是,那是。总司令,那个宛西联军,是来替李大阳讨要那八十七件玉石货的。那还不是白白来找刀子挨?"

刘致说:"哪八十七件玉石货?今天这个'人之初',可真是做到位了。来来来,都尝尝,都尝尝。我说夅章贤弟,你也不要闲着,喝呀!"

牛夅章说:"喝喝!咋不喝?听说这'人之初'喝多了,就修仙成佛了。古人云,人之初性本善。杀人魔王只要多喝了这'人之初',能一边杀人,一边当佛爷。"

刘致说:"怪不得从古至今的当官人,都喜欢喝'人之初'。嗯,有道理。当官的人,谁都免不了杀人,可谁都想得道成仙。"

江二毛说:"叫我也尝尝这'人之初'。报告总司令,俺们做下级军官的,只会吃着牛鞭杀人,没有想过喝着'人之初'杀人,能杀出更高层次更高境界。得知晚了,得知晚了。这汤就是好喝,就是带点儿人肉香。"

牛夅章说:"你算是蒙对了。这道汤,是用同日同时刚落地的一男婴和一女婴,与十八种名贵药材,一并放进一口大铁锅里,用文火烧半个时辰。然后,加入人奶,再用文火烧半个时辰。"

牛夅章接着说:"二毛子,总司令喝这汤是喝馋嘴了,你再叫店家上一份。说不了咱总司令喝了,日后会坐到总统宝座上成为佛爷的。"

江二毛说:"那是那是,还得再上一道'人之初'。这一道,如不能叫二位长官满足,那就再上第三道。"

牛夅章说:"你是该这样,弄那八十七件玉石货那一仗,并不是凭你的本领得手的,而是本人事先设计好的。"

刘致说:"八十七件玉石货是啥案?你们细说说,叫我明白明白。"

江二毛说:"报告总司令,当初拦截那批玉石货,是河南军政府提供的情报,又是直接执行您总司令的命令,才顺利完成了这项重大军事行动。"

刘致说:"军政府提供情报了?我下达命令了?免章贤弟,这是从哪儿说起的事?"

牛免章说:"怪不得你二毛长了一张蛤蟆嘴,净知道胡呱呱。谁告诉你那情报是军政府提供的?谁告诉你那命令是总司令下的?你是不是在有意搅浑水?有意把矛头向上引?有意往军政府、往总司令身上泼脏水?"

江二毛说:"卑职有罪,卑职是蛤蟆嘴胡呱呱。卑职打自己的蛤蟆嘴,卑职给二位大人跪下磕头了。"

刘致说:"起来说话,起来说话。我并没指责你,我只是随便问问。"

牛免章说:"起来起来,别趴地上装死蛤蟆。给你说清楚,玉器一案,军政府和刘总司令一概不知。古人云,不知就是不知,不能强说知。"

江二毛说:"军政府一概不知,总司令一概不知。"

牛免章说:"实给你说,那次是我假借军政府和刘总司令名义传的圣旨,过错在我,你不必害怕。再给你实说一点,那天你朝我开的那一枪,真准。从这一点讲,是应该给你讨要个军功章的。"

江二毛说:"卑职有罪,罪大恶极!长官长官,你崩了我吧!"

牛免章说:"你怎又跪下了?你看你这二毛子!我为啥要崩你?我有啥理由崩你?你朝我开那一枪,是我事前给你交代过的,是我叫你朝我开的。我叫你只破我皮肉,不能要我性命,结果你做得不差分毫,只给我一条胳膊钻了个血洞洞。这样好啊,古人云——算了算了,就不说那古人云了。我是说,有了你的这一枪,南阳的李大阳和王锦子,就不会对我这个假冒的诸葛先生产生怀疑了。由此说,我怎能不给你讨个军功章?"

江二毛说:"谢牛大人栽培,谢牛大人重用。我二毛子,给刘总司令磕头谢罪了,给牛大人磕头谢罪了。"

刘致说:"其他人的东西都能抢,就是玉石匠们的东西不能抢。古来的玉石匠,都讲究道德,都讲究礼仪,特别是涅阳的玉石匠。我说免章贤弟,如果那八十七件玉石货,是涅阳玉石匠们的,还是还给人家的好。"

牛免章说:"二毛子,你听听咱们刘总司令说的话。"

江二毛说："听到了,听到了!刘总司令是英明伟大的司令,是洋骡子汽车的方向盘。"

刘致说："不要瞎吹捧了。你这种吹法,只有疯子才喜欢听。"

牛奂章说："我看你二毛子是患了神经病了,我问你,那八十七件玉石货如今放在何处?"

江二毛说："牛、牛大人你的意思是……?"

牛奂章说："这意思很直白,就是你不能独吞那八十七件玉石货。古人云,见见面,分一半。不说让你分给我一半了,至少得叫我饱饱眼福吧!"

江二毛说："你、你、你……当时,是、是大人你带、带走那辆装玉石货的汽车的,卑、卑职怎知道、大人你给放、放到哪里了?"

牛奂章说："好呀!你小子真是想独吞那些货呀?我当时挨了你那一枪,疼死过去大半天才醒过来。你叫刘总司令评断评断,我一个昏过去的人,有啥能耐把那车货弄走?"

江二毛说："你……你……"

牛奂章说："怎么?刘总司令一说要把玉石货退还给人家,你可就操心耍赖了?不行!你今天要不把那些货交出来,我牛奂章是不会放过你的。"

江二毛说："你……你……"

吧唧——

江二毛朝牛奂章说了好多个"你",然后就不说了,就跟从天上扔下的一只癞蛤蟆一样,"吧唧"一声摔倒在地。

这场酒宴,开始的气氛还是比较愉快的。江二毛一边嚼着牛鞭,一边听着鲁山关那边的枪炮声。喝着"人之初",几个人还议论些其中的禅意,可谓热火朝天。而现在,不行了。江二毛倒在地上后,口吐白沫,脸放紫青,两只蛤蟆眼瞪出些死光。牛奂章走过去,踢了踢半死不活的江二毛。

牛奂章说："就你这厾包样儿,真不知你能杀人劫路,真想不到你能干到团长的位置上。"

江二毛气呼呼地鼓着蛤蟆肚,一鼓又一鼓,一鼓连一鼓。鼓着鼓着,就鼓出了成群结队的腥臊和恶臭。

牛奂章掏出手绢,捂住了自己的鼻头。

刘致问牛夯章："啥味道?"

牛夯章说："这蛤蟆嘴屙裤子尿裤子了,咋处置?"

刘致说："叫人把他拖出去。我还想再喝一道'人之初',不能叫他坏了心情。"

牛夯章说："我觉得,留着这张蛤蟆嘴,要坏事。他知道咱们拦截玉石货的内情,也知道最终是我把那辆汽车带走了。他那张蛤蟆嘴如果把这些呱呱出去,会惹出麻烦的。"

刘致说："快叫人把他拖出去,我实在是受不了了。拖出去了咱再说话。"

很快,就有人把江二毛拖走了。

很快,新一道"人之初"端上来了。

喝着"人之初",刘致和牛夯章闻不到几百里外的硝烟味,看不到茅坪镇战场上的暴烈和残酷。至于被拖走的江二毛,是否还能闻到或者听到,那就不得而知了。

茅坪镇那边的形势,早已陷入了十分紧张的状态。

三面山上的枪炮密密麻麻地朝联军打来,居高临下地打,联军自然应对不得,只有朝西败走。这时候的联军,已看见自己是遭了伏击,不敢恋战,只有努力突围。

茅坪镇西边的山口,一路直通鲁山关。现在的联军,正在铁匠丁黑子带领下向西杀去。

西边,虽然没有山的障碍,山口的枪炮声却比三面山上的枪炮声更凶猛、更凶恶。

铁匠丁吼叫："弟兄们,杀呀!"

黄瓜和老羊角吼叫："弟兄们,杀呀!"

张大刀和张二刀吼叫："弟兄们,杀呀!"

联军众将士吼叫："弟兄们,杀呀!"

刀光闪闪,直冲云霄,遮蔽了天日。

吼声如雷,激激荡荡,撼动着三山五岳。

铁匠丁迎着枪炮冲上去。

黄瓜和老羊角迎着枪炮冲上去。

张大刀和张二刀迎着枪炮冲上去。

联军众将士迎着枪炮冲上去。

面对联军的血肉冲击,扼守山口的八军团愈加得意忘形,愈加残酷无情。

乒乒乒……

叭叭叭……

轰轰轰……

子弹如刮大风,朝联军横扫。

显然,八军团把主力放在了这里。

显然,八军团把重火器都放在了这里。

有人中弹身亡。

看到有人中弹身亡,铁匠丁只说了一句话:"兄弟,我丁黑子顾不上你了。"说完就迎着炮火前进了。

有人被炸弹崩烂了肚子,死了。

铁匠丁也只说了一句话:"兄弟,我丁黑子顾不上你了。"说完就迎着炮火前进了。

好多联军将士中弹了,好多联军将士倒下了,铁匠丁的脚步仍然没有停歇。

流血声、枪炮声、呻吟声、吼叫声,相互交织,相互推进,声声唱响人类的野蛮与残酷,唱响生命的荒诞与悲哀。

第二道"人之初",好像比第一道更精彩,更能鼓动情绪,更能鼓动思想。

刘致说:"你刚才说啥?杀江二毛?灭江二毛的口?"

牛免章说:"其实,花重金让咱去诱骗李大阳的,据说是李大阳的岳父大人。李大阳的岳丈为报家仇,才出了这一招。"

刘致说:"这,好像听你说过。李大阳的岳丈,一次性给中原军捐了大把军费,中原军还顺便得到了八十七件精品玉石货,李大阳的岳丈不愧为革命功臣,不愧为卓越的民族工商业家。你去拉几家报馆,弄几篇文章,给这人吹乎吹乎。"

牛奂章说:"如今,最主要的还不是找报界。我觉得……"

刘致说:"奂章贤弟,你听我说。枪杆子,笔杆子,不可偏废。自从鲁山关劫案发生后,全国报界纷纷对中原军对嵩山八军团提出质疑。由此,还引得各路诸侯企图分肥。我想啊——喝汤喝汤,喝着说着——我想啊,这报界咱不能不利用。"

牛奂章说:"你说得有道理。不过,江二毛要是把内情给传出去,同党们会嘲笑咱为给一个丝绸商报家仇,不惜动用军队动用特工,太失咱面子。再就是,那八十七件玉石货,都是国宝呀!特别是那件'道德经的胡子',据说能换半壁江山。假如,各路诸侯了解了这一点,还不都朝咱发动夺宝之战? 如是这样……"

刘致说:"明白了,贤弟你不要多说了。喝汤喝汤,喝了这道'人之初'你就去封口。江二毛那张嘴,我早就烦透了。"

余下的时光,刘致和牛奂章全心全意地进入了对"人之初"的品鉴和体悟之中。

很快,刘致和牛奂章就有点儿飘飘然了,就有了成仙成佛的感觉。

这时候的茅坪镇,流血在前赴后继,死亡在前赴后继。

第四十二章

　　嵩山八军团埋伏在西山口的火力太猛,联军突破不了,又死伤严重,黑子铁匠丁不得不下令众将士退回茅坪镇街。

　　茅坪镇街有房舍,可躲避枪炮,也可临时休整。

　　八军团看联军退回去了,自家的枪炮也都歇了。退回到镇街的联军众将士都突然口渴肚饥了,忙碌着解决吃喝事宜。

　　贺凤珍对黑子铁匠丁说:"叫弟兄们吃饱喝足,再好好睡一觉,待夜半三更天,咱再率部杀出。"

　　黑子铁匠丁说:"我也是这么想的,但愿这次能成功。"

　　王锦子的撞墙,扰了界首镇王启胜的庆祝宴,也惊动了涅阳镇,惊动了正在街上游走的李大阳。王锦子到底遭遇了什么?

　　自打王锦子被伙计们抬到房内,王夫人一直守候在她身边,不停地劝解她。

　　"锦子呀!你们兄弟姐妹好几个,我和你老爹最喜欢的是你,最疼爱的是你。你们兄弟姐妹几个,吃妈的奶水,都没吃到过三岁,我叫你拱我怀里吃到五岁。平日里,有啥好吃的东西,都由着你吃;有啥好的衣料,都由着你穿戴。你长得端庄、水灵,嘴巴又巧,实指望你长大了找个好婆家,上马金下马银,山珍野味吃不尽绫罗绸缎穿不尽,一辈子荣华富贵享不尽。谁也没想到,你叫一个穷玉石匠给勾引……"

"妈呀!你送女儿回南阳吧!"

"回南阳做啥?去跟着李大阳过苦日子?去跟着李大阳坐监牢?你嫁余大愚那回,要不是他们玉石铺李家从中捣乱,你咋能新婚夜出逃?要不是玉石铺李家勾引张家强盗,跟镇平城作对,咋能把咱王家逼得有家不能回?闺女呀,那些年,你老爹站在咱家门口跺一脚,涅阳镇四门城楼都摇晃;你老爹站在咱家门口喊声'来人',就能把镇长吴世忠给喊来。咱王家跟他们李家结有仇恨,咱迟早要报的……"

"妈呀!我已是李大阳的人了,我不能离开大阳啊!"

"那年,我和你爹夜半三更天从涅阳镇跑出来,跑了好几个地方,最后才落脚到这里。眼下,咱们这'久长久'丝绸庄的买卖,做得可红火了。咱一个月的进项,比玉石铺李家十年挣的还要多。玉石铺李家穷死了,穷十八辈子了,你咋能看上他们家?那个李大阳哩,打小就不好好念书,不考功名,不学生意,没一点儿本领,只知道混时光。你跟着他,有啥活头儿?这且不说,他去年又犯上了官司,官府正拿他哩,你再去南阳干啥?去往穷坑里跳?去往火坑里栽?"

"妈你送我回去吧!千不念万不念,你该念及我肚子里的孩娃吧!"

"就是念及这个没出生的孩娃,我才不放你回南阳。这孩娃,不管是男娃还是女娃,都是我的外孙呀,我不能叫这孩娃一生下来就在李家过那吃不饱穿不暖的日子,不能再叫玉石铺李家把这孩养成个叫花子。我要把孩娃放在蜜糖罐里泡大,我要给这孩娃请个教书先生,教这孩娃念书写文章,把这孩娃教成个状元郎,教成个大官爷。锦子呀!你老爹说了,要把'久长久'这份家当交给你。叫你跟咱货运经理昆祥继承下去。昆祥你见过,就是去年冬天拿着你小时候戴的银牌子,去南阳找你的那个。这人,头脑瓜子可活泛了,做买卖可精通了。等你把这孩娃生下来,咱办几桌酒席,把你嫁给他……"

"妈你说啥?"

"'久长久'这份家业都给你,叫你嫁给昆祥,一辈子摆脱李大阳。"

"妈你真的这样想?"

"都是为你着想。"

"我爹也是这样打算?"

"你爹是为你好。"

"你不是我亲妈,爹不是我亲爹。快放开我,你们管不了我!"

一直屈从在床上,一直乞求王夫人的王锦子挣扎着坐了起来,厉声厉色地表达着她的抗拒。她的精力突然回升了,她的身子突然强壮了。

王夫人:"你往哪儿去?"

王锦子:"你管不了我!"

王夫人:"就你这样的身子,你还想去南阳?"

王锦子:"你管不了我!"

王夫人:"娃呀,你别任性,我不会让你走的。"

王锦子:"你管不了我!"

王夫人拖住了王锦子的一条胳膊。

王锦子一硬胳膊:"放开我!"

王夫人把王锦子的胳膊抱得更紧了。

王夫人说:"我的闺女呀,别拗了! 我放开你,你也走不脱。这里不是南阳玲珑阁,这里是界首'久长久'。"

王锦子质问:"你放手不放手?"

王夫人说:"我咋能放开你呀闺女,我咋能叫你往深坑里跳呀!"

王锦子又质问:"你放手不放手? 你是想看着我死?"

王夫人说:"看你说的啥话? 现今,你想死都由不得你!"

王锦子气得嘴唇哆嗦:"你、你、你……"

王锦子从小就是个执拗的人,固执起来,撞倒南墙不拐弯。在母女俩言来言去中,王锦子的固执之火烧急了。王锦子真的一挺身,挣脱了王夫人的控制,一头朝墙上撞去。

这一撞,王锦子就头破血流,不省人事了。

"久长久"的庆贺酒宴,也就立马凋零了,也就立马荒废了。

就在"久长久"这边慌慌乱乱时，李大阳懦弱和无奈的脚步，渐渐地愉快了，他看到自家窗口的灯光了。进了家，李大阳看到饭桌上已摆了几个菜，大家正在等他。灯火点得很亮，红彤彤地映照着一家人的欢天喜地。山里红嘴巴巧，一句一个"公爹"，一句一个"公婆"。叫着叫着，干脆是一句一个"爹"一句一个"妈"。直叫得李洪方的山羊胡子一撅一撅地喜笑颜开；直叫得冯氏的满面皱褶一嘟噜一嘟噜地兴高采烈。羞玉和沉玉也不时"嫂子嫂子"地呼唤，逗出些嘻嘻哈哈来。这气氛，值得珍惜。

冯氏问："大阳，你打的酒哩？还不拿来跟你爹喝两盅。"

李大阳一拍脑瓜子："刚才摔了一跟头，把这事给摔忘了。"

李洪方说："那个那个，幸好我刚才买菜顺便打回来一斤。羞玉，你拿酒壶酒盅来。"

一家人围一起，吃着喝着，说着高兴事，都很开心。李大阳开始也比较开心，喝下几盅后，突然想起了王锦子。想到了王锦子，便有大堆大堆的烦恼。烦恼一上心头，他就有些坐不住了。他连喝几盅后，说："爹，妈，我今夜还得走南阳。一会儿，给我烙两个油璇馍做干粮。"正高兴间，听到李大阳要连夜去南阳，李洪方和冯氏突然发愣了。

李洪方木呆着山羊胡子："你、你、你不是那个那个才从南阳回来？"

冯氏挺起了满面皱褶："是不是有事啊？"

就是啊，刚从南阳城回来，还没坐热板凳哩，咋又要去南阳了，忙的啥？咋解释？咋说得清楚？说王锦子重病了，说怀着孩娃的王锦子被她亲爹亲妈给弄得不知去向了，这不是跑回来给自家添乱嘛！不行，不能这么说。李大阳又连连喝了两盅酒，说："是这样——"

咋编这个假话呢？李大阳编瞎话没经验。

李大阳的脑子在努力运转，然后说："哦，是这样——哦，不是要给羞玉置办嫁妆吗？置办嫁妆需要钱，这笔钱得去南阳城取啊！"李大阳编得很在理，让老爹老妈、羞玉和沉玉听了心里都美滋滋、热烘烘的。

李洪方笑笑说："不急不急，办嫁妆也不是一两天就能办成的事。"

冯氏也笑笑："我还以为南阳城要塌天了，叫你连夜赶去拿杠子顶哩！

要只为这点儿事,你歇两天再说。"

羞玉、沉玉都嘲笑他做事不沉气,连山里红也埋怨他说:"我刚找到家你就要走,是不是嫌弃我了?"

李大阳也觉得为办个嫁妆就连夜走南阳的理由不够硬实,于是又说:"主要还不是为办嫁妆取钱,主要的是,咱拿玉石货的那些匠人等着买米面度春荒啊!"

他这么一说,就都一时无话了。是啊!办嫁妆事小,玉石匠们吃饭事大呀!李洪方咂了一口酒,似是有意又似是无意地问了一句:"是不是总统府给钱了?"

这一问虽说声调平淡,倒让李大阳难受起来,如同挨了当头一棒。平日,李大阳最害怕老爹老妈问到这笔款项。

得生个法子应承过去。

李大阳点了点头。

李洪方惊喜:"真是总统府给钱了?给了多少?"

李大阳赶快夹了块牛肉塞嘴里:"唔……哦……和顺街的腱子肉越来越不如以前了。"

李洪方又问:"给了多少?够咱本钱不够?"

真不好回答呀!万一老爹高兴了,要亲眼看看银票咋办?

哪儿来的银票?就连要去寻找王锦子,因为无钱进饭铺还得自带干粮馍。李大阳暗暗悲伤,自己的苦处自己受啊!

李洪方说:"咱玉石匠有个规矩,只捞个本钱,再赚几个工钱。多的咱不要。往少处说,他们总统府不得给个两千大洋?"

李大阳点点头:"是给两千。"

刚刚点罢头,刚谎称罢是两千,李大阳紧跟着再一次点头。并且,这又一次点头,点得兴致勃勃,点得信心十足。

李大阳说:"第一笔是给两千。"

他突然想起来,这时的口袋里正好装着一张两千的银票。

这是一张李大阳压根儿就不愿动用的银票,正因为不愿动用,因此就没把它放在心上。他知道这张银票是锦子爹妈带走锦子时放桌子上的,因为银票的落款处签着王启胜的大名。王启胜为啥要留下两千银票,不明其意。不明不白的钱,不能沾染,不能花。再就是,丝绸庄王家历来瞧不起玉石铺李家,历来都认为玉石铺李家穷。他们宁让锦子去做姨太太,也不愿让锦子嫁到玉石铺李家做正房媳妇。这一点非常可恶,李大阳十八辈子都不会忘。不管我李大阳如今怎么破败,怎么挨乱蜂蜇头,可我李大阳的刚强是丢不得的。我李大阳即便沦为讨要吃喝的叫花子,也不会把要饭碗伸到王家的门口。由此说,这两千大洋,他是绝对不会动用的。

不过,现在的李大阳,倒是把这张银票很随便地掏了出来,递给老爹看。

李洪方把银票推了过去:"那你今夜就去南阳城吧,玉石匠们吃饭要紧啊!"

吃了饭,李大阳就要动身去南阳,他已决定动用这两千大洋救目前的急。

李大阳走进了黑洞洞的夜里。

李大阳走进了黑洞洞的夜里,茅坪镇那边的联军也在这个黑洞洞的夜里朝西山口发动了又一次突围。双方激战一夜,直到天亮,联军又一次败退。待联军退回到镇街时,太阳已经在东山顶光芒万丈了。光芒万丈下,镇街上横七竖八躺满了将士们劳累的身体。贺凤珍不忍多看这些场景,她满含泪水走到遍体鳞伤的黑子铁匠丁身边。

"丁兄,咱们完了,咱们的联军要困死茅坪了。"

黑子铁匠丁长叹了一声:"唉——"

一声黑洞洞的长叹,很快就在光芒万丈的阳光下黯淡了。

第四十三章

黑子铁匠丁的一声长叹，跌落在光芒万丈的阳光下。

那声长叹，如一缕来自昨天的烟雾，很快就被日光烤焦了。

贺凤珍两眼含泪："丁兄，你说话呀！"

黑子铁匠丁两眼垂泪："大当家的，我是无能为力了。"

贺凤珍焦急着热泪："不能这样，咱们不能困死在这里，不能不能！"

黑子铁匠丁没有回应贺凤珍的话。

这时候的黑子铁匠丁，正为联军目前的严峻处境痛断肝肠，痛烂心脾。

当年的豹子滩好汉，是多么威风啊！但，就在这一战里，全部弟兄，还有来援手的各种好汉，都被搬到这死亡谷里等死了。

贺凤珍说："丁兄，是我报仇心切，夺回被抢的玉石货心切，才做出这等蠢事。"

黑子铁匠丁说："大当家的，现下说这没用了。"

太阳龙腾飞的那个上午，随着贺凤珍的那一下挥手，联军就一步一步朝灭亡迈进了。

贺凤珍说："困死不如战死，丁兄，今夜我带人打前阵，你断后，杀他个鱼死网破。"

黑子铁匠丁说："咱们的弹药打完了,单靠大刀片是不行的。"

贺凤珍悲切道："咱们就这么窝囊死呀?"

黑子铁匠丁叹了口气："唉! 临出征前,我给吴将军拍过电报,谎称我团正被中原军围剿,兴许他已派兵前来解救。看天意吧!"

也许,天意里不该联军全军覆没;也许,天意里不该让这场战争草草了结。就在这天上午,茅坪四方的军炊及民炊正烧着饭时,突然间炮声大震,密密麻麻的炮弹先是在西山口爆炸,接着又在南山东山北山头上爆炸,炸得地动山摇,炸得满天下都是呛鼻的硝烟。山顶上那些炊锅内的饭香给炸飞了,余下的是血腥和呻吟。

一听到四周炮响,黑子铁匠丁的精神回来了,他又一次举起了大刀。

"弟兄们,我们的大部队来了,我们的援军来了!"

"弟兄们,勒紧腰带,杀出西山口呀!"

"弟兄们,跟着我往前冲呀!"

一看到黑子铁匠丁举刀前进,黄瓜、老羊角随即举刀相随。

黄瓜喊道："西山口的白馍蒸熟了,谁先杀到谁多吃呀!"

老羊角喊道："嵩山兵的大米红枣汤熬好了,又香又甜又解渴呀!"

张大刀、张二刀举刀紧紧相随。

联军众将士纷纷举刀紧紧相随。

西山口是热腾腾的白蒸馍。

西山口是香喷喷甜滋滋的大米红枣汤。

杀到西山口,吃蒸馍喝米汤。

所有将士的肚腹都饥渴难忍,为了这一吃,为了这一喝,他们一定会去拼命。即便,西山口八军团守军的灶锅倒塌了,白馍米汤已被吃空了,他们也要去拼命。

没白蒸馍,没红枣大米汤,就吃江二毛的肉,就喝江二毛的血!

战争把人逼急了,要吃人的。

战争本身就是吃人。

西山口的残酷厮杀又开始了。

但这时候的西山口,并没有江二毛。这时候的江二毛,正坐在一辆汽车里从开封城直奔鲁山关。也就是说,在这个上午,饥饿的联军是肯定捉拿不到江二毛的,是肯定食不了江二毛的肉饮不了江二毛的血的。

几天前,江二毛在开封城请刘致和牛免章吃"人之初"时,曾因八十七件玉器的去向一事,成了濒死之人。他是如何起死回生的呢?

问题很简单。江二毛那一日在开封城请刘致和牛免章喝"人之初"时,三人还不知鲁军已发兵中原。在这之前,鲁军吴桐庆通电过全国,要为李大阳主持正义,要讨伐中原军的嵩山八军团。鲁军的通电号召起了多军的响应。可是,通电来通电去,都没有付诸行动。开始,刘致还真有点害怕,后来也就慢慢安然了,他认为这都是瞎咋呼。令他没有想到的是,那天刚喝罢"人之初",就得知鲁军已经挥师中原了。幸亏没有秘密处决江二毛,江二毛接到了总司令召见的命令。这回被召见,再没听到有人提八十七件玉器的事。他先是听到刘致对他的一番夸奖,后由牛免章带他到一家春楼,与开封城最漂亮的姑娘缠绵了一番,最后用大卡车送他回防地。

这个上午的联军众将士,比往日更加勇猛。

驻守西山口的嵩山八军团,虽说前受联军攻击,背负鲁军打击,但他们熟悉地形,可以灵活移动。守得住就守,守不住就窜,窜到山上就与同伙会师了。他们一窜进山林,联军就算胜利了。联军一看自己胜利了,突出围困了,顾不上欢呼,就纷纷四散寻找吃喝去了。联军众将士很明白,战争打到了这一步,最紧迫的不是捉拿江二毛、胡体安,不是要冒着被饿死的危险去为李大阳夺回那八十七件玉石货。他们这时候,直接奔向各户的灶房里抢吃抢喝。

就是在这种状态下,护送江二毛的汽车气气派派地驶过了鲁山关,雄雄壮壮地走近了茅坪镇。汽车路过茅坪镇外一个村庄时,一群联军兵正在路边争吃刚从山民家里抢来的食物。他们有的往嘴里填红薯干,有的往嘴里塞麦子、玉米、豆子,有的趴在水塘边喝水。吃的是生粮食,喝的是脏水,还都吃得舍生忘死,还都喝得不顾一切。因为都吃得不要命都喝得不要命,所以江二毛坐着汽车大腔大调吵吵闹闹地走近他们时,他们看见了只当作没看见。

江二毛坐在驾驶室里,看着这群狼吞虎咽的人,觉得有点儿古怪,觉得有点儿可笑。他让汽车停下，摇下了车窗玻璃。

看到这群人，有的穿着军衣腰扎牛皮带，有的穿乡民衣衫腰间扎着棉布带子或草绳子，他就明白这些乌合之众定是贺凤珍纠集来的所谓联军。透过这群人的饿相，他还看到了自己的计谋取得了成功。

忽然，一位联军士兵丢下没啃完的红薯干，捡起一条枪朝车窗口的江二毛瞄准。

江二毛早就断定，联军是弹尽粮绝了，这时候朝他瞄准的枪口，也只是干瞪眼耍花架子。他这时候不会想到，还有人并没有放松对他的捉拿。

这时候的贺凤珍和铁匠丁黑子、张家三兄妹，还有黄瓜和老羊角，在另一个小山村。这行人粗粗糙糙地吃喝之后，坐到一起商议下一步怎么走。既然冲出了茅坪，既然困不死了，这战争还是要打下去的。俗话说逮不住奸臣不煞戏，八十七件玉石货还没找到哩，新老胡体安还没捉拿到手哩！

贺凤珍说："丁兄，你拿主意吧。我这人遇事太急躁，容易坏事。"

黑子铁匠丁说："下面的战事咋打，我得听俺鲁军长官的意思。今儿上午这一仗，咋只听见他们大炮响不见他们冲击哩？这里边，好像有意图。再就是，咱们没粮饷没弹药了，我必须以鲁军团长的身份去讨要一些。"

贺凤珍说："筹粮饷筹火药很紧要，咱就是因为这些东西准备不足，才吃了大亏。"

张大刀说："找到鲁军指挥官，不容易。他们刚刚下中原，谁知道是在哪里安营扎寨？万一，你三两天找不到不能回来，咱们这里怕会出麻烦。"

张二刀说："就是，咱们刚一冲出西山口，就都成了野骡子套不住了。这当口你这团长要是不在，咋能降得住他们？"

贺凤珍接过话："大刀、二刀说得有道理，也是实情。咱们联军这次一出兵，就先遭到一场挫败，怕是军心涣散了，怕是不易收拢了。此时节，急待你丁兄重整旗鼓呀！"

黑子铁匠丁说："大当家的，眼下的情形，我不是没看到，我也看得很清。古话说得好：兵马未动粮草先行。兵们不吃饱肚子咋上沙场？枪管子里面没弹药咋打仗？还有一点更重要，这战争下一步咋打，是必须要跟咱们的援军一起合计合计的。"

贺凤珍说:"换个人去咋样?"

张大刀说:"丁团长,你给长官写封信,我带上去找他们。"

贺凤珍说:"丁兄,我看这样吧,你留下跟我一起重整队伍。跟长官相商的事,让大刀代替你去。大刀有胆量,有心计,能把事情做好。"

张大刀说:"就让我去吧。"

黑子铁匠丁说:"要军需讨军粮是件磨嘴皮子的事,你们谁去都不行。大当家的,出了这西山口,咱们的队伍是乱套了,是有点难收拢了。不过,凡是在豹子滩吃过粮的,都不会跟咱们散心。至于那些从涅阳镇、内乡、邓县来的志愿兵,真留不住就算了,咱不能叫人家背着干粮来跟咱当长工。"

仗打到这份儿上,真正靠得住的确实只有从豹子滩下来的弟兄们。如果这支队伍只剩下豹子滩的原班人马了,贺凤珍还不是想咋指示就咋指示,想咋调动就咋调动?

贺凤珍拉住了黑子铁匠丁的手:"丁兄,还是你亲自去商讨战争的事。这事更大,其他人去真的不合适。你去吧,早去早回,咱众家弟兄都等着你。"

黑子铁匠丁带上黄瓜和老羊角就要上路了,他握了握贺凤珍的手,说:"大当家的你要保重。"说完,转身就走。

看着太阳下越走越小的黑子铁匠丁一行三人,贺凤珍突然觉得有大堆大堆的劳累和大群大群的困倦袭身。她的眼皮沉重而艰涩,轰轰隆隆的睡意大队大队奔腾而来。她突然睡着了,站着睡着了。

梦里,张长有朝她走来了。

张长有说:"凤珍,听说你捉拿到胡体安了,你真行,你真有能耐。"

张长有说:"你不要急着杀他,你叫他把勾结官府抢进京货的事说清楚,你叫他把加害我的事说清楚。"

张长有说:"凤珍,你一定要把胡体安拉到镇平城西门外处斩。斩罢,把他扔到涅水河里喂鱼虾。"

梦里,李大阳把她请到酒宴桌上。

李大阳说:"岳母大人在上,容婿儿敬你三盅。如不是你老人家挂帅出征,如不是你老人家血战沙场,我这八十七件玉石货咋能夺回来?"

李大阳说:"嵩山八军团是强盗,中原军是毛贼,你要一个不留地灭掉。"

李大阳说:"听说你老人家已把江二毛捉拿到手了,好!值得普天同庆!这家伙连玉石匠的玉石货都抢,他跟大清的胡体安没啥区别。也许,这家伙就是胡体安,你老不要对他手软,当把他千刀万剐剥皮抽筋,当把他切切剁剁煎煎炒炒做成一盘菜配酒喝。"

张长有说过了一席话就不见了,李大阳说过了一席话就走开了。都不啰唆,都很直接。

贺凤珍打个盹儿,就醒了。

贺凤珍揉了揉眼,回想回想刚才的梦中事,刚刚袭上身的劳累和困倦即刻烟消云散了。

即刻间,贺凤珍就振作了。

贺凤珍发出了命令:

"张大刀,本司令命你迅速收拢你们团的人马,拉到鲁山关驻扎!"

张大刀:"张大刀服从命令!"

"张二刀,你迅速带一连人赶往鲁山城筹集军粮。记住,照我们的规矩,凡官仓尽可拿取,凡百姓一粒米必须高价付洋。"

张二刀:"张二刀遵从母亲指教。"

"张刀花,你随我去找丁大牙、别廷芳,去慰慰从邓县、内乡来的好汉。"

张刀花:"女儿寸步不离母亲。"

收拢人马,保障军粮,是打好下仗的重要条件。没人马上战场,谁打仗?没军粮保障肚子不饥,谁去给你卖命?

就在这时,有人慌慌张张地跑到贺凤珍面前,报告说:"有辆洋骡子汽车往茅坪街那边跑去了,我看见司机房里坐着个戴大盖帽的官。"

贺凤珍"哦"了一声。

张大刀问:"佩戴的啥军衔?"

来人说:"像是个团职。"

贺凤珍问:"长相啥样?"

来人答:"猪头脸,蛤蟆嘴。那骡子车到俺们跟前立了蹄子,那蛤蟆嘴还从车窗口探出头取笑俺们。我端住枪想崩烂他,没崩成,他们就扬蹄子跑了。"

贺凤珍问:"汽车是开往茅坪街了?"

来人答:"是往茅坪街去了。"

来人走后,贺凤珍对大刀、二刀和刀花摆摆手说:"且莫急着行动,咱们都坐下来静静心,再商量商量。"

贺凤珍说:"我猜测,刚才坐汽车进茅坪街的这个军官,有可能就是嵩山八军团的团长。刀花,记不记得咱们有一次捉拿了一个嵩山兵审问,那个兵说,他们的团长叫江二毛,圆头阔脸,长着一张蛤蟆嘴。"

张刀花说:"记得记得。那个嵩山兵还招认,在鲁山关口抢劫三辆汽车那一回,就是二毛亲自带兵干的。"

张二刀说:"这肯是就是团长江二毛了,不是江二毛,谁能坐得上洋骡子汽车?"

张大刀说:"我也听说过,嵩山八军团团长叫江二毛,长着蛤蟆肚子蛤蟆嘴。"

贺凤珍说:"这样一说,那开过去的汽车里,坐的准是江二毛了。孩娃们你们想想,咱们眼下该咋整?"

张二刀说:"出刀呀! 撵到茅坪捉拿江二毛,看看江二毛跟那个胡体安是不是连着襟……"

张刀花说:"妈,只要捉拿住江二毛,就能知道那些玉石货的下落了,咱们快快杀往茅坪街吧!"

贺凤珍说:"娃们,我也有这个想法。我认为,他那八军团的兵现在还都在各个山头上,还来不及赶下山。也就是说,这时的茅坪镇是一座空城。咱们要是能快快进去,捉了江二毛再快快退出,那咱们大体上就算赢了。大刀,你说说老妈的这种想法,中不中?"

张大刀说:"可咱们已经陷进茅坪一回了,不能再中计了。再就是,咱们才冲出来。说是跳出了陷阱,可咱们现在兵困马乏,要粮没粮,要弹药没弹药,展不开身呀!"

张二刀说:"哥,古话说得好,征战沙场靠的是父子兵。那些来帮忙的,纯属骡子帮里夹头驴,混吃谷秆草的。他们都人困马乏了,叫他们滚蛋。只要有咱豹子滩的老人在,只要有咱一家人在,多虑个啥?"

张刀花说:"大哥,这时候的茅坪真的是座空城,那个江二毛真的是误进了空城。大哥,咱妈说得对,咱们真是碰上了出手的好机会。"

张大刀说:"弟、妹,你俩说得都在情理。不过,战争的事往往会出现些料想不到的变化。弟,要是咱豹子滩的老人也困乏得站不起身哩?妹,要是江二毛胆子太大,他再设下个计哩?"

张二刀说:"哥你净说些没志气的话。咱豹子滩的老人要真的是站不起身了,还有咱一家四口哩!"

张大刀说:"丁伯丁团长去找鲁军长官,商议下一步打法去了,我看咱们还是等他回来再定。"

张二刀说:"哥,你别迷信他丁团长的。他丁团长的爹,没叫胡体安陷害过,他没仇没恨的跟咱们想不到一处。"

张刀花说:"就是,丁伯家没叫江二毛抢劫过玉石货,他不会太生急。等到他回来,好机会早就错过了。"

张大刀有点生气。

张大刀说:"弟、妹,你们咋能这样说话?丁伯啥时候对咱一家生过二心?啥时候不是一心一意给咱家帮忙?当年打镇平城,这回擅自带兵来鲁山关打仗,干的都是不要命的事,他不是为了咱还是为了谁?"

张二刀说:"恩处是恩处,咱不忘。不能为了恩,啥都得顺着他。"

张刀花说:"大哥,咱不能为了记恩,坏了咱家的大事。"

张大刀仍有些生气。

张大刀说:"这是战争,不是瞎撞瞎碰的事,得有个整体盘算。"

张二刀嚷嚷:"谁瞎撞瞎碰了?都顺着他丁团长,就不瞎撞瞎碰了?"

张刀花也嚷嚷:"这咋能叫瞎撞瞎碰?这咋能叫瞎撞瞎碰?"

听着儿女们有头无尾地争来争去,贺凤珍断然一挥手,阻止了他们。

贺凤珍说:"算了算了,天色不早了,再听你们啰唆一会儿,太阳就要掉地下了。俗语说:家有千口,主事一人。现在,你们只能听我的。"

贺凤珍说:"机不可失,时不再来。现在,咱娘四个,立马再进茅坪。不带队伍,不带其他人。靠咱一家,去活捉江二毛,不得延误。"

贺凤珍说:"大刀、二刀,你们俩脱去军服,换上山民衣裳。咱们进去后要是遇上麻烦、遇上险恶事,咱们就往山林里钻。"

一家四口就上路了,再次走进了茅坪镇。

第四十四章

　　鲁军炮轰嵩山八军团的消息,很快就在上海的《时报》《新夜报》,北京的《京报》《晨报》,开封的《豫言报》《大黄河》等等各路报刊上喧嚣得刀光剑影、烽烟滚滚。紧接着,各路军的通电也纷纷扬扬热火朝天了。湘军、淮军力挺鲁军,声言要同鲁军一道为国宝被抢一案主持正义。吕梁军、苏军、徽军则站在中原军一边,指责鲁军企图借题扶植民匪,指责鲁军企图借题乱国,声言要同中原军并肩作战,坚决打退反动势力。

　　报界和军界不同。报界无炮可放,因此也放不了空炮,他们要做实在事,要做该做又必做的事。他们纷纷派记者赶往中原战场,以求获取第一手战地新闻,以求立即报道出最新动态。为了全面而又深刻地报道这次战争,他们纷纷调整版面、新增栏目。上海《时报》推出了《中原战局》,北京《晨报》推出了《关注鲁山关》,开封《大黄河》推出了《成败论英雄》,天津《天津卫报》推出了《前沿评点》等。更有意思的是,陕西的《西京报》开辟了《战地论坛》栏目,连续发表了几期《是谁领导了中原大战》的大讨论。特别有意思的是,这些论据丰富的文章,讨论来讨论去,竟把涅阳镇的李大阳论证成这场大战的真正领导人。随着《西京报》这一定论的出笼,各家报纸的记者纷纷赶往南阳城,赶往涅阳镇,寻访李大阳。很快,李大阳的名字出现在各家报纸上。玉石匠能领导战争,并不奇怪,各家报纸都是这么说的。既然各家报纸都这么说了,那就是真的了。

不论这场战争是谁领导的,世俗凡人都不会在意,李大阳本人也不会在意。

李大阳在意什么呢?

李大阳终于动用了那张两千大洋的银票。取出银洋后,先把玲珑阁前铺后院的伙计召集到一起,给每人发了三块大洋,嘱咐他们外出寻找王锦子。不只在南阳地界找,还要往南阳以外找,还要往河南省以外找。他本是要亲自去寻找的,可眼前还有几件跟寻找王锦子一样重要的事,必须由他立马处理。

打发走众位伙计,李大阳立马去找李重阳。

李大阳找到李重阳,先带李重阳去了万福酒楼和樱花楼,一共用去五十七块大洋,结清了两家的欠账。结清了两家的欠账,李重阳要李大阳再给他五十大洋。李重阳说:"哥呀哥呀,借皮蛋的钱,出的是高利息,咱拖不起,也得立马还。"

李大阳捏捏背在身上的褡裢,说:"重阳啊,哥这钱也是借的呀!哥这些日子也艰难得很呀!"

李重阳说:"哥你到底还是比我强,你还能借得来,我现在在南阳城没人敢沾惹了,没人敢借给我钱了。哥你就再给我五十个大洋吧,咱玲珑阁的男子汉,总不能腰里不塞一个钱在这南阳城混头脸吧?"

李大阳经不住弟弟的纠缠,就狠狠心掏给了他五十大洋。然后交代李重阳别胡乱跑,要好好守玲珑阁。李重阳接过一摞子银圆,心头大放光明。他拉住李大阳的手,说:"总统府的钱,不知道猴年马月才能来,哥你再去借两千大洋把杏杏赎出来,叫俺快快成婚配吧。"

李大阳听了这话,心头轰地一疼,一股子苦水奔涌而出:重阳啊重阳,你不知你哥这些日子有多难呀!哥快叫钱给难死了!这些话李大阳并没有说出口,而是努力笑了笑说:"重阳你急啥急?"

李重阳嘻嘻一笑说:"哥你是饱汉不知饿汉饥呀,哥你在家有女人守着,出门有女人跟着,远处还有个女人惦记着,哥你是不会急的。"看是一句玩笑话,倒没给李大阳逗出一点一滴的快乐。李大阳心头的疼痛反而更强烈,他急忙从李重阳手中抽出手,企图快快走离。他刚刚扭回头,哗啦!他那翻腾在肚子里的辛酸水终于夺眶而出了。

寻找王锦子的事安置过了,搭救弟弟李重阳耳朵的事也做过了。下面最急着要做的是,快快把拖欠涅阳玉石匠们的钱送回去。

回到家,李大阳给老爹数出一千五百大洋。

李大阳说:"爹,我给家里暂时留的这些钱,最紧急的是先把匠人们的工钱付清。欠人家的玉石货,也至少先给人家一大半。不论哪家的钱,都得叫人家满意。要是哪家觉得亏了,咱再多给些,因是咱已经对不住人家了。上海'万宝路'的货,也早该交付了。"

李洪方看着大堆的银洋,那撮山羊胡子顿然间一撅一撅地欢畅了。

冯氏的满面皱纹都在兴高采烈:"咦咦!咦咦咦!总统府真的给钱了?这帮人不坑百姓啊!"

李洪方捋捋山羊胡子:"我说大阳啊,这一回,兴许是总统府没顾上坑咱,兴许是要勾引咱下一回栽一个大跟头。跟总统府打这一回交道够险的了,到此为止吧。"

冯氏皱纹间的兴奋蓬蓬勃勃:"这一回只说这一回,下一回的事到下一回再说。我说大阳啊,咱家有钱了,得赶快商量着给羞玉办嫁妆,得快快择日子让羞玉嫁出去。"

李洪方说:"那是那是,重阳跟那个那个山里红的事,在后面紧催哩!"

面对着老爹老妈的欢欣,李大阳反而心酸了。

李大阳说:"爹,妈,我还有别的事,得赶去办,我还得外出。"

李大阳急着要走。

李大阳不是不愿在家多待,不是不希望跟老爹老妈在一起多说话。只是怕自己肚子里那些苦水在亲人面前冲出眼眶。

紧要事大体都安置好了,寻找王锦子就成了唯一的紧要事。李大阳要亲自去找,即便寻遍全国各地,即便找到天涯海角。

一听说李大阳又要外出,李洪方的眉开眼笑和冯氏的兴高采烈,顿然间失色了。

李洪方问:"还是往南阳去啊?"

冯氏说:"你是在南阳、涅阳之间来回耙地呀!"

李大阳说:"这一回,不是去南阳。"

这一回不去南阳去哪里?老爹老妈没追问,李大阳也没明说。如果老爹老妈要追问,他一时也不好回答。

"叔叔你是啥时候回来的?怎么又要走了?"李大阳离开玉石铺还没走多远,就见山里红匆匆赶来拦住了他的去路,"叔叔你别走,我山里红今天要嫁给你。"

李大阳似乎已经忘掉了家中还住着个叫山里红的小姑娘。此刻,他正心乱如麻:"你快滚!"

"叔叔,你生我气了?"山里红的身子在颤抖。

看到山里红害怕的样子,李大阳才意识到自己是不应该对她发脾气的。不论自己的心情怎么恶劣,毕竟山里红是从陕西来的,毕竟是玉石铺李家的客人。李大阳对山里红笑了笑,说:"叔叔这段日子忙得火烧心,说话没个掂量,你别在意。"说着,他从褡裢里取出两块大洋,递给山里红,"快回你们老家吧,好好跟你妈在一起。"山里红没有接,他又掏出十块,连同那两块一并塞到山里红怀里,"这十块,是给你们家的帮衬,你招个上门女婿好好奔日子。"

"叔叔,我是来还账的,我一定要嫁给你——"

不听山里红在背后的喊叫,李大阳坚定着脚步,朝前方走去。

前方在哪里?往哪里走?

"锦子姐,你在哪里?"

李大阳不会想到,他的锦子姐已不省人事好几日了。

那一夜,王锦子被送到大药堂急救,虽说是保住了命,虽说是止住了血,但她一直处于昏迷之中。王夫人昼夜守在她身旁,时而给她灌些面汤水,时而对着她默默流泪。老爹王启胜也一日几次来瞧看她的病情,并且让程昆祥专程从省城请来西药医生,给她注射了洋药水为她买了洋药片。但是,老爹老妈一直没有看到她睁开眼,一直没有看到她坐起身。

李大阳几经犹豫,搭上一条木船南下了。他要搭木船到汲滩,再从汲滩换洋轮去汉口。王启胜在汉口开有大铺子,兴许这些年王启胜就藏在那里;兴许王启胜老两口把病着的锦子带往汉口了。如果在汉口找不到王启胜和王锦子,他就去西安。西安也找不到,他就去北京、去保定府……但凡王启胜开有铺子的地方,但凡跟王启胜有瓜葛的地方,他都要去找,直到找见为止。

这日晚,木船在一座小镇停泊,在这座小镇客店里歇息的李大阳,刚刚睡下就做了一个梦。梦里,他找到了锦子,锦子喜气洋洋地说:"没想到你会千里迢迢赶到这里。"他说:"我找你找了九州十八府,这一回总算找到你了。"王锦子说:"我还以为,那天你没逃出南阳城就叫官府给逮去了。"他说:"咋能叫逮去哩!天亮时我回咱玲珑阁,找不见你,伙计说你生病了,被你亲爹亲妈送医药堂了。"王锦子笑了:"看你脑子笨的!啥都相信,我那是给咱生孩娃去了。"他一听,高兴得一跳三尺高:"孩娃哩? 咱孩娃哩?"王锦子又笑笑:"你看你,你看你,我怀里抱着的就是咱孩娃呀!"他又一看,王锦子怀里果真抱着个孩娃,他赶快接过来,双手举到自己眼前。他正要朝孩娃亲下去,孩娃突然从他的双手间不见了。他惊问:"锦子姐,咱的孩娃哩?"王锦子一看找不到孩娃了,便惊恐万分,急得大哭大叫:"孩娃呀,你在哪里? 孩娃呀,你在哪里?"他倒没有大喊大叫,却也急出了一身冷汗。

而这一夜,远在界首镇"久长久"后院的王夫人,并没有做梦,但她听到了一声呼叫:"孩娃呀你在哪里?"疑是锦子的声音,她赶忙掌灯往女儿的身边坐。油灯下,她看到王锦子蜡黄了几日的面色突见红润了,且有两行泪流进了她的左右鬓发。肯定是锦子的呼叫,肯定是锦子在做梦,肯定是锦子在说梦话,是锦子从昏迷中直接走进了梦境。

"锦子锦子!"

喜从天降,锦子从死路中回过了头,锦子从死与活的关口转过了身,王夫人高兴了。几日间难得高兴,突然高兴了,竟让她高兴出许多泪水。她小心推了推王锦子,轻轻呼唤着王锦子。

"锦子锦子!"

不见女儿启唇,听不到女儿的回应。

"妈,我在这儿呢!"

"孩娃呀,我怎么看不到你。"

"妈,我在你肚子里呢!"

"快快出来吧,乖娃。"

等待女儿回应的王夫人,倒意外听到了另一个声音。细听,是未出生的孩娃与其母亲的会话。

"孩儿害怕尘世,孩儿不敢走出去。"

"害怕尘世的啥?"

"尘世太野蛮,太恶劣。"

"别害怕孩娃,尘世里有你爹,有你妈,你爹你妈会保护你的。"

这孩娃的声音有点儿耳熟,王夫人记得她在南阳城的那一夜似乎就听到过。那一夜,这个声音在喊妈,在锦子的肚子里喊妈。很明显,这是自己没出生的外孙,在跟自己的女儿锦子说话。

外孙没生出来就会在娘肚子里说话,太不一般。这样的孩娃生出来后,是好,是坏,难料;是吉,是凶,难卜。难料的事,不料;难卜的事,不卜。这时候的王夫人,只顾倾听这对母子的对话,觉得有意思,觉得很好听。

"爹妈连自己都保不了,怎能保护孩娃?"

"会有办法的,会有办法的。"

"孩儿预测出,尘世将遭遇一场又一场不可抵挡的摧毁。"

"摧毁就摧毁,咱不管。"

"将会出现一群魔鬼,杀得血流满江河。"

"你不要预测了娃,你快快出世吧! 如此险恶的世界,你妈害怕呀,你爹害怕呀,你不能不帮你妈呀! 你不能不帮你爹呀!"

王夫人听着听着就害怕了,怀疑锦子招了魔中了邪。

王夫人一害怕,掌灯的手就发抖。手一发抖,灯盏就摇晃。

摇晃着摇晃着,灯盏就跌落了,灯火就轰隆一声熄灭了。灯火一熄灭,尘世就全面地黑暗了。

"妈——"

全面的黑暗里,出乎意料地突然响起一声黑洞洞的喊叫。这声喊叫,像深秋夜的风吹雨打,让人悲切而又寒凉;像严冬夜的雪落和冰结,逼人颤抖而又无奈。王夫人听得出,这是外孙的喊叫。黑暗,严密而又沉厚,广大而又深远。

"妈——"

又是一声黑洞洞的喊叫。

黑暗无边无际,牢不可破。

无边的黑暗里,远在江岸小镇客店的李大阳,一梦醒来再也不能入睡。他听着江风吹夜,他听着江流拍岸,思念着不知在何方的锦子姐,也思念着正为夺回玉石货而赴汤蹈火的张刀花。

第四十五章

　　贺凤珍和儿女们再次杀进茅坪镇时,这座三面环山的镇街,早已入夜了。镇街里没人影走动,也没灯火明亮。街民和兵勇们,好像还都在山上享用着战火之后的平安和愉快。山镇依旧空着。不过,八军团团部的四周,还是有人戒备着,从团部大门到军务大堂林立着卫士。游走的哨兵和站岗的哨兵,一发现异常就哗哗啦啦地拉枪栓,厉声质问:"谁? 干什么的?"黑洞洞的枪栓声和黑洞洞的质问声,虽然充满了警惕,虽然充满了威严和震慑,但在贺凤珍和儿女们看来,却是十分虚弱。他们顺利避开了游动哨,又顺利斩杀了一个又一个岗哨。张大刀和张二刀都在大队伍里干过,熟知这些方面的技巧,他们很快就逼近了江二毛的军务大堂。

　　"江二毛!"

　　江二毛正伏案聚精会神在一张地图上,因此贺凤珍等人将他团团围住之后,他仍没有察觉。贺凤珍站在他的正前方,静静地将他再三打量。这一次,他在贺凤珍等人的眼里,并不虚幻。戴军官帽着军官衣,猪头猪脑上长着一张蛤蟆嘴,泛着一脸蛤蟆笑。贺凤珍很自信地判定,这个癞蛤蟆就是八军团团长江二毛。

　　"江二毛!"

江二毛抬起头,随口骂了句。

江二毛极不喜欢别人直唤他的名字,极喜欢听别人尊称他为江团长或团长大人。不过,这个"别人",当然不能包括刘致。刘致如果直呼他一声江二毛,他反而感到无限荣光。现在,江二毛正坐在自己的军务大堂里办理公务,这时候刘致自然不会朝他走来,这时候朝他走来又直呼其名者,应该是他辖下的无名鼠辈。这些人直呼自己的名字,是可忍,孰不可忍!

"江二毛,快快交出你抢劫的那八十七件玉石货!"贺凤珍威严地喊了一句。

"江二毛,你睁眼看看,你的身前身后身左身右都有人对你举起大刀。"贺凤珍又威严地喊了一句。

"江二毛,你如老实配合,本司令可免你一死;你如抗拒,本司令必让你血溅大堂!"

江二毛猛然发现站在面前直呼其名的,并不是自己的下属。来人不显一点点奴才相,反而高傲,且还是个老太婆。

江二毛朝贺凤珍翻翻眼皮。

翻过几番眼皮,江二毛就判断出来人的身份了。他听说过,这次敢于对嵩山八军团发动战争的联军总司令是个老太婆;还听说过,这个老太婆在大清朝就钻山林拉队伍,打过镇平城。这老太婆厉害,江二毛感到恐惧轰轰隆隆地滚过头顶。

"老人家呀,那、那八十七件玉石货,压根儿就、就没过我江二毛的手。我江二毛是帮刘致牛奂章他们演戏。"

面临四道利刃高悬,江二毛很明智地选择了投降,选择了出卖主子。八十七件玉石货遭劫,嵩山八军团一直背着骂名,一直被全国报界抨击,但时至今日自己连看一看这些宝贝的眼福都没有。明明牛奂章当时就带走了装载玉石货的汽车,后来却还想抵赖,还跟刘致合着膀子倒打自己一耙。这些野狼,吃了人肉嚼了人骨,还想蹲到大雄宝殿里装佛爷。这样的人,咋能叫下属与其同心同德?

"你哄谁?是不是想尝尝你张二爷刀口的钝利呀!"张二刀一手持刀,一手揪住了江二毛的右耳。

"你一点儿都不老实,是不是想挨一刀?"张大刀的大刀片子在江二毛眼前明闪闪地晃动。

"叫我在这蛤蟆精的身上挖一刀,叫我先整治整治他。"张刀花的柳叶细刀,硬邦邦地顶在江二毛的后背上。

交代的本是实情,人家却不相信,人家却说在哄骗,人家要对他动刀子,江二毛的恐惧更加强烈了,哆嗦着说:"别、别这样啊,好汉爷们,我江二毛真不知那些玉石货的下落呀!"江二毛不愿挨刀,江二毛害怕挨刀,挨刀是要流血的,挨刀是要疼痛的,挨刀是要死的。江二毛不想流血不想疼痛,江二毛想好好活下去。为了讨得活命,江二毛不顾一切了,他赶忙离开桌案,跪到贺凤珍面前:"相信我江二毛的话吧,那些玉石货真是叫牛免章当即拉走了,拉得不知去向了。"江二毛给贺凤珍磕起了响头。

贺凤珍厉声喝问:"牛免章是谁,是干啥的?"

江二毛答:"牛免章是革命军的特工科长。听说他老爹是前清重臣,也是共和朝的重臣。"

贺凤珍厉声问:"照你的估计,他牛免章能把那些玉石货送到哪里?说老实话!"

江二毛答:"不论当时送到了哪里,我猜想他都跟刘致勾连着。"

贺凤珍厉声问:"刘致是谁?"

江二毛答:"刘致原来是山间毛贼,靠拦路抢劫混日子,后来觉悟了,混到革命军里当了总司令。"

贺凤珍厉声道:"你如此了解牛和刘,你肯定勾结着他们没少作恶,老实坦白。"

江二毛答:"我没跟他们勾结,是他们要利用我。大清朝时,我爹在这一带占山为王。后来共和了,东西南北都忙着抢地盘,我就在这里扛起了镇守的大旗。"

这个江二毛来头也不浅啊!父子两代都在这鲁山关横行霸道啊,好是凶恶呀!贺凤珍怒火万丈,一把抓住江二毛的衣领,往上提了提,没有提起来。江二毛跪地之相,活脱脱是只癞蛤蟆,大肚子大脊背宽头阔脸。宰了他!尘世间怎能喂养此等野货?宰!宰!既然你蛤蟆精不知道玉石货的下落,还是早早宰了好。如果八军团的人马都围上来了,宰起来就麻烦了。贺凤珍朝江二毛举起了钢刀,张大刀、张二刀、张刀花也都举起了钢刀。假若他们每人朝江二毛砍上一刀,就能将江二毛四分五裂。

四把钢刀寒光闪闪,精神振奋,等待落下。

四把钢刀在短暂的高悬中,号召起了千仇万恨。

"慢!"

就在张家兄妹的钢刀紧急落下时,贺凤珍却阻止了。

贺凤珍用脚尖踢了踢江二毛:"江二毛,抬起头来!"

江二毛仰起头看着贺凤珍:"请老人家训话。"

贺凤珍问:"你说你们父子两代,都在这鲁山关干强盗?"

江二毛答:"那是那是,按新的说法,叫干革命?"

贺凤珍问:"大清光绪年间,你爹的队伍是不是混进个叫胡体安的?"

江二毛说:"胡体安?你问胡体安干啥?你老人家跟胡体安是亲戚?"

贺凤珍说:"是亲戚。"

江二毛说:"老人家,你别蒙人。"

贺凤珍说:"本司令不蒙人。"

江二毛说:"你说你跟胡体安是亲戚,我怎不认识你?"

贺凤珍说:"你认识我不认识我事小,我要找的是胡体安。"

江二毛说:"你老人家看我像不像胡体安?"

贺凤珍说:"大胆!你竟敢在本司令面前耍戏言!"

江二毛说:"不敢在司令面前耍戏言。你老人家要认亲戚的胡体安是我爹,是我亲爹。"

贺凤珍说:"大胆,你算哪路杂种?"

江二毛说:"我不是杂种,是我亲爹当年想巴结做朝官的江家人,就叫我更名改姓成了江家儿孙。"

贺凤珍说:"这样说,一人两个爹,你还怪富足。本司令问你,你能说清楚你亲爹的长相吗?"

江二毛说:"能,咋不能?我亲爹没我富态,没我颜色白,他十多年前就挂了一脸枯皱皮。瘦,吃不胖。他爱操心,喜欢计谋事,咋吃也不会胖。他的同事们都嘲笑他,说:'胡二嘴呀胡二嘴,你一人长了俩嘴忙吃喝,怎还把你吃成个干柴狗的模样?你吃的是昧心食吧?'实给你老人家说,我爹右腮帮子上是多长了一张嘴。那是瞎长,闲凑数。别看我只长一张嘴,我到哪儿吃哪儿,吃了就长膘。去开封城,我敢去吃'人之初',一顿饭敢吃两道。"

老实坦白的江二毛,突然发现贺凤珍的气色好转多了,没有特别剧烈的千仇万恨了。于是他就放下了惊惧,就显得话稠了。

"别扯远了,你说说你亲爹胡体安如今在哪儿?"

"我爹干过镇平城的衙役头儿,听说是犯了事才来到这鲁山关入伙的。来了不到两年,他找个借口杀了原来的当家人,自称首领,在这里占山为王建立了自己的地盘。我刚说过,我爹这人会计谋事,喜欢计谋事,他看得清鲁山关这地方是个发财的地方。南来北往的客商、刀客、强盗帮、军匪帮、官匪帮,这客那帮谁不交些过路费买路钱,他就给谁找麻烦。自从我爹当上了首领,很快就暴富了。一暴富,他就想换老婆,就从上海找些洋学生换掉我妈。他说,辛辛苦苦干革命,就是为了享福……"

"江二毛,本司令问的是你亲爹胡体安如今在哪儿,你瞎扯的啥?"

"老人家呀,我刚给你说过,我爹这人会计谋事,喜欢计谋事。他当着大清国县衙头目时,就串通鲁山关的刀客帮;到鲁山关当土匪头儿时,又跟国匪军匪官匪勾搭……"

"江二毛,你给老娘绕啥弯子?你真想挨刀砍呀!孩娃们,都把砍刀举起来!"

"别这样,我这就说到我亲爹的住处了。老人家呀,你别动怒,你的杀刀搁到我脖子肉里了,你抬一抬,我这就把我亲爹的具体住处,一处一处都给你说清楚。先给你老人家说说我亲爹胡体安在开封那个家的位置——从相国寺往西,走二里半路,见一门楼……"

到处都有胡体安的家,胡体安的家多得厉害。要听江二毛讲完胡体安的所有住处不容易,日后要找到胡体安,不知要花费多少日月要走多少路程啊!逮一个胡体安都如此不易,要逮尽满天下的胡体安、逮尽满天下的狗官满天下的强盗,不知道要艰难到啥地步呀!贺凤珍突然感到无尽的劳累轰轰隆隆地上身了。

"杂种!"

贺凤珍发怒了,贺凤珍举起的刀发怒了,贺凤珍举起的大刀就要砍下去了!老胡体安们还没找到还没杀尽,这胡体安二代这胡体安三世又钻出来乱江山吃天下了,老百姓啥时候才能盼到个出头之日呀!砍!刻不容缓!但是,这时候贺凤珍的手脖子却疲软了,轰轰隆隆的劳累,使她的手脖子,使她举着的大砍刀,都失去了威风。

贺凤珍又一次调动了她的仇恨召集了她的力量,又一次让她的砍刀朝江二毛砍去。不料,这一砍仍然失败了。就在此时,大堂外的黑暗里突然射来一颗枪弹,击中了她的大刀片。

贺凤珍的大刀还没来得及落下,张大刀、张二刀和张刀花的刀也没来得及砍向江二毛,就遭到了来自黑暗里的枪弹的抗拒。

境况突变。

迅即就有一大群黑洞洞的枪口冲进大堂,围住了贺凤珍和她的儿女们。

江二毛看自己的人马杀进了大堂,他那颗紧揪的心一下子豁然开阔了。他立马从委曲求全和卑贱乞求中爬了起来,得意地说:"你们还想算计我?官二代匪二代强盗二代都不会比第一代差。"江二毛笑了笑,"嘿嘿,我就是胡体安的儿子,我就是胡体安二代,你们能怎么着我?"江二毛眨巴眨巴蛤蟆眼,从身边军人手中夺过一支枪,"给你们说清楚,大清时的劫案不能翻,这一次的玉石货案也不能追查。"江二毛黑洞洞的枪口瞪着贺凤珍,"我说不能翻就是不能翻,我说不能查就是不能查。"

"杂种!"

贺凤珍瞪着两眼,迎着江二毛黑洞洞的枪口走过去。

"杂种!"

"杂种!"

"杂种!"

张大刀、张二刀、张刀花都瞪起眼,簇拥着母亲,迎着江二毛黑洞洞的枪口走过去。

江二毛要扣扳机了,他要用手中的枪洗刷刚才跪地受审的耻辱。下午赶回茅坪,没来得及调动官兵们下山,他就大大方方坐进军务大堂,这不是有意在玩计,是他太大意了。他不相信联军中有人敢卷土重来。至于那些鲁军,他更没放在心上。多年经验告诉他,援军只不过是打打炮弹造造声势,是不会真正深陷沙场抛头颅洒热血的。就因为这些大意,他差一点儿成了刀下鬼。现在,他是恼羞成怒了,他要立即杀掉贺凤珍,他要亲手杀掉贺凤珍。杀罢贺凤珍,再杀她身边的两男一女。

"叭!"

江二毛手中的枪响了,子弹从黑洞洞的枪管射了出来。

"妈——"

就在这一刻,张刀花挺身挡住了江二毛射向母亲的子弹。张刀花惨叫一声,倒入母亲的怀抱。

"杀!"

"杀!"

张大刀张二刀不顾一切了,他们要保护好母亲,他们要保护好妹妹,他们要杀出围困。张大刀举刀一跃,击碎了挂在屋梁上的煤油吊灯,张二刀拼力挥刀乒乒乓乓砍向嵩山兵。

吊灯灭了,军务大堂顿然间漆黑一团。大堂一陷入漆黑,江二毛手中的枪就盲目不知所向了,江二毛官兵们手中的枪都寻找不到目标了。而这时候,张大刀和张二刀的砍刀却心明眼亮,一刀刀砍出的血,不是来自江二毛,就是来自江二毛的官兵。江二毛和他的官兵们,只能在混乱中挨宰了。

"大刀,你快杀出茅坪杀出鲁山关,找到你丁伯!"贺凤珍说。

"二刀,帮你哥杀出去,保住你哥的命!"贺凤珍说。

"大刀,杀胡体安,寻找八十七件玉石货的事,妈就交给你了,你拼命吧娃!"贺凤珍说。

"二刀,为给张家留条根,妈只能舍下你、舍下刀花了,你拼命吧娃!"贺凤珍说。

黑洞洞的大堂里,贺凤珍的头脑是清醒的。她明白这次是再也无望得到搭救了,是必须交代后事了。早在豹子滩时,她就给孩娃们定过规矩:复仇时如遇上生死之险,必须给张家保一条根,而且是保男不保女,必须让张家后继有人。所以,这关键时刻她的决定,孩子们是不会发出疑问的。叫生的,就往生里去;叫死的,就往死里拼。

"哥!听妈的话,你快走吧,这儿的事我顶着。"张二刀一边挥刀砍杀,一边给张大刀话别,"哥!到了清明节,记着替我给咱爹多烧些纸钱。"

"大、大哥,张家事,李家事,都、都指望你、你了。"倒在母亲怀里的张刀花强强精神,对张大刀说,"你、你快、快杀出、出去。"

张大刀知道,在这样的时刻,生比死更重要,生的责任比死的责任更为重大。

"妈!你保重!"张大刀的大刀疯狂了。

"二刀!刀花!哥去了!"张大刀一边杀一边夺路而出。

血战轰轰烈烈,一时间,整个茅坪镇响起黑洞洞的刀枪相击声,响起惨叫声。

轰轰烈烈的血战,一直持续到黎明。

第四十六章

黑洞洞之中传出的喊妈声,王锦子一直不回应。

"妈——"

又是一声喊叫。

这一声喊叫,较前大有不同。这一声喊叫,清脆明亮。

"啊——"

王锦子终于启唇了,王锦子声嘶力竭地大叫了一声。

王锦子的这声大叫,既万分痛苦,又张扬着兴奋。

"妈! 我来了!"

"我的娃呀!"

突然,房内的黑暗全面败退了。

突然,一个赤条条的男娃从王锦子肚腹中蹦了出来,随即,一轮红日从界首镇东方冉冉升起。

外孙终于出世了,一直守候在王锦子身边的王夫人,突然从吃惊和木呆中解放出来。她欢欣,她喜悦,她那禁不住的笑声喷薄而出。嘻嘻! 哈哈! 我的外孙呀! 我的锦子闺女呀! 她为外孙出世高兴,也为女儿从昏迷中醒来高兴。她大喊:"锦子爹,快来呀!"她又大喊:"锦子爹,别急着进来,快去叫人烧盆热水!"

嫩秧秧的春光在"久长久"的后院弥漫,春天的清新和早晨的鲜活一并为王启胜的"久长久"渲染着美好,一并为王启胜的"久长久"制造着勃勃生机。

正在照料外孙的王夫人,无意中发觉女儿身子一挺,僵僵地硬过去了。王夫人推了推王锦子,王锦子不动;再推,王锦子僵硬得如同顽石。王夫人突然心头一冷,伸手放在锦子的鼻孔前探了探,然后凄惨了一声:"锦子呀——"弄明白女儿不是昏迷,而是真真切切地死了,王夫人的哭叫便响声连天不休不止。王夫人哭,她刚刚出生的外孙也哭。很快,就把王启胜惊扰过来了,很快就把王启胜推进了悲喜交加的情绪中。王启胜走近床前,看了看王锦子,又瞟了一眼哇哇叫的外孙,重重跺了跺脚。跺罢了脚,就到院子里转圈子。

"这孩娃妨主,不是好东西,妖怪! 快拿镇外扔掉!"

在院子里踩着晨光转圈子的王启胜,转着转着就慢慢止步了。他抬起头,看了看天。我何曾赚过昧心钱? 我一辈子以德行事诚信待人,我何曾干过亏心事? 我一辈子干干净净,怎么总是绕不过外来的纠缠? 这些纠缠是从哪儿开始的? 想想,再想想,王启胜就想到了王锦子的婚嫁,就自然而然想到玉石铺李家,就自然而然想到李大阳。想到玉石铺李家和李大阳的可恶,王启胜就不再自责了,细追起来,原来这一切都是玉石铺李家和李大阳造成的。

王启胜进屋,抓过外孙就要往外走。

"你要干啥? 你要干啥?"

正在大哭的王夫人,挡住了王启胜的去路。

"不干啥,就是想扔掉他。"

"你疯了你疯了,这是咱锦子的骨血呀!"

"我没疯。这孩娃子是玉石铺李家的后人,是锦子给李大阳生下的杂种,是祸害。"

"你、你、你,你快把外孙还给我。"

"我不给。我刚给你说过,这孩娃妨主,跟他的老子一样妨主。我不能叫他妨死了锦子,回头再妨死咱俩。"

刚出生的孩娃,在王启胜和王夫人的争执中哇哇大哭。

哭声如雷,在"久长久"的院里回荡,在界首镇的上空滚动。

哇哇哇——

孩娃的哭叫声传得很远很远,似乎传到了好几百里之外的一座江岸小镇上。

这天早上,做了一夜梦的李大阳,离开他夜宿的那家客店,正准备登船继续南下,不经意间从东天漫卷而来的晨光里看到了一缕带有杀气的黯灰。他从这缕带有杀气的黯灰里,听到了一声接一声的哀嚎。他打了个冷战,在冷战中再也抬不起脚步。

不行,不能接着去汉口了,还是赶回家乡的好。李大阳似乎从家乡的那个方向听到了哭声,感觉家里是发生事故了。而且,他还感觉到此事故与锦子有关,与他那未出生的孩娃有关。去汉口寻找王锦子,去九州十八府寻找王锦子,固然紧迫,但他现在的回归念头很强烈。他想,一定要先赶回去看个究竟。

李大阳问船老板:"今儿这江岸,有没有北上的船?我想回涅阳,回南阳城也行。"

船老大回李大阳说:"有!那边的一只船走涅阳,另一只船走南阳。"

逆水船走得很慢很吃力,就跟老牛犁地一样,就跟推独轮车爬山坡一样。这,很让李大阳坐立不安。江风吹着两岸的峻山和林木,吹着船工们的嗨哟声和密密麻麻的日光。吹得很能调动旅人的兴致。但是这时候的李大阳却很难领受。李大阳这时候的唯一念头是快快赶到南阳城,快快看个究竟。

界首镇的王启胜老两口,从争执中逐渐达成了和解。

王夫人伤心道:"没想到咱丝绸庄王家,会在他们玉石铺李家手下败得这样惨。咱们名誉搭进去了,把锦子的命也搭进去了。这且不说,现下最当紧的是锦子的后事咋办,咱不能把锦子的尸骨扔在这外乡外地呀!"

王启胜昂昂胸:"说实话,他李洪方,他李大阳,在咱手下败得更惨,惨得子子孙孙别想翻身。咱现今有的是钱,有力量买通军政府,咱们现今想咋办他们就能咋办他们。"

王夫人道:"我是说,锦子的尸骨往哪儿埋?我是说,咱不能便宜了玉石铺李家。"

王启胜狠狠地说:"往哪儿埋?往他们玉石铺李家的祖坟里埋!咱咋能便宜他们?锦子活着是他们的人,死了要叫他们当老姑奶奶敬奉。他们是老鳖,不治他们,天地难容。"

王夫人道:"我也是这样想。锦子的尸骨给他们,埋李家的祖坟地,可咱们的外孙不能给他们,咱得把外孙养大。"

王启胜板正板正脸色:"你糊涂,咱咋能为仇家接续香火?"

王夫人道:"这不叫给玉石铺李家接续香火,咱叫咱外孙姓王,咱叫咱外孙成为王家的后人。"

王启胜一拍大腿:"妙!可行!锦子的尸骨给他们,外孙咱留下。这孩娃是在界首生的,锦子生没生孩娃,生了男还是生了女,他李家不会知道。"

话说到了一处,事情商量到了一道辙上,老两口之间的争执自然也就结束了。王启胜不再坚持要扔掉外孙,王夫人一边忙着哭锦子,一边忙着给外孙找奶水。

界首镇的太阳肥肥地升高了,光照四方了。一时间,"久长久"的气氛就春意盎然了。这时候,发生在茅坪的厮杀也停息了。茅坪的太阳,水津津地鲜亮着,水津津地俯视着镇街的安详和美丽。山上的官兵和街民先先后后回来了,军营的晨号和镇街的晨炊也都陆陆续续高扬了。这里,似乎忘掉了战争,似乎忘掉了昨日的溅血和死亡。而这时候,躺在西山口的贺凤珍,和她的儿子张二刀、女儿张刀花,却还都怒着眼目,怒出一股股不可遏制的气象。江二毛被惹怒了。他从身边一位官兵手中夺过机关枪,凶凶恶恶地对准了贺凤珍和张二刀、张刀花。

从昨夜厮杀到如今,从嵩山军团部大堂厮杀到西山口的贺凤珍三人,都已遍体鳞伤,无力站起身子。母子三人,除了头脑里清醒着千仇万恨,除了清醒自己的热血在流失,其余便无太多的生机了。他们面对一圈儿黑洞洞的枪口,发出了最后的呐喊。

贺凤珍:"杂种!俺的复仇路,不会只走到这一步,自会有人继承下去的。"

张二刀:"江二毛,你别狂,老子还会回来的!二十年后,老子又是一条好汉。"

张刀花:"杂种们,我张刀花即便进了阴世,也会在阴世招兵买马杀回来的。"

听了贺凤珍母子的最后宣言,江二毛那张蛤蟆脸倒突然兴高采烈了。

江二毛翻动翻动他的蛤蟆唇,说:"就你们这些人,还想捉拿胡体安?还想复仇?你们是鳖,是专供我们欺压的。"

江二毛说:"你们是找不到胡体安的。胡体安多得厉害。他老人家不只活在以前的大清朝廷里,不只是活在如今的共和政府里,他老人家千秋万代都在!"

江二毛说:"最后给你们说清楚,光绪年间,家父联手鲁山关好汉弄走的玉石货,最后都送给朝里的大员了;这一回的八十七件玉石货,也叫共和政府的大员们给全带走了。俺家族的优秀之处,就在于把大利让给上司。为啥要这样,这内里的学问很深,不给你们说了。"

江二毛说着这些话时,茅坪上空那轮晨起的太阳把光彩弥漫到了江二毛的枪口上和贺凤珍三人的愤怒上。

江二毛不说话了。

江二毛的蛤蟆唇翻动了两下,就扣响了手中的机关枪。

嘎嘎嘎!嘎嘎嘎!嘎嘎嘎!

枪弹在春晨的日光下,接二连三地朝着贺凤珍母子炸裂!

"杂种!"

"我杀了你!"

"太阳啊!"

这是贺凤珍和张二刀、张刀花最后的喊叫。

春天的太阳,仍然照耀着世界。

随着贺凤珍三人的战死,联军自然就四散了。随后,鲁军又一次炮击茅坪,在茅坪的山山岭岭间轰炸了一日一夜。随后,杀出重围的张大刀找到了黑子铁匠丁,纠集些兵力再次杀回。但是,鲁军的又一次炮击,铁匠丁、张大刀的再次杀回,并没有取得多大效果。江二毛射杀贺凤珍母子之后便不知去向,连他那些官兵也无了影踪。

很快,各路军的通电之战又打响了。先是刘致通电全国声讨鲁军声讨吴桐庆,接着,吕梁军和苏军通电全国要主持正义要对鲁军宣战。接着,湘军和淮军通电全国,声称要倾尽全力支持鲁军的正义之举。

报界也热闹了。不过报界的热闹,多是责问那八十七件玉石货的去向。报界除了继续谴责中原军的抢劫罪行,同时也对吕梁军和苏军的助纣为虐提出了质疑。有报撰文称:鲁军企图勾结湘军淮军争夺那八十七件玉石货。也有报撰文称:吕梁军和苏军企图跟中原军霸占并分赃那八十七件玉石货。军界的通电炮声隆隆,报界的撰文也不失炮火威力。有意思的是,军界的通电、报界的撰文,都会提及李大阳。好像,军界和报界都在为李大阳开战。好像,李大阳是他们的最高领袖,是这文武两个战场的最高统帅。李大阳对这一切却一概不知,军界的来回通电从没有通到他手中;报界撰文来撰文去,他也没机会没条件去看一眼。这些日子里,李大阳始终在艰难奔走,始终没有安闲过。

现在,李大阳搭乘的木船,终于在南阳城的白河岸码头停下来了。

李大阳直奔玲珑阁。

"锦子姐——"

"锦子姐——"

"锦子姐——"

玲珑阁里没有王锦子的回应。

问伙计:"你们找没找到锦子?"

伙计:"没有。"

赶快去找李重阳。

问重阳:"打探到你嫂子的音信了吗?"

重阳反问:"总统府的欠银,啥时候才能拉回来?"

问重阳:"你知不知你嫂子如今的下落?"

重阳反问:"我嫂子是不是假托病重,偷偷跟她亲爹亲妈去总统府拉银圆去了?"

李大阳对伙计再次交代:"快快去找锦子!"

李大阳对李重阳再次交代:"好好守住店铺,等你嫂子回来。"

李大阳回了涅阳镇去寻锦子,涅阳镇也没有王锦子的身影。

李大阳还得去外地寻锦子。

"大阳,你来看看沉玉做的这件货。"这是老爹的声音。

这些日子里,沉玉正用一块独山玉,雕琢一件老牛行走山间小道上的摆件。因是沉玉的初作,所以很能调动老爹的兴奋和自豪。

沉玉能做玉石货了,这让李大阳心情很愉快,他立即过去品鉴。

"大阳,你过来,看看给羞玉做下的这些嫁妆,气派不气派?"老妈也喊他。

妹妹羞玉的婚姻事,也是大事,不比寻找王锦子的事小。嫁妆好不好,代表着玉石铺李家对这场婚姻的态度,也代表着对羞玉的关爱程度。

嫁妆置得不错,面面俱到,应有尽有。立柜、条柜、梳妆台、桌子、椅子、箱子……摆了一屋子。另外,还有棉被、四季衣装,都花红柳绿地堆放着。要说,小镇女子的嫁妆,能置办成这样已很不错了,李大阳一一看后却挺挺胸说:"这还不够,咱要把羞玉的嫁妆置办得更气派些。钱要是不足,我褡裢里还有。"老妈说:"过几天就是羞玉出嫁的喜日子,你不能再胡跑了,得好好在家张罗了。"

是不能再外出了。家里的事,也是事,也重要,自己是李家的长子呀!爹妈都上了年岁,沉玉初学做玉货,自己是不是该腾出手教教她?羞玉要出嫁,自己不张罗,还等谁?可是,寻找王锦子也不是小事呀!"唉!"想到这里,李大阳禁不住叹了口气。

听到这声哀叹,羞玉和沉玉都有些惶惑。

羞玉惊问:"哥,你不愿意叫我出嫁?"

沉玉惊问:"哥,你不喜欢我学着做玉?"

"不不不!哥咋不愿意?哥咋不喜欢?哥是跑路跑累了。"

不能让羞玉和沉玉对自己生出半点儿失望,李大阳连忙摇了摇头,把那声不由自主的哀叹干净利索地抛远了,立马展出了满面笑颜。

羞玉笑了,羞玉说:"我知道哥是在等着送我上花轿哩!"

沉玉笑了笑,说:"不论我要做啥事,哥你都会喜欢的。"

冯氏说:"算了算了,该忙啥去忙啥吧,叫你哥好好歇歇再说。"

李洪方说:"就是就是。"

肯定是不能再外出了,李大阳想到房内歇歇。不只是歇歇身,还想歇歇心、理理思路。刚一躺上床,他的思绪就陷入对家事,特别是对羞玉出嫁这事的谋划中。

黄昏时分,李大阳的谋划仍在进行。羞玉、沉玉先后过来喊他吃饭,他都没有受到惊动,他的思绪似乎陷得很深。一道闪电突然破窗而入。随即,轰轰隆隆的雷和哗哗啦啦的雨,一并降临到了涅阳镇。

这是惊蛰后的第一声春雷,也是第一场春雨。应该说都来得及时,只是,这时候被惊醒的李大阳,突然心头一颤。

这雷,这雨,来得好像太猛烈太紧急了。

第四十七章

李大阳对于办理男婚女嫁之事,比较陌生。虽说他结过婚,可那是在南阳城办的,还都是章玲一手操办的。这次要办羞玉出嫁的事,就复杂得多。男女双方同在一个镇,婚俗一致,双方自然都熟知嫁娶礼仪中的所有细节,因此务必得细致,必须办得汤水不漏完完美美。重要的是,涅阳人不只是礼仪多,还特别讲面子。李大阳听说过,某家嫁女的那天早上,发现男方的离娘礼多加了一碗扁豆,于是女家便召集棍棍棒棒把迎亲队伍打个抱头逃窜。扁豆,具有贬薄之意。李大阳还听说过,某家嫁女的添妆箱酒宴中,因没把老娘舅的座位安排对,这位老娘舅就把酒桌子掀了。李大阳还听说过……虽然说玉石铺李家几辈子都是靠手艺挣吃喝,可也是镇街上明晃晃的一家人,送羞玉出嫁是万万不能出错的。

办婚嫁事,跟做玉石货不一样。做玉石货,容得下做货人的想象,容得下做货人的创新。办婚嫁事,必得沿成规,必得沿着老路走的。老规矩,条条多,每走一步李大阳都要向老爹老妈讨教,都要跟老爹老妈商量。

李洪方说:"大阳,你娶亲时没在家办,没好好置办。趁羞玉这回事,咱可得气派气派。"

李洪方说:"厨子从镇平县城请,把老亲旧眷、亲朋好友、街坊邻居、玉石同行,都那个那个请过来。"

冯氏说:"大阳啊,跟老辈子比,咱家如今是富多了。咱如今不光是给上海大老板做货,还赚总统府的钱。咱这回办事,可得大方。"

冯氏说:"大阳啊,现今咱镇街嫁女的压箱钱,家贫的压一两个大洋,富的会压上五十个大洋。咱这回,给羞玉压一百个大洋,给羞玉戴一双金的连娘心耳环。"

除了细心商讨并耐心奔走,李大阳还得一把一把往外拿钱。一家人都认为大阳手里攒有大堆银洋,办婚嫁事是要花钱的。花钱越多越显大方,花钱越多越显气派。李大阳呢,暂不理会袋子里的钱是从哪里来的,先花了再说。花了再挣,挣了再还给人家。不管咋说,这一回是必得把玉石铺李家的架子抬起来,是必得把事办得要多风光有多风光。

"爹,到时候我想把吴世忠镇长请过来。"

"应该应该。"

"爹,到时候我想把福源大掌柜赵裕德请过来。"

"应该应该。"

"山陕会馆的阎锡贤,我想也给请过来。"

"那是那是。"

"曹家庄曹丰屯、大平安镖局牛冲、黑头社包黑子也都给请过来吧。"

"这些人⋯⋯你看着办。"

⋯⋯⋯⋯⋯

要想风光,还得有镇上有身份的人来抬,还得有镇上的风光人物来添风光。要请这些人物坐宴,除了李大阳——亲自去送帖子,还得让宴桌上的酒菜格外肥实。这样一来,除了花钱更多,更增了李大阳的奔忙。

奔忙就奔忙。

奔忙中是不应该三心二意的,应该是一心一意的,可李大阳总会在奔忙之后的静夜里,想失踪的王锦子,想为他征战的张刀花。静夜里的想,毕竟只是想,第二日忙碌的时候不能不把那个想放到一边。

羞玉出嫁的事,终于准备就绪了,单等着明日送她上花轿了。

李大阳站在霞光下长长松了一口气,正打算回屋稍稍歇息一会儿,不经意间却发现一伙人朝着玉石铺方向走来。这伙人脚步急切,黄昏的色彩映着他们的肩头。

定是老亲戚们提早过来关切羞玉的事了。

歇息不成,李大阳赶快迎了上去。

出乎料想,李大阳并不认识这伙来人。

既然不认识,李大阳松了松情绪正要转身,这伙人中的一位倒很有礼貌地迎了上去。

"李大阳先生!"

这人,头戴黑色毛毡礼帽,鼻梁上架着黑色眼镜,身着黑色东洋服。穿着怪洋气,说话怪文气。

李大阳朝来人抱了抱拳。

来人说:"也许先生不认识卑下,但卑下早就熟识了您先生。"

李大阳说:"请诸位先生到寒舍用茶。"

来人说:"不急不急。我这里有书信一封,信物一件,待您先生过目后再叙话。"

李大阳看过来函和来物,两眼短短地一黑,身子短短地一颤。

很快,这个黄昏的光彩吧唧一下竭尽了余力,全面的暗夜乒乓一声重重跌落下来了。

第二日,天边刚刚露红,迎娶羞玉的队伍就浩荡而喜气地走过涅阳镇的青石板街路,来到玉石铺李家的门前。男方好像要跟女方比富,又好像不是跟女方比富,而是要以一种火辣辣的气势表达对女方的尊重和热诚。迎亲队伍的最前边,是两位身背长鞭的放鞭炮人。接着,是六杆三眼铳,由六人分两行扛在肩头。接着,是两面铜锣两只喇叭。接着,是八面绣着凤鸟的红绿旗子。再接着,是八位轿夫抬着一顶大花轿。到了李家门前,两挂响鞭和六根三眼铳,同时点燃。噼里啪啦火红震响中,羞玉哭啼着同家人告别。

"爹,女儿走了。"

"妈,女儿走了。"

"哥——我哥哩?"

"沉玉,姐明天就回来了。"

出嫁女临上花轿,是必须对着一家人哭一哭的。

羞玉流露着依恋,与爹告别了,与妈告别了,与妹告别了。重阳在南阳玲珑阁没回来,是没办法同重阳告别的。可大阳是在家的,羞玉咋不在大阳面前倾诉兄妹情?因为在这个关键时刻,她找不见哥哥李大阳了。找不见李大阳也就算了,羞玉知道大哥很忙,在为她的出嫁奔忙。

羞玉就走了,就顶着红盖头上轿走了。

接下来,玉石铺李家就可以大摆筵席,款待所有前来祝贺的宾朋了。

"大阳大阳!"

"大阳哩?大阳哩?"

"谁见着大阳了?谁见着大阳了?"

摆宴待客,是婚庆的高潮。老亲旧眷都来了,老朋老友都来了,街坊邻居都来了。闹腾腾的,接待起来挺不容易,礼仪稍有不周就会引得客人不痛快。玉石铺李家祖辈人缘好,这一日的客人就特别多。客人越多,接待起来越麻烦。虽说这一日,吴世忠和赵裕德都早早过来帮忙料理,但好多的具体事还得跟李大阳合计。因此,吴世忠和赵裕德要不时寻找李大阳。

李洪方问沉玉:"从一大早到这时候,咋就没见着你大哥哩?"

冯氏对着沉玉直嚷嚷:"你大哥哩?快去找你大哥,快去找你大哥!"

沉玉从院内喊到院外:"大哥!大哥!大哥——"

李大阳哪里去了?

自打昨日傍晚时分李大阳迎见那伙陌生客人之后,就没进家门,就跟这伙陌生客人去了山陕会馆。

现在,李大阳走出山陕会馆,沿着青石板街路要回家了。

现在,玉石铺李家所请的客人,大体上都到齐了,该开宴了。

天空干净,纯蓝无边。

太阳干净,红泛泛地暖。

玉石街的两边摆满了宴桌。宴桌前围满了喜气的客人,宴桌上洋溢着酒菜的味道。天空的平蓝,太阳的橘暖,衬托着人们的欢声笑语。

照规矩,玉石铺李家的长者李洪方给各桌客人一一敬酒后,就轮到李大阳逐一敬酒了。

李大阳敬酒格外豪气,大盅大盅地喝,大碗大碗地喝。喝得如龙饮水,喝得面不改色气不喘,喝着喝着……

喝着喝着,他就双眼一怔两腿一软,轰轰隆隆地醉倒在街上。

"大阳大阳,上海客人到了!"

"大阳大阳,济南客人到了!"

本是醉倒了,醉得很死很死,醉得很舒坦很舒坦。李大阳本不愿再活回人间了,但一听说是上海客人到了济南客人到了,就不得不活回来。上海来客定是章玲,济南来客定是吴非翠。他知道他欠着章玲一大堆玉石货,他知道他欠着吴非翠一大堆情分账。欠人家的,不能以死耍赖,不能贪图醉死的舒坦不给人家个交代。

果然是章玲到了。

果然是吴非翠到了。

李大阳被吴世忠、赵裕德唤到后院见到章玲和吴非翠时,他并没表示出惊喜,并没表达出热烈,只是木木着脸色。

章玲说:"到南阳城后,才听重阳说贵府又喜事盈门了,祝贺得晚些,抱愧抱愧。"

吴非翠说:"这些日子,小妹一直惦记着玲珑阁,一直惦记着那场事,只是回来晚了。大阳兄,你别介意。"

章玲说:"得知玲珑阁生意遭遇不幸,我很心痛。不过,我相信你大阳会有振兴的一天的。今日,我给你带来两千大洋的资助,望你再次进取,再次制作出'葫芦仙''道德经的胡子'一类的上品。"

吴非翠说:"我也是到南阳城后,才得知羞玉要出嫁。刚好,我这里带有两千大洋的银票,你随后给她再置办点嫁妆吧!"

李大阳动了动容,想挤出一些微笑,不料,却挤出两行热滚滚的泪。

李大阳说:"章叔、小妹,你们有所不知呀!"

李大阳说:"锦子她——"

李大阳的话跟那两行滚泪一样苦涩和凄惨。

章玲说:"锦子脾性不好,做事不周,会惹你生气的,你多多原谅。"

吴非翠说:"锦子姐是好人。好人也会办错事,你不必太计较。"

李大阳说:"不是不是——是这样——是这样——这里不便细说,请章叔和小妹跟我去一趟山陕会馆,一切……"

既然这里不便细说事,那就去山陕会馆说。

太阳照耀着玉石铺李家院内院外的喜气洋洋,也照耀着整个镇街的洋洋喜气。各桌客人都在大口吃肉大碗喝酒。吃喝声,杯盘碰撞声,吆三喝五声,闹闹嚷嚷声,声声清脆,声声嘹亮,响彻涅阳镇。这个古老的镇街,此刻似乎陷入了一场难得的沉醉。

章玲说:"大阳,这里的风情很感人,很讨人醉。"

吴非翠说:"大阳兄,小妹是第一次到涅阳镇,没想到这个古镇会如此美丽。"

李大阳软弱着脚步。

章玲说:"早知有如此大宴,我会带些法兰西葡萄牙英格兰香槟酒过来的。"

吴非翠说:"还是入乡随俗好,等会儿过来跟大家喝上几碗老黄酒。"

李大阳吃力着脚步,如跋涉在深厚的泥泞中。

章玲说:"吴小姐你看,这里就是曾经名震九州十八府的涅阳丝绸庄,锦子她爹王启胜就是在这里把生意做红火的。"

吴非翠说:"这楼阁很有气势,具备明代建筑的特点。好啊,锦子姐能在这里出生,很值得她骄傲呀!"

…………

长长的青石板街在章玲和吴非翠的面前延伸着,春日的阳光在青石板街上活蹦乱跳。到了十字街口,到了王启胜家的门前,章玲和吴非翠站下不走了,他俩围着这座荒废了好几年的丝绸庄,似乎找来了谈说不完的话题。

李大阳有点儿站立不住,他很想倒下,他振了振身大喊了一声:

"我的锦子姐呀——"

听到李大阳的喊叫,章玲和吴非翠不约而同地吃惊了。

太阳抖动了一下,涅阳镇哆嗦了一下。随着太阳的抖动和涅阳镇的哆嗦,整个天地间突然有昏暗弥漫开来。

章玲问:"大阳,你怎么了?"

吴非翠问:"大阳兄,你怎么哭了?"

李大阳说:"我听到车马声了,我听到亲人们走来的声音了。你们听,你们听,那马蹄子声,就是我亲人们走来的声音。"

章玲和吴非翠突然觉得李大阳有点儿莫名其妙。

章玲说:"大阳,你在说什么?"

吴非翠说:"大阳兄,小妹听不懂你说的是啥意思。"

李大阳说:"来了来了! 你们看你们看,那些马蹄子跟我的亲人们都走来了。"

章玲和吴非翠的吃惊更加严重。

章玲说:"大阳,你刚才是不是醉得太厉害了,还没清醒过来?"

吴非翠说:"大阳兄,你以前可不是这样。"

就在这时,果然从寨东门涌进来一大队人马。这队人马,有的身背长枪,有的身背大刀,中间还夹杂着几辆马车,像是一队军旅入城。只是他们的形象并不雄壮,并不威武,反而充满着阴灰,充满了冷凉。

这是一支什么队伍?

看到一队乱七八糟的人马涌进了镇街,章玲和吴非翠有些害怕了。

吴非翠颤抖着靠近了李大阳:"大阳兄,这可咋办?"

李大阳说:"不怕小妹,这都是咱的客人。"

吴非翠大叫:"是强盗进来了呀大阳兄!"

章玲说:"咱们快躲躲,别站这里等麻烦!"

李大阳说:"是我的远征军回来了。"

李大阳嚷嚷:"真的是他们回来了! 你们看,你们看,走在前边的是镖局的刘二秃子,挨膀子的是黑头社的王矬子。"

李大阳嚷嚷:"哟! 刀花的大哥也回来了!"

队伍就走近了。

队伍就走到了十字街口。

队伍就走到了章玲、吴非翠和李大阳的面前。

一队伍的人都黑森森着脸,都不说话。唯有他们行走的脚步,在青石板街上郁闷着;唯有马蹄子和车轮子,在青石板街上低沉着。他们行进到十字街口往南一拐,再接着行进。他们似乎都没有看到街边站着的李大阳和章玲、吴非翠,他们似乎都把无语行进看得无比神圣无比庄严。

李大阳说:"你们辛苦了!"

李大阳说:"你们都去我家吃肉喝酒吧!"

李大阳说:"俺家正置办着酒宴哩!"

队伍里的人都不搭理他,队伍里的人好像都不认识他。

章玲和吴非翠要拖着李大阳走开,李大阳却直接朝行进的队伍走去。

"大哥,你们回来了?"

"大哥,贺司令哩?"

"大哥,咋没见着刀花?"

李大阳拉住了队伍里的张大刀。张大刀站住了,僵硬地站住了,一脸的无动于衷。

"大哥,你说话呀!"

张大刀依旧僵硬着。

"大哥,我是你妹夫李大阳呀!"

张大刀脸上的僵硬毫不松动。

李大阳急了,用双手努力摇动张大刀的双肩。

"你说话呀! 你说话呀! 你说话呀!"

两条五尺五寸高的大汉,站在蓝湛湛的青石板街上直面相向。

春天的日光,如刮大风一样反复无常。一会儿刮来了坚强,一会儿刮来的是阴暗。

张大刀终于说话了。

张大刀究竟给李大阳说了什么,一旁的章玲和吴非翠并没有听到。但,简短了几句话之后,李大阳疯了。李大阳疯狂地爬上一辆马车,再从这辆马车上疯狂跳下,又疯狂地跳上另一辆马车……疯狂地跳上跳下,还疯狂地喊叫。

章玲急急地搓响了手掌内的焦躁和无奈。

章玲:"怎会这样? 怎会这样?"

章玲:"大阳他真的是疯了,真的是疯了。"

章琀:"这怎么办？这怎么办？"

吴非翠静静地站着。

春天的太阳,照耀着吴非翠紧咬的双唇……

一滴一滴的血,从吴非翠的嘴角滴答下来,如春花怒放,红红的。

此时此刻,玉石铺李家的酒宴更热闹了,更大张旗鼓了。

第四十八章

李大阳说:"谢谢你把我夫人王锦子的灵柩送回来。"

程昆祥说:"受王掌柜之托,受王掌柜之托。"

李大阳说:"既是如此,我就不对你追问锦子的死因了。"

程昆祥说:"问我也没用。我是个跑腿人,能知道个啥?"

李大阳说:"既是如此,那就请你向王掌柜转告我李大阳的恩谢。"

程昆祥说:"一定一定。"

李大阳说:"你带来的这块银牌子,我收下了,这是锦子小时候佩戴过的。"

程昆祥说:"应该应该。"

李大阳说:"到了这时候,我可不可以向你的王掌柜尊一声岳父大人?"

程昆祥说:"自然自然。"

李大阳说:"既是如此,你就把这张两千大洋的银票转交给他。"

程昆祥说:"啥意思?"

李大阳说:"没意思。你交给他,他会明白。"

程昆祥说:"他明白是他明白,我还是不明白其中意思。"

李大阳说:"你不明白就算了,请你明明白白告诉他,俺玉石匠,是从不花别人的施舍钱的。不过,他放在锦子桌上的那张银票,的确我是动用过好几天的。"

程昆祥说:"这次明白了,这次听明白了。"

李大阳说:"你们可以走了,我李大阳会厚葬锦子的。"

昨日傍晚时分,李大阳看了王启胜的亲笔信,惊闻锦子已死并由程昆祥这行人将灵柩送来,他当时两眼一黑就要晕倒,可他还是坚强地支撑了下来。理智告诉他,无论如何不能在这些人面前失态,李家明天要嫁女的事不能让他们知道,更不能花轿未出而让棺木先入。于是他当即决断,将锦子的棺木和这帮来人引到了山陕会馆。他的原本打算是,这么安置之后,还要赶回去喜气洋洋地送羞玉出嫁。自己的悲要自己承担,不能用自己的悲影响妹妹的婚事。但是当他打开棺木,看到锦子毫无血色的面容,万分万分的悲痛,万分万分的凄哀,都朝他奔腾而来,他立马失去了知觉。第二日,又碰上张大刀护送贺凤珍、张二刀、张刀花的灵柩归来。悲痛连悲痛,悲痛加悲痛,悲痛得他连喘口气的工夫都没有,悲痛得他想再昏过去的精力都没有了,于是,他倒坦然了,他倒轻松了。胶多了不粘,虱子多了不痒,悲痛多了也就淡漠了。去山陕会馆打发走了程昆祥一行,他把锦子的棺木接回到玉石铺。接罢锦子的棺木,又立马去接回了刀花的棺木。

"爹,儿子惊扰你老了。你看,羞玉的喜事刚毕,孩儿就给家里添了两口棺材。"

"妈,你的大孩娃命相太凶,克女人。你的大孩娃不孝,对不住祖上,对不住二老。"

接回王锦子、张刀花的棺木,李大阳做的第一件事,就是向老爹老妈告罪。

李洪方、冯氏,虽说以前并不喜欢王锦子,不承认王锦子是自家儿媳妇,不愿跟丝绸庄王家结亲,但老两口一听说锦子死了,一看到锦子的棺材,其悲痛并不低于李大阳。老两口的悲痛里还夹杂着悔恨,悔恨错待了锦子,悔恨始终没让锦子进李家门。

悲痛罢王锦子,老两口又悲痛张刀花。刀花仁义,刀花温顺。别看刀花整日弄拳脚弄刀剑大大咧咧,可刀花在孝顺公爹公婆伺候丈夫时,倒是很细致,能容忍一切。且刀花爹在世时,就跟玉石铺李家热热火火相处过,就跟玉石铺李家灾灾难难共担过。

老爹伤心地说:"都是李家的人,好好打发她们去吧。"

老妈伤心地说:"还没给咱生上一儿半女,就都走了,你娃子命苦啊!"

婚嫁的鞭炮硝烟还没来得及散尽,送丧的鞭炮又点燃了,一阵接一阵地噼噼啪啪,纸屑飞扬。嫁女那一天,镇街里只有玉石铺李家响鞭炮,到了办丧事这一日,张家和李家都响鞭炮。张大刀为办好母亲、弟弟的丧事,用重金赎回了张家的旧宅院。两家之间的鞭炮声前赴后继,声声共振。出殡的前一晚,太极观的默默道人、石佛寺的妙玉尼姑,为玉石铺李家做了一夜的法事。道号佛号的咿咿呀呀,通宵不息。而张家不弄道场,不弄法事。豹子滩幸存的众家好汉都来守灵了,黑子铁匠丁也赶回来守灵了,个个头披孝巾腰缠孝带跪满了整整一个皮条巷。第二日卯时,李、张两家同时出殡。李家出了两口棺,张家出了两口棺。李家出的两口棺出北门进李家祖坟,张家的两口棺要出西门到张家的祖坟。一家向北,一家要西去涅水岸。北上的,西去的,都大悲大痛大张旗鼓。李家出殡的队伍里,多是道家人佛家人,还有做玉人。张家的送殡队伍比李家浩大,临出行,九十九杆长枪对天齐鸣。双方棺木入土,双方葬事办毕,李大阳和张大刀不约而同地走到了一起。

张大刀:"那八十七件玉货没夺回来,我还得去弄战争。"

李大阳:"那些玉货丢就丢了,咱不再打了大哥。"

张大刀:"不行,当年的胡体安没拿到,新仇旧恨都未报,咋能下得了战场?"

李大阳:"回来跟我一起做玉石货吧。弄战争是要流血的,是要死人的。"

张大刀:"做了玉石货都叫官匪们抢走了,做那有何用?"

李大阳:"那、那、那只会流汗,是不会流血不会死人的。"

张大刀:"人各有志,咱们还是各奔前程吧。"

俩人就分手了。

春天的阳光,灿灿地照耀着张大刀和李大阳各自远去的身影。

涅水春涨了,一波一波奔腾着,喧叫出碧蓝碧蓝的声响。

有雁阵,在晴空下匆匆南飞。

张大刀和李大阳各自前行了一阵,又不约而同地各自回望了一眼。在李大阳的回望里,发现张大刀身背三把宽刀和一把柳叶细刀。在张大刀的回望里,突然看到从李大阳的迎面,走来一位身着东洋男装的女人和一位身着山乡花褂子的姑娘。

这一回望之后,张大刀和李大阳都没有再回头。